本书系国家社会科学基金项目（04CZW012）
受泉州市"桐江学者计划"科研经费、泉州师范学院"桐江学术丛书"出版基金资助出版

叩问美文

黄科安 著

外国散文译介与中国散文的
现代性转型

图书在版编目（CIP）数据

叩问美文：外国散文译介与中国散文的现代性转型 / 黄科安著 .—北京：北京大学出版社，2013.9

（培文书系）

ISBN 978 - 7 - 301 - 23010 - 7

Ⅰ.①叩… Ⅱ.①黄… Ⅲ.①散文－文学研究－中国－现代 Ⅳ.①I207.65

中国版本图书馆 CIP 数据核字（2013）第 187252 号

书　　　名：	叩问美文：外国散文译介与中国散文的现代性转型
著作责任者：	黄科安　著
责 任 编 辑：	于海冰
标 准 书 号：	ISBN 978 - 7 - 301 - 23010 - 7/I · 2667
出 版 发 行：	北京大学出版社
地　　　址：	北京市海淀区成府路 205 号　　100871
网　　　址：	http://www.pup.cn　　新浪官方微博：@北京大学出版社 @培文图书
电 子 信 箱：	pw@pup.pku.edu.cn
电　　　话：	邮购部 62752015　　发行部 62750672　　编辑部 62750112
	出版部 62754962
印 　刷 　者：	北京楠萍印刷有限公司
经 　销 　者：	新华书店
	650 毫米 × 980 毫米　16 开本　25.25 印张　362 千字
	2013 年 9 月第 1 版　2013 年 9 月第 1 次印刷
定　　　价：	55.00 元

未经许可，不得以任何方式复制或抄袭本书之部分或全部内容。

版权所有，侵权必究

举报电话：010-62752024　电子信箱：fd@pup.pku.edu.cn

目 录

绪 言 ·· 1

第一章 二十年代外国散文译介与现代散文的观念重建 ········· 12

第一节 "五四"知识者积极探寻域外散文资源 ················ 12
一、现代散文译作的先声 ·· 12
二、"五四"时期的白话散文译作 ····························· 13

第二节 "Essay"的译介与现代散文的观念建构 ·············· 21
一、"五四"文坛对"Essay"的引入与效应 ················ 21
二、思想观念的现代建构:"自我人格"和"批判意识" ···· 29

第二章 三十年代外国散文译介与现代散文的视域拓展 ········· 37

第一节 小品散文译作的拓展与深入 ······························ 37
一、以《骆驼草》、《文艺月刊》、《青年界》等为代表的
散文译品 ·· 37
二、以《论语》、《人间世》、《宇宙风》等为代表的论语
派散文译品 ··· 41
三、日本随笔的翻译与介绍 ····································· 45
四、从"Essay"到小品文提倡 ································· 53

第二节 现代主义思潮与现代派散文的异军突起 ··············· 67
一、《现代》杂志与"现代"意味的散文译品 ················ 67
二、《西窗集》:西方现代性散文的译介窗口 ················ 70
三、《水星》散文作家群与西方现代主义 ····················· 74

第三节　左翼资源与现代散文新领域之开拓……………………78
　　　　一、左翼知识者与西方报告文学的译介……………………78
　　　　二、科学启蒙与科普作品的输入……………………………88

第三章　四十年代外国散文译介与现代散文的偏至发展…………96
　　第一节　域外文学散文的译介与传播………………………………97
　　　　一、"林氏刊物"散文译品的流风余韵……………………97
　　　　二、以《辅仁文苑》、《中国文艺》、《艺文杂志》为代表
　　　　　　的北平散文译品……………………………………………99
　　　　三、散落在国统区、沦陷区杂志的其他文学散文译介………101
　　第二节　西洋杂志文的兴盛与影响………………………………104
　　　　一、林语堂与"西洋杂志文"的倡导………………………104
　　　　二、"西洋杂志文"在战时中国的译介……………………105
　　　　三、"西洋杂志文"理论的引介与评述……………………110
　　第三节　苏俄散文译品的崛起与独尊……………………………114
　　　　一、左翼知识者是苏俄文学翻译的主体力量………………114
　　　　二、以《野草》、《中苏文化》等为代表的国统区文化界
　　　　　　对苏俄散文译介……………………………………………115
　　　　三、以《解放日报》等为代表的延安文学界对苏联散文
　　　　　　的译介………………………………………………………120

第四章　现代知识者与外国散文译介之关系………………………125
　　第一节　鲁迅：推动中国散文的现代性转型……………………125
　　　　一、建树卓著的散文译介大师………………………………125
　　　　二、"文明批评"和"社会批评"的精神资源……………127
　　　　三、现代杂文：社会改造和思想启蒙之利器………………135
　　第二节　周作人：随笔的现代性转换与创造……………………151
　　　　一、"Essay"译介与现代随笔观念的重建…………………151
　　　　二、"爱智者"批评标尺的重构……………………………161
　　　　三、修辞策略的统摄与制衡…………………………………173

第三节　梁遇春：中国的"伊利亚" … 183
一、解读：勾勒译家心中的英国随笔谱系 … 185
二、借鉴：建构一种现代的随笔观念 … 190
三、尝试：创作中国的"伊利亚"文体 … 200

第四节　朱光潜：中西文化视野与现代散文理论的构建 … 212
一、由隔至通：文白之争背后的现代语体文建设 … 212
二、本体追问：诗与散文的界说 … 221
三、深度识别：重构散文的各类文体形态 … 226

第五章　现代散文的言说方式与话语实践 … 239

第一节　现代语体散文的探索与构建 … 239
一、"文学散文"概念的引入 … 239
二、西方"Essay"与"闲话风"语体风格的确立 … 241
三、中国传统资源与现代语体散文的重建 … 245

第二节　晚明小品与现代小品文理论的建设与探索 … 251
一、源流的论争：散文学者不同的学术立场 … 251
二、"闲谈体"小品文理论的建设与探索 … 260

第三节　艺术散文：从"闲话"走向"独语" … 273
一、倡导"艺术散文"的先声 … 274
二、开拓散文新的书写空间 … 281

第六章　外国散文译介与中国现代散文文类之关系 … 288

第一节　随笔：现代知识者的观念重构 … 288
一、随笔的诠释与界说 … 289
二、现代随笔的审美特征 … 302

第二节　散文诗：诗情与哲理相融合的艺术创造 … 310
一、散文诗的源起 … 310
二、独具诗美内涵的文体特性 … 313
三、散文诗在现代中国的发展 … 319

第三节 报告文学：产生于"五四" 兴盛于战时 …………… 325
　　一、左翼知识者与报告文学 ………………………………… 326
　　二、现代知识者与报告文学的理论建构 …………………… 328
第四节 科学小品：现代知识者热心的倡导与实践 …………… 337
　　一、科学小品与大众化教育 ………………………………… 339
　　二、文学性与科学小品 ……………………………………… 347
第五节 传记文学：由"史"入"文"的现代性转型 ………… 357
　　一、由"史"入"文"：西方传记的现代性 ……………… 360
　　二、借鉴与传承：中国传记的现代性构建 ………………… 374

主要参考文献 …………………………………………………………… 385
后　　记 ………………………………………………………………… 394

绪　言

新时期以来，林非、俞元桂、姚春树、佘树森、汪文顶、范培松等在中国现代散文研究领域里筚路蓝缕、垦地拓荒，已经取得卓有成效的成绩。他们的研究成果，比较系统、完整地勾勒了中国现代散文史的面貌，梳理研究了中国现代散文的基础理论和观念范畴。近年来，一些年轻的研究者，在前辈学人的引导下，积极探讨现代散文研究的一些新路径，或以历史脉络的系统构建，或以作家文本的审美批评，或进行文化的或心态的综合观照……多角度多层次地进入散文研究世界，为散文批评的多重艺术视角和多元文化诠释的确立，各自作出了认真的探索。本人申请的国家社会科学基金课题"外国散文译介与中国散文的现代性转型"，旨在触及20世纪中国知识者翻译和接受域外散文的情形，以及中国散文在西学语境下如何实现现代性转型的问题。因此，本课题是建立在前辈学人清理中国现代散文史概貌的基础上，试图从"译介"这一崭新视角来探讨中国现代散文的基本范式和理论资源。

中国现代散文从一开始就置身于西方文化的知识背景中，关于这个方面，早在20世纪20年代朱自清就卓有远见地指出："现代散文所受的直接的影响还是外国的影响。"[①] 30年代，鲁迅指出"五四"后小品散文的成功，也是得益于"常常取法于英国的随笔（Essay）"[②]。周作人也说："我相信新散文的发达成功有两重的因缘，一是外援，一是内应。"[③] 可以说，中国散文是在"外援"的帮助下，完成了自己的现代性转型，学界在

---

① 朱自清：《论现代中国的小品散文》，《文学周报》第7卷第20期，1928年11月25日。
② 鲁迅：《小品文的危机》，《现代》第3卷第6期，1933年10月1日。
③ 周作人：《〈中国新文学大系·散文一集〉导言》，《中国新文学大系·散文一集》，上海良友图书印刷公司，1935年。

这一点上并无疑义。前辈学人虽在现代散文史的整体格局研究中关注到这一问题,并且有的还专门撰写过这一方面的若干或单篇论文,但始终未能系统完整地探讨这一课题。这与该课题的重要性相比,存在着较大的差距。基于此,本课题的提出,其意义就在于:

其一,站在中国现代知识者的"译介"视角,系统清理当时译介过来的外国散文作品和散文理论,这不仅要梳理欧美、俄苏、日本诸国度的散文名家、散文样式的译介概貌,而且将注意探讨它们在中国现代译介史中的流变和兴衰。而此项内容的系统研究将是填补中国现代散文译介史上的空白。

其二,站在中国现代知识者的"译介"视角,探讨中国散文的现代性转型。这是从根源上研究中国散文在遭遇西方现代性后,现代知识者如何以现代理性的批判精神和自由言说的先锋姿态,介入现代散文的精神与艺术的建构,从而制造和产生一系列与散文相关的言说方式、审美趣味和创作原则。

其三,站在中国现代知识者的"译介"视角,探讨中国现代散文各种样式的生成机制和话语类型。诸如现代随笔、散文诗、现代杂文、科学小品、报告文学、传记等。这些文类的形成,与当时中国知识者倾心译介域外散文发生了千丝万缕的关系,有的是直接在外来散文品种的诱导下而产生的,并成为中国散文这个文类大家族中重要的新生成员。

其四,本课题的开展研究,使学界更加了解散文译介与中国散文现代性转型的重要关系,这将有助于更加理性和富有开拓性地选择译介一些外国散文作品和理论话语,进而促使中国现代散文在与各国散文的融合碰撞中,不断赋予新的创造理念,以便中国知识者在参与中国现代化进程中充当知识生产和社会批判的重要言说载体。

中国散文的现代性转型,其实涉及两个方面的内容:一是中国知识者对外国散文作品和散文理论的"译介";二是中国知识者如何创造性地转化外国散文资源,进而完成自身现代性转型。因此,跨文化的"译介"成为本课题研究的一个重要视角。中国散文的现代性转型肇始于晚清,晚清的有学之士借助"翻译"之力,打开通往世界的窗口。梁启超说:"自通商以后,西国之报章形式,始入中国。"① 这种引入国外的"报章文体",成为当时士大夫言说政治思想的重要载体,也是中国散文开始现代性转化的雏形。随着西方列强对中国的占领和瓜分,清王朝的土崩瓦解,以及科举制度的废除,出现了一个具有现代意义的知识阶层,他们的崛起,离不开与现代报刊、出版社和大学等构成的一套知识生产空间的制度形式。尤其是到"五四"以后,中国知识者以"翻译"为中介,积极探寻域外的散文资源,起到为他们提供新理想、新思维、新观念和新的想象力和创造力的作用。根据散文译介的演进过程,本课题项目将中国现代散文译介史分为三个阶段,即20年代("五四"时期)、30年代、40年代(战争时期)。在对该译介谱系的描绘过程中,我们发现不同时期中国译者呈现出不同的兴趣点。"五四"时期,译者侧重选译了西方著名作家如尼采、罗素、斯威夫德、契诃夫,以及日本明治维新后的厨川白村、鹤见祐辅、有岛武郎、芥川龙之介等的散文作品,这些散文作家不少本身就是思想家,其散文大多是随笔体("Essay")。因此,这一时期译者对西方"Essay"理论与作品的译介,成为构建中国现代散文理论的重要知识资源。到30年代,随着中国现代知识者政治立场的分化,左翼知识分子侧重提倡杂文、报告文学和科学小品的译介与写作,而自由主义知识分子则提出"小品文"概念,倡导创作英国随笔式的娓语笔调。进入40年代,战争造成特殊的生态环境,打破原先的文学发展格局及其面貌。总体而言,散文译介趋于多元化。在沦陷区上海"林氏刊物"的遗风尚存,"西洋杂志文"进入国人的视野,破除了一般人对通俗杂志文的误解和漠视。左翼知识者对苏俄散文的偏爱,成为本时期译介史的一个最大的亮点。在国统区《野草》、《中苏文化》、《苏联文艺》等刊物上出现了左翼知识者掀起对苏俄散文的译介偏好,在解放区则出现以《解放日报》等为代表的延安知识界对苏联散文的译介热潮。

由此看来,"翻译"并不像在人们通常眼中的那样,是从一种语言变

---

① 梁启超:《〈清议报〉一百册祝辞并论报馆之责任及本馆之经历》,《饮冰室合集·文集之六》第1卷,中华书局,1989年。

成另一种语言而已。在译介的背后，蕴藏的是知识与权力的复杂关系，它涉及如何探讨"翻译的政治"这一核心问题。中国知识者通过阅读、译介国外的大量散文，以获取丰富的思想资源，为现代社会的文化启蒙和知识生产提供动力。然而，不同的政治立场和知识背景的知识者，他们在对待外国散文的"翻译"上，各有不同的利益和动机，因而也就凸显了"翻译"背后话语控制权问题。周作人在"五四"之初，提倡译介和借鉴西方"美文"，但在20年代中期后，却开始积极倡导回归传统，主张现代散文源流是晚明小品。这种看似矛盾的文学理念的背后，意味着他学术立场发生了重大的位移与转换。林语堂于30年代初，提倡"闲适小品"，号召人们学习英国随笔的"娓语笔调"，这表明了他对"闲适"话语的获取途径，主要源于西方文体的体认和把握上。可以说，"闲适"，经由周作人倡导，再到林语堂的身体力行，成为了贯穿"五四"以来中国文化的一种独特话语。它是安静平和，追求优雅趣味的文人精神的表现，也是边缘的和独立的，隐士式的境界的体验。因此这种"闲话小品"的提倡背后，其实潜伏着"翻译的政治"，即与当时左翼知识者争夺文化话语主导权。而徐志摩、何其芳为了抵抗散文流入"身边杂事的叙述和感伤的个人遭遇的告白"，主张散文独立的艺术制作，其背后凸显他们主动与西方现代主义思潮接轨，构成了对"五四"业已形成的谈话风散文传统的抛弃与批判，从而突破已有的现代散文的文类规范，开拓现代散文新的书写空间。到了抗战时期和解放战争时期，中国文坛出现大量译介的通讯报告和苏俄散文，更是受到当时国统区左翼意识形态以及延安中共意识形态的影响和控制相关。换句话说，特定的政治生态环境，决定了译者的现实考量和价值取舍，而这一点势必影响到外国散文译介的偏至走向。

散文译介对中国散文现代性转型的作用，应该着眼于翻译话语的差异性，即将翻译话语中被遮蔽的因素都考虑进去，充分揭示不同语言之间那种不对等的关系。美籍学者萨义德创造性地提出翻译的"理论旅行"观点，提示了人们通过"理论旅行"看一看，哪些问题遭到排斥、限制和挪用。一句话，"翻译"的政治存在着不对等的关系。这是对人们先前过分信赖"翻译"的透明度和单义性而提出前所未有的质疑。因此，本课题的研究在着眼于翻译话语的差异性，将注意以下几个方面：

首先，关注翻译者所采纳什么样的话语方式，"五四"时期，以"任心闲话"为特征的"Essay"，既充分展现代散文家的自我个性，但在艺术上也被一些作家误读，以为创作散文大可以随便，无须艺术的追求与讲究。这也就导致文坛上曾经流行一种所谓"美文不能用白话"的观点。于是，为了矫正，周作人走上一条寻找现代散文的精神源头的回归之路。他在《〈杂拌儿〉跋》中说："现代的散文好像是一条湮没在沙土下的河水，多少年后又在下流被掘了出来；这是一条古河却又是新的。"① 这和他在"五四"初期的一些文学主张的内容大相径庭，仿佛脱胎换骨一般。1926年，他给俞平伯的一封信里谈到："现在的小文与宋明诸人之作在文字上固然有点不同，但风致实是一致，或者又加了一点西洋影响，使他有一种新气息而已。"② 因而，要打破"美文不能用白话"的迷信，周作人提出现代散文语言必须兼容并蓄的观点，认为在"口语"基础上，"杂糅调和"古文、方言和欧化语，从而提高白话语言的表现力，使之"造出有雅致的俗语文来"③。可见，周作人对"传统"的回归，是出自当下创新的需要。德里达说："返回是创新的历程表中必须经过的一站和一段时间。"④ 这说明在解构主义理论中，没有返回就没有真正的超越和突破。因此，周作人对"传统"的回归，并非单纯的复古，事实上，他是为突破白话语体文创作困境，寻找一个可以不断汲取能量的精神资源。

其次，翻译散文的"理论旅行"，又为中国特定的历史语境所制约，出现不可避免的误读、篡改和挪用。鲁迅和左翼文人与周作人、林语堂在关于小品散文文体性质的认知上有较大的差异。法国随笔家蒙田创立的"Essai"，曾在英国的流布中发生重大的变异，即英国16、17世纪盛

---

① 周作人：《〈杂拌儿〉跋》，《永日集》，上海北新书局，1929年，第174页。
② 转引自周作人：《〈中国新文学大系·散文一集〉导言》，《中国新文学大系·散文一集》，上海良友图书印刷公司，1935年。
③ 周作人：《〈燕知草〉跋》，《永日集》，上海北新书局，1929年，第179页。
④ 德里达：《书写与差异》，美国芝加哥大学出版社，1978年，第294—295页。

行的从"细小处着笔"的"Essay"并不代表蒙田原来"Essai"的整个精神面貌。蒙田说:"我探询,我无知。"他是一位怀疑论者,对于什么问题都有质问的勇气。所以,史密斯称赞他"哲学的精髓是在于一种愤世嫉俗的常识"①。其实,即便是英国随笔也并不是整齐划一的"闲适"面孔。与兰姆齐名的赫兹列特,他撰写的随笔用他的话说是"用画家的笔写哲学家的思想"②,其文章有爱用排比、气势磅礴的特点。由此可知,随笔本身的性质并不只有闲适散淡一路。中国现代散文作家应该在为中华民族摆脱西方列强蹂躏,实现民族独立,重铸民族灵魂中充当积极的角色。从这个意义上说,鲁迅及其左翼作家把小品文定位在"匕首"和"投枪",其现实价值就凸现出来。也许,只有将鲁迅及其左翼作家对"小品"的定位,与周作人、林语堂对"小品"的理解,合并统观,才有可能全面而通透地认识和把握西方"Essay"的精神特质及其艺术旨趣。因此,朱光潜称,要给西方的"Essay"一个"正名",指出这是"试笔"之意,并且在创作内容、表现手法和艺术风格上从来就是不受拘束的,很自由、很宽广。朱光潜说:"这一类文字在西方有时是发挥思想,有时是抒写情趣,也有时是叙述故事。"这个诠释是合乎西方现代随笔小品史的实际,西方自法国蒙田创立现代随笔以来,随笔小品体裁是极其丰富多样的,"这其中以议论和批评为主的,近于哲理散文和杂文,有记叙回忆为主的,近于记叙散文,有抒情述怀为主的,近于抒情散文,有以状物描写为主的,近于描写散文,也有兼容议论、记叙、抒情、描写于一炉的,有着兼容并包的性质"③。朱光潜及时指出当时文坛出现对"Essay"误读的现象,澄清了人们对"小品文"存在的"偏窄"理解,这为现代散文多方面的自由发展起到积极的促进作用。

---

① Alexander Smith(亚历山大·史密斯):《小品文作法论》(下),林疑今译,《人间世》第 4 期,1934 年 5 月 20 日。
② 赫兹列特:《论舆论之源》,转引自《赫兹列特散文精选·序言》,潘文国译,人民日报出版社,1999 年,第 3 页。
③ 姚春树:《东西方几位美学家散文理论述评》,《中外杂文散文综论》,福建教育出版社,1997 年,第 254 页。

第三,从"归化"的翻译策略看,着重探讨国外与国内不同语境下,构成中国现代散文"现代性"转型的关键要素,如"社会批评"、"文明批评"、"自我人格"、"趣味"、"闲笔"、"幽默"等。这些关键性艺术审美要素的解读,是研究中国散文的现代性品格的特质及其生成的缘由。在这些关键性要素中,有些纯属于"舶来品",但一旦通过中国现代知识者之手,它们就化入中华文化的血脉之中,成为现代散文独特的精神内涵和美学风格。譬如,"社会批评"、"文明批评",原本是日本明治维新后学界创造的词组。但经过鲁迅一再推崇和标举,成为中国现代学界同仁致力于国民性改造和社会批判的一种重要指涉,其出现频率之高,使用范围之广,充分说明现代知识者毫无芥蒂,展现出"拿来主义"的汉唐气魄。"闲笔"一词,被视为西方"Essay""最高的写作技巧"。当西方"Essay"在"五四"时期译介进来后,现代知识者马上被它的"闲笔"艺术所征服。朱自清遂将小品散文推荐给那些"懒惰"和"欲速"的作者,认为它确是"一种较为相宜的体制",并且对小品散文的审美特性作了深刻的揭示:"选材与表现,比较可随便些,所谓'闲话',在一种意义里,便是它的很好的诠释。"① 林语堂为了让国人认识散文"闲笔"艺术的重要性,甚至提出人们应"另眼搜集","在提倡小品文笔调,不应专谈西洋散文,也须寻出中国祖宗来,此文体才会生根,虽然挨骂,亦不足介意"。他借助周作人在《中国新文学的源流》的引导,将现代散文的源头追溯至晚明的小品。如他举屠隆的《冥寥子游》为例,称这类文章与西方斯梯尔相同,"叙事夹入闲情,说理不妨抒怀,使悲涕与笑声并作,忧愤共幽逸和鸣"。② 因而,林语堂对于"闲笔"艺术的理解,多一层中国化了的"趣味"和"情调"的元素。"幽默"这一词语,来自林语堂对西文"humor"翻译。鲁迅翻译鹤见祐辅的《说幽默》时,曾作《译者识》表示:"将 humor 这字,音译为'幽默',是语堂开首的。因为那两字似乎含有意义,容易被误解为'静默'、'幽静'等,所以我不大赞成,一

---

① 朱自清:《论现代中国的小品散文》,《文学周报》第 7 卷第 20 期,1928 年 11 月 25 日。
② 林语堂:《小品文之遗绪》,《人间世》第 22 期,1935 年 2 月 20 日。

向没有沿用。但想了几回,终于也想不出别的什么适当的字来,便还是用现成的完事。"① 在此之前,鲁迅翻译厨川白村《出了象牙之塔》中的"Essay"理论,曾在英文"humor"后面用括号加注"滑稽"一词。显然将"humor"翻译成"滑稽"也只是一种权宜的做法。但是后来学术界也就慢慢地接受了林语堂创造的这个中文译词。在现代中国,鲁迅虽然并不是完全否定幽默,他曾说:"人们谁高兴做'文字狱'中的主角呢,但倘不死绝,肚子里总还有半口闷气,要借着笑的幌子,哈哈的吐他出来。"但另一方面,鲁迅是一位比较倾向持中国无幽默论者。鲁迅说:"中国没有幽默作家,大抵是讽刺作家","中国究竟有无'幽默'作品?似乎没有。多是一些拙劣鄙野之类的东西"。② 尤其是"'幽默'既非国产,中国人也不是长于'幽默'的人民,而现在又实在是难以幽默的时候"。③ 因此,鲁迅认为即便是幽默,也难免走样。鲁迅的这番话,我以为,是很值得人们的深思和警醒。林语堂引进英国国民性格中"幽默感",使20世纪30年代的现代散文作品平添一份幽默成分,这不能不说是一项很有意义的学术贡献。但是,如果引进幽默的目的,仅仅在于为幽默而幽默,让人笑笑而已,那就等于做了一件近乎无聊的事。朱光潜也认为:"极上品的幽默和最'高度的严肃'往往携手并行。"④ 使幽默含有"建设"的文化内涵,并与"高度的严肃"携手,这对提升幽默的艺术品位,有着不可忽视的价值和作用。

第四,本课题的"散文"研究,还关注散文大家族内部之间的"串门"现象。散文诗、抒情小品、随笔、杂文、报告文学、科学小品等,它们文类之间并非壁垒森严、互不关联,而是互竞互补,滋长繁盛,共同演绎着中国现代散文史上群星璀璨的夜空。需要说明的是,本课题研究并

---

① 鲁迅:《〈说幽默〉译者附记》,《莽原》半月刊第2卷第1期,1927年1月10日。
② 鲁迅致增田涉信,1932年5月13日,《鲁迅全集》第13卷,人民文学出版社,1981年,第485页。
③ 何家干(鲁迅):《从讽刺到幽默》,《申报·自由谈》,1933年3月7日。
④ 朱光潜:《一封公开信——给〈天地人〉编辑徐先生》,《天地人》创刊号,1936年3月1日。后收入《孟实文钞》,改题名为《论小品文(一封公开信)——给〈天地人〉编辑者徐先生》,上海良友图书印刷公司,1936年4月。

非对散文大家族中的所有文类都进行探讨，而是在中西文化背景下，侧重于从"译介"视角，关注和研究中国知识者对某些文类的输入、移植和创化，进而清理出其话语的生成机制和艺术特点。

（一）随笔。本课题将随笔概念放在中西随笔史的坐标上予以梳理与界定，通过随笔与笔记、小品文、杂文相互比较，概括出随笔本身的固有特性，否定学界普遍以"软"、"硬"标准来区分随笔与杂文的文类成规。从艺术的表现功能来看，只有随笔中的议论性"随笔"才能同狭义概念的"杂文"（即指以议论为特征的杂文，而非广义的"杂体文"）画上等号。本课题尤其侧重关注现代随笔鼻祖蒙田以来，包括培根、艾迪生、斯威夫德、兰姆、尼采、叔本华、罗素、本森、伍尔芙、萧伯纳、爱默生，以及日本明治维新以来的德富苏峰、高山樗牛、斋藤绿雨、长谷川如是闲、厨川白村、鹤见祐辅、夏目漱石、永井荷风、户川秋骨等人对现代随笔理论的创造性论述，以此为研究基点，旨在探讨和揭示中国现代随笔的美学特征。

（二）散文诗。在现代中国，"散文诗"是外来的文类概念。它产生于19世纪后期的欧洲，传入中国时正值"五四"时期，当时现代知识者一方面从西方译介大量散文诗，另一方面也从事散文诗的创作，使中国散文诗迅速完成了由自发向自觉转变的文体成熟进程。可以说，20世纪中国散文诗是中外文化契合的产物，也是"新文化运动"及文学革命的产物。散文诗是应和着近现代社会人们敏感多思、心境变幻莫测，感情意绪微妙复杂和日趋散文化等特征而发展起来的。从波德莱尔、马拉美、兰波、王尔德、尼采、屠格涅夫、纪德、泰戈尔、纪伯伦、希梅内斯、里尔克等散文诗作品里，人们解读出现代人的感悟、寓言的意味、世态的剖析、内心的独白、幻想的驰骋、梦境的奇异、印象的描摹等等，无不体会到这些散文诗大家对象征主义手法的领悟与妙用。

（三）报告文学。中国现代知识者对"报告文学"名称的认识起始于20世纪30年代。这与大多数现代知识者的思想"左转"，尤其是30年代初左翼作家联盟的出现是有密切联系的。因此,探析中国左翼知识者如何选择、借鉴和转化国外报告文学理论资源,成为人们掌握中国现代报告文学理论走向、审美倾向、艺术风格的关键之点。在世界性的左翼思潮影响下,中国左翼知识者试图从理论上论证报告文学的意识形态归属问题,阐明将这种新兴的文体交给工农自己,使之成为无产阶级文学的一部分,成为工农大众建设自己文学的体现。同时,与反映和表现工农兵大众生活密切关联的是,在阶级社会里报告文学可以作为被压迫者,被侮辱者提出申诉、抗辩和揭露的一种新兴的、具有鲜明的意识形态功能的文体。总之,这一新兴的文学样式一旦移植到正处于伟大的民族革命斗争的中国大地上,就赢得中国左翼知识者的青睐,从而迎来了千载难逢的发展机遇。

(四)科学小品。20世纪30年代"科学小品"的崛起,是在"左联"倡导"大众语运动"的大背景下出现的一种新文体,这就意味着"科学小品"走向"大众化"之路,不仅是出于本身文体特点的自发要求,而且有来自左翼意识形态的规训与制约。"科学"与"小品文"的"联姻",之所以能够产生一种新颖、独特的文体,关键在于"联姻"过程中,科普作家要恰当地处理好"科学性"与"文学性"的统一,使之成为"以科学为骨肉而使其具有文学的形态的一种文章"。首先,在题材选择上要注意从与"日常生活"密切联系的科学知识入手;其次,处理好语言的解说性与诗意美;再者,处理好知识性与趣味性的统一。总之,科普作家对于大自然奥秘的探求与解读,其文字背后常常投射着一个民族过去的文化背景。科普作家笔下征引与采集与事物相关联的"往昔的文献或典故",不仅能体现文辞之美,更重要的是由此灌注于事物其间的一种独有诗的情调与趣味。而这种诗的情调与趣味又是与一个民族的文化传承相关,是艺术的酵素,足以温暖润泽民众的心情。

(五)传记。中国拥有悠久的史传散文传统,传记作品彪炳于世界文化史林。然而,新文化的主要倡导者胡适却提出:"传记是中国文学里最不发达的一门。"① 现代知识者为什么产生这种认知上的偏差呢？原来现代知识者所推崇的是以现代西方的价值观念、审美标准作为批评尺度而撰写的传记作品。何谓"现代传记"，首先，作为一名传记作家，应拥有完整的现代人格，站在理性的价值立场，描绘和评价被写的传主；其次，传记作家在艺术上须具有"文类"意识的自觉，即他们把传记当作一种艺术创作来经营，促使传记作品发生由"史"入"文"的现代性转型。而在这当中，鲍斯威尔、利顿·斯特雷奇、伍尔芙、莫洛亚等传记大师是起到关键性的作用。当然，传记毕竟是现代散文大家族中一种较为特殊的文类，既非一般的历史作品，也非一般的文学作品。艾伦·谢尔斯顿说："传记作家一方面与历史学家有部分一致，另一方面又与小说家相同，但他永远不会取代他们，因历史学家，小说家，传记作家都有着各自的动机，各自的方法与各自的目的。"② 也就是说，传记介于史学与文学之间，是史学与文学嫁接产生的宁馨儿，兼具着"史蕴诗心"的两重特性。

在研究方法上，本课题坚持以马克思主义的历史唯物论和辩证唯物论为指导，强调回到中国现代史这一特定的历史语境中去考察，力求做到史论结合，历史与逻辑的辩证统一。因此，首先，为了做到论从史出，以事实为依据，本课题研究的第一步，就是研究者要潜心披阅大量的原始报刊。前些年，本人利用在中国社会科学院做博士后工作的有利条件，大量翻阅和复印几百种原始报刊资料，初步摸清当时知识者发表的散文译品概貌，并对其进行了甄别、搜集和论证工作。其次，本课题研究主张以"译介"的视角和"理论旅行"的思维，研究中国散文的现代性转型问题。为了完成这一研究构想，本人运用比较诗学、接受美学、阐释学、语义学、新批评等理论，以期揭示中国散文现代性转型背后的深层因素，进而提高中国现代散文研究的理论水平和研究深度。

---

① 胡适：《〈南通张季直先生传记〉序》，《吴淞月刊》第4期，1930年1月。
② 艾伦·谢尔斯顿：《传记》，李文辉等译，昆仑出版社，1993年，第90页。

第一章

二十年代外国散文译介与现代散文的观念重建

中国文学向来以散文为正宗,"五四"时期现代散文的发达,正是这种"顺势"发展的结果,即中国现代知识者从古代散文传统那里获得富有文人情趣和人间滋味的艺术资源,完成了从传统到现代的创造性转化。然而这番转化不是在封闭环境中的自发行为,而是借助外国散文资源的输入,形成理智的启迪、文化视域的拓展和抒写方式的借鉴所致。从这个意义说,"五四"时期中国现代散文创造的辉煌成就,与现代知识者对外国散文的译介与推动有着密不可分的重要关联。而离开"五四"时期外国散文译介的特定背景,人们就无从谈起中国现代散文如何完成现代性的转型。

第一节 "五四"知识者积极探寻域外散文资源

一、现代散文译作的先声

晚清开始,在严复、林纾、梁启超等知识分子的带动下,掀起译介外国社会科学、自然科学论著的新潮和风气,使得其后的几代知识分子深受熏陶与哺育。那么,中国现代知识者是什么时候开始引进和译介外国的文学散文资源的?

据笔者所知，20世纪最早译介外国纯散文是周瘦鹃。1917年，中华书局出版的《欧美名家短篇小说丛刊》曾收入周瘦鹃翻译的兰姆随笔《故乡》，这是"五四"新文化运动前夕的一篇译作。而到"五四"新文化运动的兴起，对于外国散文作品的引进和译介，中国现代知识者表现出前所未有的热情和襟怀。可以说，几乎所有新文化运动先驱者主持的报刊，都留下散文译作的印迹。就连当时以文化保守主义著称的《学衡》杂志，也发表过散文译作。《学衡》杂志在1922年第9期发表了陈钧译的兰姆《梦中儿女》，1923年第15期发表了钱堃新译作《西塞罗说老》。不过这两篇作品均采用文言文形式翻译的。

二、"五四"时期的白话散文译作

"五四"时期白话散文译作是新文学期刊登载的主要文体之一，国人透过这个译介视窗，接受西方散文的现代性观念的影响，感受西方散文的艺术魅力。下面，我们就刊载散文译品的一些报刊，择其主要而略作介绍：

《新青年》作为"五四"新文化运动的头号刊物，率先于1918年的第4卷第4号开设"随感录"专栏，对处于萌芽期的中国现代散文的发展起到巨大的推动作用。同样，在散文译介方面，也做出一份独特的贡献。1920年第8卷第2号就推出一组罗素撰写的散文或论文，如《梦与事实》、《工作与报酬》、《民主与革命》、《游俄感想》等；第8卷第3号有《能够造成的世界》、《自叙》、《民主与革命》（续一）、《罗素论苏维埃俄罗斯》等。这使得国人首次比较清晰地了解这位西方著名的散文家、哲学家、数学家的思想观念和文体风格。

"五四"时期，一些报纸副刊进行了大刀阔斧的改革，不仅为新文学作家提供发表的阵地，而且借此宣扬一种新的文学理念，造成一种文学的创作声势，甚至有意识或无意识地凝集成一个社团或一种流派。当时被学界誉为"四大副刊"是《晨报》副刊（第七版）、《京报》副刊、《民国日报》副刊《觉悟》和《时事新报》副刊《学灯》。其中，就散文译介而言，《晨报》副刊和《京报》副刊贡献最大。在《晨报》副刊里，涌现了不少的散文译家，这当中首推周作人涉及的领域最广、影响最大。周作人在《晨报》副刊发表的散文译作大致如下：1. 他看中罗马帝国时代的希腊作家路吉亚诺斯（Loucianos，现通译卢奇安）撰著《路吉亚诺斯对话集》，选译了《大言》、《兵士》、《魔术》、《情歌》、《割稻的人》、《苦甜》，于1921年10月28日至1921年12月11日在《晨报》副刊上发表；2. 以儿童为本位，他亲自翻译域外一些童话精品，以"土之盘筵"为总题目，计9篇（篇目次序是10篇，但查无第3篇），于1923年7月24日至1924年1月17日期间发表在《晨报》副刊上，其译稿来源多方，诸如《稻草与煤与蚕豆》源自格林童话，《乡间老鼠与京都的老鼠》为日本坪内逍遥所作，取材于伊索寓言，《蝙蝠与癞虾蟆》源自法布尔的《自然科学的故事》，《蜂与蚁》来自法布尔的《自然科学的故事》，《蜘蛛的毒》来自法布尔的《昆虫故事》，《上古人》译自美国房龙的《古人》，《蚂蚁的客》译自英国汤姆生《自然史研究》，《老鼠的会议》为坪内逍遥所作，取材于伊索寓言等；3. 他译出英国著名的讽刺作家斯威夫德[①]著的散文名作《育婴刍议》，发表在1923年9月8—9日在《晨报》副刊上；4. 其他散文译作或散文家译介，有《自己的园地七〈阿丽思漫游奇境记〉》，《自己的园地十〈王尔德童话〉》，法国波特来耳《散文小诗二首》，俄国爱罗先珂《春天与其力量》、《女子与其使命》、《蔼里斯的话》等。林兰女士在《晨报》副刊上的译作，主要是以童话或科学小品为主。她翻译安徒生的《小人鱼》，于1924年7月14—26日在《晨报》副刊上连载；另外，她翻译法布耳[②]的《昆虫故事》之《蜘蛛的电线》、《剪叶蜂》、《采棉蜂及取胶蜂》、《黄蜂和蟋蟀》、《圬堨蜂》等，于1924年8月7—31日期间在《晨报》副刊上连载。另外金满成的译作也格外引人注目，他翻译法国作家法郎士著的小品文集《享乐园》，计15篇，也于1925年4月24日至7月31日期间在《晨报》副刊上连载。译者在开篇写的小序中称："享乐园原名Jardin d'E Picure，有人译作伊璧鸠鲁的花园，或爱璧居儿之花

---

① 斯威夫德，今通译"斯威夫特"。
② 法布耳，今通译"法布尔"。

园等名；不过我的意思以为 E Picure 既是西腊①的哲学家，乐天主义的开创者，取此字以名其园，用意自易看出；而且本书内容，又不外指导人生享乐；所以我把他译作此名。"② 1925 年，周作人在推荐 10 种"青年必读书"时，法郎士著的《享乐园》名列其间。③ 其他散文译作有 SL 译的安徒生《丑小鸭》、徐志摩译的泰戈尔《大阪妇女欢迎会讲词》，赵诚之译的高尔基《最后的胜利》、《谁没有孩子呢？》，夏斧心译的蔼里斯《接吻发凡》，艾译的屠格涅甫（现通译屠格涅夫）散文诗二首：《鸽》、《施与》。

《京报》副刊也是中国现代知识者发表散文译作的一个非常重要的阵地。在这些译者当中，用功最勤，最引人注目的是鲁迅。鲁迅从 1924 年起翻译日本作家厨川白村的随笔集《出了象牙之塔》。这本随笔集是由"观照享乐的生活"、"从灵向肉和从肉向灵"、"出了象牙之塔"、"描写劳动问题的文学"、"为艺术的漫画"、"从艺术到社会改造"等部分构成。鲁迅首先从 1924 年 12 月 9 日开始投译作给《京报》副刊上连载，"观照享乐的生活"登载于 1924 年 12 月 9—31 日；"从灵向肉和从肉向灵"登载于 1925 年 1 月 9—14 日；"出了象牙之塔"登载于 1925 年 2 月 14 日至 3 月 11 日；鲁迅翻译的另一种随笔集鹤见祐辅《思想·山水·人物》中的《沾沾自喜》和《徒然的笃学》，也载于 1925 年 4 月 14 日、25 日的《京报》副刊；鲁迅还翻译了荷兰 Multatuli 作的《高尚的生活》，刊登于 1924 年 12 月 7 日的《京报》副刊上。其他的散文译作：徐志摩译的《飞来峰——译泰戈尔在杭州讲演原稿》，载于 1925 年 3 月 1 日的《京报》副刊；金满成译的法郎士的《一抓葡萄》、《勒波老人》、《司命运之王德多波许士》，载于 1925 年 4 月 28 日、5 月 12 日、7 月 8 日的《京报》副刊；林兰女士译的法布耳的《昆虫故事》之《矿蜂》，连载于 1925 年 5 月 26、28、31 日的《京报》副刊，林兰译的安徒生《雪女王》，连载于 1925

---

① 西腊，今通译"希腊"。
② 法郎士：《享乐园》（一），金满成译，《晨报》副刊，1925 年 4 月 24 日。
③ 周作人应《京报》副刊编辑部邀请列出"青年必读书十部"，其中第 10 部为"法兰西《伊壁鸠鲁的园》"英文为"France, Garden of Epicurus"，法兰西现通译法郎士，《伊壁鸠鲁的园》，即是这里提及的《享乐园》一书。载于《京报》副刊 1925 年 2 月 14 日。

年 7 月 10—31 日的《京报》副刊；伏痹译的波特莱尔①《给青年文学家的商量话》，刊于 1925 年 11 月 12 日的《京报》副刊。

　　文学研究会作为最重要的中国新文学社团，其社团办了许多的文学刊物，如《小说月报》对新文学各种文体的倡导与扶持，是有目共睹的事实。1927 年该杂志也开始设"随笔"专栏和"小品"专栏。那么它对散文译介重视如何呢？前期的《小说月报》在译介方面侧重于小说、诗歌等其他文体，理论的译介侧重于综合性的宏观论文，如谢六逸的《近代日本文学》（上、下），[日]生田春月的《现代德奥两国的文学》（无明译）等，后期开始刊载一些散文译品，如 1927 年第 18 卷第 9 号推出芥川龙之介专号，其中有谢六逸译的"芥川氏小品四种"：《尾生的信》、《女体》、《英雄之器》、《黄粱梦》；1928 年第 19 卷第 1 号推出谢六逸译的日本另一位随笔家夏目漱石著的《猫的墓》、《火钵》；1928 年第 19 卷第 6 号和第 7 号推出的丰子恺译的李奥柏特著的《大地与月的对话》、《百鸟述》等。《文学旬刊》（后演变为《文学周刊》和《文学周报》）第 75 期、第 76 期发表了[俄]爱罗先珂的《春日小品》（愈之译）；第 285 期发表了[日]岛崎藤村的《给儿童》（黎烈文译）；第 302 期发表了[英]史提文生的《两根洋火》（方光焘译）等。

　　创造社的主要会刊之一《创造周报》，其散文译介的主要内容是郭沫若翻译尼采的随感录《查拉图司屈拉②》一书，早在郭沫若之前，鲁迅就对尼采这本书给予过关注，并在 1920 年《新潮》第 2 卷第 5 号上，翻译尼采的《察拉图斯忒拉③的序言》。不过，郭沫若下了很大功夫，系统地对它进行翻译。从《创造周报》1923 年的创刊号开始（即从 1 至 39 号，其中第 7、8、9、10、29、30 号中断），就连续刊载郭沫若翻译的尼采这部随感录。郭沫若还在 1923 年《创造周报》第 30 号上发表了《雅言与自力（感想）——告我爱读〈查拉图司屈拉〉的友人》一文，这是郭沫若译完《查拉图司屈拉》第一部后，许多朋友要求他在译第二部之前，能不能

---

① 波特莱尔，今通译"波德莱尔"。
② 查拉图司屈拉，今通译"查拉图斯特拉"。
③ 察拉图斯忒拉，同上。

对这本书的真谛先有一个概述和评价而写的。郭氏一方面认为，尼采这本书"艰深"，不易索解，甚至尼采最亲近的妹子也没有读懂；另一方面，他又不断提醒读者注意尼采此书的独特价值，认为这本书是尼采的"心血和雅言的著作"，是尼采"于孤独的悲哀与疾病的困厄中乃凝集其心血于雅言，求知己于'离去人类与时代的六千英尺以外'"。因此，这是一本宜于精读的著作。①

1924年出版的《语丝》期刊，由鲁迅、周作人、林语堂、川岛、孙伏园等同人创办的，这是中国现代第一家纯散文随笔刊物。而在散文领域里能够形成独树一帜的"语丝"文风，这与周氏兄弟积极倡导和努力践行是分不开的。同样，在散文译介方面，周氏兄弟也是这个刊物的领军人物。鲁迅在1927年《语丝》第142、143期上，发表了他翻译的鹤见祐辅随笔集《思想·山水·人物》中的《专门以外的工作》；在1925年《语丝》第57期上，发表他撰写的《〈出了象牙之塔〉译本后记》的文章；在1928年《语丝》第4卷第22期上，发表他撰写的《关于〈思想·山水·人物〉》的文章。周作人在1925年《语丝》第10期上，译介了斯威夫德的《〈婢仆须知〉抄》；在1925年《语丝》第22期上，翻译日本兼好法师作的《〈徒然草〉抄》。林语堂翻译尼采的《Zarathustra语录》（1—5），分别连载于《语丝》1925年第55期，1928年第4卷第11期、第4卷15期、第4卷24期和第4卷33期。章衣萍翻译的《〈契诃夫随笔〉抄》，刊于1927年《语丝》第138期。其他散文译作有徐霞村译的法郎士著的《利各的思想》，侍桁译的日本高山樗牛作的《文学与人生》、《运命与悲剧》，杨骚译的日本长田秀雄作的《死骸的哄笑》等。

鲁迅直接参与创办和编辑一些文学刊物，如《莽原》②、《未名》、《奔

---

① 郭沫若：《雅言与自力（感想）——告我爱读〈查拉图司屈拉〉的友人》，《创造周报》第30号，1923年12月2日。
② 鲁迅创办的《莽原》周刊，于1925年4月22日作为《京报》的第五种周刊出版，每星期五随《京报》附送。1926年1月《京报》停止副刊后，鲁迅与一些文学青年发起的未名社就将《莽原》周刊改为半月刊，接过来继续出版。1928年1月，经鲁迅提议的《莽原》半月刊改为《未名》半月刊，出版第1卷第1期，1929年5月，出完第2卷停刊。

流》等,同样是散文译作刊载的重要阵地,它们为推动中国散文的现代性转型做出不可忽视的贡献。鲁迅撰写的《〈莽原〉出版预告》中指出,《莽原》周刊的创办,"闻其内容大概是思想及文艺之类,文字则或撰述,或翻译,或稗贩,或窃取,来日之事,无从预知。但总期率性而言,凭心立论,忠于现世,望彼将来云"①。这则广告文辞,实际上成为《莽原》周刊的办刊准则和编辑方针。鲁迅于1926—1927年在《莽原》刊物上,继续发表他翻译的鹤见祐辅随笔集《思想·山水·人物》,累计4篇,分别是《所谓怀疑主义者》发表于第14期;《说幽默》发表于第2卷第1期;《书斋生活与其危险》发表于第2卷第12期;《读的文章和听的文章》发表于第2卷第13期。除此之外,鲁迅还翻译了日本有岛武郎的《小儿的睡相》、《以生命写成的文章》;武者小路实笃的《凡有艺术品》、《文学者的一生》。其他译作有画室译的日本森鸥外著的《花子》;赵少侯译的法国莫巴桑②著的《花房》;胡庭芳译的德国海纳著的《愿他向我一击》;王燊译的法国莫伯桑③著的《圣诞节夜》。《未名》刊物于1928年第1卷第1期上,发表了 S. F 译的日本石川啄木作的《家》;于1930年第2卷第9、10、11、12期上,发表了岂明(周作人)译的路吉亚诺斯著的《论居丧》。鲁迅在《奔流》创刊号的《编校后记》中特别提到了他对散文译介工作的支持。《奔流》发表的译作有:克士译英国 W. H. White 作的《大旱的消失》,发表于1928年第1卷第1期;侍桁译的小泉八云作的《生活和性格之与文学的关系》(讲演),发表于1928年第1卷第2期;荒野译的英国 W. H. Hudson 作的《她的故乡》,发表于1928年第1卷第5期;梅川译的西班牙亚佐林(现通译阿索林)著的《鱼与表》,发表于1928年第1卷第9期;梁遇春译的英国 E. V. Lucas 作的《同情学校》,发表于1928年第2卷第2期;鲁迅译的俄国 Lvov Rogaich Vski 作的《契诃夫与新时代》,发表于1929年第2卷第5期。

《北新》杂志也是鲁迅发表译作的重要刊物。鲁迅翻译的鹤见祐辅随

---

① 鲁迅:《〈莽原〉出版预告》,《京报》,1925年4月21日。
② 莫巴桑,今通译"莫泊桑"。
③ 莫伯桑,同上。

笔集《思想·山水·人物》，累计 6 篇刊载在 1927 年的《北新》上，这些文章分别是：《善政与恶政》载于第 1 卷第 39、40 期合刊；《人生的转向》载于第 1 卷第 41、42 期合刊；《闲谈》载于第 1 卷第 43、44 期合刊；《断想》载于第 1 卷第 45、46 期合刊；《断想》（八～十一）载于第 2 卷第 1 期；《断想》（十七～二一）载于第 2 卷第 4 期；《断想》（二二～二七）载于第 1 卷第 45、46 期。另外散文译作有：袁嘉华译的屠格涅夫作的《够了》、林兰译的法布耳作的《我的猫》，刊载于 1927 年《北新》第 1 卷第 43、44 期合刊；衣萍译的《〈契诃夫随笔〉抄》，刊登于 1927 年《北新》第 1 卷第 47、48 期合刊；梁作南译的小泉八云作的《英文圣经之文学的价值》，刊载于 1928 年《北新》第 2 卷第 14 期；石民译的《屠格涅夫散文诗抄》，刊载于 1928 年《北新》第 2 卷第 24 期；侍桁译的日本谷崎润一郎作的《两个幼儿》，刊载于 1929 年《北新》第 3 卷第 1 期，侍桁译的日本岛崎藤村作的《家畜》，刊载于 1930 年《北新》第 4 卷第 23、24 期合刊；梁遇春译的兰姆作的《除夕》，刊载于 1929 年《北新》第 3 卷第 1、2 期合刊。光人译的日本生田春月著的《一个叛逆者》，刊载于 1930 年《北新》第 4 卷第 11 期；终一译的一组日本小品，分别是《羊》（铃木三重）、《朝之庭院》（高滨虚子）、《旅途》（吉田弦次郎），刊载于 1930 年《北新》第 4 卷第 14 期。

《沉钟》周刊是浅草社成员走散一些人后，又加入一些新人重新聚集办起来的一个刊物。但《沉钟》周刊在编辑方针和刊物内容，都与原先的《浅草》季刊不同。冯至说："最显著的不同是《浅草》只发表创作，《沉钟》则创作与翻译并重。"① 其中散文译作，在整个翻译文学里占据着一个重要的位置。张定璜译日本正冈子规作的《死后》，刊载于 1926 年第 6 期；陈炜谟译 George Gissing 著的《亨利·雷可诺夫的随笔》②（节译），刊载于 1926 年第 8 期；冯至译 Rainer Maria Rilke 著的《马尔特·劳利得·布里格随笔》、《论山水》，分别刊载于 1932 年第 14 期和

---

① 冯至：《回忆〈沉钟〉》，《冯至全集》第 4 卷，河北教育出版社，1999 年，第 335 页。
② 吉辛：《亨利·雷可诺夫的随笔》，今通译《四季随笔》。

第18期；杨晦译的《般·琼生谈"文"》，刊载于1932年第17期。左浴兰是《沉钟》刊物中翻译散文最用功的一个。左氏译的R. L. Stevenson《论恋爱》，刊载于1933年第22期；左氏译的R. L. Stevenson《玛勒撰若亚爵爷的门》，连载于1933年第26、27、28期；左氏译的英国随笔两篇E. V. Lucus《秋果》和《会议》，刊载于1934年第32期；左氏译的英国散文两篇，即A. C. Broct作的《友谊》、St. Francis作的《兄弟》，刊载于1934年第33期；左氏译的英国Rriestley作的《论消闲》，刊载于1934年第34期。

其他的一些文学刊物，如《民众周刊》、《一般》、《真美善》、《开明》、《新月》、《大江》、《金屋》等，也有零星的散文译作刊载。1925年，鲁迅在《民众周刊》的第26—29号上，发表了他翻译的鹤见祐辅随笔作品《北京的魅力》；1927年《一般》第3卷第1号，刊载焜译的英国史提文生著的五篇短文，属于"补白"性质。1928年《真美善》第1卷第7号，刊载虚白译的《王尔德的散文诗》两篇，即《门徒》、《师父》；1930年《真美善》第7卷第2号，刊载虚白译的罗素著的《机器与情感》。1929年《开明》第1卷第11号，刊载晓天译的岛崎藤村著的《榎树的实》，1929年《开明》第2卷第5号，刊载周白棣译的日本德富卢花著的《哀音》。1929年《新月》第2卷第8期，刊载梁遇春译Charles Lamb著的《梦里的孩子》。1928年《大江》创刊号，刊载谢六逸译的日本志贺直哉作的《雪之日》；1928年《大江》第3期，刊载徐羽冰译的日本牧逸马作的《牧逸马的随笔两则》。1929年《金屋》月刊第1卷第2期，发表克标译的谷崎润一郎著的《二庵童》；第1卷第4期发表克标译的日本夏目漱石著的《伦敦塔》；第1卷第5期发表章克标译的谷崎润一郎著的《萝洞先生》。

出版界出版散文译作，也出现了可喜的成果。不过，这些译作大都是经过译者在刊物上发表后，再收集出版的。具体作品集如鲁迅出版了他翻译的日本随笔家厨川白村《出了象牙之塔》（未名社1925年）和鹤见祐辅《思想·山水·人物》（上海北新书局1928年）；周作人将先前翻译的外国随笔家的作品结集为《冥土旅行》出版（北京北新书局1927

年);冯至翻译的海涅著的《哈尔次山旅行记》(上海北新书局1928年);谢六逸出版他翻译的《近代日本小品文选》(大江书铺1929年);朱溪、衣萍翻译的《契诃夫随笔》(上海北新书局1929年);中国现代散文译界里不幸早夭的梁遇春,一生潜心研读英国随笔,被誉为中国的"爱利亚",他先后翻译三册英国随笔作品:梁遇春翻译的《英国小品文选》(上海开明书店1929年)、《小品文选》(上海北新书局1930年)、《小品文续选》(上海北新书局1935年)。从他的译作看,17世纪以来的英国著名的随笔家几乎都进入他的翻译视界,从考利、斯梯尔、艾迪生、约翰逊、哥尔德斯密斯(哥尔斯密斯)、兰姆、哈兹里特(赫兹利特),到林德、卢卡斯、切斯特顿等等。

第二节 "Essay"的译介与现代散文的观念建构

一、"五四"文坛对"Essay"的引入与效应

1918年,胡适的《建设的文学革命论:国语的文学——文学的国语》①,在谈到如何建设新的散文文体时,就将探索的眼光投向了西方,并列举出法国的孟太恩(蒙田)、英国的倍根(培根)、赫胥黎等散文大家,以为中国知识界应该向这些西方的散文大家学习和借鉴。同年,傅斯年撰著的《怎样写白话文》②,首次明确提及英文随笔"Essay"一词,强调当前学术界关于"无韵文"(散文)的讨论,要"以杂体为限,仅当英文的Essay一流"。

不过,胡适、傅斯年的论文并非是散文文体的专论,他们对于外国散文的介绍仅限于只言片语,还谈不上对西方散文的学理研究。而率先让中国现代知识者注意到西方"Essay"这一文类是周作人。1921年6月

---

① 胡适:《建设的文学革命论:国语的文学——文学的国语》,《新青年》第4卷第4号,1918年4月15日。
② 傅斯年:《怎样写白话文》,《新潮》第1卷第2号,1919年2月1日。

8日,他以笔名子严在《晨报副刊》上发表《美文》:

> 外国文学里有一种所谓论文,其中大约可以分作两类。一批评的,是学术性的。二记述的,是艺术性的,又称作美文,这里边又可以分出叙事与抒情,但也很多两者夹杂的。这种美文似乎在英语国民里最为发达,如中国所熟知的爱迭生,兰姆,欧文,霍桑诸人都做有很好的美文,近时高尔斯威西,吉欣,契斯透顿也是美文的好手。读好的论文,如读散文诗,因为他实在是诗与散文中间的桥。中国古文里的序、记与说等,也可以说是美文的一类。但在现代的国语文学里,还不曾见有这类文章,治新文学的人为什么不去试试呢?

"外国文学里有一种所谓论文",就是指西方"Essay"文体,今天通译为"随笔"。周作人的介绍,既有随笔理论的概括与分析,又有外国随笔作家的列举和评介,同时也不忘与中国古文中的"序"、"记"、"说"这类固有的散文文体相提并论。最后号召"治新文学"的作家也可以尝试做做。整个介绍颇为简明扼要、提纲挈领、态度诚恳、极富有启迪性。从此,中国学界开始出现译介和取法外国随笔的热潮。

"五四"时期,中国新文化先驱者们以开放博大的心胸,积极扮演"窃火者"的角色。散文文体,是他们重点引进的对象之一。首先,专门介绍或部分涉及外国散文理论的文章除了上文涉及的周作人《美文》等外,重要的文章还有剑三(王统照)的《纯散文》、王统照的《散文的分类》;小泉八云的《文学论》之《第五章异常散文之研究》、《第八章散文小品》(沈泽民译);林玉堂(林语堂)的《征译散文并提倡幽默》、《幽默杂话》;厨川白村《出了象牙之塔》之《Essay》、《Essay与新闻杂志》(鲁迅译);胡梦华的《絮语散文》;朱自清的《论现代中国的小品散文》;[美]斯宾葛恩(J. E. Spingarn)的《散文与韵文》(李濂、李振东译);[法]娄·曼德的《法国诗人与散文家》(张若谷译)等。

英国学者小泉八云(Lafcadio Hearn)撰著的《文学论》,由沈泽民翻译,在1924年的《民国日报附刊·觉悟》上连载,其中论述散文的文字有《第五章异常散文之研究》(刊载于 1924 年 3 月 1—17 日)、《第八章散文小品》(刊载于 1924 年 4 月 4—17 日)。小泉八云并非是日本血统,其父是爱尔兰人,其母为希腊人,育于爱尔兰,学于法兰西,在美国长大后来到日本,娶了日本旧藩士之女为妻,遂归化日本,袭取了小泉的姓,八云的名。小泉八云,被誉为"在近代英文学史上,以与史蒂文逊(Stevenson)吉卜灵(Kiplin)相比肩的散文的巨擘"[①]。小泉八云的特殊的人生经历和融通东西方的文化造诣,使他研究起文学来有一种触类旁通的"世界视野",自然对散文文体的研究尤有心得。小泉八云以他对欧洲文学的观察,认为那种霸占欧洲文坛几及百年的小说"已经慢慢地在衰亡,变形了","我们今天的事务是注重于散文的"。而"在未来的散文中,两个方面是一定要大受开拓的——论文的方面和笔记文的方面"。所谓"论文",指就是具有英法独特的文化血缘的"Essay",现在通译为"随笔",这是法国 16 世纪怀疑论思想家蒙田创立的一种文体,其雏形可以追溯至古希腊、罗马帝国时代的柏拉图、西塞罗、普鲁塔克等。正如小泉八云在文中所称:"只一篇好论文可以生存到几千年——不见西狩罗[②]的那一些小论文么,他们现在被译成各国文字,到处有人诵读,欣赏他们的表现与思想的优美了。"因此,小泉八云对"Essay"这种以议论为主的文体的发展前景是比较看好的。而对笔记文这类文体,小泉八云论述道:

> 至于笔记文呢,我想它前程无限,哪怕在今日,它已经能和小说稍稍对抗了。笔记文(Sketch)这个字,我是指着无论哪一种简单的散文,只要它的内容或者是一幅耳目所见的实在生活的图画,或者是心中所感的对于生活的一种意象。你们知道,这个字(Sketch),严格地说来,是一张敏捷轻速地草成的画片。一篇笔记文,不妨是一篇小说,只要它能不逸出于记载事实与真实情感以外。它也不妨是两个人中间的谈话,只要这所记的

---

① 厨川白村:《小泉先生 Lafcadio Hearn》,《小泉八云及其他》,绿蕉译,上海启智书局,1934 年,第 4 页。
② 西狩罗,今通译"西塞罗"。

谈话能为我们造成一个完全的戏剧的印象,他也不妨是一篇散文的独白,记述他从一个城或一个乡的经历中得来的感想。他也不妨止是记录一件眼中看见的东西,只要他看的亲切,记录下来以后,能像一幅水彩画一样。一言以蔽之,笔记文可以有几百种形式、几千种形式,它的范围最广泛,差不多每种文学的才能都可以藉此而有所表见(现——笔者注)。在笔记文一个范围以内,你的最高的反想力,描写力,或情绪的表现力,都绰绰乎有回旋的余地!

当然,笔记文应该短;但是妙处就在没有一定的规则要怎样短。你因不妨做一篇不满两千字的笔记文,也不妨写它十页十二页。据我想,大约一篇纯文学笔记长至十页乃至十五页以上,总有些不合式(适——笔者注)了。但是,到底没有什么一定不易的规则。①

小泉八云之所以如此推崇笔记文,在于两个理由:"第一是笔记文和论文不同,它的价值不必依靠学殖或哲学的才能";"第二个理由是这种文学在日本刚巧是能和西洋文学抗衡的少数文学形式中的一种,把最近的翻译来判断,古代的那些日本笔记文(我要这样称他)很比得上英国和法国的某类作品,一点也不要'贴水'"。②其实日本传统的笔记文,曾受过中国较深的影响,尽管它也有形成自己特有的情趣与韵味。而小泉八云对日本笔记文的重视和肯定,这对中国现代学者思考如何有效地促进中国传统笔记文完成现代性的转型,是很富有启发意义的。尤其文末,提到当时法国现存的最大笔记文作家洛底撰写的著作,讲述他清末来到乱世中国,在拜谒孔庙时,从匾额中得到一句翻译的话:"未来的文学,是怜悯的文学啊。"小泉八云认为:"那句中国对于未来文学的古预言中所包涵的真理,真足以使我们惊骇。这正是今日西洋文学界中最好思想与最好情感底趋势。将来的文学,一定是怜悯的文学——古罗马时代

---

① 小泉八云:《文学论》,沈泽民译,《民国日报附刊·觉悟》,1924 年 4 月 6 日。
② 同上书,1924 年 4 月 8 日。

和古希腊时代的意义的怜悯,不是现在所知道的怜悯中夹着轻蔑的意思,是对于一切形式的人类苦痛的纯粹的同情。""我想。那个现代的字'人道'最能表达它底意思。而在文学中,若要问哪一种的作品特别适宜于负载'人道',我要说是这篇讲义所用的题目——'小品文'了。"① 可以说,以"人道"的思想改造传统散文的旧面目,这在"五四"新文化运动中是最重要的一项革新内容。

1924 年,鲁迅开始着手翻译被他称为"辣手的明批评家"厨川白村的《出了象牙之塔》。其中,这本随笔集中的《Essay》、《Essay 与新闻杂志》这两篇文章,发表在 1925 年 2 月 15 日和 16 日的《京报副刊》上。后来厨川白村这两篇论"Essay"的文章成为中国学术界广为人知,常被征引。郁达夫说:"至如鲁迅先生所翻的厨川白村氏在《出了象牙之塔》里介绍英国 Essay 的一段文章,更为弄弄文墨的人,大家所读过的妙文。"② 那么,为什么厨川白村论"Essay"能够引起中国现代知识者的普遍共鸣呢?这一方面主要是对现代随笔思想的深刻洞见与高度提炼,另一方面源于对西方现代随笔艺术特征的审美把握与精辟概括。厨川白村在这两篇文章中,论述了"Essay"的艺术特征、"Essay"在欧美和日本的历史渊源和代表性作家作品、"Essay"与新闻杂志之关系、"Essay"的写作和鉴赏等。

首先,"Essay"有其独特的艺术风貌。在厨川白村看来,它属于作家"随随便便",与好友"任心闲话"的即兴作品,题材不拘,海阔天空,想到什么就纵谈什么;"Essay"的另一个特质是"将自己的个人底人格的色彩,浓厚地表现出来"。因此,这种"行爽利的直截简明的自己表现"的文体,又被称为"自己告白的文学"。③

其次,为读者绘出粗略的"Essay"谱系。厨川白村指出:

---

① 小泉八云:《文学论》,沈泽民译,《民国日报附刊·觉悟》,1924 年 4 月 17 日。
② 郁达夫:《〈中国新文学大系·散文二集〉导言》,《中国新文学大系·散文二集》,上海良友图书印刷公司,1935 年。
③ 厨川白村:《出了象牙之塔·Essay》,鲁迅译,《京报副刊》,1925 年 2 月 15 日。

> 就近世文学而论，说起 Essay 的始祖来，即大家都知道，是十六世纪的法兰西的怀疑思想家蒙泰奴（M. E. de Montaigne）①。引用古典之多，至于可厌这一节，姑且作为别论，而那不得要领的写法，则大约确乎做了后来的蔼玛生（R. W. Emerson）这些人们的范本。这蒙泰奴的 Essay 就转到英国，则为哲人培根（F. Bacon）的那个。后来最富于此种文字的英吉利文学上，就以这培根为始祖。然而在欧罗巴的古代文学中，也不能说这 Essay 竟没有。例如有名的《英雄传》（英译 Lives of Noble Greeks and Romans）的作者，布鲁泰珂斯（Ploutarkhos 通作 Plutarch）②的《道德论》（Moralia）之类，从今日看来，就具有堂皇的 Essay 的体裁的。③

以蒙田作为现代随笔的鼻祖，这是学界公认的一个定论。厨川白村以此为基点，把"Essay"的体裁远溯至古希腊罗马时代的普鲁塔克，这是很有眼光的。普鲁塔克的《道德论》系由 60 篇杂著组成，内容涉及哲学、伦理、宗教、政治、医药、文学等方面的问题。这些文章大都采用苏格拉底式宣讲，柏拉图式对话或辩驳的形式，有些则是家庭聚会中的非正式谈话，颇有后世"席间漫谈"或"炉边闲话"的风味。同时，作者在探讨抽象问题时采用了具体阐述和形象比喻的手法，通过一个接一个的故事说明自己的观点，因而他的文章常常是轶事连篇。普鲁塔克的这种轶事文体，后世的法国作家爱拉斯谟曾称之为"镶嵌术"，后来蒙田也把自己模仿普氏这种轶事文体创作的随笔作品，说成"镶嵌艺术品"④或"大杂烩"⑤。同时，厨川白村还将由蒙田创立的现代随笔，是如何迁入英伦三岛而世代相传的谱系勾勒出来。英国现代随笔的始祖是培根，而后随笔不断受到英国知识界的青睐，涌现出诸如艾迪生、斯梯尔、哥尔斯密斯、

---

① 蒙泰奴（M. E. de Montaigne），今通译"蒙田"。
② 布鲁泰珂斯（Plutarch），今通译"普鲁塔克"。
③ 厨川白村：《出了象牙之塔·Essay》，鲁迅译，《京报副刊》，1925 年 2 月 15 日。
④ 蒙田：《论虚妄》，《蒙田随笔全集》（下卷），潘丽珍等译，译林出版社，1996 年，第 213 页。
⑤ 同上书，第 357 页。

兰姆、亨特、赫兹列特、美纳尔、契斯透顿等著名的随笔作家。除此而外，厨川白村还介绍了日本著名随笔作家清少纳言、兼好法师、夏目漱石和谢野夫人等。

再者，阐述"Essay"与新闻杂志之关系。厨川白村认为："起于法兰西，繁荣于英国的Essay的文学，是和Journalism（新闻杂志事业）保持着密接的关系而发达的。"为什么英国随笔会如此兴盛和发达呢？这是源于随笔文体到了18世纪借助新闻杂志走入大众百姓生活中。其中最有代表性的随笔作家是斯台尔（斯梯尔）和爱（艾）迪生。斯台尔创办了《闲谈者报》（*The Tatle*），每周出三期，自创刊至终刊共计出版210期。其中188期是出自斯台尔一人的手笔，后来爱迪生也加入撰稿。《闲谈者报》发行两年就停刊，接着两人共同合作出版《旁观者报》（*The Spectator*）。现今不为新闻杂志写稿的，简直可以说是少有的。厨川白村以具体的例证，雄辩地说明了随笔作品的繁盛，与新闻杂志构成了非常密切的关系。

第四，论析"Essay"的写作和鉴赏。从创作主体而言，厨川白村认为，随笔作家"既须很富于诗才学殖，而对于人生的各样的现象，又有奇警的锐敏的透察力"，才能写好作品。至于如何鉴赏随笔作品，厨川白村以为这是一件较为复杂的精神劳作，其原因在于随笔并非是一种透明的文体，它有多层面的精神蕴涵和艺术风味。正如他以英国随笔的集大成者兰姆为例，称"兰勃[①]的《伊利亚杂笔》那样的逸品，则不但言语就用了伊利莎伯[②]朝的古雅的辞令，而且文字里面也有美的'诗'，也有锐利的讥刺。刚以为正在从正面骂人，而却向着那边独自莞尔微笑着的样子，也有的。那写法，是将作者的思索体验的世界，只暗示于细心的注意深微的读者们。装着随便的涂鸦模样，其实却是用了雕心刻骨的苦心的文章"。[③] 由此可见，厨川白村对于随笔作家的学识素养的要求之高，对现代随笔文体的复杂层面的理解之深，都是极其宝贵的远见卓识。这笔难

[①] 兰勃，今通译"兰姆"。
[②] 伊利莎伯，今通译"伊丽莎白"。
[③] 厨川白村：《出了象牙之塔·Essay与新闻杂志》，鲁迅译，《京报副刊》，1925年2月16日。

得的精神财富，经鲁迅翻译，而为广大的中国读者所熟知，对中国现代散文的理论建构和散文创作起到过深远的影响。

与厨川白村两篇论"Essay"的文章相比，胡梦华于1926年在《小说月报》第17卷第3号上发表的《絮语散文》，是一篇更加系统地论述西方散文，尤其是英法随笔的文章。他将英文"Familiar essay"译成"絮语散文"。那么何谓"絮语散文"呢？作者称："这种散文不是长篇阔论的逻辑的或理解的文章，乃如家常絮语，用清逸冷隽的笔法所写出来的零碎感想文章。"虽然如此，大家不要误认"絮语散文"是一种平淡无奇的简单文体。胡梦华以为，"絮语散文"有两个重要特性，一是"家常絮语"或"家人絮语"；一是"作者和作品的关系"。他说絮语散文的"特质"是"不规则的"（irregular）、"非正式的"（informal），然而，文体表征的"平常"，其实却有"惊人的奇思"，"苦心雕刻的妙笔"。并且有"似是而非的反语"（irony），"似非而是的逆论"（paradox），"冷嘲和热讽"，"机锋和警句"。以及最足以动人的要算"热情"（pathos）和"诙谐"（humor）。因此，他称"絮语散文"是"一种不同凡响的美的文学"，"散文中的散文"。可见，胡梦华的这些观点与厨川白村论"Essay"的理论，是有相近之处，可以相辅相成、互为印证。这篇论文的第二、三、四部分，作者还简明地梳理一下西方随笔自"孟田"[①]始而转入英国发展的流变史，并对"孟田"、"蓝穆"[②]、"韩士立"[③]等散文大家作了精要的概述。

20世纪80年代末，中国社会科学院学者张梦阳从一位英国知名的汉学家卜立德教授那里了解到胡梦华这篇名文，其实是美国波士顿出版公司出版的《英国随笔》（*The English Familiar Essay*）引言的节译，有抄袭的嫌疑。倘若果真如此，胡梦华的学术研究价值就要大打折扣。但正如卜立德教授说："胡梦华还是有眼光的，他抄的这篇引言，至今在英国小品文研究论著中仍然是第一流的。"[④] 我们仍然不能小觑这篇文章的

---

① 孟田，今通译"蒙田"。
② 蓝穆，今通译"兰姆"。
③ 韩士立，今通译"赫兹列特"。
④ 张梦阳：《卜立德和他的中英散文比较研究》，《散文世界》，1988年第8期。

影响力。钟敬文撰写的《试谈小品文》，就曾大段地引述过胡梦华的文字。而周作人、林语堂倡导的"闲话"风小品文创作，就是经由厨川白村"闲话"理论、胡梦华的"家人絮语"，再到 30 年代林语堂提出所谓"个人笔调"、"娓语笔调"、"闲适笔调"等，均属于一个系脉的衍变。而这些观念的提出，正是源于中国的现代知识者对西方散文的接纳、解读、吸收与创造上。

二、思想观念的现代建构："自我人格"和"批判意识"

西方"Essay"既然对中国现代散文理论话语的形成和确立影响大且深，那么它究竟表现在哪些方面呢？

首先，现代散文家强调散文创作要真实反映自己的个性、人格、嗜好、情趣等，并将此作为现代散文的一个重要美学内涵和艺术魅力，而与唐宋以来奉行载道为宗旨的古文传统大相径庭。这一散文新观念的出现，很重要的一点，是直接来源于英国"Essay"理论，同时也契合"五四"时期现代知识者倡导"个人的文学"、"人的文学"的现代人本主义理念。

作为创立"Essay"文体的法国怀疑论者蒙田，他与文艺复兴后的人文主义者有着共同的趣味与态度。他称自己创作《随笔集》，是一部"坦白的书"，人们从书里所看见是"我底平凡，纯朴和天然的生活，无拘束亦无造作：因为我所描画的就是我自己。我底弱点和我底本来面目，在公共礼法所容许的范围内，都在这里面尽情披露"。① 因此，蒙田强调随笔创作就是作家以自己作为描绘对象，毫不踌躇地将自己人格"整个赤裸裸"表现出来。蒙田为随笔定下的"我所描画的就是我自己"，得到后世承继者的积极响应。

20 世纪初，英国随笔作家本森在为一部文选《随笔的类型及时代》而作的一篇序言，名为《随笔作家的艺术》，他称，"随笔的妙处并不在于题目（任何题目都可涉笔成趣），而在于个性的魅力"，虽然随笔作家同其他作家一样，同样写出可供读者观察、想象和思考的东西，但最根本

---

① 蒙田：《给读者》，梁宗岱译，《世界文库》第七册，上海生活书店，1935 年，第 3001 页。

的一点,就是"作者必须有自己的看法,这看法又必须在他自己的心灵中自然形成,而随笔的魅力即依靠着酝酿和记录下这看法的心灵的魅力"。因此,在本森看来,蒙田的吸引人之处就在于他那个性的魅力,他的坦率和真诚,以及对人与风俗的敏锐观察和亲切了解。凡是他深感兴味的东西,他必忠实地记载,无所避讳。从这个意义说,"随笔艺术的精髓即在于道出作者欣欣然有所会心之处,而不必担心此事究竟是否值得博雅君子一顾"。①

弗吉尼亚·伍尔芙②作为英国现代著名的意识流小说家,她同时也是一名出色的随笔作家。伍尔芙虽然对随笔作家的"自我"个性,表达过与前人相同的看法,但她在此问题的思考却能更透入一层,看得更深,见解更为精辟。她说:"作者的自我,从蒙田的时代以来就间歇不定地缠绕在随笔身上。"不过,伍尔芙也敏锐地感觉到"个性"对于随笔作家来说,是一柄双刃剑。当随笔作家把"个性"带进文学后,个性精神渗透了他写下的每一个字,这个胜利是风格的胜利。因为只有懂得了怎样去写,你才能在文学中运用你的"自我",而"自我"虽然对文学而言是至为本质的东西,但另一方面又是它最危险的对手。因此,伍尔芙认为,随笔作家拥有"个性"的同时,又是拥有"最危险的和最棘手的工具"。③

日本的厨川白村,是一位深谙西方随笔文体之人,他在《出了象牙之塔》里,对"Essay"的论述极为精彩。他说:"在 Essay,比什么都紧要的要件,就是作者将自己的个人底人格的色彩,浓厚地表现出来。从那本质上说,是既非记述,也非说明,又不是议论,以报道为主眼的新闻记事,是应该非人格底(impersonal)地,力避记者这人的个人底主观底的调子(note)的,Essay 却正相反,乃是将作者的自我极端地扩大了夸张了而写出的东西,其兴味全在人格底调子(personal note)。有一个学

---

① 本森:《随笔作家的艺术》,《英国散文选》下册,刘炳善译,上海译文出版社,1986年,第169—173页。
② 弗吉尼亚·伍尔芙(Virginia Woolf),或译弗吉尼亚·伍尔夫。
③ 伍尔芙:《现代随笔》,《伍尔芙随笔》,伍厚恺、王晓路译,四川人民出版社,1998年,第18—33页。

者,所以,评这文体说,是将诗歌中的抒情诗,行以散文的东西。倘没有作者这人的神情浮动者,就无聊。作为自己告白的文学,用这体裁是最为便当的。"① 显然,厨川白村对"Essay"的论述,抓到了点子上,所谓的"个人"的"人格色彩","告白的文学",就是蒙田创立西方现代随笔最本质的内涵。厨川白村这一精彩的发挥与论述,经过鲁迅翻译后,为中国学界广为了解和接受。人们借助厨氏的研究平台,直接与西方随笔的现代性发生联系,产生共鸣。

胡梦华的《絮语散文》,在介绍西方"Essay"时,就开门见山道:"近世自我(egotism)的解放和扩大曾促进两种文学质和量上的惊人进步:——一种是我们常谈到的抒情诗(Lyric poetry),一种是现在要介绍的絮语散文(Familiar essay)。"胡梦华以为,"絮语散文"重要特性之一,就是"作者和作品的关系"。他说:

> 我们仔细读了一篇絮语散文,我们可以洞见作者是怎样一个人:他的人格的动静描画在这里面,他的人格的声音歌奏在这里面,他的人格色彩渲染在这里面,并且还是深刻的描画着,锐利的歌奏着,浓厚的渲染着。所以它的特质是个人的(personal),一切都是从个人的主观发出来,所以它的特质又是不规则的(irregular)、非正式的(informal)。②

胡梦华用排比的句式,竭力阐明散文作家人格的"动静描画"、"声音歌奏"、"色彩渲染",体现"絮语散文"的丰富的人格魅力和神奇的美学特质。

"五四"散文作家,借助研读西方"Essay"的平台,获得创作现代散文的真知灼见,意识到作家的"个性"对于散文创作而言是何等的重要。

郁达夫曾做过这样的阐述:"五四运动的最大的成功,第一要算'个人'的发见。从前的人,是为君而存在,为道而存在,为父母而存在的,

---

① 厨川白村:《出了象牙之塔·Essay》,鲁迅译,《京报副刊》,1925年2月15日。
② 胡梦华:《絮语散文》,《小说月报》第17卷第3号,1926年3月10日。

现在的人才晓得为自我而存在了。"因此,"五四"散文是"以这一种觉醒的思想为中心,更以打破了械梏之后的文字为体用,现代的散文,就滋长起来了",他并且还认为"文学里所最可宝贵的个性的表现",是作家的"自叙传的色彩"①。

周作人是"五四"时期"人的文学"的积极倡导者,他极为推崇"个人"的文学,把古今文艺的变迁归纳为"集团的"和"个人的"对峙和相搏。"集团的"口号是"文以载道",这是"朝廷强盛"、"政教统一"的时代,文坛上统统是那些"大的高的正的"东西占据,使人读之昏昏欲睡;而"个人的"口号是"诗言志",这是到"颓废时代","处士横议","百家争鸣","许多新思想好文章"都在这时代产生了,是"言志派"文学的兴盛。根据这个分析思路,周作人推出了诛心之论:"小品文是文学发达的极致,它的兴盛须在王纲解纽的时代。"②纵观古今的散文发展史,春秋战国、魏晋南北朝、唐末、宋末、明末都是天崩地裂、王纲解纽的时代,然而也是知识者思想最为活跃之时,他们著书立说,抒发抱负,畅所欲言,充分展现自我的个性,因而散文作为自由言说的重要载体,就得到极大的发展,显示出神奇的文体魅力。

从这个意义上说,"五四"新文化运动,促进了人们思想的觉醒,个性的重视乃至文字的解放,这都对现代散文理论话语的萌发和确立起着至关重要的作用,自然也是"五四"散文繁荣兴盛的根本原因之一。

其次,现代散文的崛起,在于明显有别于传统的散文,而以新的"质"出现在现代文坛上。这个新的"质",就是现代知识者"批判意识"的觉醒。然而,赋予现代散文作家的批判意识和变革思想,其思想资源主要是来自于西方近现代文艺思想和文艺思潮。梁遇春说:

> 国人因为厌恶策论文章,做小品文时常是偏于情调,以为谈思想总免不了俨然;其实自 Montaigne 一直到当代思想在小

---

① 郁达夫:《〈中国新文学大系·散文二集〉导言》,《中国新文学大系·散文二集》,上海良友图书印刷公司,1935年。
② 岂明(周作人):《〈冰雪小品选〉序》,《骆驼草》第21期,1930年9月29日。

品文里面一向是占很重要的位置，未可忽视的。能够把容易说得枯索的东西讲得津津有味，能够将我们所不可须臾离开的东西——思想——美化，因此使人生也盎然有趣，这岂不是个值得一干的盛举吗？

梁遇春站在中西比较视野，指出中西方散文创作之分野，国人写小品文偏于"情调"，而西方却重视"思想"。因此，梁遇春以为，那种彰显"思想"内涵的西方"Essay"，应该得到中国现代知识者的重视，现代散文创作应与西方近现代的文艺精神相接轨，向西方现代随笔作家学习。

鲁迅曾翻译日本青野季吉《关于知识阶级》一文，青野季吉把知识者称为"思想的人们"[①]。其实对这一看法的移植和译介，何尝不也蕴含着鲁迅这一代"五四"学人对现代知识者的一种诠释。的确，20世纪初的中国是个内忧外患、传统失范，充满动荡的时代，这就促使当时的有识之士产生批判意识和变革思想，思考和探索民族的命运和国家的出路。当时知识者纷纷将散文文类作为表达自己思想的工具，从而使这一古老的文类赋予崭新的内涵。1918年4月15日和12月22日，《新青年》第4卷第4号、《每周评论》创刊号开始设置"随感录"专栏。现代知识者充分利用这一阵地，用随感录的形式，反对封建专制制度，抨击封建伦理道德，提倡科学和民主精神，追求个性解放，积极推动社会改造和重塑民族灵魂的工作。陈独秀、李大钊、鲁迅、刘半农、钱玄同、胡适、周作人等成了这个专栏供稿的代表性随笔作家。鲁迅撰写的第一篇随感录，是《新青年》上的第二十五则，刊于1918年9月出版的第5卷第3号。"五四"运动后，《国民公报》在五、六版上开辟"寸铁"专栏，随后《向导》、《前锋》、《中国青年》等杂志也都有了"寸铁"一类的短评。1919年8月12日，鲁迅曾在《国民公报》的"寸铁"专栏上以"黄棘"笔名发表了随笔短文四则。另外，在"五四"时期，一些报纸副刊也进行了大刀阔斧的改革，如《时事新报》副刊《学灯》、《晨报》副刊（第七版）、《京报》副刊和《民国日报》副刊《觉悟》等，被当时学界誉为"四大副刊"。中国

---

① 青野季吉：《关于知识阶级》，鲁迅译，《语丝》第4卷第4期，1928年1月7日。

现代作家频频光顾这些栏目,因此,现代散文的兴盛也与它们结下不解之缘。而更有特色的是"五四"文人自由结社并办起同人刊物,从而有力地促进了中国现代散文的蓬勃发展。不必说文学研究会、创造社等全国著名社团所办刊物《小说月报》、《文学周报》、《创造周报》等曾对散文所给予的重视。单说1924年11月语丝社创办的纯散文刊物《语丝》和紧跟随后现代评论派创办的《现代评论》,对中国现代散文的发展更是起到催化和促进的作用。而鲁迅参与编辑的《莽原》也是以刊载"社会批评"和"文明批评"为主的议论性随笔。而这一些,都强有力地印证鲁迅所言的不刊之论,即散文小品原是萌芽于"文学革命"以至"思想革命"的①。可以这么说,"五四"知识者之所以能够创作出骄人的散文成就,这与他们自由人格、独立创造、批判精神是密不可分的。王元化称"'五四'的个性解放精神、人道精神、独立精神、自由精神,都是极可贵的思想遗产,是我们应当坚守的文化信念","独立精神,则是他们那一代人所共有的文化精神气质"②。

在"五四"知识者当中,以鲁迅的批判意识最为强烈,思想内涵最为深刻。他将现代散文的批判精神概括为"社会批评"和"文明批评",这是鲁迅散文创作,尤其是杂文创作的核心主旨,是他以杂文作为思想启蒙的利器,进行时弊攻击和唤醒民众的经验总结和深刻的理论概括。而这一观点,后来得到中国现代知识者的广泛认同和肯定。当然,鲁迅这一创造性的理论主张,并非凭空"想象"出来,它的提出离不开与西方文艺思潮和散文译介这一大的历史语境。

"文明批评"和"社会批评"这两个词组均属于日本语词,大致形成于明治维新时代。日本自明治维新后,文学界涌现出一批积极从事"文明批评"和"社会批评"的作家,如斋藤绿雨、德富芦花、夏目漱石、永井荷风、芥川龙之介等,他们从早期反传统的启蒙主义者演变为对资本主义文明的批评者。尤其是到大正时代活跃于随笔文坛的厨川白村、有

---

① 鲁迅:《小品文的危机》,《现代》第3卷第6期,1933年10月1日。
② 王元化:《关于现代思想史答问》,《清园近思录》,中国社会科学出版社,1998年,第82、83页。

岛武郎、长谷川如是闲等，他们对于日本社会现实的批判姿态，对鲁迅的创作思想影响很大。

厨川白村在广泛阅读西方文献基础上，把握世界性的现代文学的发展趋势，提出了这样的观点：

> 建立在现实生活的深邃的根柢上的近代的文艺，在那一面，是纯然的文明批评，也是社会批评。这样的倾向的第一个是伊孛生。由他发起的所谓问题剧不消说，便是称为倾向小说和社会小说之类的许多作品，也都是直接或间接地，拿近代生活的难问题来做题材。其最甚者，竟至于简直跨出了纯艺术的境界。有几个作家，竟使人觉得已经化了一种宣传者（Propagandist），向群众中往回，而大声疾呼着，这是尽够惊杀那些在今还以文学为和文酒之宴一样的风流韵事的人们的。就现在的作家而言，则如英国的萧（B. Shaw）、戈尔斯华绥（J. Galsworthy）、威尔士，还有法国的勃利欧（E. Brieux），都是最为显著的人物。①

厨川白村通过西方近代文艺的变迁趋势，抓住它具有"文明批评"和"社会批评"的特质，而建立起创造性的批判理论。因此，他明确提出了："文艺的本来的职务，是在作为文明批评社会批评，以指点向导一世"②。厨氏这一系列的精辟论述，对鲁迅散文创作，尤其是关于现代杂文的社会功能的深刻理解和创造性阐述，有着很直接的渊源关系，起到极其关键性的作用。那么，展开鲁迅与以日本厨川白村为代表的这种主张"文明批评"和"社会批评"的文学观点的探讨，无疑能够加深人们对鲁迅关于构建中国现代散文理论的认识和把握。

高扬现代理性批判精神，是"五四"知识者思想自由的独立标志，也是现代散文作品能否获得生命力的重要保障。我们在"五四"知识者的散文作品中，感受到"否定意识"的精魂魅力，领略着他们的大憎、

---

① 厨川白村：《出了象牙之塔·描写劳动问题的文学》，《鲁迅译文集》第3卷，人民文学出版社，1958年，第215页。
② 厨川白村：《现代文学之主潮》，《鲁迅译文集》第3卷，人民文学出版社，1958年，第244页。

大爱与大勇。鲁迅称自己是扮演"枭鸣"的角色,给大家报告不吉利的事。周作人在戏谈他取《谈虎集》书名说:"我这些小文,大抵有点得罪人得罪社会,觉得好像是踏了老虎尾巴,私心不免惴惴,大有色变之虑,这是我所以集名谈虎之由来。"① 在周氏兄弟主导下,他们与林语堂、孙伏园等人创办的《语丝》杂志,是 20 世纪 20 年代发表思想言说的最重要阵地。他们在《发刊辞》中声明,"周刊上的文字,大抵以简短的感想和批评为主",又说"我们个人的思想尽是不同,但对于一切专断与卑劣之反抗则没有差异",② 这可以说《语丝》同仁所持的创作倾向和态度。因此,鲁迅后来评价《语丝》说"在不意中显了一种特色,是:任意而谈,无所顾忌,要催促新的产生,对于有害于新的旧物,则竭力加以排击",又称"不愿意在有权者的刀下,颂扬他的威权,并奚落其敌人来取媚,可以说,也是'语丝派'一种几乎共同的态度"。③ 这说明以周氏兄弟为代表的"五四"知识者是以自由之精神、独立之意识,进行着"社会批评"和"文明批评",因而他们创作的散文带有批判性、揭露性、讽刺性等鲜明的感情色彩。

郁达夫曾这样评价鲁迅:"至于他的随笔杂感,更提供了前不见古人,而后人又绝不能追随的风格,首先其特色为观察之深刻,谈锋之犀利,文笔之简洁,比喻之巧妙,又因其飘溢几分幽默的气氛,就难怪读者会感到一种即使喝毒酒也不怕死似的凄厉的风味。"④ 郁达夫将阅读鲁迅随笔杂感的感受说成让读者"感到一种即使喝毒酒也不怕死似的凄厉的风味",这个比喻很独特,也很怪异。但仔细一想,鲁迅不也说过他的存在,就是要让那些一心想给自己制造舒服世界的人多留一些"缺陷",使他们难以称心如愿。从这个意义上说,鲁迅及其创作的散文在中国现代文化思想史上尤显得不可替代的价值和作用。

---

① 周作人:《〈谈虎集〉序》,《谈虎集》,上海北新书局,1928 年。
② 周作人:《〈语丝〉发刊辞》,《语丝》第 1 期,1924 年 11 月 17 日。
③ 鲁迅:《我和〈语丝〉的始终——"我所遇见的六个文学团体"之五》,《萌芽月刊》第 1 卷第 2 期,1930 年 2 月 1 日。
④ 郁达夫:《鲁迅的伟大》,思一译,日本《改造》第 19 卷第 3 号,1937 年 3 月 1 日。

第二章

三十年代外国散文译介与现代散文的视域拓展

经过二十年代的译介尝试,中国现代文坛迎来三十年代外国散文译介的风行与兴盛。中国现代知识者根据自己的知识构成、人格气质、审美趣味、言说方式,进行着富有创造性的译介工作,自然形成了个性化的文化诉求与不同的精神层面的影响效应。因而,我们有必要关注中国现代知识者在散文译介方面所做的创造性的工作,研究散文译介如何激发他们的创造性灵感,并成为他们迈上新文化创造的一个重要台阶,探讨现代知识者的散文创作实践与散文译介工作之间如何构成一种相辅相成、互为参证的关系。

第一节 小品散文译作的拓展与深入

一、以《骆驼草》、《文艺月刊》、《青年界》等为代表的散文译品

1930年创办的《骆驼草》周刊,是周作人与几个弟子办的一个纯散文刊物。散文译介方面,其重头戏是岂明(周作人)系统翻译古希腊海罗达思(Herodas)著的拟曲(Mimiamboi),在《骆驼草》上连载了三篇:《妒妇》、《塾师》、《乐户》,分别载于1930年的第10、12、16期。岂明在介绍自己缘何喜欢这种二千年前的古东西时,说:"我也很喜欢古希腊

的精神，觉得值得费点力来绍介。英国文人哈士列忒（William Hazlitt）①说过，'书同女人不一样，不会老了就不行。'古希腊的书大抵是这样，老而不老。威伯来批评海罗达思说，'他所写的脚色都呼吸着，活着。他所写的简单的情景只用几笔描成，但是使用得那么实在，所以二千年的光阴不能够损伤那图画的真实。这书是现代的，好像并不是昨天所发见，却是昨天所新写。海罗达思所描写的情绪不是希腊的，但是人类的，要赏识了解这些，极是容易，并无预先吞下去许多考古知识之必要。'或者可以说，描写的情绪是人类的，这也就是希腊的，因为这种中庸普遍的性质原来是希腊文化之一特色。"② 有这样的认识，周作人称海罗达思著的拟曲，篇篇是"珠玉"，确有其独到的眼力和偏爱。《骆驼草》周刊上的其他译作有：沉译的《哥德③的随感录钞》，载于1930年第19期；George Gissing著的《亨利·雷可罗夫的随笔序》④，杨晦译，载于1930年第22期。

《文艺月刊》创办于1930年8月15日，终刊于1937年8月1日，主办单位为中国文艺社，主要负责人为王平陵。该刊较注重散文译介，侧重于英国散文的介绍，兼及其他国家的散文译作。1934年12月1日《文艺月刊》第6卷第5、6号合刊推出"柯立奇⑤、兰姆百年纪念祭特辑"，为最大的亮点。在该刊中，刊载了已故的梁遇春译的一篇《查尔斯·兰姆评传》、毛如升撰写的介绍文章《兰姆的〈伊里亚集〉》⑥、张月超译的蓝姆⑦著的《〈伊里亚小品文续编〉序》、巩思文撰写的《蓝姆与柯立奇的友谊》，另外刊载三篇兰姆收在《伊利亚随笔集》里的作品：《烧猪论》（问笔译）、《古瓷》（陈瘦竹译）、《初次观剧记》（陈瘦竹译）。如果先前新文坛对英国随笔大家兰姆的介绍和刊载，属于分散、零星的，难以见

---

① 哈士列忒，今通译"赫兹（士）列特"。
② 岂明：《江斋随笔·四 古希腊拟曲》，《骆驼草》周刊，第19期，1930年9月15日。
③ 哥德，今通译"歌德"。
④ 乔治·吉辛：《亨利·雷可罗夫的随笔》，今通译《四季随笔》。
⑤ 柯立奇，今通译"柯尔律治"，为英国浪漫派代表人物之一，也是著名随笔大家兰姆的好朋友。
⑥ 伊里亚，今通译"伊利亚"。
⑦ 蓝姆，即兰姆。

到较为完整的"形象",那么此次推出的"纪念特辑",即有介绍兰姆本人的生平经历、与朋友交往的往事,也有评介他随笔的内容与风格以及相对集中展现其作品风貌,这无疑对国人更深入地了解这位英国随笔大师是大有裨益的。英国散文家的译作,分别如下：斯威夫德著的《漫想》(一)、(二),铭竹译,载于第 1 卷第 4 号；L. A. G. stong 作的《龙虾》,侍桁译,里特塞著的《失掉了的福伴》,钟宪民译,均载于第 3 卷第 2 号；L. R. Smith 作的《玫瑰》,陈瘦石译,载于第 5 卷第 4 号；W. H. Hudson 作的《他的故乡》,陈瘦石译,载于第 5 卷第 5 号；A. Clrtton Brock 著的《论友谊》,钱春昤译,载于第 7 卷第 3 号；E. V. Lucas 作的《火》,王思曾译,载于第 8 卷第 1 号；E. V. Lucas 作的《命运》(吕天石译),载于第 8 卷第 2 号；Mary E. Coleridge 著的《送礼》,何况译,载于第 9 卷第 1 号；Bertrand Russell 著的《快乐依旧可能么？》,邵鼎勋译,载于第 10 卷第 1 号。其他国别的散文译作：[俄]西米诺夫著的《仆人》,何公超译,载于第 3 卷第 1 号；西班牙阿索林作的《阿索林散文抄》,戴望舒译,载于第 3 卷第 5、6 号合刊；希腊 Theophrastus 著的《人物素描》中的系列作品,陈瘦竹译,载于第 4 卷第 2、5、6 号。美国汉敏威著的《海的幻变》,维特译,载于第 7 卷第 3 号；日本十一谷义三郎作的《英雄主义》,耘砂译,载于第 3 卷第 12 号；印度泰谷尔①著的《鹦哥的训练》,晓萍译,载于第 5 卷第 5 号。

《青年界》是由李小峰、赵景深编辑,北新书局出版发行,1931 年 3 月创刊,1937 年 7 月停刊,1946—1949 年曾复刊。其登载的散文译作有多种国别,而以日本尤为显眼。荻原朔太郎著的《诗人与艺术家》,孙俍工译,加藤武雄著的《加藤武雄小品二篇》,谢六逸译,均载于第 1 卷第 1 期；荻原朔太郎著的《描写与情像》,程鼎鑫译,载于第 1 卷第 5 期；石川啄木作的《旷野》,叶鼎洛译,载于第 2 卷第 1 期；缪崇群译的《德富芦花散文诗钞》,其内收录《暮秋》、《花月之夜》、《苍茫之夕》、《檐溜》、《春之悲哀》、《朝霜》、《风》、《耶路撒冷之燕》,载于第 3 卷第 2 期；横

---

① 泰谷尔,今通译"泰戈尔"。

山桐郎著的《莹》，谢六逸译，载于第 3 卷第 4 期。其他散文译作分别为：Edmund Gosse 著的《小泉八云》，梁遇春译，载于第 2 卷第 1 期；Robert Lynd 作的《王尔德》，梁遇春译，载于第 3 卷第 1 期；[南] 伏里契维克作的"小品三篇"：《黎明》、《身后名》、《时间》，唐旭之译，载于第 5 卷第 4 期；[瑞典] 拉绮洛孚著的《午睡》，唐旭之译，载于第 5 卷第 5 期；[捷] 凯沛克作的《猫》，唐旭之译，载于第 6 卷第 1 期；[波兰] 玛妥司宙斯基作的《吉诃德①式的精神》，唐旭之译，载于第 6 卷第 3 期。

另外，值得注意刊载散文译作的刊物还有：《文学》杂志，创办于 1933 年 7 月 1 日，由上海生活书店出版。在创刊号上，刊载了梁宗岱撰写的《蒙田四百周年生辰纪念》一文，以示对这位文艺复兴晚期的著名怀疑论家、现代随笔鼻祖蒙田的尊敬和纪念。同时，也配发了梁氏从《蒙田随笔集》中选译的文章《论哲学即是学死》；第 1 卷第 2 号，刊登了日本秋田雨雀的《我底五十年》，谷非译；第 5 卷第 1 号，刊登了德国歌德的《单纯的自然描摹·式样·风格》，宗白华译。《文学季刊》第 2 卷第 3 期，发表了西班牙阿索林著的《十六世纪的西班牙》（徐霞村译）。《小说》半月刊 1935 年第 16 期，发表了法国波德莱尔著的《贫民的玩具》、《贫民的眼睛》，若人译。《译文》1934 年第 1 卷第 2 期，发表了法国波德莱著的《散文诗抄（八首）》，黎烈文译。《文饭小品》创刊号刊载日本芥川龙之介著的《澄江堂杂读》抄，郑伯奇译；1935 年第 5 期发表了日本永井荷风著的《东京散策记》第四篇《地图》，知堂译；第 6 期发表了郑伯奇翻译的日本芥川龙之介的《梦》、志贺直哉的《Jzuku 川》。《文季月刊》，1936 年第 1 卷第 2 期、第 4 期，分别发表了陆少懿译的日本永井荷风著的《残春杂记》、《狐》。《中国文艺》，1937 年第 1 卷第 2 期发表了爱尔兰作家"枥塞尼文抄"之《爱与死》、《飓风》、《原野》、《南风》，向培良译。《鲁迅风》，1939 年第 14 期发表了日本长谷川如是闲著的《弱点即长处》，云译；1939 年第 16 期发表了日本江户川六郎著的《"北京"的悲哀》，云译。《新中国文艺丛刊》，1939 年第 1 辑发表了前苏联高尔

---

① 吉诃德，今通译"堂吉诃德"。

基著的《钟》,梅益译。

在散文的译著方面,有古罗马西塞罗著的《西塞罗文录》,梁实秋译,商务印书馆1931年;《英国小品文选》,梁遇春译,开明书店1931年;英国赫胥黎等著的《现代随笔集》,张伯符等译,中华书局1934年;日本有岛武郎著的《有岛武郎散文集》,任白涛译,龙虎书店1935年;岛崎藤村著的《千曲川素描》,黄源译,上海新生命出版社1936年;日本德富芦花等著的《日本小品文》,缪崇群译,中华书局1937年;美国史沫特莱等著的《现代美国小品:突击队》,黄峰译,光明书局1938年,等等。

二、以《论语》、《人间世》、《宇宙风》等为代表的论语派散文译品

进入20世纪30年代,林语堂等创办了《论语》、《人间世》、《宇宙风》等杂志,标榜"以自我为中心,以闲适为格调",创作大量幽默消遣小品文。在散文译介方面,他们也是优先刊载与这种理论主张相关的译品。

《论语》创刊于1932年。在该刊发表的译作有:[法] Jeam Cocteau著《鸦片随笔》,衣萍译,刊载于第10期;[法]贝尔讷尔作的《专门医生》,李青崖译,刊载于第15期;J. B. S. Haldane著的《我的养生术》,全增嘏译,刊载于第19期;Pearl S.Buck著的《老奶妈》,唐锡如译,连载于第21、22、24、26期;鹤见祐辅著的《幽默之有无》,亢德译,刊载于第23期;鹤见祐辅著的《狐与鸡》,亢德译,刊载于第24期;[法]莫利安著《西洋幽默——散文与诗》,宰予译,刊载于第24期;长谷川如是闲著的《孟子的不劳所得》,亢德译,刊载于第25期;Charnfort著的《学究与贼》,克敏译,刊载于第26期;Pearl S. Buck著的《新爱国主义》,林疑今译,刊载于第27期;[法] Maxef Alex Fischer著的《弄巧成拙》,侯毅译,刊载于第28期;Leacok作的《照相馆中》,黄嘉德译,刊载于第31期;[德] C. Gellert作的《妻子的病》,哥夫译,刊载于第34期;Stephen Leacock作的《外交事件》,黄嘉音译,刊载于第36期;长谷川如是闲著的《"笑"之社会的性质与幽默艺术》,徐懋庸译,刊载于第42期;Stephen Leacock作的《医生与病人》,黄嘉德译,刊载

于第 43 期；意尔夫·比鲁脱夫著的《苏维埃式的鲁滨孙漂流记》，宋春舫译，刊载于第 44 期；W. H. Dvies 著的《自判自的犯人》，小品译，刊载于第 45 期；[美]马克·吐温著的《我的表》，黄嘉音译，刊载于第 46 期；E. V. Lucas 著的《尼古丁学校访问记》，稚吾译，刊载于第 54 期；Dr. Karel Capek 著的《英国风》，崇林译，刊载于第 55 期。第 56 期出版了"西洋幽默专号"，其栏目分为"我的话"、"幽默论"、"讽刺"、"清谈"、"记叙"等，"我的话"一栏专刊林语堂两篇译作：莎士比亚著《人生七计》；尼采著的《市场的苍蝇》。"幽默论"集中刊载郁达夫、黄嘉音等撰写介绍国外的幽默作家和幽默理论。而"讽刺"、"清谈"、"记叙"分别刊载三组译作，视野开阔，内容丰富。如"清谈"一栏就收录了 A. P. Herbert 著的《画诀》，宋春舫译；L. Hunt 著的《论冬日早起》，稚吾译；Twain 著的《睡在床上的危险》，黄嘉音译；Baudelaire 著的《旁若无人随笔》，疑今译；Broun 著《妇人的直觉乃胡说》，林幽译。[德] Hermann Bahr 著的《美丽的女人》，彤孙译，刊载于第 58 期；Robert Lynd 著的《怕》，林疑今译，刊载于第 71 期。

《人间世》创刊于 1934 年，该刊特辟"译丛"专栏。创刊号发表两篇译作：[法]金艾玛女士著的《俄国的写真》，李青崖译；饮水氏著的《神奇事》，简又文译。第 3 期发表[日]芥川龙之介著的《清闲》，谢六逸译；[德]何辅民士陶著的《歌》，简又文译。第 5、6 期刊载 E. M. Martin 著的《道旁的智慧》，卞之琳译；第 7 期刊载 Max Beerbohm 著的《撕扇》，王灭译；第 8 期刊载 Charles Lamb 著的《幻梦中的孩子们》，林疑今译；第 10 期刊载 Max Beerhohm 著的《送行》，祺南译；第 11 期刊载阿狄生、施底尔①著的《旁观报文钞》，林疑今译；第 13、14 期刊载蒙田著的《论隐逸》，梁宗岱译；第 15、16 期刊载《屠格涅夫散文诗》，贝叶译。《人间世》从 1934 年第 15 期起，其"译丛"专栏目改为"西洋杂志文"，这是开风气之先，使国人透过"杂志文"进一步了解异域的国家制度、社会结构、法律伦理、风情民俗等等。编者在专栏按语称："本栏宗

---

① 阿狄生（Addison）、施底尔（Steele），今通译"艾迪生"、"斯梯尔"。

旨,并非介绍西洋文学,而是(一)叫不懂洋文的人也可看到西洋杂志文,(二)叫人见识见识西洋杂志文的体裁笔调材料是怎样个样式,(三)希望本刊投稿者也能写出同样的文字。"第 15 期刊发 Wayne W. Parrih 著的《何谓技术统制》(黄嘉音译)、Dorothy Dunbar Bromley 著的《法国的女人》(黄嘉德译);第 16 期刊发 Marian J. Castle 著的《女子与自杀》(林语堂译);第 17 期刊发 William Maxwell Bickerton 著的《日本的私刑》(黄嘉音译)……此后基本上每一期都有刊载 1—3 篇西洋杂志文,1935 年第 15 期还出版了"周年纪念西洋杂志文专号"。

《宇宙风》创刊于 1935 年,也是林语堂主办的刊物之一。他在创刊号称:"《宇宙风》之刊行,以畅谈人生为主旨,以言必近情为戒约;幽默也好,小品也好,不拘定裁;议论则主通俗清新,记述则取夹叙夹议,希望办成一合于现代文化贴切人生的刊物。"① 因而,刊载类似西洋杂志文那种"畅谈人生之通俗文体"为优先的选项。该刊散文译介:第 6 期刊发 G. H. Lorimer 著的《一封教育儿子的信》,宋春舫译;第 10 期刊载[日]兼好法师著的《徒然草》(选译),郁达夫译;第 18 期刊载[英]罗素著的《论青年的犬儒主义》,宋以忠译;第 22 期刊载 Alaous Huxley 著的《猫与文学》,林语堂译;第 24 期刊载 G. K. Chesterton 著的《谈广播》,黄嘉德译;第 39—44 期刊载纪德著的《从苏联归来》,戴望舒译;第 45—47 期刊载 Vincent Sheean 著的《美国大学生活》,张沛霖译;第 51—54 期刊载鹤见祐辅著的《传记的意义》,岂哉译;第 61 期刊载 Dorothp Thompson 著的《松鸡先生的地理课》,怀今译。

1936 年 9 月 1 日,一种以标榜"译述西洋杂志精华,介绍欧美人生社会"的杂志《西风》在上海创刊,该刊编辑兼发行人是黄嘉德、黄嘉音昆仲。这两位与林氏刊物关系密切,其实也是林语堂麾下的两员大将。林语堂说:"我每读西洋杂志文章,而感其取材之丰富,文体之活泼,与范围之广大,皆足为吾国杂志模范。又回读我国杂志,而叹其取材之单调,文体之刻板,及范围之拘束,因每愤而有起办'西风'之志……吾编

---

① 林语堂:《小大由之——且说本刊》,《宇宙风》半月刊,第 1 期,1935 年 9 月 16 日。

《人间世》时，提倡'特写'，提倡'西洋杂志文'，即本此意。然非另办杂志，专译西洋杂志文字，不足以见中西杂志文字与内容相差之巨，而为将来中国杂志辟一蹊径。"① 有鉴于此，黄嘉德、黄嘉音昆仲不仅聘请林语堂撰写《发刊词》，而且邀请他担任本刊的顾问编辑，这也就不是什么奇怪的事了。《西风》杂志所设的栏目有"长篇连载"、"冷眼旁观"、"雨丝风片"、"科学·自然"、"心理·教育"、"妇女·家庭"、"传记·人物"、"国际·政治"、"游记·冒险"、"军备·战争"、"社会·暴露"、"艺术·戏剧"、"小品·幽默"、"书评"、"西书精华"等等，浏览这些栏目里的文章，真可谓琳琅满目、五味杂陈，而作者的身份更是五花八门、各显本色。不可否认，"西洋杂志文"，与职业作家撰述的纯文艺作品是有较大差别的。它站在"通俗"的立场上，贴近于社会人生的描摹，以及侧重于科普知识的普及宣传。其价值就在于此类杂志之文，能够"供给日常生活上所需要的时新常识，人格修养，趣味调和等等，使读者感到生活之为物，不仅是过去的回味，未来的耐追求，而且现存的也得有清楚的了解，尽量的充实，和合理的享受。这在今日民主国家的公民生活上几乎是不可缺少的一种调剂物。"② 由此可见，西洋杂志文，被当作"调剂物"，而充分重视和发挥文学的面向社会、贴近人生的娱乐功能，这对散文文体成功走下"纯艺术"殿堂，是大有裨益的。

出现在本时期的《新中华》杂志，对于域外散文的译介也起过重要的桥梁作用。第 3 卷第 7 期"随笔"栏目发表了 Henry Van Dyke 作的《给志在文学者》（虎生译）、Arnold Bennett 作的《每日的奇迹》（烟痕译）、A. G. Gardiner 作的《青年与老年》（则民译）、S. Mougham 作的《人与文》（桐君译）等；第 12 期刊载了 Anatole France 作的《裸体游行》（虎生译）；第 13 期发表了 E. V. Lucas 作的《同情学校》（文英译）；第 15 期发表了 A. Huxley 作的《化妆品和女性美》（伯符译）；第 13 期发表了 I. A. Levitan 作的《缥缃厄运》（文英译）；第 4 卷第 3 期登载了 R. Lynd

---

① 林语堂：《〈西风〉发刊词》，《西风》创刊号，1936 年 9 月 1 日。
② 毕树棠：《英美通俗杂志漫谈》，《西风》第 33 期，1939 年 5 月。

作的《孤陋寡闻的快乐》(孟章译);第 4 卷第 13 期发表张梦麟撰写的《漫谈契斯透登》。

三、日本随笔的翻译与介绍

在日本文坛,"随笔"作为"历史性文类",早在平安中期就已产生,这是以清少纳言的《枕草子》的诞生为标志。除此之外,鸭长明的《方丈记》(1212 年)和吉田兼好的《徒然草》(1324—1331 年),也是日本古代著名的随笔著作。但作为"理论性文类","随笔"一词来源于中国,最早出现在文坛上是室町时代(1392—1576 年),但是直至近代大正时期(1912—1925 年)才明确作为一种独立的文学体裁。[①]

明治维新后,日本转向西方学习,走上一条脱亚入欧的现代化道路,文学界涌现出一批积极从事"文明批评"和"社会批评"的作家,如斋藤绿雨、德富芦花、夏目漱石、永井荷风、芥川龙之介等,他们从早期反传统的启蒙主义者演变为对资本主义文明的批评者。尤其是到大正时代活跃于随笔文坛的厨川白村、有岛武郎、长谷川如是闲等,他们对于日本社会现实的批判姿态,对中国现代文坛影响很大。早在 20 世纪 20 年代,鲁迅、周作人、谢六逸、侍桁、黎烈文、克标、光人、终一等就是日本随笔的热心译者。到 20 世纪 30 年代,学界对日本随笔的译介和研究热情不减。除了知名学者如鲁迅、周作人、郁达夫等继续致力译介工作外,其他如谢六逸、缪崇群、章克标、任白涛、黄源等人也取得很大的成绩。同时,这些学者或著或译,对于日本随笔的历史与现状,随笔理论的内涵演变,以及随笔的艺术特征,都进行深入的介绍与研讨,从而为中国散文发展提供可资借鉴的参照物,有力推动中国散文由传统向现代的转型。

首先,关于日本"随笔"或"小品文"特性的介绍和研究。除了上一时期鲁迅翻译厨川白村两篇论"Essay"为学界所熟知外,本时期《文学》杂志和《宇宙风》刊载的日本相马御风作的《日本的随笔》(谢六逸译)和傅仲涛撰写的《日本小品及随笔底一斑》也是很值得注意的两篇文章。

---

① 黄科安:《知识者探求与言说:中国现代随笔研究》,中国社会科学出版社,2004 年,第 6 页。

据傅仲涛介绍,小品文这个名称出现于日本的,是在明治三十九年(民国前七年),后来到大正五年(民国五年)以后,小品文的名称就渐次为"随笔"、"感想"和"漫录"等名称所代替。至于二者的联系与区别,傅仲涛作了较为周密的论证和说明:"由广义地说来,'小品文'与'随笔'俱是抓住日常生活的断片,自由自在地发挥个人的印象感想,或记载个人所见所闻或所知的事实,所以两者是同一的。然而自狭义地说来,小品文是比较叙事文或抒情文更复杂,比较短篇小说又要单纯一点的文艺作品。至于'随笔'的范围呢,可就较广了。它可以随笔所之,自由自在地记载个人的一切感想印象见闻体验议论或研究等。现在我们所谓之小品文,有好些是随笔,反之,日本人一般所谓之随笔,又有好些实是小品文。所以将小品文的范围扩充起来,小品文中可以包含随笔;将随笔加上文艺的成分,随笔中也可以有小品文。两者原是异名同质的文体,我们现在把它们相提并论,并没有什么不可以吧?"①

日本与中国同为东方国度,在随笔上深受我国影响,那么明治维新以后打开门户接纳西方思潮的随笔到底发生了怎样的蜕变呢?这也是当时中国知识界最想关心的事情。谢六逸就是抱着这样的想法,埋头翻译日本现代随笔,成了热心介绍日本现代文化的著名学者。他在翻译日本相马御风《日本的随笔》②的"译后记"中称:"介绍公安、竟陵派的小品文字,不能不说是有意味的工作,但在推动中国新文艺一点,始终以为力量微弱。因此我推荐饱受西洋文学洗礼的日本小品文字,这就是我译本文的动机。作者相马御风为日本现存著名散文作家,最近有《人间最后的姿态》、《人间》、《世间》、《自然》、《砂上闲话》等作行世。"相马御风劈头就说:"随笔并不是普通所称的'作品'然而是最自由最流通的文学。它是没有型式的文学的一种形体。""即令是日记的片断、一通书翰,随其内容与表现之不同,可以成为优美的随笔文学。"这是对随笔文体一种最为本质的界定,即"自由"特性。而由"自由"特性而来是它的题材

---

① 傅仲涛:《日本小品及随笔底一斑》,《宇宙风》第38期,1937年4月1日。
② 相马御风:《日本的随笔》,谢六逸译,《文学》第3卷第3号,1935年。

的不定型,即"随笔是没有定型的,它的题材也不必一定要文学的材料,谈政治,谈科学,或闲话,轻快的见闻均可。如谈话人的心境能扩充于全人生则他所说的话,必带着文学的价值"。以此作为随笔的界定标准,随笔的边界就显得包容和宽泛。诸如日本清少纳言的《枕草子》[①]、兼好法师的《徒然草》、鸭长明的《方丈记》、松尾芭蕉的《奥之细道》;卢骚[②]的《忏悔录》、托尔斯泰的《我的忏悔》、梭洛的《森林的生活》、法布耳的《昆虫的生活》、梅特林的《蜂蜜的生活》,"都不能称为'作品',这些是属于广义的随笔的部门的。可是它们都有辉煌千古的文学的生命"。既然随笔并无定型,且范畴较为广泛,这就意味着"随笔并不是专门家的东西,实是万人之所能为的"。随笔虽可万人所能为,但是能够打动读者的心,才是好的随笔,优美的随笔。那么,什么样的随笔才能算是上乘的随笔,相马御风借助室生犀星氏的阐释:"随笔与小说有别,随笔的深处仍应呈现作者的心,充满与小说不同的孤寂,直接入于读者的脑中……随笔令人坦白地和它亲近,悠悠然留在眼底,足够玩味。随笔之乐,就在此等地方。"相马御风颇有同感,以为这话抓到随笔的核心之处。他说:"我们知道随笔的根底,实以作者的心与生活作为它的生命。只有随笔确能表现作者的个人。""随笔不是专门家写的,随笔是万人能写的不过优美的随笔,它的根底必有优美的'人'的心。"相马御风关于"随笔的深处仍应呈现作者的心"的论调,显然打上了欧洲近代以来现代随笔强调"自我"的色彩。而赏玩随笔的"坦白"和"亲近",这里面虽浸润着东洋文学的"趣味观",但何尝不是受到以英国为代表西方现代随笔的娓语笔调的熏染。

傅仲涛的《日本小品及随笔一斑》,是对日本以"随笔"、"小品文"相称的作品作个简明的介绍,实际上也是粗略地梳理了日本近代以来的随笔流变史。傅仲涛认为:"在日本真正以小品文见称于世的,明治四十一年的时候,有真山青果的《梦》,及水野叶舟的《响》。大正元

[①] 《枕草子》,亦称《枕草子》。
[②] 卢骚,今通译"卢梭"。

年(民国元年)有吉江孤雁的《青空》和《砂丘》,田山花袋的《椿》,正宗白鸟的《青蛙》,岛村抱月的《雾》,俱为一般人士所传诵。现在的既成作家之中,真能称为小品文学家的,恐怕还要算吉田弦二郎。"至于以"随笔"这个名称出现的作品,是日本室町时代的一条兼良所著的《东斋随笔》,到了江户时代随笔的著述也就多起来。其中,天野信景的《盐尻》和神泽真干的《翁草》是较为出名的,尤其是天野信景的《盐尻》是"江户时代的随笔文中,篇帙最多的,年代最早的,内容最好的";而要算最"幽默"则要推大田南亩著述的作品了。在明治大正之间,随笔文学家也相当的多。"如内田鲁庵的《爆弹》《貘之舌》,都还不错。夏目漱石也是这时代的优秀的随笔文学家。谷崎润一郎的《饶舌录》、《倚松随笔》也很有名。永井荷风的《日和下驮》中,将尖锐的幽默和艺术至上主义融和到适当的程度。在明治大正文坛之中,特别以随笔短评见称于世的,要算杉村楚人冠……他所著的《丝瓜皮》《七花八裂》《虫子所在的地方》《湖畔吟》等随笔文,俱有相当的价值。""随笔的名称复活,并且能在文坛中占有重要的位置,成为一个独立的文学体系的,还是在大正十年以后。到了大正末年(民国十五年),并且有《随笔》专门杂志的刊行,《文艺春秋》杂志也采取编辑随笔的方针,其他杂志争起仿法,随笔便成为杂志中所不能少的部门"。因此,在日本现代文坛上,随笔小品作家人才辈出,佳作连篇,真可谓是"风起云涌",一派繁荣兴盛的景象。

其次,对日本古今随笔作品的翻译与解读。20世纪20年代,在日本随笔译介的起步阶段,周氏兄弟用力甚深,作出很大的贡献。鲁迅先后翻译了厨川白村、鹤见祐辅、有岛武郎、武者小路实笃等人的作品,他侧重对于深受西方影响的日本现代随笔发生兴趣。周作人翻译日本兼好法师作的《〈徒然草〉抄》,对于这位日本法师,周作人在"小引"中表示极大的敬意和浓厚的兴趣。他说:"《徒然草》最大的价值可以说是在于他的趣味性,卷中虽有理知(智)的议论,但决不是干燥冷酷的,如道学家的常态,根底里含有一种温润的情绪,随处想用了趣味去观察社会万物,所以即在教训的文字上也富于诗的分子,我们读过去,时时觉得六百年前老法师的话有如昨日朋友的对谈,是很愉快的事"。[①]谢六逸撰写《日本文学》,他在第五节"日记与随笔"中称:"平安时代为散文发达的时期,除了物语外,日记也颇有文学的价值。"他在本节中除了介绍几种日记外,还着重介绍日本第一本最著名的随笔集清少纳言的《枕草子》,他说:"清少纳言的《枕草子》,为与《源氏物语》齐名的著作。清少纳言是一个贵妇,她的父亲是清原元辅。枕草子的题名,是因她把原稿放于枕边。就所想到的或看见的随笔写成,所以名枕草子。大半是记载她的趣味嗜好与宫廷琐事,在文艺史上颇有价值。"[②]谢六逸还翻译芥川龙之介、夏目漱石等撰写的现代散文,出版《近代日本小品文选》,他在"前记"中说道:"欧人常称日本是东方的一个 Garden City,她富有明净的山水与优雅纤巧的建筑;岛国的自然界的景色,和大陆的又有不同。因为环境的影响,近代日本作家的作品里,有许多优美的小品文字。在西方的文学里,如吉辛(Gissing)的《草堂日记》(*Private Papers Henry Ryecroft*),兰姆(Lamb)的《伊利亚小品集》(*Essays of Elia*),米特孚(Mitford)的《我们的乡村》(*Our Village*)等,虽也是少有的小品文字,为世人所爱读,如把日本近代作家的小品文字和它们比较起来,又别有一种情趣。这种情趣,是由于日本的自然与作者的日常生活交织出来的。日本的著作虽然不少皇皇的大作,但终未能掩蔽这些小品文字的价值。"[③]

进入 20 世纪 30 年代,周作人成为介绍日本随笔的一个重要译家。周作人在 1935 年《人间世》第 27 期上,发表了《东京散策记》一文,对日本随笔家永井荷风的作品很感兴趣。他读过荷风的散文笔记,如《荷风杂稿》、《荷风随笔》、《下谷丛话》、《日和下驮》与《江户艺术论》等。其中《日和下驮》,又名《东京散策记》,记录是荷风在东京市中散步的事情,内分《和下驮》、《淫祠》、《树》、《地图》、《寺》、《水附渡船》、《露地》、《闲地》、《崖》、《坂》、《夕阳附富士眺望》等 11 篇。周作人

[①] 兼好法师:《〈徒然草〉抄》,周作人译,《语丝》第 22 期,1925 年 4 月 30 日。
[②] 谢六逸:《日本文学》,上海商务印书馆,1929 年,第 65 页。
[③] 谢六逸:《〈近代日本小品文选〉前记》,《近代日本小品文选》,谢六逸译,大江书铺,1929 年,第 1—2 页。

称他最喜欢的就是这本《日和下驮》。周作人评价永井荷风对本国政治与文化的消极态度时，引用了荷风写过的《江户艺术论》里论述江户木版画"瞌睡似的色彩"，也是"制作者的精神"，"只是专制时代萎靡的人心之反映"。这种"悲苦无告的色调"，"因了潜存的哀诉的旋律而将暗黑的过去再现出来"。江户木版画之悲哀色彩，深深沁入到荷风的胸底，同样也点点滴滴地传递到周作人的心中。周作人于是从这本随笔中不时摘录荷风的人生感悟之言，以及考辨中日民俗的渊源关系。周作人作《冬天的蝇》，载于1935年6月23日《大公报·文艺副刊》第157期。该文虽是介绍永井荷风的随笔集《冬天的蝇》，但周作人也谈及对日本散文印象与评介，他说："说到文章我从前也很喜欢根岸派所提倡的写生文，正冈子规之外，坂本文泉子与长冢节的散文，我至今还爱读，可是近来高滨虚子的文集《新俳文》与山口青村的《有花的随笔》，觉得写是写得漂亮，却不甚满足，因为似乎具衣冠而少神气。古来的俳文不是这样的，大抵都更要充实，文字纵然飘逸幽默，里边透露诚恳深刻的思想与经验。自芭蕉，一茶以至子规，无不如此，虽然如横井也有纯是太平之逸民，始终微笑地写那一部《鹑衣》者也不能没有。谷崎永井两人所写的不是俳文，但以随笔论我觉得极好，非现代俳谐师所能及，因为文章固佳而思想亦充实，不是今天哈哈那种态度。"周作人这种审美观念和对日本散文的独特体会，使他喜欢谷崎润郎与永井荷风的随笔作品。他说，《摄阳随笔》里的《阴翳礼赞》与《怀东京》都是百十页的长篇，却"值得一口气读完，随处遇见会心的话。"而永井荷风的《冬天的蝇》，尤属于周作人论及"文章固佳而思想亦充实"的那类作品。周作人引述了永井在该书中所作的序，旨在肯定永井人生态度和价值取向。他说："谷崎今年才五十，而文中常以老人自居，永井更长七岁，虽亦自称老朽，纸上多愤激之气，往往过于谷崎，老一辈中惟户川秋骨可以竞爽，对于伪文明俗社会痛下针砭，若岛崎藤村诸人大抵取缄默的态度，不管闲事了。"看来，周作人对谷崎永井的偏爱，不仅在于他们优美的艺术品位，更在于他们文章中"透露诚恳深刻的思想与经验"，尤其是永井年龄虽大，却依然爱管"闲事"，"对于伪文明俗社会痛下针砭"，因而"纸上多愤激之气"。周作人作《凡人崇拜》,载于 1937 年 4 月《青年界》第 8 卷第 4 期。该文介绍日本现代散文家户川秋骨及其散文集《凡人崇拜》。户川秋骨在文章方面以其"异色的幽默与讽刺"闻名,是属于周作人喜欢和佩服的日本现代散文家之一。周作人首先分析秋骨的文章为何有"幽默与讽刺"的意味,他说:"这有些是英文学的影响,但是也不尽如是。他精通英文学,虽然口头常说不喜欢英文与英文学,其实他的随笔显然有英国气,不过这并不是他所最赏识的兰姆,远一点像斯威夫德,近的像柏忒勒(Butler)或萧伯讷吧——自然,这是文学外行人的推测之词,未必会说得对,总之他的幽默里实在多是文化批评,比一般文人论客所说往往要更为公正而且辛辣。"虽然说,周作人试图梳理出秋骨"幽默与讽刺"与英国文学的渊源关系,但他并未忽视秋骨"幽默与讽刺"产生的现实土壤,即他"幽默",实在是进行所谓的"文化批评"中出现的。在周作人看来,秋骨是个"自由主义者","真的道德家","所以所写的文章如他自己所说多是叫道德家听了厌恶,正人君子看了皱眉的东西,这一点在日本别家的随笔是不大多见的,我所佩服的也特别在此"。周作人说:"专制,武断及其附属,都是他所不喜欢的,为他的攻击的目标。讽刺是短命的,因为目标倒下的时候他的力量也就减少,但幽默却是长命的,虽然不见得会不死,虽然在法西斯势力下也会暂时假死。"除此之外,周作人还注意到秋骨文章具有另一种魅力,即"在非常时的凶手所没有的那微笑"。周作人以为,这"微笑","一部分自然无妨说是出于英文学的幽默,一部分又似日本文学里的俳味,虽然不曾听说他弄俳句,却是深通'能乐',所以自有一种特殊的气韵,与全受西洋风的论文不相同也"。从以上论及的几位日本现代散文家来看,周作人曾说过自己知识渊源"大概从西洋来的属于知的方面,从日本来的属于情的方面为多"[①],也不定是很准确的话。周作人固然耽美于日本散文特有的情调与风格,但其实也是讲究文章的思想之充实。

其他学者介绍日本随笔家及其创作的相关文章,还有谢六逸翻译的

---

① 周作人:《明治文学之追忆》,《立春以前》,上海太平书局,1945 年,第 70 页。

日本相马御风作的《日本的随笔》,刊登于1935年《文学》第3卷第3号。另外,林语堂主编的《宇宙风》杂志也较为重视这一领域文章的刊载,诸如1936年第10期发表了郁达夫翻译的兼好法师著的《徒然草》(选译);1937年第34期发表了傅仲涛的《兼好法师与陶渊明》;1937年第38期发表了傅仲涛的《日本小品及随笔一斑》;1937年第39期发表了傅仲涛的《日本最杰出的小品文〈枕草子〉介绍》。

  在日本的古代随笔创作中,以平安时代清少纳言著的《枕草子》和建武时代兼好法师著的《徒然草》最为著名。傅仲涛著的《日本最杰出的小品文〈枕草子〉介绍》,专门介绍这部日本古代著名的作品。它虽规模不及《源氏物语》的伟大,然而格调的奇特、观察的透彻,决不让紫式部独享盛名。它的内容丰富,既有关于自然的描写,也有关于神佛的记载,宫中的生活、掌故、人情、风俗、服装、趣味、娱乐等的记载。傅仲涛认为,《枕草子》突出的特点有二,其一是它的真价值,"在于作者特别的对于自然的观察,和微妙的人情的感觉";其二是文章的"优美简练高贵",尤其是"描写的精细确实,决不容后人学步"。傅仲涛于文中对《枕草子》精细的解读,确实给人一种别开生面的感觉,显示出一位研究者敏锐的艺术观察能力和精致的审美鉴赏能力。

  郁达夫翻译了日本古代另一部杰出随笔作品《徒然草》(选译)。兼好法师著的《徒然草》,先前周作人也曾作过部分章节的翻译工作。郁达夫在"附跋"中,简明扼要地介绍这部随笔产生的背景、特色及其翻译的缘由。与周作人作的"小引"内容相对照,二者的感受既有相一致,也有不同之处。郁达夫说:"近来马齿加长,偶一翻阅,觉得它的文调的谐和有致,还是余事,思路的清明,见地的周到,也真不愧为一部足以代表东方固有思想的哲学书。"这与周作人所看重的地方,是一致的。不过,与周作人津津乐道这部随笔的"趣味性"稍为不同,郁达夫由于处在日本军国主义全面侵华的前夜翻译的,其心境多了一层现实感慨:"在中日外交纷挈的今日,将这种不符合实用的闲书翻译出来,或者要受许多爱国者的指摘。但一则足以示日本古代文化如何的曾受过我国文化的影响,再则也可以晓得日本人中原也有不少是酷爱和平,不喜侵略,如我国的一般只知读书乐业的平民,则此举也不能全说为无益。"

傅仲涛的《兼好法师与陶渊明》一文,谈了自己对兼好法师著述《徒然草》的意见,其一,就是"短小精悍透彻高超。又有趣,又沉痛";其二,作者淡泊名利,著述该书并非是"受世人的称誉",他只是"自然偶然地提着笔,想到什么,便写什么,消磨岁月"。而在这点上,与我国的陶渊明类似,都是有"不求闻达"的闲适心态,因而写出的文章就能够既"充实"又有"余韵"。

四、从"Essay"到小品文提倡

从"Essay"到小品文提倡,是中国现代散文理论在第二个时期深化与拓展的一个重要特色。

首先,本时期对于西方现代随笔流变史上一些重要的随笔作家都有所涉猎。1933年《文学》杂志的创刊号,刊载了梁宗岱撰写的《蒙田四百周年生辰纪念》,让读者能够进一步地了解这位法国著名怀疑论思想家和他创立的现代随笔的艺术范式。其观点如下:1. 介绍蒙田成就,认为蒙田与拉伯莱(Rabelais)[①]同是"法国文艺复兴时代的大散文家,代表思想上的文艺复兴,这就是说,近代欧洲对于希腊拉丁的哲学、政治及伦理思想之了解,吸收与发扬;同是真正的人文主义者;不过,从体裁言,一个出之于一种独创的轻松,自然,迂回多姿的论文,一个则集中于一部丰富的、粗壮的、诙谐的、讽刺的小说罢了"。2. 论述蒙田对后世的影响。蒙田作为"欧洲近代论文(即随笔——作者注)的创始者",其对后世影响深远,英国的培根、莎士比亚、彭忠孙(Ben Jonson)等,法国如夏龙、莫里哀、柏士卡尔(帕斯卡尔)、孟德斯鸠等,没有一个能够逃出他的窠臼。3. 如何真正认识蒙田的"全人"。"我所描画的就是我自己","我自己便是我这部书的题材"。这是蒙田对我们的自白。可是因为"每个人都具有整个人类的景况",于是描写他个人的特性和脾气便等于描写全人类的特性和脾气;赤裸裸袒露他的灵魂的隐秘便是启示普遍的人生的

---

① 拉伯莱(Rabelais),今通译"拉伯雷"。

玄秘。又因为"人是一个不可思议的虚幻，飘忽，多端的动物"，于是这部书所呈的蒙田也便是千变万化的蒙田了。

对英国随笔集大成者兰姆的译介，1934年12月1日《文艺月刊》第6卷第5、6号合刊推出"柯立奇、兰姆百年纪念祭特辑"，除了刊载已故的梁遇春译的一篇《查尔斯·兰姆评传》、毛如升撰写的介绍文章《兰姆的〈伊里亚集〉》，还集中展现几篇兰姆的随笔译作。梁遇春酷爱英国随笔作品，翻译出版了《英国小品文选》（上海书店，1929年）、《小品文选》（上海北新书局，1930年）、《小品文续选》（上海北新书局，1935年）三本随笔作品集。

梁遇春心仪兰姆，被称为中国的"爱利亚"①。他在《查尔斯·兰姆评传》中，称可以向兰姆学习很多的"精妙的生活术"。兰姆一生遭遇好多不顺心的事，但他却能用飘逸的思想，轻快的字句把很沉重的苦痛拨开。因此，兰姆"用他的诙谐同古怪的文体盖住了好多惊人的意见"。梁遇春在《小品文选·序》里，对18—19世纪的英国随笔作家作过很精彩的点评。他称："Steele豪爽英迈，天生一片侠心肠，所以他的作品是一往情深，恳挚无比的，他不会什么修辞技巧，只任他的热情自然流露在字里行间，他的性格是表现得万分清楚，他的文章所以是那么可爱也全因为他自己是个可喜的浪子。"而他的朋友艾迪生个性就与斯梯尔很不同。艾迪生生性温文尔雅，他自己说他生平没有连续说过三句话，他的沉默，可想而知，"他的小品文也是默默地将人生拿来仔细解剖，轻轻地把所得的结果放在读者面前"。约翰逊虽不是随笔名家，但他撰写的几篇随笔充满着"智慧"与"怜悯"。至于哥尔德斯密斯，梁遇春认为他的个性和斯梯尔很类似，不过是更糊涂一点。他的《世界公民》是一部让人百读不厌的书。其小品不单是洋溢着"真情同仁爱"，并且是"珠圆玉润"的文章。入选的19世纪随笔作家为兰姆、哈兹里特②、亨特、约翰·布朗。兰姆是梁遇春最心仪的对象，被认为是"这时代的最出色的小品文家"、"英国

---

① 爱利亚，即英国随笔作家兰姆的笔名"Elia"，今通译"伊利亚"。
② 哈兹里特，即"赫兹列特"。

最大的小品文家"。他的《伊利亚随笔集》是一部"诙谐百出"的作品,"没有一个人读着不会发笑,不止是发笑,同时又会觉得他忽然从个崭新的立脚点去看人生,深深地感到人生的乐趣"。而哈兹里特是个"深刻不过"的作家,但却能么"平易"地说出来。梁遇春认为这实在是哈兹里特的本事。亨特是被认为"整天笑哈哈的快乐人儿",他的一生经历很多不幸的事情,但他却能以乐观态度对付人生中的坎坷与磨难,他入狱而写的《在监狱里》就很可以看出他这个人的个性来。约翰·布朗是苏格兰医生,他是个最富爱心的人,最会说"牵情的话"。20世纪活跃在英国随笔文坛上的作家也是极富个性特点。切斯特顿,被称为风格是"刁钻古怪"人,好说"似非而是的话"。贝洛克是以清新为主,善于描写穷乡僻壤处的风景。梁遇春幽默地调侃道:"他同Chesterton一样都是大胖子,万想不到这么臃肿的人会写出那么清瘦的作品。"林德撰写的小品,异常"结实","里面的思想一个一个紧紧地衔接着",却又是那么不费力气样子。加德纳在欧战期间写了不少随笔,用来排遣心中的烦闷,其"文字伶俐生姿"。

张梦麟撰写的《漫谈契斯透登》,发表在1936年7月10日《新中华》杂志第4卷第13期。作者于文中认为在20世纪英国文坛上,能与萧伯纳相当的对手是小品作家契斯透登,他们俩"真是棋逢对手,不相上下的两个怪物","他们同是极幽默极讽刺的作者,同是近代文明的批评者,同是近代社会的改造者,同是人生真理的探求者。"可是,他们对于各种问题的意见,又常常处于相互反对的地位,这是耐人寻味的。其实,契斯透登的主张和意见也许是不值介绍的,因为他所主张的都是极平凡而为人所熟知的普通道理。但是,他的妙处"并不在于所说的平凡的真理,反而在于他所怎样说出这些真理的方式"。这就是契斯透登叙述方式,即"逆说"登场的地方。所谓"逆说",乃是把真理头朝天脚朝地的站起来,为的是好惹人注意。他的全著书中,"便都是这么地把一切极平凡的现实真理颠倒地站立起来,初初看去,觉得非常奇怪,非常有味,再一细看,尽都是些把航路算错而以为是新大陆的旧英格兰。"

其次,西方"Essay"的历史流变与文体研究。本时期出现了毛如升撰写的《英国小品文的发展》，刊载于 1936 年《文艺月刊》第 9 卷第 2、3 号；方重著的《英国小品文的演进与艺术》，收在《英国诗文研究集》一书，商务印书馆 1939 年。这是两篇学理性强，分量颇重的文章。

毛如升的《英国小品文的发展》，共有五个部分，分别为：一、什么叫小品文（Familiar Essay）；二、孟丹（Montaigne）①与英国小品文之起源；三、18 世纪英国的小品文；四、19 世纪英国的小品文；五、20 世纪英国的小品文。从该文的章节里，可以看出作者的撰写重心是放在如何梳理英国小品文的流变史，和总结英国小品文在某些发展阶段所呈现出来的规律与特点。作者以为，英国小品文归功于孟丹的刺激和灵感，但是小品文写作的风气，却是由培根一手造成的。培根在 1597 年第一次在英国出版了一部薄薄的《尝试集》（"Essayes"）。显然地，这个书名是从孟丹那里借来用的。可是培根是否直接孟丹的影响，颇有争论。毛如升称："就其用一同样的基础或发端言，他们两人很相似；但就其发展来说，显然地他们所走的文字的途径和企图的目的各各不同。只要稍为把他的文章检讨一下——如他的《论读书》（of Studies）,《论真理》（of Truth）,《论荣誉》（of Honor and Reputation）等——就可以看出他的作品远不及孟丹的作品之来得亲热和处处涉及自我。我们与其说他的文章是属于小品文的一类，无宁说是属于古人的名言录一类的书。"从二者的区别来看，毛如升认为真正称得起继承孟丹传统的最早的英国作家不是培根而是孔惠廉（Sir William Cornwallis）。这个结论，是客观的，有较强的说服力。在第三节论述 18 世纪英国的小品文时，毛如升以为，期刊论文之所以是这个世纪英国最流行的文章形式，应归功于三个缘由：1. 新闻事业的发达；2. 咖啡馆；3. 人物描写。诚然，期刊论文有其独特的一面，毛如升论述道："在熟习于孟丹或是考莱的读者看来，安迪生和施蒂尔的文章，一定整个儿好像是属于一种新的派别。这一类文章的目的，不在表现作者自己的人格，而在表现它们文章里所采取的人物的人格。因此，它们的情调并非是个人的，而是社会的，是教训的。"在"十九世纪英国

---

① 孟丹（Montaigne），今通译"蒙田"。

的小品文"中，毛如升着重论述英国著名小品文作家兰姆。他认为，兰姆作品有三大特色：1. 用引语（Use of Quotations）。读过兰姆的人，都可以看出古色斑斓是他的文体唯一的特色，这是因为兰姆是个学者，读的古书很多，而所以多读古书则以其性情与18世纪的作家相同喜作微妙玄通之想，读书既多，所以随手拈来，都是出于经典。2. 美妙的幽默和双关戏语（Genuine humor and Witty Puns）真正的幽默乃是一种谑而不虐介乎同情与厌恶之间的情绪（a kind of emotion between Sympathy and antipathy），与"Wit"完全相反。兰姆的幽默，可为真正英国幽默的代表。他虽厌恶人性中的弱点，却很同情于人性，他要指摘人类的短处，可是绝不伤动你的情感，因为他之观看人类完全基于同情的爱。3. 他的自我（his egotism）这也是兰姆最显著的特色。他在《爱丽亚集》里，几乎除了他好的个性方面而外把他整个的自我赤赤裸裸地表达无遗。正因为如此，他有一种纯任自然的风格和尽情流露的个性，我们可称兰姆是这时代中小品文之王。最后一节是"二十世纪英国的小品文"，作者介绍了比亚崩（Max Beerbohm）、吕加斯（E. V. Lucas）等人的小品文创作内容与风格，并认为只有吕加斯的小品文成就比较高。

方重著的《英国小品文的演进与艺术》，也是从英国小品文的渊源说起："在英国，小品文的艺术犹如一棵移植的树，它的苗种是在国外的土壤中下子的。同英国古时的一首史诗——Beowulf——一样，产生在欧洲大陆，后来才迁移到不列颠岛上来。小品文的发源地在法国，它的祖先是法国一位文人蒙旦①。"但论及培根与蒙田之关系时，一方面虽强调"培根的小品文在艺术方面与蒙旦的大相径庭，正如在性格上两人也是迥然不同"；另一方面却注意到培根《随笔集》初版和第二、三版的区别，发现培根的增改修订，最重要的一层是"自我成分已渐渐地流露出来"，因此下断语曰："英国的小品文在培根一人，已开始由拘谨进到闲适，虽然闲适的自我还在胚胎的时期，但那航程的方向是已经定了。"众所周知，论述培根与蒙田之间的不同，只要人们稍微阅读两人的著作，即

---

① 蒙旦，即"蒙田"。

可得出这样的结论，这也是学术界普遍秉持的公论。然而，方重却能从培根不断修订的《随笔集》中，解读出微言大义来，很好地解决了蒙田创立的随笔（即这里所说的小品文）文体，是如何经过培根之手，在英国膏腴的沃土上移植生根的。有了蒙旦开了端，培根领了路，至17世纪就产生了两个承继人康瓦立司（Sir William Cornwallis）和约翰生（Robert Johnson）。接着，出现这个世纪的文坛权威姜生（Ben Jonson）。17世纪中叶及中叶以后，还加了几支其他的分流，"方演成阿迪生与司蒂尔的期刊小品文的大收获，一方面英国散文经过培根姜生的紧练以后又需要一种松展的力量，这个趋向我们可以拿布朗与富勒二人为例证。再有一方面，小品文将入期刊文的阶段，期刊文是现代报章文的前驱，其题材主通俗，主清醒，主动听，这一层有霍畏尔与海列发司代表。第三方面，小品文的中心格调在乎闲适与自我的表现，关于这点我们提出吞布尔与考莱为枢纽"。由以上阐述的分流，合并起来，演变成了18世纪的期刊小品。期刊作家中以阿迪生和司蒂尔为主脑。期刊文章与以前的小品文有很大区别，即"以前的小品文大都出发于自我，而归终仍是自我，现在及以后的小品文，出发于自我，却归终于社会；期刊的文人，经阿迪生、司蒂尔的力量，由小我的泄露而进于大我的调和。这是英国纯散文历史上一个很重要的阶段。"《伦敦杂志》，因刊载兰姆的小品文而在英国文学里得以"永久生存"的荣耀。兰姆的小品文价值体现在哪些方面呢？首先，方重认为，"在自我的披露，兰姆的小品文尤是无上的宝藏"。所以，研究他的小品文，就要研究他的性格，两者是分不开的。"他的作品和他的一生经历一样，幽默背后悲惨，悲惨中间幽默，沉默与活跃，真情与幻想，相互渲染，演放出无穷的色彩，成为不朽的美艺"。其次，兰姆的风格妙在无定和他的为人一样，他的文调很古怪。他最爱的作家是16、17世纪的米尔顿、布朗、富勒，人物描写的作者如曷尔与渥浮白雷以及波顿、瓦尔顿等人。他在文学上的地位不属于主流，同时又不受旁流的影响，他自成一个星宿，照耀着，让一部分的人去观赏，去爱戴。再者，兰姆的幽默是他的灵魂，是旁的作家所不能梦想得到的。总之，"由蒙旦、培根，而考莱、司蒂尔、阿迪生、哥尔兹密司到了兰姆，英国的小品文达到了绝顶；他是小品文史里的莎士比亚，以前的作者都为他而生，以后的作者都由他而来，旁的作者尽可比他奔放，比他严谨，但他的人格，非但可敬，而且可爱，非但多趣，而且温柔，使他的作品得臻完美，为所有小品文家的楷模"。哈士列脱，是与兰姆同时代的好朋友，他的小品文文调与兰姆大相径庭，他的主调是热烈的，有如江涛一泻千里之势，他的爱与憎，称誉与谴责，懊恼与鼓舞，都尽量地在纸上活跃，全无掩饰。19世纪下半叶，就纯小品文作家中，斯密司（Alexander Smith）和司蒂文生（Robert Louis Stevenson）两人是重要的。20世纪欧战后，也涌现了诸如路加司（E. V. Lucas）、白洛克（Hilaire Belloc）、乞司特顿（G. K. Chesterton）、林德（Robert Lynd）等小品文作家。最后，方重概括而言，"英国小品文的演进大致可以分为四大时期：蒙旦，培根以至考莱可谓尝试期；然后由17世纪的人物小品而进为18世纪的期刊小品为一大正流，可谓第二时期；再由哥尔兹密司到兰姆、哈士列脱，可视为全盛时期，是小品文史上的最高顶；塞哥雷、司蒂文生直至林德为第四时期，继承前期各家，稳固已有的根基。"至于英国小品文的艺术，方重认为有三个特色："其一，个人的，坦白的态度；其二，闲适的，恳切的格调；其三，内容以日常的形态，意想，或各自的情感与经历为宜。"而最真的小品文家所写的最美的小品文则以可爱的人格为主体，再由这人格流露出来的文调做作者与读者中间的媒介；所以不但作者的人格需要陶养才能不做无的放矢，并且读者的人格也需要相当的准备方能受益，方能再与作者的人格融和。

　　第三，外国散文文体的探讨与研究。出自法国蒙田之手的"Essay"，究竟是何样的一种散文文体呢？毛如升在《英国小品文的发展》一文中，首先从考察"Essay"的词源谈起，以为"Essay"一词，含有某项"被尝试"（"Essayed" or "tried"）过的东西的意思——指一种实验的研究。因此，"原来的Essay不过是某一问题的一些简单的杂感或是散漫的记载，而不是一篇头头是道的论文"。历来就有不少学者替"Essay"下定义，但都不足解释它，其原因就在于它是"所有的性质之混合"。毛如升以为，"小品文只有一种要素，如一般人所说者，实为述惑的见解"。基于这样的认识，毛如升将"Essay"概述为如下的特点：第一，小品文是一种亲热的形式之表现（Intimate form of Expresion）。他认为，小品文在表现上则完全是一种"个人的"（Personal），即虽讨论严重的题目，小品文也是用一种不拘的形式写成，显示作者自己的情感，个性和最深的心灵。许多读者诵读小品文，不仅爱书的本身，而且爱写这些书的人；并且他们把小品文仅当做只是文章的记载，而且当做是一位好朋友传来的消息。第二，小品文的技巧很有伸缩性（Flexible Techmque）。小品文的体裁很随意，没有拘板的形式，其风格和方法容许有莫大的自由。形式上，它可以是对话体或书翰体，方法可以是说明体或叙述体。第三，小品文是作者对于人生的回想。较其他的文学形式尤其确切，小品文常常表现作者对于人生的回想。因此，小品文里所重要的不在它的见解。好的小品文学家可以从人类活动中最烦琐而又普通的事物里，紧紧地抓握住人生和世界的问题之核心。不管作品所处理的题目是什么，小品文主要的特色是对于人生的沉思和阐明。第四，小品文的目的，大部分是（假使不全部分是）使我们感觉到人生的严重的真实性。当我们读到小品文时，我们随时为作者的人格所感动。简言之，作者的"自我"在小品文里头颇占一重要的地位。小品文中对于人生的处置是与严谨的作家所处置者不同。严格的论文用一种严格的和非主观的态度讨论很严格的题目；而小品文则完全用一种温和的微笑，有时且用一种狂笑来讨论严重的题材。可以说，小品文是多于倾向微笑与欢欣，而不倾向于哭泣和失望。

钱歌川著的《随笔文学》，发表在1934年4月《新中华》第2卷第7期。这篇散文理论是作者依据自己多年来学习、研读西方"Essay"的心得体会。他称："有种文体，在西洋叫作'爱说'（Essay）。"在他看来，"只要用散文写的不很长的东西，似乎统统可以叫作'爱说'。它的内容多是一种偶然触动心机而随手写出的东西。所以顶好是译作'随笔'或是'漫笔'，不过其中也包含着一部分'论文'。说到'论文'自然嫌太严重了一点。随笔应当轻描淡写的。肯带一点'幽默'的趣味，决不呆板着面孔说话……幸而他们在'爱说'之前，还可以加上许多形容词来把它细分为：'科学的爱说'、'哲学的爱说'、'批评的爱说'、'亲昵的爱说'、'诗形的爱说'等等"。钱歌川倾向把"Essay"分为两类：一是

"严重的爱说"(Formal Essay),一是"亲昵的爱说"(Familiar Essay),前者如卡莱尔(Carlyle)的《彭芝论》(Essay on Burns),后者如兰姆(Lamb)的《伊利亚随笔集》(Essays of Elia)。而钱歌川所指的随笔文学就是这种"亲昵的爱说",以为这种随笔文学是最富有文学趣味的。"文字十分机智,而且流丽易懂。心有所感,就信手写出来,想说什么,就任意说下去。这完全是偶然的流露,没有一点矫揉造作之痕,看去就像一泓秋水似的,十分清澈可爱。"作者接下来还就随笔的文体特点及其随笔作家素质内涵提出自己的看法:诸如"主题多是用身边琐事,以主观的笔调,且常用第一人称叙述他个人的经验或感想";"随笔家必得有一种特殊的心境,而作成他独特的文章,这种很显明的。第一他必得有个性的魔力。如果没有这个,他的文章便没有生命。""随笔家一般都是博学多才的。因为他写起文章来信笔所之,天上地下,无所不谈。""随笔文学是不能有组织的研究和一定的题材的。""随笔家不在乎要发现什么伟大的事实,他的趣味多注在真理的了解,借此以说明日常生活的经验。""随笔家的理想和目的,既在描写琐细,衬托人生,所以他的文章总是缜密而优美的。""随笔文学的妙味,正所谓只可神会而不可言传的,爱读随笔的人,个中滋味,了然于心。"

Alexander Smith 著的《小品文作法论》,林疑今译,载于1934年《人间世》第2、4期上①。Smith 以为,小品文不过是作家将"耳目所闻所见者,独自写成文章",看似随意、随便,正如他称的,"小品文家乃天之骄子,自制法律"。但是,做一位成功的小品文作家也是有条件的,即"须有一伶俐的耳目,有一沉着的心思,而能自平凡事物中找出无数的暗示"。所谓"伶俐的耳目",是指敏锐的艺术感觉;"沉着的心思",是指深沉的思考;"能自平凡事物中找出无数的暗示"是指超凡的联想能力和象征能力。至于小品文的社会功效,Smith 称,小品文家的职责不是

---

① Alexander Smith:《小品文作法论》,林疑今译,《人间世》1934 年 4 月 20 日第 2 期和 5 月 20 日第 4 期。据编者按,该文选自 Alexander Smith 著的 *Dreamthorp* 一书,原名为 *On the Writing of Essays*。

在"报告消息"、"粉饰事实"或是"蔽掩丑恶",而是充当天鹅,来"唱唱歌儿"。诚然,Smith也不否认小品文其他社会效用,正如他说:"有时候,一大群唱歌的天鹅也会被人家放在火炉上,和馒头在一起烘,烘熟即上餐桌",成为人类的"止饥品"。因此,"小品文作家手执一枪,其所最当留意者,是在手枪尖的锐利"。这也就是说,Smith也一样看重小品文能够起到指摘时弊的批判武器。除此之外,Smith也和其他小品文论者一样很看重蒙田一脉传承下来浓厚的"自我"色彩,强调小品创作要"以自我为中心"的论点,以为"小品作家的妙处,便是在乎以自我为中心,不断地提起他本身"。的确,文章里提起作家自己,并不是一定使人家生厌,倘若是谦卑老实的人,谈起自己来,比谈别的好多了。这种自述对于听众最有利益。因此,"小品文作家,其心畅达的时候,你便可一窥全豹了。你变成他同时代的人,变成其熟友。你同情于他的幽默和他的认真,你承继他的怪想,他的私见,和他的喜谑"。至于小品文题材的选择,Smith也是自己独特的见解:1. 小品作家重要的天赋是"从平凡的事物中,找出其暗示,从最无希望的题材中,找出其教训";2. 善于挑选"最琐屑的题目,从小处着眼,而渐渐涉及它们的想象最欢喜的大题目";3. 取材的范畴既可由日常生活中或从悠久的历史里获得,诚如Smith说:"日常的生活,已经很丰富,倘若还不满意的话,则人世尚有六千年悠长的历史,可以找出其愉快的,或是认真的幽默。"这样,读者就能有机缘看到小品作家的点金术,在他的笔下"一个很浊的尘世怎样变成一个较为优美的世界"。

　　方重著的《英国小品文的演进与艺术》[①]一文,指出这里所讲的"小品文",就是指英文里的"Essay"。对于如何理解小品文特性,方重以为:"一个道地的小品文家做文章往往是没有题目的;或者可以说,天地间什么事物都由他运用。因他的本领就在谈说他自己,或在表明他自己和外界的一切关系。""小品文的要素,并不在题目,却在作者的'人格美'。没有人格美的作者决不能成为小品文家,不表现人格美的作品决不是好

[①] 方重:《英国小品文的演进与艺术》,《英国诗文研究集》,上海商务印书馆,1939年。

的小品文。"没错,我们爱读一篇小品文,是因为我们爱那篇作品后面的人格,他一定具有一副爱美的品性,不忍让天地万物埋没了它们各个的风格。方重这个观点,自然也是西方学者论"Essay"时普遍持有的看法。尽管如此,他秉承这样的小品文观念,对梳理英国小品文的历史演进和品评英国小品文的审美艺术确实能够起到提纲挈领的作用,当然这也有助于人们加深对西方"Essay"的特性的了解和把握。

第四,散文理论话语的源与流。1932年,李素伯撰著的《小品文研究》由新中国书局出版,而后石苇撰写的《小品文讲话》也由光明书局出版。然而,无论是李素伯还是石苇,他们在给"小品文"这一名称下定义或进行界说时,都是不约而同地援引中国学者或外国学者论散文,尤其是"Essay"的理论资源。

李素伯在"小品文的意义"一章中,征引了周作人的《美文》和鲁迅翻译的厨川白村《出了象牙之塔》中论"Essay"的相关文字。他说,"Essay""有人译作'随笔'。英语中的'Familiar Essay'译作絮语散文。但就性质、内容和写作的态度上,似乎以小品文三字为最能体现这一类体裁的文字"[①]。石苇也称:"我以为所谓新的文章,并不是什么'经国大业,不朽文章',恰恰是与大文章处于极端反对地位的小文章——例如:中国古文中的'文''说''序''记'之类,西欧的'Essay'(小文)'Familiar Essay'(絮语小文)'Sketch'(素描文)'Belle Lettre'(美文)之类——这里就统名之曰小品文。"[②] 李素伯在论述"中国现代小品文发达的原因"时,特别提及20世纪20年代周作人、朱自清曾就中国现代散文中"源流"的论争之事,认为:"小品文虽是中国原有的东西,但最近的所以复活的发达起来,说是受了外国文学的影响,这也是任何人都不能否认的事实。所谓历史背景,不过是僵尸的灵魂,只是指示了我们一个趋势,最多,他的躯壳的某一部分是复现在他的子孙的身上,而其内容、精神,实有待于外来文学的充实。"基于这样的认识,李素伯十分精

---

① 李素伯:《小品文研究》,上海新中国书局,1932年,第2—3页。
② 石苇:《小品文讲话》,上海光明书局出版,1941年,第2页。

辟地点评当时新文坛上散文作家与域外的联系:"我们一检讨中国现代许多散文作家,如周作人俞平伯朱自清叶绍钧诸先生以及谢婉莹陈学昭女士的作品,要算是最富有中国的趣味的了,但已多新形式新语调新意境,在从前的文章里是找不到的。即周先生文章里的一种清淡隽永的风致,也是显明地受着日本作家的影响的。至于鲁迅先生的幽默的风趣与深刻的暗示力,徐志摩先生的流利轻快的笔致,浓厚得化不开的特有的句调,更显然不是'古已有之'的了。这可以证明周朱两先生所说的中国新散文的源流,是确有实据的。"①

20世纪30年代,以林语堂为代表的"论语派"的散文理论主张,在当时的文坛上造成很大的声势。林语堂撰写的《论文》,收录在杂文集《大荒集》中,由生活书店1934年出版;《我的话——论幽默》(上、下),刊载于《论语》1934年第33、34期;《〈人间世〉发刊词》,刊载于《人间世》1934年第1期;《论谈话》,刊载于《人间世》1934年第2期,《论小品文笔调》,刊载于《人间世》1934年第6期;《小品文之遗绪》,刊载于《人间世》1935年第22期;《还是小品文之遗绪》,刊载于《人间世》1935年第24期。陈炼青《论个人笔调的小品文》,刊载于《人间世》1935年第20期。陈叔华的《娓语体小品文释例》(上、下),刊载于《人间世》1935年第28、29期。王颖的《谈闲话》,刊载于《人间世》1935年第30期。

固然,林语堂提倡"以自我为中心,以闲适为笔调"的散文理论,有承续晚明小品主张"独抒性灵"的真谛,但更为重要的是他们自觉接受西洋文学思潮的影响。林语堂说:"西洋近代文学,派别虽多,然自浪漫主义推翻古典文学以来,文人创作立言,自有一共通之点,与前期大不同者,就是文学趋近于抒情的、个人的:各抒己见,不复以古人为绳墨典型。一念一见之微,都是表示个人衷曲,不复言廓大笼统的天经地义。而喜怒哀乐,怨愤悱恻,也无非个人一时之思感,因此其文词也比较真挚亲切,而文体也随之自由解放,曲尽缠绵,以意役法,不以法役意

---

① 李素伯:《小品文研究》,上海新中国书局,1932年,第33—35页。

了。"① 正是基于这样的认识,林语堂认为小品文在题材、内容上,可以海阔天空、谈天说地,本无范畴之囿,但与各类体裁的区别主要在于"笔调"(style)上。林语堂说:"西人称小品文笔调为'个人笔调'(personal style)又称之为 familiar style。后者颇不易译,余前译为'闲适笔调',约略得之,亦可译为'闲谈体'、'娓语体',盖此种文字,认读者为'亲熟的'(familiar)故交,作文时略如良朋话旧,私房娓语。此种笔调,笔墨上极轻松,真情易于流露,或者谈得畅快忘形,出辞乖戾,达到如西文所谓'衣不纽扣之心境(Unbuttoned moods)……今日西洋论文,此种个人笔调已侵入社论及通常时论范围,尺牍演讲,日记,更无论矣。除政社宣言,商人合同,及科学考据论文之外,几无不夹入个人笔调,而凡足称为'文学'之作品,亦大都用个人娓语笔调。故可谓个人笔调,即系西洋现代文学之散文笔调。"② 另外,要让小品文具有"个人笔调",林语堂认为还需提倡"谈话"。当然,说话人人都会,但是只有话到有味时才叫谈话。所以说话与谈话之间,大概如会议报告与文人小品之不同,或如商人函件与名士尺牍之差别。林语堂说:"大概谈话佳者,都有一种特点,都近小品文风味。如狐怪,苍蝇,英人古怪的脾气,中西民族之不同,琉璃厂的书肆,风流的小裁缝,胜朝的遗事,香橼的供法,都可入谈话,也都可入小品文。其共同特征在于闲适二字,虽使所谈内容是忧国忧时,语重心长,但也以不离闲适为宗。"③

　　林语堂关于小品文理论的主张与阐述,得到了他们"论语派"同仁的肯定与呼应。陈炼青撰写的论文,其题目就径直称《论个人笔调的小品文》,冠以"个人笔调",显然是对林语堂小品理论的心领神会。陈炼青说:"我这里所说的小品,便是个人笔调的小品文,也即是英文之 Essay。或因为这种文体都是随意所之,信笔写来的,也名之曰随笔。我承认它是文艺之一种。"这自然是从英国随笔资源那里得到的启迪,也

---

① 林语堂:《论文》,《论语》第 28 期,1933 年 11 月 1 日。
② 林语堂:《论小品文笔调》,《人间世》第 6 期,1934 年 6 月 20 日。
③ 林语堂:《论谈话》,《人间世》第 2 期,1934 年 4 月 20 日。

是对林语堂提倡"个人笔调"的呼应。因此,陈炼青认为:"小品中所表现的是思想的断片,一个人的个性——所谓作者是人格的调子(personal note),他的爱与憎,忧与喜,每一事件,无不借他的笔锋曲线似的讲出,而寓着对于社会对于人生有所憎,有所忧与有所喜于不露骨的暗示中。"同样,陈炼青也认同林语堂所谓的"提倡白话文的人,也必提倡谈话"的小品文创作理念,他说:"英人之擅长小品,驰誉于世界文坛,不是从他们自娘胎滚出来就注定了擅长小品的天才,那是由环境造成的。你也许知道善于谈话者,写出的文章必大有可观,尤其是写小品,必更能宛转动人。"① 陈叔华在《娓语体小品文释例》中,更是开门见山地称:"理想的文学,应该是一种纸上谈话。尤其是小品文,更该如此——所以恒利(Henley)简直称这种文学为'谈话文学'。"陈叔华把创作娓语体的小品文称作是"纸上谈话",这是很形象的一种说法,同时也道出这种小品文的"娓语"特性。陈氏说:"娓语体便是要恢复这种健谈精神,寓眼光见解,人情物理于谈话之中。"② 如此一来,陈叔华关于小品文的创作话题,也是在理论层面上呼应"论语派"同仁的观点。王颖的《谈闲话》,是对"闲话"的功用,作出进一步的阐释。王颖认为,所谓人生者,是不能缺少娱乐的,尤其是"闲话",它不但是在劳动后的一种安慰剂,并且还可以帮助鼓舞劳作时的兴趣,使人们在不感到劳作之苦。同时,对于整日呆在沾沾自喜的书斋生活的知识分子来说,闲话还可以"给你以夸大的纠正,自信的失望,把你的片面的思想学识,更其洗练,更其锻炼,使你走上精博之途"。③

---

① 陈炼青:《论个人笔调的小品文》,《人间世》第 20 期,1935 年 1 月 20 日。
② 陈叔华:《娓语体小品文释例》(上),《人间世》第 28 期,1935 年 5 月 20 日。
③ 王颖:《谈闲话》,《人间世》第 30 期,1935 年 6 月 20 日。

第二节　现代主义思潮与现代派散文的异军突起

一、《现代》杂志与"现代"意味的散文译品

《现代》杂志，创办于1932年5月1日，主编为施蛰存，由上海现代书局主办。《现代》杂志是中国现代主义文学由潜流开始浮出历史地表的一个标志性的刊物。在《现代》杂志的积极倡导和推动下，中国现代主义文学创作蔚然成风，开始有了自己的现代主义小说流派和诗歌流派。

作为提倡具有鲜明的现代派文风的重要阵地，《现代》杂志特别重视推介外国文学作品。施蛰存说："这个月刊既然名为《现代》，则在外国文学之介绍这一方面，我想也努力使它名副其实。我希望每一期的本志能给读者介绍一些外国现代作家的作品。"[①] 当然，《现代》杂志编辑同仁也认为，要让这个刊物与名称相符，那就是在译介外国文学作品时，要看其是否为"现代"作家的身份。随后，施蛰存在编辑过程中，又想在《现代》杂志每一期增加一点关于"外国文坛的通信"，拟定选聘人员的条件：一是"需要居留在外国"；二是"了解现代文学"；三是"能写简洁明净的中文"。[②] 因此，对外国现代文学及其思潮的关注和译介，成为《现代》杂志办刊的主要特色。譬如，第1卷第4期就刊载了《大战后的法国文学》、《最近的意大利文学》、《1932年的欧美文学杂志》等，就属于即时性的概述文章。在译介外国文学作品的文体方面，以译介前后西方象征派诗歌、日本"新感觉派"小说以及苏联的"新兴文艺"为最具特色。

相对于诗歌、小说文体的译介，《现代》杂志在外国散文译介方面所做的工作相对逊色一些。但因是在推介现代主义思潮的大背景下，其实也形成自己的特色，有力地促进中国散文朝着现代性的方向迈进。

在散文译介中，兼具现代意味和乡土气息的西班牙阿索林[③] 作品，尤

[①]　施蛰存：《编辑座谈》，《现代》第1卷第1期，1932年5月1日。
[②]　同上，1932年8月1日。
[③]　阿索林（José Martines Ruis, 1874—1967），又译"阿左林"。

其值得人们的关注。《现代》创刊号和第 1 卷第 2 期，连载了戴望舒译的阿索林散文集《西班牙的一小时》的部分译文。施蛰存在编后记中说："戴望舒先生对于阿索林的散文，有特殊的嗜好与研究，以前他曾与徐霞村先生译了一本《西万提斯的未婚妻》，现在又把作者的一部散文名著《西班牙的一小时》译过来了。"施蛰存并对该部散文集作了介绍："此书原是作者在西班牙皇家学院会员而宣读的。共 40 篇，抒写 1560 至 1590 年间西班牙种种的社会情形，实是一部历史与诗的和谐的混合品，如果读者喜欢，我想在第 1 卷的本志上把这部译稿连载了。"① 诚如施蛰存所说，戴望舒的确是阿索林的散文的重要译者，他自 1920 年代末期就开始介绍这位散文家，先后翻译了《西万提斯的未婚妻》、《西班牙的一小时》和《小城》（未出版）等散文集。《西班牙的一小时》计 40 篇，但他最终只在《现代》杂志上连载两期，具体篇目为：《叙辞》、《老人》、《宫廷中人》、《虔信》、《知道秘密的人》、《驳杂》、《阿维拉》、《文书使》、《僧人》、《风格》、《西班牙的写实主义》。该集的其他译文还刊载在《文艺月刊》、《华侨日报·文艺副刊》等报刊上。据戴望舒在自留剪报中注云："此书战前译成三分之二，沦陷期中译完。"② 由此可见，施蛰存要在《现代》杂志上刊载完阿索林散文集《西班牙的一小时》的设想并未实现。

1934 年，《现代》杂志在第 5 卷第 6 期推出"现代美国文学专号"。这种"专号"形式，是仿近十年前《小说月报》"俄国文学研究"、"法国文学研究"而推出的。为什么首先选择美国文学呢？编者认为："在各民族的现代文学中，除了苏联之外，便只有美国是可以十足的被称为'现代'的。其它的民族，正因为在过去有着一部光荣的历史，是无意中让这部悠久的历史所牵累住，以致故步自封，尽在过去的传统上兜圈子，而不容易一脚踏进'现代'的阶段。美国则不然。被英国的传统所纠缠住的美国是已经过去了；现在的美国，是在供给着到 20 世纪还可能发展出一个独立的民族文学来的例子了。这例子，对于我们的这个割断了一

---

① 施蛰存：《编辑座谈》，《现代》第 1 卷第 1 期，1932 年 5 月 1 日。
② 参见《西班牙的一小时》注文，《戴望舒全集·散文卷》，中国青年出版社，1999 年，第 463 页。

切过去的传统，而在独立创造中的新文学，应该是怎样有力的一个鼓励啊！"①

在该专号中，发表兼霞撰写的一篇书评短文《现代美国散文》。美国出版界刚出版了一本名为《现代美国散文选》，选编者是卡耳·凡·多伦（Carl Van Doren）。作者以该书为评价对象，认为多伦是一位批评家、散文家，又担任过剑桥美国大文学史的编辑委员，对于美国散文作家的发展和选择，当然是最恰当而胜任的。这部选集从"斯坦因女士以至幽默家拉德勒（Ring Lardner）都包括在内，批评传记和小说都有。有许多是整篇，有一些却是长篇的选摘。批评家之中选了威尔逊，门肯，奈丹几人的文字。长篇小说中，维拉·凯漱是从《百灵之歌》中选了一段，德莱塞却选了一篇传记《我的兄弟保罗》，海敏威的短篇小说照例是选了那篇《杀人者》。时髦作家菲吉内特（Scott Fitagerald）的短篇是选了《大得像戏院一样的金刚钻》。此外，约翰·里特，帕索斯，和老作家安得生，维尔特等也都有着他们代表作的收入。"② 可见，多伦编辑的这部散文选集，视野较为开阔，兼顾方方面面，是史家的眼光，旨在给当代美国散文的发展勾勒出一个大致的"雏形"。因此，兼霞撰写的一篇书评短文，给我们提供一个难得了解当代美国散文的视窗。

编辑在为本期"专号"里各类文体设置"栏目"时，特别留意"散文"文体，并腾出一定的篇幅，刊发了一组"现代美国散文抄"译文。其文章分别为:《伦敦的圣诞节》，G. Ade 作，唐锡如译;《战争》，G. Santayana 作，陈云鹏译;《说乡村生活》，David Grayson 作，陈云鹏译;《门》，C. Merley 作，朱雯译;《散文三章》，J. Iofel 作，叶灵风译。编辑在《编后记》里，针对美国散文的现况，作了一个简要的说明:"现代美国的散文，与英国的不同。她几乎没有一个卓绝的絮语散文家，如 George Gissing, E. V. Lucas, A. A. Milne 这些人。美国的散文是很杂的，一方面有斯坦因·肯敏思，威廉·卡洛思，威廉谟思这些实验主义文章家的不

---

① 编者:《现代美国文学专号导言》,《现代》第5卷第6期,1934年10月1日。
② 兼霞:《现代美国散文》,《现代》第5卷第6期,1934年10月1日。

可卒读的乔也斯（James Joyce）式的散文，一方面则是一般杂志报章上的新闻体散文家，所谓 Columnist 者，不是不能译，就是不值得译，所以本期中关于美国现代散文作品的介绍，不免比较贫弱一点。这是由于材料选择上的困难，希望读者们原谅。"①

另外，在《现代》杂志上发表的其他散文译作，譬如：英国詹洛梦著的《穷困》（钱歌川译），刊载于第3卷第4期；唐旭之译的英国时人小品：《我底旧笔杆》（乔治·吉辛著）、《达美莱镇》（刘卞司著）、《负重的畜牲》（莫亨著），刊载于第4卷第6期；张露薇译的苏联幽默小品：《治病》（伊英与皮特洛夫合作）、《庙》（左琴科著），刊载于第5卷第2期。

二、《西窗集》：西方现代性散文的译介窗口

20世纪30年代现代派诗人卞之琳，对西方现代主义学习和钻研颇有心得。1934年，卞之琳应郑振铎主编文学研究会世界文学名著丛书之约，选编了一本译文《西窗集》。这是他在1930—1934年间译出的一些诗文译品（主要是散文作品），于1936年上海商务印书馆出版。《西窗集》后来成为学界久享盛誉的一本散文集。1981年修订本的"内容提要"介绍道："1936年出版后，为当时的文学青年所竞相阅读，传诵一时，在我国文坛上产生很大影响，港澳学者至今仍多有据此书举例引证的。"②卞之琳本人也说："这本《西窗集》却在老一辈、同辈、年轻一辈的相识、不相识的读书界朋友当中颇受注意，流传较广。"③

该集的篇目如下：第一辑，（波特莱尔三首）《音乐》、《波希米人》、《喷泉》，（玛拉美两首）《太息》、《海风》，（古尔蒙）《死叶》，（梵乐希）《友爱的林子》，（梅德林克）《歌》，（罗赛蒂女士）《歌》，（哈代）《倦旅》；第二辑，（玛拉美）《秋天的哀怨》、《冬天的颤抖》，（梵乐希）《年轻的母亲》，（福尔）《亨利第三》，（黎尔克）《军旗的爱与死》；第三辑，（史密士）小品，（阿左林）《阿左林是古怪的》、《孤独者》、《晚了》、《上

---

① 编者：《编后记》，《现代》第5卷第6期，1934年10月1日。
② 修订本的"内容提要"，见《西窗集》，卞之琳编译，江西人民出版社，1981年。
③ 卞之琳：《修订版引言》，《西窗集》，江西人民出版社，1981年。

书院去的路》、《卡乐思神父》、《叶克拉》、《读书的嗜好》、《早催人》、《三宝盒》、《奥蕾丽的眼睛》；第四辑，(卜罗恩忒)《睡眠与记忆》，(阿左林)《白》，(吴尔芙夫人)《果园里》，(乔也思)《爱芙伶》；第五辑，(蒲宁)《中暑》，(彼忒理恩珂)《算账》，(阿克莱茫)《无话的戏剧》，(柯温)《在雾中》，(绥杰)《街》，(古德曼)《流浪的孩子们》；第六辑，(纪德)《浪子归家》。

  该集有什么特点呢？从收入诗文的时间范围来看，基本是从19世纪后半期直至20世纪20年代末，而且是以西方象征派开始的现代派作品。这里有早期象征主义大师波特莱尔、玛拉美①的文章，也有梵乐希②、黎尔克③、阿左林④、吴尔芙、乔也思⑤等现代派大师的作品。即使是现代派作品，大多数作者也是沿着早期象征主义诗歌而进入到晚期的象征主义流派，最终融入为蔚为壮观的西方现代主义大潮。他后来解释道："我作为译者，即使在编纂这本译文集的当时，对于西方文学，个人兴趣也早从波德莱尔、玛拉美等转移到瓦雷里、里尔克等的晚期作品，从1932年翻译论魏尔伦和象征主义的文章转到1934年译T. S. 艾略特论传统的文章，也可见其中的变化。"⑥也就是说，卞之琳在选择西方现代派作品的译介上，并非独定一尊，而是转益多师为我师。他说："依我的'保守'想法，西欧、英美的二十年代、三十年代文学，历史将会证明，在他们的20世纪文学史上，这是最重要的时期之一，价值可能远超出从这些'始作俑者'推演至于极端的当代'先锋'流派的时髦玩意儿。"⑦

  从收入的文体来看，这本诗文集共分六辑，收入了散文（含散文诗）、韵文、短篇小说，以及长篇小说的部分章节。译者着眼于各式各样具有"现代"意味的作品，而非局限于某一类文体上。他说："这里译的从19

---

① 玛拉美，今通译"马拉美"。
② 梵乐希，今通译"瓦雷里"。
③ 黎尔克，今通译"里尔克"。
④ 阿左林，今通译"阿索林"。
⑤ 乔也思，今通译"乔伊斯"。
⑥ 卞之琳：《修订版引言》，《西窗集》，江西人民出版社，1981年。
⑦ 同上。

世纪后半期到当代西洋诗文的鳞爪,虽是杂拌儿,读起来也许还可以感觉到一个共通的特色:一点诗的情调。自己这几年来的译品是不止这么些,现在不过把原来为自己所喜爱,译出后自己还不十分讨厌的短篇文字收集在一起罢了。"① 这些由各类文体组成的"杂拌儿",虽说"信手拈来",透露出一种"漫不经心","随意摘拾的文学散文式本色"②,但也拥有一个共通的特色——"诗的情调",这体现出卞之琳所乐意追求的艺术旨趣。其实这种"杂多"的选家眼光,同时也是反映20世纪30年代崛起的现代意味的新进散文作家对西方现代派的多元艺术的借鉴与探求。

据卞之琳宣称,他不满意于当时上海商务印馆出版的版本,这里固然有排印的差错,如韵文部分被编辑擅改分行,让人啼笑皆非,但也有后来随着译文的增多,把原版文章抽出进行归类,出版作家专集。如,集中最后一篇"浪子回家"和另译的纪德五篇,交由上海文化生活出版社出版;阿索林部分,因另得材料,又加译了一些,扩充成《阿索林小集》,拿给重庆的一家出版社出版;此外在昆明还曾把福尔的《亨利第三》和里尔克的《旗手》合刊发行单行本。1981年,卞之琳借江西人民出版社出版《西窗集》修订本之机,对原先所做的"拆台"工作又进行重建组合。他将原本第一辑"韵文"里的文章完全抽出另行处理。在"短篇小说"方面,删去无甚特色或与本集原作产生地域不相干的几篇。另一方面,替代《浪子回家》,换上纪德长篇小说《赝币制造者》一章。福尔的《亨利第三》和里尔克的《旗手》归还建制。《阿索林小集》全部并入,成为全书的主力。原先集子是以波德莱尔的作品来开场的,为了保持这个局面,译者补进波氏的一篇散文诗。

修订本以波德莱尔的散文诗《时钟》为开篇,卞之琳意在让重印这本书多少具有一点新的意味。他说:"这篇散文诗,在作者第一、二次发表的时候,还只是一篇抒情散文诗,到第三次发表,却在中间改换了一个短语,并在最后加上了一段结尾,也就使全篇成了一篇讽刺散文诗。我现在把它补在头上,也就有意不转让玛拉美那两篇颓废、感伤、阴郁的散

---

① 卞之琳:《初版译者题记》,《卞之琳译文集》上卷,安徽教育出版社,2000年,第7页。
② 卞之琳:《修订版引言》,《西窗集》,江西人民出版社,1981年。

文诗好像带头为全书定调子。"① 卞之琳这种替换，其实是以当下的想法去抹掉初版所透露出来的历史信息。众所周知，西方现代派尽管派系繁多、学说林立，但由早期象征派一路演进而来的现代主义思潮是一种不容忽视的文学现象。而象征主义对于"颓废"、"感伤"、"阴郁"的偏爱超出一般的文学流派，体现出一种高度的艺术自觉和美学的偏至。这是20世纪80年代初特定的历史语境，促使译者对原版本所作出的自觉或不自觉的意识形态方面的修订工作。

然而，历史毕竟掀开新的一页。20世纪80年代的中国思想界迎来一个改革开放的春天，西方现代主义文学思潮，又开始在中国大地上涌动。卞之琳适时推出《西窗集》修订本，确实有其积极的借鉴价值。这些曾被称为20年代最先锋、最流行的作品，在当时就被冠以所谓"现代主义"名称，然而时光荏苒，似乎到了今天也成为古董，却意想不到在新时期成为引发文学创作不可忽视的现代主义资源。

诚然，卞之琳并非拿西方的"现代主义"来标榜。我们看到，《西窗集》的修订本，卞之琳还如同早期一样，还保留了最不知名的阿克雷芒（原译"阿克莱茫"）创作的《无话的戏剧》一文，并选它作为修订本的收尾，这是一种"有意的安排"。正如他说："这篇短小、朴实，既有传统小说的人物、情节，写得从容不迫，喜剧里也有悲剧的回味，全篇行文也有点散文诗的节奏。它多少也就代表我小小一扫我在这里所介绍的西欧20世纪20年代的一种时髦，也算是'结束铅华'。"② 这也就是说，具有"现代"意味的作品照样可以通过朴素的技巧来表达。其中的个中道理，大可以通过对译作的解读而获得全新的认识。

卞之琳《西窗集》的出版以及再版，虽然都已经成为历史的陈迹。然而，诚如译者几十年前编完初版时的感受："仿佛在秋天的斜阳里向远处随便开了一个窗口，说不出的惆怅，倒想请朋友一同凭眺呢。"③ 是的，这个"窗口"不仅让人们获取现代主义的文学资源，而且那种"说不出的

---

① 卞之琳：《修订版引言》，《西窗集》，江西人民出版社，1981年。
② 同上。
③ 卞之琳：《初版译者题记》，《卞之琳译文集》上卷，安徽教育出版社，2000年，第7页。

惆怅"的情绪,至今还是深深打动着后世的读者。

三、《水星》散文作家群与西方现代主义

《水星》月刊,创刊于1934年10月10日,1935年6月停刊,共出版两卷九期,由北平文华书局发行。巴金、郑振铎、靳以、沈从文、李健吾、卞之琳等列为编辑,但实际负责《水星》编务是卞之琳。马良春、张大明在《中国现代文学思潮史》中说:"该刊以发表散文为主,对艺术美进行执著地追求,而同当前的政治和社会现实保持一定的距离……该刊以其独有的特色,在当时产生过广泛的影响"①;郭志刚、李岫的《中国三十年代文学发展史》也持同样的观点:"该刊设有小说、散文、诗歌、序跋等栏目,而以散文作品最为人称道",认为何其芳、李广田、丽尼等由于"他们的散文作品主要发表在《大公报·文艺》、《文学季刊》和《水星》等杂志和报刊上,故他们又被称为'水星派'作家"②。

何其芳、李广田、卞之琳是以1936年出版的《汉园集》为人们所熟知,被称为"汉园三诗人",何其芳更是以《画梦录》获得1937年《大公报》文艺奖金而享誉文坛。在此之前,他们已经在文学道路上认真摸索多年。同为北京大学的学生,卞之琳和李广田分别于1929年和1931年考入北京大学外文系,何其芳是1931年考入北京大学哲学系的。当时北大外文系的风气对他们的影响甚大。以英美散文为主要教材让他们更多的接触到国外文学资源。《北京大学一年级基本英文》教材中,语法部分只有三分之一,作文占了教材的大部分,分叙事文、描写文、解释文、辩论文、批评文诸类,强调"文体的雅致",所选范围多为英美名家小品文,明显地以训练文学表达能力和培养文学素养为目标③。正是在这种偏重文学及写作的氛围下,这批"以文交友"④的青年互相影响、互相学习。

---

① 马良春、张大明:《中国现代文学思潮史》,十月文艺出版社,1995年,第795页。
② 郭志刚、李岫:《中国三十年代文学发展史:1930—1939》,湖南教育出版社,1998年,第447—448页。
③ 转引自季剑青:《大学视野中的新文学》,北京大学博士论文,2007年,第21页。
④ 方敬:《寄诗灵》,《花环集》,重庆出版社,1983年,第96页。

从他们1934年以前的文学活动来看，他们虽然有作品在大型刊物如《新月》《现代》上发表，但作为文学新人并没有引起更多的注意。1934年正是"汉园三诗人"文学思考达到成熟、作品最多的阶段，李广田曾回忆到："大学毕业的一年，也正是我那些贫血的作品开始陆续出版的一年"①。《水星》刊登了何其芳、李广田二人1934至1935年几乎所有的散文作品，从这个角度来看，可以将《水星》视为"汉园三诗人"在散文创作道路上的转折点。

30年代正是西方现代主义被广泛介绍到中国的时期，身处学院的"汉园三诗人"拥有更丰富的文学资源，能够更多的接触各个西方文学流派。如梁宗岱对象征主义的介绍，很可能引起了他们对象征主义的注意。卞之琳曾谈到："我就在1930年读起了波德莱尔，高蹈派诗人，魏尔伦，玛拉美以及其他象征派诗人。我觉得他们更深沉，更亲切，我就撇下了英国诗"②，何其芳也表示："我读了屠格涅夫、陀思妥耶夫斯基、托尔斯泰、契诃夫、雨果、福楼拜尔、莫泊桑等人的小说。我读了莎士比亚、易卜生、契诃夫、霍卜特曼等人的戏剧"③，这些文学资源无不影响着他们的创作面貌。应该看到在散文创作的文学资源选择上，他们遵循着自己的标准。

卞之琳在谈到他对西方资源的借鉴时曾说："1930年的秋冬之际，我们在北平当时尽管有意无意的表面上逃开了革命叛徒集团统治下的残酷的现实，连表面上也总逃不脱半殖民地半封建社会没落中的凄凉的现实……我想写诗，最好是旧诗（虽然并不想直接写这种场面）。可是我毕竟早爱好过受西洋诗影响的新诗，而西洋资本主义的衰亡感又不自觉地配合了中国封建社会的衰亡感，因此我动起笔来就是白话新诗了"④。对

---

① 李广田：《自己的事情》，《李广田研究资料》，宁夏人民出版社，1985年，第16页。
② 卞之琳：《开讲英国诗想到的一些体验》，《人与诗：忆旧说新》，安徽教育出版社，2007年，第256页。
③ 何其芳：《写诗的经过》，《何其芳研究专集》，四川文艺出版社，1986年，第182—183页。
④ 卞之琳：《开讲英国诗想到的一些体验》，《人与诗：忆旧说新》，安徽教育出版社，2007年，第258页。

于这批在学院中成长起来的文学青年来说,他们对西方文学资源进行选择时有意无意地采用了一个衡量标准:衰亡感。正如玛拉美所表达的:"我爱上了的种种,皆可一言以蔽之曰:衰落。一年之中,我偏好的季节,是盛夏已阑,凉秋将至的日子。一日之中,我散步的时间,是太阳快下了还在淹留,把黄铜色的光线照在灰墙上……对于文学也一样,我灵魂所求,快慰所寄的作品,自然是罗马末日的没落诗篇"①。因此,他们对魏尔伦、波德莱尔、艾略特等现代主义作家的借鉴正是基于这样的标准。

在这些文学资源中,还应当提及"九八一代"的阿索林。阿索(左)林是20世纪初西班牙著名的小说家、散文家,他的主要作品有随笔《市镇》、《卡斯蒂利亚》、《堂吉诃德之路》,小说《意志》、《安东尼奥·阿索林》和《一个哲学家的自白》,戏剧《隐而不现》,文学评论《读西班牙作品》、《经典之作的边注》等。徐霞村介绍到:"一直到这一年(1898),这个不可一世之慨的古国被美国打败,在巴黎签了和约,她国内起了所谓'九八运动',产出一个生气勃勃的新文学来。西班牙的'九八运动'有许多地方和中国最近的新文化运动是相似的。殖民地的丧失使西班牙的人民开始从自傲的梦中觉醒。他们看见了他们的内部的空虚,他们看见了他们的国际地位的低落,他们看见了他们的物质的落后,由觉醒他们进入了全部的批判,他们对一切传统的观念,都怀疑起来:他们把一切东西都拿来从新估价,他们想把这个大机器整个地拆开,看看她的毛病是在什么地方。应该用什么方法补救"②。表现在文学上,这一代作家都致力于"文体的改革和旧文学的整理",力图突破文体的界限,创造同过去不同的文学。相同的命运让作家多了一份亲切感,周作人在《西班牙的古城》里含蓄地表达了这种感情:"我不知怎样对于西班牙颇有点儿感情……有一个西万提斯和'吉诃德先生',这恐怕是使我对西班牙怀着好感的一个原因。"③

当时对阿索林进行介绍的主要有徐霞村、戴望舒、卞之琳。徐霞村

---

① 玛拉美:《秋天的哀怨》,《西窗集》,江西人民出版社,1981年,第4页。
② 徐霞村:《现代西班牙文学》,《现代南欧文学概观》,上海神州国光社,1930年,第31—32页。
③ 周作人:《西班牙的古城》,《骆驼草》第3期,1930年5月26日。

在1929年7月的《小说月报》20卷7号上发表了《二十年来的西班牙文学》，对阿索林等"九八一代"作家进行了介绍，对阿索林有很高的评价："在属于'九八运动'的作家里，第一应该说到的是真名叫Martinez Ruiz的阿左林（Azorin）。他在最近西班牙文学史上的最大贡献就是他的文体。他的文体是短简而明洁……只有正确和详细才能使所写的东西逼真……使人读了如吃橄榄，清淡而且有余味"①。而后，徐霞村在《现代南欧文学概观》中又用专章对阿索林进行介绍。戴望舒也在《现代》、《文艺月刊》等刊物上发表阿索林的译文。同为翻译，徐霞村更注重从批评的角度阐述阿索林在文体变革上的意义，他多次强调："在阿左林身上，我们所找到的是一种与西班牙的传统的散文完全不同的散文"②，并总结了阿索林散文的特色："在这三部小说里，我们还可找到阿左林的散文的两个最大的特色：精细和清晰……阿左林的最大的发现是把日常的东西——一朵花，一个罐子，一个桌子的正确的名字连合起来，而造成一种迷人的文体。在他的散文里，长句和比喻是不存在的，我们所看到的只是一些精细而清晰的朴素的描写"③，阿索林自己也表示应该"用着在用字范围中的节制，用着一种简单的，日常的用字范围，在把一种精细的敏感给与他的结构上……在风格中最重要的东西是明晰"④。另外，阿索林散文化的人生观决定了他行文没有太多结构的痕迹："老实说，结构根本就不应该存在。人生是没有结构的，他是各色的，多方面的，流动的，矛盾的，完全不像她在小说里那样整齐，那样板然的方正"⑤。戴望舒只对阿索林进行总体评价："为新世纪的西班牙开浚了一条新的河流。他的作风是清淡简洁而新鲜的！他把西班牙真实的面目描绘给我们看，好像是荷兰派的画"⑥。

---

① 徐霞村：《现代西班牙文学》，《现代南欧文学概观》，上海神州国光社，1930年，第34—35页。
② 徐霞村：《一个绝世的散文家：阿左林》，《现代南欧文学概观》，上海神州国光社，1930年，第93页。
③ 同上，第95页。
④ 阿索林：《风格》，《现代》第1卷2期，1932年6月。
⑤ 徐霞村：《一个绝世的散文家：阿左林》，《现代南欧文学概观》，上海神州国光社，1930年，第94页。
⑥ 戴望舒：《〈西万提斯的未婚妻〉译本小引》，《西万提斯的未婚妻》，阿左林等著，戴望舒、徐霞村译，上海神州国光社，1930年。

另一位对阿索林进行译介的是卞之琳。何其芳曾回忆到："就在这时候我开始和两位同学常常往还……在那两位同学中，一个正句斟字酌地翻译着一些西欧作家的散文和小说"①。那位"句斟字酌"的同学就是卞之琳，卞之琳曾谈到："我不敢臆测戴望舒是否因为首先对于阿索林感兴趣才学会了西班牙文。我自己是因为不满足于从中、英、法文里读阿索林才一度自学了几天西班牙文"②。卞之琳翻译阿索林的作品主要收录在他1936年3月出版的《西窗集》里。这样一本"文体流派大都是间接直接和西方'现代主义'文学有点血缘关系或者就是它的第一代"、"内容都是散文（包括散文诗）"的《西窗集》，"却在老一辈、同辈、年轻一辈的相识、不相识的读书界朋友当中颇受注意，流传较广"③，阿索林也因《西窗集》的传播而得以被更多的文学青年所接受。南星描写到："白发白鬓的阿左林，听着自己描绘过的夜笛或者钟声，沉默着，不想再拿起笔来。他的文集也许都送人了，自己没有余下一本，他也始终不知道在隔着无数山和水的一个古老质朴的国家里早已有人把他的一部分作品翻译了而且印成一本小书，而且有许多人念了又念"④。

第三节 左翼资源与现代散文新领域之开拓

一、左翼知识者与西方报告文学的译介

中国现代知识者对报告文学这一文体的真正重视起始于20世纪30年代，中国左翼作家联盟成立之后。虽然，有的学者认为："报告文学这一名词是在我国大革命期间，随同一些马克思列宁主义的作品从日本传到中国。"⑤但根据现有掌握的史料，1930年2月10日出版的《拓荒者》

---

① 何其芳：《我和散文》，《何其芳研究专集》，四川文艺出版社，1985年，第234页。
② 卞之琳：《何其芳晚年诗ращ》，《人与诗：忆旧说新》，安徽教育出版社，2007年，第143页。
③ 卞之琳：《修订版译者引言》，《卞之琳译文集（上）》，安徽教育出版社，2000年，第4页。
④ 南星：《寂寞的灵魂》，《甘雨胡同六号》，北平文艺时代社，1948年，第36页。
⑤ 胡仲持：《论报告文学》，《文艺学习讲话》，智源书局，1949年。

第 1 卷第 2 期上，刊载的冯宪章翻译、日本学者川口浩撰写的《德国的新兴文学》，和同年 3 月 1 日出版的《大众文艺》第 2 卷第 3 期上，发表的陶晶孙翻译、日本学者中野重治撰写的《德国新兴文学》两篇文章，其文章出现的音译"列波尔达知埃"和中文"报告文学"算是较早对德语"Reportage"的直接翻译。而这个时间正是中国左翼作家联盟在上海成立之际。

1930 年 8 月 4 日，左联执委会通过的《无产阶级文学运动新的情势及我们的任务》文件，就明确提出："从猛烈的阶级斗争当中，自兵战的罢工斗争当中，如火如荼的乡村斗争当中，经过平民夜校，经过工厂小报，壁报，经过种种煽动宣传的工作创造我们的报告文学（Reportage）吧！"① 翌年 11 月，左联通过的执委会决议《中国无产阶级革命文学的新任务》一文，其中这样写道："作品的体裁也以简单明了，容易为工农大众所接受为原则。现在我们必须研究并且批判地采用中国本有的大众文学，西欧的报告文学，宣传艺术，壁（报）小说，大众朗读诗等等体裁。"② 左联以决议的形式，积极倡导中国现代知识者以"西欧的报告文学"为范本，结合自己实际斗争生活经验，创造自己的报告文学。这种以组织形式的倡议，实际上是具有高度纪律性的要求。而我们需要追问的是，在众多的文学体裁中为什么报告文学会成为当时左联组织一致的推崇和偏爱，并成为首要的选项呢？难道是因为报告文学自身具有独特的文学价值和社会功能而受到左翼知识者的青睐和热捧？而要解开这个谜团，需要从当时学界掀起一波引进和译介国外报告文学理论的热潮中入手，进行一番细读与评判。

20 世纪 30 年代中国学界继报告文学名称正式从国外舶来后，关于报告文学理论的译介的序幕也就此拉开。这些文章具体为：[日本]川口浩的《报告文学论》(沈端先译，《北斗》第 2 卷第 1 期，1932 年 1 月 20 日)、[日本]山田清三郎的《通讯员运动和报告文学》(里正译，《文艺

---

① 《无产阶级文学运动新的情势及我们的任务》，《文化斗争》周刊第 1 卷第 1 期，1930 年 8 月 15 日。
② 《中国无产阶级革命文学的新任务》，《文学导报》第 1 卷第 8 期，1931 年 11 月 15 日。

月报》创刊号，1933年6月）、T.巴克的《基希及其报告文学》（张元松译，《国际文学》第4号，1935年）、基希的《危险的文学样式》（胡风译，《文学丛报》第2期，1936年5月1日）、巴比塞的《关于生活和战斗》（《文学丛报》第3期，1936年）、皮埃尔·梅林的《报告文学论》（徐懋庸译，《文学界》创刊号，1936年6月5日）、安德尔·马尔克劳斯的《报告文学的必要》（沈起予译，《文学界》创刊号，1936年6月5日）等等。这些译文就报告文学的历史渊源、创作对象、创作内容、文体特征等等作出富有创造性的论述。而这些观点的输入和借鉴，对于促进中国现代报告文学的理论建构和创作实践，无疑起到"他山之石，可以攻玉"的巨大作用。

我们不难发现，中国左翼作家联盟为什么会对报告文学这一文体发生浓厚的兴趣，并且以会议的决议方式来发动和提倡这一文体的创作。

首先，报告文学是产生于近代工业社会，并且与新兴的无产阶级登上历史舞台紧密关联。也就是说，这一新型的文体从它的诞生之日起，就带有明显的独特的政治意识形态。川口浩在《报告文学论》一文中论述道：

> 因为机械工业的急剧的发达，和阶级斗争的尖锐的进展，在文学的领域，也和在政治的领域一样地驱逐了Romantic的成分。在溶矿炉喷着火焰，兵工厂生产着最精巧的杀人机器的现在，什么星啦紫罗兰啦的故事，已经变成了时代落伍的作品，要靠文字吃饭的人们，无论如何也非应顺新闻杂志的势力不可。这，就是近代的集纳主义（Journalism）和Feuilleton产生的社会的根源。
>
> 近代的散文，最初以旅行记及风土记的形式而出现，以后几经变迁而至今日。在此，我们应得注意，散文这种文学形式。在它产生的当初，已经带了强烈的社会批判的色彩。譬如在德国，一般的被认为德国近代的散文之滥觞的海涅的《旅行记》，曾以辛辣的笔锋，批判了旅行所及的地方的人物和制度等等。

可是后来散文这种形式占有了支配的地位，形式的本身接近了完成的领域，于是在不知不觉之中，失却了最初之特征的社会批判的特质，现在，以这种被近代的散文遗失了的精神而再生的，就是所谓报告文学！

和他名称一样，报告文学的最大的力点，是在事实的报告。但是，这决不是和照相机摄取物象一样地，机械地将现实用文字来表现。这，必然的具有一定的目的，和一定的倾向。这种目的和倾向是什么呢？不是别的，这就是社会主义的目的。现代最大的 Reporter 基休①说：

"凡是想要事实而真实地描写各桩事及事件的报告者，不论他是一个作家或者一个新闻记者，在这种经验的工作，不论好歹，终要到达一种终极的归结。这种归结就是一切表面上看来好像不同的各桩事，和因这桩事而引起的一切利害，常常站在共同的基础之上的这种认识。要测度具有睿智和直观的报告者，是否真的洋溢着'真理爱'的尺度，就是这种社会的认识的程度。报告文学，最初就走上了这条从单纯的事实之探究走向社会主义的道路。"（《报告文学之社会的任务》）

所以，据基休的意见，假使有人要做好的 Reporter，要做生活现实的报告者，那么非有下述的三个条件不可。就是：毫不歪曲报告的意志，强烈的社会的感情，以及企图和被压迫者紧密地连结的努力。（《地方通信员的实践》）

川口浩从历史渊源的角度，勾勒出报告文学这一文体出现所带有独特的意识形态内涵。虽然，报告文学是据"事实"来报告，但却是以"社会批判"作为它的特质，尤其是它具有"一定的目的"和"一定的倾向"，即"社会主义的目的"。

基希在《一种危险的文学样式》一文中，显然是站在阶级意识立场上，对于"关于被一切资产阶级作家宣称为毫无价值的特殊的文学样

---

① 基休，即 Egon Erwin Kisch，捷克籍的著名报告文学家，今通译"基希"。

式——速写(Sketch)或报告文学(Reportage)"进行驳斥,以为资产阶级的"恶毒的攻击","与其说是由于这种样式是崭新的东西,还不如说是由于这种样式在其本国的危险性"。这种因强烈的政治意识形态而进行事实的报告,或者说真理的探寻,其作者的人身安全就变得岌岌可危。关于这一点,基希是洞若观火,他说:"报告文学作家的作品,不仅对于世界的剥削者说来,即对于作家自身,也是一种容易招致危险的东西。这种工作较之没有害怕被反驳必要的诗人工作更其是危险的。"

然而,正如安德尔·马尔克劳斯称:"报告文学的'实际的'力量,在乎全面地拒绝现实的逃避。"① 即报告文学作家应正视社会现实和社会矛盾,把那些"资本主义的腐败、军事的阴谋、法庭的明知故犯的罪恶、社会上的压迫和剥削……",借助报告文学这一载体统统揭示和暴露在世人面前。皮埃尔·梅林将这样一批"为真理而战的斗士"称之为"逐臭之夫"(Fouillemerde)。他在《报告文学论》中,逐一点评了当时世界范围内著名的左翼人士和报告文学作家:

> 现代最熟练、最大胆的报告文学者之一,斯沫特莱(Agnés Smedley)她目前(1935年——译者)之所以在那和英国情报部及Cuomintang的政治部密切合作着的日本帝国主义的注意之下受着迫害,决不是偶然的。在现代作家中,像她那样的,怀着明白的责任观念,将人类的痛苦,以及受着本国和外国的统治者阶级的压迫的殖民地和半殖民地的灾难,描写了出来者,是不多的。
>
> 在数月之间,斯沫特莱徒步地走遍中国的南部,考察农民的生活:她游历广东,研究丝绸工业破产的原因。她不是一个模仿着热带地方的时髦打扮,充满着高等人种的骄傲的游记作家。她甚至于也到死的区域里去找真实。
>
> 约翰·里特(John Reed)的获得种种使他能够写成现代报告文学的杰作《震动世界的十日》一书的材料,不是在哈佛大

---

① 安德尔·马尔克劳斯:《报告文学的必要》,沈起予译,《文学界》创刊号,1936年6月5日。

学，而是在墨西哥的草原上，跟班巧·维拉（Panoho Vila）手下的革命的土人以及纺织工人罢工会员会在一起的时候，是在南美洲的各国。

辛克莱（Uptol Sinolair）的许多报告文学的大著，并不是他充满了想做救世主和州长的野心，想由阶级间的和解来消灭社会的痛苦的时代所写的。

报告文学者辛克莱的伟大的报告，惊人的暴露，是屠场内部的实录（这些实录，几乎搞乱了芝加哥的做猪肉买卖的阔人们的好生意）。是关于自由的美国的教育机关以及自称布尔乔亚报纸的造谣大本营的秘密。

伦特尔（Albert Londre）的作品中的那种居依央（Guyanes）的地狱的描写，那种法兰西帝国主义在刚果所施的野蛮行为的大胆而严酷的揭穿，永远在外国旅行家和远方探险家的旅行记中存在着。

在这种"社会的报告文学"的目标之下，那报告文学者基希（Egon Erwin Kisch），游历全世界，观察伟大的社会斗争和各国各民族的日常生活的双方情形，为的要揭露他的时代的真相。奥地利的高等检察官——此公和他的一切布尔乔亚同胞一样，是不大喜欢真实的——竟判给基希一个监房，给他做考察世界的观象台。然而，社会的报告文学者们都知道，要观察世界，不是站定在一个高峰上所能做到的。①

梅林在评述这些著名报告文学作家时，彰显他们坚定不移的意识形态立场、脚踏实地的工作作风和大胆果敢的批判意识。

塞尔维亚人T.巴克（Theodore Bark）是一位著名的新闻记者和作家，他与基希同属于左翼人士且共事多年，他撰写的《基希及其报告文学》可谓是一篇知人论世的精品之作。T.巴克用带艺术性的笔墨，形象地描述了基希在半夜咖啡馆里的思想斗争和人生道路的抉择，当基希在最

---

① 皮埃尔·梅林（Piere Merin）：《报告文学论》，徐懋庸译，《文学界》创刊号，1936年6月5日。

后一分钟跳出邮车时。T. 巴克说:"世界上失掉了他这个伟大的小说家了。但世界却赢得一个基希。"T. 巴克称,基希是作为一个"社会的批判者而出现的",他的社会批评开始于"那社会的躯体上的溢出不幸的地方,那个衰老了的,生着恶瘤,毒坏了空气的躯体。它从那些被弃者们,无赖们,那些从生活的大海里被投掷到城市的崖边的泡沫废物们开始"。① 而这种批判需要报告文学作家在感性和知性上获得一种比较正确的"现实把握",进而由事物的表面描写深入到事物的内部去。这便是"正确的暴露"所具有的贯通一切的力。安德尔·马尔克劳斯说:"这种'正确的暴露'也就是报告文学的力了。'写'的技术,在于'发现'之中。"②

其次,如何艺术地创作报告文学,这也是国外报告文学论者关注和阐述的另一个中心议题。正如基希说:"作家必须要像不使作品失去艺术性那样地审慎地选取绘画器具,在正确的展视中,组织自己的记述,而必须把它作为是艺术文告——艺术地揭发罪恶的文告。"这里,基希明确告诉人们,不能把报告文学当作简单的基于事实材料的一种描绘,而是组织"自己的记述",使之达到"独立的艺术作品的境地"。因此,"对于不失艺术的样式和规模而同时又能正确地显示真实这件事,较之诸君所想象的是一种更困难的工作。速写或是报告文学,它虽然是劳动和世态的表示,然而在今天,我们知道,它仍然常常是模糊的,刻板的东西。只有能达到自己的目的速写作家,才是真正的艺术家"。③ 这既是对那些轻视"速写"或"报告文学"论者的有力回击,同时也是对从事这一文体创作者提出艺术的要求和忠告。

那么,从事报告文学创作的作者如何进行"艺术文告"呢?在这些国外报告文学论者看来:

其一,从事报告文学创作的作者必须掌握"辩证唯物论"的思想。基希称,所谓"艺术文告",就是"不能用平面的、静态的唯物论方法,而必须要求达到辩证唯物论的方法,必须创造变化中的前景。作家必须

---

① T. 巴克:《基希及其报告文学》,张元松译,《国际文学》第 4 号,1935 年。
② 安德尔·马尔克劳斯:《报告文学的必要》,沈起予译,《文学界》创刊号,1936 年 6 月 5 日。
③ 基希:《危险的文学样式》,贾植芳译,《论报告文学》,泥土社,1953 年,第 7—8 页。

能从现在的关联中显示出过去和未来"。① 掌握"辩证唯物论",关键在于使创作者获得探究事物内部关联和矛盾的能力。关于这一点,基希曾阐述道:

> "明显得很,事实只是报告文学者的一个罗盘,"基希说:"在旅行中,他却还需要一架望远镜:逻辑的想象(因为单纯地观看各个地方和现象,只听关系人和证人的不相连络的言语,捕风捉影的猜度,是永远得不到事态的完全的形象的)。报告文学者应该自己创造一种事变的实验主义(Pragma tisme),设定种种能够找出结果的线索,他应该唯一地执着他那正确地通过所予的事实而进行的描写的路线的轨迹。理想,则是报告文学者所画的虚线,而与联结各种事象的实线相密合的;一致的图形,所遇诸点中可能性最大者的决定,这才是所要达到的目的。"(《文学回声》卷20,1928年)②

所谓需要一架"望远镜",其实就是报告文学者须懂得掌握"辩证唯物论的方法",这是基希将他实际从事报告文学的工作方法告诉我们。基希在这段文字的论述中,为我们指出了"那通到认识真实的辩证法的道路:就是从实际的观察,到抽象的思想,然后再转到客观的现实的实验——这一条在报告文学的模型中铸成着的路。"③

基希在《一种危险的文学样式》中以亲身经历告之报告文学者应该如何创作出具有批判价值的文章。他以曾在锡兰岛停留过一段时期为例。在旅途的船上,基希阅读了关于这个岛的各种书籍——半官方的游览指南、各式旅客向导社的广告性的小册子、以及文学家的游记文。但当基希把这些书籍和这里的现实情况相互对照后,他不能不感到"惊异"和"反感"。因为基希在这个岛上看到的是:"从十月到一月之间,有三万以

---

① 基希:《危险的文学样式》,贾植芳译,《论报告文学》,泥土社,1953年,第7页。
② 基希:《文学回声》,转引自皮埃尔·梅林《报告文学论》,徐懋庸译,《文学界》创刊号,1936年6月5日。
③ 皮埃尔·梅林:《报告文学论》,徐懋庸译,《文学界》创刊号,1936年6月5日。

上的儿童因疟疾和营养不良而死亡。这里的百分之八十的儿童，饿得连走到学校那样的力气都没有。这里的人民每日在鞭子下生活。土人什么工作都找不到，因为资本家从印度输入了更低价的劳动者。这里的人民吃着草根树叶，每日继续有人走着由乞讨到饿死的道路。"而旅行手册写的却是："这里的珍珠岛的美丽，冲激海岸的波涛的音响，永远在颠簸的木筏，往昔的王宫废墟，以及其他关于自然的美及古代文化的遗迹等等诸如此类的东西"。对于现实生活的可怖的现象，只字不提。两相比较，确实相差太大。那么，摆在报告文学者面前，需要作出怎样的抉择呢？基希说："不过，要是具有社会气息的人在锡兰岛上看到了我所看到的事物，可就引起了这种诱惑，这里原来是丑恶的，应把它记录下来，把那些恐怖列举出来。面对着人类的悲哀，想要哭泣，想要叫喊，对于被责为政治煽动家自己甘愿承担下来——这种诱惑就都很强烈的发生了。"与其说选择暴露社会黑暗面是一种"诱惑"，倒不如说是具有"社会气息"的人士居于唯物辩证论的思想而选择一种"承担"会更为贴切些。基希就这样把自己双脚跨进文学的园地来，他变成了商品的艺术专论家："波林勒（Borinage）的煤，亚尔马森的水银，加布隆的玩具，上海的棉纱。他描绘出了一切那不幸和祸患，一切那隐藏在不声不响的商品里的奢侈和淫佚的生物的完整的形象。"基希也就"从没有正确观点的人发展到有观点的人，从印象主义者发展到辩证唯物论者，是一步一步地进行的，而这个国外的不幸的报告者，也就变成劳苦人类的报告者，由无政府主义者变成科学的马克思主义者了。"①

其二，科学缜密的田野调查是报告文学作者获得"艺术文告"关键性的手段。皮埃尔·梅林说："在报告文学中，事实，单独的事变，现实的一断片，都是观察的对象。但那当然是跟周围的世界相关联的事实，那种事实和它的结果须经过科学的系统的考察（而且，在可能范围中，也根据统计，决定它的一般的价值）。那种事实，限于社会事态中的具体的

---

① T.巴克：《基希及其报告文学》，张元松译，《国际文学》第4号，1935年。

部分。"① 基希之所以能成为著名的报告文学者，在于他勤奋的工作，足迹遍布世界各地。他一战前是警探和罪犯的报告者；在大战时，他带着一支断铅笔和小纸片，作为一个由新闻记者初入伍的普通兵士，写下他所看见的一切；在内战时期，这个年轻的无政府主义者从"左"的观点批评着社会民主党人，1917年他看见红旗插遍了圣彼得堡，于是基希变成一个共产党员了；在战后，他足迹踏遍全世界，撰写出《"天堂"美国》、《秘密的中国》、《中央亚细亚的和平》。基希始创独特的报告文学，这是一种脱离了个人的态度而报告日常生活的文体。这些报告，"充满了非常强烈的申诉（Appeal）的力量。用事实来说明，启发，鼓励，——这，比之悲愤慷慨的数百万言，具有更大力量。"② 比如，牛油的价在纽约是多少，在柏林是多少？伦敦东区（Eastside）的住民吃些什么东西？巴黎蒙马尔德的住民吃些什么食料？这种一看毫不稀奇的事实，实际上却能引一切人们的关心，逗引一切人们的兴味。我们只要一读基希的报告，我们就能知道这现代的经济的，政治的，文化的构成的全貌。

基希说："报告文学者并不是顽固的，没有证据的和没有观点的人。他必须是一个公正的证人而且负起公平证明的责任来，这种证明必须是如它所可能表示的可靠……"③ 而要做到"一个公正的证人"并"负起公平证明的责任"，很关键的因素就在于该报告者前期工作是否做过科学缜密的田野调查，是否已具备一种对于那已经发生的、他所听到的，看见的或者经验过的事物的精确、真实和动人的叙述能力。很显然，斯诺——这位来自美国国度的报告文学者，他深入中国的西北角，而获得实地采访中国工农红军第一手资料，使得撰写的报告文学《西行漫记》出版后，居然风行各国。作为一个西方记者眼中的中国工农红军，斯诺承担起"一个公正的证人"和"负起公平证明的责任"。他说："从字面上讲起来，这一本书是我写的，这是真的。可是从最实际主义的意义来讲，这些故

---

① 皮埃尔·梅林:《报告文学论》，徐懋庸译，《文学界》创刊号，1936年6月5日。
② 川口浩:《报告文学论》，沈端先译，《北斗》第2卷第1期，1932年1月20日。
③ 基希:《发狂的报告文学家》，转引自T.巴克《基希及其报告文学》，张元松译，《国际文学》第4号，1935年。

事却是中国革命青年们所创造，所写下的。这些革命青年们使本书所描写的故事活着。所以这一本书如果是一种正确的记录和解释，那就因为这是他们的书。"①

安德尔·马尔克劳斯称："在新的集纳主义（Journalism）或维阿利斯的《安南·SOS》、基希的作品以及爱伦堡的文章中，最足以牵引我的心者，乃是：'对人物的探求已经不成问题，而成为问题者乃是对事物的探求'的事。"②国外的报告文学者正是抱着"对事物的探求"的极大兴趣和热情，才使这一新兴的文体拥有独特的理论体系和创作实践。

二、科学启蒙与科普作品的输入

"五四"运动是近代史上思想文化现代化的一场最伟大的启蒙运动，"科学"与"民主"是这场启蒙运动的两面大旗。陈独秀早在《新青年》（原名《青年杂志》）创刊之际，便以"敬告青年"的口吻提出了"科学与人权并重"的口号，继之又明确指出："我们相信尊重自然科学实验哲学、破除迷信妄想是我们现在社会进化的必要条件。"③而以任鸿隽等人为代表的一批留美学生则开始募资创办《科学》月刊，对近现代科学知识、科学思想、科学精神和科学方法进行全方位的介绍。在《新青年》及《科学》月刊影响下，宣传科学的报刊杂志一时风起云涌。据统计，"五四"时期有79种杂志以"科学"字眼命名，而卷入这场宣传科学潮流中的刊物约有400种以上④。"五四"思想家们多方位阐释了科学的价值与功能，认定科学是现代文明的核心，主张"科学救国"，以科学改造社会。同时，他们猛烈批判中国传统学术和文化，主张以科学精神改造国人落后的思维方式和陈腐的价值观念。一时间，提倡科学、弘扬科学精神成为一股波澜壮阔的社会思潮。正如胡适指出："这三十年来，有一个名词在国内几乎做到了无上尊严的地位；无论懂与不懂的人，无论守旧与维新

---

① 埃德加·斯诺：《西行漫记·序》，上海复社，1938年。
② 安德尔·马尔克劳斯：《报告文学的必要》，沈起予译，《文学界》创刊号，1936年6月5日。
③ 陈独秀：《本志宣言》，《新青年》第7卷第1号，1919年12月1日。
④ 董光璧：《中国近现代科学技术史》，湖南教育出版社，1995年，第465页。

的人，都不敢公然对他表示轻视或戏侮的态度，那名词就是'科学'。这样几乎全国一致的崇信究竟有无价值，那是另一问题。我们至少可以说，自从中国讲变法维新以来，没有一个自命为新人物的人敢公然毁谤'科学'的。"①

鲁迅是"五四"新文化运动的领军人物，同时也是我国现代自然科学思想的启蒙者。可以说，宣传科学，提倡科学精神是鲁迅终生不懈追求的思想理念。在《华盖集·通讯》中，他感慨地说："中国现在的科学家不大做文章，有做的，也过于高深，于是就很枯燥。"他提倡"至少还该有一种通俗的科学杂志，要浅显而且有趣的"，要像"Brehm 的讲动物生活，Fabre 的讲昆虫故事似的有趣，并且插许多图画的"，因此，他主张"作文者"的科学家，只要"肯放低手眼，再看看文艺书，就够了"。②鲁迅身体力行，撰写《人之历史》、《科学史教篇》，前者以解释海克尔的《人类发生学》为主，介绍了达尔文的生物进化学说及其发展的历史；后者则论述了西方科学思潮的演变，指出科学发展和人类生活事业的相互关系，说明了科学在改造自然、推动社会进步和丰富人类生活等方面所起的作用。他率先翻译了法国科普文学的奠基人和科普大师儒勒·凡尔纳的《月界旅行》、《地底旅行》等优秀科普文学作品，热情地把它们介绍给中国读者。此外，鲁迅还亲自创作了《说钼》、《"蜜蜂"与"蜜"》等科普小品。1930 年，他翻译了日本刘米达夫的《药用植物》，发表在《自然界》月刊上，后来作为《中学生自然研究丛书》之一，由上海商务印书馆 1936 年出版。1930 年，鲁迅为三弟周建人辑译的《进化与退化》一书作了《小引》，他在《小引》中充分肯定了这部译作的意义及其在学术研究上的价值，认为它不但可"以见最近的进化学说的情形"，也可"以见中国人将来的运命"，"倘这事能为现在和将来的青年所记忆，那

---

① 胡适：《〈科学与人生观〉序》，《胡适文集》第 3 卷，欧阳哲生编，北京大学出版社，1998 年，第 152 页。
② 鲁迅：《通讯》，《猛进》周刊第 5 期，1925 年 4 月 3 日。Brehm，德国动物学家勃莱姆；Fabre，法国昆虫学家法布尔（耳）。

么,这书所得的报酬,也就非常之大了"。[①] 周建人后来也这样评价鲁迅,称"鲁迅先生从学医的时候起,及以后,对于生物科学及生物哲学都很有兴趣。他在去世不远的几年前还翻译过《药用植物》,又想译法布尔的《昆虫记》,没成功。"[②] 由此观之,即便是到了晚年,鲁迅把大部分的时间和心血花在文艺创作上,但他还是一如既往保持着对科学的兴趣,关心科学的信息,并且做一些力所能及的科普译介工作。从这个意义说,鲁迅完全可以称得上是我国科普文学的开路先锋和倡导者。

周作人的知识结构类似于鲁迅,周氏兄弟相同的成长经历,培养他们对科学的重视与学习。自然而然,对于科学小品这类文字,周作人一直保持浓厚的阅读兴趣。他说:"我们如想有点科学小品看看,还得暂时往外国去借。"在他看来,国外学者写的一些科学论著,其实是很好的科学小品,因而他如数家珍似的娓娓道来:

> 我不是弄科学的,但当作文章看过的书里有些却也是很好的科学小品,略早的有英国怀德的《色耳彭自然史》,其次是法国法布耳的《昆虫记》。这两部书在现今都已成为古典了,在中国知道的人也已很多,虽然还不见有可靠的译本,大约这事真太不容易,《自然史》在日本也终于未曾译出,《昆虫记》则译本已有三种了。此外我个人觉得喜欢的还有英国新近去世的汤木生(J. A. Thomson)教授,他是动物学专门的,著作很多,我只有他最普通的五六种,其中两种最有意思,即《动物生活的秘密》与《自然史研究》。……《动物生活的秘密》中共有短文四十篇,自动物生态以至进化遗传诸问题都有讲到,每篇才七八页,而谈得很简要精美,卷中如《贝壳崇拜》、《乳香与没药》、《乡间的声响》等文,至今想起还觉得可爱。《自然史研究》亦四十篇而篇幅更短,副题曰"从著者作品中辑集的文选",大约是特别给青年们读的吧,《动物生活的秘密》中也有八九

[①] 鲁迅:《〈进化和退化〉小引》,《进化和退化》,周建人辑译,上海光华书局,1930年。
[②] 周建人:《略讲关于鲁迅的事情》,《周建人文选》,中国文史出版社,1988年,第306页。

篇收入，却是文句都改得更为简短了。①

周作人对于国外这些"内容说科学而有文章之美者"的科学论著，颇为看重，且时常拿出来翻翻，有些文章简直是爱不释手，甚至亲自动手翻译出来。他在《法布耳〈昆虫记〉》一文中，称法布耳是"科学的诗人"，认为其书中所讲的昆虫的生活，在"我们读了却觉得比看那些无聊的小说戏剧更有趣味，更有意义。"法布耳不去做解剖和分类的工夫，却用了观察与试验的方法，实地记录昆虫的生活现象，本能和习性之不可思议的神妙与愚蒙。因此，"我们看了小说戏剧中所描写的同类的运命，受到深切的铭感，现在见了昆虫界的这些悲喜剧，仿佛是听说远亲——的确是很远的远亲——的消息，正是一样迫切的动心，令人想起种种事情来。他的叙述又特别有文艺的趣味，更使他不愧有昆虫的史诗之称。"② 1923年6月，周作人还专门翻译法布耳撰写的一篇自传性文章《爱昆虫的小孩》③，以示对这位著名昆虫学家诞辰百年的纪念。

周作人在"五四"时期强调以儿童为本位，并亲自翻译国外一些童话精品。这些童话作品其实很多亦可看作是很好的"科学小品"。如，他以"土之盘筵"为总题目，计9篇（篇目次序是10篇，但查无第3篇），于1923年7月24日至1924年1月17日期间发表在《晨报》副镌上，其译稿来源多方，诸如《稻草与煤与蚕豆》源自格林童话，《乡间的老鼠与京都的老鼠》为日本坪内逍遥所作，取材于伊索寓言，《蝙蝠与癞虾蟆》源自法布尔的《自然科学的故事》，《蜂与蚁》来自法布尔的《自然科学的故事》，《蜘蛛的毒》来自法布尔的《昆虫故事》，《上古人》译自美国房龙的《古人》，《蚂蚁的客》译自英国汤姆生《自然史研究》，《老鼠的会议》为坪内逍遥所作，取材于伊索寓言等。周作人在《〈土之盘筵〉小引》中，对于这些童话作品有个说法："我随时抄录一点诗文，献给小朋友们，当作建筑坛基的一片石屑，聊尽对于他们的义务之百分一，这些

---

① 周作人：《科学小品》，《文饭小品》第4期，1935年5月。
② 周作人：《法布耳〈昆虫记〉》，《晨报副镌》，1923年1月26日。
③ 法布耳：《爱昆虫的小孩》，周作人译，《妇女杂志》第9卷第9号，1923年9月。

东西在高雅的大人先生们看来,当然是'土饭尘羹',万不及圣经贤传之高深,四六八股之美妙,但在儿童,我相信他们能够从这里得到一点趣味。"①可见,周作人将这些科学小品视为"土之盘筵",意在比喻小孩游戏时玩的"土饭尘羹"。这里虽含有"反讽"意味,它却能给儿童带来游戏的"乐趣",以及文学上"真"与"美"的熏陶。

周建人是在周氏兄弟中排行老三。他因二位大哥在国外求学而放弃学业,在家照顾母亲。鲁迅非常关心三弟的出路问题,鼓励他自学植物学,并从日本寄回四本植物学论著。后来他终于成为一位著名的生物学家。1921年,在鲁迅的推荐下,周建人进了上海商务印书馆工作。他在商务印书馆工作期间,主编《自然界》杂志,担任中小学动植物教科书、自然科学小丛书的编辑。周建人曾翻译祁天锡的《长江流域的鸟类》,在《自然界》杂志发表了贾祖璋译斯妥惠尔改写的《法布尔昆虫之书》(即《昆虫记》),并特意撰写《法布尔及其工作》一文,略加介绍,并刊载了原书的彩色插图。1930年7月他辑译的《进化与退化》一书,由上海光华书局出版,集中收入了8篇关于生物科学的文章。另外他还翻译达尔文的《物种起源》,编著了《生物进化浅说》、《论优生学与种族歧视》、《科学杂谈》、《人体的机构》等书籍。1934年应陈望道之邀,开始以"克士"笔名在《太白》半月刊的"科学小品"专栏发表作品,此后一年期间,在该刊发表科学小品竟达20多篇。为20世纪30年代"科学小品"的崛起,作出突出的贡献。

20世纪20年代的译界,有一个译者值得大家关注和重视,即林兰女士。她在《晨报》副刊上的译作,主要是以童话或科学小品为主。她翻译安徒生的《小人鱼》,于1924年7月14—26日在《晨报》副刊上连载;另外,她翻译法布耳的《昆虫故事》之《蜘蛛的电线》、《剪叶蜂》、《采棉蜂及取胶蜂》、《黄蜂和蟋蜂》、《圬墁蜂》等,于1924年8月7—31日期间在《晨报》副刊上连载。林兰译的法布耳作的《我的猫》,刊载于1927年《北新》第1卷第43、44期合刊。

---

① 周作人:《〈土之盘筵〉小引》,《晨报副镌》,1923年7月24日。

20世纪30年代以《太白》为核心的"科学小品"作者贾祖璋、顾均正、周建人、刘薰宇等，不仅是科学小品的写家，而且也是推动国人打开知识的眼界，引进、译介和移植国外科学小品的重要人物。

贾祖璋是1924年进商务印书馆工作，先后当过生物标本检验员、编辑。从那时起，他开始研究生物学，尤其对于鸟类学产生了浓厚的兴趣。后来他受到美国科普作家密勒氏（O. T. Miller）《鸟类初步》和《鸟类入门》二书的启示，"觉得像他那样用浅明的文字并采取文学的材料来写初步的科学书，一定可以引起初学者的研究兴趣，对于推进科学，当有助力"。于是，决定把这两本书译出来，在删除不适合国情的内容的同时，又适当增加一大部分中国材料。以《鸟类研究》和《普通鸟类》的书名分别在1928年和1931年在商务印书馆出版。贾祖璋翻译的美国Rodolph Stowell改写的《法布尔昆虫之书》，在1930—1931年周建人主编的《自然界》上连载。贾祖璋完全是从译述走向科学小品创作道路的。1927年，贾祖璋撰写了《杜鹃》一文，运用散文笔调，开启一种把科学与文学相结合的新体例写作。此后，他有计划续写了《黄鸟》、《鸳鸯》、《鹤》、《鹧鸪》、《燕》等20篇，1931年结集后由开明书店出版。

顾均正20世纪20年代，曾在上海商务印书馆编辑《少年杂志》，他是我国早期科普作品的重要译者之一，不过他是从翻译外国童话作品开始，再走上科普译介之路的。他翻译安徒生童话发表在《小说月报》上，后来出版了法国保罗·谬塞的《风先生和雨太太》、丹麦安徒生的《水莲花》、英国萨克莱的《玫瑰与指环》等童话译作。顾均正之所以后来成为《太白》半月刊"科学小品"专栏的重要作者之一，是与他从事科普译作相关的。他翻译的法国昆虫学家法布尔的科学名著《化学奇谈》，最初连载于《中学生》杂志，后交由开明书店出版。1934年，顾均正又译了《每日物理学》，连载于《中学生》杂志。顾均正从发表在《太白》半月刊的《昨天在那里》开始，走上科学小品创作道路，连续写下几十篇作品，收成三个科学小品集——《科学趣味》、《科学之惊异》、《电子姑娘》。他撰写的科学小品与他译介和科普著作题材是一致的，大都是介绍物理学方面的新知识、新成就。1941年，顾均正翻译出版了德国柏吉尔撰写的科学童话集《乌拉波拉故事集》，被誉为我国较早的科学童话译作。

董纯才是20世纪30年代涌现出来的科普翻译的重要译者。他曾译法国法布尔的《坏蛋》，由上海文化生活出版社1939年出版，列入少年读物丛刊乙种。但他最主要的科普译作对象是苏联青年工程师、著作家的M.伊林。董纯才先后译出伊林的作品有《几点钟》、《黑白》、《十万个为什么》、《人和山》、《不夜天》、《苏联初阶》（后更名为《五年计划的故事》）等6本。董纯才选择苏联的科普作家作为翻译对象，是受到当时左联倡导"科学下嫁运动"的影响。他深信，伊林的这些科普作品能够给当时的中国少年和工农大众以不可多得的精神食粮。在他看来，伊林之所以成为苏联著名的科学文艺作家，是他具备三个方面的修养：科学的修养、文学的修养和马克思主义的唯物主义的哲学修养。尤其是第三的特点，即他能够"在马克思主义的辩证唯物主义和历史唯物主义的观点和方法的指导下，用艺术形式来写科学作品的"①。董纯才评价说，在伊林的这些科普作品里，他总能用一种辩证的观点和历史的观点来看一切事物。他笔下钟、表、灯、纸、笔、墨水、印刷等发明，不是写成一篇现成的发见和发明的总账，而是写成"人类跟物质阻力和传统思想搏击的战场"。比如，普通人把电灯的发明归功于爱迪生一个人。可是伊林却认为爱迪生不过是许多灯的发明人当中的一个。电灯是由洋灯和煤气灯演变而来，爱迪生的发明，不过是前人的发明更进一步发展的成果。这种从历史角度来看待事物的方法，使伊林的作品高出一般的科普作品。因此，董纯才赞誉"伊林的作品，每本不啻就是写出人类生活进化史的一面"。董纯才认为，读伊林的作品，尤其是《人和山》和《苏联初阶》，与其他普通科普作品有显著的区别，还在于他的作品常用辩证方法分析事物与事物的联系，能够把自然和社会熔化于一炉。他"一面描写出了自然界的错综复杂的关系，一面又讲到人们应该怎样共同一致去征服自然，建设理想的社会"。再者，伊林具有较高的文学素养，他的科普作品是用艺术的手腕传布科学知识。因此，他在行文过程中，能运用散文的笔法，

---

① 董纯才：《谈伊林的作品》，《董纯才科普文稿》，科学普及出版社，1985年，第49页。

借具体的形象来描写事物的现象和道理，显得生动有趣，其文字大都简练质朴、清楚明白，但有些文字优美、动人，简直是美如散文诗一般，很受广大读者的欢迎。①

除了上文提及的科普译品外，其他如成绍宗翻译的法布尔《家畜的故事》，符其珣译的别莱利曼的《趣味物理学》和《趣味天文学》等，这些书的内容充实新颖，科学严谨，趣味盎然，是当时青少年上乘的科普读物。苏联学者 V. Kaverin 撰写的《文学与科学》，向日葵译，刊载于 1935 年《芒种》半月刊的创刊号上，就笔者掌握的有限资料，目前看到译介国外相关的理论文章仅此一篇。另外，值得关注的还有 20 世纪 30 年代中期以后兴起的译介西洋通俗杂志文的热潮，其中，有不少杂志文是以当时的一些科技发明和运用作为写作题材，大大开拓人们的眼界，这对普及国人的科普意识也是起到重要的桥梁作用。

---

① 董纯才：《翻译伊林作品的经过和印象》，该文作为伊林《不夜天》出版时的译者序，上海开明书店，1937 年。

第三章

四十年代外国散文译介与现代散文的偏至发展

20世纪40年代的中国,正经历着生与死、血与火的大考验,前一段是抗日战争,后一段是民族解放战争。严酷的战争把当时的中国版图分割成几个性质不同的区域,抗日战争时,有国民党管辖的国统区、共产党领导的解放区、敌伪占据的沦陷区;解放战争时期,有国民党统治的国统区和共产党领导的解放区。这是由多种政权和不同社会制度,在并存、对峙和斗争中消长而构成的复杂局面。特殊的生态环境,必定打破原先的文学发展格局及其面貌。此前的中国新文学中心,是以20年代的北京和30年代的上海为主。但现在却发生根本性的改变。郁达夫称:"现在我们的文化中心点,是分散在西南、西北的各地了;譬如重庆、昆明、成都、延安、兰州、迪化、贵阳、西康等地,都有大批的工作者,及机关团体,在那里辟荒开路,预备将在十九个月中被外来刽子手所毁灭的诸种文化种子和果实,重新栽培发扬起来。"[①] 多元文化中心的形成,是一种文化迁徙中的流布过程。北平、上海沦陷,武汉、广州取而代之;武汉、广州沦陷,重庆、桂林、香港等取而代之。因此,"在一站一站的传递中,外来文化和地域文化进行着多重融合,共同参与民族文化的战时积累。到了战争中后期,文化的多中心机制已初步形成。"[②]

---

① 郁达夫:《关于沟通文化的信件》,新加坡《星洲日报·晨星》,1939年2月28日。
② 黄万华:《40年代:文学开放性体系的形成》,《理论学刊》2002年第2期。

同样，对于各类文学体裁，为了适应不同的政治生态环境，也出现此消彼长的复杂情形。当时就有学者指出："七七以后，中国文艺界受了战事的影响，各地有各地的发展，而呈出相异的形态。就散文说也是一样的：在内地流行着的是具有战斗性质的报告和通信；在上海，则西洋杂志文最占势力；而北方，散文却整个笼罩在随笔和小品文两种形式之下。这是多么庞杂的形态！"① 散文创作是如此，那么散文译介又是怎样呢！其实，散文创作变得如此"庞杂的形态"，这其中也有散文译介参与到这里面，起到推波助澜的作用。换句话说，特定的政治生态环境，决定了译者的现实考量和价值取舍，而这一点势必影响到外国散文译介的偏至发展。

第一节　域外文学散文的译介与传播

一、"林氏刊物"散文译品的流风余韵

战时的上海，无论是孤岛时期，还是后来太平洋战争爆发后，上海文人办的刊物深受林语堂在30年代创办《论语》、《人间世》、《宇宙风》时，倡导"幽默"、"闲适"、"性灵"理念的影响。于是，这时期的散文刊物，或多或少带有"林氏刊物"的流风余韵。同样，这种审美趣尚和文学理念也会反映到对域外文学散文的选择与译介上来。

《西洋文学》创刊于1940年9月1日，编辑同人为周黎庵、柳存仁、林憾庐等，编辑顾问是林语堂。该刊在《发刊词》称："我们认为文学不仅是表现人生，表现理想，同时也有其功能。文学不仅是消极的，作为个人的文学修养，精神的慰藉，或仅只教我们认识时代而已。它也是积极的。它教我们怎样做'人'，做一个'时代的人'。对于人的性情，识力，思想，人格，它有潜移默化的力量；而一直影响到人们的行为，以及社会的趋向。"因此，在这个非常时期，我们决不能忽视文学。尤其是一

---

① 林慧文:《现代散文的道路》,《中国文艺》第3卷第4期,1940年12月1日。

些青年人因环境而苦闷、彷徨，甚至于意志消沉，更需要一种东西去抚慰鼓励他们，让他们重新感到"生"之可贵，而勇敢地生活。本着这样的生活理念和工作态度，他们办起这份介绍西洋文学的杂志。第 1 期发表了今纯译的法国作者狄姆奈著的《从教育谈到文学》。第 2 期刊载南星译的 George Gissing 著《草堂随笔》（秋之卷上）①。第 3 期发表了项冲译的 E. M. Forster 著的《象牙之塔》；吴兴华译的 E. V. Lucas 著的《城市里的一周》；宋悌芬译的 Logan Smith 著的《小品》，宋悌芬在译品前言中称她偏爱这些小品，因为"有时像一首短短的抒情诗，有时像一篇紧凑的短篇小说，有时却又是机智的冷嘲"。第 4 期刊载了南星译的 George Gissing 著《草堂随笔》（秋之卷下）；宋悌芬译的《济慈信札选》，第 5 期发表了李健吾译的《福楼拜函札选（学生生活）》；思齐译的 Lytton Strachey 著的《伏尔泰——一篇批评式的传记》。第 6 期刊登了骆美玉译的 Robert Lynd 著的《林达小品二篇》，编者按："林达可算是近代小品文家最值得介绍的了，文笔活跃，观察深刻，或论政府，或谈苍蝇，信手写来，娓娓动人，极得'闲散'之妙，实非他人所能望其项背者"。为此，编辑还在"书评"一栏里特意刊载了温源宁评《林达小品文集》一文，以飨读者。第 7 期刊登了高登华译的 E. P. de Senancour 著的《登阿尔卑斯山》，本文为法国作家赛囊古名作《奥柏曼》（Obermann）中的第七封信。《奥柏曼》一书系用书信体裁，记录奥柏曼的见闻观感，描写青年的无聊心理（ennui），刻画入微，堪称杰作；徐小玉译的 A. C. Benson 著的《论简朴生活》；廖思齐撰写的书评《蒙田选集》。第 8 期发表谢庆尧译的 Arthur Schopenhauer 著的《叔本华自杀论》。第 9 期发表谢庆尧译的 George Santayana 著的《圣泰耶纳小品二篇》，分别为：（一）浸润于迷漫气氛中的画；（二）水颂。第 9 期刊载了严大椿译的 F. Loti 著的《沙漠》；吴兴华译的 Karel Capek 著的《园丁的一年》（选译）。第 10 期发表了待晴译的 Romain Rolland 著的《致梅森柏书三通》；骆美玉译的 A. C. Benson 著的《我的观点》。

---

① "草堂随笔"今通译"四季随笔"。

1943年《风雨谈》杂志在上海创刊。从柳雨生撰写的《创刊之辞》一文，便可以看出它秉承着"林氏刊物"的流风余韵，追慕林语堂标榜的理想散文的境界，譬如："风雨之夕，好友三五，大家在一块儿，共话桑麻，聚谈往旧，究竟还可以算得是一件有意义有趣味的事。"当然在非常时期，《风雨谈》的编者也颇有深意地说："我们愿意多见潇洒轻松的文字，少看沉重大文。"总之，文章要做到"在典丽之中见真实，于冲淡之怀寄热情"，这才是好的文章的标准。在创刊号上发表了谷崎润一郎作的《昨日今朝》（欧阳成节译）；第3期刊载了武者小路实笃作的《关于母亲》（真原译）；第4期发表了阿左林作的《一座城》（白衔译）；第8期刊载了André Maurois作的《恋爱论》（陶亢德译）；第11期发表了田尼翻译的《屠格涅夫散文诗选译》；第17期刊载了查司特顿作的《论闲卧之利害》（曹家珠译）。

二、以《辅仁文苑》、《中国文艺》、《艺文杂志》为代表的北平散文译品

在沦陷区北平，辅仁大学文苑社编辑出版的《辅仁文苑》在译介方面做出自己可贵的成绩。1939年12月1日该刊出版第二辑时，就选登了德国Hebbet作的《赫贝尔文艺日记摘译》，杨丙辰译；英国作家E. V. Lucas作的《运命》，吴兴华译。1940年3月12日出版的第三辑，继续选登德国Hebbet作的《赫贝尔文艺日记摘译》（二），杨丙辰译；英国作家E. V. Lucas作的《危机》，吴兴华译。1940年9月15日出版的第四辑，继续选登德国Hebbet作的《赫贝尔文艺日记摘译》（三），杨丙辰译；另外还刊载了美国Christopher Morley作的《论门》，何漫译，法国都德作的《阿尔勒女人》，闻青译等。1940年11月出版的第五辑，继续选登德国Hebbet作的《赫贝尔文艺日记摘译》（四），杨丙辰译；刊载了美国作家格累生作的《不许穿行》，南星译，A. C. Cardiner作的《旅伴》，何漫译。1941年1月出版的第六辑，刊载了杭特（L. Hunt）作的《谈睡眠》，何漫译。1941年4月出版的第七辑，刊登了Herman Griuian作的《歌德在意大利》，张丽锦译；林达（R. Lynd）作的《残酷的年纪》，何漫译。

1939年创刊于北平的《中国文艺》,是北方沦陷区里为数不多的一块文化绿洲。在其《创刊词》中称:"过去的历史无论经过了何等的波澜曲折,其轨道依然走着进步的路线,人类无论受过了任何的狂风暴雨,其情态仍不能脱离乎进步的轨道。"抱着对未来文化建设的信念,他们提出"整理旧文化和创造新文化"作为当前的急务。然而事实上,直面日寇不断地挥舞着屠刀的沦陷区文人,即使心存有"治水"的魄力,却也只能谈鬼说怪、闲话鲍鱼的题目可做而已。当然这种在夹缝中求生存的啖饭之道,也实属不易,在散文译介方面也取得一些成绩。1940年3月1日第2卷第1期的"散文"栏目里开辟了"露加斯① 散文选",一、《风车》,山客译;二、《捡东西》,吴兴华译。1940年4月1日第2卷第2期发表了英国A. A. Milne作的《密尔诺随笔》,先夏译;德国里尔克作的《布里格随笔》,丙子译;英国C. 兰姆作的《梦幻的孩童》,DD译;短札三则,庄杰译;席勒(Schiller)与歌德(Goethe)书札,谨铭译;美国伊尔文作的《雨天的小店》,成伯华译;法国曼达作的《失去了的星星》,朱利译。1940年9月1日第3卷第1期刊载了宇田道隆作的《初夏的海与岛》,黄佩华译;《福楼拜随笔摘译》,闻青译;John Buroughs著的《华特》,成伯华译。1940年11月1日第3卷第3期刊载了英国希莱尔·白劳克作的《白劳克随笔》,先夏译。1941年1月1日第3卷第5期发表了杉村楚人冠作的《春水》,鲁灵译。1941年12月5日第5卷第4期刊载了英国弥提佛(M. R. Mitford)作的《散步乡野》,何漫译。译者称:"这篇文章系译自其散文集《吾村》(*Our Village*),这书在1819年的《妇女杂志》上开始刊登,极博好评,描写英国南部一村落中的生活和自然景物,异常生动。"1942年4月5日第6卷第2期刊载了露加斯作的《修女及其他》,林栖译;L. P. 史密思著的《蔷薇》,裕之译。1942年5月5日第6卷第3期发表了查理司兰姆作的《古瓷器》,林栖译。1942年6月5日第6卷第4期刊载了英国弥提佛作的《乡景》,何漫译;斯蒂文生作的《携带着灯笼的人们》,林栖译。1943年4月5日第8卷第2期"译文"栏中刊载了

---

① 露加斯(E. V. Lucas),今通译"卢卡斯",英国著名的小品文作家。

"现代散文二章",分别是露加斯作的《失去的手杖》和密尔诺作的《在书摊上》,均为林栖译;另外尚有日本两篇散文,分别为林芙美子作的《勿忘草》,凌冰译,和森鸥外作的《高濑舟》,真夫译。1943 年 6 月第 8 卷第 4 期在"海外文艺随笔选译"一栏中,刊载了 Robert Iynad 作的《谈写作》,若云译,Mark Van Doren 作的《什么是诗人》,维本译,Stephen Leacock 作的《谁决定古典作品?》,野苹译。1943 年 8 月第 8 卷第 6 期刊载了哈逊作的《采菜者》,裕如译。1943 年 10 月第 9 卷第 2 期刊载了高尔基作的《乐想》,吴学义译。

北平的《艺文杂志》创办于 1943 年 7 月 1 日,终刊于 1945 年 5 月 1 日,社长为周作人。1944 年 1 月 1 日第 2 卷第 1 期发表了永井荷风作的《钟声》,魏敷训译。1944 年 11 月 1 日第 2 卷第 11 期刊载了夏目漱石作的《永日小品》,龙炳圻译。从 1943 年 12 月 1 日第 1 卷第 6 期、1944 年 1 月 1 日第 2 卷第 1 期起一直至第 2 卷第 9 期止,刊载了知堂翻译日本作家文泉子著的散文集《如梦记》。

三、散落在国统区、沦陷区杂志的其他文学散文译介

散落在各国统区、沦陷区杂志的文学散文译介还有,《南风》文艺月刊创刊于上海,1940 年 1 月 15 日第 2 卷第 3 期刊载了"屠格涅甫散文诗抄"[①]之《无名氏》(一)、《雀》、《我们继续战斗下去》、《老妇》、《乞丐》、《纪念胡莱夫斯基姑娘》、《祈祷》、《乡村》,M. R. 译。译者写了一篇颇长的"后记"附在译文末尾,"我很早就谈到过屠格涅夫的散文诗,他的精蓄的意思,清丽的笔致,高雅的风格,和直诉于人内心的温柔热烈的情怀深深地感动了我,使我永远不能忘记,因此勃兰台斯(G. Brandes)在屠格涅夫死后(1883 年)充满了惋惜和赞叹地写道:'屠格涅夫是俄罗斯散文家里面的最大的艺术家。'克鲁泡特金也在自传中赞美屠格涅夫:'19 世纪小说家中,在艺术方面达到最高的完成的,一定要算是屠格涅夫了,他底散文在俄国人听来简直是音乐——而且和比多芬底音乐同样

---

① 屠格涅甫,即屠格涅夫。

感人很深的。'""屠格涅夫的散文诗根本也不是怀疑的。从散文诗中，我们可以看出他的十足的人性，他不能不受环境的影响，我们得承认他的意志力不是十分坚强的。所以这里面有绝望，有眼泪，有愤激，有希望，有讽刺，有呼号，有热情，有战斗，有对为人民争幸福而牺牲自己的精神的崇敬，全部的散文诗就是一个不甘没落的良心与罪恶的交战和苦痛的挣扎的过程，我们读时，真是啼笑皆非。他的散文诗至今已成学习散文诗的人底经典，不是没有道理的。"《南风》本期也发表了法蒲特雷耶作的"散文诗钞"之《头发里的半个世界》、《那一个是真的》，克宁译。1940年11月30日《文艺世界》第5期发表了"屠格涅夫散文诗抄"之《访问》、《最后的会见》，M. R. 译。1943年8月20日《文艺先锋》第3卷第2期刊载法国蒙田著的《论同样的计策底不同的结果》，梁宗岱译。1947年12月31日《文艺先锋》第11卷第6期发表了莫泊桑著的《夜》，苏雪林译。1944年1月沈启无主编的《文学集刊》第2辑由北京艺文社发行，内有收录南星翻译的"三家散文抄"，即一、《为艺术家辩》，密尔诺作；二、《送礼的艺术》，密尔诺作；三、《赋得生疏的城》，柴斯特登作；四、《忿怒之街》，柴斯特登作；五、《谈"无"——散文集〈谈'无'〉代序》，白洛克作；六、《谈"终"》，白洛克作。《日本研究》1943年11月20日第1卷第3期发表了鸭长明随笔集《方丈记》，聂长振译注。《日本研究》1944年11月25日第3卷第5期发表了夏目漱石著的《十夜梦》之"第一夜"、"第五夜"、"第七夜"，杨燕怀选译。1944年5月《艺潮》第3期，刊载了德富芦花著的《海与岩四章》，薛洁译。1944年1月1日《锻炼》半月刊创刊号发表岛崎藤村的《早饭》，蒙光译。1944年10月《杂志》第13卷第4期刊载了佐藤春夫作的《忆西湖之游》，石峰译。1943年12月1日《中国公论》第10卷第3期起，刊载了由林栖译的《吉辛随笔》(第一卷)一、火炉，二、黄昏，三、浓雾，四、施惠，五、夜街。1944年2月1日《中国公论》第10卷第5期刊载了《吉辛随笔》(第三卷)一、阳光，二、家宅，三、笔杆，四、闲步，五、早春，六、旧书，七、有忆，八、寂静，九、林丛，十、春暮。1944年3月1日《中国公论》第10卷第6期刊载了《吉辛随笔》(第四卷)一、听琴，二、晨起，三、散步、四、眷恋、五、海滨。1944年9月1日《中国公论》第11卷第6期发表了"屠格涅夫散文诗"之《麻雀》、《两个富翁》、《我的树》，遇通译。《时与潮文艺》创刊号上刊载了[澳]乌仑作的《战地家书》，贾午译；[法]圣爱克苏巴里作《我在空中遇见死神》，冯和侃译；[印]阿美里作《得里之晨》，陈瘦竹译。《时与潮文艺》第2卷第1期发表了[英] Max Beerbohm 著《火》，盛澄华译。《时与潮文艺》1944年3月15日第3卷第1期发表了英国吉辛作的《秋》，李霁野译。《时与潮文艺》1944年5月15日第3卷第3期刊登了英国吉辛作的《冬》，李霁野译。《时与潮文艺》第3卷第4期1944年6月15日刊载[英]哈德生作《动物的友谊》，刘文贞译。1946年《文艺时代》创刊于北平，在创刊号上刊登德国讽刺散文家昊特利普·维廉·拉柏纳（Gottlieb Wilhelm Rabener）著的《聪明》，杨丙辰译。据译者附识，此人"为一极有名之讽刺散文家，一生所写讽刺散文甚多，均极风行一时，深受一般人们之所欢迎。氏之作风，温雅蕴藉，寓讽刺于幽默，而无暴烈毒辣之气焰，以故人皆爱读之，成为德国大诗人葛德（Goethe）之所推许赞赏。现在我所译的这一篇《聪明》，原系摘自氏：《一部德文字典之试作》（Versuch eines deutschen Woerterbuohes）之著作中者，此书原系氏以滑稽有趣之笔调，将社会上所流行之字样加以一种新奇之解释，藉此讽刺世人，回味丰饶隽永，读者一读，自可了然。"创刊于上海的《文讯》月刊，从1948年2月15日第8卷第2期起至1948年7月15日第9卷第1期止，以及1948年12月15日第9卷第5期等连续刊载海涅著的《哈尔次山游记》。复刊后的《文学杂志》仍然为40年代中后期文学界的重要杂志，但在散文译介方面确实较为忽视，仅有一篇是古罗马恺撒（C. Iuli Caesar）作的《高卢日尔曼风俗记》，金克木译，发表在1948年4月第2卷第11期上。

《中国文艺》1940年1月1日第1卷第5期发表了林栖《谈散文家露加斯》（上）；1940年2月1日第1卷第6期发表了林栖《谈散文家露加斯》（下）；1943年6月第8卷第4期刊载了林栖撰写的《谈散文家露加斯与白洛克》。1943年，由吕荧翻译，桂林远方书店出版的《普式庚论》，里面收录了《普式庚的散文》，V. 希克罗夫斯基作的。1945年9月

13日《中法文化》第1卷第2期发表了李赋宁撰写的《蒙旦》。1944年9月15日《文艺世纪》第1卷第1期发表了波里查德作的《论散文要素》,林栖译。

第二节 西洋杂志文的兴盛与影响

一、林语堂与"西洋杂志文"的倡导

林语堂说:"杂志本是时代之产物。在中国于廿三四年间可以说已到蓬勃昌盛时期,种类之多销行之盛,超过以前纪录。"① 即便是战时的上海,并非人们所想象的"文化沙漠",而是各种文化势力的角逐场,于是乎各种各样的定期刊物风起云涌,五光十色,令人眼花缭乱,大有应接不暇之势。其中,相当部分期刊仍带有"林氏刊物"编辑风格,其文风裹挟着"西洋杂志文"的意味。

林语堂为了打开国人的眼界,于20世纪30年代积极倡导译介和研读"西洋杂志文",得到当时学界一些同好者的肯定和支持。他在《谈西洋杂志》一文中,曾回忆自己读大学时几种"西洋杂志"的印象:

> 记得二十年前,在大学念书时,私人最喜的是 North American Review,因而时有 George Harvey 主编,评论时事,磊落大方,辞严义正,真有大刀阔斧之妙。后来氏任驻英大使。该杂志遂一落千丈,至今生死不明。稍后接踵而至者为 American Mercury,主持者为孟肯(H. L. Mencken),一味捣蛋,以冷嘲热讽笔调,与美国人之顽固迷信陋习挑战,曾开 American 一栏,特载令人诧异慨叹新闻(略如《论语》之"半月要闻")。这大约在一九二十余年间,为孟肯最风行时期,其时美国大学学生几乎无不人手一本 American Mercury。到了孟

---

① 林语堂:《谈西洋杂志》,《西洋文学》第2期,1940年10月1日。

肯风头渐减，甚至退出该刊，这刊物就失了以前位置。Literary Digest 有一时也风头甚健，现在已退居人下了。以前风行一时的 Century 已经半生半死，American Review of Reviews 似乎已绝迹，Current History 也办得呆板，销路有限。①

由此可见，林语堂对几种美国杂志的印象颇深，这说明他深受其熏陶与影响，因此，他才能如数家珍，对它们的来龙去脉，风格特征，作出精确到位的点评与介绍。

而在期刊实践方面，林语堂主编的《人间世》从1934年第15期起，其"译丛"专栏改为"西洋杂志文"，这是开风气之先，使国人透过"西洋杂志文"进一步了解异域的国家制度、社会结构、法律伦理、风情民俗等等。1936年9月1日，《西风》在上海创刊，编辑兼发行人是黄嘉德、黄嘉音两兄弟，该刊以"译述西洋杂志精华，介绍欧美人生社会"为己任，开辟了"长篇连载"、"冷眼旁观"、"雨丝风片"、"科学·自然"、"心理·教育"、"妇女·家庭"、"传记·人物"、"国际·政治"、"游记·冒险"、"军备·战争"、"社会·暴露"、"艺术·戏剧"、"小品·幽默"、"书评"、"西书精华"等栏目。果然不出所料，《西风》所呈现出的洋人丰富的社会人生，越发真实地展现在国人面前。后来《西风》杂志虽因战火停过一段，但很快得到复办，一会儿改为半月刊，一会又是月刊，并且出了《西风》附刊，和《西风精华》等，可以说刊物越办越红火，一直延续到40年代初。

二、"西洋杂志文"在战时中国的译介

在林语堂倡导"西洋杂志文"的影响下，沦陷后的上海文坛并非凋零，不少在30年代林氏刊物磨炼出来的名编辑诸如陶亢德、周黎庵等，袭用和仿制林氏刊物的基本体制，继续办起选译"西洋杂志文"的综合刊物，或主办刊载深受"西洋杂志文"影响的散文刊物。陶亢德和朱雯在上海租界地办一份刊物名为《天下事》，是属于"时事文化综合月刊"，

---

① 林语堂：《谈西洋杂志》，《西洋文学》第2期，1940年10月1日。

其栏目有"天下大势"、"思想知识"、"生活见闻"、"山水人物"、"史话逸闻"等。另外,陶亢德主编的《东西》月刊,以《西风》为摹本,标榜自己是"独树一帜的译文杂志"。该刊创刊后,刊载了不少名人佳作,其内容是以评论东西文化,介绍世界知识为主旨。

周黎庵主编的《古今》,是以"第一流的文史半月刊"为己任,倡导"文献掌故,朴实古茂,散文小品,冲淡隽永",因此,大量带有趣味性、知识性的文史随笔刊载于《古今》杂志上。柳雨生主编的《风雨谈》沿袭着林语堂办刊风气,虽以文艺月刊为定位,但并不拘泥散文一体。他说:"在我们这个盍各言尔志的本旨之下,古今中外,东西南北,哪里不能做我们写文章的取材,什么不足为我们编杂志的对象。"①

叶劲风主编的《天下》半月刊,凸显自己是关注"言之有物",且属于"山水、人物、思想"范畴一类的文章。该刊发行人蒋槐青在《闲话"天下"》一文中,明确提到该刊的创办与"西洋杂志文"之间的渊源关系:

> 在五花八门,许多精彩的刊物中,再要产生一种独特的作风,却是相当困难。对于目前这许多刊物,我都非常钦佩,每册杂志都有它的特点,我要在这些灿烂辉煌的杂志界中,开辟蹊径,不能不加以深切的考虑。为了这点,我曾连续多天研究现在的刊物,更把从前的《西风》和《逸经》、《旅行杂志》等翻出来细细的揣摩,我得到一个结论,就是要"言之有物"。为这个问题,我和叶公讨论了多次,又和昔日办《西风》的黄氏昆仲嘉德嘉音二兄商量了几次。他们的意思也是说不要太空洞。要有事实。现在文艺性的刊物确实已经很多了,再以文艺散文来号召,上海究有多少人对文艺散文写得好的作家?翻开几种杂志,每种大都是有限几位名家在撑柱子。老实说,文章写得太多,题材不免要感觉缺乏。固然我很欢迎名家的作品,而即使无名的青年小伙子甚至贩夫走卒写来的文章,只要"言之有物",文字通顺,我更欢迎采用……因此我不想再以文艺散文来

---

① 柳雨生:《创刊之辞》,《风雨谈》创刊号,1943年4月。

号召，经叶公及豪兄定出一个中心，就是山水人物思想为主体，而我的意思，最主要的是特写，特写的范围最广，无论个人的或社会的，以及一切文物，无不可以尽收笔底，我认为纪实特写，夹叙夹议，是文学的基础。贵在题材丰富，言中有物，庄谐杂陈，雅俗共赏。便都是好文章。史实不免沉闷，文艺不免空虚；折乎其中，必须"言之有物"，我就是这个主意。虽不能篇篇做到，但愿尽可能的实现。①

由此观之，《天下》半月刊的编辑方针不以"文艺散文"为选稿标准，而直接面向社会人生，以"山水、人物、思想"为主轴，尤其是"特写"，只要"言之有物"，都欢迎赐稿。很显然，《天下》半月刊之所以有这样的独到定位，与林语堂、黄氏昆仲嘉德嘉音等人大力提倡"西洋杂志文"的影响有着千丝万缕的关系。可以这么说，"西洋杂志文"在一定程度上帮助和改造当时的中国文人办刊路径，即由原先注重几个职业作家单一写作，转向寻求各行各业的众多学有所得的新作者；由原先仅关注于行走单纯文艺散文的狭隘路子，转向提倡纪实特写这一面向社会人生的广阔天地。

苏青主编的《天地》，其"发刊词"也很有"西洋杂志文"的风格和特色："天地之大，固无物不可谈者，只要你谈的有味道耳……在同一《天地》中，尽可你谈你的话，我谈我的话，只要有人听，听了觉得有味道，便无不可谈。故《天地》作者初不限于文人，而所登文章也不限于纯文艺作品。《天地》乃杂志也，杂志两字，若顾名思义，即知其范围宜广大，内容须丰富，取一切杂见杂闻杂事杂物而志之，始符杂志之本义。一个人的见闻有限，能力有限，欲以有限之见闻写无穷之文章，必有力不从心之叹。故鄙意文人实不宜自成为一阶级，而各阶级中都要有文人存在，这样才会有真正的大众文学，写实文学，以及各种各式的对于社会人生有清楚认识的作品出来。"显而易见，苏青的办刊风格，基本上还沿袭着林语堂倡导的"西洋杂志文"的一路。正如有学者指出："苏青借来了林

---

① 蒋槐青：《闲话"天下"》，《天下》创刊号，1943年11月1日。

氏期刊发展'西洋杂志文'中的'近人生'与'近人情'之特点,并发展了林氏刊物中的'消闲'气味。所谓'杂志文'实质上就是一种适于副刊登载的文字,轻松、随便、家常,是林语堂所鼓吹的小品文的普及版或大众化。"①

"西洋杂志文"在国统区也很有市场和卖点。1938年5月1日,在汉口成立时与潮社,出版了《时与潮半月刊》,其主要任务是报道世界大局的演变和阐明国际形势的推移。该社后来迁徙于战时陪都重庆。1942年8月1日和1943年3月15日,该社又先后创办《时与潮副刊》和《时与潮文艺》。这两种刊物的出现,其初衷是为了"增强国人知识和陶冶性格","在文化上多作贡献"。②《时与潮文艺》属于文艺性刊物,多登纯文学作品与文学理论相关探讨的文章,其中也不乏散文译作,上一节已有涉猎,此处恕不赘述。而《时与潮副刊》是属于综合性刊物,倾向多登杂志文一类的作品。其《发刊辞》告知读者:"本刊选译外国杂志精华,广约国内作家撰稿,除了关于国际问题的论文专出《时与潮半月刊》登载外,内容无所不包,不避广泛庞杂,不偏重于某一方面,但是对于一些重要项目,如人生、社会、科学、自然、教育、心理、艺术、文学、卫生、各地风光、人物素描各种性质的文章,希望尽可能的每期里面都有。"其选文标准是要"言之有物"、"充实新颖"。因此,为了让本刊成为一份"滋养丰富的精神食粮",让全国的广大读者普遍接受,编辑部希望译者(或作者)"在取材上要顾及趣味,在文字上力求通俗轻松","即使对于艰深、专门、或生疏的论题,我们也希望能用浅显、活泼而新切的文字道出"。同时,编者还希望读者不要因此而误认本刊是"消闲的刊物",相反的,它将会对此"保持着积极而富有建设性的本质"。③打开《时与潮副刊》杂志,战争气息扑面而来,其译作如 L. Stowe 著《音乐声中的闪电战》(潘焕昆译)、Ted Sanderson 著《输血的故事》(宜培译)、

---

① 吕若涵:《林氏刊物的流风余绪——林氏刊物对上海沦陷区散文期刊的影响》,该文系2007年12月在漳州师范学院举办的"林语堂国际学术研讨会"提交的论文。
② 本社:《本社五周年纪念词》,《时与潮副刊》第2卷第4期,1943年5月1日。
③ 本社:《发刊词》,《时与潮副刊》创刊号,1942年8月1日。

Don Wharton《空战中的诈术》(徐钟珮译)、萧洛霍夫著《在顿河上》(李葳译)、Gregoe Zehner 著《纳粹"仁慈杀害"的真相》(石佛译)、Linton Wells 著《英国的"敢死荣誉队"》(焕昆译)、W. E. Sonrski 著《我作过纳粹的人质》(邱韵珊译)、George W. Herald 著《纳粹的"性"武器》(赵铭译)、黑崎贞明著《南洋的丛林战》(钱慕宁译)等。这些译作可谓战争面面观，写出战争与人的种种的错综复杂关系。这里面存在着人性与兽性、勇敢与卑怯、光明与黑暗，著者写出它们之间的对峙、较量和搏杀，字里行间不觉流露出一股正义终将战胜邪恶的人间浩然正气。除此之外，也刊载不少译作属于科普作品、历史随笔、世界各地的风土人情和人生面面观等作品。如 H. Dyson Carter 著《疾病测验器》(徐钟珮译)、EdWin Muller 著《拿破仑莫斯科撤退记》(吴奚真译)、W. K. Klosterman 著《我是十五个小孩的母亲》(管传采译)、S. Hudson 著《信鸽的史话》(凤申译)、Lois Mattox Miller 著《梦——睡眠的卫士》(唐齐安译)、Paul Tibori 著《谈文人相轻》(冯和侃译)、J. Allen 著《夫妻口角的规则》(邓莲溪译)、Robert J. Casey 著《所罗门群岛风光》(何树棠译)、Flanrcitg Haflgren 著《欧美的集邮热》(王代蓁译)、L. H. Ferry 著《死亡无苦恼》(学诚译)、W.Beran Wolfe 著《培养幽默感》(顾翔凤译)等。

桂林作为太平洋战争爆发后的国内一个文化聚集地，曾经吸引了许多作家、出版家、艺术家前来避难。这些文化人经历了多年的乱离生活，借得这么一个有山有水的地方落下脚。这个文化城交通便利、环境清静。于是，一些文化人就在此办起了一个综合性刊物《人世间》杂志。从1942年10月15日创刊一直到桂林撤退即1944年5月1日终刊。1947年这个刊物编辑随着复员人潮回到上海后，觉得"既是复员，在感情上，良心上，都觉得有这责任，将这个小小刊物重新扶植起来"。这样《人世间》又再次复刊。主编凤子在《复刊辞》中称复刊后的《人世间》杂志是一个"综合性"刊物，这样可以"不妨碍我们精选几篇文艺作品，同时，多样的形式可以获得广大的读者们支持"。因此，凤子特别希望："同情我们的宗旨的友人们，多多地赐予协助，尽量的赐以大作，无论小说，诗歌、通讯、特写、报告、杂文、剧作、绘画以及译文……"① 由于，西洋杂志文强调的是直接以社会人生作为题材，文字上只要通顺、灵活、流利就行，不像纯文学那样需要精雕细刻，因此，这种杂志文对20世纪40年代中国文坛产生了广泛而深远的影响。翻开《人世间》复刊后发表的作品，我们会发现，文化人身处艰难的时局，不是闭起眼睛，一味地回避动荡不安的社会，而是坦然面对来自周遭的一切压力和困扰。有的抒发自己生活中、旅途上的点滴体会与感想，如陆晶清的《行路难》（伦敦通讯）、骆宾基的《海上人间——从上海到塘沽》；有的历经劫难，但意志弥坚，如朱儒的《春天的想望》，以为"旋转乾坤要靠人民的力量，革命不是输出品，镣铐是要用自己的气力来挣脱，而不该期望有心人来给你解放的"②；有的继续窃取异国的火种，意在鼓励国人的向上精神，如巴金译A.多洋著《人之子·悲多汶》，文章称："他一生没有什么不是纯洁的！他的艺术，他的生活：一种激情，一种上升的感情不停地要求：'牺牲！牺牲！你的艺术！上帝超过一切。"③

三、"西洋杂志文"理论的引介与评述

在"西洋杂志文"的引介评述与理论探讨方面，林语堂的《谈西洋杂志》④、童咏春的《谈通俗杂志文》⑤、许季木的《谈西洋杂志文》⑥，是最可值得注意的。面对国内学界，研究者是如何介绍"西洋杂志文"呢？

在欧美，童咏春指出通俗杂志文的撰稿人，"上至教授专家，下至小贩走卒，包括行行人物，各据职业经验，说内行话，故能丝丝入扣，耐人寻味"。这就是说，这种体裁并非职业作家所独占，行行人物，只要言之有物，都可以抒发自己的心声。相比之下，一些欧美学者显然更乐于从

---

① 凤子:《复刊辞》,《人世间》第1期,1947年3月20日。
② 朱儒:《春天的想望》,《人世间》第1期,1947年3月20日。
③ A.多洋:《人之子·悲多汶》,巴金译,《人世间》第4期,1947年6月20日。
④ 林语堂:《谈西洋杂志》,《西洋文学》第2期,1940年10月1日。
⑤ 童咏春:《谈通俗杂志文》,《时与潮副刊》第4卷第4期,1944年5月1日。
⑥ 许季木:《谈西洋杂志文》,《语林》第1卷第5期,1945年6月1日。

事这种杂志文的写作,童咏春称:"欧美的学者在致力专门学问之余,决不卸去指导一般人民的责任。他们除了著作通俗书籍外,还定期作公开讲演,经常为通俗杂志撰文,较早如法勒第关于电磁学,赫胥黎关于生物学的通俗演讲;较近如罗素关于哲学和教育,房龙关于史地,伊林关于科学和工程的通俗文字。对于人类的贡献,较诸他们在专门学术上的贡献,纵不超过,也决无逊色。"毫无疑义,一些欧美著名学者对通俗杂志文写作的身体力行,确实提高了这一体裁的文化品位和对读者的影响力。

那么,"西洋杂志文"这一体裁到底有什么特点呢?林语堂说:"中国人投稿西洋杂志,少有成功者。其重要原因,是中国作者长于议论,少事实。议论可由书本抄来,以见鸿博;事实却须由实地考察得来。所以我常说,中国文人,只在书本上溜了一个弯,便有文章出来,结果还不是借古人的酒杯洗胸中的块垒?与社会何干?与现实何干?因有这种作文习气,所以文章在西洋杂志,登不出去,格调不合故也。"林语堂以为,西洋人注重"事实","西洋杂志文"是属于"事实之文",这是区别一般纯文学的一个很重要的特征。这种观点和童咏春的观察是一样:"现在流行的通俗杂志文本是一种以报道时事为主的新闻文字。"那么,以注重"事实之文"的"西洋杂志文",有哪些内在特点?在许季木看来,首先,"在西洋杂志文中,时间性异常重要的","西洋杂志中注重时间性的一种定期出版物,径以时间(Time)为名,凡是略一过时的作品,即非该杂志所须";其次,"西洋杂志文的另一个特点是它的复杂性。"这是时代对杂志文提出的一个更高的要求,因为"随着时代的进步,近代人不爱单纯而欢喜复杂"。那么,"西洋杂志文"与纯文学散文有何不同?许季木以为,其一,"西洋杂志文"比较"趣味化",因为不如此,不足以吸引广大读者的眼睛;其二,"执笔写散文的,可以高谈阔论,凭空设想各种理论,滔滔不绝。西洋杂志文则较切近事实。"因此,许季木最后总结道:"这种文体,系近代文坛上的一种新产品,它不时吸收截止目前一分钟为止(UP-to-the-minute)的思想,见解及观察,作为它的新内容。写这种文章的人,大半直言谈相,痛痛快快的把所见所闻,以及所感慨的写下来,决无新文艺腔的忸怩。"

当然,"西洋杂志文"文体的长处往往也伴随着它的短处。关于这一点,林语堂指出:"但是因此,西洋杂志也有不好现象。西人注重事实,固然是。但注重事实之文多,杂志就变成高等报章而已。以某种上等月刊文章与日报特约撰稿相比,相差只在题目之重要,见解之高超,叙事之明畅。好,固然好,但因此趋于沉重,少有潇洒轻松文字。这也是时代使然。重要的问题太多了,谁复顾到闲情文字?结果小品文死了,美国的 Essay 死了。拿起一本杂志,就似掀开一本东方杂志,庄重有余,风趣不足。"看来,"西洋杂志文"虽是"注重事实之文",但同样有作者的创造性劳动,既要作者的飞腾的想象力的发挥,同时也需要文辞的技巧和韵味的探究。林语堂之所以否定美国近年来的杂志文,就在它变成令人生畏的"高等报章",庄重有余,风趣不足,所以他才断然宣称美国的 Essay 死了。因此,"西洋杂志文"虽是时代的特产,但也是鱼龙混杂、良莠不齐。那么,理想中的"西洋杂志文"应该是怎样一种情形呢?童咏春为我们作了这样的描述:

> 通俗杂志文是时代的特产。为了趣味,它的文字必须轻松流利;为了通俗,它的说理必须显浅易晓。然而趣味切不可以低级,通俗也绝对不是庸俗;所以轻松要防流于浮滑,显浅要防流于肤浅。轻松和显浅只是杂志文的技巧,传布知识,陶冶性情才是它的目的。但真正的智慧和深厚的修养必须到永久性的书籍里去汲取,到现实生活里去体验。通俗杂志文,引用路斯金的比喻来说,不过是有趣而有益的谈话似的一种暂时性读物。可是正和有趣而有益的谈话一样,只要讲的人认识正确,态度严肃,尽管是瞬息即逝的寥寥片语,听的人如肯用心,所生的启示和指导的影响,有时是可贵而恒久的。

在这里,童咏春为"西洋杂志文"的特性和功用,它的长处和短处,都作出明晰的界定和阐述。这个意见是比较客观、公允,也代表着中国现代知识者对"西洋杂志文"这一文体的深刻认识和理解。

中国的杂志文,说实在是 20 世纪 30 年代林语堂及其同好倡导和研读"西洋杂志文"后,才渐渐地兴盛起来。童咏春说:"中国的通俗杂志文,说来惭愧,大半取材于外国杂志,甚至有人干过把美国《读者文摘》整本译成中文的傻事。这当然有着无可厚非的苦衷。在材料方面。因为中国科学落后,许多事情都要向欧美迎头赶上。"所以当时中国文坛办起了《西风》、《东西》、《时与潮副刊》等以译介"西洋杂志文"为主的综合性期刊。在对"西洋杂志文"的译介过程中,现代知识者也渐渐地意识到"我们自己一定要走向自辟的途径",这才是中国杂志文获得萌生之机。19世纪英国人和现代美国人的读书态度可以代表两种不同的类型:前者适于生活比较悠闲的时代,后者适于生活比较紧张的时代。但两者有着一项相同的先决条件,即"国强民富而基础教育已极普遍"。而中国还是一个贫穷困窘的国家,我们可以凭借的文化工具太少,我们人民的基础教育太差。因此凡抓到的教育机会我们千万不能放走,凡足以传布文化的工具我们总觉尽量利用。所以,童咏春以为,和欧美通俗杂志的目标相较,"我们的应该促进文化重于报道文化,启发思想重于灌输知识,培养基础学识重于补充基础学识"。

童咏春认为,既然我们已认清自己的目标,那么选择材料必须格外比从前慎重,即"一改从前贩运的做法,而采取吸收、拣选、变化甚或改进的技术"。因此,童咏春提出三点的建议。第一,"要多下搜集编著的工夫"。在译介时,译者应该针对中国读者的需要,适合中国读者的程度,用自己的文笔编写一篇由浅入深、详细周至的作品。如果能够将国外事物与国内事物发生联系,互作比较,寓观察、警惕与反省的深意于叙事之中,那是益发近乎理想了。第二,"要多下增删修饰的工夫"。有些外国杂志文,材料已颇丰富。可是文字太晦涩,说理或太冗繁或太简略,例证适合外国而不适合中国。介绍此类文字,介绍者须先详细阅读,充分了解,然后删繁补简,润饰字句,更换实例,以求达到说理长短得宜,文笔缜密畅丽,例证适合国情,为人人所熟悉的地步。第三,"要多下注释评介的工夫"。由于国情的不同,欧美常用的许多名词和术语,也常为中国读者所不了解或误解。所以在翻译时要顾虑读者的了解能力,必要处妥下译注。此外,译者的"附识"和编者的"编后记"一类文字,绝不可看作补白的材料，认为无关紧要。它们要好好用来介绍作者，批评内容，以及说明选译的用意。

事实也证明，随着国人和现代知识者对"西洋杂志文"的认识逐渐深化，人们由最初的二手"贩运"到自己亲自操作，已经破除了一般人对通俗杂志文的误解和漠视。这一文体以其通俗灵活、轻松幽默的笔调，描绘生活、贴近人情，已在战时的中国文坛上占有一席之地，是中国现代散文百花艺苑里开出的一朵奇葩。

第三节 苏俄散文译品的崛起与独尊

一、左翼知识者是苏俄文学翻译的主体力量

以国别而论，"五四"以后的中国译界主要是苏俄、英、法、美四国的文学[①]。在这当中，苏俄文学之所以受到中国现代知识者的青睐，不仅在于其本身是一个博大精深的思想艺术宝库，更为重要还源自中国社会现实的迫切需要而被积极地加以引进和译介。1928年无产阶级革命文学的倡导，1930年中国左翼作家联盟的成立，可以说是将苏俄文学翻译工作提到中国翻译史上前所未有的重要位置。鲁迅曾把翻译苏俄文学看作是"窃火"的实践，他的晚年成为苏俄文学翻译的重要的倡导者和参与者。他参与策划和编辑了《奔流》、《译文》两个翻译刊物。《奔流》创办于1928年，它虽不是纯翻译杂志，但以译文为主，尤其是较为关注译介苏俄和东欧、北欧弱小民族的文学作品，如推出《伊孛生诞生一百年纪念增刊》、《莱夫•托尔斯泰诞生百年纪念增刊》、《译文专号》等，鲁迅翻译的《苏俄的文艺政策》贯穿刊物始终，连载了15期，他译的俄国

[①] 根据《民国时期总书目》1911—1949年翻译文学图书的辑录统计，俄苏、英、法、美四国文学占译作总数70%。这四国的小说、戏剧、诗歌、散文的翻译图书共2860种，其中小说73%，戏剧15%，诗歌3%，散文9%。——转引自李今《三四十年代苏俄汉译文学论》，人民文学出版社，2006年，第5页。

Lvov-rogachevski 作《契诃夫与新文艺》刊载于第 2 卷第 5 期。《译文》，创办于 1934 年。该刊物被誉为是中国翻译史上第一个纯然译文的杂志。从刊载的内容来看，其重点在于译介苏俄革命文艺理论与批评，当然也曾推出评介一些苏俄的重点作家的专栏或专号，如"杜勃洛柳蒲夫诞生百年纪念"，"高尔基逝世纪念特辑"（一）、（二）、（三），"普式庚特编"，"普式庚逝世百年纪念号"等等。诚然，在苏俄文学翻译上，不仅仅是鲁迅一人之力，20 世纪 30 年代的许多中国左翼作家都参与到这块领域的拓荒工作，构成苏俄文学翻译的主要力量。

20 世纪 40 年代苏俄文学的翻译是赓续 20—30 年代的基础上，得到长足的表现与发展。国统区的左翼作家通过自己办的同人刊物或外围刊物，继续以译介和传播苏联的文艺政策和文艺理论、苏联的文学作品以及相关的文化信息为己任，而解放区延安在文艺整风后，更是全面掀起译介苏联作品的热潮。难怪有学者就称："革命与战争的三四十年代造成了苏联文学翻译的繁荣，使其成为中国革命和革命文学建设的一个有机组成部分。"[①] 现实情况确实如此。

二、以《野草》、《中苏文化》等为代表的国统区文化界对苏俄散文译介

那么，在 20 世纪 40 年代，散文译品在整个苏俄作品翻译中的情况是怎样？其文类是否因形势和环境的变迁而发生变化？

在国统区，中国左翼作家对于苏俄散文给予长期的关注和译介。1940 年 8 月，流寓于大后方桂林的左翼文人夏衍、聂绀弩、宋云彬、孟超和秦似等人创办了散文刊物《野草》杂志，形成了野草散文作家群体。他们在《野草》的代发刊语中称：

> I. 鲁波尔在他论及高尔基的一篇短文里面，对自从 18 世纪新的"生活的主人"上台之后的文学，作着这样的说明："在文学里，产生了人的变形，有一种人的脸变成'资本主义的兽脸'，

[①] 李今：《三四十年代苏俄汉译文学论》，人民文学出版社，2006 年，第 7 页。

另一种的脸在苦难中变得畸形了。"

……我们的抗日现实主义作家,在他们的主题与形象里面都创造了"人",歌唱了"人",改变着一大群苦难者的"畸形"的相貌,要使他们从俯伏着的奴隶地位站起来。

显然,野草散文作家意在借鉴域外左翼文化资源,尤其是苏俄散文资源来作为思想武器,从事社会批判与文化批评活动。

《野草》创刊号上刊载高尔基著的《论能力的浪费》(孟昌译);第2期发表尼库林的《今日的左拉》(孟昌译)、《忆马耶可夫斯基》(庄寿慈译);第3期发表[立陶宛]左华尔加《疆界》(杨于陵译);第4期发表了高尔基的《无耻的不人道》、《诽谤与伪善》(白澄译);另第3、4期还连载了布黎·帕梭夫的《马奇诺防线的精神和法兰西人民的精神》(秦似译);第5期刊载[法]巴比塞的《给生存的兵士》、《走向新时代》(茹雯译)、B.派塞斯《力·才能·真理——纪念巴比塞》(庄寿慈译);第6期刊载 D.萨斯莱夫斯基的《论爱密尔·左拉》(秦似译),[法]法朗士《左拉殡仪演词》(秦似译)、《宣读于左拉纪念会的信》(秦似译)。

《野草》第2卷第1、2合期发表了爱伦堡的《西班牙的冶炼》;第2卷第3期发表了[立陶宛]P.西维尔加的《饥民的橡树》(茹雯译);第2卷第4期发表了高尔基的《论语言》(孟昌译)、罗曼·罗兰的《忆高尔基》(秦似译)、H.巴比塞《关于拯救人类——1919年10月19日在铁路职工联合会上演讲》(茹雯译);第2卷第5、6合期发表了高尔基的《论岗与点》(孟昌译)、[拉脱维亚] I.莱曼尼斯的《大逮捕》(庄寿慈译)。

《野草》第3卷第1期推出一个"苏德战争特辑",其中有爱伦堡的《人类跟我们在一起》(孟昌译)、《巴黎在法西斯蒂的铁蹄下》(孟昌译)、法捷耶夫《覆 H.约翰逊》(秦似译);第3卷第2期发表了[意大利] Giovanni Germanetto 的《不是人民的过失》(秦似译)、[法] J. R. 布洛克的《今日的法国文化》(秦似译)、A.托尔斯泰的《七月十二日》(孟昌译);第3卷第3、4合期刊载 M.维丁的《托尔斯泰的历史意义》(秦似译)、绥拉菲莫维支的《宣誓》(孟昌译)、潘菲洛夫的《无情地歼灭

(孟昌译)、I. 爱伦堡的《可怜的音乐家们》(茹雯译)、[南斯拉夫] R. 史特恩斯基的《暴力在塞尔维亚土地上》(秦似译)、V. O. K. S. 特稿《反映在苏联文学中的爱国精神》(崔克译)、I. 爱伦堡的《当巴黎跳舞的时候》(孟昌译);第3卷第5期发表了 I. 爱伦堡的《基辅,你一定得到湔雪的》(秦似译)、L. 伏连斯基的《温泉里的海军大将——一个维琪傀儡的写照》(秦似译);第3卷第6期发表了[苏联] I. 谢伯法尔贝的《希特拉近著:〈头等的文化〉》(秦似译)。

《野草》第4卷第1、2合期发表了 S. 莱育姆等著的《战争时节的收获》(茹雯译)、[法] M. 育芙的《流亡的信》(碧珊译)、I. 爱伦堡的《犹太民族代表大会演讲》(孟昌译);第4卷第3期发表了 M. 高尔基的《给妇女》(白澄译)、I. 爱伦堡的《一切珍视自由的人们》(庄寿慈译);第4卷第6期发表了卡彼叶夫的《寓言四则》(孟昌译)。

《野草》第5卷第1期刊载了 A. 阿哈洛林的《守夜人》(庄寿慈译)、[法]伏尔泰的《狗和马》(秦似译);第5卷第2期刊载了[德] Heinrich Buormayer 的《卡尔·福克之死》(倪明译);第5卷第3期刊载了[英] B. 斯迈尔士的《人对书的友谊》(一闲译)、[法] A. 法朗士的《裸体行列》(庄寿慈译);第5卷第4期刊载了 E. 菲杜洛娃的《被法西斯杀害的作家》(孟昌译);第5卷第5期刊载了 L. 柯拜莱夫《法西斯主义——文化的毁灭者》(庄寿慈译)。

《中苏文化》刊物,是中苏文化协会的会刊,创办于1936年5月,地点为南京,抗战爆发后,这个刊物一直伴随着国民政府而迁移,基本上是保持每月一期或双月合刊。1939年迁重庆后,这个刊物在周恩来的妥善安排下,王昆仑担任杂志委员会主任,侯外庐、翦伯赞任副主任委员,郭沫若、戈宝权、郑伯奇、曹靖华、葛一虹等担任杂志委员会的工作。使这个刊物完全掌控在共产党手里,一直到全国解放。[①]《中苏文化》杂志,曾设立"文艺版"、"中苏文艺"等专栏。在散文译介方面,1939年6月

[①] 关于《中苏文化》的详情,可参见李今的《三四十年代苏俄汉译文学论》,人民文学出版社,2006年,第21—24页。

16日第3卷第12期刊载了高尔基的《海燕歌》(张西曼译);1940年6月18日第6卷第5期刊载了高尔基的《鹰之歌》(铁弦译)、高尔基的《如果敌人不投降——那就要消灭他》(凝译)、昃塔夫的《高尔基与中国》(什之译);1945年6月第16卷第5期刊载了 I. 爱伦堡的《三年》(沈求我译);1945年7月第16卷第6、7期刊载了爱伦堡的《作家的责任》(徯临译);1945年11月第16卷第9、10期刊载了B.郭尔巴托夫的《国际的死亡工厂——麦疆纳克集中营》(沈求我译)。

1942年11月7日,苏联驻中国的塔斯社社长罗果夫亲任主编,创办了《苏联文艺》月刊。这个刊物前后历经七年,为译介苏联的文艺作品作出了突出的贡献。罗果夫在《编者的话》中,对中俄文学的交流史做了个简单的梳理,指出:"中俄两国伟大文学是在友谊的毗邻中发展的,无疑的互相给予不可捉摸的影响。"旧俄文学作家中的普希金、果戈理、莱蒙托夫、屠格涅夫、托尔斯泰、柴霍夫、高尔基、马雅可夫斯基等在中国文学界是广为熟知的。他说,"许多中国现代作家不止一次的证明他们是学习俄国文学之不朽作品的(鲁迅与果戈理,巴金与屠格涅夫,张天翼与柴霍夫,许多中国现代作家与高尔基)。"尤其是"在伟大的十月革命之后,俄国文学的声誉在中国特别增长"。"中国新文学的创始者鲁迅是苏联文学与苏联文艺热烈的推广者。他在这方面的著作价值是无可限量的"。而俄罗斯人民反对德国法西主义的第二次卫国战争,更激起中国对苏联文学的兴趣。正因为如此,罗果夫称:"我的中国朋友们竭力要求把英勇日子的苏联文学介绍给他们。于是我们便出版《苏联文艺》月刊。我们将在这杂志上发表苏联作家的新作品和旧俄文学的优秀典范。"①

1942年11月《苏联文艺》的创刊号,发表了鲍哥穆列次的《乌克兰人民伟大的诗人(演词)》(钮麻译)、柯尔纳楚克的《我们要复仇,爸爸!》(执译)、谢夫成果的《自传》(玫译)、派斯托夫斯基的《达拉斯谢夫成果》(康芒译)、罗果夫的《谢夫成果日记抄》(羚译)、A.托尔泰斯的《申格拉平之战》(群译);1943年2月第3期刊载了魏列萨耶夫的

---

① 罗果夫:《编者的话》,《苏联文艺》第1期,1942年11月。

《普希金的生平》(楼荣译); 1943 年第 4 期刊载了高尔基的《论普里雪文》(参寥译); 1943 年 2 月第 5 期刊载了费里泊夫的《伟大的剧作家》(遇通译)、罗马索夫的《奥斯特洛夫斯基》(遇平译)、谢尔盖叶夫·青斯基的《人民英雄》(文记译); 1943 年 6—7 月第 6 期推出"马雅柯夫斯基诞生五十周年"专栏,发表了阿达丽丝的《现代最优秀的诗人》(水夫译)、聂伊斯达特的《诗的全权代表》(李司特译)、卡锡尔的《和读者的谈话》(岩洪译); 1943 年第 9 期推出"纪念屠格涅夫诞生一百二十五周年"专栏,发表了迟达诺夫的《屠格涅夫》(丁冬译)、乌吉夫斯基的《屠格涅夫生平》(若虚译)、屠格涅夫的《散文诗》(遇通译); 1944 年 1 月第 10 期刊载托尔斯泰的《俄罗斯土地从什么地方来的》(钟馗译); 1944 年 2 月第 11 期推出"克莱洛夫诞辰一百七十周年纪念"专栏,发表了斯吉邦诺夫的《伟大的人民作家》(怀旧译),波斯毕洛夫、沙勃里奥夫斯基的《俄罗斯伟大寓言作家克莱洛夫》(伍庸译); 1945 年 11 月第 16 期推出"列夫·托尔斯泰逝世三十五周年纪念"专栏,刊发了列夫·托尔斯泰的《艺术是什么?》(高明译)、《列夫·托尔斯泰遗产中的新献》(朱声扬译),在"国外通信"栏中,刊发了卢巴金的《法兰西漫记》(白寒译); 1945 年 12 月第 17 期刊发卢巴金的《法兰西漫记(续)》(白寒译); 1946 年 1 月第 18 期刊载皮克萨诺夫的《俄罗斯文化的火炬》(潘朗译)、卡里京的《崇高的情感》(柳逸译)、崔特林的《列宁的引证》(鹤龄译)、卢巴金的《法兰西漫记(续)》(白寒译); 1946 年 2 月第 19 期刊载屠雷林的《讽刺巨匠——冯微辛》(曹庸译)、卢巴金的《法兰西漫记(续)》(白寒译); 1946 年 4—5 月第 20 期刊载查斯拉夫斯基的《他活生生到这样的程度!——纪念马雅可夫斯基逝世十六周年》(林陵译); 1946 年 6 月第 21 期推出"高尔基逝世十周年纪念"专栏,刊发了叶戈林的《伟大的人道主义作家》(小诸译)、切都诺娃的《批评家的高尔基》(十宜译)、屠雷林的《高尔基和苏维埃戏剧》(小诸译)、巴西赫斯的《高尔基与绘画》(葛达译)、李依特聂喀尔的《高尔基与音乐》(葛达译); 1946 年 7—8 月第 22 期刊发了温格洛夫《俄国文学的巨匠——亚历山大·勃洛克》(北泉译)、拜凯托娃《关于〈十二个〉的回忆》(葆荃译); 1947 年 12 月第 31 期刊发了屠雷林的《莱蒙托夫与普希金》(葆荃译);1948 年 7 月第 33 期刊发了拉甫勒茨基的《柏林斯基与十九世纪俄罗斯的进步思想》(蒋路译)、爱伊赫莱尔的《莱霞·乌克兰英卡的生平与创造》(戈宝权译);1948 年 10 月第 34 期刊发了柯查席夫斯基的《杜勃罗留波夫——伟大的俄罗斯批评家与政论家》(蒋路译)、裴奇柯夫的《俄罗斯文学的伟大天才》(蒋路译);1949 年 1 月第 35 期刊发了拉夫勒茨基的《柏林斯基——为现实主义斗争的战士》(蒋路译)、莫斯科新闻特派员作的《雅斯那雅·波里雅那——苏联人民的圣地》(文澜译);1949 年 4 月第 36 期刊发了高尔基的《忆列宁》(蒋路译);1949 年 7 月第 37 期推出"纪念普希金诞辰一百五十周年"专栏,刊发了古德齐的《亚历山大·普希金》(谷风译)、卢那恰尔斯基的《论普希金》(梁香译)。

三、以《解放日报》等为代表的延安文学界对苏联散文的译介

20 世纪 40 年代,中国共产党领导下的抗日民主根据地和解放区,由于与苏联社会主义国家建立了一种特殊的关系,因此我们对苏联文学给予了特别的关注和译介。有的学者就称:"苏联文学翻译在三四十年代的译界占据了压倒一切的霸主地位。这与它得到政党的领导和支持,具有着其他国家文学的翻译所无法比拟的优势是分不开的,这本身也构成了苏联文学翻译的一个显著特征。"① 在苏联文学的翻译中,吸引延安文人注意的除了马列主义文艺理论、小说和戏剧外,还有苏联的散文。不过,其译介苏联散文的重心在于通讯、特写和报告文学方面。

《中国工人》1940 年第 4 期,刊载波立斯基的《得到了民主自由的西白俄罗斯人》(报告文学),张毓珣译;1940 年第 12 期,发表(西乌克兰通讯)《"九月十七号工厂"》(报告文学),稼敏译。

《八路军军政杂志》1941 年第 3 卷第 3 期,刊载塔拉索夫的《在苏联工农红军中的艺术工作者》(通讯),纪坚博译;1941 年第 3 卷第 11 期,刊发 P.斯捷班诺夫的《斯大林的神鹰队》(特写);1942 年第 4 卷第 1 期,

---

① 李今:《三四十年代苏俄汉译文学论》,人民文学出版社,2006 年,第 30 页。

刊发卡布雷利阳的《红翼西飞》；1942年第4卷第3期，刊发史潘诺夫的《我们在北线》，田野译。

《解放日报》是当时延安中央机关报，它在译介苏联散文方面起到龙头作用。1941年5月16日，发表爱伦堡的《另一个法国》（报告文学），戈宝权译；1941年8月16日，发表苏桑娜·龙姆的《重逢》，山屋译；1941年9月16日，发表《绥拉菲维支底来信》（给萧三的信）；1941年9月19日，发表危史厄夫斯基的《波罗底海岸的战士们》（报告文学），萧三译；1941年9月25日，发表杜那也夫斯基的《战利品》，萧三译；1941年9月26日，发表S.米哈罗夫斯基的《生活与文学》，庄栋译；1941年10月2日，发表B.CORBATW的《前线笔记》（通讯），萧三译；1941年10月6日，发表S.斯温勒勒的《春天的天空》（通讯），山屋译；1941年11月6日，发表高尔基的《亚里克金》，曹葆华译；1941年11月11日发表M.吉特曼的《德国流亡作家在苏联》，山屋译；1941年11月25日发表A.托尔斯泰的《希特勒军队的真面目》，识者译；1941年11月27日，发表GARIN的《我们仇恨法西斯主义》，戈任译；1941年12月10日，发表彼得洛夫的《幸福的父亲》，赵安博译；1941年12月31日，发表A.托尔斯泰的《伏尔加在为战争工作》，山屋译。

《解放日报》1942年1月15日，发表M.IUFIC的《战士的母亲》，庄栋译；1942年3月5日，发表罗斯托夫的《高尔基在俄罗斯监狱的时候》，石秋译；1942年3月26日，发表普里什芬的《铲形皇后》，吴伯萧译；1942年4月7日，发表Z.奥斯托洛夫斯基的《关于梭罗柯夫的创作生活》，石秋译；1942年4月30日，发表爱伦堡的《他们将被迫偿还》（报告文学），山屋译；1942年5月9日，发表柯诺年奇的《不共戴天的仇恨》（报告文学），罗焚译；1942年5月10日，发表狄斯尼亚克的《各营通过了得斯那……》（报告文学），朱诚烈译；1942年5月11日，发表G.Moskovsky的《两个苏维埃的歌剧指挥者》（报告文学），焕之译；1942年5月25日，发表高尔基的《论绦虫》，陈适五译；1942年6月18日，发表高尔基的《关于学究》，陈适五译；1942年7月25日，发表加里宁的《论通讯员的写作和修养》，吴敏译；1942年8月13日，发表萨尔蒂可夫的《自由主义者》，曹葆华译；1942年8月17日，发表 A. Norikorpnboi 的《海军上将的奇遇——十月革命中的一个故事》；1942年8月26日，发表亚尔巴托夫的《艺术家与艺术科学》，沙可夫译；1942年8月29日，发表高尔基的《列宁（回忆录）》，曹葆华译；1942年9月28日，发表 E. 得洛夫的《十二月十六日的克林城》，葆荃译；1942年12月2日，发表科桑斯荃的《列宁在一九一八》，郝一真译；1942年12月14日，发表爱伦堡的《祖国在危机之中》，葆荃译；1942年12月25日，发表亚历山大·巴克的《一只未沉没的油船——亚塞尔培疆号》，田野译；1942年12月28日，发表《被俘啦！》（小幽默），葆荃辑译。

《解放日报》1943年4月12日，发表左琴科的《列宁和卫兵的故事》（故事）、《列宁在理发室里》（故事）；1943年11月17日，发表爱伦堡的《复仇的早晨起来了》（报告文学），陈学昭译。

《解放日报》1944年3月25日，刊载高尔基的《论绦虫》，曹葆华重译；1944年5月19日，刊载 A. 科尔内楚克的《前线》，萧三译；1944年6月7日，刊载西蒙诺夫的《水下面的桥》（报告文学）；1944年6月15日，刊载爱伦堡的《巴黎》（报告文学），陈学昭译；1944年6月22日，刊载《莫斯科大会战》、《库尔斯克战役》、《斯大林格勒之战》等报告文学；1944年8月30日，刊载爱伦堡的《我们眼望着东方》（报告文学），钟毅译；1944年8月30日，刊载左琴科的《怪物》（特写），赵洵译；1944年9月2日，刊载 V. 考夫尼科夫的《尉什哈伏隆科夫》（特写），茅盾译；1944年9月14日，刊载 E. 彼特诺夫遗作《被封锁》（特写），庄栋译；1944年9月15日，刊载 A. 科洛洛夫的《列宁与小孩》（故事），岳西译；1944年9月20日，刊载爱伦堡的《妖蛇》（报告文学），杨君辰译；1944年9月25日，刊载依尤尔斯基的《超等射手莫连赤可夫》（特写）；1944年10月7日，刊载萧洛霍夫的《在哥萨克集体农庄里》（特写），赵洵译；1944年10月13日，刊载《一个判死刑的法国革命者的遗书》，王益之译；1944年10月31日，刊载爱伦堡的《绸子和虱子》（报告文学），赵洵译；1944年11月5日，刊载果巴托夫的《流芳百世》（报告文学），高君译；1944年11月7日，刊载魏林斯基的《游击队查斯郎诺夫》（报告文学)，达拉莎伐的《在前线》(报告文学)，陈学昭译，A. 戴耶夫的《苏联人民的兄弟爱》，王琳译，科热夫尼珂夫的《最高火力点》(报告文学)，赵洵译；1944年12月20日，刊载《老耶稣教徒魏登鳌》(特写)，天衍译；1944年12月20日，刊载库风诺夫的《母亲》(报告文学)，高君、天蓝译；1944年12月25日，刊载爱伦堡的《德国的圣诞节》，赵洵译。

《解放日报》1945年1月19日，刊载L. 彼尔沃曼伊斯的《为了乌克兰》，方纪译；1945年2月4日，刊载波列沃依的《弗里茨的自杀》；1945年2月17日，刊载N. 康诺尼金少校的《亚历山大·马特洛索夫》(通讯)，方纪译；1945年4月4日，刊载A. 哈佛里的《儿童地下军》(通讯)，胡南译；1945年4月7日，刊载西蒙诺夫的《钢铁英雄》(通讯)，陈学昭译；1945年4月8日，刊载M. 安东洛夫的《格拉莎阿姨》，傅克译；1945年6月12日，刊载巴夫朗歌的《阿诺莎·乌娜尼昂》，陈学昭译；1945年4月8日，刊载I. 麦斯基的《依里亚·爱伦堡》，高阳译；1945年8月6日，刊载拉甫列涅夫的《小事情》(报告文学)，赵洵译；1945年8月8日，刊载P. 巴甫林科的《苏路希亚》(报告文学)，王哲时译；1945年8月13日，刊载苏波金的《在大连》(报告文学)，赵洵译；1945年8月14日，刊载亨利·罗维赤的《复活赛瓦斯托波尔的人民》(报告文学)，李大光译；1945年8月16日，刊载科诺年科的《同志》(报告文学)，邵天任译；1945年8月26日，刊载《人间地狱》(报告文学)，颜昭节译；1945年9月6日，刊载贝特的《作家在前线》，王琳译；1945年9月8日，刊载《一座碉堡的平毁》(报告文学)，王衍译；1945年9月22日，刊载法捷耶夫的《不朽》(报告文学)，尹之家译；1945年9月27日，刊载罗斯特果的《一本武士道匪徒的照相簿》(报告文学)，刘群译；1945年9月29日，刊载E. 布珂夫的《多瑙河之歌》(报告文学)，邵天任译；1945年10月9日，刊载叶林娜·柯洛连科的《母亲——英雄》(报告文学)，罗焚译；1946年9月24日，刊载爱伦堡的《对美国的印象》(报告文学)；1946年11月7日，刊载迪米区·罗得的《一个集体农庄的故事》(报告文学)。

以上是对当时延安文学界对苏联散文译介的粗略勾勒。透过这些散文译品，我们发现这些译作大都与那个时代的战争背景相关联，具有很强的战斗性、现实针对性和革命的英雄主义精神。难怪有学者这样评述："在解放区，苏联文学作品，特别是卫国战争文学不仅是学习的榜样和精神力量，而且成为军事的教科书，史无前例地对于中国抗日战争和解放战争发挥了彻底、直接、和广泛的武器作用。"[①]

[①] 李今：《三四十年代苏俄汉译文学论》，人民文学出版社，2006年，第28—29页。

第四章

现代知识者与外国散文译介之关系

第一节 鲁迅:推动中国散文的现代性转型

"五四"运动后,中国打破了长期以来闭关锁国、与世隔绝的状态。这些新文化的发动者们通过译介外国文艺思潮,向闭塞的中国文坛吹进新鲜的现代气息。鲁迅就是从译介外国文学始而步入中国的现代文坛。他从1907年写《摩罗诗力说》一直到临去世前翻译果戈理的《死魂灵》,这30年间他从未停止过译介外国文学的工作。鲁迅曾说:"注重翻译,以作借镜,其实也就是催进和鼓励着创作。"① 他又称:"我所取法的,大抵是外国的作家",②"所仰仗的全是在先前看过的百来篇外国作品和一点医学上的知识。"③ 由此可知,鲁迅的文学创作与外国文学的学习借鉴有着相当密切的联系。就译介与借鉴外国散文理论和创作这一领域看,鲁迅也是颇为勤奋,且建树卓著的一个。

一、建树卓著的散文译介大师

那么,鲁迅对外国散文译介情况是如何呢?鲁迅的一生翻译两本随笔集,一是厨川白村的随笔集《出了象牙之塔》,出版于1925年;一是鹤见祐辅的随笔集《思想·山水·人物》,出版于1928年。在日本散文

---

① 鲁迅:《关于翻译》,《现代》第3卷第5期,1933年9月1日。
② 鲁迅致董永舒信,1933年8月13日,《鲁迅全集》第12卷,人民文学出版社,1981年,第212页。
③ 鲁迅:《我怎么做起小说来》,《创作的经验》,鲁迅等著,上海天马书店,1933年,第3页。

译介中，鲁迅除了关注厨川白村、鹤见祐辅的作品外，进入他的译介视野还有有岛武郎《小儿的睡相》、《以生命写成的文章》、《生艺术的胎》、《卢勃克和伊里纳的后来》、《伊孛生的工作态度》、《关于艺术的感想》、《宣言一篇》；武者小路实笃的《凡有艺术品》、《在一切艺术》、《论诗》、《文学者的一生》；长谷川如是闲的《圣野猪》、《岁首》；片山孤村的《思索的惰性》；岛崎藤村的《从浅草来》；中根弘《盲诗人最近时的踪迹》；江口涣的《忆爱罗先珂华希理君》、石川涌的《述说自己的纪德》；藏原惟人的《访革命后的托尔斯泰故乡记》等。俄国（和后来苏联）方面，鲁迅较早关注爱罗先珂的童话，先后选译了爱罗先珂著的《池边》、《天明前之歌》童话集中的一些作品，并于 1922 年 1 月，加上其他译者的作品，编定了《爱罗先珂童话集》，列为当时《文学研究会丛书》之一①；阿尔志跋绥夫的《巴什庚之死》；毕勒涅克的《信州杂记》；尼可莱·叶夫里耶夫《生活的演剧化》、《关于剧本的考察》；迦尔洵的《一篇很短的传奇》；雅各武莱夫《农夫》；高尔基的《恶魔》；果戈理的《鼻子》；萨尔蒂珂夫的《饥馑》；索陀威奴的《恋歌》；伐佐夫的《村妇》等。荷兰 Multatuli 的《高尚的生活》、《无礼与非礼》；荷兰望·蔼覃的长篇童话《小约翰》；德国尼采的《察拉图斯忒拉的序言》；巴罗哈的《面包店时代》；法国让·科克多的《〈雄鸡和杂馔〉抄》；法国纪德的《描写自己》等。

  从以上这个译介视窗，可以看出鲁迅因为是留学日本，能熟练掌握日语和了解日本文化，所以他侧重于日本散文的译介，而对于西方文化的学习和了解，更多的是借助于日本学界对其的译介。鲁迅曾一再表示过："英文的随笔小说之流，我是外行，不能知道。"②然而，日本自明治维新后，走上一条"脱亚入欧"的现代化道路，日本学界掀起了前所未有的学习西方文化的热潮。虽然鲁迅说不熟悉"英文的随笔小说之流"，但通过日本学界这个学术平台，他与西方的文化思潮和文学创作一样可以"对

---

① 1938 年鲁迅先生纪念委员会出版的《鲁迅全集》第 12 卷《爱罗先珂童话集》，删去他人译作，又增录了鲁迅从爱罗先珂童话集《幸福的歌》(此书曾由上海开明书店 1931 年出版) 中译出的 4 篇，共 13 篇，后附日本作家江口涣《忆爱罗先珂华希理君》一文。
② 鲁迅致江绍原信，1927 年 11 月 20 日，《鲁迅全集》第 11 卷，人民文学出版社，1981 年，第 597 页。

接"和"借鉴"。这样,鲁迅一方面对于当时中国文坛上有些人盲目膜拜西方随笔不以为然,他说:"杂文中之一体的随笔,因为有人说它近于英国的 Essay,有些人也就顿首再拜,不敢轻薄。"① 但另一方面,他在总结新文学第一个十年散文文体取得辉煌的成就时,却不忘肯定外国散文译介所起到的一份功劳,他说:"到'五四'运动的时候,才又来了一个展开,散文小品的成功,几乎在小说戏曲和诗歌之上。这之中,自然含着挣扎和战斗,但因为常常取法于英国的随笔(Essay),所以也带一点幽默和雍容;写法也有漂亮和缜密的。"② 因此,从这个意义说,鲁迅自谦说对西方散文"外行",既道出一定的"实情",然而也并非止于"实情"。

二、"文明批评"和"社会批评"的精神资源

鲁迅曾说:"异域文术新宗,自此始入华土。使有士卓特,不为常俗所囿,必将犁然有当于心,按邦国时期,籀读其心声,以相度神思之所在。"③ 所谓"相度神思之所在",我以为,首先就是要注意作家的思想观念和价值取向。以散文体裁而言,就是郁达夫所说的"散文的心",他说:"我以为一篇散文的最重要的内容,第一要寻这'散文的心',照中国旧式的说法,就是一篇的作意,在外国修辞学里,或称作主题(Subject)或叫它要旨(Theme)的,大约就是这'散文的心'了。有了这'散文的心'后,然后方能求散文的体,就是如何能把这心尽情地表现出来的最适当的排列与方法。"④ 鲁迅的散文,尤其是杂文创作,明显是有所为而作的,即肩负着"社会批评"与"文明批评"的重要使命,并且具有鲜明的独特风格,达到了创造性的成就。他在《两地书》里对许广平说:

中国现今文坛(?)的状况,实在不佳,但究竟做诗及小说者尚有人。最缺少的是"文明批评"和"社会批评",我之以

---

① 鲁迅:《徐懋庸作〈打杂集〉序》,《芒种》半月刊第 6 期,1935 年 5 月 5 日。
② 鲁迅:《小品文的危机》,《现代》第 3 卷第 6 期,1933 年 10 月 1 日。
③ 鲁迅:《〈域外小说集〉序言》,《鲁迅全集》第 10 卷,人民文学出版社,1981 年,第 155 页。
④ 郁达夫:《〈中国新文学大系·散文二集〉导言》,《中国新文学大系·散文二集》,上海良友图书印刷公司,1935 年。

《莽原》起哄,大半也就为了想由此引些新的这一种批评者来,虽在割去敝舌之后,也还有人说话,继续撕去旧社会的假面。①

鲁迅主张杂文创作要以所谓的"文明批评"和"社会批评"为己任,这种理论主张,也在其他篇什里一再得到申述和强调。他在《华盖集·题记》中称:

> 也有人劝我不要做这样的短评。那好意,我是很感激的,而且也并非不知道创作之可贵。然而要做这样的东西的时候,恐怕也还要做这样的东西,我以为如果艺术之宫里有这么麻烦的禁令,倒不如不进去;还是站在沙漠上,看看飞沙走石,乐则大笑,悲则大叫,愤则大骂,即使被沙砾打得遍身粗糙,头破血流,而时时抚摩自己的凝血,觉得若有花纹,也未必不及跟着中国的文士们去陪莎士比亚吃黄油面包之有趣。
>
> 然而只恨我的眼界小,单是中国,这一年的大事件也可以算是很多的了,我竟往往没有论及,似乎无所感触。我早就很希望中国的青年站出来,对于中国的社会,文明,都毫无忌惮地加以批评,因此曾编印《莽原周刊》,作为发言之地,可惜来说话的竟很少。在别的刊物上,倒大抵是对于反抗者的打击,这实在是使我怕敢想下去的。②

由此可见,所谓的"文明批评"和"社会批评",是鲁迅散文创作,尤其是杂文创作的核心主旨,是他以杂文作为思想启蒙的利器,进行时弊攻击和唤醒民众的经验总结和深刻的理论概括。

然而,鲁迅这一个创造性的理论主张,并非凭空"想象"出来,它的提出离不开外国文艺思潮和散文译介这一大的历史语境。"文明批评"和"社会批评"这两个词组均属于日本语汇,大致形成于明治维新时代。据有人考证:"较早使用'文明批评'这一词组的是高山樗牛。他在明治

---

① 鲁迅致许广平信,1925年4月28日,《鲁迅全集》第11卷,人民文学出版社,1981年,第63页。
② 鲁迅:《题记》,《华盖集》,北京北新书局,1926年。

34 年发表的《作为文明批评家的文学家》一文中，称尼采是 19 世纪欧洲的'文明批评家'，认为日本文坛所缺少的就是尼采那样的'文明批评家'"。① 日本自明治维新后，文学界涌现出一批积极从事"文明批评"和"社会批评"的作家，如斋藤绿雨、德富芦花、夏目漱石、永井荷风、芥川龙之介等，他们从早期反传统的启蒙主义者演变为对资本主义文明的批评者。尤其是到大正时代活跃于随笔文坛的厨川白村、有岛武郎、长谷川如是闲等，他们对于日本社会现实的批判姿态，对鲁迅的创作思想影响很大。厨川白村在随笔集《走向十字街头》的序文里说：

> 东呢西呢，南呢北呢？进而即于新呢？退而安于古呢？往灵之所教的道路么？赴肉之所求的地方么？左顾右盼，彷徨于十字街头者，这正是现代人的心。"To be or not to be, that is the question."我年逾四十了，还迷于人生的行路。我身也就是立在十字街头的罢。暂时出了象牙之塔，站在骚扰之巷里，来一说意所欲言的事罢。用了这寓意，便题这漫笔以十字街头的字样。
>
> 作为人类的生活与艺术，这是迄今的两条路。我站在两路相会而成为一个广场的点上，试来一思索，在我所亲近的英文学中，无论是雪莱、裴伦，是斯温班，或是梅垒迪斯、哈兑，都是带着社会改造的理想的文明批评家；不单是住在象牙之塔里的。这一点，和法国文学之类不相同。如摩理思，则就照字面地走到街头发议论。有人说，现代的思想界是碰壁了。然而，毫没有碰壁，不过立在十字街头罢了，道路是多着。②

从厨氏的论述中，可以看出他是在西方文学的学习中，接受了熏陶，得到了体会，这也就有了将雪莱、裴伦、斯温班、梅垒迪斯、哈兑等文人定位为"带着社会改造的理想的文明批评家"的观点。因此，厨川白村

---

① 王向远：《鲁迅杂文观念的形成演进与日本文学》，《鲁迅研究月刊》1996 年第 2 期，第 38—43 页。
② 厨川白村：《走向十字街头·序》，转载于鲁迅的《〈出了象牙之塔〉后记》，《鲁迅译文集》第 3 卷，人民文学出版社，1958 年，第 281 页。

在广泛阅读西方文献基础上,把准世界性的现代文艺的发展趋势,提出了如下的观点:

> 建立在现实生活的深邃的根柢上的近代的文艺,在那一面,是纯然的文明批评,也是社会批评。这样的倾向的第一个是伊孛生。由他发起的所谓问题剧不消说,便是称为倾向小说和社会小说之类的许多作品,也都是直接或间接地,拿近代生活的难问题来做题材。其最甚者,竟至于简直跨出了纯艺术的境界。有几个作家,竟使人觉得已化了一种宣传者(Propagandist),向群众中往回,而大声疾呼着,这是尽够惊杀那些在今还以为文学为和文酒之宴一样的风流韵事的人们的。就现在的作家而言,则如英国的萧(B. Shaw)、戈尔斯华绥(J. Galsworthy)、威尔士,还有法国的勃利欧(E. Brieux),都是最为显著的人物。①

厨氏通过西方近代文艺的变迁趋势,抓住它具有"文明批评"和"社会批评"的特质,而建立起创造性的文艺批判理论。因此,他明确提出了:"文艺的本来的职务,是在作为文明批评社会批评,以指点向导一世"②。厨氏这一系列的精辟论述,对鲁迅散文创作,尤其是关于现代杂文的社会功能的深刻理解和创造性阐述,有着很直接的渊源关系,起到极其关键性的作用。那么,展开鲁迅与以日本厨川白村为代表的这种主张"文明批评"和"社会批评"的文艺观点的探讨,无疑能够加深人们对鲁迅关于构建中国现代散文(杂文)理论的认识和把握。

文艺首先要直面现实人生。厨川白村认为:"文艺家者,乃是活的人间味的大通人。倘不能赏鉴罪恶和缺陷那样的有着臭味的东西,即不足与之共语人间。"③ 所谓"活的人间味的大通人",就是强调文艺家要正视

---

① 厨川白村:《出了象牙之塔·描写劳动问题的文学》,《鲁迅译文集》第3卷,人民文学出版社,1958年,第215页。
② 厨川白村:《现代文学之主潮》,《鲁迅译文集》第3卷,人民文学出版社,1958年,第244页。
③ 厨川白村:《出了象牙之塔(六)·近代的文艺》,《鲁迅译文集》第3卷,人民文学出版社,1958年,第127页。

现实社会，能够领略"人间"况味。类似这样的论述，在鲁迅译的金子筑水《新时代与文艺》，也有提出文艺应负有"社会改造的领港师的职务"的观点，认为"发露全人间性为目的者，该是新文艺的特征"①。那么，这些观点与鲁迅后来对文艺（尤其是杂文）的社会作用的论述是一致的，这其间不难看出它们的渊源关系。鲁迅说："文艺是国民精神所发的火光，同时也是引导国民精神的前途的灯火……中国人向来因为不敢正视人生，只好瞒和骗，由此也生出瞒和骗的文艺来，由这文艺，更令中国人更深地陷入瞒和骗的大泽中，甚而至于已经自己不觉得。"因此，作为中国现代知识者要扫荡这"瞒和骗的文艺"，必须是脚踏实地，正视现实人生，他们的文学创作必须"建立在现实生活的深邃的根柢上"。诚如鲁迅指出："世界日日改变，我们的作家取下假面，真诚地，深入地，大胆地看取人生并且写出他的血和肉来的时候早到了。"②

而处在特定的历史语境下，现代知识者要直面现实人生，就必须敢于采取一种"批判"的姿态，大胆无畏地进行着"文明批评"和"社会批评"。日本明治时期正冈子规的《墨汁一滴》、夏目漱石的《永日小品》以及芥川龙之介的《侏儒的话》等，其内容都是反叛旧观念，尤其斋藤绿雨是一位出色冷嘲热讽的随笔作家，他著有《霞酒》《忘贝》随笔集，其笔锋犀利，诙谐戏谑，被人誉为"讽刺作家"和"尖舌人"。作为后学厨川白村曾感慨地说："在日本的明治文学，冷嘲热讽的有斋藤绿雨。在大正文坛相当持有绿雨之笔的是谁人？虽然人间者成了小聪明，嘲世骂俗的文字，就不流行了吗？"③其实，日本大正时代也涌现像厨川白村、有岛武郎、长谷川如是闲等杰出的现代随笔作家。有岛武郎，是日本白桦派的代表人物，主张肯定人生和自我发展，有着鲜明的人道主义和理想主义色彩。但他并不回避现实社会，其笔锋也时常现出批判意味。鲁迅译的《以生命写成的文章》中，有岛武郎就批判"我们的生活是怎样像做戏"，要求人们要"反省"，"尤其是我似的以文笔为生活的大部分的人

---

① 金子筑水：《新时代与文艺》，《鲁迅译文集》第5卷，人民文学出版社，1958年，第271、277页。
② 鲁迅：《论睁了眼看》，《语丝》第38期，1925年8月3日。
③ 厨川白村：《走向十字街头》，绿蕉、大杰译，上海启智书局，1936年，第196页。

们"。① 长谷川如是闲算得上是大正时代以随笔进行"文明批评"和"社会批评"的佼佼者。他是当时日本文坛报刊专栏的随笔写家，好作短评，知识广博，笔锋犀利。日本人认为，长谷川如是闲对现代随笔的贡献，是他创造了一种以"寸铁"杀人的讽刺性文体②。对于这位随笔作家，鲁迅曾译过他两篇随笔《圣野猪》和《岁首》。鲁迅于1928年，在日本友人内山完造的安排下，与长谷川如是闲会晤过，并赠送自己的作品《彷徨》和《野草》。鲁迅对于长谷川如是闲的随笔一直保持比较高的阅读兴趣。1927年，鲁迅作《略论中国人的脸》，就是由长谷川如是闲《中国人的脸及其他》一文引发的，并且于文中称："日本的长谷川如是闲是善于做讽刺文字的。去年我见过他的一本随笔集，叫作《猫·狗·人》。"③ 在另一篇文章《说"面子"》，再次直接引述长谷川如是闲论说"盗泉"的文字。1933年，鲁迅再次提及："日本近来殊不见有如厨川白村者，看近日出版物，有西胁顺三郎之《欧罗巴文学》，但很玄妙；长谷川如是闲正在出全集，此人观察极深刻，而作文晦涩，至最近为止，作品止被禁一次，然而其弊是一般不易看懂，亦极难译也。随笔一类时有出版，阅之大抵寡薄无味，可有可无，总之，是不见有社会与文艺之好的批评家也。"④ 鲁迅于言谈中，对长谷川如是闲的随笔作了"知人论世"之评，其观点虽廖廖数语，但褒贬分明，极为精辟简炼。而在所有日本的随笔作家中，鲁迅至为欣赏的是被他誉为"霹雳手"和"辣手的文明批评家"厨川白村。鲁迅译完厨川白村文艺理论《苦闷的象征》后，又动手翻译随笔集《出了象牙之塔》。鲁迅称："从这本书，尤其是最紧要的前三篇看来，却确已现了战士身而出世了，于本国的微温、中道、妥协、虚假、小气、自大、保守等世态，一一加以辛辣的攻击和无所假借的批评。就是从我们外国人的眼睛看，也往往觉得有'快刀断乱麻'似的爽利，至于禁不住称快。"⑤

---

① 有岛武郎：《以生命写成的文章》，鲁迅译，《莽原》半月刊第18期，1926年。
② 《现代随想全集》，日本创元社，1953年，第2卷，第235页。
③ 鲁迅：《略论中国人的脸》，《莽原》半月刊第2卷第21、22期合刊，1927年11月25日。
④ 鲁迅致陶亢德信，1933年11月2日，《鲁迅全集》第12卷，人民文学出版社，1981年，第252页。
⑤ 鲁迅：《出了象牙之塔·后记》，《鲁迅译文集》第3卷，人民文学出版社，1958年，第282页。

由此可知，关于厨川白村对日本现实社会采取的"批判"立场而现出"战士"身份，鲁迅是极为赞赏，并引以为学习和模仿的对象。

构建鲁迅"批判"姿态的另一个外国精神资源，是来自西方的文化宝库。而架接鲁迅与西方文化的通道主要是当时日本的学术界。从鲁迅回国后翻译的很多西方文艺论著及其作品的版本来看，他很多是借助于日文的译本。有的论者就指出，鲁迅"通过厨川白村这一中介，同欧洲近代以来各种文艺思潮，特别是易卜生、托尔斯泰、高尔斯华绥和萧伯纳等为代表的批判现实主义思潮，建立了深刻的联系"①。通过阅读厨氏的作品，我们能够感受论者指出这一突出特点的确凿性。前文我们就提到厨川白村把易卜生、高尔斯华绥和萧伯纳等人当作从事"文明批评"和"社会批评"的代表性人物。厨川白村在另一本随笔集《走向十字街头》中也不断地论述上述诸位作家进行社会批判的价值。如他评述英国的萧伯纳："说起冷嘲热讽，在现代作家里，最能发挥这个特色的是萧伯纳（Bernard Shaw）。把修理澄清的，作贵族举动的英国习俗，嘲笑到体无完肤的手腕，是很伟大。所以他成为一代的文豪，就是在他博取世界的名声以后，在英人里不说萧伯纳的好的还是很多。实际他最初被认出真值的，如其是在英国，宁不如说是在大陆诸国罢。"②不过，如果把鲁迅与西方批判现实主义文艺思潮的联系，说成只是"通过厨川白村这一中介"，就未免有太窄之嫌。因为鲁迅接触西方文化的渠道是多层次、多方面的，自然这当中许多日文译本是他倚重的译介窗口，但不是仅限于某个作家。

日本的"尼采热"是在日本明治30年后掀起的。而鲁迅于1902年留学日本，自然而然地借助日文书籍接触到了尼采的著作。鲁迅早年撰写的《文化偏至论》、《摩罗诗力说》以及《破恶声论》等论文，称尼采是"个人主义之至雄杰者"，是"思虑学术志行"都"博大渊邃，勇猛坚贞，纵忤时人不惧"的"才士"。鲁迅非常喜欢尼采的代表作《查拉图斯特拉如是说》，此书多年一直放在他的书架上，并在1920年《新

---

① 姚春树：《鲁迅与日本的厨川白村和鹤见祐辅：关于鲁迅杂文理论主要渊源的探讨》，《中外杂文散文综论》，福建教育出版社，1997年，第142页。
② 厨川白村：《走向十字街头》，绿蕉、大杰译，上海启智书局，1936年，第196页。

潮》第2卷第5号上,译介了该书的"序言"。为什么,鲁迅特别爱读尼采这部书呢?他在"译者附记"中说:"尼采的文章既太好;本书又用箴言(Sprueche)集成,外观上常见矛盾,所以不容易了解。"① 所谓"箴言",就是格言或警句的句式,即该书是一部由格言或警句构成的散文诗体的哲学著作,给人以一种深邃的诗意美。除此之外,鲁迅还特别看重尼采的"批判"姿态。正如他在《文化偏至论》中说:"德人尼怯氏(Fr. Nietzsche),则假察罗图斯德罗(Zarathustra)之言曰,吾行太远,孑然失其侣,返而观夫今之世,文明之邦国矣,斑斓之社会矣。"② 挪威作家易卜生,也是很早就进入鲁迅的译介视野。鲁迅在《文化偏至论》中称易卜生是"瑰才卓识",谓"尼怯伊勃生诸人,皆据其所信,力抗时俗,示主观倾向之极致"。③ 1928年,鲁迅翻译了有岛武郎著的《伊勃生的工作态度》一文,刊载在《奔流》月刊第1卷第3期。该期为易卜生一百周年纪念增刊。鲁迅在后记中简述易卜生及其作品在中国的影响,指出"五四"时期《新青年》杂志之所以介绍易卜生是因为他"敢于攻击社会,敢于独战多数",而现在出版纪念增刊是为了"追怀这曾经震动一时的巨人"。爱罗先珂,俄国乌克兰人。幼时因患麻疹致使双目失明。他曾流浪于日本、泰国、缅甸、印度等国,1919年,他在印度先被英国殖民当局驱逐出境,1921年在日本又被日本政府以"宣传危险思想"的罪名而驱逐,之后来到中国,住在鲁迅的家中,与鲁迅关系甚密。爱罗先珂曾以世界语和日语创作童话《天明前之歌》、《最后的叹息》等多种。鲁迅于1921年9月开始陆续翻译爱罗先珂的童话作品。鲁迅每每译完一篇童话后,都要作"译后附记",进行主旨的评述与阐释。第一篇译作《池边》的"译后附记",鲁迅说:"五月初,日本为治安起见",驱逐了盲诗人,但他的童话"含有美的感情与纯朴的心","看不出什么危险思想来。他不像宣传家,煽动家;他只是梦幻,纯白,而有大心……这大约便是被逐

---

① 唐俟(鲁迅):《〈察拉图斯忒拉的序言〉译者附记》,《新潮》月刊第2卷第5期,1920年9月。
② 鲁迅:《文化偏至论》,《河南》月刊第7号,1908年8月。
③ 同上。

的原因"。① 当然，鲁迅不仅看重爱罗先珂童话里的"含有美的感情与纯朴的心"，更有那不畏强权抗争的精神。童话《狭的笼》，写一只不愿作笼中奴隶的老虎，为同类获得自由而奋斗的故事，发出"将人类装在笼里面，奴隶一般畜生一般看待的，又究竟是谁呢"的责问，表达了追求自由渴求解放的思想。童话《雕的心》，作品歌颂了雕王热爱自由，为追求光明而自强不息的坚强意志与战斗精神；揭露人间的"王或豪杰""借了自己的下属的力量和智慧，来争权夺利"，欺侮和压迫弱者的罪孽。鲁迅后来论及爱罗先珂的童话时，又再次重申他的译介初衷："其实，我当时的意思，不过要传播被虐待者的苦痛的呼声和激发国人对于强权者的憎恶和愤怒而已，并不是从什么'艺术之宫'里伸出手来，拔了海外的奇花瑶草，来移植在华国的艺苑。"② 1934—1935 年间，鲁迅根据日译本的高尔基著的《俄罗斯的童话》，陆续译成中文，并且把一些译作刊载在《译文》月刊上，1935 年由上海文化生活出版社出版。这本集计 16 篇，每篇独立。鲁迅说："虽说'童话'，其实是从各方面描写俄罗斯国民性的种种相，并非写给孩子们看的。"③ 可见，鲁迅透过"童话"文本，看重这其间呈现出来的"描写俄罗斯国民性的种种相"而将它译出来。

三、现代杂文：社会改造和思想启蒙之利器

由此可见，鲁迅通过日本学术平台和日文书籍为"中介"，建立与日本现代作家和欧洲近代以来各种文艺思潮，尤其是批判现实主义思潮的深刻联系，从而为他主张"文明批评"和"社会批评"提供了充沛丰盛的精神资源。鲁迅是一位批判意识非常强烈的杂文作家。他认为世上需要有一种不平的呼声，因此他要扮演"枭鸣"的角色，这对那些一心一意想给自己制造舒服世界的人来说，是一种不吉祥的声音，一种否定的声音。而否定是向上的力。鲁迅不是说过吗，"不满是向上的车轮"④；"不平还

---

① 鲁迅：《〈池边〉译者附记》，《晨报》副刊，1921 年 9 月 24 日。
② 鲁迅：《杂忆》，《莽原》周刊第 9 期，1925 年 6 月 19 日。
③ 鲁迅：《〈俄罗斯的童话〉小引》，《俄罗斯的童话》，上海文化生活出版社，1935 年。
④ 唐俟（鲁迅）：《不满》，《新青年》第 6 卷第 6 号，1919 年 11 月 1 日。

是改造的引线"①;"旧像愈摧破,人类便愈进步"②。日本学者片上伸也是这样说:"由否定而表见自己。由否定而心泉流动。由否定而自己看出活路。"③鲁迅以为在现代的中国,到处还是充满着制造并赏玩别人苦痛的昏迷和强暴。试看中国的社会里,吃人,劫掠,残杀,人身买卖,生殖器崇拜,灵学,一夫多妻,凡有所谓国粹,没一件不与蛮人的文化恰合。因此,在鲁迅的眼里,寻找否定的、不确定的东西,使之与被封建专制制度维持和巩固的、肯定的、确定的、绝对的东西相对立,动摇或摧毁沿袭几千年的封建伦理赖以生存的根据和基础,这是觉醒的人改造社会的任务。基于这一认识,鲁迅以为无问题,无缺陷,无不平,也就无解决,无改革,无反抗。那种所谓"普遍,永久,完全,这三件宝贝,自然是了不得的,不过也是作家的棺材钉,会将他钉死"④。所以,鲁迅故意要制造一点麻烦,多留几片铁甲在身上,给这个世界多一点缺陷。由此可以看出,鲁迅的思维不仅仅是一旦一方出现,就去找另一方,有了上方,就去找下方,观察到正面,就要翻过来看反面,而且更为重要的是善于从负面或逆向去探索事情的根源、研究问题的症结。因此,鲁迅用"横站"的否定姿态,对专制制度、旧有文明发出了批判和质疑的声音,他说:"在现在这'可怜'的时代,能杀才能生,能憎才能爱,能生与爱,才能文。"⑤他认为目下中国的当务之急是一要生存,二要温饱,三要发展,倘有阻碍这前途者,"无论是古是今,是人是鬼,是《三坟》《五典》,百宋千元,天球河图,金人玉佛,祖传丸散,秘制膏丹,全都踏倒他"⑥。在鲁迅的杂文中,充满着不畏强权、不屈服于权威、不墨守陈规和传统,敢于向旧社会和旧文明施以猛烈的发难和攻击,显示他那种独肩黑暗闸门的大无畏勇气和与黑暗势力决不妥协的批判精神。

---

① 唐俟(鲁迅):《恨恨而死》,《新青年》第6卷第6号,1919年11月1日。
② 唐俟(鲁迅):《四十六》,《新青年》第6卷第2号,1919年2月15日。
③ 片上伸:《"否定"的文学》,《鲁迅译文集》第5卷,人民文学出版社,1958年,第441页。
④ 鲁迅:《答〈戏〉周刊编者信》,《中华日报》副刊《戏》周刊第15期,1934年11月25日。
⑤ 隼(鲁迅):《七论'文人相轻'——两伤》,《文学》月刊第5卷第4号,1935年10月。
⑥ 鲁迅:《忽然想到》,《京报副刊》,1925年4月22日。

而从事"文明批评"和"社会批评"的核心内容,应该归结到人的改造上,即鲁迅所言的"国民性"改造。受到日本文坛的影响,鲁迅早在留学期间,就开始关注这一问题。据许寿裳回忆,他们在弘文学院时,就常常讨论三个关联的问题:"一、怎样才是最理想的人性?""二、中国国民性中最缺乏的是什么?""三、它的病根何在?"① 那么,如何以文学的形式探讨"国民性"问题呢?在这方面,厨川白村的随笔集《出了象牙之塔》,就已树立起了一个很好的范本。他在《改造与国民性》一文中,就直言日本人是"去骨泥鳅",日本是一个"小聪明人愈加小聪明,而不许呆子存在的国度",在日本是不会忽然生出"托尔斯泰和尼采和伊孛生"来的。更不用说"沙士比亚和但丁和弥耳敦"。他说:

> 世间也有些论客,以为这是国民性,所以没有法。如果像一种宿命论者似的,简直说是没有法了,这才是没有法呵。绝对难于移动的不变的国民性,究竟有没有这样的东西,姑且作为别一问题,而对于国民性竭力加以大改造,则正是生活于新时代的人们的任务。喊着改造改造,而只嚷些社会问题呀,妇女问题呀,什么问题呀之类,岂不是本末倒置么?没有将国民性这东西改造,我们的生活改造能成功的么?②

基于改造"国民性"的认识,厨川白村对于日本国民中的劣根性,一一加以辛辣的攻击和无所假借的批评。厨川白村在《村绅的日本》中,指摘现今的日本带有"乡村绅士似的气味的东西","唉唉,村绅的日本呀,村绅的特色,是在凡事都中途半道敷衍完,用竹来接木。像呆子而不呆,似伶俐而也不伶俐,正漂亮时而胡涂着。那生活,宛如穿洋服而着屐子者,就是村绅";在《生命力》中,厨氏批评日本人"生命力之火的热度不足","一切都不彻底,微温,挂在中间者,就是为此。"称日本男人"身矮脚短,就像耗子似的,但那举止动作既没有魄力,也没有重量",日

---

① 许寿裳:《亡友鲁迅印象记》,《挚友的怀念:许寿裳忆鲁迅》,河北教育出版社,2001年,第12页。
② 厨川白村:《出了象牙之塔·改造与国民性》,《鲁迅译文集》第3卷,人民文学出版社,1958年,第146—147页。

本女子"也没有西洋人所有的那种活泼丰饶的表情之美；辨不出是死了还是活着，就如见了蜜蜡做的假面具一般"。总之，厨川白村对于"本国的微温、中道、妥协、虚假、小气、自大、保守等世态"，都进行了无情的解剖和攻击，让人阅读后，往往觉得有"快刀断乱麻"似的爽利，至于禁不住称快。然而，正如鲁迅说："我译这书，也并非想揭邻人的缺失，来聊博国人的快意……但当我旁观他鞭责自己时，仿佛痛楚到了我的身上了，后来却又霍然，宛如服了一帖凉药。"正因为鲁迅感同身受，所以觉得"著者所指摘的微温、中道、妥协、虚假、小气、自大、保守等世态，简直可以疑心是说着中国"。出于医治"同病的中国"的需要，鲁迅及时地将厨川白村的这本随笔集译介给国人，正如"金鸡纳霜既能医治日本人的疟疾，即也能医治中国人的一般"。①

"五四"时期，鲁迅已步入不惑之年。厨川白村说："在四十岁之际，人是深思了自己的过去和将来，这才来试行镇定冷静的自己省察的；这才对于自己以及自己的周围，都想用了批评底的态度来观察的。"②尤其是鲁迅经历过清末民初的乱世，对于古国的弊病和国民的劣根性有一个清醒的认识和了解。他在《两地书》中对许广平说：

> 说起民元的事来，那时确是光明得多，当时我也在南京教育部，觉得中国将来很有希望。自然，那时恶劣分子固然也有的，然而他总失败。一到二年二次革命失败之后，即渐渐坏了去，坏而又坏，遂成了现在的情形。其实这也不是新添的坏，乃是涂饰的新漆剥落已尽，于是旧相又显了出来。使奴才主持家政，那里会有好样子。最初的革命是排满，容易做到的，其次的改革是要国民改革自己的坏根性，于是就不肯了。所以此后最要紧的是改革国民性，否则，无论是专制，是共和，是什么什么，招牌虽换，货色照旧，全不行的。③

---

① 鲁迅：《出了象牙之塔·后记》，《鲁迅译文集》第3卷，人民文学出版社，1958年，第280—286页。
② 厨川白村：《从艺术到社会改造》，《鲁迅译文集》第3卷，人民文学出版社，1958年，第247页。
③ 鲁迅致许广平信，1925年3月31日，《鲁迅全集》第11卷，人民文学出版社，1981年，第31页。

在这里，鲁迅同厨川白村一样，提出"国民性"改造命题。当然，鲁迅身经乱世，对"国民性"改造问题的认识，比起邻人厨川白村的看法来得深刻得多、复杂得多。在鲁迅创作的杂文中，他对国民劣根性的剔除与批判，是围绕着如何"立人"的思想展开。鲁迅笔下言说的对象大致可分为三类，即统治者、民众、知识分子。在这三类中，统治者的专制制度和愚民政策是造成后两类"奴性"根源的缘由。因此，鲁迅在对这三类的分析、批判和解构的过程中，从铲除"奴性"产生的根源入手，进行了前所未有、令人颤栗的"灵魂"的审判和拷问。

首先，鲁迅是怎么言说统治者呢？鲁迅批判锋芒指向的统治者，是既有古代，也有当时的统治者，包括北洋政府和国民党政府。统治者维持其统治的手段主要是靠专制制度，而要促使专制制度的运作，就需建立一套严厉的封建伦理规范和封建等级制度，并动用高压的酷刑政策。因此，鲁迅的随笔主要围绕三个方面鞭挞统治者：

1. "吃人"是统治者的本质。这"吃人"，既有抽象、象征意义上的"吃人"，即通过伦理规范、制度形式来扼杀、吞噬人的活力乃至人的生命；也有生剥活人皮或大嚼人肉的实质性"吃人"。鲁迅石破天惊地指出"所谓中国的文明者，其实不过是安排给阔人享用的人肉的筵宴。所谓中国者，其实不过是安排这人肉的筵宴的厨房"①。《我之节烈观》，是鲁迅一篇写得非常漂亮的富有战斗性随笔。鲁迅以带问题写作，层层推进，首先是不节烈的女子如何害了国家？其次是何以救世的责任全在女子？再次表彰之后有何效果？然后，又回过头反问节烈是否道德？多妻主义的男子有无表彰节烈的资格？从而推导出理由的"支离"和"荒谬"，但为什么至今还会存在？鲁迅尖锐揭示了在古代社会女子多当作男子的"物品"，尤其是到了"人心日下，国将不国"的时候，守节思想倒反发达，"皇帝要臣子尽忠，男人便要女人守节"。而当自己成了被征服的国民，没有力量保护，没有勇气反抗了，只好别出心裁，鼓吹女人自杀。②

---

① 鲁迅：《灯下漫笔》，《莽原》周刊第 5 期，1925 年 5 月 22 日。
② 唐俟（鲁迅）：《我之节烈观》，《新青年》第 5 卷第 2 号，1918 年 8 月。

《春末闲谈》，鲁迅由细腰蜂下毒针麻醉小青虫事例生发开去，指出统治者也是想学细腰蜂的"麻痹术"，想让治下的臣民能够被砍去"藏着的思想中枢的脑袋而还能动作——服役，使他们的统治地位永久稳固"，可惜天下还没有发明这种十全的好方法。因而其办法也就不能奏效。中国的历史之所以出现有"二十四史"就是一个可悲的铁证。① 另一方面，鲁迅通过大量的历史史料说明了统治者更有活生生"吃人"的嗜好，即实质性消灭人的肉体，吞噬人的生命。当统治者为了维护其统治地位，他就不可能把人当作人看待。鲁迅说"至于偶有凌辱诛戮，那是因为这些东西并不是人的缘故。皇帝所诛者，'逆'也，官军所剿者，'匪'也，刽子手所杀者，'犯'也，满洲人'入主中夏'，不久也就染了这样的淳风，雍正皇帝要除掉他的弟兄，就先行御赐改称为'阿其那'与'塞思黑'，我不懂满洲话，译不明白，大约是'猪'和'狗'罢。黄巢造反，以人为粮，但若说他吃人，是不对的，他所吃的物事，叫作'两脚羊'"。② 在《病后杂谈》这篇随笔中，鲁迅沉痛地指出："大明一朝，以剥皮始，以剥皮终，可谓始终不变。"鲁迅于文中引述不少的史料来说明这一点，以为："真也无怪有些慈悲心肠人不愿意看野史，听故事，有些事情，真也不像人世，要令人毛骨悚然，心里受伤，永不全愈的。"③ 在紧接着撰写的另一篇随笔《病后杂谈之余——关于"舒愤懑"》，鲁迅仍继续就这个话题深入挖掘，指出："自有历史以来，中国人是一向被同族和异族屠戮，奴隶，敲掠，刑辱，压迫下来的，非人类所能忍受的楚毒，也都身受过，每一考查，真教人觉得不像活在人间。"④ 中国的统治者动用的酷刑花样翻新，名目繁多，这是国外统治者所望尘莫及的。因此，鲁迅对统治者"吃人"本质的揭示，确实令人震撼，入木三分。时至今日学界出现一种论调以为20世纪中国文人的脊梁骨为什么那么软弱？为什么中国没有出现像俄国沙皇专制下十二月党人的仁人志士和为之赴汤蹈火的群众呢？我想除了时代

---

① 冥昭（鲁迅）:《春末闲谈》,《莽原》周刊第1期, 1925年4月24日。
② 旅隼（鲁迅）:《"抄靶子"》,《申报·自由谈》, 1933年6月20日。
③ 鲁迅:《病后杂谈》,《鲁迅全集》第6卷, 人民文学出版社, 1981年, 第167页。
④ 鲁迅:《病后余谈》,《文学》月刊第4卷第3号, 1935年3月。

背景有别、种族差异和思想资源不同外,还一层原因是沙皇的惩治远不及中国统治者手段的恶辣和狠毒。鲁迅曾给曹聚仁的信中就说道:"别国的硬汉比中国多,也因为别国的淫刑不及中国的缘故。"①

2. 能"主"能"奴",这是统治者一枚硬币的两面。鲁迅指出:"专制者的反面是奴才,有权时无所不为,失势时即奴性十足。"三国时,吴国孙皓是一个出名的暴君,但在降晋之后,简直像一个"帮闲"人物;宋徽宗在位时,也是一位不可一世的天子,但被掳后却学会了含垢忍辱。因此,鲁迅深刻地说:"做主子时以一切别人为奴才,则有了主子,一定以奴才自命:这是天经地义,无可动摇的。"②鲁迅对暴君的"奴性"根源的发掘,既揭示现象的本质,又体现他的深刻洞察力和无比犀利的笔锋。《晨凉漫记》,鲁迅谈了他阅读《蜀碧》一书的印象。从表面上看,张献忠杀人好像是"为艺术而艺术"的一路,即纯粹是一种嗜好,没有其他目的。其实不然,张献忠开始也并不杀人,因为他还有幻想做皇帝的希望,后来知道李自成进入北京,接着是清兵入关,自己只剩下没落这一条路,于是他就大开杀戒。鲁迅尖锐地说"他分明的感到,天下已没有自己的东西,现在是在毁坏别人的东西了,这和有些末代的风雅皇帝,在死前烧掉了祖宗或自己所搜集的书籍古董宝贝之类的心情,完全一样。他还有兵,而没有古董之类,所以就杀,杀,杀人,杀……"③因此,历代的统治者和暴君,他们借用恐怖的高压政策和残忍的杀人手段,来维持其专制制度,这是他们内心"以人为奴"的本质反映;同样,当他们塌台或末日来临后,对新主子摇尾乞怜,苟且偷生,这也是他们内心"奴性"本质的必然反映。

3. 古今主子,一路货色。在鲁迅看来,无论先是北洋政府,还是后来的国民党政府,他们的统治术与古代的并无实质的差别,有的甚至是有过之无不及。鲁迅以为我们中国好像在孙中山领导的"二次革命"失败后,一直坏而又坏,遂成了现在的情形,其实这也不是"新的添坏"的,

---

① 鲁迅致曹聚仁信,1933年6月18日,《鲁迅全集》第12卷,人民文学出版社,1981年,第185页。
② 洛文(鲁迅):《谚语》,《申报月刊》第2卷第7号,1933年7月15日。
③ 孺牛(鲁迅):《晨凉漫记》,《申报·自由谈》,1933年8月1日。

乃是"涂饰的新漆剥落已尽，于是旧相又显了出来。使奴才主持家政，那里会有好样子"①。因而，鲁迅说："试将记五代，南宋，明末的事情的，和现今的状况一比较，就当惊心动魄于何其相似之甚，仿佛时间的流驶，独与我们中国无关。现在的中华民国也还是五代，是宋末，是明季。"②对于当时国内政坛纷争，军阀混战，鲁迅是看透这伙人的本质。他说："称这神的和称为魔的战斗了，并非争夺天国，而在要得地狱的统治权。所以无论谁胜，地狱至今也还是照样的地狱。"③果不出所料，鲁迅此话出口才不到一年，人间"地狱"活生生地演示在人们的眼前，在段其瑞执政府门前发生的"三一八"惨案，让国人感到震惊和愤怒，鲁迅愤激地指出："当三个女子从容地转辗于文明人所发明的枪弹的攒射中的时候，这是怎样的一个惊心动魄的伟大呵！"④即便是到了1927年国民党南京政府的时代，"杀人者在毁坏世界"并没有停止。鲁迅所写的《中国人的生命圈》，向来自称"蚁民"的中国百姓"边疆"不能住，有日本飞机在轰炸，据说是在剿灭"兵匪"；"腹地"也不能住，有国民党飞机在轰炸，在剿灭"共匪"，只能住在这二者之间的地带，但也并不安全。再从外面炸进来，这"生命圈"便收缩而为"生命线"；再炸进来，大家便都逃到那炸好了的"腹地"里面去，这"生命圈"便完结而为"生命○"。⑤另外，统治者在酷刑方面，却能利用先进的科学技术"电"的发明，而更见其残酷⑥。鲁迅对当时统治者极其深刻的透视和分析，使他们失去了魑魅的伎俩，现出"奴性"的本相。因此，他在介绍卢那察尔斯基作的《解放了的堂·吉诃德》剧本时，借了吉诃德说的话"新的正义也不过是旧的正义的同胞姊妹"，说出了"革命者为魔王，和先前的专制者同等"的见解。⑦不仅如此，鲁迅对统治者的锐利洞察，也使他对将来的黄金世界的看法，超出

---

① 鲁迅致许广平信，1925年3月31日，《鲁迅全集》第11卷，人民文学出版社，1981年，第31页。
② 鲁迅：《忽然想到（四）》，《京报副刊》，1925年2月20日。
③ 鲁迅：《杂语》，《莽原》周刊第1期，1925年4月24日。
④ 鲁迅：《记念刘和珍君》，《语丝》第74期，1926年4月12日。
⑤ 何家干（鲁迅）：《中国人的生命圈》，《申报·自由谈》，1933年4月14日。
⑥ 何家干（鲁迅）：《电的利弊》，《申报·自由谈》，1933年2月16日。
⑦ 鲁迅：《〈解放了的堂·吉诃德〉后记》，《鲁迅全集》第7卷，人民文学出版社，1981年，第399页。

一般常人的想象，认为即便是"将来的黄金世界，也会有叛徒处死刑"①。这种深刻的预见性，显示鲁迅作为一位伟人，他的存在超越一切时空的限制，而成为人们衡量、批判当权者的一个有力的榜样。

其次，鲁迅对民众的批判和疗救。在启蒙的时代里，启蒙者与民众之间的关系并不是一种平等对话的关系，而是启蒙与被启蒙的关系。这种关系在某种程度上会造成它们之间的对立、乃至敌视态度的出现。18世纪欧洲的启蒙思想家对民众就抱着"蔑视"的态度。狄德罗曾说："民众是所有人当中最愚蠢和最邪恶的。"达朗贝尔则重笔渲染，认为群众是"无知的和麻木的……不可能有坚强有力和慷慨大方的举止"。在伏尔泰看来，民众"永远是一些野兽"。而霍尔巴赫则说是"一些没有头脑的、反复无常的、厚颜无耻的、鲁莽冲动的人，屈从于片刻的热情，是惹事生非者的工具"。研究者奇西克指出："即使在启蒙运动的鼎盛期，民众也被看作是缺乏独立思考能力或缺乏独立进行政治判断能力的。"②不能不承认，鲁迅对民众种种劣根性的鄙视和憎恨，在某种程度上是与这些18世纪启蒙思想家对待民众的态度相类似的。他曾这样沉痛地说：

　　暴君治下的臣民，大抵比暴君更暴；暴君的暴政，时常还不能餍足暴君治下的臣民的欲望。

　　中国不要提了罢。在外国举一个例，小事件则如 Gogol 的剧本《按察使》，众人都禁止他，俄皇却准开演；大事件则如巡抚想放耶稣，众人却要求将他钉上十字架。

　　暴君的臣民，只愿暴政暴在他人的头上，他却看着高兴，拿"残酷"做娱乐，拿"他人的苦"做赏玩，做慰安。③

鲁迅以为当务之急就是对民众实施启蒙。否则，卑怯的人，即使万丈的愤火，除了弱草以外，又能烧掉什么？如果民众并没有可燃性，则

---

① 鲁迅致许广平信，1925 年 3 月 18 日，《鲁迅全集》第 11 卷，人民文学出版社，1981 年，第 20 页。
② 转引自齐格蒙·鲍曼：《立法者与阐释者》，洪涛译，上海人民出版社，2000 年，第 102—103、105—106 页。
③ 唐俟（鲁迅）：《暴君的臣民》，《新青年》第 6 卷第 6 号，1919 年 11 月 1 日。

火花只能是将自己烧完。所以,他以为当下"最要紧的是改革国民性,否则,无论是专制,是共和,是什么什么,招牌虽换,货色照旧,全不行的"①。

　　那么如何改造中国的国民性呢?鲁迅撰写的杂文并没有从正面来回答这个问题。他紧紧抓住民众的"奴性"根源,进行深入地挖掘和审视,并在批判、否定、解构过程中,引起人们对它的注意和疗救,从而达到治愈的目的。在鲁迅笔下,民众"奴性"的种种表现都受到一一的关注和批判。鲁迅发挥自己的远见卓识和独异的天才能力,对厨川白村指摘日本国民劣根性加以概括和发挥。笔者以为这本身就很可以移来作为鲁迅对中国民众中"奴性"的各种表现形态的概括和批判。1.自大。鲁迅抨击汉人常挂在嘴边的"我的大清","我们"的成吉思汗征服欧洲人,是"我们"最阔气的时代,其实所谓最阔气的时代,其实是"蒙古人征服了中国,我们做了奴才"。②奴才的自大,还表现在骄横和忘却上。鲁迅说:"中国人倘有权力,看见别人奈何他不得,或者有'多数'作他护符的时候,多是凶残横恣,宛然一个暴君,做事并不中庸;待到满口'中庸'时,乃是势力已失,早非'中庸'不可的时候了。一到全败,则又有'命运'来做话柄,纵为奴隶,也处之泰然,但又无往而不合于圣道。"③2.苟安。鲁迅认为中国人向来没有争过"人"的价格,至多不过是奴隶。中国的历史只是"想做奴隶而不得的时代"和"暂时做稳了奴隶的时代"的不断循环而已。所以中国百姓就希望有一个一定的主子,拿他们去做百姓就行了。④关于这一点,法国随笔作家蒙田也曾有过类似的看法,他说习惯于君主制的人民,"不管命运为他们提供什么样的变革机会,当他们费了九牛二虎之力摆脱了某个君主的讨厌统治时,就会赶紧花同样的力气为自己按上一个新君主,因为他们不能下决心憎恨君主统治"。⑤

---

① 鲁迅致许广平信,1925年3月31日,《鲁迅全集》第11卷,人民文学出版社,1981年,第31页。
② 公汗(鲁迅):《随便翻翻》,《读书生活》月刊第1卷第2期,1934年11月。
③ 鲁迅:《通讯》,《猛进》周刊第5期,1925年4月3日。
④ 鲁迅:《灯下漫笔》,《莽原》周刊第5期,1925年5月22日。
⑤ 蒙田:《蒙田随笔全集》上卷,潘丽珍等译,译林出版社,1996年,第129页。

到了"想做奴隶而不得的时代",也就是通常所说的"乱世",那就发出"莫作乱离人,宁为太平犬"的哀叹声,但叫他起来反抗是绝对不可能的。因此,鲁迅对这样的民众是痛下针砭和斥责,如果这样的民众,还能够"从奴隶生活中寻出'美'来,赞叹,抚摩,陶醉,那可简直是万劫不复的奴才了,他使自己和别人永远安住于这生活。"① 3. 残忍。鲁迅以为:"民众的罚恶之心,并不下于学者和军阀。"② 这也是鲁迅一再强调的"暴君的专制使人们变成冷嘲,愚民的专制使人们变成死相"③。愚民一旦有朝一日成为主子,他摆出的谱,还会比原先他的主人更足,更可笑。也正因为他们受惯了猪狗的待遇,他只知道人们无异于猪狗。鲁迅在《偶成》随笔中引一则材料说:"绥拉菲摩维支在《铁流》里,写农民杀掉了一个贵人的小女儿,那母亲哭得很凄惨,他却诧异道,哭什么呢,我们死掉多少小孩子,一点也没哭过。"鲁迅指出"酷的教育,使人们见酷而不再觉其酷……人民真被治得好像厚皮的,没有感觉的癫象一样了,但正因为成了癫皮,所以又会踏着残酷前进,这也是虎吏和暴君所不及料。"④ 4. 不信。中国人没有宗教信仰和宗教情怀。中国人自然有迷信,也有"信",但好像很少"坚信"。鲁迅指出:"'不相信'就是'愚民'的远害的堑壕,也是使他们成为散沙的毒素。"⑤ 民众的"不信",促成他们在生活中采用一种游戏策略既"尊皇帝,但一面想玩弄他,也尊后妃,但一面又有些想吊她的膀子;畏神明,而又烧纸钱作贿赂,佩服豪杰,却不肯为他作牺牲"⑥。《送灶日漫笔》和《谈皇帝》,谈的就是这方面的内容。灶君升天的那日,为了防他在天上调嘴学舌,对玉帝说坏话,个个家中都摆着"胶牙饧",鲁迅说:"我们中国人意中的神鬼,似乎比活人要老实些,所以对鬼神要用这样的强硬手段,而于活人却只好请吃饭。"⑦ 对付皇帝也有

---

① 洛文(鲁迅):《漫与》,《申报月刊》第 2 卷第 10 号,1933 年 10 月 15 日。
② 鲁迅:《答有恒先生》,上海《北新》周刊第 49、50 期合刊,1927 年 10 月 1 日。
③ 鲁迅:《忽然想到·五》,《京报副刊》,1925 年 4 月 18 日。
④ 洛文(鲁迅):《偶成》,《申报月刊》第 2 卷第 10 号,1933 年 10 月 15 日。
⑤ 公汗(鲁迅):《难行和不信》,《新语林》半月刊第 2 期,1934 年 7 月 20 日。
⑥ 公汗(鲁迅):《运命》,《太白》半月刊第 1 卷第 5 期,1934 年 11 月 20 日。
⑦ 鲁迅:《送灶日漫笔》,《国民新报副刊》,1926 年 2 月 11 日。

采用"愚君政策"的,只要他"弱"或"愚"。在农村就有老妇人谈如何把皇帝练成"傻子",终年叫他吃菠菜,并起一个好听的说法,即叫他终年耐心地专吃着"红嘴绿鹦哥"。① 可见,当民众把一切事儿都当作"笑话"、"游戏"化,你要他们之间相互配合、相互支持,来进行合群的"改革",那是一件比较困难的事情。这也就是鲁迅担心的"散沙的毒素"在作怪。因此,要使民众觉醒过来,我们必须扫荡这吃人的筵宴,铲除"奴性"的根源,注入大爱和大勇,从而创造出中国历史上未曾有过的第三样时代。

再者,是对知识分子的反省和批判。作为知识分子一员,鲁迅对这一阶层的剖析和批判是比较严厉的,他仍然是以挖掘这一阶层的"奴性"根源为己任。必须说明的是鲁迅在杂文中常常将知识阶层称为"知识阶级"是不准确的。鲁迅诠释"知识分子"的含义是较为严格的,他说"真的知识阶级是不顾利害的,如想到种种利害,就是假的,冒充的知识阶级",并提出衡量"知识阶级"的标准,即"他们对于社会永不会满意的,所感受的永远是痛苦,所看到的永远是缺点"。按照这一标准,中国自然没有所谓"俄国的知识阶级",因为俄国知识分子"确能替平民抱不平,把平民的苦痛告诉大众"。② 在鲁迅的笔下中国的知识阶层受到了严厉的剖析与批判。笔者以为,鲁迅斥责某些知识分子的弊病主要是围绕着以下四点来挖掘"奴性"根源:1. 中国文人缺少正视现实的勇气。无问题,无缺陷,无不平,也就无解决,无改革,无反抗。碰到问题,采取"闭眼睛"态度,聊以自欺,而且欺人,那方法就是"瞒和骗"。不仅如此,这种"瞒和骗"造出了各种奇妙的逃路来,凡有缺陷,一经作者粉饰,大抵得到改观,以为世间委实尽够光明,谁有不幸,便是自作,自受。③ 2. 现代的文人仍然是喜欢夸大、装腔、撒谎,层出不穷。虽然他们现已穿洋服,但骨髓里却还埋着老祖宗的东西。因此,鲁迅以为对于这些文人所

---

① 鲁迅:《谈皇帝》,《国民新报副刊》,1926 年 3 月 9 日。
② 鲁迅:《关于知识阶级》,上海劳动大学《劳大周刊》第 5 期,1927 年 11 月。
③ 鲁迅:《论睁了眼看》,《语丝》第 38 期,1925 年 8 月 3 日。

讲的话、写的文章都必须"取消"或"折扣",这才显出几分真实。① 3. "二丑"本领,帮闲和帮凶。这是鲁迅深恶痛绝,也是他对这类知识分子攻打最为猛烈的原因。鲁迅以为"二丑"是"智识阶级",他既不是义仆,也不是恶仆,而是"有点上等人模样,也懂些琴棋书画,也来得行令猜谜,但倚靠的是权门,凌蔑的是百姓"。② 如果这些知识分子去侍候主子,自然是充当"帮闲"或"帮凶"的角色。鲁迅说:"中国向来的老例,做皇帝做牢靠和做倒霉的时候,总要和文人学士扳一下子相好。做牢靠的时候是'偃武修文',粉饰粉饰;做倒霉的时候是又以为他们真有'治国平天下'的大道。"③ 因而,文人在开国的雄主那里是"俳优蓄之",充当"弄臣"、"帮闲"的角色,其功用无非是歌功颂德、粉饰太平;但到了末世或乱世,文人的"帮忙"、"帮凶"的角色就凸显出来。鲁迅分析道:"帮闲,在忙的时候就是帮忙,倘若主子忙于行凶作恶,那自然也就是帮凶。但他的帮法,是在血案中而没有血迹,也没有血腥气的。"④ 鲁迅这种一针见血的深刻洞见,是他观察现实生活中一些知识分子的所作所为而得出的结论。如"三一八"惨案发生后,有的文人别有用心说这些学生本不想去,是受"群众领袖"蛊惑而去送死的,所以鲁迅曾愤然指出:"这是中国的老例,读书人的心里大抵含着杀机,对于异己者总给他安排下一点可死之道。"⑤ 4. 隐士与官僚是最接近的。鲁迅以为中国文学可分为"廊庙文学"和"山林文学",但从事后一种文学的人,身在山林,而"心存魏阙",仍希望有朝一日能够被聘,谓之"征君"⑥。因此,鲁迅指出:"登仕,是啖饭之道,归隐,也是啖饭之道。"最怕的是"谋隐谋官两无成",那才是"沦落",可见"隐"总和享福有些相关。在这里,鲁迅其实是撕破了 20 世纪 30 年代出现的一些自称愿当"隐士"的假面具,使

---

① 何家干(鲁迅):《文学上的折扣》,《申报·自由谈》,1933 年 3 月 15 日。
② 丰之余(鲁迅):《二丑艺术》,《申报·自由谈》,1933 年 6 月 18 日。
③ 佩韦(鲁迅):《知难行难》,《十字街头》第 1 期,1931 年 12 月 11 日。
④ 桃椎(鲁迅):《帮闲法发隐》,《申报·自由谈》,1933 年 9 月 5 日。
⑤ 鲁迅:《可惨与可笑》,《京报副刊》,1926 年 3 月 28 日。
⑥ 鲁迅:《帮忙文学与帮闲文学》,《鲁迅全集》第 7 卷,人民文学出版社,1981 年,第 383 页。

其露出内里的"奴性"骨子。① 总之，鲁迅对这类知识分子的批判是尖刻和锐利的。他曾带着极大的蔑视态度说："我看中国有许多智识分子，嘴里用各种学说和道理，来粉饰自己的行为，其实却只顾自己一个的便利和舒服，凡有被他遇见的，都用作生活的材料，一路吃过去，像白蚁一样，而遗留下来的，却只是一条排泄的粪。"② 从这里我们可以看到，鲁迅批判的严厉和不留情面，他对知识分子"奴性"的发掘和刨根，对于今天的我们仍有很强的警示作用，也永远不会过时的。

在此，必须指出，鲁迅对国民性的解剖和批判，并不是对传统的全盘否定，即便他对庸众的痛苦复仇，也是寄国民改造的希望于未来。鲁迅以为："人在天性上不能没有憎，而这憎，又是或根于更广大的爱。"③ 因此，他自觉地把自己从事的文艺创作活动规范在"社会批评"和"文明批评"的范畴之内，并引以自豪："我的生命，至少是一部分的生命，已经耗费在写这些无聊的东西中。而我所获得的，乃是我自己的灵魂的荒凉和粗糙。但是我并不惧惮这些，也不想遮盖这些，而且实在有些爱他们了，因为这是我转辗而生活于风沙中的瘢痕。凡有自己也觉得在风沙中转辗而生活着的，会知道这意思。"④ 厨川白村在随笔集《出了象牙之塔》中，除了猛烈抨击日本的所谓"聪明人"，同时却毫无保留地歌颂世上另一类型人——"呆子"。他在《呆子》⑤一文中说：

> 所谓呆子者，其直解，就是踢开利害的打算，专凭不伪不饰的自己的本心而动的人；决不能姑且妥协，姑且敷衍，就算完事的人。是本质底地，彻底底地，第一义底地来思索事物，而能将这实现于自己的生活的人。是在炎炎地烧着的烈火似的内部生命的火焰里，常常加添新柴，而不息于自我的充实的

---

① 长庚（鲁迅）:《隐士》,《太白》半月刊第 1 卷第 11 期，1935 年 2 月 20 日。
② 鲁迅致萧军萧红信，1935 年 4 月 23 日，《鲁迅全集》第 13 卷，人民文学出版社，1981 年，第 116 页。
③ 鲁迅:《〈医生〉译者附记》,《小说月报》第 12 卷号外《俄国文学研究》，1921 年 9 月。
④ 鲁迅:《题记》,《华盖集》，北京北新书局，1926 年 6 月。
⑤ 鲁迅:《出了象牙之塔·呆子》,《鲁迅译文集》第 3 卷，人民文学出版社，1958 年，第 131—133 页。

人。从聪明人的眼睛看来,也可以见得愚蠢罢,也可以当作任性罢……就因为他们是改造的人,是反抗的人,是先觉的人的缘故。是为人类而战斗的 Prometheus 的缘故。

正是这样的"呆子",处于当今的社会,在公司未必能充当好雇员;做生意买卖的,可能会折本;更不用说去当半日的官吏或冥顽的教育家。但是,正如厨川白村认为:

> 世界总专靠着那样的大的呆子的呆力量而被改造。人类在现今进到这地步者,就因为有那样的许多呆子之大者拼了命给做事的缘故。宝贵的大的呆子呀!凡翻检文化发达的历史者,无论是谁,都要将深的感谢,从衷心捧献给这些呆子的!

厨川白村的"呆子"论,体现了日本明治维新后出现的具有现代意义上的知识分子,这是处在东方文明古国里觉醒了的"人"的声音。他说:"我虽然自己这样地写;虽然从别人承蒙抬举,也正被居然蔑视为呆子,受奋斗目标当作愚物的待遇;悲哀亦广哉,在自己,却还觉得似乎还剩着许多聪明的分子。很想将这些分子,刮垢除痂一般扫尽,从此拼了满身的力,即使是小小的呆子也可以,试去做一番变成呆子的工夫。"自己被人蔑视为"呆子",却愿意做"呆子"的力气活。毋庸置疑,厨川白村关于"呆子"的言论,也深深感动着鲁迅。鲁迅后来在《写在〈坟〉的后面》里,也说过与厨氏相类似的话:"古人说,不读书便成了愚人,那自然也不错的。然而世界却正由愚人造成,聪明人决不能支持世界,尤其是中国的聪明人。"① 中国现代史上,正是出现像鲁迅这样一类型的"呆子"、"愚人",他们不计利害关系,专心致力于国民性的解剖与批判,从而促人反省,使人深思,为中华民族的振兴与崛起作出不可磨灭的贡献。

厨川白村在随笔集《走向十字街头》的序文中将雪莱、拜伦等作家

---

① 鲁迅:《写在〈坟〉的后面》,《坟》,北京未名社,1927 年 3 月。

称为是"带着社会改造的理想的文明批评家"。鲁迅也是属于这类"带着社会改造的理想的文明批评家"的行列。他曾在《再论雷峰塔的倒掉》中称"无破坏即无新建设",但有"破坏却未必即有新建设"。他把世上的破坏者分为三类:寇盗式的破坏、奴才式的破坏和革新者的破坏。凡寇盗式的破坏,志在"掠夺或单是破坏",其结果只能"留下一片瓦砾,与建设无关";奴才式的破坏,仅因"目前极小的自利,也肯对于完整的大物暗暗的加一个创伤,人数既多,创伤自然极大",而倒败之后,却难于知道加害的究竟是谁,其结果也只能"留下一片瓦砾,与建设无关";只有革新的破坏者,志在"扫除",这才是我们所要的,因为"他内心有理想的光"。① 这些观点与厨川白村的论述如出一辙。因此,鲁迅的否定是为未来而否定,他的批判是为理想而批判,是否定中的肯定,是批判中的扬弃。鲁迅翻译的片上伸撰著《"否定"的文学》,有一段论述俄国和俄国文学的文字说得很好:"俄国是从最初以来,就有着当死的运命的;有着自行破坏的运命的。仗着自行破坏,自行处死,而这才至于自行苏生,自行建造的事,是俄国的命运。俄国的生活的全历程,是不得不以自己的破坏,自己的否定为出发点了的。到了能够否定自己之后,俄国才入于活出自己的路。由否定的肯定,由死的生,这路上,正直地,大胆地,透辟地,而且蓦地前进而来的,是俄国。"② 对于建设现代中国的新文学,鲁迅也是抱着像俄国文学"死的生"的热切初衷和愿望,希望中国文学也仰仗着"自行破坏"、"自行处死"而以至于凤凰涅槃,"自行苏生",活出自己的路来。扩而大之,这同样也是"五四"一代知识者所共同怀抱的热切愿望和美好梦想。

---

① 鲁迅:《再论雷峰塔的倒掉》,《语丝》第 15 期,1925 年 2 月 23 日。
② 片上伸:《"否定"的文学》,《鲁迅译文集》第 5 卷,人民文学出版社,1958 年,第 312 页。

第二节　周作人：随笔的现代性转换与创造

一、"Essay"译介与现代随笔观念的重建

周作人属于较早注意到西方散文中"Essay"一类的文体。1921年6月8日，他以子严笔名在《晨报副刊》上发表《美文》一文，这是周作人专门介绍和提倡试写"Essay"的首篇文章。1923年11月5日，他在《〈雨天的书〉自序》写道：

> 今年冬天特别的多雨，因为冬天了，究竟不好意思倾盆的下，只是蜘蛛丝似的一缕缕的洒下来。雨虽然细得望去都看不见，天色却非常阴沉，使人十分气闷。在这样的时候，常引起一种空想，觉得如在江村小屋里，靠玻璃窗，烘着白炭火钵，喝清茶，同友人谈闲话，那是颇愉快的事。不过这些空想当然没有实现的希望，再看天色，也就愈觉得阴沉。想要做点正经的工作，心思散漫，好像是出了气的烧酒，一点味道都没有，只好随便写一两行，并无别的意思；聊以对付这雨天的气闷光阴罢了。
>
> 冬雨是不常有的，日后不晴也将变成雪霰了。但是在晴雪明朗的时候，人们的心里也会有雨天，而且阴沉的期间或者更长久些，因此我这雨天的随笔也就常有续写的机会了。①

周作人把这种天气下写的文章称为"雨天的随笔"。这段话让人容易联想到鲁迅翻译的厨川白村关于"Essay"的经典论述文字，这二者之间确实有相似之处。对于这段话的解读，有助于我们了解周作人对随笔文类的认识和概括。1. 现代随笔带有"非正经"、"非正统"的特质；2. 随笔作家创作思维相当自由、活跃、心思散漫、自由抒写；3. 现代随笔作家追求的话语风格是"闲话"境界，如在江村小屋里，与好友促膝娓语。

---

① 槐寿（周作人）：《〈雨天的书〉自序》，《晨报副镌》，1923年11月10日。

其实，这仅是周作人对随笔的一个感性的理解。他在这以后的创作生涯中，随着不断从中国传统随笔理论和创作中获得可资借鉴的知识资源，并通过译介西方和日本的随笔，从国外的随笔大家身上汲取丰富的营养，因而有力地深化他对现代随笔的本质认识，完善现代随笔观念的理论建构。

从中国传统文学的角度看，周作人对"随笔"的认识，既含有传统的定义范畴，也有越出轨范。宋代洪迈在《容斋随笔》序中称："予老去习懒，读书不多，意之所之，随即记录，因其后先，无复诠次，故目之曰随笔。"这是着眼于诠释随笔自由不拘的形式，而并无阐述随笔的精神实质。因而，自宋以后的文人虽不少述作冠名以"随笔"，但更多类同于"笔记"作品，而与现代随笔承担"社会批评"和"文明批评"的精神实质有着天壤之别。在这个问题上，我以为周作人的认识有"夹杂"之处。一方面，他强调小品文是"个人的文学尖端，是言志的散文"，是"文学发达的极致，它的兴盛必须在王纲解纽的时代"①。他看重晚明小品，也自有独到的眼光，他说："文学是不革命，然而原来是反抗的：这在明朝小品文是如此，在现代的新散文亦是如此。"②这种认识与现代随笔的精神实质是合拍的、一致的。也是在这个意义上，周作人在"小品文"一词被林语堂等论语派在文坛上炒得沸沸扬扬，并为人们所诟病时，就开始思考不赞同使用"小品"或"小品文"的名称。1934年，周作人在抄出九篇旧作给林语堂时，称为"苦茶庵小文"，并说："不称之曰小品文者，因此与佛经不同，本无大品文故。"③如果说这里是借用自己没有撰写像佛经中的所谓"大品"之文，所以不愿对举宣称自己编的这几篇短文为小品的话，那么他在同一年为编《苦雨斋序跋文》所作的自序阐明"小品"与"大品"的区别，也就耐人寻味了："题跋向来算是小品文，而序和跋又收入正集里，显然是大品下正宗文字。这是怎么的呢？文士的事情我不大明白，但是管窥蠡测大约也可以知道一二分，或者这就是文以载道的问题罢。字数

---

① 岂明（周作人）：《〈冰雪小品选〉序》，《骆驼草》第21期，1930年9月29日。
② 周作人：《〈燕知草〉跋》，《永日集》，上海北新书局1929年，第181页。
③ 岂明（周作人）：《〈苦茶庵小文〉小引》，《人间世》第4期，1934年5月20日。

的多寡既然不大足凭，那么所重者大抵总在意思的圣凡之别，为圣贤立言的一定是上品，其自己乱说的自然也就不行，有些敝帚自珍的人虽然想要保存，却也只好收到别集里去了。"① 周作人看出古代文人之所以有"大品"、"小品"之分，原来衡量的标准并不单就字数多寡来定夺，而是看"载道"与否。这说明"小品文"概念的出现本来就带有封建社会正统观念对它偏见的印迹。因而，1935年，周作人在编选《中国新文学大系·散文一集》后，曾直接明了地告诉人们他编选的原则是以文章的意思好否为标准，不论长短，并宣称"我并不一定喜欢所谓小品文，小品文这名字我也很不赞成，我觉得文就是文，没有大品小品之分"②。1945年，周作人对小品文的概念再次剖析，并进一步作出否定性的评价：

> 所谓小品不知是如何定义，最平常的说法是照佛经原义，详者为大品经，略者为小品。我们不去拉扯唐三藏所取来的《大般若经》，就只拿《维摩诘经》过来，与中国的经书相比，便觉得不但孔孟的文章都成了小小品，就是口若悬河的庄生也要愕然失色，决不敢自称为大品了。假如不是说量而是说质，以为凡文不载所谓道，不遵命作时文者，都不合式，那是古已有之的办法，对于正统正宗的文章乃是异端，不只在其作品之大小而已。所以小品的名称实在很不妥当，以小品骂人者固非，以小品自称者也是不对，这里我不能不怪林语堂君在上海办半月刊时标榜小品文之稍欠斟酌也。③

很显然，周作人对于小品文名称的不满意，主要是回避这个"小"的限定词的做法上，如果以佛经大小品的区分办法，那么连庄生那些长篇大论难称大品，更不用说孔孟文章了，因而他不赞同以"量"，即字数为标准的做法；如果以"质"，即以"载道"与否为标准，那么也是古已有之，然而这只是"正统"、"正宗"文章的"异端"，不能以大小来区分。

---

① 周作人：《〈苦雨斋序跋文〉自序》，《苦雨斋序跋文》，上海天马书店，1934年。
② 周作人：《〈中国新文学大系·散文一集〉编选感想》，《新小说》第1卷第2期，1935年2月15日。
③ 周作人：《国语文的三类》，《立春以前》，上海太平书局，1945年，第120页。

因为在周作人看来,"我的偏见以为思想与文艺上的旁门往往要比正统更有意思,因为更有勇气与生命"①。因而,"旁门"的文章并不比"正统"、"正宗"的东西来得"小"。从周作人一而再地议论小品文定义、否定小品文名称的举动来看,我以为这一问题的背后是周作人力图摆脱当时小品文留给人们"小摆设"的不良印象。因为周作人一直认为自己写的东西,"如或偶有可取,那么所可取者也当在于思想而不是文章。总之我是不会做所谓纯文学的,我写文章总是有所为,于是不免于积极,这个毛病大约有点近于吸大烟的瘾,虽力想戒除而甚不容易。"②从这个意义上说,周作人如果是借用具有现代意义上的随笔概念来称呼他撰写的文章,也许会成为较佳的选择途径。

然而,正如我们看到的,周作人在这个问题上存在"夹杂"之处。周作人一面否定小品或小品文的称呼,一面仍然使用它。1945年,他写的《两个鬼的文章》称,有人认为他所写的都是"吃茶喝酒"的小品文,也有人认为他爱讲那些"顾亭林所谓国家治乱之原,生民根本之计"的文章。他自己以为这两方面都有写,写闲话文章,确是"吃茶喝酒"似的,正经文章则仿佛是"馒头或大米饭"。"有时想写点闲话的所谓小品,聊以消遣,这便是绅士鬼出头来的时候了"。这里面仍有沿用小品或小品文的称呼。不仅如此,在周作人看来,小品文和随笔这两个概念并没有质的区别,它们之间是可以相互替代的。早期,他并行使用过这两个术语。1925年他在《〈雨天的书〉自序二》里称:"这些大都是杂感随笔之类,不是什么批评或论文。据说天下之人近来已看厌这种小品文了,但我不会写长篇大文,这也是无法。"③1926年,他在《艺术与生活·序》又称:"这本书是我唯一的长篇的论文集亦未始不可。我以后想只作随笔了。"④从这里,我们可以获得这样的信息,随笔也可以称作小品文,而评判小品文的标准虽然复杂,但其中有一条是很明显的,即字数不多,篇幅

---

① 周作人:《〈梅花草堂笔谈〉等》,《风雨谈》,上海北新书局,1936年,第183页。
② 周作人:《〈苦口甘口〉序》,《风雨谈》第16期,1944年12月。
③ 周作人:《〈雨天的书〉自序二》,《雨天的书》,北京北新书局,1925年,第3页。
④ 岂明(周作人):《〈艺术与生活〉序》,《语丝》第93期,1926年8月22日。

要短。但这一观点,周作人却在后来否定小品文名称时被推翻。1937年,他作《谈俳文》,介绍了日本俳谐体的文章,略述了其起源与变迁。文末称:"现今日本的随笔(即中国所谓小品)实在大半都是俳文一类。"① 稍后他再写的《再谈俳文》,文中也谈及中国的俳文情况。他指出此类文章,"他的特色是要说自己的话,不替政治或宗教去办差,假如这是同的,那么自然就是一类,名称不成问题,英法曰 Essay,日本曰随笔,中国曰小品文皆可也"。② 而在撰写这两篇文章时,周作人已经在其他篇章里发表过不满"小品文"这个名称的看法,但从这两篇文章的提法看,周作人仍一如既往地并行使用小品文和随笔名称,这两个概念仍是相同内涵的,并无本质的区别。当然,如果他因为嫌弃小品文的这个"小"的限定词,那么替之以随笔概念也许会用得更方便、更顺当。然而,实际上他却没有这样去做。这是他一直在小品文和随笔这二者概念上存有"夹杂"导致的。

周作人进入创作中晚期后,尽管较常使用随笔这一名称,但由于他把读书的兴趣更多关注到明清大量的笔记作品上,这连带影响对随笔的看法。他曾把自己创作生涯分为三段,"其一是乙巳至民国十年顷,多翻译外国作品,其二是民国十一年以后,写批评文章,其三是民国廿一年以后,只写随笔,或称读书录,我则云看书偶记,似更简明的当"。③ 这时候周作人称的随笔有时带有传统随笔含义色彩,即随笔类同于笔记。1943年,他曾将自己写的文章命名为"一蒉轩笔记",并作序论说道:"《一蒉轩笔记》与别的名称笔记有什么异同可说么?这未必然。自己的文章自然知道清楚,一面也诚如世俗所说,有时难免会觉得好,在别人不觉到的地方,但其实缺点也顶明白,所谓如人饮水,冷暖自知也。我所写的随笔多少年来总是那一套,有些时候偶然检点,常想到看官们的不满意,没有一点新花头,只是单调,焉得不令人厌倦。"④ 周作人在这里述

---

① 知堂(周作人):《谈俳文》,《文学杂志》第1卷第2期,1937年4月18日。
② 知堂(周作人):《再谈俳文》,《文学杂志》第1卷第3期,1937年5月14日。
③ 周作人:《书房一角·原序》,《书房一角》,北京新民印书馆,1944年,第4页。
④ 药堂(周作人):《〈一蒉轩笔记〉序》,《华北作家月报》第6期,1943年6月20日。

说的随笔，其实与传统意义上的笔记无多大差别。从这一现象可以看出，一个作家在运用一种文类时，他理解的内涵还会因时因地的不同而出现差异，这就需要我们仔细辨别和审定。至于，他晚年致鲍耀明信道："我想把中国的散文走上两条路，一条是匕首似的杂文（我自己却不会做），又一条是英法两国似的随笔，性质较为多样。"① 这里面，周作人把杂文定位为"匕首"，显然与后来学界流行的看法相一致，而与他在解放前所写的《杂文的路》把杂文定位为"性质夹杂"有别②；而对随笔，似乎理解得更为宽泛，这本身也是符合随笔"性质较为多样"的实际情况。

然而，周作人关于现代随笔的观念构建，还不仅仅是摄取中国传统的随笔资源，更重要的是他善于从国外的随笔资源中输入具有现代意义的精神血液。这就促使他走出传统樊篱，而勇于承担起"社会批评"和"文明批评"的重担。他撰写的《前门遇马队记》、《碰伤》、《吃烈士》等文，显然是在英国随笔作家斯威夫德影响下创作出来的随笔杰作③；他在《评〈自由魂〉》中曾翻译过兰姆的《不完全的同情》一文片断，这是描述黑人脸面"温和的神气"的精彩文字，周作人在引述时还一边谦逊说"我不敢译阑姆的文章，这回是不得已，只算是引用的意思"④；他在《摆伦句》谈接吻时，风趣地引用了蒙田对文艺复兴时代欧洲以接吻为礼的讽刺话语⑤；在《伟大的捕风》，他还引述法国另一位随笔大家帕斯卡尔说过的一段名言："人只是一根芦苇，世上最脆弱的东西，但他是一根会思想的芦苇……"⑥ 其他提及或引述的西方随笔家还有德·昆西（De

---

① 周作人致鲍耀明信，1965年4月21日。《周作人年谱》，张菊香、张铁荣编著，天津人民出版社，2000年，第918页。
② 知堂（周作人）：《杂文的路》，《读书》第1卷1期，1945年。
③ 周作人曾认为："我写这种文章，大概系受一时的刺激，像写诗一样，一口气做成的，至于思想有些特别受英国斯威夫德（Swift）散文的启示，他的一篇《育婴刍议》（Amodest Proposal）那时还没有经我译出，实在是我的一个好范本，就可惜我未能学得他的十分之一耳。"参见《知堂回想录》，敦煌文艺出版社，1998年，第303页。
④ 陶然（周作人）：《评〈自由魂〉》，《晨报副镌》，1924年4月3日。
⑤ 岂明（周作人）：《摆伦句》，《语丝》第148期，1927年9月10日。
⑥ 周作人：《伟大的捕风》，《看云集》，上海开明书店，1932年，第97页。

Quincey)、林特①、密伦②、却贝克(K. Capek)等等。周作人对他们创作的随笔作品了如指掌,信手拈来,引证自如。周作人以为中西随笔的发源历史都是相当的早,中国大致可以仰攀先秦诸子,而西方也可以追溯至古希腊,而到了罗马帝国时代,以希腊文写作的叙利亚人路吉亚诺斯③撰写的《对话集》,简直是"现代通行的随笔"。周作人还指出希腊文化后来到了中世纪为基督教所压倒,但它"仍从罗马间接的渗进西欧去,至文艺复兴时又显露出来,法国的蒙田与英国的培根都是这样的把希腊的散文接种过去,至今成为这两国文艺的特色之一"。因此,周作人把译介西方随笔作为自己工作中一项很重要的任务,甚至到了20世纪40年代,他还埋怨当时中国文坛对"英法的随笔文学至今还未有充分的介绍"。④

周作人对日本随笔的兴趣,可谓始终如一。他在20世纪20年代译介过日本古典随笔作家吉田兼好《徒然草》的部分篇章⑤,到了60年代,周作人还完整翻译了日本第一部古典随笔名著清少纳言的《枕草子》。周作人不仅喜欢阅读日本古典随笔,而且还更多地接触和欣赏了明治时代以来日本文人创作的随笔作品。他在《明治文学之追忆》中记述了自己涉猎明治大正时代的文学及所受其影响的情况。如文中提到他所喜欢和佩服的作家有夏目漱石、坂本文泉子、铃木三重吉、长冢节、森鸥外、永井荷风、户川秋骨、谷崎润一郎、岛崎藤村等⑥。周作人对夏目漱石这一派余裕文学,倡导"低徊趣味"倾心佩服,并称他为"明治时代一个散文大家"⑦。这种"余裕"观影响了周作人的人生观念,以及现代随笔观念、文学观念的形成和建构。他在《北京的茶食》里说:"我们于日用必需的东西以外,必须还有一点无用的游戏与享乐,生活才觉得有意思。

---

① 林特(R. Lynd),今通译"林德"。
② 密伦(A. A. Milne),今通译"米尔恩"。
③ 路吉亚诺斯,又译"卢奇安"。
④ 十堂(周作人):《文学史的教训》,《艺文杂志》1945年第1、2期,1945年1月1日。
⑤ 兼好法师:《〈徒然草〉抄》,周作人译,《语丝》第22期,1925年4月13日。
⑥ 周作人:《明治文学之追忆》,《立春以前》,上海太平书局,1945年,第70—75页。
⑦ 周作人:《日本近三十年小说之发达》,《北京大学日刊》第141—152号,1918年5月20日—6月1日。

我们看夕阳,看秋河,看花,听雨,闻香,喝不求解渴的酒,吃不求饱的点心,都是生活上必要的——虽然是无用的装点,而且是愈精炼愈好。"①在《厂甸》一文里,他也是这样的论调:"饭是活命的,所以大家以为应该吃,但是生命之外还该有点生趣,这才觉得生活有意义,小姑娘穿了布衫还要朵花戴戴,老婆子吃了中饭还想买块大花糕,就是为此。"②即便是人这很有限的一生,周作人以为在奔着终点"挣扎"时,也应该在容许的时光里,"缓缓的走着,看沿路景色,听人家谈论,尽量的享受这些应得的苦乐"。③因而,周作人现代随笔观念、文学观念也是存在一种"余裕"的倾向,追求"不触着"人生和"低徊趣味"。在现代日本随笔作家中,周作人比较喜欢永井荷风。尽管永井氏以创作小说出名,但周作人还是比较喜欢读他的随笔笔记类作品,如《荷风杂稿》、《荷风随笔》、《下谷丛话》、《日和下驮》和《江户艺术论》等。周作人最推崇的是《日和下驮》随笔集,"日和下驮"本是木屐之一种。作者穿着它去凭吊东京的一些名胜古迹,文中记录就是这类事情。永井氏的随笔浸润着一种"东洋人的悲哀",周作人一而再地引述永井氏《江户艺术论》中一节论浮世绘的鉴赏文字。永井氏写出无常、无告、无望的"东洋人的悲哀",一切如梦,可亲、可怀,因而人们把浮世绘当作风俗画看之外,也常引起"怅然之感"。④户川秋骨的随笔特色是幽默与讽刺,也是周作人佩服的随笔作家。专制、武断及其附属,都是户川氏所不喜欢的,为他攻击的目标,因而他所说的叫道德家听了厌恶,正人君子看了皱眉,这在日本别家的随笔是不大多见的,也是周作人特别佩服的地方。户川氏的随笔显然带有英国的气味,但也融入了本国文学里的"俳谐",虽然不曾听说他弄过俳句,却是深通"能乐",所以自有一种特殊的气韵,与全然受西洋风影响的随笔不相同。⑤谷崎润一郎是一位善于在东西文化的比较视野下发掘

---

① 陶然(周作人):《北京的茶食》,《晨报副镌》,1924年3月18日。
② 岂明(周作人):《厂甸》,《人间世》第1期,1934年4月5日。
③ 作人:《寻路的人——赠徐玉诺》,《晨报副镌》,1923年8月1日。
④ 知堂(周作人):《东京散策记》,《人间世》第27期,1935年5月5日。
⑤ 周作人:《凡人崇拜》,《青年界》第8卷第4期,1937年4月。

日本文化中固有的美，他撰著的《阴翳礼赞》，深得周作人内心的赏识与共鸣。周作人《入厕读书》，曾大段大段地引述谷崎氏《阴翳礼赞》第二节的文字，这是一节赞美日本建筑的厕所的种种好处。周作人还曾称赞谷崎、永井两位随笔作家所写的虽不是俳文，但就随笔论，他觉得极好，"非现代俳谐师所能及，因为文章固佳而思想亦充实，不是今天天气哈哈哈那种态度"①。此外，周作人也对有岛武郎、萩原朔太郎、寺田寅彦、岛崎藤村等随笔作家表示过他的钦佩之情，或引述或议论过他们的随笔作品。有岛武郎、岛崎藤村去世时，周作人还撰文《有岛武郎》和《岛崎藤村先生》来纪念他们。

周作人以为自己对"外国的作品，如英吉利法兰西的随笔，日本的俳文，以及中国的题跋笔记，平素也稍涉猎，很是爱好，不但爱诵，也想学了做"②。这种转益多师为我师的学习途径，有助于他对随笔内涵的包容性见解的形成。因而，即便是他在20世纪30年代后把很多精力投放在阅读明清文人撰著的笔记上，他写出来的随笔，虽类同于传统的笔记，但有一点是不同的，那就是作品中所蕴含的思想。他说："我所写的东西，无论怎么努力想专谈或多谈风月，可是结果是大部分还都有道德的意义。"③重视随笔的道德意义、思想建设，这就是现代随笔的精魂。这里虽然离不开周作人向传统思想汲取精神的养料，如他把王充、李贽、俞理初称为中国两千多年历史的三盏明灯，把疾虚妄的精神当作自己思想革命的座右铭。但也是与他向西方文化、西方随笔学习密切联系的。这种不但"爱诵，也想学了做"的精神，决定了他的随笔面貌是现代意义上的作品，而决不是过去哪个朝代作品的简单翻版。因而，他的随笔赢得了现代读者的广泛共鸣与激赏。

通过对周作人与随笔关系的探讨，我们就会发现，周作人自始至终对于人们恭维他随笔创作已达到平淡境界，感到诚惶诚恐，他一再表示"平淡而有情味的小品文我是向来仰慕，至今爱读，也是极想仿做的，可

---

① 知堂（周作人）:《冬天的蝇》,《大公报·文艺副刊》第157期,1935年6月23日。
② 知堂（周作人）:《两个鬼的文章》,《过去的工作》,香港新地出版社,1959年,第78页。
③ 周作人:《苦茶庵打油诗》,《杂志》第14卷第1期,1944年10月。

是如上文所述实力不够,一直未能写出一篇满意的东西来"。然而,实际上他又怕人们只是看重他文章的平淡和闲适,他诉苦道:"乙派以为闲适的文章更好,希望我多作,未免错认门面,有如云南火腿店带卖普洱茶,他便要求他专开茶栈,虽然原出好意,无奈栈房里没有这许多货色,摆设不起来,此种实情与苦衷亦期望友人予以谅解者也。"①他在另一篇文章中还埋怨说:"拙文貌似闲适,往往误人,唯一二旧友知其苦味,废名昔日文中曾约略说及,近见日本友人议论拙文,谓有时读之颇感苦闷,鄙人甚感其言。"②这是问题的一个方面,但另一方面,他却一再宣称随笔作品中不可无意思,强调要有道德意义寄寓其内。他甚至称自己"原来乃是道德家"③。他称赞俞平伯的随笔小品"兼有思想之美",即"以科学常识为本,加上明净的感情与清澈的智理,调合成功的一种人生观,以此为志,言志固佳,以此为道,载道亦复何碍"④。从这里可以看出,周作人在谈到文章思想价值、道德意义,一点也不示弱,而且唯恐人家不知。因此,我以为探讨周作人的随笔理论构建和创作实践,应该注意两个关键词——"常识"和"趣味"(或"风趣")。他说:

> 文章的标准本来也颇简单,只是要其一有风趣,其二有常识。常识分开来说,不外人情物理,前者可以说是健全的道德,后者是正确的智识,合起来就可称之曰智慧,比常识似稍适切未可知。风趣今且不谈,对于常识的要求是这两点:其一,道德上是人道,或为人的思想。其二,知识上是唯理的思想。⑤

这是对"常识"内涵的阐释,但关于"趣味"(或"风趣")一词虽有提及,却未展开论述。不过,他关于"趣味"的诠释,却放在另一篇文章里:

---

① 周作人:《两个鬼的文章》,《过去的工作》,香港新地出版社,1959年,第78—79页。
② 周作人:《〈药味集〉序》,《古今》第5期,1942年7月。
③ 周作人:《〈雨天的书〉自序二》,《雨天的书》,北京北新书局,1925年。
④ 周作人:《〈杂拌儿之二〉序》,《杂拌儿之二》,俞平伯著,上海开明书店,1933年。
⑤ 药堂(周作人):《〈一蒉轩笔记〉序》,《华北作家月报》第6期,1943年6月20日。

我在这里须得交代明白，我很看重趣味，以为这是美也是善，而没趣味乃是一件大坏事。这所谓趣味里包含着好些东西，如雅，拙，朴，涩，重厚，清朗，通达，中庸，有别择等，反是者都是没趣味……没趣味并不就是无趣味，除非这人真是救死唯恐不赡，平常没有人对于生活不取有一种特殊的态度，或淡泊若不经意，或琐琐多所取舍，虽其趋向不同，却各自成为一种趣味，犹如人各异面，只要保存其本来眉目，不问妍媸如何，总都自有其生气也。①

可见，周作人对"常识"和"趣味"的解读颇为新颖和丰富。毋庸置疑，这里面其实蕴含着周作人关于建构现代随笔观念的关键性要素。因此，扭住"常识"和"趣味"这两个关键词，是打开周作人随笔大门的一把金钥匙。周作人称："我平常觉得读文学书好像喝茶，讲文学的原理则是茶的研究。茶味究竟如何只得从茶碗里去求。"②我们平常读周作人的随笔，确实如品香茗，清淡甘美；但要研究它，的确要讲究一点理论和方法，不然会陷入盲人摸象的境地，得出的结论都是局部的、片面的。下面，笔者抓住"常识"和"趣味"这两个关键词，深入探讨周作人随笔的思想和艺术。至于"茶味"如何？那就从茶碗里去求得吧。

二、"爱智者"批评标尺的重构

周作人是不主张文学"有用"的，但他所说的"有用"含义是就"政治经济"层面而言的。他称"若是给读者以愉快，见识以至智慧，那我觉得却是很必要的，也是有用的所在"③。实际上，周作人是反对把文学当作政治宣传的传声筒或道德教训的工具而已，他所重视乃是文章所体现的"见识以至智慧"，即"常识"的表达与获得。那么，怎样才叫做"常识"呢？周作人以为所谓的"常识"，其实是很简单，并不是什么高深莫测的

---

① 知堂（周作人）：《笠翁与随园》，《大公报·文艺》第4期，1935年9月6日。
② 周作人：《〈文学论〉译本序》，《看云集》，上海开明书店，1932年，第156页。
③ 周作人：《〈苦茶随笔〉后记》，《苦茶随笔》，上海北新书局，1935年，第341页。

学问或理论,乃是"根据现代科学证明的普通知识,在初中的几种学科里原已略备,只须稍稍活用就是了"①。这种"常识"说它简单,其实也不简单,因为它总被外在的一些因素所遮蔽。周作人把"常识"分开来说,不外"人情物理","前者可以说是健全的道德,后者是正确的智识,合起来就可称之曰智慧"。②因此,物理是指"正确的智识",而人情就是"健全的道德"。物理人情二者是合而为一,谁也不好离开谁的,但为了分析上的方便,我们还是将它们分开论述。

周作人曾自称为"爱智者"。1934年,他这样说:"自己觉得文士早已歇业了,现在如要分类,找一个冠冕的名称,仿佛可以称作爱智者,此只是说对于天地万物尚有些兴趣,想要知道他的一点情形而已。"③这也就是说他在随笔创作中追求"物理"、表现"物理"。那么,周作人思想中的"物理"的理论资源是来自哪些?我以为主要源自两处:一是中国古代;一是古希腊和现代西方。周作人称:"中国人的思想本来是很健全的。"他这话的意思是指先秦的儒家思想。他说"儒家的根本思想是仁,分别之为忠恕,而仍一以贯之,如人道主义的名称有误解,此或可称为人之道也",他还以为儒家的"仁"很是简单明了,"所谓为仁直捷的说即是做人,仁即是把他人当做人看待,不但消极的己所不欲勿施于人,还要以己所欲施于人,那就是己欲立而立人,己欲达而达人,更进而以人之所欲施之于人,那更是由恕而至于忠了"。④就这意义上说,周作人以为"圣人的精义其实是很平易的,无非是人情物理中至当不易的一点"⑤。周作人把这平易的"圣人的精义"加以阐明与发挥,他认为人之异于禽兽者就只为有理智吧,因为他知道己之外有人,己亦在人中,于是有两种对外的态度,消极的是恕,积极的是仁。但是人的文化并不总是向上的,他们也会用自己的理智,去干禽兽所不为的事,如暗杀、卖淫、文字思想狱、

---

① 知堂(周作人):《常识》,《实报·星期偶感》,1935年6月16日。
② 药堂(周作人):《〈一蒉轩笔记〉序》,《华北作家月报》第6期,1943年6月20日。
③ 周作人:《〈夜读抄〉后记》,《夜读抄》,上海北新书局,1934年,第311页。
④ 知堂(周作人):《中国的思想问题》,《中和月刊》第1卷第4期,1943年1月。
⑤ 周作人:《古文与学理》,《知堂乙酉文编》,止庵校订,河北教育出版社,2002年,第40—41页。

为文明或王道的侵略。而这些丑恶的事情，在周作人看来，正是孔子所深恶痛疾的。周作人认为孔子的话虽简洁，但均为至理名言，只可惜虽有千百人对他跪拜，却没有人肯听他。大家的主人虽是婢仆众多，知道主人的学问思想的还只有和他平等往来的知友，若是垂手直立，连声称是，但足供犬马之劳而已。因此，周作人以为"自己可以算是孔子的朋友，远在许多徒孙之上"。周作人对儒家思想自汉代后被统治者定为一尊，成为人们思想的禁锢和专制独裁的体制的维持工具，极为痛心。所以，他自称是"儒家"而非"儒教"，以示区别①。但是，周作人也自汉以下寻找所谓"儒教"的反叛者，他在汉代推出王充，赞赏王充倡导"疾虚妄"精神，认为"疾虚妄的对立面是爱真实"②。在明代中，他推出李贽，以为他"所取者却非是破坏而在其建设，其可贵处是合理有情，奇辟横肆都只是外貌而已"③，这个诠释显示出周作人独到的眼光和见识。他在另一篇文章中对李卓吾反抗儒教的精神大加肯定，以为李卓吾所讲的话大抵最犯世间曲儒之忌，其实本来也很平常，"只是因懂得物理人情，对于一切都要张眼看过，用心想过，不肯随便跟了人家的脚跟走，所得的结果正是极平常实在的道理，盖日光之下本无新事也，但一班曲儒便惊骇的了不得，以为非妖即怪，大动干戈，乃兴诏狱"④。在清代，他推举俞正燮，他认为俞正燮"见识乃极明达，甚可佩服，特别是能尊重人权，对于两性问题常有超越前人的公论"⑤。总之，周作人一方面认为这三圣贤无非阐明了普通的常识，即向来所谓物理人情而已；另一方面他又特别强调他们是"伟大的常人"，因为在他们身上有"非圣无法气之留遗"，而这点，对于当时中国的知识界是相当重要的。因此，周作人概括称"不承认权威，疾虚妄，重情理，这也就是现代精神"，而现代新文学"如无此精神

---

① 知堂（周作人）：《逸语与论语并说到孔子的益友》，《宇宙风》第15期，1936年4月16日。
② 周作人：《〈药味集〉序》，《古今》第5期，1942年7月。
③ 周作人：《读书的经验》，《药堂杂文》，北京新民印书馆，1944年，第35—36页。
④ 知堂（周作人）：《谈文字狱》，《宇宙风》第41期，1937年5月16日。
⑤ 知堂（周作人）：《俞理初的诙谐》，《中国文艺》创刊号，1939年9月1日。

也是不能生长的"①。

　　周作人"物理"的理论资源还来自西方的。古希腊,是周作人持之以恒地汲取的一个重要源头。他说:"希腊文化是西洋文学之祖,无论是科学和文学。"而且"它和中国的儒家思想相同很多。'苏格拉底,即中国孔子'一语,实是"。②他认为古希腊人有一种"好学求知","明其道不计其功"的学风,他们能够超越一切利害的关系,纯粹求知而非为实用,用"旅人的心","永远注意着观察记录一切人类的发明与发见"。③另外他们的希腊神话,写得非常美。希腊人这种爱美之心,并不简单,它是与驱除恐怖相关联。周作人以为这一点也是值得后人加以注意的。④再下来,对周作人思想影响比较大的是西方近现代的生物学、人类学、性学、伦理学等等。以性学为例,周作人曾说过:"半生所读书中性学书给我影响最大,蔼理斯,福勒耳,勃洛赫,鲍耶尔,凡佛耳台,希耳须弗耳特之流,皆我师也,他们所给的益处比圣经贤传为大,使我心眼开扩,懂得人情物理。"⑤其中蔼理斯对周作人影响最大。周作人尤其喜欢蔼理斯写的《性的心理》一书,认为蔼氏根据自然科学写的看法,是"参透了人情物理,知识变了智慧,成就一种明净的观照"⑥。

　　周作人把自己从书本和经历得来的"物理"知识,称是做"三脚猫"得来的。他宣称自己是不懂文学的,但知道文章的好坏,不懂哲学玄学,但知道"思想的健全"与否。他说:"谈思想,系根据生物学文化人类学道德史性的心理等的知识,考察儒释道法各家的意思,参酌而定,以情理并合为上。"⑦依据周作人的常识,即以"思想的健全"与否作为自己评文和写作的标准,这就必然促使他对古来的道德学问的传说发生怀疑,养成反封建礼教的思想。用他的话来说,当他"由文学而转向道德思想问

---

① 周作人:《关于〈近代散文〉》,《知堂乙酉文编》,止庵校订,河北教育出版社,2002年,第58页。
② 周作人:《略谈中西文学》,武汉《人间世》第1期,1936年4月15日。
③ 知堂(周作人):《希腊人的好学》,《西北风》第14期,1936年12月20日。
④ 知堂(周作人):《希腊之余光》,《艺文杂志》第2卷第7、8期合刊,1944年8月。
⑤ 知堂(周作人):《风雨后谈(六)·急进的妓女》,《宇宙风》第24期,1936年9月1日。
⑥ 周作人:《性的心理》,《夜读抄》,上海北新书局,1934年,第49—50页。
⑦ 知堂(周作人):《自己所能做的》,《宇宙风》第42期,1937年6月1日。

题,其攻击的目标总结拢来是中国的封建社会与科举制度之流毒。严格的说,中国封建制度早已倒坏了,这自然是对的,但这里普通所说的封建并不是指那个,实在只是中国上下存在的专制独裁体制,在理论上是三纲,事实上是君父夫的三重的神圣与专横",再来是科举制度,用考试取士,"千余年来文人养成了一套油腔滑调,能够胡说乱道,似是而非,却也说的圆到,仿佛很有道理,这便是八股策论的做法,拿来给强权帮忙,吠影吠声的闹上几百年,不但社会人生实受其害,就是书本上也充满了这种乌烟瘴气"。① 周作人撰写的大量随笔中时时有出现抨击"中国的封建社会与科举制度之流毒"的文字,可以说他在这一点上,态度坚决,始终如一。尤其是,周作人对唐宋以降的正统文学一直抱着厌恶的态度。他曾称自己的读书是非正统的,大致有八大类,关于诗经论语疏注之类;小学书;文化史料类;年谱、日记、游记、家训、尺牍类;博物书类;笔记类,佛经类;乡贤著作等②。这种"非正宗的别择法",构成了周作人获取常识、表达常识的重要途径。周作人曾评价鲁迅称:"鲁迅对于古来文化有一个特别的看法,凡是'正宗'或'正统'的东西,他都不看重,却是另外去找出有价值的作品来看。"③ 其实这话也是他本人的夫子自道也。

比如,他对明清以来的文人所撰的笔记很感兴趣,并从中学到不少东西。当然,他看笔记也有一定的要求,大致"要在文词可观之外再加思想宽大,见识明达,趣味渊雅,懂得人情物理,对于人生与自然能巨细都谈,虫鱼之微小,谣俗之琐屑,与生死大事同样的看待,却又当作家常话的说给大家听,庶乎其可矣"④。不过这些杂书数量庞大,也存在着鱼目混珠、良莠不齐的情况,这就需要有较高的抉择能力才行。周作人称他做的一件事是"涉猎前人言论,加以辨别,披沙拣金,磨杵成针,虽劳而无功,于世道人心却当有益,亦是值得做的工作"⑤,所以他自称是"文抄

---

① 周作人:《过去的工作》,香港新地出版社,1959年,第72—73页。
② 周作人:《知堂回想录》,敦煌文艺出版社,1998年,第454页。
③ 周作人:《鲁迅与中学知识》,《鲁迅的青年时代》,止庵校订,河北教育出版社,2002年,第51页。
④ 周作人:《谈笔记》,《秉烛谈》,上海北新书局,1940年,第183页。
⑤ 知堂(周作人):《自己所能做的》,《宇宙风》第42期,1937年6月1日。

公",但又认为"文抄公的工作也不是可以太看轻的"①。周作人不信鬼,但又喜欢谈论鬼。他依据平常从杂书看来的一些知识,撰写了《水里的东西》《鬼的生长》《说鬼》《谈鬼论》《读〈鬼神论〉》等系列随笔。这是为什么呢?这主要是基于周作人在民俗学上的兴味。他以为我们喜欢知道鬼的情状与生活,从文献从风俗上各方面去搜求,为的可以了解一点平常不易知道的人情,换句话说就是为了"鬼里边的人"。反过来说,则人间的鬼怪伎俩也值得注意,为的可以认识"人里边的鬼"吧。②周作人对于民间巫术感兴趣,撰写了《赋得猫——猫与巫术》,也是想从民间的巫术中窥知一点"物理"来。他尤其是对欧洲中古的巫术案很关心,这是因为我们也有文字思想狱,盖人类原只有一个,不能有"隔岸观火之乐",所以周作人在涉猎时"一面对那时政教的权威很生反感,一面也深感危惧,看了心惊眼跳"③。周作人也喜欢撰写一些草木虫鱼类的随笔,他在《〈草木虫鱼〉小引》中云:"现在便姑且择定了草木虫鱼,为什么呢?第一,这是我所喜欢,第二,他们也是生物,与我们很有关系,但又到底是异类,由我们说话。"④这里关键是第二点的因素,它们是"生物",与"我们很有关系",也就是说我们可以从草木虫鱼里,窥知人类之事。周作人每每看见金鱼,一团肥红的身体,突出两只眼睛,转动不灵地在水中游泳,总会联想到"中国的新嫁娘,身穿红布裤,扎着裤腿,拐着一对小脚伶俜地走路"⑤;周作人写家乡习惯腌苋菜梗吃,很有温情。俗语云,布衣暖,菜根香,读书滋味长。咬了菜根是否百事可做,周作人不敢确切说,但是他觉得这是颇有意义的,第一可以"食贫",第二可以"习苦",而实在却也有"清淡的滋味"⑥。

周作人深谙文学中的"人情"。他曾说:"大概从西洋来的属于知的

---

① 周作人:《广阳杂记》,《立春以前》,上海太平书局,1945年,第77页。
② 周作人:《说鬼》,《苦竹杂记》,上海良友图书印刷公司,1936年,第194—195页。
③ 知堂(周作人):《赋得猫——猫与巫术》,《国闻周报》第14卷第8期,1937年3月1日。
④ 岂明(周作人):《〈草木虫鱼〉小引》,《骆驼草》,第23期,1930年10月13日。
⑤ 启明(周作人):《金鱼》,《益世报·副刊》第107期,1930年4月17日。
⑥ 周作人:《苋菜梗》,《看云集》,上海开明书店,1932年,第61页。

方面，从日本来的属于情的方面为多"①。这话大抵不错，周作人对西洋主要是求知，比如人类学、生物学、性学、伦理学等等。而关于日本文化的兴趣主要以"情"为主，因而其杂览多以"情趣"为主，自然其态度也与求知稍有区别。周作人很欣赏辻哲郎论日本古典名著《古事记》的艺术价值云："《古事记》中的深度的缺乏，即以此有情的人生观作为补偿。《古事记》全体上牧歌的美，便是这润泽的心情的流露。缺乏深度即使是弱点，总还没有缺乏这个润泽的心情那样重大。"周作人以为这种润泽的心情正是日本最大优点，使他感到日本文化的亲近之处。②他评价日本用十七字音做成的讽刺诗川柳，就是以"人情"作为衡量的准绳。上者能够"体察物理人情"，直写出来，令人看了破颜一笑，有时或者还感到"淡淡的哀愁"，此所谓"有情滑稽"，最是高品；其次找出"人生的缺陷"，如绣花针噗哧的一下，叫声好痛，却也不至于刺出血来。这种诗读了很有意思。不过这正与笑话相像，以人情风俗为材料，要理解它非先知道这些不可，不是很容易的事。③而周作人一再推许和引用的日本著名随笔作家永井荷风在《江户艺术论》第一章第五节论浮世绘的文字：

> 呜呼，我爱浮世绘。苦海十年为亲卖身的游女的绘姿使我泣。凭倚竹窗茫然然看着流水的艺妓的姿态使我喜。卖宵夜面的纸灯，寂寞的停留着的河边的夜景使我醉。雨夜啼月的杜鹃，阵雨中散落的秋天树叶，落花飘风的钟声，途中日暮的山路的雪，凡是无常，无告，无望的，使人无端嗟叹此世只是一梦的，这样的一切东西，于我都是可亲，于我都是可怀。

浮世绘的重要特色不在风景，乃是在于市井风俗。其人物以艺妓为主，画面富丽，色彩艳美，但这里边有一抹暗影的存在。这种无告的色彩之美，因了潜存的哀诉的旋律而将暗黑的过去再现出来。而江户时代这种平民艺术传递的悲哀色彩至今全无时间的间隔，无常、无告、无望的东

---

① 周作人：《明治文学之追忆》，《立春以前》，上海太平书局，1945年，第70页。
② 开明（周作人）：《日本的人情美》，《语丝》第11期，1925年1月26日。
③ 周作人：《知堂回想录》，敦煌文艺出版社，1998年，第473页。

洋人的悲哀，仍然深深沁入后代读者的心底，一切都是那么可亲、可怀，让人产生怅然之感。周作人深深体会着这种东洋人的"深情"和"悲哀"。

　　当然，周作人推重的"人情"，更有本国文化的因素，是本国文化一种积淀的必然反映。周作人以为"中国有顶好的事情，便是讲情理，其极坏的地方便是不讲情理。随处皆是物理人情，只要人去细心考察，能知者即可渐进为贤人，不知者终为愚人、恶人。"① 可见，周作人所谓的"人情"，与他的"物理"一样，也有源自古代的圣贤重"情理"的思想。周作人认为儒家思想本来是合乎"人情物理"的，只是被后世的"不肖子孙"搞糟了，他尤其痛恶韩愈，以为韩愈只会"装腔作势"、"搔首弄姿"而已，而无真人情在。因此，周作人撇开"正统"、"正宗"文学的主脉，用所谓"载道"与"言志"的区分，再去寻求自己认定的"言志"脉络，他除了挖掘出像王充、李贽、俞正燮等少数圣贤外，他还把寻找真"人情"，大量花在阅读前人的笔记、杂书上。周作人称他选择笔记的标准是不问古今中外，"只喜欢兼具健全的物理与深厚的人情之思想，混合散文的朴实与骈文的华美之文章"。② 他认为："我的理想只是那么平常而真实的人生，凡是热狂的与虚华的，无论善或是恶，皆为我所不喜欢，又凡有主张议论，假如觉得自己不想去做，或是不预备讲给自己子女听的，也决不随便写出来公之于世，那么其结果自然只能是老老实实的自白，虽然如章实斋所说，自具枷杖供状，被人看出破绽，也实在是没有法子。"③ 因此，周作人追求所谓的"人情"，其实是人世间中普通的"常识"，是平凡的"真情"。

　　周作人曾在《〈桑下谈〉序》④ 里谈浮屠不三宿桑下，来反推人世间恩爱之情产生的可贵。《后汉书》卷三十下《襄楷传》中曾说延熹九年楷上疏极谏，有云："或言老子入夷狄为浮屠，浮屠不三宿桑下，不欲久生恩爱，精之至也。"章怀太子注云："言浮屠之人寄桑下者不经三宿，便即

---

① 知堂（周作人）：《情理》，《实报·星期偶感》，1935 年 5 月 12 日。
② 知堂（周作人）：《〈苦竹杂记〉题记》，《大公报》，1935 年 11 月 17 日。
③ 周作人：《〈书房一角〉原序》，《书房一角》，北京新民印书馆，1944 年，第 4 页。
④ 周作人：《〈桑下谈〉序》，《秉烛后谈》，北京新民印书馆，1944 年，第 170—173 页。

移去，示无爱恋之心也。"襄君这句话后来很有名，多有人引用。我们且不管老子西出函谷关后，是否化胡之事。单就"不宿桑下"典故而言，浮屠不欲久住致生爱恋，固然有他的道理，但是从别一方面说来，住也是颇有意味的事。周作人议论称：

> 浮屠应当那样做，我们凡人是不可能亦并无须，但他们怕久生恩爱，这里边很有人情，凡不是修道的人当从反面应用，即宿于桑下便宜有爱恋是也。本来所谓恩爱并不一定要是怎么急迫的关系，实在也还是一点情分罢了。住世多苦辛，熟习了亦不无可留连处，水与石可，桑与梓亦可，即鸟兽亦可也，或薄今人则古人之言与行亦复可凭吊，此未必是笃旧，盖正是常情耳。语云，一树之阴亦是缘分。若三宿而起，掉头径去，此不但为俗语所讥，即在浮屠亦复不情，他们不欲生情以损道心，正因为不能乃尔薄情也。

周作人说"怕久生恩爱，这里边很有人情"，讲得多好！所以他建议"凡不是修道的人当从反面应用"。住世多苦辛，我们讲究就是那么一点"情分"罢了。周作人重"人情"观，必然导致他恶"薄情"之人。周作人曾写一篇《记海瑞印文》，里面引用姚叔祥《见只编》卷上云："海忠介有五岁女，方啖饵，忠介问饵从谁与，女答曰，僮某。忠介怒曰，女子岂容漫受僮饵，非吾女也，能即饿死，方称吾女。此女即涕泣不饮啖，家人百计进食，卒拒之，七日而死。余谓非忠介不生此女。"周作人于文中不仅谴责海瑞，称"余平日最不喜海瑞，以其非人情也"，"此辈实即是酷吏"；他还连带抨击了姚叔祥辈等，"海瑞不足责矣，独不知后世啧啧称道之者何心，若律以自然之道，殆皆虎豹不若者也"。[①] 同样，周作人之所以对那些听起来是无稽之谈的民俗东西极为感兴趣，这里面主要是寄寓了"人情"的缘故。如，他称："小时候听念佛老太婆说，阴间豆腐干每块二百文，颇觉得诙诡可喜，虽然当时不曾问她的依据，惟其阴间物价

---

① 药堂（周作人）：《记海瑞印文》，《晨报·副刊》，1938年7月15日。

极高的意思则固可以了解。阴间的人尚在吃豆腐干,则他物准是,其情状当与阳世无甚殊异,此又可以推知,至于特别提出豆腐干而不云火腿皮蛋者,乃是念佛老太婆的本色,亦甚有意思者也。"①

周作人重"人情",讲"人情",与他深谙人间的苦辛密切相关。在周作人看来,人活在这可怜的世间,是很不容易的,到处都是为生活辗转奔波的人。这个世界是不完美的、有缺陷的。因此,彼此要珍惜这份现世的情缘。他撰写的《结缘豆》就有谈这个意思。据范寅《越谚》讲的"结缘"风俗,"结缘,各寺庙佛生日散钱与丐,送饼与人,名此。"周作人说他很喜欢佛教里的两个字,曰业曰缘,觉得颇能说明人世间的许多事情,仿佛与遗传及环境相似,却更带一点儿诗意。但周作人还是认为"业的观念太是冷而且沉重",而"缘的意思便比较的温和得多,虽不是三笑那么圆满也总是有人情的"。那么,为什么要结缘呢?周作人揣测云"这或者由于不安孤寂的缘故吧"。人是喜群的,但他往往在人群中感到不可堪的寂寞,有如在庙会时挤在潮水般的人丛里,特别像是一片树叶,与一切绝缘而孤立着。念佛号的老公公老婆婆也不会不感到,或者比平常人还要深切吧,想用什么仪式来施行祓除,列位莫笑他们这几颗豆或小烧饼,有点近似小孩玩耍时在"办家家",实在却是"圣餐的面包葡萄酒似的一种象征,很寄存着深重的情意"呢。周作人以为"我们的确彼此太缺少缘分,假如可能实有多结之必要,因此我对于那些好善者着实同情,而且大有加入的意思"。周作人还进而把文人写文章也比作是在"结缘豆",他云:"盖写文章即是不甘寂寞,无论怎样写得难懂意识里也总期待有第二人读,不过对于他没有过大的要求,即不必要他来做喽罗而已。煮豆微撒以盐而给人吃之,岂必要索厚偿,来生以百豆报我,但只愿有此微末情分,相见时好生看待,不至怅怅来去耳。古人往矣,身后名亦复何足道,惟留存二三佳作,使今人读之欣然有同感,斯已足矣,今人之所能留赠后人者亦止此,此均是豆也。"②周作人有一篇名为《一岁

---

① 周作人:《读鬼神论》,《苦口甘口》,上海太平书局,1944 年,第 129 页。
② 周作人:《结缘豆》,《谈风》第 1 期,1936 年 10 月 10 日。

货声之余》,也是深谙人世的苦辛而感怀于"人情"的文章。他于文中闲谈"货声"即小贩串街走巷的叫卖声的兴趣,特别是有幸记下章太炎先生对东京街头叫卖声的妙评:

> 我只记得章太炎先生居东京的时候,每早听外边卖鲜豆豉的呼声,对弟子们说,"这是卖什么的,natto,natto,叫的那么凄凉?"我记不清这事是钱德潜君还是龚未生君所说的了,但章先生的批评实在不错,那卖"纳豆"的在清早冷风中在小巷里叫唤,等候吃早饭的人出来买她一两把,而一把草苞的纳豆也就只值一个半铜元罢了,所以这确是很寒苦的生意,而且做这生意的多是女人,往往背上背着一个小儿,假如真是言为心声,那么其愁苦之音也正是无怪的了。①

从这"叫卖声"里,作者引发对它的联想和探究,并形诸于笔墨。这一声声凄苦的叫卖声中,一个留存在周作人脑海里的背小儿的妇人形象也凸现在读者面前。

周作人主张"人情"的发露,在于琐屑不经意处,这才是真"人情",真"天籁"。他称:"中国古来是那么一派学风,文人学者力守正宗,唯于不经意中稍或出轨,有所记述,及今视之甚可珍异。"②这是周作人常涉猎古人笔记而得出的经验之谈。这是与正统文章那种念符咒或捏腔唱皮黄相反。"自然"、"琐屑"、"不经意",才是真"人情"的流露,也才有文字的上佳表现。周作人曾在《〈杂拌儿之二〉序》中称:"我们固然也要听野老的话桑麻,市侩的说行市,然而友朋间气味相投的闲话,上自生死兴衰,下至虫鱼神鬼,无不可谈,无不可听,则其乐益大,而以此例彼,人境又复不能无所偏向耳。"③"人境"虽有所偏向,却大都表现为"琐屑"和"不经意"处,也是真"人情"流露的结果。因而,这种富有"人情"的闲话,大家还是乐与听之:

---

① 岂明(周作人):《一岁货声之余》,《大公报·文艺副刊》第42期,1934年2月17日。
② 周作人:《寄龛四志》,《立春以前》,上海太平书局,1945年,第96页。
③ 周作人:《〈杂拌儿之二〉序》,《杂拌儿之二》,俞平伯著,上海开明书店,1933年。

> 大雨接连下了两天，天气也就颇冷了。般若堂里住着几个和尚们，买了许多香椿干，摊在芦席上晾着，这两天的雨不但使他不能干燥，反使他更加潮湿。每从玻璃窗望去，看见廊下摊着湿漉漉的深绿的香椿干，总觉得对于这班和尚们心里很是抱歉似的，——虽然下雨并不是我的缘故。①

周作人从内心涌现出为这些和尚抱歉的念头，虽然下雨并不是他的缘故，而是天意如此。但这等"琐屑"、"不经意"而说出来的话，恰恰反映他懂得"人情"、深谙"人情"的表现。周作人曾说："若好的随笔乃是文章，多琐语多独自的意见正是他的好处。"②而这种"多琐语多独自的意见"，在周作人那里，又常常是与一乡的"岁时土俗"相联系。于是，对于鬼神与人的接待，节候之变换，风物之欣赏，人事与自然各方面之了解，都由此得到启示。那么，周作人于世间而深味出的"情"也就流贯于笔下的字里行间：

> 我们在北京住惯了的平常很喜欢这里的气候风土，不过有时想起江浙的情形来也别有风致，如大石板的街道，圆洞的高大石桥，砖墙瓦屋，瓦是一片片的放在屋上，不要说大风会刮下来，就是一头猫走过也要格格的响的。这些都和雨有关系。南方多雨，但我们似乎不大以为苦。雨落在瓦上。瀑布似的掉下来，用竹水溜引进大缸里，即是上好的茶水。在北京的屋瓦上是不行的，即使也有那样的雨。出门去带一副钉鞋雨伞，有时候带了几日也常有，或者不免淋得像落汤鸡，但这只是带水而不拖泥，石板路之好处就在此。③

周作人大抵就儿时的生活经历，直直落落地写了出来。但经过时间的沉淀和发酵，已经"诗化"这一切，雨、石板、瓦屋，构成家乡雨天里

---

① 仲密（周作人）：《山中杂信（一）·致孙伏园》，《晨报·副刊》，1921年6月7日。
② 周作人：《老学庵笔记》，《青年界》第11卷第5期，1937年5月。
③ 岂明（周作人）：《清嘉录》，《大公报·文艺副刊》第48期，1934年3月10日。

特有的意象，这文字虽多"琐语"，却不免流淌着作者对家乡的神往和空想之情。因而，在琐碎朴实处自有它的生命和价值。

周作人曾谈他读"文情俱胜"随笔的愉快印象，"在这类文字中常有的一种惆怅我也仿佛能够感到，又别是一样淡淡的喜悦，可以说是寂寞的不寂寞之感，此亦是很有意思的一种缘分也"①。"一种惆怅"与"淡淡的喜悦"、"寂寞"与"不寂寞"，这都是两两相对的对立统一的关系，是两极情感的一种巧妙融合。因而，这是周作人对随笔文本层次的一种丰富概括。然而，就周作人随笔创作经验而言，要达到这一随笔的理想境界，关键在于随笔作家要善于抉择，思想宽达，懂得物理人情，这样才可能有上佳的表现。

三、修辞策略的统摄与制衡

周作人向来衡量随笔作品的标准是一要"风趣"，二要"常识"。写常识文章，并不一定要直落落道来，有时也讲一点修辞策略，其效果会更佳。他说：

> 我在这些文章里总努力说实话，不过因为是当作文章写，说实话却并不一定是一样的老实说法，老实的朋友读了会误解的地方难免也有罢？那是因为写文章写得别扭了的缘故，我相信意思原来是易解的。或者有人见怪，为什么说这些话，不说那些话？这原因是我只懂得这一点事，不懂得那些事，不好胡说八道罢了。所说的话有的说得清朗，有的说得阴沉，有的邪曲，有的雅正，似乎很不一律，但是一样的是我所知道的实话，这是我可以保证的。②

周作人在这里说得很好，"说实话却并不一定是一样的老实说法"。其原因尽管是多方面，也较为复杂。不过，笔者以为主要因素有二，一是

---

① 周作人：《〈文载道文抄〉序》，《古今》第54期，1944年9月1日。
② 周作人：《〈知堂文集〉序》，《知堂文集》，上海天马书店，1933年，第1—2页。

作者本人的性情嗜好以及知识结构；二是作者背后的时代风尚和社会环境。周作人在一些随笔中喜欢故意写得"别扭"，其主要因素也不外是这两个方面的综合的结果。而周作人的"别扭"写法，其实就是"驳正俗说"的修辞策略。"驳正俗说"，这个词是源自周作人赞扬俞理初的话，他称："俞理初可以算是这样一个伟大的常人了，不客气的驳正俗说，而又多以诙谐的态度出之，这最使我佩服。"① 因此，所谓"驳正"就是反抗正统权威；而"俗说"则是以诙谐的态度出之。

　　章太炎先生是被周作人尊称为他末了的一个先生，他在给鲁迅、周作人等人讲学，总是披发赤膊，上坐讲书，学理与诙谐杂出，没有一点规矩和架子。周作人称他只学到"太炎先生的喜欢讲玩话，喜欢挖苦人的一点脾气"②。章太炎这种行事风格，对周作人个性的塑造，以及后来喜欢写"别扭"文章应该说是有着不可忽视的影响。而更为重要的是，周作人到日本留学，对日本文化的痴迷和耽溺，这对他形成的性情嗜好和知识结构起着强有力的规范和主导作用。他学习日语，除了注意学社会上流动的语言，所读的书却是专挑诙谐的来看，这便是"狂言"、"滑稽本"、"川柳"诗、"落语"等。周作人的这种嗜好可谓始终如一，从未变更。他不仅早年翻译过《狂言十番》，撰写过《日本之俳句》、《日本的讽刺诗》、《日本的落语》、《谈俳文》、《再谈俳文》等等文章；晚年还重订和补译"狂言"，并更名为《日本狂言选》出版，另外他还花大力气翻译式亭三马著的《浮世澡堂》（原名为《浮世风吕》）和《浮世理发馆》（原名为《浮世床》）这两部在日本文学史上最著名的"滑稽本"。周作人在临去世前三年写的《八十心情》里，把这些译本与他晚年翻译的罗马帝国时代的路吉阿诺斯《对话》相提并论，认为："我有一种偏好，喜欢搞不是正统的关于滑稽讽刺的东西，有些正经的大作反而没有兴趣，所以日本的《古事记》虽有名，我觉得《狂言选》和那《浮世澡堂》与《浮世理发馆》更精彩，希腊欧里庇得斯的悲剧译出了十几种，可是我的兴趣

---

① 知堂（周作人）：《俞理初的诙谐》，《中国文艺》创刊号，1939年9月1日。
② 荆生（周作人）：《我的负债》，《晨报副刊》，1924年1月26日。

却是在于后世的杂文家,路吉阿诺斯的《对话》一直蛊惑了我四十多年,到去年才有机缘来着手选译他的作品。"① 周作人喜欢搞这些"不是正统的关于滑稽讽刺的东西",这对他的个性和行文风格影响很大。比如,他阅读日本随笔,也较喜欢亲近那种幽默讽刺作品。户川秋骨,便是其中的一位。周作人说户川是英文学者,但他喜欢的却是户川的随笔。他的文章特色是诙谐和讽刺,"一部分自然无妨说是出于英文学中的幽默,一部分又似日本文学里的俳味,自有一种特殊的气韵,与全受西洋风的论文不同"。② 而当他回头看我们传统文学时,也有以"诙谐"眼光来选择他所倾心和喜爱的作家。孔子、李贽、袁宏道、王思任、张岱、俞正燮、俞曲园等等,是周作人极力标榜和推崇的文人。他尤其感慨晚明这一时期的文人,认为他们身上有一种"狂"气,但这种"狂"气至今一点也不存留了。③ 周作人还辑录、校订过《苦茶庵笑话选》和《明清笑话四种》,在这些笑话小品中,他比较欣赏赵南星的《笑赞》,为此曾撰写《读〈笑赞〉》、《笑赞》等文章作过专门的介绍。周作人以为若是把笑话只看作谐谑之资,不知其有讽刺之意,那是道地的道学家看法,压根儿就没法同他说得通了。所以,他指出"笑话的作用固然在于使人笑,但一笑之后还该有什么余留,那么这对于风俗人情之理解或反省大约就是吧"④。可见,传统文化中一些带有"诙谐""讽刺"的作品,也为周作人所注意、所吸收。

周作人所处的正是中华民族日趋走向危机的"乱世"年代,同时也是重新实现蜕变和振兴的转捩处。作为觉醒的"五四"知识者无不以自己的笔作为"社会批评"和"文明批评"的战斗武器,对广大民众进行文化启蒙和思想改造运动。周作人也曾是积极投身于思想革命中的一员大将。但他后来退居书斋,虽仍然十分关心知识者的思想改革问题,但基本上是在文化岗位上发出自己的声音。当然,他的声音有时也比较尖锐,

---

① 周作人:《八十心情》,香港《新晚报》,1964 年 3 月 15 日。
② 周作人:《明治文学之追忆》,《立春以前》,上海太平书局,1945 年,第 72 页。
③ 岂明(周作人):《〈陶庵梦忆〉序》,《语丝》第 110 期,1926 年 11 月 5 日。
④ 十堂(周作人):《笑赞》,《杂志》第 14 卷第 6 期,1945 年 3 月。

不过通常经过艺术处理后才发表。这也就是他所说的"说实话却并不一定是一样的老实说法"。那么，周作人之所以这样做还有一个根本原因，即他所称的"喜剧的演者及作者往往过着阴暗的生活，也是人间的实相"①。这也就是说在当时社会黑暗的背景下，随笔作家只能采用诙谐的办法、措辞的曲折来抨击时政、讽刺世事。如1925年，上海发生了"五卅"惨案，周作人撰写《吃烈士》一文，讽刺有些人利用惨案来做生意之事。但话又不能"直说"或"正说"，所以周作人就采用好像是"开玩笑"似的，讽刺一下。他说前清时捉到行刺的革命党，正法后，其心脏大都为官兵炒而分吃，实行国粹的寝皮食肉法。现在吃烈士，其吃法已迥乎不同。其吃法分为两种，一曰大嚼，一曰小吃。大嚼是整个的吞，其功效则加官进禄，牛羊繁殖，田地开拓；小吃者多不过肘臂，小则一指一甲之微，其利益亦不厚，仅能多销几顶五卅纱秋，几双五卅坤履，或在墙上多标几次字号，博得蝇头以名利而已。呜呼，烈士殉国，又能废物利用，殊无可以非议之处，而且改良吃法，顺应潮流，尤为可嘉。周作人于文中可谓极尽挖苦讽刺之能事也。1928年，周作人写的《闭户读书论》，面对国民党政府搞的白色恐怖，他藏锋芒于文字中，让你感到隔衣有针！他说作为一名文人要苟全性命于"乱世"，又使自己不烦闷，一是当圣贤，自己当不了；二消遣办法是抽大烟、讨姨太太，自己无钱；三唯有闭户读书一途。而闭户读书的好处在于"翻开故纸，与活人对照，死书就变成活书"，因而那些历史人物亦常现于当世的舞台，恍如夺舍重来，慑人心目。从这些文字里，我们还是不难感受到周作人对时政的嘲讽抨击的用意，他后来谈到该文时说："《闭户读书论》是民国十七年冬所写的文章，写的很有点别扭，不过自己觉得喜欢，因为里边主要的意思是真实的。"②

周作人自称是"道德家"，他说："我也喜欢弄一点过激的思想，拨草寻蛇地去向道学家寻事。"③因此，他一再宣称自己写的文章，如有可取，当在思想而不在文章。周作人这种喜欢"拨草寻蛇"的态度，促使他

---

① 周作人：《〈风雨后谈〉序》，《立春以前》，上海太平书局，1945年，第179页。
② 十堂（周作人）：《灯下读书论》，《风雨谈》第15期，1944年10月。
③ 开明（周作人）：《与友人论性道德书》，《语丝》第26期，1925年5月11日。

解读文章有所侧重。他对日本随笔家户川秋骨就有这样的看法,他以为"在这幽默中间实在多是文化批评,比一般文人论客所说往往要更为公正而且深刻。这是我对于户川最为佩服的地方"①。同样,他在《谈俳文》中谈到中国古代散文中的"俳谐"味时,特意拈出南朝文人袁淑创作成就:

> 散文方面却很有点不同,袁阳源的那些九锡或劝进文等拟作,其俳谐味差不多就在尊严之滑稽化,加上当时政治的背景,自然更有点意思,这是可暂而不可常的,若是动物之拟人化,那是"古已有之"的玩意儿,容易觉得陈年,虽然喜欢这套把戏的人倒是古今都不会缺少的。正经如韩退之也还要写《毛颖传》之类,可以知道这里的消息了,不过这是没有出路的,我个人无论怎么喜欢俳谐之作,此时也不得不老实的说也。②

可见,周作人无论是称赞户川"在这幽默中间实在多是文化批评",还是欣赏袁淑将"尊严之滑稽化",归结到一点上,就是周作人看重"驳正俗说"的修辞策略的运用。从这层意义上说,我们不能把周作人喜欢"诙谐"、"滑稽"、"幽默"、"笑话",简单地等同于他是为滑稽而滑稽,为幽默而幽默。周作人在谈《笑赞》时指出:"嬉笑怒骂本是相连,所不同者怒骂大有欲打之意,嬉笑则情迹少轻又或陋劣,鄙夷不屑耳,其或有情的嘲弄,由于机智进出,有如操刀之必割,《诗》所云善戏谑兮,不为虐兮者,当然可以不算在内。若是把笑话只看作谐谑之资,不知其有讽刺之意,那是道地的道学家看法,压根儿就没法同他说得通了。"③他对日本"狂言"、"落语"之所以能够始终保持趣味盎然,一个很重要原因是他看重这"笑话"的社会价值,他说:"我们说到笑话,常有看不起的意思,其实是不对的,这是老百姓对现实社会的讽刺,对于权威的一种反抗。日本儒教的封建学者很慨叹后世的'下克上'的现象,这在狂言里

---

① 周作人:《明治文学之追忆》,《立春以前》,上海太平书局,1945 年,第 72 页。
② 知堂(周作人):《谈俳文》,《文学杂志》第 1 卷第 2 期,1937 年 7 月。
③ 十堂(周作人):《笑赞》,《杂志》第 14 卷第 6 期,1945 年 3 月。

是表示得已很明显的。"① 总之，无论是"尊严之滑稽化"，还是出现了"下克上"的现象，这都是诙谐之文追求的言外之意、弦外之音的表现。

随笔作家要做到以诙谐幽默笔法创作出蕴含社会深意的作品，是一件不简单的事情。因此，从修辞行为上看，他必须具有独到的判断能力与分析能力。周作人很强调这一点。他在谈日本随笔作家萩原朔太郎《镜的映像》，其文云：

> 道德律所揭示的东西，常是自然性之禁止，对于缺陷之理念（案普通称为观念）。因此在某一国民之间，大抵可以从其所最严格地提倡着道德，反看出其国民之本性即实在的道德的缺陷。尼采的这些话是极正确，极聪明的。例如中华人所提倡的第一道德，即忠孝仁义，特别是严重的两性隔离主义，从这里推察过去，我们就可以反看出那些利己的重财的又最肉欲的民族之典型来。假如是这样的，那么在我们日本，平常提倡什么道德，当作国民教育的第一课严格地教诲着的是什么，也该想想看。镜中的映像常是实体的反面。

周作人觉得萩原氏的这些意见很得他的心，很是喜欢。"镜中的映像常是实体的反面"，社会上正极力提倡什么，正是这个社会最缺乏什么。因此，周作人于文末说："若是照尼采的说法，管子提倡衣食足，就可证明中国人民的向来衣食不足。"② 他对当时的新闻报纸也是有这样的看法，他称："所记的却是靠不住，又或相信报上所说不但是假话而且还是反话，什么都要反过来看才对，这不仅是看夹缝，乃是看报纸背了。"③ "什么都要反过来看才对"、"看报纸背"，就是所谓的"正面文章反面读"，也是鲁迅曾说过的"推背图"。周作人撰写随笔，多次采用这种逆向思维，并佐以诙谐的态度。

当然，采用这种逆向思维，在修辞策略上也是大有讲究的。周作人

---

① 周作人：《〈日本狂言选〉引言》，《日本狂言选》，人民文学出版社，1955年。
② 周知堂（周作人）：《衣食》，《实报》，1935年12月8日。
③ 周作人：《报纸的盛衰》，《知堂乙酉文编》，止庵校订，河北教育出版社，2002年，第23页。

称之为"隐喻法"。这是他在《我们的闲话(十八)》中称,"斯忒普虐克(Stepniak)在《俄国之诙谐》序中说,息契特林(Shch drin-Saltykov)做了好些讽刺的譬喻,因为专制时代言论不自由,人民发明了一种隐喻法,于字里行间表现意思,称曰奴隶的言语"。因而,这"奴隶的言语"里隐约含着"叛逆的气味"。① 周作人撰写的"礼赞"系列随笔,大有微言大义、皮里阳秋,可视为"隐喻法"的典型运用。《娼女礼赞》,文章援引德国人柯祖基(Kautzky)、美国现代批评家们肯(Mencken)、德国医学博士哈耳波伦(Heilborn)等称赞资本主义制度中卖淫的言论。如说"牺牲了贞操的女人,别的都是一样,比保持贞洁的女人却更好的机会,可以得到确实的结婚","欧洲妇女之精神的与艺术的教育因卖淫制度而始建立"等等。在这些学者看来,"卖淫足以满足大欲,获得良缘,启发文化,实在是不可厚非的事业"。因而,周作人充满反语和隐喻味道地说"在现今什么都是买卖的世界,我们对于卖什么东西的能加以非难乎?""若夫卖淫,乃寓饮食于男女之中,犹有鱼而复得兼熊掌,岂非天地间仅有的良法美意,吾人欲不喝采叫好又安可得耶?"②《哑巴礼赞》,俗语云,"哑巴吃黄连",谓有苦说不出也。周作人以为普通人把哑巴当作残疾之一,与一足或无目等视,这是很不公平的事。中国处世哲学里很重要的一条是,多一事不如少一事,如哑巴者,可以说是能够少一事的了。语云:"病从口入,祸从口出"。说话不但于人无益,反而有害,即此可见。在这个年头一说话,话中即含有臧否,即是危险。因此,周作人指出:"几千年来受过这种经验的先民留下遗训曰,'明哲保身'。几十年来看惯这种情形的茶馆贴上标语曰,'莫谈国事'。吾家金人三缄其口,二千五百年来为世楷模,声闻弗替。若哑巴岂非今之金人欤?"③ 哑巴被奉为"金人",这也是明显的春秋笔法。《麻醉礼赞》,周作人说:"麻醉,这是人类所独有的文明。"他于文中列举了中国人"麻醉"的种种方法,如"抽大烟"、"饮酒"、"信仰与梦"、"恋爱与死"等等。因而,周作人推测,"醉生梦

---

① 岂明(周作人):《我们的闲话(十八)》,《语丝》第85期,1926年6月21日。
② 难明(周作人):《娼女礼赞》,《未名》半月刊第2卷第6期,1929年3月25日。
③ 岂明(周作人):《哑巴礼赞》,《益世报·副刊》,1929年11月13日。

死,这大约是人生最上的生活法罢?"然而,作者所苦者只是会喝几口酒,而又不能麻醉,还是清醒地都看见听见,又无力高声大喊,此乃是凡人之悲哀。① 不然看出,作者的字面意义与文本的深层意义是相反相成的关系,它们二者之间的矛盾对抗,构成了作者隐喻的诠释空间。

周作人强调文章要以艺术节制为主,即便撰写那些蕴含反叛气息的"奴隶的言语"的随笔也是如此。他喜欢"拨草寻蛇",弄一点过激的思想,但这也是有限度的。他称,"如法国拉勃来②那样只是到要被火烤了为止,未必有殉道的决心。"③ 这和他平时常说他的心头住着绅士鬼和流氓鬼一样,"我简直可以成为一个精神上的'破脚骨'。但是在我将真正撒野,如流氓之'开天堂'等的时候,绅士鬼大抵就出来高叫'带住,着即带住'!说也奇怪,流氓平时不怕绅士,到得他将要撒野,一听绅士的吆喝,不知怎的立刻一溜烟地走了。"所以,他对这两者有点恋恋不舍,并称"我爱绅士的态度与流氓的精神"。④ 这种道德节制,周作人从儒家那里借得一个词,即"中庸"来加以概括。同时,他把"中庸"观念贯彻到艺术美学的诠释。比如,什么是"幽默"?周作人诠释,"幽默是不肯说得过度,也是 Sophrosune——我想译为'中庸'的表现"⑤;"盖因一是正言而一是逆说,此正是幽默之力也"⑥。同样,周作人也将这种"中庸"的美学理念体现于随笔创作中。如《碰伤》,周作人写这篇文章的诱因是"五四"运动期间,北大教职员在新华门前发生了被军警殴伤事件。事后当局发表命令,说教员自己"碰伤",周作人以为"这事颇有滑稽的意味,事情是不愉快,可大有可以做出愉快的文章的机会"⑦,于是,他不免发挥了"流氓的性格",以"子严"笔名写这么一篇《碰伤》的短文。但文中,作者并不是直扑主题,而是故意兜圈子,说什么佛经里有最利害的见毒

---

① 岂明(周作人):《麻醉礼赞》,《益世报·副刊》,1929年12月5日。
② 拉勃来,今通译"拉伯雷"。
③ 开明(周作人):《与友人论性道德书》,《语丝》第26期,1925年5月11日。
④ 岂明(周作人):《两个鬼》,《语丝》第91期,1926年8月9日。
⑤ 岂明(周作人):《上海气》,《语丝》第112期,1927年1月1日。
⑥ 周作人:《〈南堂诗抄〉的禁诗》,《逸经》第30期,1937年5月20日。
⑦ 周作人:《知堂回想录》,敦煌文艺出版社,1998年,第272页。

蛇,唐剑侠传里有飞剑能夺人命的剑仙,再到当今三四年前江里也有小轮"碰"上军舰而沉没的,所以"碰伤"在中国是常有的事,至于责任当然完全由"被碰的"去负担。"譬如我穿有刺甲,或是见毒的蛇,或是剑仙,有人来触,或得罪了我,那时他们负了伤,且能说是我的不好呢"?周作人的写作意图,一方面是抨击当局,另一方面是劝阻请愿者。但两者都不明写,用他的话说就是写得"有点别扭",或者"晦涩",但这些幽默诙谐的笔法,正是他"中庸"美学理念的恰当反映。这正如他在解释用同一笔法而写的《前门遇马队记》,那些被周作人讽刺的警察感到隔衣针刺,派人到编辑部查问,说"你们的评论不知怎么总是不正派,有些文章看不出毛病来,实际上全是要不得。"[1] 警察所说的"不正派"、"看不出毛病"、"全是要不得",正是周作人"烤火"烤到恰到好处的本领,这绝对是聪明才智的发挥,一件有意思的绝活儿。周作人称赞拉伯雷"笑着,闹着,披着猥亵的衣,出入于礼法之阵,终于没有损伤,实在是他的本领"[2]。我看,周作人也是像拉伯雷一样都是能够自如地出入"礼法之阵",因而,两人简直可以相提并论,难分轩轾。

  周作人的"中庸"观念,使他在"驳正"与"俗说"之间取得一种艺术的节制和均衡。这意味着他走的是一条注重艺术趣味的"中和"之美的路子。他所论的"趣味",其实是包含着很多东西的,如"雅,拙,朴,涩,重厚,清朗,通达,中庸,有别择等"[3]。周作人的"趣味"观,是一种除去多余的杂质与火气,讲究以清明的理性与温润的情感为统摄,以"中和"为特色的审美观。这里有"雅趣",如他嫌北平的春天来的"太慌张一点了,又欠腴润一点",叫人有时来不及尝它的味儿,有时尝了觉得稍枯燥;[4] 他能津津有味地赏玩白杨树种植在院落的好处,"每逢夏秋有客来斋夜话的时候,忽闻淅沥声,多疑是雨下,推户出视,这是别种树所没

---

[1] 周作人:《知堂回想录》,敦煌文艺出版社,1998年,第298页。
[2] 子荣(周作人):《净观》,《语丝》第15期,1925年2月23日。
[3] 知堂(周作人):《笠翁与随园》,《大公报·文艺》第4期,1935年9月6日。
[4] 知堂(周作人):《北平的春天》,《宇宙风》第13期,1936年3月16日。

有的佳处";①他也能品味和体会日本《俳句辞典》中讲究看蝙蝠的薄暮景色和赏玩者的心境,"看蝙蝠时的心情,也要仿佛感着一种萧寂的微淡的哀愁那种心情才好。从满腔快乐的人看去,只是皮相的观察,觉得蝙蝠在暮色中飞翔罢了,并没有什么深意,若是带了什么败残之憾或历史的悲愁那种情调来看,便自然有别种的意趣浮起来了。"②周作人的"雅趣",显然包含着他人所未有的独特的体会和经验,这也是他善于"别择"的结果。而他"趣味"的另一面也涵容着"俗趣"。周作人也很能抓住和欣赏现实生活中平常百姓日用饮食里一些"俗趣"之乐。如他抱怨"有不醉之量"的朋友,他们愈饮愈脸白,觉得非常可以欣羡,"只可惜他们愈能喝酒便愈不肯喝酒,好像是美人之不肯显示她的颜色,这实在是太不应该了";③他谈起家乡的百姓爱看的"目连戏",也是饶有兴趣。这戏中有一场"张蛮打爹",张蛮的爹被打后,对观众说道:"从前我们打爹的时候,爹逃了就算了。现在呢,爹逃了还是追着要打!"这正是常见的"世道衰微人心不古"两句话的最妙的通俗解释。周作人以为这些滑稽当然不很"高雅",然而多是"壮健"的,与士流之扭捏的不同,这可以说是"民众的滑稽趣味"的特色。④周作人既能显示"雅趣"之精深,同时也能表现"俗趣"之嗜好,"中庸"统摄,反映出他"趣味"的丰富内涵,即可雅,可拙,可朴,可涩,通清朗,含厚重,能通达,善别择。此可谓"披中庸之衣,着平淡之裳,时作游行",这正是周作人"消遣法"也。⑤

  周作人曾议论过俞曲园的随笔,称:"微词托讽,而文气仍颇庄重,读之却不觉绝倒,此种文字大不易作,游戏而有节制,与庄重而极自在,是好文章之特色,正如盾之两面,缺一不可者也。"⑥"微词托讽"与"文气庄重"、"游戏而有节制"与"庄重而极自在",这是一种对立矛盾的关

---

① 岂明(周作人):《两株树》,《青年界》第1卷创刊号,1931年3月10日。
② 岂明(周作人):《关于蝙蝠——致启无》,《骆驼草》第13期,1930年8月4日。
③ 岂明(周作人):《谈酒》,《语丝》第85期,1926年6月28日。
④ 周作人:《谈目连戏》,《谈龙集》,上海开明书店,1933年,第140—141页。
⑤ 周作人:《〈秉烛后谈〉序》,《立春以前》,上海太平书局,1945年,第180页。
⑥ 周作人:《春在堂杂文》,《学文月刊》第2期,1940年。

系,但却能巧妙地统一在文章中,构成"盾之两面",应该说,这只有高手才能达到的境界。周作人的"中和"美学,追求正是这样的境界,他有些随笔的创作也确实达到了这样的审美理想。

第三节 梁遇春:中国的"伊利亚"

在中国现代散文史上,梁遇春(1906—1932)是一位值得后世重视的散文译家、写家。他出生于福州,1922年考进北京大学预科,1924年转入北京大学英文系就读,1928年秋毕业后前往上海暨南大学任教,翌年返回北京大学,负责北大英文系图书,并兼任助教。1932年因患猩红热而夭亡。他英年早逝,虽著译时间不长,但却异常勤奋。唐弢在《晦庵书话》中称:"梁遇春别署驭聪,又名秋心,擅长译事,所译作品凡十余种,但他自己的著作,却只有散文两册:曰《春醪集》,曰《泪与笑》。后一书且为遗作,出版之日,距作者之死已两年矣。遇春所著不多,而才思横溢,每有掣胜之笔。"①

梁遇春的英文功底较为深厚,他的译作达20余种,其中有英国的狄更斯、高尔斯华绥、哈代等人的小说,以及《英国诗歌选》等。然而在西方诸种文类中,最让梁遇春着迷的是英国的随笔("Essay",梁氏译为"小品文")。他说:

> 在大学时候,除诗歌外,我最喜欢念的是 Essay。对于小说,我看时自然也感到兴趣,可是翻过最后一页以后,我照例把它好好地放在书架后面那一排,预备以后每星期用拂尘把书项的灰尘扫一下,不敢再劳动它在我手里翻身打滚了……但是 Poe, Tennyson, Christina, Rossetti, Keats 的诗集; Montaigne, Lamb, Goldsmith 的全集; Steele, Addison, Hazlitt, Leigh Hunt,

---

① 唐弢:《两种散文》,《晦庵书话》,北京三联书店,1980年,第51页。

Dr. brown, De Quincey, Smith, Thackeray, Steveson, Lowell, Gissing, Belloc, Lewis, Lynd 这些作家的小品集却总在我的身边，轮流地占我枕头旁边的地方。心里烦闷的时候，顺手拿来看看，总可医好一些。其中有的是由旧书摊上买来而曾经他人眉批目注过的，也有是贪一时便宜，版子坏到不能再坏的；自然，也有十几本金边大字印度纸印的。我却一视同仁，读惯了也不想再去换本好版子的来念。因为恐怕有忘恩背义的嫌疑。①

梁遇春在这段文字里，不仅特意将诗文（尤其是小品文）与小说并列对举，而且对于那些"轮流"占据他"枕头"旁边的英国随笔集，了如指掌，如数家珍，其私心之喜好、审美之取向，则是判若了然，毫无扭捏作态。他嗜读英国随笔之余，又将它们翻译出来，介绍给国内读者，先后编了《英国小品文选》、《小品文选》、《小品文续选》三本作品集。

梁遇春与英国随笔如此深厚之渊源，势必影响到他散文创作及其风格的形成。他创作的《春醪集》、《泪与笑》虽数量有限，但被当时的友人誉为酝酿一个"好气势"，将"一树好花开"②。他的年轻师友叶公超在评论李素伯撰写的《小品文研究》时，因其专著未提及梁遇春创作成就而打抱不平，他说："然而有一位新起作家——梁遇春先生——也绝未提及，未免可怪。假如'小品文'就是翻译的英文 Essay 的话，那我敢坚持梁著的《春醪集》确乎是小品文，而梁先生确乎是小品文作家。再假如照编者所说：Essay 文学，在英国的文坛上，放着特殊的光彩的话；那末梁先生的散文便应该认做是小品文的正宗，因为他的作品，很明显的是英国 Essay 的风格。"③叶氏这番愤慨的辩护，虽有私心之见，但却较为准确地抓住梁遇春散文创作与英国随笔之关系，凸显其散文的特色及其价值。

也因为如此，郁达夫在《〈中国新文学大系·散文二集〉导言》中称：

---

① 梁遇春：《〈英国小品文选〉译者序》，《英国小品文选》，上海书店，1929年。
② 废名：《〈泪与笑〉序一》，《泪与笑》，梁遇春，上海开明书店，1934年。
③ 棠臣（叶公超）：《小品文研究》，《新月》月刊第4卷第3期，1932年10月1日。

"像已故作家梁遇春等,且已有人称之为中国的爱利亚了,即此一端,也可以想见得英国散文对我们的影响之大且深。"① 所谓的"爱利亚",即英文"Elia"的音译,现通译"伊利亚",系英国随笔大家兰姆在《伦敦杂志》发表 Essay 时,所使用的笔名。梁遇春酷爱兰姆,称兰姆是他"十年来朝夕聚首的唯一小品文家",他曾撰写《兰姆评传》,竟因一时把持不住,洋洋洒洒达 2 万多字;他曾发下誓愿翻译《伊利亚随笔》全集,并且逐句加以解释,然未假天年,梁氏终未实现这一宏愿,只译了几篇作品。尽管如此,梁遇春还是赢得当时学界给予的中国的"伊利亚"的称号。

一、解读:勾勒译家心中的英国随笔谱系

作为一名译家,梁遇春心目中的英国随笔是怎样的一个情形呢?这就需要从他先后编就的《英国小品文选》、《小品文选》、《小品文续选》三本作品集,以及为此撰写的三篇序文中去寻找答案。

《英国小品文选》,上海书店 1929 年初版。梁遇春接受周作人的建议,在这本集子里采用了英汉对照的形式,以为"读者会更感到趣味些"。该集收入了梁氏作《译者序》一文,译文 10 篇,分别为斯梯尔(Richard Steele)《毕克司达夫先生访友记》,艾迪生(Joseph Addison)《论健康之过虑》,哥尔德斯密斯(Oliver Goldsmith)《黑衣人》,兰姆(Charles Lamb)《读书杂感》,哈兹里特(William Hazlitt)《青年之不朽感》,亨特(Leigh Hunt)《更夫》,皮尔·索尔(Logan Pearsall Smith)《玫瑰树》,赫德森(W. H. Hudson)《采集海草之人》,林德(Robert Lynd)《躯体》,雷利(Wslter Raletgh)《吉诃德先生》等英国作家的随笔作品。

《小品文选》,上海北新书局 1930 年 4 月初版。梁遇春在这本集子中作《序》1 篇,收入译文 20 篇,分别为斯梯尔《伉俪幸福》,艾迪生《恶作剧》,约翰逊(Samuel Johnson)《悲哀》,哥尔德斯密斯《快乐多半是靠着性质》,兰姆《一个单身汉对于结了婚的人们的行为的

---

① 郁达夫:《〈中国新文学大系·散文二集〉导言》,《中国新文学大系·散文二集》,赵家璧主编,上海良友图书印刷公司,1935 年。

怨言》,哈兹里特《死的恐惧》,亨特《在监狱中》,约翰·布朗(John Brown)《她最后的一块银币》,加德纳(A. G. Gardiner)《一个旅伴》,高尔斯华绥(John Galsworthy)《进化》,卢卡斯(E. V. Lucas)《神秘的伦敦》,贝洛克(Hilaire Belloc)《我所知道的一位隐士》,切斯特顿(G. K. Chesterton)《追赶自己的帽子》,罗素(George W. E. Russell)《学者》,默里(John Middleton Murry)《事实与小说》,罗杰(Roger Wray)《秋》,林德《火车》,瑟斯顿(Etemple Thurston)《船木》,米尔恩(A. A. Milne)《追蝴蝶》,杰克逊(Holbrook Jackson)《跳舞的精神》等。

《小品文续选》,上海北新书局1935年6月初版。该选本出版时间在梁遇春去世后,应是友人协助出版。内有梁遇春作《序》1篇,收译文10篇,分别为考利(Abrahm Cowley)《孤居》、休谟(David Hume)《人性的高尚或卑鄙》、兰姆《除夕》、《梦里的小孩》,萨克雷(William Makepeace Thackeray)《百年之后》、史密士(Alexander Smith)《死同死的恐惧》、杰弗里斯(Richard Jeffries)《草地上的默思》、比勒尔(Augustine Birrell)《戏子》、加德纳《自言自语》、卢卡斯《同情学校》等。

那么,从选编的这三本随笔集,梁遇春对英国随笔作家、随笔作品及其流变到底作出怎样独到的解读和梳理呢?

(一)独出心裁的选文标准。纵观梁遇春所译之作,基本上是以18、19和20世纪初的英国随笔作家为主,可以说,他的译作几乎囊括英国这段散文史上著名的写家。以《小品文选》为例,梁遇春在20位选家中,4位是属于18世纪的,4位是属于19世纪的,其余12位是属于现代部分,梁氏选编时他们都还健在。以梁遇春如此短暂的翻译史,他能够译介出众多的英国随笔作品,可见其阅读视野之开阔,喜爱程度之深切,都让人不得不钦佩和肯定。但有个问题,为什么梁遇春的译作为什么不涉足更早以前的随笔作品呢?只要粗略了解西方随笔发展史的读者就清楚,现代随笔发源于法国,其开山鼻祖为文艺复兴晚期的怀疑论者蒙田(Michel de Montaigne),后来由英法海峡输入英伦三岛才兴盛起来。培根作为英国本土涌现出来的哲人,被认为是继法国蒙田之余绪,开英国散文之先河,其创作的《培根随笔集》,表现一种简约而谨严的思想,虽也受读者喜爱,但毕竟亲切不足,少了个人的风趣,让人感觉他老是穿着"那件裁判官服"① 来议人论事。因此,在编译《小品文选》时,梁遇春就称:"我忽略了奸巧利诈的 Bacon,恬静自安的遗老 Izaak Walton,古怪的 Sir Thomas Browne 同老实的 Abraham Cowley,虽然他们都是小品文的开国元勋,却从 Steele 起手,因为大家都承认 Steele 的 Tatler 是英国最先的定期出版物。"② 梁遇春之所以将关注的眼光放在 18 世纪以后的英国随笔流变史上,是因为在 18 世纪欧洲启蒙运动影响下,定期出版物的出现,使英国随笔作品迅速走入大众中间,形成具有英国独特风味的随笔艺术。因此,18 世纪后,尤其是在现代随笔文坛上,才出现了人才辈出、佳作迭出的繁荣局面。

(二)知人论世的解读能力。对于 18 世纪随笔作家斯梯尔、艾迪生、约翰逊、哥尔德斯密斯,梁遇春作出精到的点评。他称:"Steele 豪爽英迈,天生一片侠心肠,所以他的作品是一往情深,恳挚无比的,他不会什么修辞技巧,只任他的热情自然流露在字里行间,他的性格是表现得万分清楚,他的文章所以是那么可爱也全因为他自己是个可喜的浪子。"而他的朋友艾迪生个性就与斯梯尔很不同。艾迪生生性温文尔雅,他自己说他生平没有接连说过三句话,他的沉默,可想而知,"他的小品文也是默默地将人生拿来仔细解剖,轻轻地把所得的结果放在读者面前"。约翰逊虽不是随笔名家,但他撰写的几篇随笔充满着"智慧"与"怜悯"。至于哥尔德斯密斯,梁遇春认为他的个性和斯梯尔很类似,不过是更糊涂一点。他的《世界公民》是一部让人百读不厌的书。其小品不单是洋溢着"真情同仁爱",并且是"珠圆玉润"的文章。入选的 19 世纪随笔作家为兰姆、哈兹里特、亨特、约翰·布朗。兰姆是梁遇春最心仪的对象,被认为是"这时代的最出色的小品文家"、"英国最大的小品文家"。他的《伊利亚随笔集》是一部"诙谐百出"的作品,"没有一个人读着不会发笑,不止是发笑,同时又会觉得他忽然从个崭新的立脚点去看人生,

---

① Alexander Smith:《小品文作法论》(上),林疑今译,《人间世》第 2 期,1934 年 4 月 20 日。
② 梁遇春:《〈小品文选〉序》,《小品文选》,上海北新书局,1930 年。

深深地感到人生的乐趣"。而哈兹里特是个"深刻不过"的作家，但却能那么"平易"地说出来。梁遇春认为这实在是哈兹里特的本事。亨特是被认为"整天笑哈哈的快乐人儿"，他的一生经历很多不幸的事情，但他却能以乐观态度对付人生中的坎坷与磨难，他入狱而写的《在监狱里》就很可以看出他这个人的个性来。约翰·布朗是苏格兰医生，他是个最富爱心的人，最会说"牵情的话"。20世纪活跃在英国随笔文坛上的作家也是极富个性特点。切斯特顿，被称为行事风格是"刁钻古怪"人，好说"似非而是的话"。贝洛克是以清新为主，善于描写穷乡僻壤处的风景。梁遇春幽默地调侃道："他同Chesterton一样都是大胖子，万想不到这么臃肿的人会写出那么清瘦的作品。"林德撰写的小品，异常"结实"，"里面的思想一个一个紧紧地衔接着"，却又是那么不费力气样子。加德纳在欧战期间写了不少随笔，用来排遣心中的烦闷，其"文字伶俐生姿"。

（三）兼收并蓄的选家眼光。梁遇春关注的眼光并不仅仅拘泥于英国随笔的职业写家。在《小品文选》、《小品文续选》中，我们看到梁遇春有意识地将随笔选文的范畴扩大到非职业写家。在《小品文选》中，他选入了高尔斯华绥，这是英国现代五大小说家之一，高氏有时也写一些随笔作品，出版二三部随笔集。其笔调"轻松"，"好像是不着纸面的"，"含蓄是他的最大特色"。默里是一个有名的英国批评家，他偏爱俄美近代文学，对于陀思妥耶夫斯基尤为倾心，撰写的学术专著 The Problem of Style 是一部极难读而很有价值的书。梁遇春选入的《事实与小说》是从其小品集 Pencillings 里挑出来的。

在《小品文续选》中，梁遇春更是将不单专选职业随笔作家的设想进一步推行开来。他认为：

> 这部续选的另一目的是里面所选的作家有一半不是专写小品文的。他们的技术有时不如那班常在杂志上写短文章的人们那么纯熟，可是他们有时却更来得天真，更来得浑脱，不像那班以此为业的先生们那样"修习之徒，缚于有得"。近代小品文的技术日精，花样日增，然是有趣，可是天分低些的人们手写

滑了就堕入所谓"新闻记者派头"Journalistic，跟人生隔膜，失去纯朴之风，徒见淫巧而已，聪明如 A. A. Milne 者尚不能免此，其他更不用说了。①

梁遇春从《小品文选》选几个非职业随笔写家再到《小品文续选》有意识地选一半非职业随笔写家，这是他选文标准、审美取向、思想理念发生重大的转型，这种变化是全面的、积极的和深刻的。从以上陈述的内容看，首先，梁遇春看重非职业写家是因为这些人与职业写家相比，他们的文章更无机心和奸巧，即文中所梁氏所说的来得更"天真"和"浑脱"。这说明梁氏非常重视随笔作品能否保持"真"的品格，保持原始的朴素之美；其次，梁遇春对近代以来随笔文坛出现"技术日精"、"花样日增"的担忧和警醒，以为那种忙于玩弄技艺而忽略思想内涵的提升的做法，最后写出的作品只能导致"跟人生隔膜，失去纯朴之风，徒见淫巧而已"，不可能出现打动人心的随笔；第三，梁遇春看重非职业写家，从某种意义上来说，更能体现蒙田创立"Essai"（法文）这一文体的本体意义和实质精神。法文"Essai"，就其本义是"考察"、"验证"、"尝试"、"试验"等，因此，"Essai"文体是作为写家进行思想探索的一种杂谈的载体。梁遇春重视非职业写家的随笔写作，打破了写家的职业身份，避免了随笔这一文体沦为职业文人炫耀浅薄才华、玩弄形式技巧的工具。从真正意义上，解放了加在随笔文体身上的桎梏，使之成为"思想者"纵横捭阖、自由驰骋的试笔疆域。

梁遇春正是选择这种大"随笔观"，使得他的思想通脱，视野开阔，价值多元。因而他最后一本《小品文续选》入选的随笔作家范围更为广泛、内容更为丰富、持论更为精辟。考利是位诗人，他的诗光怪陆离，意旨繁复，有人把他称为"立学派"。但他到晚年才写随笔，这些作品"很能传出他那朴素幽静的性格，文字单纯"，"开了近代散文的先河"。休谟既是英国经验哲学家，又是历史学家，他是个极端的人，走入了唯心论和怀疑论里去。因此他以"怀疑主义者明澈的胸怀"和"历史家深沉的

---

① 梁遇春:《〈小品文续选〉序》,《小品文续选》,上海北新书局,1935 年。

世故"来写随笔,让人读起来有"清醒之感","仿佛清早洗脸到庭中散步一样"。史密士是个诗人,也以"诡奇瑰丽"称于当世,所谓"痉挛派"诗人是也。他的随笔思想如"春潮怒涌",然而形式上却不如哈兹里特那样"珠圆玉润",不过"忧郁真挚"、"新意甚多"是其特色。比勒尔是个律师,在他的随笔里,喜欢用"大胆的诙谐的口吻"、"打扮出权威神气"、以及"胸罗万卷,吐属不凡的态度",让人感觉极其亲切和可爱。

(四)慧眼独具的史家评述。梁遇春一方面注意梳理和勾勒英国随笔的发展流脉,另一方面也努力概括不同发展阶段的流变特点和美学特征。如果说,18世纪前的培根、沃尔顿、布朗、考利四位属于英国随笔最初发展阶段的"开国元勋",那么,此时的英国随笔尚处蒙田式随笔的输入与移植时期;而随着18世纪欧洲启蒙运动的席卷而来,定期出版物的出现,强有力地促进了英国本土化随笔的出现与形成。因此,梁遇春将自己的关注重点和评述对象放在18世纪后的英国随笔发展史上,并把它的流变分为三个阶段,即18世纪的随笔、19世纪的随笔和近代(即我们通常所说的"现代"或"当代")随笔。他认为,18世纪的随笔属于"纯炼精净"、"恰到好处",它的篇幅较为短小;相反,19世纪的随笔大有一种"痛快淋漓"、"一泻千丈"的气魄,它比"18世纪的要长得多,每篇常常占十几二十页";而近代的随笔又"趋向短篇",大概每篇不超十页,"含蓄可说是近代小品文的共同色彩,甚么话都只说一半出来,其余的意味让读者自己体会"。从这个意义上看,"当代的随笔作家只不过是想另开一条路,我们可以把它们看做美的种类不同的作品"。梁遇春对于这三阶段英国随笔特征的描述和概括,不仅有助于读者更加深入地解读英国随笔作家的知识结构、个性特征和艺术风格,而且能起到从宏观的视角更加完整把握英国随笔艺术嬗变的内在理路及其总的发展趋势。

二、借鉴:建构一种现代的随笔观念

梁遇春没有专门写过关于随笔的理论文章,但是通过各种著译序文,尤其是三本随笔选集的序文,以及译文中所加的注释,即"顺便讨论小品文的性质同别的零零碎碎的话"①,我们还是可以从中窥见梁遇春对英国随笔的点滴感悟而引发对随笔文类的学理思考,从而用"拼图"的方式勾勒出他关于现代随笔的本质理解和理论构想。

与其他的中国现代学者一样,梁遇春首先遭遇如何将英文的"Essay"进行中文命名的问题。他说:

> 把 Essay 这字译做"小品",自然不甚妥当。但是 Essay 这字含义非常复杂,在中国文学里,带有 Essay 色彩的东西又很少,要找个确当的字眼来翻,真不容易。只好暂译做"小品",拿来和 Bacon, Johnson 以及 Edmund Gosse 所下 Essay 的定义比较一下,还大致不差。希望国内爱读 Essay 的人,能够想出个更合式的译法。②

其实这个问题,早在梁氏提出之前学界就给予过关注。1918 年,傅斯年的《怎样写白话文》就提及英文"Essay"一词,但并未翻译。1921 年,周作人发表《美文》时称:"外国文学里有一种所谓论文,其中大约可以分作两类。一批评的,是学术性的。二记述的,是艺术性的,又称作美文,这里边又可以分出叙事与抒情,但也很多两者夹杂的。这种美文似乎在英语国民里最为发达,如中国所熟知的爱迭生,兰姆,欧文,霍桑诸人都做有很好的美文,近时高尔斯威西,吉欣,契斯透顿也是美文的好手。"③很显然,周作人是把英文"Essay"译成"论文"和"美文"。

1925 年,鲁迅翻译的厨川白村《出了象牙之塔》一书,厨氏就在文中讨论"Essay"的译名问题,他说:"有人译 Essay 为'随笔',但也不对。德川时代的随笔一流,大抵是博雅先生的札记,或者玄学家的研究断片那样的东西,不过现今的学徒所谓 arbeit 之小者罢了。"至于如何解决这个译名,厨川白村没能拿出好的办法,只是说:"Essay 者,语源是法兰西语的 essayer(试)。即所谓'试笔'之意罢。"但"试笔"这个词

---

① 梁遇春:《〈英国小品文选〉译者序》,《英国小品文选》,上海书店,1929 年。
② 同上。
③ 子严(周作人):《美文》,《晨报副刊》,1921 年 6 月 8 日。

毕竟是意译，学界能接受吗？厨川白村心中并没有底，所以仍沿用英文"Essay"一词。由于日本文学受中国传统文化的影响，汉、日文中的"随笔"实指同一种文体。表面上看，鲁迅出于翻译的谨慎和对厨川白村观点的尊重，所以直接移植英文"Essay"的做法，然而可以看出，他内心或许也是赞同厨川白村的观点。但是到1928年，鲁迅对这个译名的态度出现较大的变化，他在出版译作日本鹤见祐辅的随笔集《思想·山水·人物》时，就认可把"Essay"译成"随笔"的做法。鲁迅在介绍美国威尔逊创作的"Essay"时，就没有像先前翻译厨氏作品时还存留英文"Essay"的做法，而是直接用中文"随笔"一词。1932年，鲁迅为自己拟写的译著书目，更是明确用中文"随笔"一词来称呼《出了象牙之塔》和《思想·山水·人物》这两本随笔集。鲁迅主张"随笔"这个中文译法，后来也就被后世文坛广泛接受。

除此之外，在当时文坛，胡梦华曾撰文主张将"Familiar essay"译成絮语散文[①]，也有的主张将"Essay"译成"小品文"一词。钟敬文说："英文中有所谓Familiar essay，胡梦华把翻成'絮语散文'，我以为把它译成小品文很确切。"[②] 李素伯在其专著中说："在西欧，原有一种Essay的文学，是起源于法兰西而繁荣于英国的一种专于表现自己的美的散文。Essay这一个字的语源是法语的Essayer，即所谓'试笔'之意。——见《出了象牙之塔》——有人译作'随笔'，英语中的Familiar essay译作絮语散文，但就性质、内容和写作态度上，似乎以小品文三字为最能体现这一类体裁的文字。"[③] 也就是说，英文"Essay"除了翻译成"随笔"，另外主张译成"小品文"也是大有人在，从胡梦华、钟敬文、梁遇春、李素伯再到林语堂，即是明显的例子。

那么，英文"Essay"究竟是译成"随笔"好呢？抑或是"小品文"更合适？其实，梁遇春在这个问题上，态度是暧昧的，他说"把Essay这字译做'小品'，自然不甚妥当"。究其原因，是"Essay这字含义非常

---

① 胡梦华：《絮语散文》，《小说月报》第17卷第3号，1926年3月10日。
② 钟敬文：《试谈小品文》，《文学周报》第7卷第24期，1928年12月23日。
③ 李素伯：《小品文研究》，上海新中国书局，1932年，第2—3页。

复杂,在中国文学里,带有 Essay 色彩的东西又很少"。很显然,梁遇春意识到用中国文化语境中的"小品"与西方所谓"Essay"这两个文类概念并非是对等和无缝衔接。"小品",是明代文人通过借用佛家用语一词,指涉自己平常随意挥写的"独抒性灵"之作。《世说新语·文学》有一句"殷中军读小品",刘孝标注云:"释氏《辨空经》有详者焉,有略者焉,详者为大品,略者为小品。"可见"小品"是与"大品"相对而言,晚明文人是在"篇幅短小"这个意义上使用它。然而西方的"Essay"并没有这条禁规,如蒙田《雷蒙·塞邦赞》,就长达十几万字。梁遇春在论及19 世纪英国随笔印象时,也特别提到这些作家常常有一种"痛快淋漓"、"一泻千丈"的气魄,篇幅长达一二十页。如果说这是从形式上来看"Essay"与"小品"不相称之处,那么,从内容来看二者也是值得推敲的。梁遇春说"Essay"含义较为复杂,然其本意在于"尝试",应为思想者探索人生之属,而"小品"是晚明文人用来逃避社会、抒发性灵的文类,偏于追求情调。相比之下,"随笔"更接近西方"Essay"的本意,它主张作家率性而行、笔随思路,其文类极具自由和灵活,使它与西方"Essay"接轨时,更彰显出其他文类所未有的兼容特色。①

需要说明的是,梁遇春虽主张"Essay"译成"小品",但只是采取"暂译"的态度,表明他给后人的学术探讨预留了想象的空间,他甚至说:"希望国内爱读 Essay 的人,能够想出个更合式的译法。"我们围绕这场"Essay"译名的学理探讨,并非采取简单的厚此薄彼的做法,而是要透过这个论争的背后,厘清梁遇春的学术立场和美学理念,以及随笔主张的局限和不足。

吴福辉认为:"梁遇春属于正统的思想文体统一论者。"② 吴氏何出此言呢? 其根据是来自梁遇春对于随笔的论述。梁遇春说:"理想的文体是种由思想内心生出来的,结果和思想成一整个,互为表里,像灵魂同躯壳一样地不能离开——这种对于文体的学说是英国批评家自 Hazlitt 以

---

① 黄科安:《知识者的探索与言说:中国现代随笔研究》,中国社会科学出版社,2004 年,第 10—12 页。

② 吴福辉:《〈梁遇春散文全编〉前言》,《梁遇春散文全编》,浙江文艺出版社,1992 年,第 12 页。

至 Spencer, Pater, Middleton Murry 所公认的,也就是 Buffon 所谓'The style is the name'的意思。"(兰姆《读书杂感》——译者注》)其实,随笔在西方素来是思想者探索的载体。梁遇春重视作品的思想性,认为思想与文体相辅相成、互为表里,这是很正常之事。

吴福辉说:"梁遇春一脚跨在英国小品这边,一脚便跨进这个'文明批评'的大趋势中。"① 梁遇春虽然称不上是一个"思想"型的作家和学者,但他一脚跨进'文明批评'的大趋势,而表现出来的品评社会、议论人生的特点却是异常的突出。他称赞英国性学家蔼力斯的散文"思想沉重",常常带有"意味无穷的警句",蔼力斯为什么会创作出思想深刻的作品呢?梁遇春分析道:"这是因为蔼力斯真可说是一个'看遍人生的全圆'的人,他看清爱情、艺术,道德,宗教,哲学都是人生必需品,想培养人生艺术的人们对于这几方面都该有同情的了解和灵敏的同情。"因此,读蔼力斯的文章,宜于静躺在床上,读一小段,吟咏半天,"这真不下于靠着椰子树旁,懒洋洋地看恒河的缓缓流,随着流水而冥想的快乐。"② 梁遇春在评价英国现代作家 John Galsworthy(高尔斯华绥)时,称高氏所最痛恨的是"英国习俗的意见和中等社会的传统思想。他用的武器是冷讽,轻盈的讥笑"③。梁遇春在论及瑞士日记作家亚密厄尔时,称他虽然"沉醉于渺茫的思想",在内省方面却非常清醒,能够用"深刻的眼光",看透自己心病的根源以及种种的病象;他这种两重性格使其在人事上常常碰壁,却叫他在写日记上得到绝大的成功:"假使他对于自己没有那么大的失望,恐怕他也不会这样子在灯下娓娓不倦一层一层地剥出自己的心曲,那么他生前的失败岂不是可说他身后的成名的唯一原因吗!"④ 而对于十几年来朝夕相聚的英国随笔大家兰姆,梁遇春是早已把他当成"家人"看待,甚至说:"Lamb 的鬼晚上也会来口吃地和我吵架

---

① 吴福辉:《〈梁遇春散文全编〉前言》,《梁遇春散文全编》,浙江文艺出版社,1992 年,第 2 页。
② 春(梁遇春):《人生艺术(蔼力斯)作品的精华》,《新月》第 2 卷第 2 号,1929 年 4 月 10 日。
③ 梁遇春:《John Galsworthy》,《幽会》,上海北新书局,1930 年。
④ 秋心(梁遇春):《亚密厄尔的飞莱茵》,《新月》第 2 卷第 2 号,1932 年 10 月 1 日。

了。"① 他曾专门撰写一篇评传,称赞兰姆是一个"看遍人生的全圆"的作家,这表现在千灾百难下,兰姆始终保持着"颠扑不破的和人生和谐的精神",同"那世故所不能损害毫毛的包括一切的同情心"。这是一种"大勇主义"的精神,值得人们赞美,值得人们学习的。因此,兰姆撰写的"伊利亚随笔",是带"一副止血的灵药","在荆棘上跳跃奔驰,享受这人生道上一切风光"②,体现了思想与文体互为表里,密不可分的特点。

梁遇春说:"国人因为厌恶策论文章,做小品文时常是偏于情调,以为谈思想总免不了俨然;其实自 Montaigne 一直到当代思想在小品文里面一向是占很重要的位置,未可忽视的。能够把容易说得枯索的东西讲得津津有味,能够将我们所不可须臾离开的东西——思想——美化,因此使人生也盎然有趣,这岂不是个值得一干的盛举吗?"梁遇春站在中西比较视野,指出因文化背景的不同,国人写随笔偏于"情调"而西方却重视"思想"。然而,梁遇春强调随笔的思想性,并非是倡导文人重新回到封建社会中士大夫所走的"忠君"、"征圣"和"载道"一路,而是向西方随笔作家学习,如何让"思想带上作者的性格色彩,不单是普遍的抽象东西,这样子才能沁人心脾,才能有永久存在的理由"。因此,梁遇春在这里拈出让思想"美化"的写作策略和修辞策略。

在梁遇春看来,让思想"美化"的写作策略或修辞策略一个最为关键性的要素,就是"思想带上作者的性格色彩"。梁遇春阐述道:

> 小品文是用轻松的文笔,随随便便地来谈人生,因为好像只是茶余酒后,炉旁床侧的随便谈话,并没有俨然地排出冠冕堂皇的神气,所以这些漫话絮语很能够分明地将作者的性格烘托出来,小品文的妙处也全在于我们能够从一个具有美妙的性格的作者眼睛里去看一看人生。③

从表面上看,随笔写家用轻松的文笔,随随便便谈论人生,是为了

---

① 梁遇春:《〈英国小品文选〉译者序》,《英国小品文选》,上海书店,1929 年。
② 梁遇春:《查理斯·兰姆评传》,《文艺月刊》第 6 卷第 5、6 号合刊,1934 年 12 月 1 日。
③ 梁遇春:《〈小品文选〉序》,《小品文选》,上海北新书局,1930 年。

能够抛开那种令人昏昏欲睡的高头讲章和摒弃策论中"排出冠冕堂皇的神气",其实最根本的是,随笔写家应以个人的立场、自己的眼光来品评人间世事,从而形成以个人为本位,忠实于自己心灵的观照方式,使随笔因而打上鲜明的个人印记。这也就是说,梁遇春所称的,读者不仅能从这些"漫话絮语"中感受作者个人的人格魅力,而且能从"一个具有美妙的性格的作者眼睛里去看一看人生"。

那么,随笔创作如何实现思想"美化"的个人化写作策略呢?梁遇春引入英国随笔作家本森(Arthur Christopher Benson)关于"观察点"(the point of view)的论述,认为这是"精研小品文字的神髓"。梁遇春对此加以发挥:"做小品文字的人最要紧的是观察点(the point of view),无论什么事情,只要从个新观察点看去,一定可以发见许多新的意思,除去不少从前的偏见,找到无数看了足以发噱的地方。所以做小品文字的人装老,装单身汉,装做外国人,装穷,装傻,无非是想多懂些事情的各方面。"(哥尔德斯密斯《黑衣人》——译者注)从梁遇春对英国随笔作家本森提出随笔创作要有一个所谓新"观察点"的阐述理论来看,其实就是强调随笔写家要打破惯性思维,换个角度看问题的重要性。至于"做小品文字的人装老,装单身汉,装做外国人,装穷,装傻",这是随笔写家的一种修辞策略,即一种"虚拟"艺术的运用。而这个观点的出现,是鉴于18至19世纪英国随笔创作现象总结而来的。斯梯尔借 Swift 攻击一位伦敦星相家的虚拟人物 Isaac Bickerstaff,来作为自己编 Tatler 时用的笔名,因为斯梯尔在编 Tatler,正是 Isaac Bickerstaff 历书这件事传遍伦敦全城之时,因此借用这个笔名既有很高的知名度,同时又方便作者以一个崭新角度观察人间世相,如《毕克司达夫先生访友记》。哥尔德斯密斯著名《世界公民》(The Citizen of the World),他假设一个住在英国的中国人 Lien Chi Altangi 写给他的先生,一位在当时朝廷做官的 Fum Hoam 的许多书信。其意在于"借一个外国游历人的口气,来讥讽英国的习俗,同时赞美东方的文化,外国人说英国国情,自然难免有许多的笑话,描写几位冷静批评里又充满了诙谐的空气,再加上些事实做通信的线索,描写几位奇奇怪怪的人物,点缀在中间,读起来倒觉得非常有趣"（哥尔德斯密斯《黑衣人》——译者注）。虚拟一个人物，确实是当时英国随笔写家惯用的伎俩，而且有意思的是，这些随笔写家多半都装说自己是个"单身汉而且是饱经世故的老人，因为单身汉同老头子对于一切事情常有种特别的观察点，说起话来也饶风趣"。"以讽刺小说著名的 Thackeray 做他的小品（Essaykin）时候，自称是个老人（oldster），是个鳏夫，说出话也蔼然仁者之言，谁念他那本小品集 *Roundabout Papers* 总感到《虚荣市》和 *Henry Esmond* 的作者也有他温和慈祥的时候。说也奇怪，爱做小品的人，许多却真是单身汉，Goldsmith, Cowper, Lamb, Irving 等都是没有娶过亲的"（斯梯尔《毕克司达夫先生访友记》——译者注）。

随笔写家这种思想"美化"的写作策略也体现在题材选择上。西方随笔作家喜欢回忆，尤其擅长撰写忆旧性题材。梁遇春说："回忆是小品文作家的一种好法子，不管什么东西，经过时间宝库的贮藏，拿出来都觉得带有缥缈蕴藉的气概，格外有趣，那种妙处正如白云罩着半露天外的远山一样。"（哈兹里特《青年之不朽感》——译者注）以兰姆为例，很能说明这个问题。哈兹里特在《时代精神》（*The Spirit of the Age*）评兰姆一段里说："兰姆不高兴一切新面孔，新书，新房子，新风俗……他的情感回注在'过去'，但是过去也要带着人的或地方的色彩，才会深深的感动他……他是怎么样能干地将衰老的花花公子用笔来渲染得香喷喷地；怎么样高兴地记下已经冷了四十年的情史。"那么，兰姆之所以这样迷恋"过去的骸骨"，其原因有二：一来因为他爱一切"人类的温情"。"事情虽然已经过去，而中间存着的情绪还可供我们回忆"；二来是"他性情又耽好冥想，怕碰事实，所以新的东西有种使他害怕的能力"[①]。因此，兰姆是个对现在没有兴趣的人，他更喜欢坐在炉边和他姐姐谈幼年事情，无时无刻不沉醉于以往的朦胧仙境里去。在这种思想观念下，西方随笔的忆旧题材占有突出的位置。难怪梁遇春总结道："凡是带这种癖性的人，写出的小品都情绪宛转缠绵，意味隽永，经得起我们的咀嚼，所以好的小

---

① 梁遇春：《查理斯·兰姆评传》，《文艺月刊》第 6 卷第 5、6 号合刊，1934 年 12 月 1 日。

品文家多半免不了钟情于已过去的陈迹或异代的轶闻。"(兰姆《读书杂感》——译者注)

行文的诙谐风格,同样也典型体现西方随笔写家思想"美化"的写作策略和修辞策略。在梁遇春看来,诙谐的产生是"从对于事情取种怀疑态度",然后看出矛盾来,因此,怀疑主义者多半是用"诙谐的风格来行文",因为"他承认矛盾是宇宙的根本原理。Voltaire,Montaigne 和当代的法朗士,罗素的书里都有无限滑稽的情绪"。(《醉中梦话(二)》)哥尔德斯密斯的《世界公民》,梁遇春认为是一部让人"百读不厌"的书。该书有一篇《黑衣人》讲述这个黑衣人行为古怪。他想施舍,但又怕人发现,因此说话常常前后不一致,相互矛盾:"当他的同情和自尊两种情绪相冲突,犹疑未决的时候,我故意向别方看,他就趁这机会给了这可怜求乞人一块银洋,同时为了着说给我听,他故意教他去工作谋食,不要再拿这无聊的大谎和走路人麻烦"。其实这个人物,就是哥尔德斯密斯自己人格的表现。梁遇春引述称:"Samuel Johnson 说,Goldsmith 说起话来,是位智者,做出的事,却是傻子,这是 Goldsmith 的毛病,也就是他人格上最可爱的地方"。(哥尔德斯密斯《黑衣人》——译者注)萨克雷是 19 世纪讽刺小说大家,他的心却极慈爱,他行文颇有 18 世纪作家冲淡之风,写随笔时"故意胡说一阵",更见得"秀雅生姿"①。兰姆一生平凡,但屡遭不幸,他创作的《伊利亚随笔集》能用飘逸的想象力,轻快的字句将沉重的苦痛拨开去,是一部"诙谐百出"的作品,就文体而论,随笔其实是可以多样化。梁遇春说:"小品文大概可以分做两种:一种是体物浏亮,一种是精微朗畅。前者偏于情调,多半是描写叙事的笔墨;后者偏于思想,多半是高谈阔论的文字。这两种当然不能截然分开,而且小品文之所以成为小品文就靠这二者混在一起。"② 所谓的"体物浏亮"、"精微朗畅",是从艺术的表现手法来区分,前者以描写叙事为主,偏向讲究"情调"与"韵味";后者以议论为主,逻辑推演,彰显学理色彩。

---

① 梁遇春:《〈小品文续选〉序》,《小品文续选》,上海北新书局,1935 年。
② 同上。

然而，根据随笔史的事实来看，往往更多表现于多种表现手法的混合运用，即抒情、叙事、议论互相穿插；文言、白话、诗词、俚语的交互使用。总之，怎么方便就怎么写，有话则长，无话则短，跌宕多姿，妙趣横生，意味隽永。

兰姆的行文是以17—18世纪古文家为法。他嗜读富勒（Fuller），这是一位英国17世纪的传记兼历史学家，文体奇妙；他喜好伯尔顿（Brurton）这个老头，创作的《忧郁的剖析》讲究风格，充满奇闻，17世纪广泛流传，后一度湮没，正是兰姆的发掘，才使它重获好评。可以说，兰姆喜好阅读伊丽莎白时代一些作家作品。大概是由于浸淫既久，兰姆在写作中不免常常加以引用，古词古语时时出现于笔底。不过，兰姆虽有仿古之癖好，但却能得其神韵，而不至于为他们所束缚住。因此，有人评价说："他这古怪的笔法只是一层语言外壳，像蜗牛的硬壳一样，包藏着一个有血有肉的软体。细心的读者对照兰姆的生平，透过他那仿古的文风，他那特别的用语，以及他那迂曲的思路，不难看出在这语言硬壳下所包着的'文心'，亦即作者的心，看出来他是一个苦人，也是一个好人，他的随笔乃是一颗善良的心里所发出的含泪的微笑。"[①] 作为兰姆的追随者梁遇春，对于兰姆随笔文体的体会就更为到位和深刻。他以为，兰姆正因善于运用仿古之文，所以平添好多的诙谐和幽默，因而他的文章比起17—18世纪的散文大家的著作更饶有兴趣，"他那套古色斑斓的意思，好似一定要那种瑰奇巧妙的文体才能表现得出来，理想的文体是种由思想内心生出来的，结果和思想成一整个，互为表里，像灵魂同躯壳一样地不能离开。"（兰姆《读书杂感》——译者注》）可见，兰姆的独到之处就在于他能运用奇怪的文体，而将心灵透彻地表现出来。

梁遇春在解读艾迪生《论健康之过虑》一文时说："18世纪写小品文字的作家常喜欢虚做一封来信，后面再加按语，用这法子可以将一件事情的正反两面都写出来，既没有用辩说体那样枯燥，比起对话体，文情又有从容不迫，娓娓清谈之致，不像那样针锋相对，没有闲逸的风味。

---

① 刘炳善：《译事随笔》，中国电影出版社，2000年，第29—30页。

Addison 同 Steele 最爱用这种布局。"这里用比较的方式，谈及随笔文体的多样化问题。可以说，在文体创造上，西方的现代随笔写家师心使气，各逞才情、融旧铸新、庄谐杂出，显示出不凡的身手。他们懂得了"虚拟"艺术，或辩说、或对话、或书信、或札记，不一而足，达到现代随笔艺术的巅峰，成为后世随笔创作的范本。

三、尝试：创作中国的"伊利亚"文体

梁遇春存世随笔只有《春醪集》、《泪与笑》二本，计36篇，这主要是他的随笔创作时间并不长（1926年冬—1932年夏）。然而，就是这些不多的随笔篇什，却得到当时知心朋友和后来学界同仁的赞赏和好评。废名誉他的随笔为酝酿一个"好气势"，将"一树好花开"，称其文章为"新文学中的六朝文"。[①] 唐弢说，"我喜欢遇春的文章，认为文苑里难得有像他那样的才气，像他那样的绝顶聪明，像他那样顾盼多姿的风格"，并称他为"文体家"，走上"一条快谈、纵谈、放谈的路"。[②]

俗话说："文如其人"，梁遇春随笔亦是如此。那么探讨他随笔风格的形成，也应从他的个性、性情开始。废名说："他常是这样的，于普通文句之中，逗起他自己的神奇的思想，就总是向我谈，滔滔不绝，我一面佩服他，一面又常有叹息之情，仿佛觉得他太是生气蓬勃。"[③] 叶公超也说："他是个生气蓬勃的青年，他所要求于自己的只是一个有理解的生存，所以他处处才感觉矛盾。这感觉似乎就是他的生力所在。"[④] 梁遇春的这两个友人同时都用了"生气蓬勃"一词来形容梁氏的性格特点和精神状态。"生气蓬勃"就是指一个人的青春活力、英姿焕发、魅力四射。梁遇春在《〈春醪集〉序》中，论及人生苦短时，就提倡"在这急景流年的人生里，我愿意高举盛到杯缘的春醪畅饮"。这就是梁遇春的个性，他要"急景流年的人生"里，举杯畅饮春醪，释放自己的青春，活出自己的精

[①] 废名：《〈泪与笑〉序一》，《泪与笑》，梁遇春，上海开明书店，1934年。
[②] 唐弢：《两种散文》，《晦庵书话》，北京三联书店，1980年，第53页。
[③] 废名：《悼秋心（梁遇春君）》，《大公报·文学副刊》第236期，1932年7月11日。
[④] 叶公超：《〈泪与笑〉跋》，《泪与笑》，梁遇春，上海开明书店，1934年，第142页。

彩。因此，他在友人眼里，"正好比一个春光，绿暗红嫣，什么都在那里拼命，我们见面的时候，他总是燕语呢喃，翩翩风度，而却又一口气要把世上的话说尽的样子"①。一个朝气蓬勃、才气逼人的梁遇春，一个打开话匣子就滔滔不绝的梁遇春，却因过早地陨落，就像一颗"稀有的彗星忽然出现在天边，放射出异样的光芒，不久便消逝"②，让他的朋友和学界同仁为之而嘘唏不已。

梁遇春意气风发、风风火火的个性，使人觉得他太奇特了。他的朋友刘国平称，梁遇春有一篇文章题目叫做《观火》，"我们觉得他本身就是像一团火"③，把梁遇春的个性比拟成"火"，这个比喻既形象，又贴切。梁遇春极为欣赏唐南遮（D'Annunzio）的长篇小说《生命的火焰》这个题名。他说："生命的确是像一朵火焰，来去无踪，无时不是动着，忽然扬焰高飞，忽然销沉将熄，最后烟消火灭，留下一点残灰，这一朵火焰就再也燃不起来了。"梁遇春把"火"视为"人生的象征"，那么，"我们的精神真该如火焰一般地飘忽莫定，只受里面的热力的指挥，冲倒习俗，成见，道德种种的藩篱，一直恣意干去，任情飞舞，才会迸出火花，幻出五色的美焰。"梁遇春将"火"视为"人生的象征"理念，还写到他的一篇短文 Kissing the Fire《吻火》里去。这篇短文是为纪念徐志摩因飞机失事遇难而撰写的。这篇最大的一个亮点，是拈出徐志摩点纸烟的细节来写。徐志摩拿着一支香烟向朋友取火时说："Kissing the fire"，梁遇春评价称这句话真可以代表徐志摩对于人生的态度，"人世的经验好比是一团火"，许多人都是敬鬼神而远之，隔岸观火，拿出冷酷的心境去估量一切，不敢投身于轰轰烈烈的火焰里去。而徐志摩却不同，"他肯亲自吻着这团生龙活虎般的烈火，火光一照，化腐臭为神奇，遍地开满了春花，难怪他天天惊异着，难怪他的眼睛跟希腊雕像的眼睛相似，希腊人的生活就是像他这样吻着人生的火，歌唱出人生的神奇。"梁遇春用"吻火"一词，典型概括了徐志摩活泼热情的个性，以及喻指他坐飞机遇难之事，即

---

① 废名：《〈泪与笑〉序一》，《泪与笑》，梁遇春，上海开明书店，1934 年。
② 冯至：《谈梁遇春》，《新文学史料》，1981 年第 1 期。
③ 刘国平：《〈泪与笑〉序二》，《泪与笑》，梁遇春，上海开明书店，1934 年。

"这一回在半空中他对人世的火焰作最后的一吻",写得相当的出彩。难怪废名阅读后连连说出:"Perfect!Perfect!"而他另一朋友叶公超则记录得更详细:"《吻火》是悼徐志摩的。写的时候大概悼徐志摩的热潮已经冷下去了。我记得他的初稿有二三千字长,我说写得仿佛太过火一点,他自己也觉得不甚满意,遂又重写了两遍。后来拿给废名看,废名说这是他最完美的文字,有炉火纯青的意味。他听了颇为之所动,当晚写信给我说'以后执笔当以此为最低标准'。"①

阅读过梁遇春随笔的读者,都有一种感觉那就是他杂学兼容却自有思想见解的一位青年作家。他常常逆向思维,好做反题,析理精微,笔锋犀利,其思想的言说,可以形成一股强大的冲击力,去撼动读者脑海中既有的价值观念。梁遇春这种叛逆个性和批判意识,充分体现在撰写的随笔作品中。在《讲演》中,他认为要真的获得知识,求得学问,那种上堂听课、偶遇演讲,都无济于事。他说:"真真要读书只好在床上,炉旁,烟雾中,酒瓶边,这才能领略出味道来。所以历来真文豪都是爱逃学的。至于 Swift 的厌课程,Gibbon 在自传里骂教授,那又是绅士们所不齿的……"《"还我头来"及其他》,梁遇春借引关云长阴魂不散,大喊"还我头来",来影射当时所谓"思想界的权威"在做"文力统一"之事。梁启超开出必读书目,称没有念过他所开的书的人不是中国人,梁遇春毫不客气指斥为这"完全是青天白日当街杀人刽子手的行为";而胡适一方面说真理不是绝对的,中间很有商量余地,另一方面却又说治哲学史的方法唯一无二的路,凡他不同的都会失败。梁遇春对胡适的做法很不以为然,他说只好"摆开梦想,摇一下头——看还在没有"。《人死观》,20 世纪 20 年代,当学界正在热烈讨论"人生观"时,梁遇春却来一个反题切入,吟咏"人死观"。梁遇春说:"我们对生既然觉得二十四分的单调同乏味,为什么不勇敢地放下一切对生留恋的心思,深深地默想死的滋味。压下一切懦弱无用的恐怖,来对死的本体睁着细看一番。"本着这样的理念,梁遇春谈起了"人死观","骸骨不过是死宫的门,已经给

---

① 叶公超:《〈泪与笑〉跋》,《泪与笑》,梁遇春,上海开明书店,1934 年,第 144 页。

我们这种无量的欢悦，我们为什么不漫步到宫里，看那千奇万怪的建筑呢。"他以为，如果死后灵魂不灭，老是这么活下去，也就没有可哀之事。"永生同灭绝是一个极有趣味的 dilemma，我们尽可和死亲昵着，赞美这个 dilemma 做得这么完美无疵，何必提到死就两对牙齿打战呢？""人生观这把戏，我们玩得可厌了，换个花头吧，大家来建设个好好的人死观。"在《"春朝"一刻值千金》里，梁遇春是化用了"春宵一刻值千金"这句老话而来，不过他所谓的"春朝"一刻值千金，并非推崇"早起"，而是反切题赞美"迟起"。他说："十年来，求师访友，足迹走遍天涯，回想起来给我最大益处的却是'迟起'，因为我现在脑子里所有些聪明的想头，灵活的意思多半是早上懒洋洋地赖在床上想出来的。"因此，他觉得"迟起"是一门艺术，对它应该歌咏一下。《谈"流浪汉"》，"流浪汉"英文为 Vagobond，它与"君子"Gentleman 相对而言。在梁遇春看来，"君子"当然是行为温文尔雅，谈吐蕴藉不俗，但世界如果只是你将就我，我将就你，这种世界和平固然是和平，可惜是"死国的和平"。相反，"流浪汉"的个性却是豪爽英迈、勇往直前，虽然他们干的事情不一定都对社会有益，可是他们"那股天不怕，地不怕，不计得失，不论是非的英气总可以使这麻木的世界呈现些许生气"。"天下最大的流浪汉是基督教里的魔鬼。可是哪个人心里不喜欢魔鬼"。因此，梁遇春以为，无论如何，"在这麻木不仁的中国，流浪汉精神是一服极好的兴奋剂，最需要的强心针"。这，应该算是梁遇春反向立意之所在！

如何将随笔创作引向深度，梁遇春强调人生经验的获取与体会。在《查理斯·兰姆评传》中，梁遇春颇为欣赏兰姆"点泥成金"的艺术。在现实生活中，兰姆无论生活怎样压迫着他，心情多么烦恼，他总能用精细微妙、灵敏多感的心灵观察生活，并从中找寻出值得同情或有趣味的东西。在他笔下，他爱看洗烟囱小孩洁白的牙齿，伦敦街头墙角鹑衣百结、光怪陆离的叫花子，以及街灯、店铺、马车、戏院……总之，这一切，他怎么看也不够，甚至高兴得流下热泪。他说："我告诉你伦敦所有的大街傍道全是纯金铺的，最少我懂得一种点金术，能够点伦敦的泥成金——一种爱在人群中过活的心。"兰姆说得真好，"一种爱在人群中过活的心",就是他"点泥成金"艺术的奥妙所在,当他站在拥挤的伦敦街头体会生活时,他眼里什么东西都包含着无限的意义。因此,梁遇春评价道:"他无论看什么,心中总是春气盎然,什么地方都生同情,都觉有趣味,所以无往而不自得。这种执著人生,看清人生然后抱着人生接吻的精神,和中国文人逢场作戏,游戏人间的态度,外表有些仿佛,实在骨子里有天壤之隔。"

虽然说,梁遇春生活范围较窄,人生阅历有限,但他靠博览群书,弥补了这一缺陷。冯至曾经认为,梁遇春"从英国的散文学习到如何观察人生,从中国的诗、尤其是宋人的诗词学习到如何吟味人生,从俄罗斯的小说学习到如何挖掘人生"。[①] 冯至这一席话,虽嫌机械一点,所谓"观察"、"吟味"、"挖掘",对这三处知识来源来说应该是综合的统摄与运用。因而,梁遇春对人生的体会和吟咏,就来得复杂和深刻,有一种特别的况味。在《"还我头来"及其他》里,他说出:"我相信真真了解下层社会情形的作家,不会费笔墨去写他们物质生活的艰苦,却去描写他们生活的单调,精神奴化的经过,命定的思想,思想的迟钝,失望的麻木,或者反抗的精神,蔑视一切的勇气,穷里寻欢,泪中求笑的心情。"在《黑暗》中,他认为,"这个世界仍然是充满了黑暗,黑暗可说是人生核心;人生的态度也就是在乎怎样去处理这个黑暗","只有深知黑暗的人们才会热烈地赞美光明"。在《"春朝"一刻值千金》里,他称:"我想凡是尝过生活的深味的人一定会说痛苦比单调灰色的生活强得多,因为痛苦是活的,灰色的生活却是死的象征。"在《醉中梦话(一)》里,他认为:"Gorky 身尝忧患,屡次同游民为伍的,所以他也特别懂得笑的价值。"而在《泪与笑》中,他却说:"泪却是肯定人生的表示。"

梁遇春善于发现事物的内在矛盾,或由上而下,或由外而内,或由前而后,层层剖析,在体会人生况味的过程中,将复杂的人生内涵和盘端出,从而展现出他对这些问题探讨的广度。生与死、泪与笑、早起与迟起、君子与流浪汉、黑暗与光明、穷苦与安逸、滑稽与愁闷,什么"只

[①] 冯至:《谈梁遇春》,《新文学史料》,1981 年第 1 期。

有热肠人才会说冷话"、"大人物的缺点正是他近于人情的地方"、"失败是幻梦的保守者"、"世界里什么事一达到圆满的地位就是死刑的宣告"、"天下美的东西都是使人们看着心酸"……梁遇春所阐析的这些内容都是两两相对的概念,它们之间相互矛盾,又是相互纠葛,相辅相成,他认为:"天下只有矛盾的言论是真挚的,是有生气的,简直可以说才算得一贯。矛盾就是一贯,能够欣赏这个矛盾的人们于天地间一切矛盾就都能彻悟了。"(《一个"心力克"的微笑》)的确,抓住"矛盾"、欣赏"矛盾",才能观察到世态的复杂,品评出人间的况味。以梁遇春的《天真与经验》为例。按理说,天真与经验是一对水火不相容的概念。在我们的经验世界里,以为只有什么经验也没有的小孩子才会天真,而那种历经沧海桑田的大人,得到了经验却失去了天真。然而,梁遇春却偏偏说:"天真和经验实在并没有这样子不共戴天,它们俩倒很常是聚首一堂。"在梁遇春看来,小孩子的天真是靠不住的,好像是个很脆的东西,经不起现实的接触。当他们发现人情的险诈与世路的崎岖时,他们会很震惊,并且以为世上除开计较得失利害外是没有别的东西,柔嫩的心或者就这么麻木下去,变成一个所谓值得父兄赞美的"少年老成人"了。因此,"他们从前的天真是出于无知,值不得什么赞美,更值不得我们欣羡"。而那些已坠入世网的人们表现出来"天真"就不同,因为他们"阅尽人世间的纷扰,经过了许多得失哀乐","看穿了鸡虫得失的无谓,又知道在太阳底下是难逢笑口的",所以"肯将一切利害的观念丢开,来任口说去,任性做去,任情去欣赏自然界的快乐","他们把机心看做是无谓的虚耗,自然而然会走到忘机的境界了"。从这个意义而言,这个建立在"理智上面的天真绝非无知的天真所可比拟的,从无知的天真走到这个超然物外的天真,这就全靠着个人的生活艺术了"。梁遇春通过两两比较、层层论证,得出我们把"无知误解做天真",而"不晓得从经验里突围而出的天真才是可贵"的道理。他指出:"没有尝过穷苦的人们是不懂得安逸的好处的,没有感到人生的寂寞的人们是不能了解爱的价值的,同样地未曾有过经验的孺子是不知道天真之可贵的。小孩子一味天真,糊糊涂涂地过日,对于天真并未曾加以认识,所以不能做出天真的诗歌来,笨大的爸爸们尝遍了各种滋味,然后再洗涤俗虑,用锻炼过后的赤子之心来写诗歌,却做也最可喜的儿童文学,在这点上就可以看出人世的经验对于我们是最有益的东西了。"

应该说,梁遇春随笔中许多非同凡响的思想言说,其中"有的是真知灼见,有的也近于荒唐",他留给读者的印象"有时如历尽沧桑、看透世情的智者","有时又像是胸无城府、有奇思异想的顽皮孩子",他对于"社会上因袭的习俗和时髦的风气肆意嘲讽,毫不容情",而又"热爱人生"[1],品评生活,迷恋一切人类的温情。那么他这些思想火花、人生智慧是从哪里得来的呢?相对于他短暂的人生和简单的职业生涯,他是不可能拥有这么多的"奇思怪想"的。毫无疑问,梁遇春聪明好学、博闻强记,促使他这种个性特点的形成。叶公超说:"我感觉驭聪对于人生的态度多半是从书里经验似乎比他实际生活中的经验更来得深刻,因此便占了优胜。"[2]然而,文学的知识是间接的人生经验,它只是第二手的材料。关于这一点,梁遇春是有反省和警觉的,他在《文学与人生》中说,"文学里的世界是比外面的世界有味得多。只要踏进一步,就免不了喜欢住在这趣味无穷的国土里,渐渐地忘记了书外还有一个宇宙","文学最完美时候不过像这面镜子,可是人生到底是要我们自己到窗子向外一望才能明白的。"他在《途中》一文里,把"读万卷书"与"行万里路"进行了比较,他说:"读书是间接地去了解人生,走路是直接地去了解人生,一落言诠,便非真谛,所以我觉得万卷书可以搁开不念,万里路非放步走去不可。"可惜命运捉人,未假以天年,梁遇春虽读万卷书,却没有机会行万里路。因此,他的随笔虽有一定的广度,但其力度和深度都还是有所欠缺。

梁遇春称:"小品文大概可以分做两种:一种是体物浏亮,一种是精微朗畅。前者偏于情调,多半是描写叙事的笔墨;后者偏于思想,多半是高谈阔论的文字。这两种当然不能截然分开,而且小品文之所以成为

---

[1] 冯至:《谈梁遇春》,《新文学史料》,1981年第1期。
[2] 叶公超:《〈泪与笑〉跋》,《泪与笑》,梁遇春,上海开明书店,1934年,第144页。

小品文就靠这二者混在一起。"他的随笔属于后一种,写得"精微朗畅",是一种以议论为主的学理文。梁遇春又说:"国人因为厌恶策论文章,做小品文时常是偏于情调,以为谈思想总免不了俨然;其实自 Montaigne 一直到当代思想在小品文里面一向是占很重要的位置,未可忽视的。能够把容易说得枯索的东西讲得津津有味,能够将我们所不可须臾离开的东西——思想——美化,因此使人生也盎然有趣,这岂不是个值得一干的盛举吗?"① 尽管说,有的学者认为,梁遇春随笔是中西文化基础上形成自己的独特艺术,但我在这里更愿意把它称之为西方的"Essay"在中国的成功移植。从表层上看,梁遇春的作品类似于中国古代的议论性散文,有些作品甚至很有中国的文化元素和艺术情调,如他撰写的《又是一年春草绿》、《春雨》等。但就其精神实质而言,梁遇春的随笔创作是奉西方"Essay"为圭臬,而与中国散文向来重视情趣有所疏离,其艺术神韵及风采,是属于西方的"Essay",尤其是带有明显的英国"Essay"的风格。

因此,面对与西方"Essay"有血缘关系的梁遇春随笔,国内学界在艺术层面如果是把它放在中国经验的范畴来研究,肯定会遭遇"盲点",或出现抓不到要害的评判或出现"失语"的现象。废名曾认为,梁遇春"文思如星珠串天,处处闪眼,然而没有一个线索,稍纵即逝"②。废名的这个评价,既是指出梁遇春随笔创作的特色,同时也隐含着批评之意。因为在中国,散文尤其是议论性散文多半是中心突出、主旨明确。然而,梁遇春常常借题发挥、节外生枝、其作品呈现出多线索、复合型内容的特征,这显然不符合或者说逸出中国经验的审美标准和评价体系。但是,恰恰是这种随笔作品,它吻合了西方"Essay"的文本特征。

友人石民曾称梁遇春是"一个健谈的人","每次见面真是如他自己所谈的'口谈手谈'"③。在西方,随笔被称为"杂谈"式文体,也有人把

---

① 梁遇春:《〈小品文续选〉序》,《小品文续选》,上海北新书局,1935年。
② 废名:《〈泪与笑〉序一》,《泪与笑》,梁遇春,上海开明书店,1934年。
③ 石民:《〈泪与笑〉序三》,《泪与笑》,梁遇春,上海开明书店,1934年。

它当作"纸上谈话"①。所以,梁遇春的"口谈手谈",我们不妨把他的创作理解为由"口谈"转化为"手谈"(即"笔谈"),因为随笔写家的理想境界就是一种"纸上谈话"。那么,如何概括梁遇春随笔创作的文体特点,我以为唐弢对梁遇春随笔作出比较到位的艺术评价,他称梁遇春是一位"文体家",梁氏随笔作品已经形成一种"快谈、纵谈、放谈"的文体特性。

首先,梁遇春的"发散性思维",具有卓越的文化联想能力,是形成"快谈、纵谈、放谈"的文体特性的重要因素。现代随笔作家叶灵凤就认为:"小品文是应该无中生有的,以一点点小引为中心,由这上面忽远忽近的放射出去,最后仍然收到自己的笔上,那样才是上品。"②这就是随笔作家通常所具有"发散性思维"的特点。通俗地说,这种思维主体通过充分发挥自己的想象能力,突破原有的知识疆域和时空界限,由某一点向四周散开,向四面八方联想开来,达到了古代文论家陆机所说的"精骛八极,心游万仞"的自由创作境界。对此,友人刘国平曾称梁遇春:"在他的脑海里来往自如,一有逗留,一副对联,半章诗句都能引起他无数的感想与傅会,扯到无穷去。"③讲的就是梁遇春思路敏捷,变化多端,不易受思维定式和既定逻辑框架、文类范式的束缚,而在创作中体现出联类无穷的想象能力。以《醉中梦话(二)》为例,这篇文章由四篇短文连缀而成,分别为"才子佳人信有之"、"滑稽与愁闷"、"'九天阊阖开宫殿,万国衣冠拜冕旒'的文学史"、"这篇是顺笔写去,信口开河,所以没有题目,""两段抄袭,三句牢骚"。不仅标题大相径庭,内容也互不搭界。尤其是第四个标题更不像样,干脆把没标题的原因写上去,当作题名,这恐怕也是非梁遇春莫办!我们就以这一节内容作个解读。梁遇春开篇提起英国近代批评家 Bailey 讲的"英国人应当四十岁才开始读圣经"开始议论,联想开来。以为 Bailey 的话很有道理,以为什么东西太熟悉、太常见,就反而不深刻起来。由此,梁遇春联想到谁能说出母亲面

---

① 陈叔华:《娓语体小品文释例》(上),《人间世》第 28 期,1935 年 5 月 20 日。
② 叶灵凤:《我的小品作家——文艺随笔之二》,《灵凤小品集》,上海书店影印,1985 年,第 132 页。
③ 刘国平:《〈泪与笑〉序二》,《泪与笑》,梁遇春,上海开明书店,1934 年。

貌的特点；哪个生长在西湖的人能天天热烈地欣赏六桥三竺的风光；婚姻制度的流弊，哪个能够永久在早餐时节对妻子保持亲爱的笑容；英国 18 世纪歌咏自然的诗人 Copwer 亲自然，是因为他偶然看到自然美，免不了感到惊奇；相反那些长期在乡下生长，而能歌咏自然的诗人，恐怕只有 Burns，其他赞美田舍风光的作家总是由乌烟瘴气的城里移住乡间的人们。由诗人这种揭示田园诗人身上的矛盾现象，转向议论作家身上存在的矛盾现象，他说"Dostoivsky 的一枝笔把龌龊卑鄙的人们的心理描摹得穷形尽相，但是我听说他却有洁癖，做小说时候，桌布上不容许有一个小污点"。接着思绪又转向神秘派诗人的议论，称"神秘派诗人总是用极显明的文字，简单的句法来表明他们神秘的思想"。与此相关的是，作家笔锋谈起"诗文的风格（style）奇奇怪怪的人们，多半是思想上非常平稳。为了论证这个观点，作家随兴而起，滔滔不绝地谈："Chesterton 顶喜欢用似非而是打筋斗的句子，但是他的思想却是四平八稳的天主教思想。勃浪宁的相貌像位商人，衣服也是平妥得很，他的诗是古怪得使我念着就会淌眼泪。Tennyson 长发披肩，衣服松松地带有成千成万的皱纹，但是他那 In Memoriam 却是清醒流利，一点也不胡涂费解。约翰生说 Goldsmith 做事无处不是个傻子，拿起笔就变成聪明不过的文人了……"梁遇春连续引证了四位西方文人身上"言"与"行"的不一致之处，突显他们的矛盾现象。这些文字创作，表明了梁遇春具有联类无穷的想象能力，他的运思途径灵活、跳跃、少阻滞、多路向，能不断地花样翻新，并在较短时间内释放出较多的文化信息。

其次，梁遇春的杂学功底，对他随笔形成"快谈、纵谈、放谈"的文体特性提供了基础保障。文艺复兴晚期法国怀疑论思想家蒙田创立现代随笔文体，其意在于作为一种思想探索的杂谈载体。根据 P. 博克研究，蒙田随笔是"希腊议论文的一种复兴"，其显著的特色"不是在文章的长短或题材上，也不在结论，而是在于抓住思想的流动，揭示出思维的这种历程"。[①] 由于作家为了说服别人，而常常求助于实例、例证乃至逸闻，

---

① P. 博克：《蒙田》，孙乃修译，工人出版社，1985 年，第 122 页。

因而在创作中往往是笔随思路，信马由缰，枝干旁逸，形成一种"杂谈"式文体。很显然，梁遇春的作品与西方这种"杂谈"式文体如出一辙，有着极其密切的渊源关系。这种"杂谈"式文体在于作家必须具备博大的胸怀和博识的眼光，也就说要在各种知识领域里穿行，探幽见微，深化思想，重构新论。《论知识贩卖所的伙计》，文章一开篇，梁遇春一语惊人："'每门学问的天生仇敌是那门的教授。'——威廉·詹姆士。"虽是引述他人之语，但乍一看，颇感偏激，却很有一种诛心之论的味道。梁遇春认为与糖店里伙计不喜欢糖饼，和布店的伙计穿价廉物美的料子一样，知识贩卖所的伙计也是最不喜欢知识，失掉了求知的欲望。文章中既援引法郎士《伊壁鸠鲁斯园》里一段讥笑学者的例子，又引述美国大学中某些教授讲义的陈旧等等事例，说明了这些学者已经同知识的活气告别了，只抱个死沉沉的空架子。接着，梁遇春称："笛卡尔哲学的出发点是'我怀疑，所以我存在'；知识贩卖所的伙计们的哲学的出发点是'我肯定，所以我存在。'"这是戏谑的笔墨，对外达到与西方文化的对接，对内通过再造仿词，植入新义，达到解构之目的。《"春朝"一刻值千金》，虽是梁遇春化用"春宵一刻值千金"这句老话而来，但其"迟起"的主张，是受到当代英国随笔作家文集《懒惰汉的懒惰想头》(Idle Thoughts of an Idle Fellow)的启发。《人死观》，一方面是深受当时学界掀起"人生观"讨论的激发，但同时也是梁遇春对于西方随笔中关于这一话题的探讨的影响。梁遇春说："'爱'和'死'是小品文最喜欢讨论的题材，尤其是'死'，因为死这题目可以容纳无限幻想，最合于捧着烟斗先靠在躺椅时的沉思默想。Bacon, Montaigne, Addison, Steele, Leigh Hunt, De Quincey, Smith, Belloc 等都有很好的关于'死'的作品。"（雷利《吉诃德先生》——译者注）他又说："小品文家 Alexander Smith 在他小品集《梦乡》(Dreamthorp)里面有一篇《死和死的恐惧》(On Death and the Fear of Dying)，就拿这件事来证明死有种种神秘能力，把人们的位置提高，他说：'Death makes the meanest beggar angust, and that augustness would assert itself in the presence of a king.' Smith 这篇论死的小品是他最得意之作，也是关于死的一篇千古绝妙的文章，想研究'人死观'的人,不可不拿来细细咀嚼一番。"(林德《躯体》——译者注)梁遇春这篇《人死观》正是建立西方哲人大量探讨这一问题基础上,进行了知识的整理、疏通和佐证,以融通的眼光,扫除文化的历史浮尘,透入思想的幽秘玄机,从而以富有哲理的思辨表现出对现实的否定精神。

再者,梁遇春的拉闲扯散个性,是形成其随笔"快谈、纵谈、放谈"文体特性的重要成因。梁遇春耽溺于西方"Essay",自然对"Essay"的文体特性了如指掌、烂熟于心。梁遇春在《蒙旦的旅行日记》中,称"蒙旦"(即蒙田)"古往今来最伟大的小品文家",那"一千多页无所不谈的絮语"奠定了西方文学史上的地位。又认为,这本旅行日记缺少的正是随笔不可或缺的要素——"闲暇的环境"同"余裕的心情"。而他的随笔集就是在古堡圆塔中解闷时写的,所以有了那"迷人的悠然情调"同对于"人间世一切物事的冷静深刻的批评"。梁遇春概括蒙田创立的现代随笔文体特点,就体现在"絮语"、"闲暇的环境"、"余裕的心情"、"迷人的悠然情调"等表述上。梁氏评价兰姆称:"他谈自己七零八杂事情所以能够这么娓娓动听,那是靠着他能够在说闲话时节,将他全性格透露出来,使我们看见真真的兰姆。"(《查理斯·兰姆评传》)他评库鲁逊时指出,这是一位"精明的批评家",同时也是"天生的小品文作家",所以"当他谈得高兴的时节,常常跑起野马,说到自己人的事情或者别的没有什么关系的废话"。(《再论五位当代的诗人》)可见,梁遇春无论是评兰姆还是库鲁逊,着重抓住的是随笔作家的创作个性及其"闲话"特点。尤其是对于18世纪以来英国随笔文体方面上的花样翻新而表现出来的"娓娓清谈"和"闲逸风味",梁遇春更是心领神会、推波助澜。在他笔下,有对话体的,如《讲演》;有装糊涂,假痴聋,如撰写的《醉中梦话》(一)、(二);有内心独白式的,如《她走了》、《苦笑》、《坟》等;有一句话、一首诗而展开联想的,如《Kissing the Fire(吻火)》、《破晓》、《"春朝"一刻值千金》、《"还我头来"及其他》……梁遇春即兴立题,从容漫笔、使笔下文体显得"玲珑多态、繁华足媚,其芜杂亦相当"[①]。

---

① 废名:《〈泪与笑〉序一》,《泪与笑》,梁遇春,上海开明书店,1934年。

第四节　朱光潜：中西文化视野与现代散文理论的构建

在 20 世纪中国学术流变过程中，涌现出一批杰出的学者，他们拥有西学知识背景和旧学的深厚功底，而这种中西文化视野的确立和形成，极大激发他们如何在固有文化的基础上，进行深度的文化对话，寻找现代学术的生长点，完成现代学术话语的创造和转型。朱光潜便是其中的一位。应该说，作为美学家的朱光潜，其杰出的学术成就已为现在的人们所广泛熟知和了解，但作为文艺理论家，朱光潜在散文理论领域的卓越建树，迄今为止尚未得到国内学界应有的重视和研究。

具体地说，20 世纪 20 年代，朱光潜从发表处女作《无言之美》和评介周作人散文集《雨天的书》时，他就开始关注当时的白话文创作以及现代语体文的建设问题；至 30 年代，他对散文理论探讨发生了强烈的兴趣，为此专门撰写的《论小品文（一封公开信）——给〈天地人〉编辑者徐先生》一文，并在文艺论著和美学论著中常常涉足到散文的学术探讨，如《诗论》中的"诗与散文"、附录三《诗与散文》（对话），以及《给一位写新诗的青年朋友》等；进入 40 年代，朱光潜接连发表了《散文的声音节奏》、《日记》、《随感录》（上）、《随感录》（下）、《谈书牍》、《欧洲书牍示例》、《谈对话体》、《谈报章文学》等系列学术论文，这标志朱光潜在散文理论领域研究方面迎来一个大突破、大发展的成熟阶段；而 60 年代，朱光潜撰写的《漫谈说理文》，延续他对散文研究兴趣的一种余绪，也反映了他在建国后对散文理论的新思考与新探索。

一、由隔至通：文白之争背后的现代语体文建设

20 世纪初的"五四"新文化运动，是在西方现代思潮冲击下，中国历史上发生了一场从未有过的文化大批判、文化大变革的运动。当这场运动来临时，朱光潜正在香港大学读书。虽然他丢开线装书，而将大部分时间花在学外国文和读外国书上。然而与当时新文化先驱者激烈的反

传统姿态不同,朱光潜很快发现自己处在一个尴尬的局面:

> 我是旧式教育培养起来的,脑里被旧式教育所灌输的那些固定观念全是新文化运动的攻击目标。好比一个商人,库里藏着多年积蓄起来的一大堆钞票,方自以为富足,一夜睡过来,满市人都宣传那些钞票全不能兑现,一文不值。你想我心服不心服?尤其是文言文要改成白话文一点于我更有切肤之痛。当时许多遗老遗少都和我处在同样的境遇。他们咒骂过,我也跟着咒骂过。《新青年》发表的吴敬轩的那封信虽不是我写的,(天知道那是谁写的,我祝福他的在天之灵!)却大致能表现当时我的感想和情绪。①

对于这场新文化运动态度,朱光潜是用"咒骂"一词来表述自己的切肤之痛和愤慨情绪,这是很有意思的文化现象。然而,他毕竟是在英殖民地当局创办的香港大学就学,正在开始研究西方的学问,经过一番内心的冲突和挣扎,他终于接受新文化运动的洗礼,并且放弃了古文,开始做白话文。不过,朱光潜弃文言改白话的举动,并没有让他彻底铲除和抹掉旧学教育所烙下的印迹。相反,由于他拥有西学与旧学的双重视野,使得他更加理性认识文白之争背后的利弊关系,通过推动中西方的思想沟通与文化对话,使各种知识、各种思路互相质疑、互相究诘,在比较中深化,在深化中升华,从而为构建现代语体文提供一种可能性的途径。

20世纪中国社会的转型,起源于东西文化的接触与碰撞。清末民初知识界的维新运动,导致中国社会发生剧烈的变革,其一是"教育方式的改革",学校代替了科举,近代科学代替了古代经籍的垄断。就其文学而言,它"解放了八股与经义的桎梏,使语文变成较适用于现实人生的一种工具",具体表现为"作者与读者逐渐多起来了,作者运用语言于时世的叙述和讨论,读者从语文中得到较切实的知识,发生较亲切的兴趣",语文与实际人生来得比以前任何时代更加密切和接近;其二是"政体的改

---

① 朱光潜:《从我怎样学国文说起》,《文学创作》第1卷第5期,1943年2月。

革",民主政治代替了君主专制。这种变化,就文学而言,"读者群变了,作者的对象和态度也随之而变了"。二千余年来,中国文学大体属于"宫廷文学"或"庙堂文学",写作对象是皇帝和达官贵人,写作态度也就不免要逢迎当时"朝廷的习尚"。现在不同了,作者的写作对象是一般看报章杂志的民众。作者与读者是平辈人,彼此平等对话,文学从此脱离了"官场的虚骄和谄媚",变得比较"家常亲切"、"不摆空架子"。① 可以说,新文学的长处和优点,朱光潜都看得很清楚,并在此做出积极的肯定和赞赏。然而,新文学的发展和壮大,这并不意味着文白之争就此尘埃落定,画上圆满的句号。作为深受旧学熏陶成长起来的朱光潜,他更多的是透过"文白之争"的背后,探讨如何建设现代语体文的命题。

朱光潜作为一个有机会走出国门的新学人,他充分意识到以文言文为载体的旧文学,已经适应不了现代社会的变化。他说:"用现代语言表现现代情感思想,使现代一般民众都能了解欣赏,这不但在教育上是一个大便利,在文学上也是一个大进步。"而西方文学恰恰是"用现代语言表现现代情感思想"的载体,它的引进和译介,对于国人来说,这意味着:第一"是体裁形式的解放",西方文学有许多体裁形式不是我们所固有而是我们可学习的;其次是"人生世相的看法的改变",西方文学家那种"见"人生世相的法门,是新文学作家学习的对象;第三是"语文的演变","西文的文法较严密,组织较繁复,弹性较大,适应情思曲折的力量较强"。西文长处势必影响到中国语文,这就涉及中国语文如何"欧化"问题。② 对此,朱光潜主张中文要有"适宜程度的"欧化。他以自身做法为例:"我从略通外国文学始,就时时考虑怎样采取外国文学风格和文字组织的优点,来替中国文创造一种新风格和新组织。"一是要求"合逻辑";二是要求"合文法";三是在造字布局上注意"声音节奏"。③ 然而,事实上,中国现代语体文的建设并不尽如人意。朱光潜说:"文学的条件本很简单,第一是有话值得说,其次是把话说得恰到好处。有话值

---

① 朱光潜:《现代中国文学》,《文学杂志》第2卷第8期,1948年1月1日。
② 同上。
③ 朱光潜:《从我怎样学国文说起》,《文学创作》第1卷第5期,1943年2月。

得说，内容才充实；说得恰到好处，形式才完美。"但是当时文坛上流行的文学作品却没有达到这种浅近平凡的标准，甚至出现"一蟹不如蟹"的情形。因此，朱光潜直陈流行文学的三大弊病——"陈腐"、"虚伪"、"油滑"。这就促使人们思考一个问题——文言中已有的"流毒"，为啥会同样遗传在新文学身上？！

在朱光潜看来，文白之争虽过了二三十年，但并未有终结，文言与白话的分别并不如一般人所想象的那样大。他指出："第一，就写作的难易说，文章要做得好都很难，白话也并不比文言容易。第二，就流弊说，文言固然可以空洞、俗滥、板滞，白话也并非天生地可以免除这些毛病。第三，就表现力说，白话与文言各有所长，如果要写得简炼，有含蓄，富于伸缩性，宜用文言；如果要写得生动，直率，切合于现实生活，宜于用白话。"① 朱光潜对于文白优劣特性的学理分析，表明了他是一个较为清醒的成熟的学者。他说："我们的新文学可以说是在承受西方的传统而忽略中国固有的传统。互相影响原是文化交流所必有的现象，中国文学接受西方的影响是势所必至，理有固然的。但是，完全放弃固有的传统，历史会证明这是不聪明的。"② 的确，文学是全民族的生命的表现，而生命是逐渐生长的，必有历史的连续性。所谓历史的连续性是生命不息，后浪推前浪，前因产后果，后一代尽管反抗前一代，却仍为前一代的子孙。历史上还没有一个先例，让我们可以说某一国文学在某一个时代和它的整个的过去完全脱节，只承受一个外国的传统，它就能着土生根。

对此，朱光潜早在 20 世纪 20 年代中期，借评价周作人散文集《雨天的书》的出版，就"国语文欧化"问题，提出自己的看法：

听说周先生平时也主张国语文欧化，可是《雨天的书》里面绝少欧化的痕迹。我对于国语文欧化颇甚怀疑。近代大批评学者圣伯夫（Sainte Beuve）说，《罗马帝国衰亡史》著者吉本（Gibbon）的文字受法国的影响太深，所以减色不少。英、法文

---

① 朱光潜：《从我怎样学国文说起》，《文学创作》第 1 卷第 5 期，1943 年 2 月。
② 朱光潜：《现代中国文学》，《文学杂志》第 2 卷第 8 期，1948 年 1 月 1 日。

构造相似,法文化的英文犹且有毛病。中文与西文悬殊太远,要想国语文欧化,恐不免削足适履。我并非说中文绝对不可参与欧化,我以为欧化的分量不可过重,重则佶倔不自然。想改良国语,还要从研究中国文言文中习惯语气入手。想做好白话文,读若干上品的文言文或且十分必要。现在白话文的作者当推胡适之、吴稚晖、周作人、鲁迅诸先生,而这几位先生的白话文都有得力于古文的处所(他们自己也许不承认)。①

从表面看,在如何建设现代语体文问题上,朱光潜的观点似乎更倾向于坚守"固有的传统"上。而这个观点的提出,与"五四"退潮期这个时间点密切相关,因为,这个时期学界开始有能力反思"五四"初期出现的激烈的反传统姿态。诚然,一种文化如果没有另一系统的文化来参照,是很难以深化其学理创造,只有在参照过程中才能激活思路,深化命题,推进创新。在朱光潜看来,西方文化的东流,是中国文学复苏的一个好机会,但是"欧化"要有一个限度,尤其是作为中国知识者一方面吸收输入的外来之文化,一方面不能忘掉本民族文化之根。因此,现代语体文的建设还要仰仗代表中国传统文化的载体——文言文。这就是朱光潜说的:"想改良国语,还要从研究中国文言文中习惯语气入手。想做好白话文,读若干上品的文言文或且十分必要。"

朱光潜认为,白话文不能"作茧自缚","白话必须继承文言的遗产,才可以丰富,才可以着土生根"。②那么,如何学习和继承文言文呢?据朱光潜自我介绍,他从小在家里就受过严格的私塾教育,后来进中学又接受系统的"古文"训练,即接受家乡清代散文桐城派的熏陶。他说:"学古文别无奥诀,只要熟读范作多篇,头脑里甚至筋肉里都浸润下那一套架子,那一套腔调和那一套用字造句的姿态,等你下笔一摇,那些'骨力'、'神韵'就自然而然地来了,你就变成一个扶乩手,不由自主地动作起来。"虽然,桐城派在"五四"新文化运动中是沦为靶子来批判,并

---

① 明石(朱光潜):《雨天的书》,《一般》第1卷第3期,1926年11月。
② 朱光潜:《从我怎样学国说起》,《文学创作》第1卷第5期,1943年2月。

博得"谬种"的称呼。但朱光潜认为,这派文章大道理固然没有,大毛病也不见得很多。他说:"它的要求谨严典雅,它忌讳浮词堆砌,它讲究声音节奏,它着重立言得体。古今中外的上品文章似乎都离不掉这几个条件。它的唯一毛病就是文言文,内容有时不免空洞,以至谨严到干枯,典雅到俗滥。这些都是流弊,作始者并不主张如此。"换言之,朱光潜以为,桐城派古文其优点是明显的——要求"谨严典雅"、忌讳"浮词堆砌"、讲究"声音节奏"、着重"立言得体"。而这些特点,恰恰是以桐城派为代表的中国古文的固有长处和优胜所在。

正是有这样的深切体会,朱光潜在《无言之美》中,从孔子与学生子贡一则关于"予欲无言"对话,探讨"无言之美"的话题。所谓的"言有尽而意无穷",其实在中国古代曾被广泛地讨论过。庄子在《秋水》中指出:"可以言论者,物之粗也;可以意致者,物之精也;言之所不能论,意之所不能致者,不期精粗也。"这充分说明了庄子对"言"与"意"的矛盾,已经有一个深刻的认识。中古时代的文论家陆机在《文赋》中称:"恒患意不称物,文不逮意。"以及宋代苏轼在《答谢民师书》中云:"求物之妙,如系风捕影。"这些都是古人发现"言"与"意"之间存在着不对称关系的典型事例。正因为如此,无穷之意达之以有尽之言,所以有许多意,尽在不言中。然而,文学之所以有魅力,恰恰就在于此,它的美不仅在有尽之言,而尤在无穷之意。这就是所谓的"无言之美"。朱光潜从中国古代典籍中发现了这个有意思的文化现象,并加以归纳和阐述,他说:"就文学说,诗词比散文的弹性大,换句话说,诗词比散文所含的无言之美更丰富。散文是尽量流露的,愈发挥尽致,愈见其妙。诗词是要含蓄暗示,若即若离,才能引人入胜。"① 朱光潜对于"无言之美"的阐释,与同时期周作人开始思考白话散文创作须加入"涩味"与"简单味"这两味元素才耐读的现代散文理论构想是相类似的,有着异曲同工之妙。他们两位所发出的声音,既是针对白话文创作初期出现的"言而无味"的粗制滥造这一流弊的批判与否定,同时也是表现出一种文学审美的高

---

① 朱光潜:《无言之美》,《春晖》第35期,1924年11月1日。

度自觉与反省。

朱光潜撰写一篇《散文的声音节奏》①，从中可以看出师承清代桐城派古文，尤重在于散文的声音节奏上。中国古代散文虽然不像诗歌一样有严格的格律规定，但它也一样要求文气连贯，声音顺畅悦耳，要有声音的美感。朱子说："韩退之、苏明允作文，敝一生之精力，皆从古人声响处学。"韩退之自己也说："气盛则言之短长，声之高下，皆宜。"桐城派散文家在学古文时，特重朗诵，用意就在揣摩声音节奏。刘海峰谈文称："学者求神气而得之音节，求音节而得之字句，思过半矣。"姚鼐在《论文辑要》中说："诗文要从声音证入，不知声音，总是门外汉。"又说："文章之精妙不出字句声色之间，舍此便无可窥寻。"古代散文家能依据作品的内容，安排情调和自然音节的谐调，从噓收疾徐，抑扬抗坠之间，造成一种诵读的音节。因而读起来，情感洋溢于声调之间，神韵回荡于节奏之内，产生极具穿透力的美感效果。作为桐城派的师承者朱光潜，因厕身其间，耳濡目染，也善于从声音节奏来领略、欣赏古文之美。他以个人的阅读经验称："我读音调铿锵、节奏流畅的文章，周身筋肉仿佛作同样有节奏的运动；紧张或是舒缓，都产生出极愉快的感觉。"如果自己写文章呢？他说这种感觉也很美妙："我自己在作文时，如果碰上兴会，筋肉方面也仿佛在奏乐，在跑马，在荡舟，想停也停不住。"相反，万一遇到自己情绪不佳，思路枯涩，这种内在的筋肉节奏就不复存在，尽管自己费力地写，但写出的文章总觉得"吱咯吱咯"的，像没有调好的弦一样。因此，朱光潜深信声音节奏对于文章是第一件要事。

那么，从建设现代语体文角度观之，古代散文在声音节奏上有哪些方面值得人们重视、研究和借鉴？首先，朱光潜认为，"古文难在于用虚字，最重要的虚字不外承传词、肯否助词以及惊叹疑问词等几大类"，而"普通说话声音所表现的神情也就在承转、肯否、惊叹、疑问等地方见出"，所以"古文讲究声音，特别在虚字上做功夫"。《孔子家语》往往抄袭《檀弓》而省略虚字，但神情就比原文差得太远。如"仲子亦犹行古之

---

① 朱光潜：《散文的声音节奏》，《艺文杂谈》，安徽人民出版社，1981年，第80—86页。

道也"(《檀弓》)一句,就比"仲子亦犹行古之道"(《孔子家语》)来得风味隽永。又如柳宗元的《钴𬭁潭记》中的"于以见天之高,气之回,孰使予乐居夷而忘故土者,非兹潭也欤?"如果省略了两个"之"字为"天高气回",省去"也"字为"非兹潭欤",其原文的风味也就不复存在。其次,古文讲究声音,还在于作者讲究独出心裁的谋篇布局以及运用出神入化的修辞策略相关,如"段落的起伏开合"、"句的长短"、"字的平仄"、"文的骈散"等等。从前古人常用"气势"、"神韵"、"骨力"、"姿态"等词汇表述文章的阅读感受,这似乎有点"玄虚"。但朱光潜以为,"其实他们所指的只是种种不同的声音节奏,声音节奏在科学文里可不深究,在文学文里却是一个最主要的成分,因为文学须表现情趣,而情趣就大半要靠声音节奏来表现。"正如姚鼐说的:"大抵学古文者必要放声疾读,又缓读,只久之自悟。若但能默看,即终身作外行也。"可见,古文的朗读是很有道理的。我们只要从字句抓住声音节奏,便可从声音节奏中抓住作者表现出来的所谓"情趣"、"气势"、"神韵"等。

现代语体文是不是也与古文一样重视和研究声音节奏?朱光潜认为,既然同是文章,无论古今中外都是离不掉声音节奏的。古文与现代语体文的不同,不在声音节奏的有无,而在声音节奏形式化的程度大小。古文的声音节奏多少是偏于形式化,你读任何文章,大致都可以拖着差不多的调子。但现代语体文却有别于此,朱光潜说:"语体文的声音节奏就是日常语言的,自然流露,不主故常。我们不能拉着嗓子读语体文,正如我们不能拉着嗓子谈话一样。但是语体文必须念着顺口,像谈话一样,可以在长短、轻重、缓急上面显出情感思想的变化和生展。"当然,现代语体文以白话文为主,但又杂入文言、方言成分及欧化句式。若处理不当,很容易带来两种语病:一是文白杂糅,再就是欧化句式的拖沓。但若能谐调各种语言成分,造成骈散交错、长短相间、起伏顿挫,形成很好的声音节奏,就可以适口顺耳,易于朗诵,其美无穷。

20世纪40年代末,朱光潜在《敬悼朱佩弦先生》[①]一文中,再次就

---

① 朱光潜:《敬悼朱佩弦先生》,《天津民国日报》,1948年8月23日。

现代语体文建设问题，发表自己的看法。总的来看，朱光潜认为，语体文运动的历史还不算太长，作家都尚处在各自摸索路径的阶段。为什么呢？目前文坛普遍存在着以下三类现象："较老的人们写语体文，大半从文言文解放过来，有如裹小脚经过放大，没有抓住语体文的真正的气韵和节奏；略懂西文的人们处处摹仿西文的文法结构，往往冗长拖沓，佶屈聱牙；至于青年作家们大半过信自然流露，任笔直书，根本不注意到文字问题，所以文字一经推敲，便见出种种字义上和文法上的毛病。"这三类型作者撰写出来的文章均存在这样或那样的缺陷，因而更谈不上有效地推动现代语体文的建设和创造。不过，我们也不应忽视少数新文学作家已在这方面取得的成就，朱自清就是极少数人中的一个，他"摸上了真正语体文的大路"：

> 他的文章简洁精炼不让于上品古文，而用字确是日常语言所用的字，语句声调也确是日常语言所有的声调。就剪裁锤炼说，它的确是"文"；就字句习惯和节奏说，它也的确是"语"。任文法家们去推敲它，不会推敲出什么毛病；可是念给一般老百姓听，他们也不会感觉有什么别扭。我自己好多年以来都在追求这个理想，可是至今还是嫌它可望而不可追，所以特别觉得佩弦先生的成就难能可贵。一个文学运动的最有力的推动者不是学说主张而是作品，佩弦先生的作品不但证明了语体文可以做到文言文的简洁典雅，而且向一般写语体文的人们揭示一个极好的模范。我相信他在这方面的成就是要和语体文运动史共垂久远的。

朱光潜所追求和确立的现代语体文的标准，就是朱自清作品所体现出来的特点：一方面，牵系中国古文的特性——简洁、精炼、典雅，又讲究语言的声音节奏和一定的形式美感；另一方面，又有适宜程度的"欧化"，力求自然、家常、亲切，好像在日常生活中与读者闲谈扯散、漫不经心，却能收到奇妙的效果。朱自清的现代语体文建设，确实为我们后学树立了一个标杆，成了极好的学习"范例"。

二、本体追问：诗与散文的界说

从表面看，诗与散文的区别似乎是很容易的一件事，然而事实并非如此。要了解诗与散文的区别，这无异于要给诗和散文下定义，说明诗是什么？散文是什么？这就涉及对诗与散文的本体追问。朱光潜在20世纪30年代初撰写《诗论》专著，就将这一问题放在中西文化视野下，通过往返比较和反复质疑，从中打开新的学理空间和学术境界。

首先，朱光潜指出，只从"音律与风格上的差异"不足界定和区分诗与散文。在中国古代曾有"有韵为诗，无韵为文"之说，这是区分当时诗与散文的标准。然而，以"音律"有无作为区分标准不足为凭。这是因为有韵的并不都是诗，如《百家姓》、《千字文》、医方脉诀以及冬烘学究的试贴诗之类只是一种有韵的"空洞形式"而已；而无韵的《史记》、柳子厚的山水记、《红楼梦》、柏拉图的《对话集》、《新旧约》之类却有"诗的风味"。同样，朱光潜也不同意在风格上诗比散文高。西方论者以为："散文偏重于叙事说理，它的风格应直截了当，明白晓畅，亲切自然；诗偏重抒情，它的风格无论是高华或平淡，都必维持诗所应有的尊严。"这个论点虽然概括了诗与散文的一般特性，指出二者应有的界限，但骨子里面渗透着一种西方自亚理斯多德以来信奉"扬诗抑文"的话语霸权味道。朱光潜并不认同此种论调，他主张区分诗文的艺术风格，应在于它的实质与形式的"融贯混化"，"上品诗与上品散文都可以做到这种境界"。我们不能凭空立论说诗在风格上高于散文，其实"诗与散文各有妙境"，"诗固有往往能产生散文所不能产生的风味，散文也往往可产生诗的不能产生的风味"。为了印证这个观点，朱光潜随手援引中国典籍为例，其一是庾信《枯树赋》引入《世说新语》中叙述桓公慨叹"木犹如此，人何以堪！"事例入诗，以说明诗人引用散文典故入诗，风味常不如原来散文的微妙深刻；其二是以陶潜的《桃花源》诗、王羲之的《兰亭诗》、以及姜白石的《扬州慢》词，虽写得很好，但就"风味隽永"一项，似乎较之序文逊一等。这也说明诗词的散文序有时胜过于诗本身。这些实例都诠释和证明了诗的风格其实不必高于散文。

同样，朱光潜也不认为"实质上的差异"足以界定和区分诗和散文。一般人们认为，诗有诗的题材，散文有散文的题材，诗宜于抒情遣兴，散文宜于状物叙事说理。摩越（J. M. Murry）在《风格论》中，对于散文题材适用范畴有一个透辟的阐述："如果起源的经验是偏向情感的，我相信用诗或用散文来表现，一半取决于时机或风尚；但是如果情感特别深厚，特别切己，用诗来表现的动机是占优胜的。""对于任何问题的精确思考，必须用散文，音韵拘束对于它必不相容。""一段描写，无论是写一个国家，一个逃犯，或是房子里一切器具，如果要精细，一定要用散文。""风格喜剧所表现的心情，须用散文。"摩越的话旨在告诉人们：极好的言情的作品都要在诗里找，极好的叙事说理的作品都要在散文里找。如果要进一步从心理上找寻诗与散文的差异，西方论者如罗斯（J. L. Lowes）在《诗的成规与反抗》里会告知人们：散文大半凭的是"理智"，而诗大半靠的是"情感"。散文求人能"知"，诗求人能"感"。"知"贵能精确，作者说出一分，读者便须恰见到一分，"感"贵丰富，作者说出一分，读者须在这一分之外见出许多其他东西，所谓举一反三。因此，文字的功用在诗中和在散文中也不相同。在散文中，它在"直述"（state），读者注重本义；在诗中它在"暗示"（suggest），读者注重联想。其实，无论是摩越还是罗斯这些西方论者，他们主张的论点，都可以从古希腊亚理斯多德到18世纪的德国黑格尔身上找到承续的流脉。亚理斯多德在西方第一部散文理论专著《修辞学》中指出，散文的风格不同于诗的风格，不应当有诗意。散文不应当从诗里寻求标准。他认为散文的风格的美在于"明晰"，"风格如果能表达情感和性格，又和题材相适应，就是适合的。求其适合，就是对大事情不要太随便，对小事情不要太认真。"[①]黑格尔师承了亚理斯多德"扬诗抑文"的传统，不过他从人们掌握世界的思维方式入手，指出诗人与散文家拥有不同的思维方式和写作方式。诗人凭借"想象力"拥有塑造形象的能力，而散文作者凭借的是"知解力"来掌握世界，即"散文意识看待现实界的广阔材料，是按照原因与结果，目的

---

① 亚理斯多德：《修辞学》，罗念生译，北京三联书店，1991年，第164页。

与手段以及有限思维所用的其他范畴之间的通过知解力去了解的关系，总之，按照外在有限世界的关系去看待"，也就说散文作者凭借的是"知解力"的思维方式只能得出一些关于现象的特殊规律。[1] 由此看来，摩越、罗斯由于秉承着西方"扬诗抑文"传统的血脉，他们试图从"风格"角度论证诗与散文的分别就难免存在盲点和漏洞。

那么，朱光潜是如何找寻西方论者在这个问题上所暴露的缺陷呢？在朱光潜看来，只是从"情"与"理"上甄别诗与散文是不科学的，他以为："散文只宜于说理的话是一种传统的偏见。"事实上，凡是真正的文学作品，无论是诗还是散文，里面都必有它的特殊情趣，许多小品文是抒情诗，这是大家公认的。如，希腊悲剧、莎士比亚悲剧、但丁的《神曲》、歌德的《浮士德》等外国作品都带有"理"的成分，同样陶潜的《形影神》、朱熹的《感兴诗》之类的中国作品也是有"理"的存在。《论语》里"子在川上曰：'逝者如斯夫，不舍昼夜'"是散文，李白的《古风》里"前水复后水，古今相续流，新人非旧人，年年桥上游"是诗，同样的情理事物，诗可以表达，散文也可以表达，这二者之间不存在着不可逾越的鸿沟。因此，朱光潜认为单纯从题材性质上区别诗与散文，并不绝对可靠。

既然从"音律和风格的标准"不足以区分和界定诗与散文，"实质上的差异"也不足为凭，那么，诗与散文是否根本不存在这种本质性的区别？雪莱说："诗与散文的分别是一个庸俗的错误。"克罗齐也主张以"诗与非诗"的分别来代替诗与散文的分别。雪莱、克罗齐的观点确实在西方学界也是有一定的代表性。在他们看来，与诗相对的不是散文而是科学，科学叙述事理，诗与散文作为文学作品，表现的是对事理所生的情趣。因而，凡具有纯文学价值的作品都是诗，不论它是否具有诗的形式。按此标准，柏拉图的《对话集》、《旧约》、六朝人的书信、柳子厚的山水记、明人的小品文、《红楼梦》之类散文作品都应归在"诗"一类，因为它们都是纯文学。朱光潜并没有因为克罗齐是他美学思想最初来源的精神导师而为尊者讳。他以为，否认诗与散文的分别，这不是解决问题而

---

[1] 黑格尔：《美学》第三卷下册，朱光潜译，商务印书馆，1981年，第22—23页。

是在逃避问题。克罗齐不但否认诗与散文的分别，而且把"诗"、"艺术"和"语言"都看作没有多大分别，因为它们都是抒情的，表现的。所以"诗学"、"美学"和"语言学"在他的学说里是同一件东西。这种看法用意在于"着重艺术的整一性"，"它的毛病在太空泛，因过重综合而蔑视分析"。可以说，朱光潜有一种打破沙锅问到底的学术品格，他认为，诗和诸艺术，诗和纯文学，都有存在着"共同的要素"，然而学术研究不仅要找出诸种艺术之间的"共性"，更重要的是探讨它们相同之中有何"不同"之处，发掘和分析这些"不同的要素"的成因与内蕴。这就是他所说的，"王维的画、诗和散文尺牍虽然都同具一种特殊的风格，为他的个性的流露，但是在精妙处可见于诗者不必尽可见于画，也不必尽可见于散文尺牍。"

朱光潜通过以上层层剥笋的质疑方式，反复推究诗与散文的本质性问题。那么，诗与散文不同之处到底在哪里呢？他以为，在理论上还有第三种可能性，就是"诗与散文的分别同时在实质与形式两方面见出"。这样，朱光潜给诗下的定义是："具有音律的纯文学。"他认为，这个定义就能"把具有音律而非纯文学的陈腐作品，以及有文学价值而不具音律的散文作品都一律排开"。换言之，朱光潜通过互动互补、互映互衬、互竞互成的比较方式，既给诗以定义，同时也是给散文以定义——"有文学价值而不具音律"的纯文学作品。在这一观念中，朱光潜强调散文首先必须是纯文学作品，与诗比较起来散文可以没有音律，但与其他的文章比较起来，散文又必须具备文学价值。诚然，朱光潜诗与散文这个本质规范及其界定也只能是相对而不是绝对的。就音律而言，诗的传统信条是有固定的音律，然而自从自由诗、散文诗等等新形式兴起后，这个信条的根基就受到动摇。同样，散文也并非绝对不能有音律。散文是由诗解放而来，在英国，从乔叟到莎士比亚，诗就已经很可观，散文却仍甚笨重，词藻构造都还不脱诗的习惯。从17世纪以后，英国才有流利轻便的散文。中国散文的演化史也很类似。秦汉以前的散文常杂有音律在内。到汉赋兴起后，赋又成了"诗和散文界线上的东西"，即"流利奔放，一泻直下，似散文；于变化多端之中仍保持若干音律，又似诗"。到唐朝，古文运动促进了散文的解放,以后流利轻便的散文才逐渐占优势,不过诗赋对于散文的影响到明清时代还未完全消灭,骈文四六可以为证。欧战以后,西方又兴起一种所谓的"多音散文",这是一种将"极规律的诗句、略有规律的自由诗句以及毫无规律的散文句都可以杂烩在一块"的体式。看到欧美热衷于开展"多音散文"运动,朱光潜不禁地预测:"我们不能断定将来中国散文一定完全放弃音律,因为像'多音散文'的赋在中国有长久的历史,并且中国文字双声叠韵的最多,容易走上'多音'的路。"

综上所述,朱光潜认为诗与散文的分别与界定是相对而不是绝对的。我们不能画两个不相交接的圆圈,把诗摆在有音律的圈子里,把散文摆在无音律的圈子里,使彼此间壁垒森严,互不侵犯,诗可以由整齐音律到无音律,散文也可以由无音律到有音律。这意味着,诗与散文这两个圆圈是存在着相互交叉叠合的部分,在这个交叉叠合的界线上,既有"诗而近于散文,音律不甚明显的",也有"散文而近于诗,略有音律可寻的"。因此,朱光潜对诗与散文的本质性的认识和探讨,是一种比较辩证、圆融的观点。

在《诗论》中,朱光潜还就文学的历史演进和发展趋势做出描述:"诗的疆域日渐剥削,散文的疆域日渐扩大,这是一件不容否认的历史事实。""荷马用史诗体写的东西,索福克勒斯和莎士比亚用悲剧体裁写的东西,现代人都用散文小说写;阿里斯托芬和莫里哀用有音律的喜剧形式写的东西,现代人用散文戏剧写;甚至于从前人用抒情诗写的东西,现代人也用散文小品文写。现在还有人用诗的形式来写信来做批评论文么?"关于"诗的疆域日渐剥削,散文的疆域日渐扩大"这一论断,其实并非是朱光潜的创见。黑格尔在《美学》中,认为诗的出现是在英雄时代,英雄时代终止时,才有"散文气味"的生活情况,也才开始有历史。西方的英雄时代,指的就是荷马史诗时代。也就是说,荷马史诗时代结束后,历史就进入所谓的"散文时代",诗的疆域就开始受到散文的日渐挤兑和蚕食,因为真正的历史写作所必需的是"散文感觉"。[①] 不过,朱

[①] 黑格尔:《美学》第三卷下册,朱光潜译,商务印书馆,1981年,第39页。

光潜接受了黑格尔的观点,但并没让他重蹈一条由亚理斯多德至黑格尔主张"扬诗抑文"的学术路径。在该专著中,他打通中西,博涉众说,叩问诗与散文的本质内涵,但又不故步自封,能入能出,显示其富有创造性的超越眼光和包容多元的学术品格。

三、深度识别:重构散文的各类文体形态

朱光潜主张的散文是一个"大散文"概念。他作为散文理论研究者,不仅关注散文的本质规定性,同时还将研究眼光投向散文家族里的随笔小品、随感录、书信、对话、日记、报章文学等各类文体样式。他先后撰写《论小品文(一封公开信)——给〈天地人〉编辑者徐先生》、《日记》、《随感录》(上)、《随感录》(下)、《谈书牍》、《欧洲书牍示例》、《谈对话体》、《谈报章文学》、《漫谈说理文》等系列论文。朱光潜对散文各类文体的精湛研究,不禁让人想起刘勰在《文心雕龙·序志》中提出研究"论文叙笔"的原则,要做到"原始以表末,释名以章义,选文以定篇,敷理以举统"。朱光潜对散文文体的研究策略和论证方式,基本是符合刘勰提出的要求。所不同的是,朱光潜还是一个学贯中西的学人,他能以横通西学知识,纵贯古今文化的比较视野,以期进一步推进学术研究理路,重构散文的各类文体形态。

在朱光潜的散文文类研究中,有一个切入视角很值得学界注意和学习,那就是散文作者的思维方式。朱光潜从思维方式切入研究散文的文类特点,应该是受到黑格尔在《美学》中对诗与散文不同掌握世界方式的相关论述而启发的。黑格尔这个"掌握方式"创造性概念,其原文为Auffassungweise,Auffassen 的原义为"掌握",引申为认识事物,构思和表达一系列心理活动,法译作"构思",俄译作"认识",英译作"写作",其实都是指"思维方式"。作为不同的文学门类,都是作者不同的艺术掌握世界方式而形成各异的文体形态。

朱光潜在《随感录》(上)[①]中以为,"依心理学的分析,人类心思的

---

① 朱光潜:《随感录》(上),《天津民国日报》,1948 年 4 月 19 日。

运用大约取两种方式：一是推证的，分析的，循逻辑的方式，由事实归纳成原理，或是由原理演绎成个别结论，如剥茧抽丝，如堆砖架屋，层次线索，井井有条；一是直悟的，对于人生世相涵泳已深，不劳推理而一旦豁然有所彻悟，如灵光一现，如伏泉暴涌，虽不必有逻辑的层次线索，而厘然有当于人心，使人不能否认为真理。"根据不同的思维特性，文学创作可分为"想"和"悟"两类型，"想"是得益于人力，"悟"是得益于天机。有鉴于此，朱光潜认为随感录应当属于"悟"这一类散文，其特点为"它没有系统，没有方法，没有拘束，偶有感触，随时记录，意到笔随，意完笔止，片言零语如群星罗布，各各自放光彩"。而中国人的思维特性是"长于综合而短于分析，长于直悟而短于推证"，那么中国许多散文作品就体裁而言，大半应归入"随感录"的门下。这类随感录，题材不必一致，或记人事，或谈哲理，或评人物，或论文艺，无所施而不可；其文词极简洁而意味隽永，耐人反复玩索。朱光潜说："这类零星感想却凭它们的简单而深刻，平易而微妙的力量渗入我们的肺腑，活在我们的生活里，在漫不经心的时会，突然在我们心里开花放光，令我们默契欣喜。"这就是这类随感录的妙用之处。以此为标准，中国许多著作都多少有"随感录"的意味。经部如《易》卦象象辞，《典礼》《檀弓》，《春秋》记言；子部如《老子》，韩非《语林》，《韩诗外传》，《晏子春秋》，刘向《说苑》；集部如杂说杂记笔记语录诗话之类，有许多都是一时兴到之作。与此相对照的，西方人的思维方式是"长于推证与分析"，因此他们喜欢在作品里"穷究本源"，"寻溯变化"，"推判终极"，因而作品具有"篇幅长"、"条理清楚"两个特色。那种"随感录"创作不能算是西方人的"本色当行"。尽管如此，朱光潜还是试图为我们勾勒和介绍西方随感录和格言创作的演化流变及其艺术成就，这在《随感录》（下）一文中有个系统的阐述。

如果说随感录不是西方人从事散文创作的"本色当行"，那么对话体裁就不同了，这种论事说理的文体，特别适宜于西方人发挥"长于推证与分析"的思维特征。朱光潜在《谈对话体》①中称:"思想是解决疑难的努力,没有疑难就不会有思想。疑难是思想的起点与核心,思想由此出发,根据有关事实资料,寻求关系条理,逐渐剥茧抽丝,披沙拣金。有时疑难之中又有疑难,解决了一层又另有一层继起,须经过许多尝试与错误,反驳与修正,分析与综合,才能达到一个周密而正确的结论。"也就说,思想是一长串流动发生的活动,它有曲折起伏,有生发的过程。一般来说,那种单刀直入的文章不能显示这种思想的过程,而只叙述思想的成就,它所叫人看见的只是思想结果(thought)而不是思想动作(thinking)本身。其实思想的生发的线索和惨淡经营的甘苦,比已成就的思想还更富于启发性。而对话体裁的好处就在于:"反复问答,逐渐鞭辟入里,辩论在生发也就是思想在生发,次第条理,曲折起伏,都如实呈现,一目了然。所以对话不仅现出一种事理的全面相,而且也绘出它所由显现的过程;用生物学术语来说,它不仅是一种'形态学'(morphology),而且是一种'发生学'(genotics)。"

由此看来,对话体裁的出现与盛行,与人们的思维特性和整个时代的思想状况密切关联。从世界范围看人类思想最为"焕发"的时代,是古希腊的哲学时代、印度的大乘经论制作时代,以及中国的周秦诸子时代,而极精彩的对话作品也就出现在这些时代。柏拉图是在这三个思想高潮中,撰写对话体而成就最大的学者。他的著作全都用对话体写成,现存的还有36种之多。这些著作的主人大半是他的老师苏格拉底,是苏格拉底与他朋友的对话。朱光潜认为柏拉图的对话体的优点在于,首先,"他不仅设问答难,只有一宾一主;他的对话中人物往往有七八位之多,而每人所代表的见地都很充分地有力地表现出来,宾不只是主的扣钟锤或应声虫。"其次,"他的文笔流利而生动,于琐事见哲理,融哲理于诗情,他的每篇对话都像是一首散文诗,节节引人入胜,读之令人不忍释手。"可以说,对话文的胜境于此可叹为观止。然而,中国周秦诸子的著述用对话的也不少,但和希腊的对话相比较,差别甚大。其一,对话往

---

① 朱光潜:《谈对话体》,《文学杂志》第3卷第2期,1948年7月。

往限于一问一答,很少有一层逼着一层问下去,对于事理少作逻辑分析。其原因,朱光潜认为是"中国思想类型长于直觉而短于分析,长于体验而短于辩证"所致的。"师儒往往本其经验涵养,以寥寥数语答弟子的疑问,听者默契于心,便涣然冰释,无劳繁词释证。"因此,周秦诸子的许多问答就只能称作"语录";其二,周秦诸子大半自居论主的地位发抒一番议论,中间夹杂对话,以阐明自己的主旨。"几个宾主不同题材不同的对话,往往在一篇议论中平铺并列,只要能烘托主旨便行,先后次第不关紧要。"不像西方对话,"从头至尾由同一宾主,就同一题材,沿着一条线索,逐层递辩下去"。因而,中西虽同为对话体的文章,但仔细推究起来,其实二者之间差别甚大:

> 先秦文章风格的一个特点,就是它侧重横面的发展。作者先立定一个主旨,便抱着它四方八面反复盘旋,旁敲侧击,尽量渲染。这种写法已开汉魏辞赋骈俪的风气。西方文章风格却不然,它像柏拉图对话所代表的,大体是沿纵线发展。作者很少开门见山,马上揭出主旨。他先从主旨的胚胎出发,由胎生芽,由芽成树,由树开花,由花结果,层层生展,不蔓不枝。说理文如此,叙事文也是如此。中国人作文章真正要"布局",西方人作文实在是"理线索"。拿用兵打比,中国文章是横扫,要占的是面;西方文章是直冲,要占的是线。中国文章有宾有主,有正有反有侧,较近于画;西方文章像亚里斯多德所主张的,有头有腰有尾,较近于乐。

这是一段非常精彩、非常到位关于中西方对话体文章的解读文字。朱光潜之所以读出了感觉,读出了启悟,读出了独见,这与他博览古今,以积学达到通识,透过中西文章"异点"的背后,牢牢把握住人类不同类型的思维方式密切相关,即朱光潜所称的中国人思想偏向"平排横展",西方人思想偏向"沿线直展"。因此,先秦诸子与柏拉图对话方式的不同也就在此:"一个是抱定主旨,反复盘旋;一个是剥茧抽丝,层层深入。"

20世纪30年代,朱光潜在《论小品文(一封公开信)——给〈天地人）编辑者徐先生》①中，提出天下文章有三种："最上乘的是自言自语，其次是向一个人说话，再次是向许多人说话。"第一种包含了诗和大部分文学，其特点是永远"真诚朴素"；第二种主要指书信和对话，这是向知心的朋友说的话，你知道我，我知道你，用不着客气，也用不着装腔作势，这类文章的好处是"家常而亲切"；第三种是指一切公文讲义宣言等以至于《治安策》、《贾谊论》之类，作者的用意是"劝服别人"，以至于在别人面前"卖弄自己"，这类文章虽有它的实用，但很难使人得到"心灵默契的乐趣"。按照朱光潜列出文章的分类标准，随笔小品、随感录应归属于第一种，书信、日记、对话、报章文学等归在第二种。第三种诸如公文、讲义以及在古代中国颇为发达的奏议、策论等，都不在朱光潜关心和论述之列。在朱光潜的眼中，"第一种我爱读而不能写"，"第三种我因为要编讲义，几乎每天都在写，但是我心里实在厌恶它"，"第二种是唯一的使我感觉到写作乐趣的文章"。朱光潜的个人喜好不仅决定着他散文写作的文体选择，而且影响到他对散文各文体的理论探讨和价值取向。

也就说，朱光潜对散文各文体亲近和爱好，是以"家常亲切"作为判断标准和审美取向。那么，"家常亲切"价值取向，是从哪里获得理论资源呢？这就是先于朱光潜之前"五四"新文学作家在引进西方散文，尤其是英国"Essay"（随笔）时，就已经注意到的现代随笔的文体特性。胡梦华将"familiar essay"译为"絮语散文"，他以为："这种散文不是长篇阔论的逻辑的或理解的文章，乃如家常絮语，用清逸冷峻的笔法所写出来的零碎感想文章。"②然而，英国随笔"家常絮语"特性也并非"Essay"一进入英国文坛就如此，它经历了18世纪英国启蒙运动的洗礼。朱光潜在《谈报章文学》一文中介绍，当时著名散文作家艾迪生在主编《旁观者》报时，成功地改造"Essay"文体，他以亲切流利的文笔谈日常生活中一些小问题，以及文学、哲学、政治上一些大问题，结果不仅奠定了一代的文风，而且影响到当时社会的风俗习惯。他说："苏格拉底据说把哲

---

① 朱光潜：《论小品文（一封公开信）——给〈天地人〉编辑者徐先生》，《孟实文钞》，上海良友图书印刷公司，1936年，第199—200页。
② 胡梦华：《絮语散文》，《小说月报》第17卷第3号，1926年3月10日。

学从天上搬到人间,我有野心要人说我把哲学从书斋和图书馆,学校和书院搬到俱乐部和集会场,茶席上和咖啡馆里。"① 这可以说是把"Essay"这一文体大众化或通俗化,自然其文体特性"家常亲切"就逐渐形成和显示出来。

朱光潜以"家常亲切"作为判断标准和审美取向,评陟散文中的日记、书信等文体的特性。朱光潜在《日记》中认为,日记的一个特色,作者是在"自言自语","为自己的方便或乐趣而写作,无心问世。惟其如此,他毫无拘束,毫无隐瞒避讳,无须把话说得委婉些,漂亮些。只须赤裸裸地直说事实或感想。他只对自己'披肝沥胆'(confidential),所以他所写的真正是'亲切的'(intimate)。"日记的好处在于"泄露作者的深心的秘密",而我们都是人,了解人性是人性中一个最强烈的要求。于是我们怀着好奇心,想要窥探自己的深心的秘密和旁人的深心的秘密。在要求了解之中,我们博取同情也寄予同情。"我们惊喜发现旁人与自己有许多相同,也有许多不同。这世界不是一个陌生的世界,却也不是一个陈腐单调的世界"。因此,撰写与阅读日记都永远是一件有趣的事儿。

书信散文,朱光潜称之为"书牍",他为此撰写《谈书牍》②、《欧洲书牍示例》③两篇论文,也是以"家常亲切"与否作为自己论述的价值尺度。朱光潜认为,"书"与"牍"实在有必要分开。"书"是很正式而且很郑重的写作,有时是长篇大论,言政讲学,像叔向《诒子产书》、司马迁《报任安书》以及韩愈《与孟尚书》之类;而"牍"是纯粹的私人随便道款曲的文字,不发大议论,不谈国家大事,有如对面谈心或说家常话,这种信在西方通常冠上"亲切的"(intimate)或"推心置腹"(confidential)之类形容词。朱光潜以为,中国古人写作以简朴见长,原本是最宜于书牍文体发挥。但到了魏晋是一个分水岭,魏晋前,著录的书牍多为"吉光片羽"、"言简意赅而风味隽永",魏晋后书牍开始染上"辞赋骈俪"的风气。唐朝古文运动是对于六朝绮丽的一种反动,按理说,文章由骈而

---

① 朱光潜:《谈报章文学》,《天津国民日报》,1948年2月2日。
② 朱光潜:《谈书牍》,《文学杂志》第3卷第1期,1948年5月。
③ 朱光潜:《欧洲书牍示例》,《天津民国日报》,1948年6月14日。

散,由繁富而古朴,宜于产生轻便自然的书牍,但由于古文家不但"有意为文",而且时时存心"摹古避俗","往往不写信则已,一写就是长篇大论,拖着腔调说话",韩柳诸大家文集中所谓"书"都实在是"论",没有一篇随意写的尺牍。宋人的文章风格大体继承唐人,但多少放弃了唐人的那种殿虎巍峨的气象而来于平淡轻便,宋人的书牍比较平易近人。明人最讲究尺牍,但他们爱做表面工夫,风致翩翩,却缺乏真正的生气,有时竟"雅"到俗不可耐。朱光潜说:"他们的好处古人都已有了,古人的好处他们摹拟渲染,往往就成为他们的坏处。"朱光潜以自己的价值标准,对中国书牍史的演变作个梳理和评价,并将他们分为"古文派"、"骈俪派"和"帖札派",而第三类与前两类最大的异点,在于"随时应机,无意为文,称心而言,意到笔随,意尽笔止"。就文体而言,它属于"随兴所至,时而骈,时而散,时而严肃,时而诙谐,不拘一格"。朱光潜说,"书牍虽小道,却是最家常亲切的艺术,大可以见一时代的风气,小可以见一人的性格。"因此,他对于那种刻意调声设色,追求浮华辞藻的文风并无好感,他以为尺牍要走上正轨,这种风气非矫正过来不可。他不无幽默地说:"书牍本是代替面谈,我们所需要的是家常便饭而不是正式筵席。"

有感于西方书牍的优点,朱光潜继《谈书牍》后,又撰写一篇《欧洲书牍示例》。西方书牍没有像中国那样,取法于六朝骈俪或唐宋古文,喜欢"踩高跷行路",而沾染上"拉腔调说话"的弊病。西方人一向看重书牍艺术,从一开始就奠定了一种"家常亲切"的风格,有如好友对面谈天,什么话都可以说,所谓"称心而言",言无不尽。书牍的功用本是代替面谈,必须有这种家常亲切的风味才能引人入胜。朱光潜说:"我们如果多读一些西方杰作,或许可以矫正中国书牍已往那种板面孔拉腔调的习气。"从罗马时代一直到现在,西方作者以书牍著名的多得简直不可胜数,朱光潜又是如何来介绍西方书牍特点呢?朱光潜采取了以"一斑窥全豹"的方法,选择三个富有代表性作家的书牍,进行创造性的点评,以期给读者一个大致的西方书牍的艺术流变印象。第一个是西塞罗写给他的朋友庇塔斯的信,这是一封敲朋友竹杠要他请客的信。西塞罗是当时罗马时代能够周旋于恺撒和庞培之间的三执政者之一，但他在这封信中，并"不扮面孔，不摆架子，不打官话，自己站在一个平常人的地位，把对方也当作一个平常人，和他不拘形迹地谈家常话，读之如闻其语，如见其人"。朱光潜称他较富有"人气"，和平常人比较接近。因此，西塞罗一开始就替西方书牍奠定了"家常亲切"的正轨，直到现在，西方书牍作者从来没有抛弃这个正轨。第二封信是17世纪法国贵妇人塞维尼夫人写给她女儿的信。由于是家信，再加上塞维尼夫人杰出的文学才华，所以她写的信恰如"谈话"，"像一个多话的老太婆谈话，只要是她觉得有趣的，无论大事小事，都拉杂地扯在一起，说得唠叨不休"。朱光潜说，"女人的感觉通常都比较细腻，女人的话通常也比较唠叨琐碎"，所以这个特点最宜于"家常亲切的书牍"。第三封是济慈给赫塞的信。朱光潜在书牍"家常亲切"一路发展基础上，又注意到一个较新的方向，就是"主观的，内省的，沉思的"。因此，他特意挑出济慈给赫塞的一封剖白自己观点的信，让人感受到济慈独立不倚的诗艺主张，以及坦率地恰如其分地说明自己的见地。这样的书信，虽看起来"冷淡"，却仍极为"亲切"。朱光潜这种感性评点，三言两语，但言简意赅，很能抓住西方书牍的风味，为我们如何打开西方书牍的阅读视野，起到很好的引领作用。

这里尚有个问题需要探究和厘清，就是朱光潜既然如此重视散文文体"家常亲切"的价值取向，那么他是否认同20世纪30年代林语堂提出的散文理念？林语堂曾自诩"两脚踏东西文化，一心评宇宙文章"学者，其散文理论资源，一方面源自他对英国小品文的解读，以为这类小品"下笔随意"，内容"不妨夹入遐想及常谈琐碎"，是一种"闲适笔调"，可称为"闲谈体"、"娓语体"[①]；另一方面他又认为提倡小品文笔调，不应专谈西洋散文，也须寻出"中国祖宗"来，于是仰仗周作人在《中国新文学的源流》的引导，将现代散文的源头追溯至明末的公安、竟陵派。在他主编的《论语》、《人间世》、《宇宙风》等林氏刊物上，一时间竟刮起一股创作所谓"闲适"、"性灵"、"幽默"为特色的小品文风潮。不可否认，朱

---

① 林语堂：《论小品文笔调》，《人间世》第6期，1934年6月20日。

光潜标举的"家常亲切"的价值取向,与林语堂对英国小品文"闲适笔调"的推崇是有相似之处,其实这也是中国现代散文作家比较认同的兴趣点。然而,对于林语堂热衷吹捧晚明小品文,以及大肆提倡创作幽默小品的主张,朱光潜很不以为然。他在《论小品文(一封公开信)——给〈天地人〉编辑者徐先生》①里不客气地批评:"《人间世》和《宇宙风》所提倡的是小品文,尤其是明末的小品文。别人的印象我不知道,问我自己的良心,说句老实话,我对于许多聪明人大吹大擂所护送出来的小品文实在看腻了。"究其原因,首先,朱光潜是清代桐城派古文派的后学,桐城派对晚明文人的"小品习气"、"山人习气"是厌恶和排斥,其理论基础是古文的"义法",它对内容的要求是"言有物",对形式的要求是"言有序",对古文风格的要求是"雅洁"。朱光潜认同和接受桐城派这些散文理论主张,自在情理之中。他以为,晚明小品"自身本很新鲜",也有存在的价值,但并没有什么特别胜过别朝的地方。朱光潜说:"我觉得《檀弓》、《韩诗外传》,《史记》的列传,《世说新语》以及《汉魏丛书》里面许多作品也各别有风趣,我尤其不相信袁中郎的杂记比得上柳子厚,书信比得上苏东坡。"其次,朱光潜也同桐城派一样,表达对晚明文人身上的"小品习气"、"山人习气"的批评与厌恶。他在《谈书牍》中,指出晚明文人沾染"斗方名士"的习气,啸傲山川,纵情风月,自以为是世间第一等高人雅士,其实是"雅"到俗不可耐了。第三,朱光潜对于晚明小品的批评,更出自需要净化当时文坛空气的现实需要。朱光潜反感于"少数人把个人的特殊兴趣加以鼓吹宣传,使它在为弥漫一世的风气"。他说:"晚明式的小品文聊备一格未尝不可,但是如果以为'文章正轨'在此,恐怕要误尽天下苍生。"尤其是文坛上有一班人不遗余力地鼓吹小品文创作的"趣味化"、"幽默化"。尽管幽默本身并不是一件坏事,但作家需要把握一个分寸。朱光潜说:"滥调的小品文和低级的幽默合在一起,你想世间有比这更坏的东西么?极上品的幽默和最'高度的严肃'往往携手并行;

---

① 朱光潜:《论小品文(一封公开信)——给〈天地人〉编辑者徐先生》,《孟实文钞》,上海良友图书印刷公司,1936年,第199—208页。

要想一个伟大的文学产生，我们必须有'高度的严肃'。"

出于当时文坛存在着对"小品文"概念的狭隘理解，朱光潜认为有必要就此重新诠释，这才有利于新兴文学的健康发展。他介绍道：

> "小品文"向来没有定义，有人说它相当于西方的 Essay。这个字的原义是"尝试"，或许较恰当的译名是"试笔"，凡是一时兴到，偶书所见的文字都可以叫做"试笔"。这一类文字在西方有时是发挥思想，有时是抒写情趣，也有时是叙述故事。中文的"小品文"似乎义涵较广。凡是篇幅较短，性质不甚严重，起于一时兴会的文字似乎都属于小品文，所以书信游记书序语录以至杂感都包含在内。如果照这样看，中国书属于"集"部的散文可以说大部分都是小品文。

西方的"Essay"，语源于法文"Essai"，其本义是"考察"、"验证"、"尝试"、"试验"之意。这一文体是 16 世纪法国著名怀疑论思想家蒙田创立的。1925 年，鲁迅在翻译日本作家厨川白村《出了象牙之塔》一书时，依据厨氏意见，将它译成"试笔"[①]。这是一个意译，朱光潜也是认为"试笔"或许为较恰当的译名，然而，这个译名毕竟在文坛上没有流行开去。当时的知识者一般是将它译成"小品文"或"随笔"。但是，朱光潜之所以把它搬出来说事，就是有鉴于当时文坛把西方的"Essay"译成"小品文"后，对"小品文"概念的内涵和外延作出狭窄化的处理。如，林语堂就鼓吹独尊晚明小品，以为除此之外，"小品文"种类就别无其他，在内容上又只倡导创作"性灵"、"幽默"、"闲适"一路。正因为如此，朱光潜才要给西方的"Essay"一个"正名"，指出这是"试笔"之意，并且在创作内容、表现手法和艺术风格上从来就是不受拘束的，很自由、很宽广。朱光潜说："这一类文字在西方有时是发挥思想，有时是抒写情趣，也有时是叙述故事。"朱光潜这个诠释是合乎西方现代随笔小品史的实际，西方自蒙田创立现代随笔小品以来，随笔小品体裁是极其丰富多样

---

① 厨川白村：《出了象牙之塔·Essay 与新闻杂志》，鲁迅译，《京报副刊》，1925 年 2 月 16 日。

的,"这其中以议论和批评为主的,近于哲理散文和杂文,有记叙回忆为主的,近于记叙散文,有抒情述怀为主的,近于抒情散文,有以状物描写为主的,近于描写散文,也有兼容议论、记叙、抒情、描写于一炉的,有着兼容并包的性质"。①朱光潜及时指出当时文坛出现对"Essay"误读的现象,匡正了人们对"小品文"的"偏窄"理解,这无疑对促进文坛多方面的自由的发展会起到积极作用。朱光潜奉劝那些执迷于独尊小品文的人:"你们高唱小品文,别人就会忘记小品文以外还有较重大的文学事业;你们高唱晚明小品文,别人就会忘记晚明以外的小品文也还值得一读。"始作俑者,其无后乎!朱光潜在当时虽不是一个左翼人士,但他能发出这样警醒的声音,实在是难能可贵,值得后世学人的敬重!

20世纪60年代,朱光潜撰写了《漫谈说理文》一文,延续着他对散文研究兴趣的一种余绪,也反映了他在建国后对散文理论的新思考与新探索。这篇文章主要阐述说理文如何说理问题,但其中有二个观点的论述值得学界注意,一、是如何理解广义"文学"的问题,这主要是怕将散文文体"窄狭"化理解;二、探讨散文界出现的所谓"零度风格"(zero style)问题。对于前一个问题,朱光潜之所以表达自己的担忧,恐怕与建国后"十七年"文坛逐渐将广义散文"窄狭"理解相关,到了20世纪60年代,学界已俨然形成独尊杨朔、刘白羽、秦牧三大家,将他们对散文理解和创作实践推至极致,这时候散文文体仅仅被理解为纯艺术类作品,甚至推崇以散文的"诗化"为最高模式。然而,朱光潜对此提出异议,他说:"打开《昭明文选》、《古文辞类纂》、《经史百家杂钞》之类文学选本一看,就可以看出很大一部分归在文学之列的文章都是些写得好的实用性的文章;在西方,柏拉图的对话集,德摩斯梯尼的演说,普鲁塔克的英雄传,蒙田和培根的论文集以及许多其他类似的作品都经常列在文学文库里,较著名的文学史也都讨论到历史、传记、书信、报告、批评、政论以至于哲学科学论文之类论著。"诚如朱光潜不满和批判20世纪30年

---

① 姚春树:《东西方几位美学家散文理论述评》,《中外杂文散文综论》,福建教育出版社,1997年,第254页。

代文坛弥漫创作"小品文"风气一样，他以自身深厚的学养和中西文化的视野，登高望远，探源溯流，以雄辩的例证阐述自己坚持的广义散文观念。的确，中外的优秀散文传统告诉人们：那种"悠久而广泛的传统是不把文学局限在几种类型的框子里的"。中国现代散文不能作茧自缚，只有走出封闭，跨越沉沦，还原广义散文的本真面目，才能打破迷津，促进散文大家族的繁荣和兴盛。

朱光潜关注学界出现的"零度风格"问题。这个观点来自修辞界的声音，修辞学家们说，在各种文章风格之中，有所谓"零度风格"，就是"纯然客观，不动情感，不动声色，不表现说话人，仿佛也不理睬听众的那么一种风格"。据说这种风格特别适宜于说理文。对此，朱光潜决不苟同，他说："我认为这种论调对于说理文不但是一种歪曲，而且简直是一种侮辱。"朱光潜说得如此感性、愤激的话，这主要是因为这种所谓"零度风格"与他长期以来主张的散文理论刚好是背道而驰。朱光潜认为，散文创作中作家采取客观中立的态度，对待写作对象，不发生情感的偏倚，这是散文创作的大忌。说理文的目的在于说服，如果能做到感动，那就会更有效地达到说服的效果。作者自己如果没有感动，就绝对不能使读者感动。朱光潜说："如果坚持所谓'零度风格'，说话人装着对自己所说的话毫无情感，把自己隐藏在幕后，也不理睬听众是谁，不偏不倚，不疼不痒地背诵一些冷冰冰的条条儿，玩弄一些抽象概念，或是罗列一些干巴巴的事实；没有一丝丝人情味，这只能是掠过空中的一种不明来历去向的声响，所谓'耳边风'，怎能叫人发生兴趣，感动人，说服人呢？"因此，朱光潜明确指出，说理文有两条道路的走向，一条是所谓的"零度风格"，这只能让作家走进死胡同，最终遭到读者的抛弃和遗忘；另一条就是"有立场有对象有情感有形象，既准确而又鲜明生动的路"，这意味着作家创作时要"兴会淋漓"、"全神贯注"、"思致风发"，能与读者建立"亲密的情感上的联系"，从而产生情感上的共鸣，起到寓教于乐的艺术效果和现实效用。

综上所述，毫无疑义，朱光潜是一位现代散文理论的研究大家。他在散文研究领域撰写文章的数量之多、涉及内容之丰富，且如此之系统，这在中国现代散文批评史上也可称得上凤毛麟角。他曾被桐城派散文家寄予厚望,期许能"接古文一线之传"①,后来留学欧洲,开阔学术眼界,形成以西方知识作为参照体系,激活了关于现代散文本体的学理认知,并在中西文化比较视野下,取长补短、去伪存真、由隔至通,创造性地进行散文话语的深度转换,走出一条质疑破蔽、求真悟道的现代散文理论建构之路。然而,学界在这一领域的探讨才开始起步,我们期待更多的学人来关注这份值得珍视的散文理论研究遗产。

---

① 朱光潜:《从我怎样学国文说起》,《文学创作》第1卷第5期,1943年2月。

第五章

现代散文的言说方式与话语实践

重建现代散文观念那种充满智慧的言说方式和话语实践,应视为中国现代知识者对散文理论转换与创构的深层次对话与碰撞,其旨在提示人们,当时各种散文观念之间的差别、关系、间隔、差异、独立性、自律性以及各自历史性彼此连接的方式,从而激活了在不同的历史形态下,现代散文理论话语的多样性,这就为当今学人探索现代散文观念的变革和发展提供有益的借鉴。

第一节 现代语体散文的探索与构建

一、"文学散文"概念的引入

散文,在中国传统文学中向来拥有正宗的地位。不过,古代人们所谈的"散文"概念,是指诗、骚、曲之外的一切散体文章。这是一种广义的散文概念,它包含着一个有文学观念的非文学范畴。直至清代散文家姚鼐编纂的《古文辞类纂》,还将散文文类分为论辩、序跋、奏议、书说、赠序、诏令、传状、碑志、杂记、箴铭、颂赞、辞赋、哀祭等十三类。这种分法既含有文学因素,也含有应用、学术等多种非文学的成分。

然而当历史进入现代后,人们开始重新审视文类的划分标准,反思传统散文的概念界定。1917年,刘半农发表了著名的《我之文学改良观》,

他在文中明确提出:"所谓散文,亦文学的散文,而非文字的散文。"[1] 首次把文学散文与非文学散文严格区别开来,为现代散文的界说奠定了基础。两年后,傅斯年在他发表的《怎样写白话文》,明确把散文作为"英文的 Essay 一流",[2] 且将散文同小说、诗歌、戏剧并列,这就是西方文学四分法的分类概念。接着,周作人在《美文》中提出"美文"概念,认为"读好的论文,如读散文诗,因为他实在是诗与散文中间的桥"[3],这里所谈的"论文",其实就是指西方"Essay"文体。

在此基础上,剑三(王统照)又撰写了《纯散文》一文,发表在 1923 年 6 月 21 日《晨报副刊·文学旬刊》第 3 号上,王统照进一步提出"纯散文"(Pure prose)的写作主张,这是对刘半农倡导的"文学散文"观念进一步的补充与发展。他认为,纯散文之所以难做,1. 思想没有确切的根据;2. 辞技及各种语势不得有灵活的用法;3. 太偏重理智的知识,没有文学上的趣味;4. 以新文学的趋势,没有对纯散文加以提倡。由此可知,王统照除了对散文的"心"(思想)的重视外,他还特别强调散文的文学性和审美性,尤其是散文的修辞艺术。

而王统照之所以出现这种现代散文观念,与他时时以西方散文现代理念作知识背景密切相关。他说:"我们常常读西洋文学家之不以小说诗歌等名家的,然其作的文章,除开理论不计,其写景写事实,以及语句的构造,布局的清显,使人阅之自生美感。其他如威廉姆斯(William James)、如斯宾塞耳(Herbert Spencer)、如柏格森(Bergson)、如麦考莱(Macaulay)等人或成为历史学家,或成为哲学家,而他们的文章是最有名且使人爱读的,其实他们的著作却都是纯散文的。我相信将来的文章,无论其为何种,总不免带有点文学的成分在内,这不但使人易于阅读,而且还可增加其说理写事的能力。"

王统照的《散文的分类》,发表在 1924 年 2 月 21 日和 3 月 1 日《晨报副刊·文学旬刊》第 26、27 号上,他于文中提出了"Prose Types"的

---

[1] 刘半农:《我之文学改良观》,《新青年》第 3 卷第 3 号,1917 年 5 月 1 日。
[2] 傅斯年:《怎样写白话文》,《新潮》第 1 卷第 2 号,1919 年 2 月 1 日。
[3] 子严(周作人):《美文》,《晨报副刊》,1921 年 6 月 8 日。

分析与研究。按照散文的性质与其趋向为标准，就历史类的散文、描写的散文、演说类的散文、教训的散文、时代的散文五大类型分而论之。其实这篇散文理论是美国学者韩德（Theodore W. Hunt）撰著的《文学概论》中第二编第三章"首要的散文类型"的翻版[①]。王统照在该文的末端也有一个明确的交代："上说五种分类，取材于韩德的书中而加以我个人的论断，虽不能说可以包括一切的散文形式，也可以谓为稍备。"这种借他人的观点，意在与"对于散文之研究的人共出提倡，则更可使文坛上另放射出一道虹光，辟一道宽坦的大道"。

二、西方"Essay"与"闲话风"语体风格的确立

几乎所有新文学作家、理论家在如何确立现代散文理论话语及其完成传统的现代性转换方面，都把眼光投射在西方的散文，尤其是英国"Essay"上。把"Essay"这一文体的萌生、发展、形成、演变的历史及其文学属性、审美特征作为重要的参照系。梁遇春、方重、毛如升等人，是当时研究英国文学的学者，他们把"Essay"译为"小品文"，并撰著长文，概述"Essay"的发展与演进，胡梦华在《絮语散文》中根据英文"Familiar essay"称法，将其译为"絮语散文"，指出"絮语散文是一种不同凡响的美的文字"，"它是散文中的散文"。[②]鲁迅虽然一再表示过"英文的随笔小说之流，我是外行，不能知道"。[③]但是他通过翻译日本文艺理论家厨川白村的《出了象牙之塔》著作，而把英国的"Essay"作了极为精彩的介绍：

> 如果是冬天，便坐在暖炉旁边的安乐椅上，倘在夏天，则披浴衣，啜苦茗，随随便便，和好友任心闲话，将这些话照样地移在纸上谈兵的东西，就是Essay。兴之所至，也说些不至头痛为度的道理罢。也有冷嘲，也有警句罢。既有humor（滑稽），

[①] 韩德：《文学概论》，傅东华译，上海商务印书馆，1935年。
[②] 胡梦华：《絮语散文》，《小说月报》第17卷第3期，1926年3月。
[③] 鲁迅至江绍原信，1927年11月20日，《鲁迅全集》第11卷，人民文学出版社，1981年，第597页。

也有 pathos（感愤）。所谈的题目，天下国家的大事不待言，还有市井的琐事，书籍的批评，相识者的消息，以及自己的过去的追怀，想到什么就纵谈什么，而托于即兴之笔者，是这一类的文章。①

这是厨川白村对英国"Essay"最为精辟的概括。这段话通过鲁迅传神的译笔和他的巨大影响，以及胡梦华、钟敬文、李素伯、郁达夫、伯韩等散文家和理论家的一再引用，已使当时的中国读者耳熟能详并深受其熏陶和启迪。

中国现代散文"闲话风"的语体风格正是在借鉴西方"Essay"理论的基础上确立和形成。那么其特点是什么？

首先，是散文作家的自由心态的表现。所谓的"任心闲话"，就是"想到什么就纵谈什么"。《大英百科全书》中说，当一些作家"停止写小说而改写即兴式小品和漫谈式随笔的时候，就感到获得了解放"②。显然，这是从文类转换中而获得的一种"解放"感，是现代散文作家蔑视一切所谓的艺术禁令，而获得一种精神的自由和解放。那么，现代散文作家如何才达到精神的自由境界呢？林语堂称，要达到西洋人所说的"衣不纽扣之心境"。即，现代散文作家对于要谈什么，并无限制。或抒发见解，切磋学问，或记述思感，描绘人情，无所不可。朱自清称："选材与表现，比较可随便些，所谓'闲话'，在一种意义里，便是它的很好的诠释。"③胡梦华用"絮语"一词加以概括，以为散文创作就如家人"絮语"，和颜悦色唠唠叨叨地说着。④深谙英国随笔的梁遇春说："一个作家抓着头发，皱着眉头，费九牛二虎之力作出来东西，有时倒卖力气不讨好，反不如随随便便懒惰汉的文章之淡妆粗衣那么动人。"⑤鲁迅也关注散文作

---

① 厨川白村：《出了象牙之塔·Essay》，鲁迅译，《京报副刊》，1925年2月15日。
② 转引自张梦阳编译：《〈大英百科全书〉关于散文的诠释》，《外国作家论散文》，傅德岷编，新疆大学出版社，1994年，第6页。
③ 朱自清：《论现代中国的小品散文》，《文学周报》第7卷第20期，1929年11月25日。
④ 胡梦华：《絮语散文》，《小说月报》第17卷第3期，1926年3月10日。
⑤ 梁遇春：《醉中梦话》（一），《春醪集》，上海北新书局，1930年，第35页。

家的这种自由心态,他在《〈自选集〉自序》中称是"在散漫的刊物上做文字,叫作随便谈谈"①。在《怎么写——夜记之一》中又强调说:"散文的体裁,其实是大可以随便的,有破绽也不妨。"②总之,"五四"散文作家在西方"Essay"理论影响下,不爱在那里正经八百地坐而论道,摆出撰写高头讲章的架势,而是率意随心、推诚相与,如与友人促膝交谈、心心相印。③

其次,"闲逸"笔致是现代散文重要的语体特征。甚至像追求"寸铁杀人"的杂感文作家鲁迅,也主张:"猛烈的攻击,只宜用散文,如'杂感'之类,而造语还须曲折。"④造语的"迂回"、"曲折"本身意味着行文中有夹杂"闲笔",而发挥"闲笔"的极致,那便会出现"离题"的现象,这是现代散文中有意思的理论问题。关于这种"离题"做法,其实在西方现代随笔鼻祖蒙田就曾尝试过,他说:"我的离题与其说是不经意,倒不如说是有意放纵。本人奇想联翩,各种念头有时彼此只有松散的联系,虽则互相照应,但并不直接。"⑤《大英百科全书》指出:"在随笔中,用一段逸事说明一个道德忠告;或者把一段有趣的遭遇插入一篇随感或游记中。这种离题的闲笔正表现了最高的写作技巧。"⑥可见,西方随笔作家对于"离题的闲笔"是颇为欣赏的,与其说是不经意,倒不如说是有意放纵,并将它视为"最高的写作技巧",了解此中的艺术奥秘,我们也就能触及随笔文体的某些本质特征。因为随笔家的创作不是制服读者为目的,不像小说家和戏剧家所做的那样,让读者感到他们确切地明白要把读者带到什么地方。一些不经意的偶然闲谈,一些明显无关的逸闻趣事,都能使读者从暗示中推导出结论而会心微笑,这实在是比其他体裁的文章更富有感染力和亲切味。"五四"学人识得英国随笔这一艺术手段也是大

---

① 鲁迅:《〈鲁迅自选集〉自序》,《鲁迅自选集》,上海天马店,1933年3月。
② 鲁迅:《怎么写——夜记之一》,《莽原》半月刊第18、19期合刊,1927年10月10日。
③ 胡梦华:《絮语散文》,《小说月报》第17卷第3号,1926年3月10日。
④ 鲁迅:《两地书·三十二》,《鲁迅全集》第11卷,人民文学出版社,1981年,第97页。
⑤ 蒙田:《诗之自由随意》,《蒙田随笔》,梁宗岱、黄建华译,湖南人民出版社,1989年,第298页。
⑥ 张梦阳编译:《〈大英百科全书〉关于散文的诠释》,《外国作家论散文》,傅德岷编,新疆大学出版社,1994年,第5页。

有人在的。林语堂说:"小品文不妨夹入遐想及常谈琐碎",①便是其中一例。即便鲁迅一再谦逊表示"英文的随笔小说之流,我是外行,不能知道"②,但在谈到国外那些平易地讲述学术文艺的书时,说它们"往往夹杂些闲话或笑谈,使文章增添活气,读者感到格外的兴趣,不易于疲倦",然而中国的一些译本,却将这些删去,使之复近于教科书。对此,鲁迅颇为不满,他进一步打比方说:"这正如折花者,除尽枝叶,单留花朵,折花固然是折花,然而花枝的活气却灭尽了。人们到了失去余裕心,或不自觉地满抱了不留余地心时,这民族的将来恐怕就可虑。"③鲁迅由"离题的闲笔",论及到人们是否有"余裕心"的重要性,再上升到民族将来前途的大事,不可不谓知微见著、精悍深警。而最能体会到这种"离题闲笔"的神髓,并将之化入自己艺术创作的血肉之中,应该首推周作人,周作人说:"我写文章,向来以不切题为宗旨,至于手法则是运用古今有名的赋得方法,找到一个着手点来敷陈开去,此乃是我的作文金针。"④周作人创作的小品散文经常是从这个主题跳到另一个主题,不受约束,不讲分寸,随兴发挥,甚至有时会忘记了自己该写的主题,切题的话只是偶尔在文中闪现,无关的内容遮掩了主题。然而,这种自由欢快的离题和变化多端的文笔,却给人以"常识"和"趣味",是一种绝妙的美的享受。

在 20 世纪 20 年代,在西方"Essay"影响下,"闲话风"作为中国现代散文语体的重要美学特征,曾在新文坛上占有绝对的优势。早在 1922 年,胡适就在长篇论文《五十年来中国之文学》中论道:

> 白话散文很进步了。长篇议论文的进步,那是显而易见的,可以不论。这几年来,散文方面最可注意的发展,乃是周作人等提倡的"小品散文"。这一类的小品,用平淡的谈话,包藏着深刻的意味;有时很像笨拙,其实却是滑稽。这一类的作品的

---

① 林语堂:《论小品文笔调》,《人间世》第 6 期,1934 年 6 月 20 日。
② 鲁迅致江绍原信,《鲁迅全集》第 11 卷,人民文学出版社,1981 年,第 597 页。
③ 鲁迅:《忽然想到(二)》,《京报副刊》,1925 年 1 月 20 日。
④ 周作人:《郑子瑜选集·序》,《周作人散文》第 2 集,张明高、范桥编,中国广播电视出版社,1992 年,第 340 页。

成功，就可以彻底打破那"美文不能用白话"的迷信了。①

中国现代散文的发展，其中最重要的标志是以周作人为代表"闲话风"语体风格的确立和形成。这在现代散文的草创时期，其艺术成就竟达到如此成熟的程度，简直令人难以置信！以鲁迅、周作人、林语堂为主体创立的"任意而谈，无所顾忌"的语丝文体特征，充分显示了"闲话风"散文的艺术魅力。这是在20世纪20年代的散文文坛上筑起一道亮丽的风景线，"闲话风"散文在以后的日子里大行其道，并对中国现代散文的发展产生极其深远的影响。

三、中国传统资源与现代语体散文的重建

从文学的、审美的视角，"五四"知识者究竟如何建构现代语体散文呢？众所周知，"五四"新文化运动，是一场白话文运动。1917年，胡适在《新青年》杂志上发表那篇标志着文学革命开端的《文学改良刍议》，就明确主张"白话文学为中国文学之正宗"。胡适为白话下了这样的定义："'白话'有三个意思：一是戏台上说白的'白'，就是说得出，听得懂的话；二是清白的'白'，就是不加粉饰的话；三是明白的'白'，就是明白晓畅的话"。②白话散文的创作，与其他新文学的文类一样，肩负着同传统文学决裂的任务，在"有什么话，说什么话；话怎么说，就怎么说"的创作理念下，出现了稚嫩浅显或粗鄙无味的文学作品。

作为新文化运动倡导者中的一员，周作人自然是竭尽全力拥护言文合一的现代性潮流。他在1921年发表的《美文》，提出散文的审美特征是"真实简明"。但是如果新文学作家在艺术创作仅仅要求语言的口语化、通俗化，而没"余情"曲包在内，那么文学也就将失去神奇的魅力。周作人在《〈扬鞭集〉序》中指出："中国的文学革命是古典主义（不是拟古主义）的影响，一切作品都像玻璃球，晶莹透彻得太厉害了，没有一

---

① 胡适：《五十年来中国之文学》，《申报》五十周年纪念刊《最近之五十年》，1923年2月。
② 胡适：《〈白话文学史〉自序》，《胡适文集》第8卷，欧阳哲生编，北京大学出版社，1998年，第147页。

点儿朦胧,因此也似乎缺少了一种余香与回味。"①虽然周作人这番话是针对白话诗而言,但其实这个弊端是"五四"初期新文学作品所共有的。后来,他还曾检讨自己早年作文的"无情":"八年三月我在《每周评论》上登过一篇小文,题曰《祖先崇拜》……它只是顽强的主张自己的意见,至多能说得理圆,却没有什么余情,这与浑然先生的那篇正是同等的作品。"②现代散文创作不仅要"说得理圆",而且还需具有"余情"。显然,这是周作人对现代散文创作的审美期待。

1928 年,梁实秋在《论散文》中就抱怨道:"近来写散文的人,不知是过分的要求自然,抑是过分的忽略艺术,常常的沦于粗陋之一途,无论写的是什么样的题目,类皆出之以嬉笑怒骂,引车卖浆之流的语气,和村妇骂街的口吻,都成为散文的正则。像这样恣肆的文字,里面有的是感情,但是文调,没有!"③梁实秋的指责,显然是意有所指的,后来也引起郁达夫对他的反唇相讥,以为:"难道写散文的时候,一定要穿上大礼服,带上高帽子,套着白皮手套,去翻出文选锦字上的字面来写作不成?扫烟突的黑脸小孩,既可以写入散文,则引车卖浆之流,何尝不也是人?人家既然可以用了火烧猪猡的话来笑骂我们中国人之愚笨,那我们回骂他一声直脚鬼子,也不算不过。况且梁先生所赞成的'高超的郎占诺斯'(The Sublime Longinus),在他那篇不朽的《崇高美论》("On the Sublime": Translated by A. O. Prickard)里,对于论敌的该雪留斯(Caecilius)也是毫不客气地在那里肆行反驳的,嬉笑怒骂,又何尝不可以成文章?"④

透过梁、郁似乎意气争论的背后,其实呈现的是"五四"散文观认知的差异和不同的散文美学立场。在"五四",西方散文之一体"Essay"

---

① 周作人:《〈扬鞭集〉序》,《语丝》第 82 期,1926 年 6 月 7 日。
② 周作人:《〈中国新文学大系·散文一集〉导言》,《中国新文学大系·散文一集》,上海良友图书印刷公司,1935 年。
③ 梁实秋:《论散文》,《新月》第 1 卷第 8 号,1928 年 10 月 10 日。
④ 郁达夫:《〈中国新文学大系·散文二集〉导言》,《中国新文学大系·散文二集》,上海良友图书印刷公司,1935 年。

成功登陆东方古国，它成这场倡导"白话文"的新文化运动宠儿。以"任心闲话"为特征的"Essay"，既充分展现散文家的自我个性，但在艺术上也被一些作家误读，以为创作散文大可以随便，无须艺术的追求与讲究。这也就导致文坛上曾经流行一种所谓"美文不能用白话"的观点。

值得注意的是，早期白话散文出现这个弊病，已经引起"五四"知识者的反省与思考。这个时间点大致在20世纪20年代中期之后，也就是"五四"的退潮期。朱光潜从孔子与学生关于"无言"对话中得到启发，撰写了一篇《无言之美》，他说："无穷之意达之以有尽之言，所以有许多意，尽在不言中。文学之所以美，不仅在有尽之言，而尤在无穷之意。"①因此，上乘的文学作品，令人百读不厌的原因就在于"无言之美"。基于这种文学审美理念，朱光潜对于周作人出版的小品文集《雨天的书》给予积极的评介，他说："让我们同周先生坐在一块，一口一口的啜着清茗，看着院子里花条虾蟆戏水，听他谈'故乡的野菜'、'北京的茶食'，二十年前的江南水师学堂，和清波门外的杨三姑一类的故事，却是一大解脱。"他对周作人这本小品集的印象是，第一"清"，第二"冷"，第三"简洁"。他认为在现代中国作者中，除了周先生外，很难再找到第二个人能够做得"清淡的小品文字"。②

文学史上总有些例外现象的发生，"五四"初期的周氏兄弟的文学创作即是一例。1922年，胡适在撰写《五十年来中国之文学》时，就论及到周作人小品创作的成就，指出周作人等提倡的小品散文，"用平淡的谈话"，包藏着深刻的意味；有时很像笨拙，其实却是滑稽"，这一类作品的成功，彻底打破那"美文不能用白话"的迷信了。③从某种意义上说，周作人小品散文创作的成功，既封堵了那些复古派叫嚷所谓"美文不能用白话"的讥评之口，同时也在一定程度上遮掩了"五四"初期大量出现的艺术低劣的作品之实。不过，在笔者看来，周作人的小品散文，更为重要的是为本时期反省"五四"初期白话散文观提供了一个创作经验的成

---

① 朱光潜：《无言之美》，《春晖》第35期，1924年11月1日。
② 朱光潜：《雨天的书》，《一般》第1卷第3期，1926年11月。
③ 胡适：《五十年来中国之文学》，《申报》五十周年纪念刊《最近之五十年》，1923年2月。

功范本。

朱光潜从小受过严格的国学熏陶,曾被家乡桐城派作家寄予厚望,期许他能"接古文一线之传"[1],后来他又是在西方留学八年,对西方文化的精通又非常人所能相比。那么,有如此中西双重文化视野的学者,他是如何在散文语体建设上提出自己的看法呢?这可从评介周作人《雨天的书》一文中略窥一二,他说:

> 听说周先生平时也主张国语文欧化,可是《雨天的书》里面绝少欧化的痕迹。我对于国语文欧化颇甚怀疑。近代大批评学者圣伯夫(Sainte Beuve)说,《罗马帝国衰亡史》著者吉本(Gibbon)的文字受法国的影响太深,所以减色不少。英、法文构造相似,法文化的英文犹且有毛病。中文与西文悬殊太远,要想国语文欧化,恐不免削足适履。我并非说中文绝对不可参与欧化,我以为欧化的分量不可过重,重则佶倔不自然。想改良国语,还要从研究中国文言文中习惯语气入手。想做好白话文,读若干上品的文言文或且十分必要。现在白话文的作者当推胡适之、吴稚晖、周作人、鲁迅诸先生,而这几位先生的白话文都有得力于古文的处所(他们自己也许不承认)。[2]

从字面意思看,在如何建设现代语体文问题上,朱光潜的观点似乎更倾向于坚守"固有的传统"上。而这个观点的提出,与"五四"退潮期这个时间点密切相关,因为,这个时期学界开始有能力反思"五四"初期出现的激烈的反传统姿态。诚然,一种文化如果没有另一系统的文化来参照,是很难深化其学理创造,只有在参照过程中才能激活思路,深化命题,推进创新。在朱光潜看来,西方文化的东流,是中国文学复苏的一个好机会,但是"欧化"要有一个限度,尤其是作为中国知识者一方面吸收输入的外来之文化,一方面不能忘掉本民族文化之根。因此,现代语体

---

[1] 朱光潜:《从我怎样学国文说起》,《文学创作》第1卷第5期,1943年2月。
[2] 明石(朱光潜):《雨天的书》,《一般》第1卷第3期,1926年11月。

文的建设还要仰仗代表中国传统文化的载体——文言文。

与朱光潜的思考方向一致，周作人思考散文语体建设的着力点，也是放在如何传承和借鉴传统的身上。1926 年，周作人甚至置新文化受外来影响的基本事实于不顾，在为俞平伯重刊明末张岱的《陶庵梦忆》作序时，以为："现代的散文在新文学中受外国的影响最少，这与其说是文学革命的还不如说是文艺复兴的产物。"① 周作人回归传统，固然一方面是他情感层面的"回归"，也就是他说"我们读明清有些名士派的文章，觉得与现代文的情趣几乎一致，思想上固然难免有若干距离，但如明人所表示的对于礼法的反动则又很有现代的气息"②；另一方面，则是他出于如何建设现代语体散文的现实考虑。在他看来，"五四"新文化运动，由于采取了废文言而用白话，新式学校培养出来的学生虽能用纯粹口语化来表达，也写得流丽细腻，但是却像玻璃球式，一览无余，没有文学意味。

那么，如何矫正偏差呢？我们从周作人先前撰写的《国语改造的意见》、《国语文学谈》等文中，可以找出后来系统提出建设现代语体散文意见的端倪。周作人否定"五四"一些知识者提出废除汉字而改用世界语的激进做法，主张一国里当然只应有一种国语，国民要充分的表现自己的感情思想终以自己的国语为最适宜的工具。不过，周作人对于"五四"新文化运动中那些以为纯用老百姓的白话可以作文，表示不能苟同。他说，国语应有两种语体，"一是口语，一是文章语，口语是普通说话用的，为一般人民所共喻；文章语是写文章用的，须得有相当教养的人才了解，这当然全以口语为基本，但是用字更丰富，组织更精密，使其适于表现复杂的思想感情之用，这在一般的日用口语是不胜任的。"③ 这个区分是很有必要的，把一般百姓日常所操口语，与知识者表达思想的文章用语，作一定的区隔，提出不同的要求，有助于现代国语文学的建设。正如周作人说："国语的作用并不限于供给民众以浅近的教训与知

---

① 岂明（周作人）:《〈陶庵梦忆〉序》，《语丝》第 110 期，1926 年 12 月 18 日。
② 同上。
③ 周作人:《国语文学谈》，《京报副刊》第 394 号，1926 年 1 月 24 日。

识,还要以此为建设文化之用,当然非求完备不可"。那么,如何让它渐益"丰美",语法也愈加"精密"? 周作人给出的药方是:一是采纳古语;二是采纳方言;三是采纳新名词。他说:"我们的理想是在国语能力的范围内,以现代语为主,采纳古代的以及外国的分子,使他丰富柔软,能够表现大概感情思想。"① 周作人提出国语文学的建设意见,也表述在给钱玄同的信中,他说:"以白话(口语)为基本,加入古文、方言及外来语,组织适宜,具有论理之精密与艺术之美。"② 至此,周作人关于国语文学的理论构想,周密翔实,具有很强的操作空间,这就为下一阶段建设现代语体散文美学的提出,奠定基础,铺平道路。

周作人曾对"五四"散文作出流派的划分与归纳,他说:"据我个人的愚见,中国散文中现有几派,适之仲甫一派的文章清新明白,长于说理讲学,好像西瓜之有口皆甜,平伯废名一派涩如青果,志摩可以与冰心女士归在一派,仿佛是鸭儿梨的样子,流丽轻脆。"③ 诚然,周作人这个划分只是粗略轮廓,并不科学和周全。然而,从他散文流派分类中,我们可以观察到他的趣味所在。其实,他私心偏爱的是俞平伯、废名等几位私淑弟子所创作的散文,认为他们"涩如青果"的作品才真正代表新散文创作的一路,属于有"文学意味"的一种。

1928年,周作人撰写的《〈燕知草〉跋》一文,较为系统地阐述如何建设现代语体散文的美学构想:

> 在论文——不,或者不如说小品文,不专说理叙事而以抒情分子为主的,有人称他为"絮语"过的那种散文上,我想必须有涩味与简单味,这才耐读,所以他的文词还得变化一点。以口语为基本,再加上欧化语、古文、方言等分子,杂糅调和,适宜地或吝啬地安排起来,有知识与趣味的两重的统制,才可以造出有雅致的俗语文来。④

---

① 周作人:《国语改造的意见》,《东方杂志》第19卷第17号,1922年10月。
② 周作人:《理想的国语——致玄同》,《京报副刊》第13期,1925年9月6日。
③ 周作人:《志摩纪念》,《新月》月刊第4卷第1期,1932年3月。
④ 周作人:《〈燕知草〉跋》,《永日集》,上海北新书局,1929年,第179页。

所谓"絮语",就是"五四"文坛流行的西方"Essay"文体,胡梦华将英文"Familiar essay"译为"絮语散文",这种文体强调即兴性、随意性,给人一种家常亲切之感。然而,周作人却担心它的浅显与无味,因此他主张其救弊之策,就是必须融入"涩味"与"简单味"。可是,如何达到这一艺术效果呢?周作人给出答案——"以口语为基本,再加上欧化语,古文、方言等分子,杂糅调和,适宜地或吝啬地安排起来,有知识与趣味的两重的统制,才可以造出有雅致的俗语文来。"

由此可见,周作人以为,现代作家要"造出有雅致的俗语文"。首先必须要对其进行多方改造,改变单薄浅显的白话文底子,诸如在"口语"基础上,加入欧化语、古文、方言等等成分,让它们杂揉调和,互融互通,互证互释,使语言的身段真正"丰富柔软"起来,达到提高语言表现力之目的。其次,要具有"知识与趣味的两重统制",使现代语体散文变成一种富有"文学意味"的艺术美,一种兼备"思想之美"、"知识之美"和"语言之美"的作品。

第二节 晚明小品与现代小品文理论的建设与探索

一、源流的论争:散文学者不同的学术立场

20世纪20年代中后期,现代学术界曾发生一场关于现代散文源流分歧的论争。这是现代学者在散文源流的认知不同,而彰显了各自不同的价值取向和学术立场。1926年,周作人在为俞平伯重刊《陶庵梦忆》所作的序中,有一段关于现代散文的新意见,这是他由早期号召新文学作家"模范"外国的"美文",转向复古晚明小品的肇端:

> 我常这样想,现代的散文在新文学中受外国的影响最少,这与其说是文学革命的还不如说是文艺复兴的产物,虽然在文学发达的程途上复兴与革命是同一样的进展。在理学与古文没有全盛的时候,抒情的散文也已得到相当的长发,不过在学士

大夫眼中自然也不很看得起。我们读明清有些名士派的文章，觉得与现代文的情趣几乎一致，思想上固然难免有若干距离，但如明人所表示的对于礼法的反动则又很有现代的气息了。①

此后，周作人不断发挥这个看法，并形成了一套独特的关于现代散文源流论的理论建构。朱自清对周作人认为"现代的散文在新文学中受外国的影响最少"这一观点颇持异议，他在《论现代中国的小品散文》中说：

> 但我们得知道，现代散文所受的直接的影响，还是外国的影响，这一层周先生不曾明说。我们看，周先生自己的书，如《泽泻集》等，里面的文章，无论从思想说，从表现说，岂是那些名士派的文章里找得出的？——至多"情趣"有一些相似罢了。我宁可说，他所受的"外国的影响"比中国的多。而其余的作家，外国的影响有时还要多些，像鲁迅先生、徐志摩先生。历史的背景只指给我们一个趋势，详细节目，原要由各人自定；所以说了外国的影响。历史的背景并不因此抹杀的。②

朱自清与周作人的观点完全是针尖对麦芒，互为对立的，如前所分析，外国散文，尤其是英国随笔对中国现代散文的影响，是显而易见的，这在当时应该是一个不争的事实。

那么，是什么原因导致周作人发生了学术立场的"转换"，使他由早期号召新文学作家"模范"外国的"美文"，而转向寻求晚明小品？郁达夫曾就此事作出价值的评判："周先生以为近代清新的文体，肇始于明公安、竟陵的两派，诚为卓见。"③那么，周作人为什么会有这种"卓见"呢？

我以为可以从两个层面来分析：其一，从现实的动因看，周作人是

---

① 周作人：《〈陶梦忆庵〉序》，《语丝》第 110 期，1926 年 12 月 18 日。
② 朱自清：《论现代中国的小品散文》，《文学周报》第 7 卷第 20 期，1929 年 11 月 25 日。
③ 郁达夫：《清新的小品文字》，《闲书》，上海良友图书印刷公司，1936 年，第 139 页。

一位较早地觉察"五四"新文化运动激烈反传统的缺陷和弊端的学者。当时有的"五四"学人惯常采用的宁左勿右、二元对立斗争策略和带有那种摧毁旧专制,树立"新权威"的王者心态,在周作人看来这都是不可接受的。他说:"君师的统一思想,定于一尊,固然应该反对;民众的统一思想,定于一尊,也是应该反对的。"① 他认为批判传统,并不是全盘否定,研究本国的古文学,乃是国民的权利,他赞赏一位朋友给他来信讲的一句话"蔑视经验,是我们的愚陋;抹杀前人,是我们的罪过"②。为此,他重新寻找现代散文的精神源头,努力建立由这一"变化"构成的转换理论,因而他的"转换",难免不带有对"他者"及"自身"的解构色彩。他在《〈杂拌儿〉跋》中说:"现代的散文好像是一条湮没在沙土下的河水,多少年后又在下流被掘了出来;这是一条古河,却又是新的。"③ 这和他在"五四"初期的一些文学主张的内容、旨趣、精神大相径庭,仿佛脱胎换骨一般。1926 年,他在给俞平伯的一封信中也谈到他这样考察"现代散文"的:"现在的小文与宋明诸人之作在文字上固然有点不同,但风致实是一致,或者又加了一点西洋影响,使他有一种新气息而已。"④ 钱锺书在分析周作人等人复古晚明小品时说:"我在别处说过,过去已是给现在支配着的;同一件过去的事实,因为现在的不同,发生了两种意义,我们常常把过去来补充现在的缺陷,适应现代的嗜好,'黄金时代'不仅在将来,往往在过去,并且跟着现在转移。"⑤ 钱锺书较为精辟地阐释周作人由于现实的需要而出现"复古"、"恋旧"的复杂情结。

其二,促使周作人转变学术立场的原因,除上文分析他有意避开二元对立逻辑思维和对传统文化的偏激态度外,更深刻的动因在于对小品文文体有更深一层的本质认识。他说:"文学是不革命,然而原来是反抗

---

① 仲密(周作人):《诗的效用》,《晨报副镌》,1922 年 2 月 26 日。
② 仲密(周作人):《古文学》,《晨报副镌》,1922 年 3 月 5 日。
③ 周作人:《〈杂拌儿〉跋》,《永日集》,上海北新书局,1929 年,第 174 页。
④ 转引周作人:《〈中国新文学大系·散文一集〉导言》,《中国新文学大系·散文一集》,上海良友图书印刷公司,1935 年。
⑤ 钱锺书:《近代散文钞》,《新月》第 4 卷第 7 期,1933 年 6 月 1 日。

的：这在明朝小品文是如此，在现代的新散文亦是如此。"①周作人从晚明小品中，看到小品具有颠覆、边缘和反抗的社会功能。因而，他说："明朝的名士的文艺诚然是多有隐遁的色彩，但根本却是反抗的，有些人终于做了忠臣，如王谑庵到覆马士英的时候便有'会稽乃报仇雪耻之乡，非藏垢纳污之地'的话，大多数的真正文人的反礼教的态度也很显然，这个统系我相信到了李笠翁袁子才还没有全绝，虽然他们已都变成了清客了。"②他在另一篇文章中也是这样热情称赞晚明文学的"革新"气象："公安派的人能够无视古文的正统，以抒情的态度作一切的文章，虽然后代批评家贬斥它为浅率空疏，实际却是真实的个性的表现。"③晚明文人这种"反抗"心态，大抵与当时的社会政治背景密切相关。明末政治的腐败黑暗，统治阶层内部展开的激烈党争，再加上外族入侵，边患日深，这一切导致文人对于社会前景的失望乃至绝望。在这种境遇下，晚明文人把小品当作反抗现实、逃避现实的精神避难所，反映了他们特有的文化品格和精神个性。诚如后结构主义代表人物之一朱丽叶·克莉思蒂娃指出："在那些遭受语言异化和历史困厄的文明中的主体看来……文学正是这样一个场所，在这里这种异化和困厄时时都被人们以特殊方式加以反抗。"④周作人称赞张宗子身上有"豪放的气象"，认为他的"狂"是值得佩服，这里所谓"狂"，指的就是对"礼法"的反动⑤；他后来评价李贽有"一点非圣无法气之留遗"，即"不承认权威，疾虚妄，重情理"，认为这就是"现代精神"⑥；他以为以袁中郎为首明季公安派是"一种新文学运动"，"反抗当时复古赝古的文学潮流"，"他们加于正统派文学的打击是如何的深且大"⑦。

---

① 周作人：《〈燕知草〉跋》，《永日集》，上海北新书局，1929 年，第 181 页。
② 同上。
③ 周作人：《〈杂拌儿〉跋》，《永日集》，上海北新书局，1929 年，第 172 页。
④ 朱丽叶·克莉思蒂娃：《人怎样对文学说话》，载于罗兰·巴尔特《符号学原理·附录》，李幼蒸译，北京三联书店，1988 年，第 212 页。
⑤ 周作人：《〈陶庵忆庵〉序》，《语丝》第 110 期，1926 年 12 月 18 日。
⑥ 周作人：《关于〈近代散文〉》，《知堂乙酉文编》，止庵校订，河北教育出版社，2002 年，第 58 页。
⑦ 知堂（周作人）：《重刊〈袁中郎集〉序》，《大公报·文艺副刊》第 120 期，1934 年 11 月 17 日。

其三，从现代散文语言观的建构来看，周作人认为现代散文必须有"知识和趣味的两重的统制"。所谓的"知识"，就是"物理人情"、"科学常识"。作为一位在西洋现代思想洗礼下，中国最先觉醒的学者之一，周作人说自己的头脑是"散文的"，"唯物的"①。这里所说"唯物的"，自然是指他接受现代科学的常识，诸如生物学、人类学、性心理学以及民俗学等。他说："以科学常识为本，加上明净的感情与清澈的智理，调合成功的一种人生观，以此为志，言志固佳，以此为道，载道亦复何碍。"②

周作人以"科学常识"为标尺，衡量晚明文人，极力推崇和肯定"明季自李卓吾发难以来，思想渐见解放，大家肯根据物理人情加以考索"的做法③。他甚至说："假如从现代新文学的主张要减去他所受的西洋影响，科学哲学以及文学各方面的，那便是公安派的思想和主张了"，因此，"新散文里的基调虽然仍儒道二家的，这却经过西洋现代思想的陶熔浸润，自有一种新的特色"④。有这种"理智的固守"，和"对事物社会见解的明确"⑤，周作人无论写批评文字，还是创作小品散文都能常常兼备有知识之美，智慧之美和思想之美，按照胡适的话来说即"用平淡的谈话，包藏着深刻的意味"。

可见，周作人把现代散文的精神源头追溯到晚明小品，是有其独到的眼界和识见。周作人凸现晚明小品的"反抗"性功能，不仅强化现代散文怀疑批判精神和知性色彩，使这一文体在当时文坛上日趋活跃，愈加显现它的强劲的生命力；而且更为重要的是蕴含着极为丰厚的社会文化内涵，它不仅反抗"高大正"的封建正统权威，有力回击封建复古派，同时也是起到开启民智，和推进改造中国国民灵魂的现代化进程。

林语堂是继周作人之后，最热衷于倡导学习明清小品散文的学者。

---

① 周作人：《〈桃园〉跋》，《永日集》，上海北新书局，1929年，第165页。
② 周作人：《〈杂拌作之二〉序》，《苦雨斋序跋文》，上海天马书店，1934年，第157—158页。
③ 周作人：《广阳杂记》，《立春以前》，上海太平书局，1945年，第78页。
④ 周作人：《〈中国新文学大系·散文一集〉导言》，《中国新文学大系·散文一集》，上海良友图书印刷公司，1935年。
⑤ 同上。

他通过周作人著述《中国新文学的源流》发现了明末公安、竟陵派的小品,完全符合自己心目中提出现代散文当"纯以文笔之闲散自在,有闲谈意味"的"个人笔调"的标准。因而,他很快地认同公安、竟陵的文学主张和小品创作。他通过西方近代文学和表现派理论作为参照物,用崭新的审美眼光肯定和认同周作人一派对晚明小品的精神溯源,认为晚明小品开启了"近代文的源流",是"近代散文的正宗",他们主张的"性灵"论,是西方近代文学的"个人主义"立场,他们"排斥仿古文辞",也与"五四"胡适"文学革命所言"如出一辙[1]。这番见解和看法,与周作人复古后的小品散文理论主张几近一致,看不出有什么差异。

周作人、林语堂在20世纪30年代倡导的小品文理论形态和创作方法,遭到以鲁迅为代表的左翼作家的强烈抨击与抵制。那么,如何全面地认识和把握晚明小品,这是一个很复杂的问题。

首先,不同的学术立场,导致对晚明小品认知的迥异。西方诠释大师伽达默尔指出:"一切诠释学条件中最首要的条件总是前理解……正是这种前理解规定了什么可以作为统一的意义被实现,并从而规定了对完全性的先把握的应用。"而所谓的"前理解",就是"把某某东西作为某某东西加以解释,这在本质上通过先有、先见和把握来起作用的"[2]。这样,任何解释一开始就必须有一种先入之见,它作为随同解释就已经"被设定了"的东西是先行给定的,也就是说,是在先有、先见、先把握中先行给定的。"晚明小品"论争双方之所以会出现分歧意见,问题的症结也是在这里。无论周作人或林语堂都是对英国随笔热心评价在先,晚明小品重新评价在后,他们后来如此推崇晚明小品,原本也是英国随笔的积极传播者。我这话的意思是指他们在进入晚明小品文本时,所带进的"前理解"或者说"先入之见",是英国随笔的审美规范和美学特征,如个性化特点、絮语漫谈、闲适风趣等。因而,晚明文人放旷自由、率性而发,追求"适世"的人生态度;"独抒性灵,不拘格套"的文学主张;以

---

[1] 林语堂:《论文》,《论语》第28期,1933年11月1日。
[2] 伽达默尔语,转引自洪汉鼎译《真理与方法》"译者序言",上海译文出版社,1999年,第7—8页。

及小品中"戏谑嘲笑,间杂俚语"的文体风格。这些都成为周作人、林语堂这一派文人倾心追慕、顶礼膜拜的经典范本。

而鲁迅和左翼作家对"晚明小品"的认识和评价,也是受到于"前理解"的制约,不过,他们的"前理解"是出于现实生活和社会人生的思考的需要。鲁迅在《小品文的危机》中,指出在"风沙扑面"、"狼虎成群"的时候,人们需要的不是"小摆设",而是"耸立于风沙中的大建筑;要坚固而伟大,不必怎样精;即使要满意所要的也是匕首和投枪,要锋利而切实,用不着什么雅"。带着"前理解",鲁迅对待晚明小品的看法,自然会出现强调某些特性,同时又遮蔽另外一些东西。鲁迅虽然也首肯"抒写性灵"是晚明文人创作的一个特色,但他对此不以为然,因为他更感兴趣是那些"身历了危难"的文人,而写出的夹着"感愤"的小品。所以他说:"明末的小品虽然比较的颓放,却并非全是吟风弄月,其中有不平,有讽刺,有攻击,有破坏。"① 落实到评价具体的历史人物时,这种思想观念就会指导和制约着他获取哪些史料、采用什么样的叙述视角和坚守哪一种的学术立场等问题。

鲁迅在《"招贴即扯"》中说现在"肩出来当作招牌"的袁中郎,已被那些自以为袁中郎徒子徒孙们的手笔"撕破了衣裳","画歪了脸孔"。他举了袁中郎万历三十七年,主持陕西乡试时,发出贤者不出,关心世道的感叹,认为袁中郎"正是一个关心世道,佩服'方巾气'人物的人,赞《金瓶梅》,作小品文,并不是他的全部"②。客观地说,袁宏道的文章中"关心世道"和"适世"两者均而有之。他中进士后的十九年间,出仕三次,累计才八年,为官清廉,尽力奉公,在做吴县县令,颇有政绩。他关怀朝政得失,关切民间疾苦,写了一些涉及时事政治的文章,对当时的朝政和吏治有一定的看法,字里行间常有不平之气。但另一方面,他毕竟是一介书生,其文章更多的是表现在难于与世浮沉的一面,能做官时便做官,做官遇到困难便叫苦。他在给《与徐汉明》信札说道:"弟观世间

---

① 鲁迅:《小品文的危机》,《现代》第3卷第6期,1933年10月1日。
② 公汗(鲁迅):《"招贴即扯"》,《太白》半月刊第1卷第11期,1935年2月20日。

学道有四种人:有玩世,有出世,有谐世,有适世……独有适世一种人,其人甚奇,然亦甚可恨。以为禅也,戒行不足;以为儒,口不道尧舜周孔之学,身不行善恶辞让之事。于业不擅一能,于世不堪一务,最天下不紧要人。虽于世无所忤违,而贤人君子则斥之唯恐不远矣。弟最喜此种人,以为自适之极,心窃慕之。"这说明,袁中郎于四种学道之人当中,最喜"适世一种",而所谓"适世",按照他信中所言,即是不禅不儒,亦禅亦儒之人。袁中郎一生写了不少的游记,其游记最能反映他追求的"适世"的作品,自由自在,潇洒得很,很有生活情趣[①]。

由此可见,如果把周作人、林语堂描述的袁中郎的性情和鲁迅刻画的袁中郎的个性都合并起来,也许会得出较为全面的袁中郎"画像"。不过,事实上每一个阐释者都很难做到这一点,因为阐释从来就不是对某个先行给定的东西所作的无前提的把握。伽达默尔说:"理解是属于被理解东西的存在。"他指出:"真正的历史对象根本就不是对象,而是自己和他者的统一体,或一种关系,在这种关系中同时存在着历史的实在以及历史理解的实在。"[②]

其次,如何理解小品散文的特性。毫无疑问,鲁迅和左翼文人与周作人、林语堂在关于小品散文文体性质的认知上有较大的差异。法国随笔作家蒙田创立的"Essai",曾在英国的流布中发生重大的变异,即英国16、17世纪盛行的从"细小处着笔"的"Essay"并不代表蒙田原来"Essai"的整个精神面貌。蒙田说:"我探询,我无知。"他是一位怀疑论者,对于什么问题都有质问的勇气。所以,史密斯称赞他"哲学的精髓是在乎一种愤世嫉俗的常识"[③]。其实,即便是英国随笔也并不是整齐划一的"闲适"面孔。与兰姆齐名的赫兹列特,他撰写的随笔用他的话说是"用画家的笔写哲学家的思想"[④],其文风有爱用排比、气势磅礴的特点。

---

① 参阅郭预衡:《中国散文史》下册,上海古籍出版社,2000年,第251—254页。
② 伽达默尔语,转引自洪汉鼎译《真理与方法》"译者序言",上海译文出版社,1999年,第7—8页。
③ Alexander Smith(亚历山大·史密斯):《小品文作法论》(下),林疑今译,《人间世》第4期,1934年5月20日。
④ 赫兹列特:《论舆论之源》,转引自《赫兹列特散文精选·序言》,潘文国译,人民日报出版社,1999年,第3页。

由此可知，随笔本身性质并不只有一味闲适散淡的一路。中国现代散文作家应该在中华民族为摆脱西方列强蹂躏，实现民族独立，重铸民族灵魂中充当积极的角色。从这个意义上说，鲁迅及其左翼作家把小品文定位在"匕首"和"投枪"，其价值就凸显出来。

再者，他们另一个交锋点是对"幽默"艺术的不同看法。鲁迅并不是完全否定幽默，他说："人们谁高兴做'文字狱'中的主角呢，但倘不死绝，肚子里总还有半口闷气，要借着笑的幌子，哈哈的吐他出来。"但是，"'幽默'既非国产，中国人也不是长于'幽默'的人民，而现在又实在是难以幽默的时候"。① 因此，鲁迅认为即便是幽默，也难免走样。鲁迅的这番话，我以为值得人们深思和警醒。林语堂引进英国国民性格中的"幽默感"，使现代散文平添了幽默艺术，这不能不说是一项很大的贡献。但是，如果引进幽默的目的，仅仅在于为幽默而幽默，让人笑笑而已，那就等于做了一件近乎无聊的事。郁达夫说："这幽默要使它同时含有破坏而兼建设的意味，要使它有左右社会的力量，才有将来的希望。"② 朱光潜也认为："极上品的幽默和最'高度的严肃'往往携手并行。"③ 是的，只有让幽默含有"建设"的文化内涵，并与"高度的严肃"携手，这对提升幽默的艺术品位，有着不可忽视的价值和作用。

总之，30年代散文文坛上，因一个"晚明小品"的学术问题，引发了一场关于探索现代散文话语实践的论争，彰显学者言说背后意识形态之差异。当时左翼作家创办的《太白》杂志，是以抗衡林氏刊物的面目出现的。稍后，生活书店编了一本《太白》一卷纪念特辑，书名是《小品文和漫画》，收入有关小品文论争的文章近40篇，从中可以感受到当时论争的激烈程度。固然，这场论争最后是以鲁迅为代表的左翼作家建构的现代散文"主流话语"获得广泛的认同；但是，周作人、林语堂等人的声

---

① 何家干（鲁迅）：《从讽刺到幽默》，《申报·自由谈》，1933年3月7日。
② 郁达夫：《〈中国新文学大系·散文二集〉导言》，《中国新文学大系·散文二集》，上海良友图书印刷公司，1935年。
③ 朱光潜：《论小品文（一封公开信）——给〈天地人〉编辑者徐先生》，《孟实文钞》，上海良友图书印刷公司，1936年，第206页。

音无疑也是自有其学理的依据和独到的眼光,是不容忽视,值得关注和研究。只有这样,一个开放、自由和多元化的现代散文的言说空间,才有可能真正出现,从而彰显现代知识者的建设气魄和生命活力。

二、"闲谈体"小品文理论的建设与探索

20世纪30年代,林语堂连续创办了《论语》、《人间世》、《宇宙风》,倡导向晚明小品学习,并提出"以自我为中心,以闲适为格调"的小品文理论主张和创作实践。虽然这期间招致来自以鲁迅为代表的左翼阵营的强烈批评。但从建构现代散文理论话语的角度,考察林语堂关于小品文的理论主张,其学理价值是不言而喻的。

林语堂是一位闽南乡村牧师的后代,从小就受到了西方文化的熏陶,并接受了良好的西方教育,用他自己的话说:"我是在基督教的保护壳中长大的。"①但是,他接受基督教文化保护并被西方文化塑造,是牺牲了与中国传统文化的接触、亲近为代价。直至他大学毕业到清华大学任教时,才真正和中国社会接触,他带着"加入本国思想的传统主流,不做被剥夺国籍的中国人"的强烈愿望,"决心反抗而沉入我们民族意识的巨流"之中去了②。那么,这就出现一个疑问,既然林语堂不具备渊深的传统文化素养,他何以在20世纪30年代成为一位积极主张回归传统文化,掀起学习晚明小品的主角呢?

这和周作人对他的引导和影响密切相关。林语堂在《小品文之遗绪》中说:"周作人谈《中国新文学的源流》一书推崇公安竟陵,以为现代散文直继公安之遗绪。此是个中人语,不容不知此中关系者瞎辩。""周作人得力于明文,肚里有数码也。"③他在另外一篇文章也谈及他如何阅读晚明小品的途径和方式:"近日买到沈启无编《近代散文钞》下卷(北平人文书店出版),连同数月前购得的上卷,一气读完,对于公安、竟陵派

---

① 林语堂:《大旅行的开始》,《林语堂文选》下册,张明高、范桥编,中国广播电视出版社,1990年,第450页。
② 同上书,第456、452页。
③ 林语堂:《小品文之遗绪》,《人间世》第22期,1935年2月20日。

的文，稍微知其涯略了。"① 和其他那些从小就浸润于传统文化的新文学作家相比，林语堂这种接触传统文化的方式就显得极其可笑，也说明他在这方面功底的浅显和空疏。尽管如此，林语堂却有极其深厚的西方思想文化背景，这也是他之所以能够在"五四"时期大谈改造国民性和提倡"欧化"的文化优势所在。因而，中西文化的比较与融通，成为林语堂建构自己散文理论话语的独特思路和途径：

> 但是这派成就虽有限，却已抓住近代文的命脉，足以启近代的源流，而称为近代散文的正宗，沈君以是书名为《近代散文钞》，确系高见。因为我们在这集中，于清新可喜的游记外，发现了最丰富、最精彩的文学理论，最能见到文学创作的中心问题。又证之以西方表现派文评，真如异曲同工，不觉惊喜。大凡此派主性灵，就是西方歌德以下近代文学普遍立场，性灵派之排斥学古，正也如西方浪漫文学之反对新古典主义，性灵派以个人性灵为立场，也如一切近代文学之个人主义。其中如三袁弟兄之排斥仿古文辞，与胡适之文学革命所言，正如出一辙。这真不能不使我们佩服了。②

林语堂通过西方近代文学和表现派理论作为参照系，用崭新的审美眼光肯定和认同周作人一派对晚明小品的精神溯源，认为开启"近代文的源流"，是"近代散文的正宗"，并把三袁弟兄"排斥仿古文辞"，与胡适"文学革命所言"相提并论，认为二者"如出一辙"，这种看法完全是周作人理论主张的复制和翻版。这样，林语堂在精神领袖周作人的引导下，自以为找到了一条沟通中西散文理论话语的捷径，他解读袁氏三兄弟、李渔、袁枚、金圣叹等人的文章，并参照克罗齐、斯平加思、笛福、斯威夫德、梅瑞狄斯等人的理论观点，从而形成独具特色的小品文理论话语。这一理论话语带有鲜明的文学意味审美观，是依靠三个重要的审

---

① 林语堂：《论文》，《论语》第 28 期，1933 年 11 月 1 日。
② 同上。

美范畴建构的,即"闲适"、"性灵"、"幽默"。

首先,"闲适",是指创作主体的心闲意适。它是对一种超然古典境界的向往,也是安静平和、追求雅趣风格的文人的表现。当代学者张颐武在《闲适文化潮流批判》一文中,对包括林语堂的"闲适派"作过较为深刻的剖析。他认为,"所谓'现代性'按法国思想家利奥塔的说法,乃是一种'元话语',是对'伟大叙事'的不间断的寻求","而中国散文中的'闲适'也正是在'现代性'的启蒙设计中的'个性主体'意识的觉醒的神话般背景下构筑自身的,于是'闲适'被重写为一种'表现论'的模式"。"闲适话语从来不是消费的产品,也不是优雅的文人之品,而是'现代性'话语的一个不可或缺的部分,是知识分子的启蒙欲望和'代言'欲望的一种表征,由于'闲适'本身自极其复杂的话语运作模式及其发展脉络,因之,它需要经过长期的文化浸润和训练才能达到,'闲适'也是知识分子在'现代性'文化中自我识别的方式之一。知识分子在'现代性'话语中的权威位置,也依赖于他们对'闲适'把握能力加以确认"[①]张颐武撇开政治视点,站在文化角度,通过"叙事话语"和"中心——边缘"的理论方法,较深刻地揭示了"闲适"蕴含的社会和文化内涵。不然我们怎么理解"'闲适'被重写为一种'表现论'的模式,一种浪漫的自由精神的显现,一种个人面对自我和世界的感性经验的自由书写"[②]?!那么,林语堂是如何将小品文纳入自己设计的"现代性"理论框架?我们试看他的阐述:

> 《语丝》之文,人多以小品文称之。实系现代小品文,与古文小摆设式之茶经酒谱之所谓"小品",自复不同。余所谓小品文,即系指此。且现代小品文亦与古时笔记小说不同。古人或有嫉廊庙文学而退以"小"自居者,所记类皆笔谈漫录野老谈天之属,避经世文章而言也。乃因经济文章,禁忌甚多,蹈常袭故,谈不出什么大道理来,笔记文学反成为中国文学著作

[①] 张颐武:《闲适文化潮流批判》,《文艺争鸣》1993年第5期。
[②] 同上。

上之一大潮流。今之所谓小品文者，恶朝贵气与古人笔记相同，而小品文之范围，却已放大许多，用途体裁，亦已随之而变，非复拾前人笔记形式，便可自足。盖诚所谓"宇宙之大，苍蝇之微"，无一不可入我范围矣。此种小品文，可以说理，可以抒情，可以描绘人物，可以评论时事，凡方寸中一种心境，一点佳意，一股牢骚，一把幽情，皆可听其由笔端流露出来，是之谓现代散文之技巧。故余意在现代文中发扬此种文体，使其侵入通常议论文及报端社论之类，乃笔调上之一种解放，与白话文言之争为文字上之一种解放，同有意义也。①

由此观之，林语堂所谓小品文的"现代性"不仅仅是承袭了古代小品"嫉廊庙文学"的特性，即"恶朝贵气"，而且也表现在对现代小品"启蒙话语"文化设计上，"此种小品文，可以说理，可以抒情，可以描绘人物，可以评论时事，凡方寸中一种心境，一点佳意，一股牢骚，一把幽情，皆可听其由笔端流露出来。"所以，林语堂标举的"闲适"话语，是以"现代性"为前提和基础的，是"现代性"构筑的"个人主体"神话的一个关键部分。于是，"闲适"被重写为一种"表现论"的模式，一种浪漫的自由精神的显现，一种个人面对自我和世界的感性经验的自由书写。正是在这个意义上，林语堂才把小品文这种"笔调"的"解放"，与"五四"文白之争"文学"的"解放"相提并论。

必须指出，张颐武对林语堂为代表的"闲适"话语的阐释，还是有缺陷的。他过于强调"闲适"话语作为知识分子的启蒙欲望和"代言"欲望的"表征"，而排斥了"闲适"的趣味和情调，这就导致否认"闲适"话语是一种"消费产品"和"优雅的文人消遣之品"②，这显然有把"闲适"的审美范畴净化和抬高之嫌，和林语堂所理解的"闲适"含义有出入。林语堂谈"闲适"，常常与"个人笔调"联系起来，这就是意味"闲适"本应具有"趣味"和"情调"的属性。由于林语堂的知识背景是以纯

---

① 林语堂：《论小品文笔调》，《人间世》第 6 期，1934 年 6 月 20 日。
② 张颐武：《闲适文化潮流批判》，《文艺争鸣》1993 年第 5 期。

西方文化为主，而对传统文化知之甚少，这就造成他对"闲适"话语获取途径，主要源于西方文体的体认和把握上：

> 唯另有一分法，即以笔调为主，如西人在散文中所分小品文（familiar essay）与学理文（treatise）是也。古人亦有"文""笔"之分，然实与此不同。大体上，小品文闲适，学理文庄严；小品文下笔随意，学理文起伏分明，小品文不妨夹入遐想及常谈琐碎，学理文则为题材所限，不敢越雷池一步。此中分别，在中文可谓之"言志派"与"载道派"，亦可谓之"赤也派"与"点也派"。言志文系主观的、个人的，所言系个人思感，载道文系客观的，非个人的，所述系"天经地义"。故西人称小品笔调为"个人笔调"（personal style），又称之为"familiar essay"。后者颇不易译，余前译为"闲适笔调"，约略得之，亦可译为"闲谈体"、"娓语体"。盖此种文字，认读者为"亲熟的"（familiar）故交，作文时略如良朋话旧，私房娓语。此种笔调，笔墨上极轻松，真情易于吐露，或者谈得畅快忘形，出辞乖戾，达到如西文所谓"衣不纽扣之心境"（unbuttoned moods）。①

林语堂专门拈出"闲适"，作为小品文的文体特征，从"下笔随意"到内容"不妨入遐想及常谈琐碎"；从"个人笔调"到斟酌翻译"闲适笔调"、"闲谈体"、"娓语体"；从作文态度谈到"衣不纽扣之心境"等等。这些文字的精确概括，让人体会到林语堂对"闲适"话语的独到分析，说明他确实能从英文"familiar essay"中获得真髓神韵，是方家的眼光和识见。用这种方法分析英国散文，可分为二派，一是以乔索②为祖，一是贝根③为祖。"贝根整洁细密，即系代表说理派；乔索散逸自然，即系代表闲适派……"林语堂通过对西洋小品理论的整合和小品文史的梳理，获

---

① 林语堂：《小品文笔调》，《人间世》第6期，1934年6月。
② 乔索，今通译"乔叟"。
③ 贝根，今通译"培根"。

得一套"闲适"的批评方法和评价尺度。并将它引入对"新文学"的分析。"文学革命以后,既以说话行文,自然要演出以闲谈说理笔调一派,在谈话之中夹入闲情及个人思感,此即吾所谓个人笔调"。不仅如此,林语堂还认为中国古代散文中仍有不少"个人笔调"的著作,需要"另眼搜集","在提倡小品文笔调,不应专谈西洋散文,也须寻出中国祖宗来,此文体才会生根,虽然挨骂,亦不足介意"。所谓"另眼搜集",林语堂进一步申说,当"纯以文笔之闲散自在,有闲谈意味"为标准,他借助周作人在《中国新文学的源流》的引导,将现代散文的源头追溯至明末的公安、竟陵派,并总结出"理想散文"的审美内容和审美规范:"我所要搜集的理想散文,乃得语言自然节奏之散文,如在风雨之夕围炉谈天,善拉扯,带情感,亦庄亦谐,深入浅出,如与高僧谈禅,如与名士谈心,似连贯而未尝有痕迹,似散漫而未尝无伏线,欲罢不能,欲删不得,读其文如闻其声,听其语如见其人。"[1] 从上面分析,可以看出林语堂深得"闲适"三昧,正如他在《谈话》中指出:"有闲的社会,才会产生谈话的艺术,这是很明显的;谈话的艺术产生,才有好的小品文,这也是一样明显的。"[2] "闲适",经过周作人、林语堂的大力提倡,成为贯穿"五四"以来中国文化的一种独特话语,它是安静平和,追求优雅趣味的文人精神的表现,也是边缘的和独立的,隐士式的境界的体验。日本学者鹤见祐辅在《闲谈》中指出:"没有闲谈的世间,是难住的世间;不知闲谈之可贵的社会,是局促的社会。而不知道尊重闲谈的妙手的国民,是不在文化发达的路上的国民。"[3] 的确,有"闲"并不是罪恶,善用其"闲",人类文化才可能发达,鹤见祐辅的一席话,至今让人读来仍有警醒的作用。

其次,"性灵"。林语堂曾在《写作的艺术》中说:"'性'指一人之'个性','灵'指一人之'灵魂'或'精神'。"[4] 其实,"性灵"一词,并

---

[1] 林语堂:《小品文之遗绪》,《人间世》第22期,1935年2月20日。
[2] 林语堂:《论谈话》,《人间世》第2期,1934年4月20日。
[3] 鹤见祐辅:《闲谈》,《鲁迅译文集》第3卷,人民文学出版社,1958年,第433—434页。
[4] 林语堂:《写作的艺术》,《林语堂文选》下册,张明高、范桥编,中国广播电视出版社,1990年,第90页。

非林语堂的杜撰,而是古人常用的字眼。它早先在刘勰、钟嵘、庾信、颜之推的文章中,其后唐代也常用。如姚思谦在《梁书》中说:"夫文章妙发性灵,独抒怀抱。"① 但直至明末袁宏道出现之前,古人都没有把"性灵"问题当做创作论的根本问题。袁宏道在评价其弟袁中道的诗文时说:

> 大都独抒性灵,不拘格套,非从自己胸臆流出,不肯下笔。有时情与境会,顷刻千言,如水东注,令人夺魄。其间有佳处,亦有疵处。佳处自不必言,即疵处亦多本色独造语。然予则极喜其疵处,而所谓佳者,尚不能不以粉饰蹈袭为恨,以为未能尽脱近代文人气习故也。②

明末公安派以"独抒性灵,不拘格套"的理论主张,对宋明理学和载道文学发起猛烈的冲击,因而也被人视为性灵派。公安派能够"无视古人的正统,以抒情的态度作一切的文章,虽然后代批评家贬斥它为浅率空疏,实际却是真实的个性的表现"③,这一点让周作人倾心不已,大为赞赏。林语堂继周作人之后,将"性灵"之说引入现代散文理论,无疑给当时的散文创作注入了一股新的活力,使20世纪二三十年代抒情散文和小品散文中"独抒性灵"的倾向蔓延成风。

林语堂在《论文》中,借助了周作人所谓言志派与载道派两种潮流的更替起伏理论,为公安派、竟陵派"立论"作阐释。他认为性灵派是以"个人性灵为立场","排斥学古",这和西洋近代文学趋向于"抒情的"、"个人的"方向是相一致的。因而,性灵派文学已由"载道"而转入了"言志",它"抓住近代文学的命脉,而足以启近代散文的源流",这个"命脉"就是"自我"。所以,林语堂说:"性灵就是自我。"④ 通过对中西散文小品理论的一番梳理和解读,林语堂于1934年4月5日,在《人间世》创刊号的《发刊词》中正式提倡"以自我为中心,以闲适为格调"的

---

① 姚思谦:《梁书·文学传赞》。
② 袁宏道:《袁中郎全集·序小修诗》。
③ 周作人:《〈杂拌儿〉跋》,《永日集》,上海北新书局,1929年,第172页。
④ 林语堂:《论文》,《论语》第28期,1933年11月1日。

小品文理论主张。这个观点招来左翼阵营的强烈的质疑和批判。而实际上，要求散文不为格套所拘，不为章法所役，不复为圣人立言，不复替天宣教，强调所表的是自己的意，所说的是自己的话，这无疑是对复古主义文风的反动。郁达夫指出："现代的散文之最大特征，是每一篇散文里所表现的个性，比以前的任何散文都来得强。古人说，小说都带些自叙传的色彩的，因为从小说的作风里、人物里，可以见到作者自己的写照，但现代的散文，却更是带有自叙传的色彩了，我们只消把现代作家的散文集一翻，则这作家的世系、性格、嗜好、思想、信仰，以及生活习惯等等，无不活泼地显现在我们的眼前。"[1] 追求个人意识的自由表述，原本就是散文本体精神的一种表现，难怪郁达夫会得出现代散文比小说更带"自叙传的色彩"。从这个意义上说，林语堂倡导的"以性灵为主，不为格套所拘，不为章法所役"的小品文理论[2]，有其合理之处和积极的意义。

林语堂说："性灵派文学，主'真'字。"[3] 何谓"真"？庄子在《渔夫》篇记述道："孔子愀然，曰：'请问何谓真？'客曰：'真者，精诚之至也。不精不诚，不能动人。故强哭者，虽悲不哀；强怒者，虽严不威；强亲者，虽笑不和。真怒，未发而威；真亲，未笑而和。真在内者，神动于外，是所以贵真也。'"[4] 这个道理运用到文学创作中也是一样，作家创作的散文要能打动人，必须是"精诚之至"，抒发自己的真情实感。公安派的先驱李贽就提出："天下之至文，未有不出于童心焉也。"何谓"童心"？曰："夫童心者，真心也，若以童心为不可，是以真心为不可也。夫童心者，绝假纯真，最初一念之本心也。若失却童心，便失却真心；失却真心，便失却真人。人而非真，全不复有初矣。"[5] 散文家多了几分童心，性灵就不会缩头缩尾，人云亦云。袁宏道所谓的"独抒性灵，不拘格套"的理论基

---

[1] 郁达夫：《〈中国新文学大系·散文二集〉导言》，《中国新文学大系·散文二集》，上海良友图书印刷公司，1935年。
[2] 林语堂：《论文》，《论语》第28期，1933年11月1日。
[3] 同上书，第203页。
[4] 《庄子·渔父》。
[5] 李贽：《童心说》，《李氏焚书》卷三。

石就是尚"真",求"真"。对此,晚明文人陆云龙深有体会,他说:"小修称中郎诗云'率真'。率真则性灵现,性灵现则趣生。即其不受一官束缚,正不蔽其趣,不抑其性灵处。"① 陆云龙抓住"率真"、"性灵"、"趣"几个审美艺术概念的相互阐释的特点,点评袁中郎的小品还是比较准确、到位。林语堂对性灵派的主张心向往之,他说,"学文无他,放其真而已","人能发真声,则其穷奇变化,亦如花鸟之色泽,云霞之变化,层出不穷,至死而后已"②。因此,散文写出真情实感是何等重要!真情实感是散文成为美文的艺术品格。自然,作者在把"心"掏给读者,说真心话时,往往会把自己的快乐、忧愁、追求、思索乃至习性、缺点,都毫无掩饰地吐露出来。林语堂说:"性灵派主张自抒胸臆,发挥己见,有真喜,有真恶,有奇嗜,有奇忌,悉数出之,即使瑕瑜并见,亦所不顾,即使为世俗所笑,亦所不顾,即使触犯先哲,亦所不顾。"③ 袁小修在《中郎先生全集序》曰:"至于今,天下之慧人才子始知心灵无涯,搜之愈出,相与各呈其奇而互穷其变,然后人人有一段真面目溢露于楮墨之间。即方圆黑白相反,纯疵错出,而皆各有所长以垂不朽。"讲性灵,不离真性情,率心而行,任性而发,文章才具有艺术感染力,从而深深拨动读者的心弦。

林语堂受到意大利反理性主义表现论和直觉主义艺术观的影响,因而他阐释"性灵"时,带有鲜明的主观神秘色彩。他说:"文章者,个人之性灵之表现。性灵之为物,唯我知之,生我之父母不知,同床之妻亦不知。然文学之生命实寄托于此。"④ 林语堂把"性灵"诠释得神秘兮兮,完全背离了袁宏道倡导"性灵"主张的本意,只能走上孤芳自赏的绝境。而鲁迅认为没有超然于社会之外的"性灵",只带有社会性的"性灵"。他也反对那种与穷苦大众的命运不相关的自我的喜怒哀乐。因此,他在

---

① 陆云龙:《翠娱阁评选袁中郎先生小品》卷首,《皇明十六家小品》。
② 林语堂:《论文》,《论语》第 28 期,1933 年 11 月 1 日。
③ 林语堂:《写作的艺术》,《林语堂文选》下册,张明高、范桥编,中国广播电视出版社,1990 年,第 91 页。
④ 林语堂:《论文》,《论语》第 28 期,1933 年 11 月 1 日。

《杂谈小品文》中对性灵派文学作了较为深刻的剖析：

> 现在大家所提倡的，是明清，据说"抒写性灵"是它的特色。那时有一些人，确也只能够抒写性灵的，风气和环境，加上作者的出身和生活，也只能有这样的意思，写这样的文章。虽说抒写性灵，其实后来仍落了窠臼，不过是"赋得性灵"，照例写出那么一套来。当然也有人预感到危难，后来是身历了危难的，所以小品文中，有时也夹着感愤，但在文字狱时，都被销毁，劈板了，于是我们所见，就只剩了"天马行空"似的超然的性灵。①

在特定的历史语境中鲁迅从别一角度，评价"性灵"，给我们留下不少思考的空间。如果"性灵"被抽掉应有的历史的、社会的内涵，那么"独抒性灵"就会滑向"赋得性灵"，重新落入"窠臼"，小品文创作就会走向死胡同，那么林语堂提倡那"唯我知之"的"性灵"，其价值何在呢？！

再者，幽默。在中国，"幽默"二字最早见于屈原的《九章·怀沙》："孔静幽默。"但此处的幽默仅含幽远静默之意，并非一个美学范畴的概念。在西方，幽默原指"决定人类健康并形成人不同气质类型的'体液'（如血液、粘液、黄胆汁、黑胆汁）"，直到16、17世纪其内涵才逐渐向艺术领域转移，被理解为怪诞、逗乐、诙谐、戏谑。1906年，国学大师王国维在《屈子文学之精神》一文中，将"幽默"译为"欧穆亚"，认为是人生观的一种，但未作理论阐述②。在现代文学史上，林语堂是第一个唤起国人注意"幽默"的人，他最先提出将英文humor译成"幽默"。对于这个译名，曾有些人持有异议，鲁迅认为容易被误解为"静默"、"幽静"意思；李青崖主张改译为"语妙"；陈望道拟改为"油滑"；唐桐候翻译为"谐穆"。但反复比较，终因找不出比"幽默"二字更合适的字眼，

---

① 旅隼（鲁迅）：《杂谈小品文》，《时事新报·每周文学》，1935年12月7日。
② 参见陈漱渝：《"相得"与"疏离"——林语堂与鲁迅的交往史及其文化思考》，《鲁迅研究月刊》1994年第12期。

于是"幽默"渐渐成为人们所接受的叫法。林语堂从20年代起发表了《征译散文并提倡"幽默"》、《幽默杂话》、《答李青崖论幽默译名》、《谈幽默》、《会心的微笑》等一系列文章，形成了自己一套的幽默理论，并将之引入现代小品的理论建构和创作实践，与当时北平的周作人遥相呼应，使闲适幽默小品的创作盛极一时。

20世纪20年代林语堂倡导的西洋式幽默观，带有明显的解构意味，它一开始是作为封建专制封建礼教的对立面出现的。他指出中国文学存在着"欠幽默"的"最大缺憾"，而造成这一局面，是由于封建礼教和传统道学的压制和束缚。因此，只有采用解构策略，才能把道学传统压制下的人的真诚自我解放出来。所以他热情洋溢地说："不管你三千条的曲礼，十三部的经书，及全营的板面孔皇帝忠诚，板面孔严父孝子，板面孔贤师弟子一大堆人的袒护、维护、掩护、维护礼教，也敌不过幽默之哈哈大笑。"他甚至断言封建礼教"被幽默一笑便糟"[①]。到了20世纪30年代，林语堂开始有意识地从传统的内部发掘反传统的力量。浪漫的情怀使他希望通过恢复孔子作为"人"的本来面目去证明礼教从根本上的不合理性，他为封建正统思想对于古代"有骨气有高放"的异端思想的钳制而愤愤不平。他斥责"二千年间，人人议论合于圣道，执笔之士，只在孔庙中翻筋斗，理学场中捡牛毛"，"稍有新颖议论，超凡见解，既诬为悖经叛道，辩言诡说，为朝士大夫所不齿，甚至以亡国责任，加于其上"的历史，同时也嘲讽"祸国军阀，误国大夫"，"暴敛官僚，贩毒武夫"，"开口仁义，闭口忠孝，自欺欺人，相率为伪"的现实[②]。即便是晚年，林语堂在《八十自叙》中，还念念不忘告诉读者，他当年之所以要提倡幽默，其目的就是要打破"文以载道"的封建桎梏[③]。

林语堂认为幽默是"一种人生观"，"一种对人生的批评"，他指出："幽默本是人生之一部分，所以一国的文化，到了相当程度，必有幽默的文学出现。人之智慧已启，对付各种问题之外，尚有余力，从容出之，遂

[①] 林语堂：《幽默杂话》，《晨报副刊》，1924年6月9日。
[②] 林语堂：《论幽默》中篇，《论语》第33期，1934年1月16日。
[③] 林语堂：《八十自叙》，台北德华出版社，1982年，第95页。

有幽默——或者一旦聪明起来，对于人之智慧本身发生疑惑，处处发现人类的愚笨，矛盾，偏执，自大，幽默也跟着出现。"① 显然，林语堂的幽默论站在主观主义立场，强调幽默主体的作用。因此，幽默既然是"一种对人生的批评"，那么作为一名幽默家在"视世察物"的过程中要"另具只眼"，不肯因循，发言立论，不落窠臼②，以期体现幽默是一种"人类智能的最高形式"。但在如何体现人的智慧上，林语堂又强调幽默与讽刺的区别。讽刺，"理智多而情感少"，"有的是酸心的微笑"一类的。所以，林语堂借用叔本华的"同情"说和立普斯的"移情"说，在推己及人的基础，建构自己的幽默"同情"说，他认为人们由对象的"可笑"而"觉得其可怜又觉得其可爱。"因而，他对幽默的人生观又做了具体的说明："幽默的人生观是真实的，宽容的，同情的人生观。"③ 同时，他又特别看重幽默中"超脱"态度。他说："幽默只是一种从容不迫达观态度。"④ 所谓达观，即对人生的缺憾报以坦然，认可了人生的相对性，因而避开了绝对痛苦，是对生命有限欢愉的一种退守，也是对名和利的超脱。当然，"同情"和"超脱"之间，尚需把握一种"度"，唯有如此才能达到幽默的境界。林语堂借评价古人，道出他掌握幽默分寸的尺度：

> 我们读老庄之文，想见其为人，总感其酸辣有余，温润不足。论其远大遥深，睥睨一世，确乎是真正 Comic spirit 表现。然而老子多苦笑，庄生多狂笑，老子的笑声是尖锐的，庄生的笑声是豪放的。大概超脱派容易流于愤世嫉俗的厌世主义，到了愤与嫉，就失去了幽默温厚之旨。屈原、贾谊，很少幽默，就是此理。因谓幽默是温厚的。超脱而同时加入悲天悯人之念，就是西洋之所谓幽默。机警犀利之讽刺，西文谓之"郁剔"（wit）。反是孔子个人温而厉，恭而安，无适，无必，无可无不

---

① 林语堂：《论幽默》上篇，《论语》第 33 期，1934 年 1 月 16 日。
② 林语堂：《答李青崖论幽默译名》，《论语》第 10 期，1932 年 9 月 16 日。
③ 林语堂：《论幽默》上篇，《论语》第 33 期，1934 年 1 月 16 日。
④ 林语堂：《答李青崖论幽默译名》，《论语》第 10 期，1932 年 9 月 16 日。

可,近于真正幽默态度。①

"超脱而同时加入悲天悯人之念",是西洋所谓的"幽默",也是林语堂对"幽默"的总体把握,从这个把握出发,林语堂提出:"幽默只是一位冷静超远的旁观者,常于笑中带泪,泪中带笑。"②这是林语堂幽默理念的动人之处。

幽默作为林语堂小品文理论的重要范畴,它与闲适、性灵是密切关联,相辅相成。思想真自由,文章必放异彩,放异彩,又岂能无幽默乎? 所以林语堂说:"提倡幽默,必先提倡解脱性灵,盖欲由性灵之解脱,由道理之参透,而求得幽默也。"③同样的道理,闲适不仅仅是小品文的一种笔调,按照林语堂的逻辑,闲适的笔调不能不来自一种闲适的心境,而这种心境在纷扰的尘世间又必然与幽默的人生观联系在一起。因此,"凡写此种幽默小品的人,于清淡之笔调之外,必先有独特之见解及人生之观察。因为幽默只是一种态度,一种人生观,在写惯幽默文的人,只成了一种格调,无论何种题目,有相当的心境,都可以落笔成趣了"④。这样,林语堂主张的小品文创作,既要没有道学气味,也要没有小丑气味,而必须是"庄谐并出,自自然然畅读社会与人生"。这样的文章可以用来增添轻松雅谑的气氛,化解文气的板滞,还可以借以改变方正古板的民族心理结构。总之,只有"相当的人生观,参透道理,说话近情的人,才会写出幽默作品"⑤。

林语堂的"幽默"观,在当时学界还是引起了较大的争议性。围绕着"幽默"艺术的话题,现代学者发表的意见,可谓见仁见智。但是,从史的角度来看,现代散文观念从来就是社会思想剧烈冲撞,营垒不断分化的时代生成的。诚然,林语堂与左翼作家学者倡导的现代散文观念迥然有别,但走的路子与周作人相类似,他在周作人提出英国随笔与明末

---

① 林语堂:《论幽默》上篇,《论语》第33期,1934年1月16日。
② 林语堂:《论幽默》中篇,《论语》第33期,1934年1月16日。
③ 林语堂:《论文》,《论语》第28期,1933年11月1日。
④ 林语堂:《论幽默》下篇,《论语》第35期,1934年2月16日。
⑤ 同上。

小品结合基础上，创造性地以"闲适"、"性灵"、"幽默"为特色，建构自己一套独特的散文理论话语，这是对中国现代散文理论宝库有益的补充和丰富。

第三节 艺术散文：从"闲话"走向"独语"

"五四"白话文的运动和西方随笔的引入，使中国散文重新获得活力和生机。"五四"学人在后来总结这段文学发展史，屡次肯定"散文小品的成功，几乎在小说戏曲和诗歌之上"①。但是另一方面，他们的现代散文观念由于不可避免地受到英国随笔理论的影响和制约，而普遍存在着对散文的文学性和艺术价值评价偏低的不平衡现象。所谓"写在纸上的谈话"的散文作品，其选材和表现都可以比较随便些。朱自清说散文"不能算作纯艺术品，与诗、小说、戏剧，有高下之别"②；鲁迅也认为"散文的体裁，其实是大可以随便的，有破绽也不妨"③。在这些观念论述的背后，他们既对不拘形式的家常闲话的随笔的认同和肯定，同时心中又搁置着一把"纯艺术"的标尺，这或许也是一种"扬诗抑文"文类偏见的影响吧。美国学者盖利（C. M. Gayley）在他的《英诗选》的《绪论》里说："诗和散文不同的地方，就是散文的言语，系日常交换意见的器具，而诗的实质，系一种高尚集中的想象和情感表现。"④虽然盖利的话指出诗与散文都有不同的表现领域，但两者文类的高低却判若天渊。

其实在英国浪漫派大师中，就有人否定诗与散文的严格区别。华兹华斯说"不仅每首好诗的很大部分，甚至那种最高贵的诗的很大部分，除了韵律之外，它们与好散文的语言是没有什么区别的，而且最好的诗中

---

① 鲁迅：《小品文的危机》，《现代》第 3 卷第 6 期，1933 年 10 月 1 日。
② 朱自清：《论中国现代的小品散文》，《文学周报》第 7 卷第 20 期，1928 年 11 月 25 日。
③ 鲁迅：《〈鲁迅自选集〉自序》，《鲁迅自选集》，上海天马店，1933 年 3 月。
④ 盖利语，转引自李素伯《什么是小品文》，《小品文研究》，上海新中国书局，1932 年，第 11—12 页。

最有趣味的部分的语言也完全是那些写得很好的散文的语言","我们可以毫无错误地说,散文的语言和韵文的语言并没有也不能有任何本质上的区别"①;雪莱也说:"诗人与散文家的区别,是世俗的谬误。……柏拉图是一位诗人,……培根也是一个诗人。"②浪漫派诗人的这些论述,对我们探究中国现代散文理论是富有启发意义的。

我们不妨换个角度看问题,即有没有存在着与现代随笔理论不同的另一血脉的散文理论资源,这一系脉强调散文也是艺术品,与诗歌等其他文类一样,需要作家有独立意识的制作?答案是不言而喻的,尽管这一系脉时常被强大的现代随笔"闲话"所淹没,力量也比较单薄,但在某一历史阶段也曾造成一时的风气,形成不小的影响。这一系脉的重要代表人物是20世纪20年代的徐志摩和30年代以何其芳为代表的新进散文家,大体是从"闲话"走向"独语"一路,按照李广田在《谈散文》中,划分所谓"正宗"的散文、"诗人的散文"、"小说家的散文",那么他们这一系脉应归属于"诗人的散文"③,其影响深远,并造成一定的风气,余波还延伸至当代散文。

一、倡导"艺术散文"的先声

从"五四"早期"文学散文"概念的引入,再到"五四"退潮期后"散文艺术"的倡导这一发展链条上,刘半农、周作人、王统照、梁实秋、徐志摩等人的散文观,值得发掘、梳理和研究。

当历史进入"五四"后,现代学者开始从文学、审美的角度审视散文文类的特性和价值。1917年,刘半农在《我之文学改良观》提出所谓"文学散文"概念;1921年,周作人在《美文》里提出"艺术性"美文的概念:"读好的论文,如读散文诗,因为他实在是诗与散文中间的桥。"把散文的"艺术性"与"诗"美相沟通、相联系。1923年,剑三(王统照)撰

---

① 华兹华斯:《〈抒情歌谣集〉1880年版序言》,《西方文论选》下册,伍蠡甫主编,上海译文出版社,1979年,第10页。
② 雪莱语,转引自李素伯《什么是小品文》,《小品文研究》,上海新中国书局,1932年,第11页。
③ 李广田:《谈散文》,《李广田文集》第3卷,山东文艺出版社,1984年,第114—116页。

写的《纯散文》一文,提出"纯散文"(Pure prose)的写作主张,这是对刘半农倡导的"文学散文"观念进一步的补充与发展,尤其是他强调散文的修辞艺术,这一点很有独到的眼光。1926年,胡梦华发表的《絮语散文》,也称"絮语散文"是"一种不同凡响的美的文学","散文中的散文"。以上这些学者对于现代散文的论述,虽仅限片言只语,但都体现一种共同的特征,即对散文有一种"文的自觉"和美学意识。

不过,真正亮出艺术散文观念,将散文当作独立的艺术制作,应首推新月派的两位同仁——梁实秋和徐志摩。梁实秋在清华(含中学)就读八年,受到严格的国学教育,而后留学美国,师从新人文主义代表人物白璧德教授。1928年,他撰写的《论散文》[①],是在中西知识视野下关于"散文"文类研究的精彩阐述。梁实秋在文中明确提出:"散文也有散文的艺术。"这一点与同时期朱自清在《论中国现代的小品散文》中所称,散文"不能算作纯艺术品,与诗、小说、戏剧,有高下之别"[②]有较大差异。那么,梁实秋是如何阐明散文当作一种艺术呢?

首先,梁实秋同意当时学者所认为散文是没有一定的格式的,是最自由的,同时也是最不容易处置,因为一个人的人格思想,在散文里绝无隐饰的可能,提起笔来便把作者整个的性格纤毫毕现地表示出来。有一个人便有一种散文。可见梁氏认同"五四"作家普遍主张散文是作家个性人格的体现,他还援引布封所说的:"文调就是那个人。"[③]以及卡莱尔翻译莱辛作品所说的:"每人有他自己的文调,就如同他自己的鼻子一般。"因此,"文调的美纯粹是作者的性格的流露"。

其次,梁实秋提出:"散文的艺术便是作者的自觉的选择。"尽管梁实秋认可散文的文调是作者内心的流露,但他仍主张散文的艺术是不可或缺的。他以西方散文大家弗老贝尔(Flaubert)为例,称弗老贝尔选择字句一丝不苟:"他认为只有一个名词能够代表他心中的一件事物,只有一个形容词能够描写他心中的一种特色,只有一个动词能够表示他心中

---

① 梁实秋:《论散文》,《新月》第1卷第8号,1928年10月10日。
② 朱自清:《论中国现代的小品散文》,《文学周报》第7卷第20期,1928年11月25日。
③ 布封语,今通译"风格即人"。

的一个动作。在万千的辞字之中他要去寻求那一个——只有那一个——合适的字,绝无一字的敷衍将就。"看来,散文大家弗老贝尔撰写的文章,也是要经过"苦痛的步骤"才写成,才能达到"纯洁无疵的功效"。这只是字的推敲,至于字的声音、句的长短,在艺术上也有不可忽略的问题。梁实秋指出:"仄声的字容易表示悲苦的情绪,响亮的声音代表容易显出欢乐的神情,长的句子表示温和弛缓,短的句子代表强硬急迫的态度,在修辞学的范围以内,有许多的地方都是散文的艺术家所应当注意的。"

第三,从修辞学的角度,梁实秋提出散文美的最高理想在于"简单"二字。在梁实秋看来,"简单就是经过选择删芟以后的完美的状态"。这个观点,既是他皈依以推崇"节制"、"纪律"的新人文主义思想的表现,也是他在清华接受国文业师徐锦澄先生熏陶的结果。他说,"散文的艺术中之最大根本的原则,就是'割爱'"。散文的美,不在乎你能写出多少旁征博引的故事穿插,亦不在多少典丽的辞句,而在于能把心中的情思干干净净直截了当地表现出来。因此,"散文的美,美在适当。"不肯割爱的人,是写不出好的文章来。

第四,梁实秋认为,散文是属于人的感情的产物,它与历史哲学及一般学识上的工具并不相同,但这并不意味着散文作家的情感可以毫无节制地泛滥。梁实秋引述希腊批评家朗占诺斯的话,称"散文的功效不仅是诉于理性,对于读者是要以情移。感情的渗入,与文调的雅洁,据他说,便是文学的高超性的来由"。这就意在告之,他心目中散文应有的"模样"——"感情的渗入"与"文调的雅洁",所谓"感情的渗入",固然救散文"生硬冷酷之弊",同时也足以启出"恣肆粗陋的缺点";而"文调的雅洁",却取决于文调的"艺术纪律"。唯有如此,作家才能使散文创作达到"雅洁"与"高超"之层次。

与梁实秋观点相呼应的新月派另一位同仁徐志摩,其实早在1923年就提出"纯粹散文"的理论主张:

> 任何文字内蕴的宽紧性(elasticity)实在是纯粹文学进化的秘密所在(比如 The English Bible [英文《圣经》] Walt

Whitman [惠特曼的诗])。中国文字因为形似单音的缘故,宽紧性最不发达,所以离纯粹散文的理想也最远;新近赵元任改良汉字的主张,很可注意,因为我个人觉得"罗马字化"至少有两个好处,一是规复我所谓文字内蕴的宽紧性,一是启露各个字音乐的价值——这两层我以为是我们未来的文学很重要的问题。①

所谓"罗马字化",历史的实践已证明行不通。中华的汉文明源远流长,主要还是依靠一套独特表情达意的象形文字为载体。徐志摩对"语言学"实际是一位门外汉。他指责汉字形似"单音"的缘故,"宽紧性"最不发达,然而事实上汉语有着世界上其他语种无可比拟的音乐美感。汉语自古以来分为"四声"(平、上、去、入),"平声哀而安,上声厉而举,去声清而远,入声直而促"。②四声中可分为两类,一类不升不降并可延长的平声;一类是或升或降又不可延长的包括上、去、入三声的仄声。因而,平仄就是四声的简化。同时古代文人除了利用汉语的平仄,而且还巧妙利用它独有的双声、叠韵的特点,造成平仄相交,双声、叠韵错杂的抑扬顿挫、声韵和谐之美。刘勰说:"凡声有飞沉,响有双叠,双声隔字而每舛,叠韵杂句而必睽。沉则响发而断,飞则声飏不还。并辘轳交往,逆鳞相比,迂其际会,则往蹇来连。"③刚留学回国的徐志摩,显然因盲从一些学者提出汉字罗马化的主张,而遮蔽了对汉语言的音乐性和伸缩性的认识。因此,所谓"纯粹散文",只是一种理论构想,而且还相当的幼稚。

不过,徐志摩后来一直坚守把散文当作纯粹独立的艺术制作,正是从初期提出"纯粹散文"这一理论形态中孕育和萌芽的。1929年,他发出自己独特的声音:

---

① 徐志摩致孙伏园信,1923年7月18日,《徐志摩书信》,晨光辑注,湖南文艺出版社,1986年,第112页。

② 遍照金刚:《〈文镜秘府〉引》,转引自张长春、张会恩《文心雕龙诠释》,湖南人民出版社,1982年,第207—208页。

③ 刘勰:《文心雕龙·声律》。

> 这才是文章！文章是要这样写的：完美的字句表达完美的意境。高抑列奇界说诗是 Best words in best order。但那样散文何尝不是 Best words in best order。他们把散文做成一种独立的艺术。他们是魔术家。在他们的笔下，没有一字不是活的。他们能使古奥的字变成新鲜，粗俗的雅训，生硬的灵动。①

针对朱自清等人不把散文当作"纯艺术品"的主张，徐志摩非常鲜明地亮出要把"散文做成一种独立的艺术"，与诗歌的创作一样，散文也是需要"完美的字句表达完美的意境"，而绝无"高下之别"。应该说，徐志摩这一套散文理论话语带有很强的挑战性和前卫性，也是继梁实秋之后，又一位对当时文坛上流行用随笔理论替代整个现代散文理论的做法的合理性提出质疑的学者。

徐志摩散文理论的知识资源，不是来自当时盛行于中国文坛的英国随笔，而主要源于英国浪漫派大师的文学观念和创作主张。卞之琳这样评价徐志摩，认为他的"诗思、诗艺几乎没有越出 19 世纪英国浪漫派雷池一步"②。这个论断还是比较准确，它概括了徐志摩诗文创作的文化背景和审美取向。迄今为止，人们尚难给西方浪漫主义下一个精确的定义，但是在崇尚情感和想象，是一切浪漫主义诗学的起点和基石，英国浪漫派大师更是把这二者视为艺术创作的动力和源泉。首先，分析一下"情感"在浪漫主义诗学中的地位和作用。柯尔律治对于"情感"在文学创作过程中所起的作用，相当的推崇和迷恋："独创性天才所创造的形象，已经受到一种支配一切的激情或由这种激情所生发的有关思想和意象的修改……或者已经注入了一个人的智慧的生命，这个生命来自诗人自己的精神，'它的形体透过大地、海洋和空气而出现。"③ 济慈也说："我认为

---

① 徐志摩：《轮盘·自序》，《轮盘》，上海中华书局，1930 年。
② 卞之琳：《徐志摩诗重读志感》，《诗刊》1979 年 9 月号。
③ 柯尔律治：《文学生涯》，转引自 M. H. 艾布拉姆斯《镜与灯》，丽稚牛等译，北京大学出版社，1989 年，第 79 页。

我们的一切激情和爱情一样,他们崇高的时候,都能创造出本质的美。"①无疑,英国浪漫派作家关于情感的艺术表现方式深刻地影响着徐志摩。他说:"感情是我的指南,冲动是我的风。"②"我这一生的周折,大都寻得出感情的线索"③。他不仅为人处世是一位情感型的人,他创作的诗文也反映了这种个性特征。他往往采用直抒胸臆手法,在他的散文里表达那份激情洋溢、热情奔放的浪漫气质,因而创造一种掣电走风、纵横恣肆、淋漓激宕的风格气势,赢得很多文友对他散文的欣赏,杨振声就说:"那气力也真足,文章里永不看出懈怠,老那样夏云的层涌,春泉的潺湲!他的文章的确有他独到的风格,在散文里不能不让他占一席地。"④

其次,到了浪漫主义时代,想象的问题开始被置于人类心智活动的最高层次来认识。华兹华斯认为想象能"造形"和"创造",即"把一些额外的特性加诸于对象,或者从对象中抽出它的确具有的一些特性",具有"赋予的能力、抽出的能力和修改的能力"⑤。柯尔律治则说:"良知是诗才的躯体,幻想是它的衣衫,运动是它的生命,而想象则是它的灵魂,无所不在,贯穿一切,把一切塑成为一个有风姿、有意义的整体。"⑥可见,随着浪漫派作家把想象作为诗本位的确立,想象不再是仅仅意味着文学创造的一种心理过程,而且是一种文学的创造能力和具有形而上的美学内涵。徐志摩说:"想象的活动是宇宙的创造的起点。"⑦他特别欣赏济慈等浪漫派作家创作作品时的妙语通灵的神奇,并以"想象力最纯粹的境界",倾吐自己的欣喜感受:"济慈与雪莱最有这与自然谐和的变术;——雪莱制《云歌》时我们不知道雪莱变了云还是云变了;雪莱歌《西风》时

---

① 济慈致柏莱信,1917年11月22日,转引自《欧美古典作家论现实主义和浪漫主义》,中国社会科学出版社,1981年,第296页。
② 徐志摩致陆小曼信,1925年4月10日,《徐志摩书信》,湖南文艺出版社,1986年,第173页。
③ 徐志摩:《我所知道的康桥》,《晨报副刊》,1926年1月16—25日。
④ 杨振声:《与志摩最后的一别》,《新月》第4卷第1期,1932年1月10日。
⑤ 华兹华斯:《〈抒情歌谣集〉一八一五年版序言》,《西方文论选》下册,上海译文出版社,1979年,第23—24页。
⑥ 柯尔律治:《文学传记》,《西方文论选》下册,上海译文出版社,1979年,第34页。
⑦ 徐志摩:《汤麦士·哈代》,《新月》第1卷第1号,1928年3月。

不知道歌者是西风还是西风是歌者；颂《云雀》时不知道是诗人在九霄云端里唱着还是百灵鸟在字句里叫着……"① 这种与自然谐和的变术，徐志摩身上也是十分突出。例如《泰山日出》、《我所知道的康桥》、《翡冷翠山居闲话》、《北戴海滨的幻想》等。阿英说"作为诗人的徐志摩，在想象力方面，本是特殊强的，这一样的反映在小品文方面，那些作品，大都是'流丽轻脆'，到处都反映了他的想象之流，如一双银翅在任何地方闪烁"，并将这种抒情体式的散文，称之为"瞑想小品"②。由于，情感与想象所起的作用，徐志摩散文创作充满着强烈的主观色彩和典型的浪漫气息，在抒情品格上，显然有别于传统散文崇尚"中和"的审美风范，体现了作家的独到匠心和美学理想。

徐志摩散文理论话语构成的另一个因素，是来自当时他与闻一多等新月派诗人带头倡导新诗"格律化"的理论和实践。这一诗派是对"五四"初期粗制滥造自由体诗的反动，注重艺术形式的锤炼和独创。闻一多有句很典型的话，即"越有魄力的作家，越是要戴着脚镣跳舞才跳得痛快，跳得好"。③ 徐志摩也说："我们信我们自身灵性里以及周遭空气里多的是要求投胎的思想的灵魂，我们的责任是替它们搏造适当的躯壳，这就是诗文与各种美术的新格式与新音节的发见；我们信完美的形体是完美的精神唯一的表现。"④ 在浪漫派作家眼里，诗文在艺术本质上是相通互证的，许多有价值的重要的诗论，也是代表着散文的创作理论主张。徐志摩在这一段论述文字里，将"诗文"相提并论即是一例。他们散文创作采用的是以诗入文的审美取向。因而，他在这里提出"我们信完美的形体是完美的精神唯一的表现"，就是上文已经提及到他后来在1929年论述散文创作所说的"完美的字句表达完美的意境"的原出处。

可以说，重视散文艺术形式的独创和锤炼，是徐志摩散文理论很有价值的一部分，值得人们重视。那么，接下来的问题是，徐志摩如何进行

---

① 徐志摩：《济慈的夜莺歌》，《小说月报》第 16 卷第 2 号，1925 年 2 月。
② 阿英：《徐志摩小品序》，《现代十六家小品》，上海光明书局，1935 年，第 385—386 页。
③ 闻一多：《诗的格律》，《晨报副刊》，1926 年 5 月 15 日。
④ 徐志摩：《诗刊弁言》，《晨报副刊·诗镌》第 1 号，1926 年 4 月 1 日。

散文形式美的设计和完善？在这一点上，徐志摩做法是走散文诗化一路。其一，他借调各种各样的修辞手法来加强散文的艺术表现力，使散文在诗化方面更具有独立的审美价值，比如博喻、排比、象征、暗示等；其二，他追求散文语言的音乐美，并将它视为散文诗化的一个重要审美特征。沈从文说："属于诗所有，而又为当时新诗所缺乏的音乐韵律的流动，加入于散文内，徐志摩的试验，由新月印行之散文集《巴黎鳞爪》，以及北新印行之《落叶》，实有惊人的成就。"[①] 不过，由于徐志摩生性好动，其散文大多写得像"跑野马"式，其艺术形式的锤炼尚缺火候，在这方面上自然赶不上后来在散文艺术上惨淡经营、刻意求工的何其芳。

二、开拓散文新的书写空间

真正对"闲话"体散文（随笔）构成挑战，并造成冲击波，是20世纪30年代初以何其芳为代表的年青散文家的出现。他们同样也是隶属于"诗人的散文"一路，但在主张散文作为独立的艺术制作方面比徐志摩思考得更深，也走得更远。尤其何其芳，刘西渭将他称之为"一位自觉的艺术家"[②]。他对现代散文理论的建设，已经跃进到一个全新的层面：

> 我们常常谈论着这种渺小的工作，觉得在中国新文学的部门中，散文的生长不能说很荒芜，很孱弱，但除去那些说理的，讽刺的，或者说偏重智慧的之外，抒情的多半流入身边杂事的叙述和感伤的个人遭遇的告白。我愿意以微薄的努力来证明每篇散文应该是一种独立的创作，不是一段未完篇的小说，也不是一首短诗的放大。

又：

> 我的工作是在为抒情的散文发现一个新的园地。我企图以很少的文字制造出一种情调：有时叙述着一个可以引起许多想

---

① 沈从文:《论徐志摩的诗》,《现代学生》第2卷第2期,1932年8月。
② 刘西渭(李健吾):《读〈画梦录〉》,《文学月刊》第1卷第4期,1936年9月。

象的小故事，有时是一阵伴着深思的情感的波动。正如以前我写诗时一样入迷，我追求着纯粹的柔和，纯粹的美丽。①

很显然，何其芳是在拒斥"五四"以来一直占据主导地位的"闲话"体散文（随笔），提出了"散文应该是一种独立的创作"，并在此基础上构建自己的散文理论。为了实践这一理论构想，他身体力行，从1933年，经过三年的劳作，终于完成包括代序在内17篇短短的散文创作。然而这些短文却来之不易，何其芳说："一篇两三千字的文章的完成往往耗费两三天的苦心经营，几乎其中每个字都经过我的精神的手指的抚摩。"② 这些惨淡经营、刻意求工的作品，确实达到了为"抒情的散文发现一个新的园地"的目的。1937年5月，《画梦录》获得《大公报》文艺奖金。以著名作家朱自清、叶圣陶、巴金、沈从文等组织的评委会作出这样的鉴定："在过去，混杂于幽默小品中间，散文一向给我们的印象多是顺手拈来的即景文章而已。在市场上虽曾走红运，在文学部门中，却常为人轻视。《画梦录》是一种独立的艺术制作，有它超达深渊的情趣。"③ 评委们将何其芳的散文与"五四"以来文坛盛行的"幽默小品"划上一条分水岭，并热情洋溢地充分肯定何其芳的散文理论主张和创作实践。因而，何其芳便以抗击和阻遏现代随笔泛滥的先锋姿态，而载入中国现代散文史册中。

何其芳说："我最大的快乐或酸辛在于一个崭新的文字建筑的完成或失败。"④ 将《画梦录》创作，称为"一个寂寞的孩子为他自己制造的一些玩具"⑤。这种"文字"建筑师或"玩具"情结，呈现了何其芳散文制作的独特理念和艺术思维。首先，他的散文理论思考，也和他的诗歌主张一样，其知识资源选择视角发生了根本性的嬗变。何其芳既摒弃了走西方随笔理论一路，同时又不像徐志摩那样承续西方浪漫派的主张。他是以更加贴近的现代观念选择法国象征派和T. S. 艾略特代表的英美现代派

---

① 何其芳：《〈还乡记〉代序》，《何其芳文集》，人民文学出版社，1982年，第125、127—128页。
② 同上，第128页。
③ 《大公报》，1937年5月12日。
④ 何其芳：《梦中道路》，《文艺阵地》第4卷第7期，1940年2月1日。
⑤ 何其芳：《一个平常的故事》，《何其芳文集》，人民文学出版社，1982年，第213页。

作为自己的学习对象;另一方面,他又努力从传统文化中寻找与西方现代派艺术相呼应的东西,把探寻的眼光凝注在晚唐五代诗词这一块艺术宝地。他说:"我读着晚唐五代时期的那些精致的冶艳的诗词,蛊惑于那种憔悴的红颜上的妩媚,又在几位班纳斯派以后的法兰西诗人的篇什中找到了一种同样的迷醉。"当他受到失恋的打击和一次出游重返古都时,正是他所谓"带着零落的盛夏的记忆走入荒凉的季节里",他读了"一些现代英美诗人的诗"。于是,他开始发出"绝望的姿势,绝望的叫喊"①。刘西渭说:"我们的生命已然跃进一个繁复和现代;我们需要一个繁复的情思同表现。"②何其芳从晚唐五代诗词和法国象征派、英美现代派身上找到了适应于表现自身繁复的情绪和内在世界的现代感觉方式和传达方式,也找到了艺术审美价值转化的契机。他说:"在这阴暗的一年里,我另外雕琢出一些短短的散文,我觉得那种不分行的抒写更适宜于表达我的郁结与颓丧。"③因此,《画梦录》创作之所以获得极大的成功,不能不说是他因选择新的知识资源而带来的丰厚的艺术回报。

其次,何其芳极力主张作家要突破已有的散文文类规范,开拓散文新的书写空间。针对当时文坛盛行的以"纪实"为主,而使散文流入"身边杂事的叙述和感伤的个人遭遇的告白",何其芳大胆借助诗歌、小说、戏剧等其他文类的艺术技巧去打破散文体式的窠臼。

其一,象征、暗示手法。这是何其芳通过中西诗艺融合的思考,将之引入到现代散文创造中。何其芳说:"我自己的写作也有这种倾向。我不是一个概念的闪动去寻找它的形体,浮现在我的心灵里的原来就是一些颜色,一些图案。"④何其芳这种散文创作,采用的是"诗的暗示能"与"诗的思维术"的方式,来完成散文中意象的营造。对此,刘西渭相当赞赏:"这沉默的观察者,生来具有一双艺术家的眼睛,会把无色看成

---

① 何其芳:《梦中道路》,《文艺阵地》第 4 卷第 7 期,1940 年 2 月 1 日。
② 刘西渭(李健吾):《鱼目集——卞之琳先生》,《咀华集》,上海文化生活出版社,1936 年,第 134 页。
③ 何其芳:《梦中道路》,《文艺阵地》第 4 卷第 7 期,1940 年 2 月 1 日。
④ 同上。

有色,无形看成有形,抽象看成具体。"①因而,意象的营造,能以经济表现富裕,以有限传达无限,让人觉得"初看是陈述,再看是暗示,暗示而且象征"②。何其芳创作的《画梦录》,都是一些短文,篇幅最长也不过一千九百字,可谓"经济"、"简约",然而却涵容极其丰厚的象征意蕴,实现他所说"以很少的文字制造一种情调"的艺术效果。

其二,讲故事的叙述策略。何其芳谈到自己的创作历程时说:"除了写诗,后来我也学习以散文叙述故事。"③他在介绍《画梦录》创作情况,曾说《岩》是他"有意写散文的起点",其依据也是"我驾驭文字的能力增强了,我能够平静地亲切地叙述我的故事"④。这种叙述故事的模式,其实早在他幼小的时候就埋下种子,他在《梦中道路》说:"书籍,我亲密的朋友,它第一次走进我的玩具中间是以故事的形式。"所谓"叙述故事",在笔者看来,除了以作者生活经历、情感体验作为基础外,也表现了更多的虚构和想象成分。这对于性格内向、情感敏感的何其芳来说,由于从小在孤独、寂寞的环境中长大,"叙述故事"、给自己"制作玩具",再也没有比这更适合他的口味。《画梦录》的创作就带有这个意味,他给自己"制造了一个美丽的、安静的、充满着寂寞的欢欣的小天地"⑤。在这本小册子中,《墓》是讲述一对恋爱的男女青年惨遭不幸的故事;《秋海棠》描写一位寂寞的思妇凭栏忧思,望月悲伤的故事;《哀歌》刻画三个姑姑的悲惨遭遇……作者还注意从古代传统文化汲取养料,"从陈旧的诗文里选择可以重新燃烧的字,使用着一些可以引起新的联想的典故"⑥。而这最典型的表现是与《画梦录》集子同名的一篇散文,它由《丁令威》、《淳于梦》、《白莲教某》三则小故事构成的,分别出自《搜神后记》、唐传奇《南柯太守》、清代的《聊斋志异》。何其芳恋梦、写梦,借助三则

---

① 刘西渭(李健吾):《读〈画梦录〉》,《文学月刊》第 1 卷第 4 期,1936 年 9 月。
② 刘西渭(李健吾):《鱼目集——卞之琳先生》,《咀华集》,上海文化生活出版社,1936 年,第 134 页。
③ 何其芳:《〈刻意集〉序》,《何其芳文集》,人民文学出版社,1982 年,第 121 页。
④ 何其芳:《〈还乡记〉代序》,《何其芳文集》,人民文学出版社,1982 年,第 127 页。
⑤ 何其芳:《一个平常的故事》,《何其芳文集》,人民文学出版社,1982 年,第 216 页。
⑥ 何其芳:《梦中道路》,《文艺阵地》第 4 卷第 7 期,1940 年 2 月 1 日。

小故事，营构乌有的仙境。这种"梦游"是人生的别一种流浪，传达出现实与梦幻的矛盾和错位。所以，正如何其芳介绍自己写《王子猷》时说，"我想起了我重写那样一个陈腐的故事并不是为着解释古人而是为着解释自己"①。由此观之，何其芳是一位擅长"叙述故事"的能手，他运用了精密而富有想象空间的构思，设计出一组的连环套盒，盒中有盒，房中有房的结构，展现出各式房间的内在世界，反映了他散文叙述模式的革命性变化。

其三，戏剧性的独白或对话。何其芳说："有一段短短的时间戏剧也迷住了我，比较冗长的铺叙与描写，我感到它更是直接更紧张的表现心灵的形式。"②他曾写一篇作品《夏夜》，这是用戏剧的外形写一个幻想的故事，原本以四个黄昏为背景，以爱情为中心，叙述一个人物的少年、青年、中年与老年，后来单挑写第二部分，就是《夏夜》。但他说自己愿意在那题目下注明一行小字是"一篇对话体的散文"，这说明戏剧文体也是他写作散文借用的形式之一。从引证的这些材料看，我们似乎可以得到这么一个信息，何其芳喜欢以戏剧性的独白或对话介入散文文本的创造中。以《画梦录》为例，这本薄薄的散文集，简直可以用戏剧性的独白或对话划分成两大类型。一类以《独语》为代表的作品，通过"冗长的铺叙与描写"，呈现出心灵的"独语"；另一类以《扇上风云》为代表的作品，用对话体形式写成，在对谈中层层揭开文本的深层的象征意蕴。因此，戏剧性独白或对话，显示了无以伦比的艺术魅力，并且能够恰当地传达作家繁复的现代情绪和内心世界。不仅如此，独白或对话的"戏拟"使散文在现实、虚构、想象、意境、结构和叙述视角等领域拥有更大的艺术空间。比如，散文作者可以取得更有弹性的叙述视角去经营文本。由于独白或对话的"戏拟"，作者可能出现相分离或者隐退于后，文本成为他手中的一个组装出来的"玩具"而已。这样，就有助于散文打破"身边的琐事的叙述和感伤的个人的告白"的局限，进而重新定义散文的书写模

---

① 何其芳：《〈刻意集〉序》，《何其芳文集》，人民文学出版社，1982年，第121页。
② 同上书，第122页。

式及其文类规范。

刘西渭认为"诗人或者文人,犹如一个建筑师,必须习知文字语言的性质以及组合的可能,然后输入他全人的存在,成为一种造型的美丽"①。何其芳就是这么一个"建筑师",他刻苦雕饰"梦幻",惨淡经营"文本",进而完成一个个崭新的"文字建筑"。艾略特,这位深受何其芳激赏的现代派诗人和批评家,在其论文《传统与个人》中,要求读者的关注点应"由诗人身上转到诗上",即强调人们对作者的关注转向对作品本体的重视,突出文本自身的价值。《画梦录》是何其芳由关注文本外的世界,转向回归作品本体的产物。因而,作者笔下的这本散文集是一种独立美的艺术存在。他说"我惊讶,玩味,而且沉迷于文字的色彩,图案,典故的组织,含意的幽深和丰富","我从童时翻读着那小楼上的木箱里的书籍以来便坠入了文字魔障。我喜欢那种锤炼,那种色彩的配合,那种镜花水月。我喜欢读一些唐人的绝句。那譬如一微笑,一挥手,纵然表达着意思但我欣赏的却是姿态"②。何其芳沉迷于文字本身,欣赏动作的姿态,而不是文字和动作所包含的内涵。按照索绪尔语言学的观点,就是何其芳关心的不是"所指"符号的内容,而是欣赏"所指"符号的衍生性和丰富性。总之,何其芳把散文当作完整独立的艺术制作,确立和提高散文的"美文"品格,推动了散文创作跃入了一个新的时代。

抗战爆发后,特殊的战争环境加速散文家族内部的分化和独立,报告文学(通讯特写)、传记、游记、日记以及早先已经取得独立位置的杂文都有自己清晰的轮廓和面目,学术界已有不少人专门撰述某类体裁的理论和特点,这当中尤以杂文和报告文学的理论探讨最为深入和丰富。这个时期,人们所说散文的概念,已经不大那么规范指称四大门类之一,有时正如葛琴所指的"一种抒情的小品文","它大概是抒情诗的内容,而以自由的文体写出来,相类于散文诗(blank verse)而比较它更自由和广泛一些"③。林慧文也是把散文分为小品、杂感、随笔、通讯,并对这

---

① 刘西渭(李健吾):《读〈画梦录〉》,《文学月刊》第 1 卷第 4 期,1936 年 9 月。
② 何其芳:《梦中道路》,《文艺阵地》第 4 卷第 7 期,1940 年 2 月 1 日。
③ 葛琴:《略谈散文——散文选序》,《文学批评》创刊号,1942 年 9 月。

四类略作区别，认为一般所说的抒情文可归入小品文和杂感文，"小品文"是"一种和静的抒情"，"杂感文"是"一种战斗的抒情"；而纯文艺的议论文则称作"随笔"；一种"略具报告性质"的新形式散文叫做"通讯"。林慧文指出散文应"以美感动人的"，其"内容必须有正确健康的思想，外表须有美丽的形式，使读者读了以后不但欣赏了它的美，而且是能够吸取去许多滋养的东西"①。这些论述的文字，都不难找到徐志摩、何其芳这一路"诗人的散文"的流变和印迹。而丁谛的《重振散文》②，更是直接提出学习和模仿以何其芳为代表的北大几位散文家的内容和风格，作为"重振散文"的路标和方向。

由此观之，这一系脉的散文理论虽在文坛上未能占据主导性、支配性的地位，但是他们身上体现出来的反叛性和颠覆性，是其他现代散文理论家和实践者不可替代的。英国"文化唯物主义"学者道利摩尔说过一段令人深思的话："非支配性因素（Non-dominant）同种种支配性形式（dominant forms）形成相互作用，时而相互共存，时而又被吸收或者甚至被毁灭。但是，非支配性因素也向种种支配性形式发出挑战，使之被修正甚至被移位。文化并不是按照想象力的放纵所期望的那种统一体。"③"五四"现代散文观念并不是人们想当然的"统一体"，而以徐志摩、何其芳等为代表的散文家挑战和拒斥"闲话"体散文，以及主张把散文当作一种独立的艺术制作，都将为后人留下更多的启迪价值和思考空间。

---

① 林慧文：《现代散文的道路》，《中国文艺》第 3 卷第 4 期，1940 年 12 月。
② 丁谛：《重振散文》，《新文艺》，1940 年 10 月号。
③ 道利摩尔：《莎士比亚、文化唯物主义和新历史主》，《政治性莎士比亚：文化唯物主义新论》，道利摩尔和辛菲尔德编，曼彻斯特大学出版社，1985 年。

第六章

外国散文译介与中国现代散文文类之关系

"五四"以后,中国现代知识者接受西方"四分法"的文学标准,把独立于小说、诗歌、戏剧之外的散文诗、抒情小品、随笔、杂文、报告文学、科学小品、传记等,划归在散文这一大家族中。在这一家族下,这些文类之间并非森严壁垒、互不关联,而是互融互证,相辅相成,共同演绎着中国现代散文史上群星璀璨的夜空。

需要说明的是,本章节并非对散文大家族中的所有文类进行探讨,而是在中西文化背景下,侧重于从"译介"视角,关注和研究中国知识者对某些文类的输入、移植和创化,进而清理出其话语的生成机制和艺术特点。

第一节 随笔:现代知识者的观念重构

任何一位从事文学研究的学者,都会对于文类的划分,感到一种困惑和无奈,因为这一问题的探讨,常常使自己一不小心就会置身于悖论的境地。英国随笔作家本森在《随笔作家的艺术》一文中就抱怨说:"为文学命名,为文学的表现形式分门别类,实在是一件纠缠不清、令人扑朔迷离的事情,仅仅为了方便才不得已而为之。"① 然而我们必须承认,文

---

① 本森:《随笔作家的艺术》,《伦敦的叫卖声》,刘炳善译,北京三联书店,1997年,第273页。

类的划分和设置，是人们对文学的性质和形式有了新的认识和理解，并作出界定和阐释文类的标准和规则。只不过，从历史的角度来看，被设定的文类的内涵和外延却常常处在动态的变化过程。有鉴于此，歌德作出"历史性文类"和"理论性文类"的划分意见①，这是极富有创见性的理论。任何一种文类的规则总结和边界设定，都有可能在其后遇到来自文类的内部或外部出现的"例外"力量对于这一理论概括的反抗和瓦解，小说、戏剧是如此，随笔也不例外。因此，随笔文类理论的建构应该是开放式的，要有一定自由度和包容性。

那么，中国现代知识者是如何处理、消化中外随笔资源，并在此基础上建构自己的理论话语呢？这个问题是相当复杂的，不是一二句话能说得清楚。这是因为：一、整个20世纪文坛自始至终没有哪一位学术权威人士曾对"随笔"做过深入的研究和探索，关于"随笔"话题，经常是各说各话，众声喧哗；二、中国现代知识分子在运用"随笔"进行写作时，也是在实践中加深对"随笔"的本质认同，因而对"随笔"的看法前后会不尽一致，甚至出现矛盾的地方，这无疑是很正常，但也增加了本课题研究的难度。

为此，这特别需要我们披沙拣金、排比论证。作为"历史性的文类"，"随笔"定义的内涵和外延经常处在动态的变化过程；但作为"理论性的文类"，它在一定时期内应该有相对稳定的文体形态和学理内涵，这就是我们探究"随笔"的前提条件和研究基础。在这里，我以为首先要解决的问题是现代的"随笔"是什么？西方的"Essay"能译成"随笔"吗？"随笔"、"小品文"、"杂文"是同一文体的不同别称？

一、随笔的诠释与界说

"随笔"，作为一种"历史性文类"在中国古代确实出现比较早，但作为一种文类的名称始于宋代。宋人洪迈《容斋随笔》自序云："予老去

---

① 歌德语，参见 Tzvetan Todorov, *The origin of Genres*，转引自南帆《文学的维度》，上海三联书店，1998年，第272页。

习懒,读书不多,意之所之,随即记录,因其后先,无复诠次,故目之曰随笔。"此后,人们一般都认可洪迈所拟定的界说。清代陆以湉作的《〈冷庐杂识〉序》就有一段涉及"随笔"定义的文字:"暇惟观书以悦志,偶有得即书之,兼及平昔所闻见,随笔漫录,不沿体例。"这就是说随笔内容是观书、阅世之所得,随笔的文字是随着思路率性而作,随笔的文体是不受传统规矩的约束。此正是随笔创作的"活力"之所在。同样在当代,人们还是对这一传统的定义颇为认同,张中行以为"随笔"有三个特点,一是内容,要"有情有识";二是结构,"笔随着思路走";三是语言,以"清灵"为好。① 汪曾祺也认为:"随笔大都有点感触,有点议论,'夹叙夹议',但是有些事是不好议论的,有的议论也只能用曲笔。'随笔'的特点还在一个'随'字,随意、随便。想到就写,意尽就收,轻轻松松,坦坦荡荡。"② 当今通行的辞书权威工具《辞海》也这样诠释"随笔":"散文的一种。随手写来,不拘一格的文字。中国宋代以后,凡杂记见闻也用此名。'五四'以来,随笔十分流行,形式多样,短小活泼。优秀随笔以借事抒情,夹叙夹议,意味隽永为其特色。"③

在国外,人们对随笔的传统看法又是怎样呢?美国学者艾布拉姆斯指出:"杂文体裁在1580年得名于法国散文家蒙田(Montaigne)。但在这以前,古希腊作家忒俄弗雷斯托斯(Theophrastus)与普鲁塔克(Pluarch),古罗马作家西塞罗(Cicero)与塞内加(Seneca)就开始从事杂文创作了。"④ 然而,在蒙田之前的古代西方随笔作家并没有留下有关论述"随笔"的文字。但是他们的随笔创作却无不时时提醒人们去理解他们对"随笔"的独特贡献。尤其是普鲁塔克,他撰写的《道德论丛》,常常为了要说服别人,而求助于实例、例证乃至逸闻,因而形成了"轶事"文体,这对后来的蒙田和培根影响很大。这也就是说,在普鲁塔克

---

① 张中行:《我的随笔观》,《写真集》,作家出版社,1997年,第245页。
② 汪曾祺:《〈塔上随笔〉序》,《塔上随笔》,群众出版社,1993年。
③ 《辞海》,上海辞书出版社,1989年,第1168页。
④ 艾布拉姆斯:《欧美文学术语词典》,朱金鹏、朱荔译,北京大学出版社,1990年,第101页。此处将"Essay"(随笔)译成杂文。

的时候,西方古代随笔的文体特点基本成形。在内容上,是杂俎,包罗万象,而以谈论伦理修养为多;在形式上大都采用苏格拉底式宣讲,柏拉图式对话或辩驳的方式,有些则是家庭聚会中的非正式谈话,颇有后世"席间漫谈"或"炉边闲话"的风味。而作为"历史性文类"的古代西方随笔,还是得到后来继承者的发扬光大。16世纪法国思想家蒙田,虽然他创造了"Essai"这名称,并成为近现代随笔的鼻祖,但他的随笔创造并不是空穴来风,相反他从普鲁塔克、塞内加那里,不仅获得生活的哲理和处世的智慧,而且从他们创造的随笔文体得到极大的启迪。P. 博克曾称蒙田"杂谈"式的随笔文体,是"希腊议论文的一种复兴,常常用来谈道德问题,文章短小灵便,笔调生动、幽默,给读者一种亲切感,就像在聆听作者的娓娓之谈"[1]。到了后来,西方一些随笔论者一直没能走出古代随笔所确立的轨范。1775年,英国大文豪塞缪尔·约翰逊在其编纂出版的《英语词典》中采用了蒙田的说法:"随笔是表达人们内心思想的一种松散的未经仔细推敲的短文,它既不完善,又不规则。"这就强调了随笔信笔写来,意到笔随,不大考虑结构上的精心结撰的结果。像这类观点,在西方学界还是代表着较为普遍的看法。英国学者 W. E. 威廉斯(W. E. Williams)在"A Book of English Essays"一书中认为"英国的'Essay'花色繁多,但几乎没有规则",但却给"Essay"下了一个定义:"Essay是一般比较短小的不以叙事为目的之非韵文。"这个随笔定义,强调承袭西方以议论为主的伦理随笔的文体特点,因而它其实就是对古代西方随笔文体认可的一种解说而已。在当今学界中,以译介英国随笔著称的刘炳善,在总结英国随笔文体特点的基础上,他认为随笔的形式非常灵活,变化多端,要想给它下一个确切、固定、圆满的定义是很困难的。但是,给它划个大致的范畴也还是可以做到的。首先,在文学的总范围内,先把诗歌、小说、戏剧放在一边。然后,在散文的大范围内,再把纯理性的议论文(规规矩矩、方方正正的科学论文、文论、批评论著等)、纯叙事文(正儿八经的历史、传记、自传、大部头的回忆录等)、纯抒情文(像屠格

---

[1] P. 博克:《蒙田》,孙乃修译,工人出版社,1985年,第122页。

涅夫、泰戈尔或纪伯伦那样的散文诗等）当作三个极端，让它们"三足鼎立"。于是再来看看这"三角地带"中间的那些五花八门的散文小品。那么，不管是偏于发发议论而夹杂着抒发作者个人之情的，或者是偏于个人抒情而又发发议论的，或者是偏于叙事而又夹杂着一点议论和抒情的，还有那些文采动人、富有个人风趣的短评（又不管是社会评论、文学评论、艺术评论）——这些议论、叙事、抒情浑然杂糅，并且富于个性色彩、运用漫谈方式、轻松笔调所写出的种种散文小品，统统都可以叫做"随笔"。①

在日本，"随笔"作为"历史性文类"，早在平安中期就已产生，这是以清少纳言的《枕草子》的诞生为标志。除此之外，鸭长明的《方丈记》（1212 年）和吉田兼好的《徒然草》（1324—1331 年），也是日本古代著名的随笔著作。但作为"理论性文类"，"随笔"一词来源于中国，最早出现在文坛上是室町时代（1392—1576 年），但是直至近代大正时期（1912—1925 年）才明确作为一种独立的文学体裁。18 世纪时期，日本学者石原正明在《年年随笔》里这样诠释"随笔"："随笔是将所见所闻的事，所言所思的事，郑重正言的事，随心所至而述下，故有把极熟识的事写错，并杂有浮浅的思想，文章不取鲜美细巧，因此没有骨骼且显稚拙，成为很不堂皇的作品，然因其无修饰之故，能见作者的才华与气量，实为很有兴味的作品。"②可见，这个随笔定义，带有中国传统随笔定义的明显烙印。正因为如此，厨川白村在论西方"Essay"时，他不愿将"Essay"等同于日本传统意义上的"随笔"，指出"有人译 Essay 为'随笔'，但也不对。德川时代的随笔一流，大概是博雅先生的札记，或者玄学家的研究断片那样的东西，不过现今的学徒所谓 Arbeit 之小者罢了"③。日本传统随笔的形式，与中国传统随笔的形式差不了多少，但有一点值得注意的是，日本传统的随笔并不都是"博雅先生的札记"或"玄学家的研究断片"，不少佳作尤其注重捕捉个人的情思和感兴，记录个人的见闻和体

---

① 刘炳善：《英国随笔简论》，《随笔译事》，中国电影出版社，2000 年，第 9 页。
② 石原正明语，转引自林林《漫谈日本随笔文学》，《散文世界》，1989 年第 6 期。
③ 厨川白村：《出了象牙之塔·Essay》，鲁迅译，《京报副刊》，1925 年 2 月 15 日。

验,以情趣的赏玩为见长,这在一定程度上类似中国晚明的小品。在现代中国,有些专门从事日本随笔的译家,也颇为看重日本随笔的这一特色。周作人就曾称自己"大概从西洋来的属于知的方面,从日本来的属于情的方面为多"①。谢六逸在发表他翻译日本随笔作家志贺直哉的随笔《雪之日》时,在译者《引言》中说:"日本的著作家虽然不少皇皇大作,但终未能掩盖这些小品文字的价值。它们如睡莲的滴露,如窗隙里吹进来的一线春风,是可爱的珠玑。再就文学理论上说,最能表现作家的真率感情的,也非这些小品文莫属了。"②由此可见,即使是进入现代社会后,人们对日本传统随笔独特韵味的赏玩并未减弱,因而他们所持的仍然是传统的审美标准。

通过对古代中外文学史所赋予"随笔"学理内涵的考察,何谓"随笔"这个问题的探究也就趋于明朗化。因此,综合中外传统意义上"随笔"内涵起码有这几个方面:1.题材不拘,内容多样。《辞海》中所说的"中国宋代以后,凡杂记见闻也用此名",因而大量笔记类作品也冠以"随笔"名称,可见随笔的适用之广。2.笔随思路,率性而作。这里强调了随笔作家心态的自由和开放。3.夹叙夹议,笔调灵活。可以有"有议论,有记叙,有抒情,有描写,有引证,有对话,营造出一个开阔舒展、情理兼备的论理系统,呈现出知识之美,智慧之美,思想之美,情趣之美"③。

然而,由于随笔本身的灵活多样,人们对它的理解存在着歧异和不确定性因素。尤其是在广义散文的范畴之内,随笔与笔记、小品、杂文等都是这一大家族的成员,长相酷似,难分你我。柯灵说:"随笔与散文、杂文为兄弟行,胸襟放达,神形潇洒。"④鲁迅在致书商李小峰的信中就曾将在该书局出版的《鲁迅杂感选集》,称之为"随笔集"⑤。周作人《再谈

---

① 周作人:《明治文学之追忆》,《立春以前》,上海太平书局,1945年,第70页。
② 谢六逸:《〈雪之日〉引言》,《大江》创刊号,1928年11月25日。
③ 姚春树论随笔语,参见《论巴金建国前的散文创作》,《中外杂文散文综论》,福建教育出版社,1997年,第359页。
④ 柯灵:《随笔与闲话》,《新现象随笔——当代名家最新随笔精华》,韩小蕙主编,中央编译出版社,1994年,第24页。
⑤ 鲁迅致李小峰信,1933年3月25日,《鲁迅全集》第12卷,人民文学出版社,1981年,第165页。

俳文》称："英法曰 Essay，日本曰随笔，中国曰小品文皆可也。"① 时至今日，人们依然理不清楚散文、随笔、小品，甚至杂文之间的联系和区别。汪曾祺坦率地说："我实在分不清散文、随笔、小品的区别。"② 著名学者季羡林也有同样的困惑，他说："我还想就'随笔'这个词儿说几句话。这个词儿法文原文是 Essai。这一下子就会让人联想到英文的 Essay，从形式上来看就能知道，这本是一个词儿。德文则把法文的 Essai 和英文 Essay 的兼收并蓄。统统纳入德文的词汇中。这在法、英、德三国文学中是一种体裁的名称；而在中国则是散文、随笔、小品等不同和名称。其间差别何在呢？我没有读'文学概论'一类的书，不知专家们如何下定义。有的书上和杂志上居然也把三者分列。个中道理，我区分不出来。"③

那么，随笔、笔记、小品、杂文果真都是理不清楚的一团乱麻吗？笔者以为，从"历史文类"来看，随笔作品在中西方可以说是"古已有之"，尽管它在历史的演进中，其面貌发生了变异；然而就"理论文类"来说，随笔在特定的历史语境下又具有相对稳定的内涵和外延。因此，区分散文、随笔、笔记、小品、杂文的工作，还必须把它们放在中国现代特定的历史语境中加以考察和辨识。按照"五四"后学界接受的西方文类的四分法，即小说、诗歌、戏剧、散文，该"散文"概念就属于人们通常所说的广义散文的指称，它自然包括随笔、笔记、小品、杂文、报告文学、传记等。

随笔与笔记。笔记是中国古代富有特色的一种文体，它肇始于魏晋，而宋明以后最为繁富。《辞源》④ 诠释有二，一是"古称散文为笔，与'辞赋'等韵文相对，也称笔记"，这其实是指大散文的概念；二是"随笔记录的短文"，指的是宋代宋祁著有笔记，始以笔记名书。南宋以来，凡杂记见闻者，常以笔记为名。也有异其名为笔谈、笔录、随笔者。实际上，笔记与随笔都是在北宋和南宋才出现的文体名称，而且古人对二者常常

---

① 周作人：《再谈俳文》，《文学杂志》第 1 卷第 3 期，1937 年 5 月 14 日。
② 汪曾祺：《〈塔上随笔〉序》，《塔上随笔》，群众出版社，1993 年。
③ 季羡林：《〈蒙田随笔全集〉序》，《蒙田随笔全集》，潘丽珍等译，译林出版社，1996 年 12 月。
④ 《辞源》，商务印书馆，1981 年 12 月修订第 1 版，第 2354 页。

并无严格的区别,凡"杂记见闻"者既可以称"随笔",也可以称"笔记"。据褚斌杰介绍,中国古代笔记文大致可以归纳为四大类:"小说故事类","野史见闻类"、"丛考杂辨类"、"杂录丛谈类"①。这四类内容是相当庞杂的,除了"小说故事类"不好划归"随笔"外,其余均属于中国古代随笔的范畴之内。所以,随笔与笔记在概念上有重叠之处,但二者的外延也有不致的地方。

正因为如此,吕叔湘在编选《笔记文选读》时,他选择了以"随笔之体"作为选录的标准,他说:"搜神志异传奇小说之类不录,证经考史与诗话文评之类也不录。前者不收,倒没有什么破除迷信的意思,只是觉得六朝志怪和唐人传奇都可另作一选,并且已有更胜任的人做过。后者不取,是因为内容未必能为青年所欣赏,文字也大率板滞寡趣。所以结果所选的,或写人情,或述物理,或记一时之谐谑,或叙一地之风土,多半是和实际人生直接打交道的文字,似乎也有几分统一性。随笔之文似乎也本来以此类为正体。"②这种随笔之体的笔记,其作者不刻意为文,只是遇有可写,随笔写去,是属于"质胜"之文,风格较为朴质而自然。因而,吕叔湘在选录笔记文时,难免以今人理解的"随笔"眼光来辑录,即笔记文中要带有思想或情趣的文章方可入选。记得王瑶在谈到"五四"散文深受外来的影响,尤其是英国随笔的影响时,曾说这么一句:"随笔、笔记一类文字在中国有悠久的传统,它的性质本与英国的随笔相近。"③这说明了中国古代随笔、笔记类作品,与当今受西方影响而形成的现代随笔观念有其相通之处,只不过我们要如何以现代随笔观念去重新梳理和甄别。

随笔与小品文。小品,是明代文人把自己平常随意挥写的"独抒性灵"之作的称谓。这一名称是借用佛家用语,《世说新语·文学》"殷中军读小品"句下,刘孝标注云:"释氏《辨空经》有详者焉,有略者焉,详

---

① 褚斌杰:《略述中国古代的笔记文》,《烟台大学学报》1990年第2期。
② 吕叔湘:《〈笔记文选读〉序》,《笔记文选读》,上海古籍出版社,1979年。
③ 王瑶:《"五四"时期散文的发展及其特点》,《中国现代文学史论集》,北京大学出版社,1998年,第241页。

者为大品,略者为小品。"可见"小品"是与"大品"相对而言,晚明文人也是在"篇幅短小"这个意义上使用它。《中国大百科全书·中国文学》卷就曾在这层意思上诠释:"散文品种之一。'小品'一词在中国始于晋代,称佛经译本中的简本为'小品',详本为'大品'。后遂以'小品'统称那些抒写自由、篇幅简短的杂记随笔文字。"①但这种诠释还不够全面和准确。晚明文人把"文"分为"小品"和"大品",在于把那些谈天说地、抒写性灵、言近旨远、形式活泼的小品文,从文以载道的重负中摆脱出来,而使之获得独立的文学价值。李鼎如以为《明文致》一书的编选,是"于朝家典重之言,巨公宏大之作,概所多遗。噫!此仅案头自娱,且姑撮一代之秀耳"(《〈明文致〉序》)。这说明了晚明文人已明确地把小品文和"巨公宏大之作"相区别,认为小品文是"案头自娱"的一类文章。这一观点在叶襄圣为卫泳辑录《冰雪携》作的序文里也有类似的表述:

> 卫子永叔爱自万历以后,迄于启祯之末,为文凡若干卷,自郊庙大章与夫朝廷述作,照碑版而辉四裔者,姑一切勿论。特取其言尤小者。遴数百篇以行于世。涂酌义专,又无訾于挂漏之病。曰:吾识其小者,而其大者固将有待云尔。譬诸观溟海者,苦无津涯,而临清流则易以浏览;陟乔岳者,弥望无极,而视拳石或足以寄畅。卫子之志,亦犹是也。

这里,叶襄圣把小品看成是"郊庙大章"和"朝廷述作"那种庄严正统的大制作相对的文类,是"易以浏览"的"清流"和"足以寄畅"的"拳石"。因此,晚明小品的出现,本身就带有瓦解、反抗正宗"大品"地位的色彩和效用。而小品虽以"小"自居,但它讲究"有法外法,味外味,韵外韵,丽典新声,络绎奔会"②,所以是"幅短而神遥,墨希而旨永"③。晚明"小品"颠覆"大品"的社会功用,追求独抒性灵、任意挥洒的自由

---

① 《中国大百科全书·中国文学》,中国大百科全书出版社,1986年,第1084页。
② 陈继儒:《媚幽阁文娱序》,《媚幽阁文娱》,郑元勋辑,中国文学珍本丛书第一辑。
③ 郑超宗语,转引自唐显悦《媚幽阁文娱序》,郑元勋辑,中国文学珍本丛书第一辑。

心态,以及以"清"、"真"、"韵"为特色的笔墨旨趣,都令不少的"五四"知识者的倾心折服、追慕不已。因此,到了现代中国,原本传统意义上的只指涉"笔记"的"随笔"概念扩容了它的内涵,也可用来包含像晚明一类的小品文。

由于小品文的精神特质与西方的"Essay"之文有相类似之处,所以有的"五四"知识者虽主张译成"随笔",但也有不少人主张译成"小品文"。李素伯就说:"有人译作'随笔',英语中的 Familiar essay 译作絮语散文,但就性质、内容和写作的态度上,似乎以小品文三字为最能体现这一类体裁的文字。"① 另一位学者方重更是用不容置疑的口吻说道:"小品文就是英文里的 Essay。"② 但是并不是对这种译法,没有人提出过疑义。梁遇春曾称:"把 Essay 这字译做'小品',自然不甚妥当。但是 Essay 这字含义非常复杂,在中国文学里,带有 Essay 色彩的东西又很少,要求找个确当的字眼来翻,真不容易。只好暂译做'小品'。"③ 这其中,以朱湘的反对意见尤其值得人们注意:

> 有一种最重要的"文章":"爱琐"文。这便是普通称为"小品文"的那种文章;不过我个人不满意于"小品文"这个名称,因为孟坦(Montaigne),在西方文学内是正式的写这种文章的第一人,他有许多 Essays 在篇幅上一毫不小,有的甚至大到数万字的篇幅,至于在品格上,他的 Essays 的整体是伟大的,更是公认的事实。他,以及西方的另一个伟大的"爱琐"文作家蓝姆(Lamb),都是喜欢说琐碎话的。至于培根(Bacon),他的 Essays,在文笔上,自然没有那种母亲式的琐碎,不过,在题材上,它们岂不也有一种父亲式的琐碎么?④

---

① 李素伯:《什么是小品文》,《小品文研究》,上海新中国书局,1932 年,第 2—3 页。
② 方重:《英国小品文的演进与艺术》,《英国诗文研究集》,上海商务印书馆,1939 年,第 46 页。
③ 梁遇春:《〈英国小品文选〉序》,《英国小品文选》,上海开明书店,1929 年。
④ 朱湘:《文学谈话(七)·分类》,《朱湘散文》上集,蒲花塘、晓菲编,中国广播电视出版社,1994 年,第 251 页。

朱湘将"Essay"译成中文谐音字"爱琐",又寓指"Essay"文作者喜欢说琐碎话,并拒斥"小品文"译法,这真是一箭三雕。朱湘的眼光犀利敏锐,他看出了"Essay"被译成"小品文"后所存在的缝隙和人们普遍存在着对"Essay"误读的现象。因为晚明文人所创作的小品文以篇幅短小而见长,而西方的"Essay"就没有这条禁规,如蒙田《雷蒙·塞邦赞》,就长达十几万字。另外更重要的一点,朱湘认为西方"Essay"既有"母亲式的琐碎",但也有"父亲式的琐碎"。也就是说西方随笔虽有娓语闲话的风格,但伟大的随笔家,他必定以思想的深刻博大和理性的批判精神而见长,是"父亲式的琐碎"。因此,就这个意义上说,用随笔概念可以涵盖小品文的指涉范畴,但反过来小品文就不好概括当今随笔所包容的复杂内容。

随笔与杂文。"杂文"一词最早出现在刘宋范晔的《后汉书·文苑传》中,而后梁朝的刘勰在《文心雕龙》里还有撰写"杂文"论,但他所认定的"杂文",是指传统的"正体"文章即诗、赋、铭、赞、颂之类以外的无法归类的杂体文章,如"答问"、"七"体、"连珠",以及"典诰誓问"、"览略篇章"、"曲操弄引"、"吟讽谣咏"等等。后来的苏轼在《答谢民师书》和王安石的《上人书》里,也以"杂文"来泛称传统正体文章以外的众多的一时无法归类的文章。这些有限的古代文论资源告诉人们:在中国,杂文是"古已有之",杂文是非正体的杂体文。[①] 这种把杂文视为非正体的杂体文观念,到了现代中国仍还存在。鲁迅在晚年也曾说过:"其实'杂文'也不是现在的新货色,是'古已有之'的,凡有文章,倘若分类,都有类可归,如果编年,那就只按作成的年月,不管文体,各种都夹在一处,于是成了'杂'。"[②] 而周作人在建国前对"杂文"的看法,基本上是持非正体的杂体文的观点。他说"所写的文章里边并无什么重要的意思,只是随时想到的话,写了出来,也不知道是什么体制,依照《古文辞类纂》来分,应当归到那一类里才好,把剪好的几篇文章拿来审查,

---

① 参见姚春树:《中国杂文从古典向现代的嬗变》,《中外杂文散文综论》,福建教育出版社,1997年,第16页。
② 鲁迅:《〈且介亭杂文〉序言》,《且介亭杂文》,上海三闲书屋,1937年。

只觉得性质夹杂得很,所以姑且称之曰杂文"。他强调指出"杂文者非正式之古文,其特色在于文章不必正宗,意思不必正统,总以合于情理为准","杂文的特性是杂,所以发挥这杂乃是他的正当的路"①。

而使"杂文"赋予现代意义的是,以鲁迅为代表的中国现代作家在从事"社会批评"和"文明批评"的过程中建立起来的。鲁迅强调杂文在当时社会形势是"多么切迫的时候","作者的任务,是在对于有害的事物,立刻给以反响或抗争,是感应的神经,是攻守的手足"②。因此,《辞海》中关于"杂文"词条的撰写者,就倾向把"杂文"的诠释定位在其战斗性的传统上,认为杂文是"随感式的杂体文章,一般以短小、活泼、锋利为其特点","'五四'以后,杂文在鲁迅等作家手里发展成为一种直接而迅速地反映社会事件或社会倾向的文艺性论文,颇具深刻的思想性和强烈的论战性;艺术上,行文感情饱满,议论形象鲜明,有较强的震撼力"③。由于人们带着这种杂文观念,穿行于20世纪中国社会的生与死、血与火之中,这就使人们对于杂文就是"匕首"和"投枪"的结论深信不疑。因而,当20世纪末文坛刮起一股"随笔"创作热潮时,有的学者试图在杂文与随笔之间作个区别和诠释:

> 杂文,是政治性比较强、社会性比较强的那种评议性的散文,属于硬性题材,作为原"议论散文"之一种,应予独立;随笔,包括随想、知识小品、科普小品、学者随笔、文化随笔、生活随笔等,是软性题材的评议性论文,作为原"议论散文"之另一种,也应独立。我个人觉得,杂文、随笔原是一类的,因为它们没有严格的界限,只存在题材上的软硬。杂文讲究讽刺,随笔注重幽默,二者都很讲究文采,这两种文体应合在一起予以独立。④

---

① 周作人:《杂文的路》,《读书》第1卷第1期,1945年。
② 鲁迅:《〈且介亭杂文〉序言》,《且介亭杂文》,上海三闲书屋,1937年。
③ 《辞海》,上海辞书出版社,1989年,第3267页。
④ 刘锡庆语,见安裴智《辨误排疑看散文——刘锡庆教授访谈录》,《太原日报》1995年5月16日。

笔者以为以题材的"软"、"硬"为标准,来作为随笔与杂文的本质区别,这是一种不科学的做法,也是不符合随笔和杂文的历史与现实,是误读的结果。原因有二,其一,杂文长期以来就一直存在着"非正体的杂体文"的观念,这就意味着不一定都要"政治性"很强、有"战斗性"的文章才能称之为杂文,鲁迅为代表的中国现代杂文创作也不是非得篇篇强调他的"肉搏"和"讽刺"。随笔固然有表现"软性"题材的一面,但往往在"硬性"题材上的作用更能引起人们的重视和产生巨大的社会效应。《大英百科全书》就指出:"随着18世纪欧洲启蒙运动中敏锐的政治先觉者的出现,随笔成为宗教和社会批评的极端重要的武器。由于它灵活、简捷、对时事暗含一语双关的讽喻性,因此成为哲学改革者的一种思想工具。"① 世界随笔史上能成为伟大的随笔作家,诸如蒙田、培根、斯威夫德、尼采、厨川白村、鲁迅等等,也往往在"硬性"题材上显示出其思想的精深与博大。其二,鲁迅赋予的现代杂文观念,其中一个很重要的渊源来自日本明治维新后接受西方"Essay"影响而建立起来的现代随笔观念。厨川白村随笔集《出了象牙之塔》、《走向十字街头》,鹤见祐辅随笔集《思想·山水·人物》以及长谷川如是闲的随笔作品,都是鲁迅平常酷爱的一类文章。尤其是厨川白村在《出了象牙之塔》中一再表达这样一个观念,"建立在现实生活的深邃的根柢上的近代的文艺,在那一面,是纯然的文明批评,也是社会批评"②。鲁迅的现代杂文观念就是建立在"文明批评"和"社会批评"基础之上的。关于这个方面,我们在下面一节还会有更详细的论述。这说明了鲁迅的现代杂文观念,其实是在对现代文艺观念包括现代随笔观念的解读基础之上而形成的。因此,我们不能将杂文仅仅规范为只能所谓反映"硬性"的题材或定位在"战斗性的文体"。杂文研究专家姚春树先生就不同意这样一种偏狭的观点。他在充分考察、梳理古今"杂文"界说的基础上,重新厘定现代"杂文"的

---

① 转引自张梦阳编译:《〈大英百科全书〉关于散文的诠释》,《外国作家论散文》,傅德岷编,新疆大学出版社,1994年,第7页。
② 厨川白村:《出了象牙之塔·描写劳动问题的文学》,《鲁迅译文集》第3卷,人民文学出版社,1958年,第215页。

概念:"杂文是以议论和批评为主的杂体文学散文;杂文以广泛的社会批评和文明批评为主要内容,一般以对假恶丑的揭露和批判来肯定和赞美真善美;杂文格式笔法丰富多样,短小灵活,艺术上要求议论和批评的理趣性、抒情性和形象性,有较鲜明的讽刺和幽默的喜剧色彩。"① 显然,无论从概念的内涵还是外延来看,这一见解无疑是比较科学和准确的,因为它抓住了杂文体裁的丰富性和多样性,并且揭示出杂文固有的本质特征和美学品格。

从以上的分析中,可以看出现代的随笔与杂文"长相"极为酷似,确实存在着非常密切的血缘关系。而我们既然否定了以题材的"软"、"硬"作为划分标准和依据,那么它们之间是否能够画上等号吗?笔者以为二者之间虽有重叠之处,但并不可以等同。朱光潜曾说:"'小品文'向来没有定义,有人说它相当于西方的 Essay。这个字的原义是'尝试',或许较恰当的译名是'试笔'。凡是一时兴到,偶书所见的文字都可以叫做'试笔'。这一类文字在西方有时是发挥思想,有时是抒写情趣,也有时是叙述故事。"② 朱光潜在这里按随笔的表现功能,将西方的随笔分为议论随笔、抒情随笔、记叙随笔等三种类型,这一点对于我们区分随笔与杂文富有启发的。尽管西方随笔源头以议论性随笔为主,但朱光潜将随笔分为三种类型还是比较符合随笔后来发展的客观情况。比如,从古希腊罗马时代的塞内加、普鲁塔克到文艺复兴的蒙田、培根都创作以议论性为主的伦理随笔,这种随笔文体通常被称为"杂谈"或"杂论"。但随笔在英伦三岛上后来的发展和壮大,随笔被应用的范围也就越来越广泛。17、18世纪随着报业的崛起,随笔也被用来描写人物,并产生极好的社会效果。英国随笔的集大成者兰姆,他撰写的《伊利亚随笔》,其叙述和抒情成分都很浓厚,而议论所占的比重不大,常常是片言居要,起到画龙点睛的艺术效果。因此,从艺术的表现功能来看,只有随笔中的议论性

---

① 姚春树:《中国杂文从古典向现代的嬗变》,《中外杂文散文综论》,福建教育出版社,1997年,第18页。
② 朱光潜:《论小品文(一封公开信)——给(天地人)编辑者徐先生》,《孟实文钞》,上海良友图书印刷公司,1936年,第205页。

"随笔"才能同狭义概念的"杂文"(即指以议论为特征的杂文,而非广义的"杂体文")画上等号。鲁迅曾称:"杂文中之一体的随笔,因为有人说它近于英国的 Essay,有些人也就顿首再拜,不敢轻薄。"① 英国的随笔是多种类型的,既有议论型,也有记叙型和抒情型。鲁迅所说的"杂文中之一体的随笔",实际上就是指议论型的随笔。因而,鲁迅将杂文中即议论型的随笔说成近似于"英国的 Essay",显示鲁迅独步天下的眼光与视野,而这种严格的界分,同时也体现了鲁迅一向谨言慎行的治学精神。

以上,我们就随笔与笔记、小品文、杂文作了一番的区别和鉴定工作,谈了一些自己的理解和看法。关于这一点,笔者很赞同叶廷芳所认为的"随笔小于散文(或者说它是散文里的一种),而大于一般的小品文,它可以包括某些杂文和政论"②。毋庸讳言,在目前随笔研究相对滞后的情况下,笔者所谈的这些想法只能是相对而言,不可能有绝对化的标准。因为作为构成这些文类的理论要素是极不稳定和较为活跃,它们本身常常出现相互串门的现象,再加上我们的前辈也常常在这个问题上夹杂不清。因此,对它们的清理和研究,不可能一下子就做出一个令人满意的非常成熟的界说。在此仅作抛砖引玉,期待方家就这一问题作进一步深入的探讨和研究。

二、现代随笔的审美特征

不可否认,与传统随笔比较,中国现代随笔出现了前所未有的新美学特质,这既是在西方现代文艺思潮和西方现代随笔艺术精神启蒙下的结果,同时也与现代作家打破代"圣贤立言"、载"圣贤之道"的传统桎梏,而凸显个性解放、精神自由和审美解放等方面相关。

在中国现代随笔的理论与实践的过程中,人们特别欣赏鲁迅翻译日本文艺理论家厨川白村《出了象牙之塔》中关于两篇论"Essay"的文字,几乎是耳熟能详、征引不断,这主要归结于厨川白村对欧洲文艺复兴以

---

① 鲁迅:《徐懋庸作〈打杂集〉序》,《芒种》半月刊第 6 期,1935 年 5 月 5 日。
② 叶廷芳:《〈外国名家随笔金库〉序言》,《外国名家随笔金库》(上),百花文艺出版社,1996 年。

来西方现代随笔作了极其精彩的理论概括。他在《Essay》一文中说道：

> 如果是冬天，便坐在暖炉房边的安乐椅子上，倘在夏天，则披浴衣，啜苦茗，随随便便，和好友任心闲话，将这些话照样地移在纸上的东西，就是 Essay。兴之所至，也说些以不至头痛为度的道理吧。也有冷嘲，也有警句吧。即有 humor（滑稽），也有 pathos（感愤）。所谈的题目，天下国家的大事不待言，还有市井的琐事，书籍的批评，相识者的消息，以及自己的过去的追怀，想到什么就纵谈什么，而托于即兴之笔者，是这一类的文章。
>
> 在 Essay，比什么都紧要的要件，就是作者将自己的个人底人格的色彩，浓厚地表现出来。从那本质上说，是既非记述，也非说明，又不是议论，以报道为主眼的新闻记事，是应该非人格底（impersonal）地，力避记者这人底个人的主观的调子（note）的，Essay 却正相反，乃是将作者的自我极端地扩大了夸张了而写出的东西，其兴味全在人格底调子（Personal note）。有一个学者，所以，评这文体，说，是将诗歌中的抒情诗行以散文的东西。倘没有作者这人的神情浮动，就无聊。作为自己告白的文学，用这体裁是最为便当的。既不像戏曲和小说那样，要操心于结构和作品中人物的性格描写之类，也无须像作诗歌似的，劳精敝神于艺术的技巧。为表现不伪不饰的真的自己计，选用了这一种既是费话也是闲话的 Essay 体的小说家和诗人和批评家，历来就很多的原因即在此。西洋，尤其是英国，专门的 Essayist 向来就很不少，而戈特斯密（O. Goldsmith）和斯提芬生（R. L. Steveson）的，则有不亚于其诗和小说的杰作。即在近代，女诗人美纳尔（Alice Meynell）女士的 Essay 集《生之色彩》（Color of Life）里所载的诸篇，几乎美到如散文诗，将诚然是女性的纤细和敏感，毫无遗憾地发挥出来的处所，也非常之好。我读女士的散文的 Essay，觉得比读那短歌（Sonnet）之类还有趣得多。

他在另一篇《Essay 与新闻杂志》中又指出：

> 作者这一面，既须很富于诗才学殖，而对于人生的各样的现象，又有奇警的锐敏的透察力才对，否则，要做 Essayist，到底不成功。但我想，在读者之一面也有原因的。其一，就是要鉴赏真的 Essay，倘也像看那些称为什么 romance 的故事一样，在火车或电车中，跑着看跳着看，便不中用的缘故。一眼看去，虽然仿佛很容易，没有什么似的滔滔地有趣地写着，然而一到兰勃的《伊里亚杂笔》①那样的逸品，则不但言语就用了伊利莎伯②朝的古雅的辞令，而且文字里面也有美的"诗"，也有锐利的讥刺。刚以为正在从正面骂人，而却向着那边独自莞尔微笑着的样子，也有的。那写法，是将作者的思索体验的世界，只暗示于细心的注意深微的读者们。装着随便的涂鸦模样，其实却是用了雕心刻骨的苦心文章。没有兰勃那样头脑的我们凡人单是看过一遍，怎么会够到那样的作品的鉴赏呢？

事实上，人们正是借助厨川白村论"Essay"理论，展开了构建中国现代随笔理论。从以上引述中，我们可以引申出中国现代随笔理论的三个美学特征：

其一，兴之所至，任心闲话。厨川白村拈出所谓的"披浴衣，啜苦茗"的"闲话"境界，与现代中国一些随笔作家的心灵是相默契的。周作人曾遐想："喝茶当于瓦屋纸窗之下，清泉绿茶，用素雅的陶瓷茶具，同二三人共饮，得半日之闲，可抵十年的尘梦。"③而林语堂追求理想随笔也是"闲话"的境界："我所要搜集的理想散文，乃得语言自然节奏之散文，如在风雨之夕围炉谈天，善拉扯，带感情，亦庄亦谐，深入浅出，如与高僧谈禅，如与名士谈心，似连贯而未尝有痕迹，似散漫而未尝无伏线，欲

---

① 兰勃的《伊里亚杂笔》，今通译"兰姆的《伊利亚随笔集》"。
② 伊利沙伯，今通译"伊丽莎白"。
③ 开明（周作人）：《喝茶》，《语丝》第 7 期，1924 年 12 月 29 日。

罢不能，欲删不得，读其文如闻其声，听其语如见其人。"① 即便到了中国改革开放的新时期以后，这一线脉络并未泯灭，汪曾祺、张中行等随笔仍旧香火相承。柯灵说得好，"文苑之有随笔，恰好人世之有闲话"，"闲话可以抒发性灵，交流心得，活跃思路，调节神经，是理想的精神度假村"。②

可以这么认为，现代随笔因有令人遐思玄想、心会神游的"闲话"境界，而更具美学的意味。首先，是自由。现代随笔作家追求精神的自由，林语堂曾以为要达到西洋人所说的"衣不纽扣之心境"。因而，"我手写我口"，同样也是现代随笔作家谈天说地、率意随心、恣意创作的一种体现。其次，是随便。现代随笔作家反对一切的造作和伪饰的做法，但对谈什么，并无限制。或抒发见解，切磋学问，或记述思感，描绘人情，无所不可。郁达夫曾就梁实秋以为散文不应有"嬉笑怒骂"、"引车卖浆之流的语气"以及"村妇骂街的口吻"，而反唇相讥道："难道写散文的时候，一定要穿上大礼服，带上高帽子，套着白皮手套，去翻出文选锦字上的字面来写作不成？"③ 同样，作为散文之一种的随笔也是这个道理，在选材与表现都可以随便些。朱自清称："所谓'闲话'，在一种意义里，便是它的很好的诠释。"④ 再者，是家常。这是现代随笔在笔调上的一种反映。许多现代随笔作家创作随笔，不爱在那里正经八百地坐而论道，摆出撰写高头讲章的架势，而是放软身段，推诚相与，如与友人促膝交谈、心心相印。胡梦华曾用"絮语"一词加以概括，以为随笔创作就如家人"絮语"，和颜悦色唠唠叨叨地说着。⑤ 而林语堂却称之为"娓语体"或"闲谈体"，以为撰写此种文字的作者，认可读者为"亲热的"故交，犹

---

① 林语堂：《小品文之遗绪》，《人间世》第 22 期，1935 年 2 月 20 日。
② 柯灵：《随笔与闲话》，《新现象随笔——当代名家最新随笔精华》，韩小蕙主编，中央编译出版社，1994 年，第 26 页。
③ 郁达夫：《〈中国新文学大系·散文二集〉导言》，《中国新文学大系·散文二集》，上海良友图书印刷公司，1935 年。
④ 朱自清：《论现代中国的小品散文》，《文学周报》第 7 卷第 20 期，1928 年 11 月 25 日。
⑤ 胡梦华：《絮语散文》，《小说月报》第 17 卷第 3 号，1926 年 3 月 10 日。

如良朋话旧，私房娓语。① 当代随笔作家汪曾祺在谈到他的性格与散文随笔风格之关系时，认为自己的个性恬淡平和，习惯于写"竹篱茅舍"、"小桥流水"的文字，因而希望自己的作品能写得"平淡一点，自然一点，'家常'一点"。②

其二，个性精神，人格色彩。厨川白村认为现代随笔的一个重要特质是"作者将自己的个人底人格的色彩，浓厚地表现出来"，厨川白村的概括是符合现代随笔的发展实际。现代随笔自蒙田起，就强调"我探询，我无知"，认为他撰写的《随笔集》是"以一种朴实、自然和平平常常的姿态出现在读者面前，而不作任何人为的努力，因为我描绘的是我自己"③。因此，伍尔芙特别推崇将"个性"带进随笔创作这一现代传统血脉的延续和传承，以为随笔作家的个性精神应该渗透在他写下的每一个字，这个胜利才是风格的胜利。因为只有懂得了怎样去写，然后你才能在随笔中运用你的"自我"，而"自我"却是对随笔而言是至为本质的东西。她不无抱怨说："作者的自我，从蒙田的时代以来就间歇不定地缠绕在随笔身上，而自从查尔斯·兰姆辞世后就被放逐他乡了。"④ 在她看来，随笔的特殊形式内含了一种独特的品质，这就是某种自我的东西。几乎所有的随笔均以大写的我开头"我认为"、"我感到"，显然他不是在写历史、哲学、传记或其他什么东西，而是在写随笔，并有可能写得相当出色或有深度。伍尔芙就此推出她的论断："或许在文学创造中最有意义的当属个人的随笔。"⑤

《大英百科全书》中说，当一些作家"停止写小说而改写即兴式小品和漫谈式随笔的时候，就感到获得了解放"⑥。显然，这是从文类转换中而

---

① 林语堂：《论小品文笔调》，《人间世》第6期，1934年6月20日。
② 汪曾祺：《〈蒲桥集〉自序》，《蒲桥集》，作家出版社，1989年。
③ 蒙田：《致读者》，《蒙田随笔全集》上卷，潘丽珍等译，译林出版社，1996年。
④ 伍尔芙：《现代随笔》，《伍尔芙随笔》，伍厚恺、王晓路译，四川人民出版社，1998年，第26页。
⑤ 伍尔芙：《随笔写作的衰退》，《伍尔芙随笔》，伍厚恺、王晓路译，四川人民出版社，1998年，第35页。
⑥ 转引自张梦阳编译：《〈大英百科全书〉关于散文的诠释》，《外国作家论散文》，傅德岷编，新疆大学出版社，1994年，第6页。

获得的一种"解放"感,是现代随笔作家蔑视一切所谓的艺术禁令,而获得一种精神的自由和解放。而结合我们 20 世纪中国的具体实际,我在这里想要强调的是中国现代随笔作家之所以凸显个人特质、人格色彩,更有其广泛的社会内涵和美学追求。对此,郁达夫有过精辟的论述:

> 五四运动的最大的成功,第一要算"个人"的发见。从前的人,是为君而存在,为道而存在,为父母而存在的,现在的人才晓得为自我而存在了。我若无何有乎君,道之不适于我者还算什么道,父母是我的父母;若没有我,则社会,国家,宗族等那里会有?以这一种觉醒的思想为中心,更以打破了械梏之后的文字为体用,现代的散文,就滋长起来了。
>
> 现代的散文之最大特征,是每一个作家的每一篇散文里所表现的个性,比从前的任何散文都来得强。古人说,小说都带些自叙传的色彩的,因为从小说的作风里人物里可以见到作者自己的写照;但现代的散文,却更是带有自叙传的色彩了,我们只消把现代作家的散文集一翻,则这作家的世系,性格,嗜好,思想,信仰,以及生活习惯等等,无不活泼地显现在我们的眼前。这一种自叙传的色彩是什么呢?就是文学里所最可宝贵的个性的表现。①

郁达夫虽然论述了整个大散文范畴,但随笔也是这样的情况。中国现代随笔作家摒弃"为君"、"为道"、"为父母"而写作,开始懂得为"自我"而写作,这实际上挑战和否定了传统文学历来强调代"圣贤立言"、载"圣贤之道"的训诫。周作人把古人这种写作态度称为"二元",而现代作家的写作方式却是"一元",并以"载道"和"言志"加以概括,以示二者的本质区别。② 尽管说,周作人用"载道"和"言志"来区分古今作家的写作态度,这种提法是否科学,在当时就有不少人对此提出质疑,

---

① 郁达夫:《〈中国新文学大系·散文二集〉导言》,《中国新文学大系·散文二集》,上海良友图书印刷公司,1935 年。
② 周作人:《中国新文学的源流》,北京人文书店,1932 年,第 69—85 页。

但他确实敏锐捕捉住现代随笔作家在挣脱封建樊篱而获得"解放"后的人格独立和自由创造的精神,并在随笔的创作中充分得到了展现,表现出他试图在理论上作出独立阐释的良苦用心。时至今日,将随笔视为强化个人感情色彩,突出独立的批判意识,仍然是当今现代中国学者、作家最乐意驰骋的一种文类的根本动因。当代学者钱理群在学术研究之余,频频光顾这一创作文类,他说:"随笔是从心底里涌出来的。它所要述说的,是刻骨铭心的个体生存体验,是只属于自己的'个人话语'。"[①]可以这么认为,在现代文学的各种文类中,随笔是最富有个人性的东西。它之所以能够如此吸引众多的读者,就全在于现代随笔作家的"智慧独语",全在于文章中所体现出来的人格魅力。厨川白村称:"作为自己告白的文学,用这体裁是最为便当的",此言确为不刊之论。

其三,信笔涂鸦与雕心刻骨。厨川白村一方面强调现代随笔与其他文类相比,既无须"操心于结构和作品中人物的性格描写",也不用"劳精敝神于艺术的技巧";但另一方面他却认为既是"费话"也是"闲话"的随笔,其实也能达到"美文"的境界。而要理解和做到这一点,他特别强调随笔作家和读者均须具有"学识素养"。作为随笔作家,须富于"诗才学殖"和"奇警的锐敏的透察力",只有这样才能将自己"思索体验的世界",暗示给"细心的注意深微的读者们";在叙述方式上,随笔作家应该灵活发挥多种修辞策略和艺术手法,既有"冷嘲"也有"警句",既有"humor(滑稽)",也有"pathos(感愤)",使"文字里面也有美的'诗'","也有锐利的讥刺",这样才能丰富文本语言的层次性。从读者角度看,要鉴赏真的"Essay",也须具备相当高的学识,善于解读文本的潜在意义,即从随笔作家"装着随便的涂鸦模样",领悟到"其实是用了雕心刻骨的苦心文章"。从这里,我们会发觉厨川白村论述"Essay"的文字,就表面上看,似乎有对立和矛盾,但在理论的深层处,却有惊人的精辟洞见,是一种对立统一的关系。因此,对厨氏的随笔理论,我们应该综合地考察,这才是完整和辩证。而对随笔的审美特质和精神内核任何

[①] 钱理群:《从心底涌出来》,《光明日报》,1995年3月8日。

一种只取其一不及其余的割裂看法，都是片面和欠缺。

应该说，中西随笔理论的启迪，尤其是厨川白村关于"Essay"文本的丰富性揭示，这本身便构成了中国现代随笔作家对现代随笔文本深刻认识的重要思想资源。鲁迅曾以为："猛烈的攻击，只宜用散文，如'杂感'之类，而造语还须曲折。"① 周作人在谈到读清代乾嘉经师郝兰皋的文章时，称赞他："措辞质朴，善能达意，随便说来仿佛满不在乎，却很深切地显示出爱惜惆怅之情，此等文字正是不佞所想望而写不出者也。"② 而胡梦华干脆在厨川白村论随笔理论的基础上，加以整合："表面看来虽然平常，精细的考察一下，却有惊人的奇思，苦心雕刻的妙笔。并有似是而非的反语（irony），似非而是的逆论（paradox）。还有冷嘲和热讽，机锋和警句。而最足以动人的要算热情（pathos）和诙谐（humor）了。说到这里我们大概可以相信絮语散文是一种不同凡响的美的文学。"③ 郁达夫在研读英国随笔过程中，对此也是深有领悟，以为"英国各散文大家所惯用的那一种不拘形式家常闲话似的体裁（Informal or Familiar essays）的话，看来却似很容易，像是一种不正经的偷懒的写法，其实在这容易的表面下的作者的努力与苦心"④。由此可见，鲁迅所说的"猛烈的攻击"与"造语"的"曲折"，周作人所谓的"满不在乎"与"爱惜惆怅之情"，胡梦华总结的"表面"的"平常"与"苦心雕刻的妙笔"，郁达夫体悟的"容易的表面下的作者的努力与苦心"，所有的这一切，都说明了这么一个问题：现代随笔文本的内涵并不是单一和浅薄，而是蕴含着许多丰富复杂的艺术成分，具有多义性和歧异性的特点。

因而，现代随笔为中国现代知识者提供了一个充分展示智慧的艺术平台。他们在这个艺术平台上纵横驰骋、自由驱遣，巧妙地调动多种修辞手法，丰富自己的艺术表现。于是，"闲笔"、"隐喻"、"反讽"、"机

---

① 鲁迅致许广平信，1925 年 6 月 28 日，《鲁迅全集》第 11 卷，人民文学出版社，1981 年，第 97 页。
② 知堂（周作人）：《模糊》，《大公报·文艺》第 43 期，1935 年 11 月 15 日。
③ 胡梦华：《絮语散文》，《小说月报》第 17 卷第 3 号，1926 年 3 月 10 日。
④ 郁达夫：《〈中国新文学大系·散文二集〉导言》，《中国新文学大系·散文二集》，上海良友图书印刷公司，1935 年。

智"、"诙谐"、"幽默"成为随笔作家笔下爱卖弄的"关子",成为他们构建随笔文本的主要艺术手段。对这些艺术手法的分析和解读,是我们探秘现代随笔艺术迷宫的重要关节点,而这一切的"解密"工作,必将有助于揭开现代随笔所蕴藏的美学特征。

第二节　散文诗:诗情与哲理相融合的艺术创造

在中国,"散文诗"是外来的文类概念。其法文称"Poéme en prose",英文叫"Poem prose"。它产生于19世纪后期的欧洲,传入中国时正值"五四"时期,当时现代知识者一方面从西方译介大量散文诗,另一方面也从事散文诗的创作,使中国散文诗迅速完成了由自发向自觉转变的文体成熟的进程。可以说,20世纪中国散文诗是中外文化契合的产物,也是"新文化运动"及文学革命的产物。西谛(郑振铎)在1922年前后的散文诗大讨论中,就认为"散文诗现在的根基,已经是很稳固的了","中国近来做散文诗的人也极多,虽然近来的新诗(白话诗)不都是散文诗。"①

那么,为什么一种外来的文类能够迅速地被当时的知识者接受和认同,并且拿出不俗的成绩呢?在我看来,这就要从"散文诗"译介情况入手,深入探讨它本身的性质特点、文体结构、审美功能,进而厘清它在中国现代文学史上的地位和价值。

一、散文诗的源起

关于散文诗在西方的起源,有学者认为:"世界散文诗16世纪就开始萌芽,在法国作家蒙田(1533—1592年)、费奈隆(1651—1715年)、英国作家培根(1561—1626年)、德莱蒙德(1585—1649年)等人的笔下出现,波德莱尔在1860年前后开始发表'小散文诗'(les petits poémes

---

① 西谛(郑振铎):《论散文诗》,《文学旬刊》第24期,1922年1月。

en prose），标志着世界散文诗文体的成熟。即世界散文诗已有 150 年的文体自觉历史。"①

事实上，16 世纪文艺复兴晚期著名的法国怀疑论者蒙田创立的"Essai"，今日通译为"随笔"。据日内瓦的让·斯塔罗宾斯基教授从词源学研究角度认为，"Essai"可以诠释为"称量"、"考察"、"验证"、"要求"、"试验"、"尝试"等等，甚至有时还指"蜂群"、"鸟群"之类。蒙田在他的徽章上铸有一架天平，同时还镌有那句著名的箴言："我知道什么？"斯塔罗宾斯基称，这种"独特的直觉"表明，"Essai 的行为本身乃是对天平梁的状态的检验"。② 这说明了蒙田创立的现代随笔，是一种探讨伦理问题的、夹叙夹议的散文文体。尽管随笔文体也有追求"诗意的境界"。蒙田说："我喜欢诗一般的跳跃、腾挪跌宕"，"而最美的古代散文（我在本文中作为诗一样加以引用）却到处显露出诗的活力和独创性，表现出诗才的光采。"③ 但究其根源，"诗意"只是随笔作品的一种艺术元素，一种追求的境界。正如周作人在那篇著名的《美文》中阐释的那样：

> 外国文学里有一种所谓论文，其中大约可以分作两类。一批评的，是学术性的。二记述的，是艺术性的，又称作美文，这里边又可以分出叙事与抒情，但也很多两者夹杂的。这种美文似乎在英语国民里最为发达，如中国所熟知的爱迭生、兰姆，欧文，霍桑诸人都做有很好的美文，近时高尔斯威西，吉欣，契斯透顿也是美文的好手。读好的论文，如读散文诗，因为他实在是诗与散文中间的桥。④

周作人这里所谓的"论文"即英文"Essay"，其词源就是法文的

---

① 代绪宇、王珂：《散文诗的文类批评》，《南都学坛》（人文社会科学学报）2003 年第 1 期。
② 斯塔罗宾斯基语，转引自郭宏安撰写法国随笔的《概述》，《外国名家随笔金库》（上），叶廷芳主编，百花文艺出版社，1996 年。
③ 蒙田：《诗之自由随意》，梁宗岱、黄建华译，湖南人民出版社，1987 年，第 299—300 页。
④ 子严（周作人）：《美文》，《晨报副刊》，1921 年 6 月 8 日。

"Essai"。蒙田创立的"Essai"传到英伦三岛后,出现意想不到的发展,培根就是英国随笔的首位集大成者,后来也就出现了让周作人如数家珍的爱迭生、兰姆等诸位随笔大家。周作人在这里打了一个比方称:"读好的论文,如读散文诗,因为他实在是诗与散文中间的桥。"这句话有学者把它引来作为周作人对"散文诗"的文类定位,但它恰恰说明了"论文"(即"Essay")与"散文诗"是两种不同的文类,不能混为一谈。有鉴于此,我以为,对于"散文诗"渊源的追溯,可能涉及把握一个度的问题。否则就会把"随笔"发展脉络当成"散文诗"的谱系来梳理。

法文"poémes en prose",最初是用来称呼费奈隆(Fénelon,1651—1715年)创作的那些带有诗意的散文体的作品。法国的伦理学家儒贝尔(Joubert,1754—1824)提出过"有一种近似于诗的散文"。但学界一般公认,法国诗人波德莱尔(Charles Baudelaire,1821—1867)才正式有意地运用散文诗这种文学形式进行创作。他的散文诗于1857年开始在杂志上陆续发表,1869结集为《巴黎的忧郁》出版。创作之初,他自称"至少第二十次翻阅阿洛修斯·帕特兰的著名的《黑夜的卡斯帕尔》的时候,才想起也试写一些同类之作"[①]。不过,帕特兰描绘的是"古时风光",波德莱尔却是用来反映"现世生活"。也正是这种关注点的转移,波德莱尔创造出具有现代意义的散文诗。波德莱尔曾描述这种散文诗文类的特色:"当我们人类野心滋长的时候,谁没有梦想到散文诗的神秘,——声韵和谐,而又没有节奏,那立意的精彩,辞章的跌荡,足以应付那心灵的情绪,思想的起伏,和知觉的梦幻?"[②] 这是在世界文学史上第一次揭示了散文诗的艺术特长,标志着散文诗创作由原先的自发转入自为的发展新阶段。至于散文诗在西方及世界范围的发展脉络,汪文顶曾作了一个颇为简明而扼要的梳理:

> 英国的散文诗也起源甚早,17世纪的德莱蒙得(Drummond,

---

① 波德莱尔:《给阿尔塞纳·胡赛》,《巴黎的忧郁》,亚丁译,北京三联书店,2004年,第12—13页。
② 转引自邢鹏举:《波多莱尔散文诗·译者序》,《波多莱尔散文诗》,上海中华书局,1930年,第4页。

1585—1649)、布朗（Browen,1605—1682）、泰勒（Taylor,1613—1667）等留下不少"诗意的散文",19世纪前后的赫士列特（Hazlite,1778—1830）、德昆西（De Quincey,1785—1850）等继承"诗散文"传统写出新的篇章,这些可视为英国散文诗的滥觞。到了19世纪末的王尔德,把波特莱尔散文诗输入英国,自己也试作起来,开创了英国散文诗的新纪元。继此之后,散文诗在法、英、德、美、俄诸国广泛传播,蔚成风气,著名作家有马拉美、蓝波、福尔、顿塞、里尔克、惠特曼、史密斯、屠格涅夫、泰戈尔、纪伯伦等。由此看来,欧美的散文诗经历了一段漫长的生成发展过程,在19世纪中期到20世纪初期才勃兴起来,形成一种独立的文学形式。①

二、独具诗美内涵的文体特性

何谓"散文诗"呢？散文诗的开创者波德莱尔称是"一种诗意的散文,没有节奏和韵脚的音乐"。《辞海》定义:"兼有散文和诗的特点的一种文学体裁,是诗的一种。篇幅短小,有诗的意境,但像散文一样,不分行,不押韵。"②这种阐释基本采纳了波德莱尔的观点,是对波氏创造性定义的翻版。

在中国,最早出现"散文诗"这一概念,是1906年11月出版的《教育世界》第24期刊载王国维的《屈子文学之精神》一文,他说:"庄列书中之某分,即谓之散文诗,无不可也。"③此后,1917年5月《新青年》3卷3号上刘半农的文章《我之文学改良观》说到"英国诗体极多,且有不限音节、不限押韵之散文诗"④,算是较为具体地介绍到散文诗的"文体"形式。然而,更为详细的描述,是到了1922年2月《时事新报·文学旬刊》发起的散文诗大讨论中,滕固称:

---

① 汪文顶:《中国现代散文诗发展概观》,《现代散文史论》,福建教育出版社,1994年,第48页。
② "散文诗"词条,见《辞海》（缩印本）,上海辞书出版社,1980年,第1472页。
③ 王国维:《屈子文学之精神》,《教育世界》总第140号,1906年。
④ 刘半农:《我之文学改良观》,《新青年》第3卷第3号,1917年5月1日。

> 散文诗这个名词,我国没有的;是散文与诗两体,拼为诗中的一体;犹之诗剧两体,拼为诗剧……
>
> 诗的内容亘于散文的行间,刹那间感情的冲动,不为向来的韵律所束缚;毫无顾忌的喷吐,舒适的发展;而自成格调。这便是作散文诗的态度。①

滕固强调散文诗是由"散文与诗两体","拼为诗中的一体",也就是说散文诗兼具有"散文"与"诗"两种艺术特性和文类功能。称它为"诗",是因为其表达的作者"刹那间感情的冲动",借用郑振铎的话,即有"诗的情绪与诗的想象"②;然而,它"不为向来的韵律所束缚;毫无顾忌的喷吐,舒适的发展;而自成格调",这又是属于散文的轨范。

那么,散文诗既然综合了诗和散文的不同的艺术元素,是不是它就囊括诗和散文的长处,变得比诗和散文更完美、更有优势的一种文学形式呢?王光明认为,当两种艺术在一定条件下结合在一起的时候,不是一加一等于二,而是一加一等于一。不过这个"一"不是原先任何一个的"一",而是一个新的独立的"一",有自己的结构系统和审美功能。因此,散文诗是一种独立的文学形式,有自己的性质和特点:

> 散文诗是有机化合了诗的表现要素和散文描写要素的某些方面,使之生存在一个新的结构系统中的一种抒情文学形式。在本性上看,它属于诗,有诗的情感和想象;但在内容上,它保留了诗所不具备的有诗意的散文性细节。从形式上看,它有散文的外观,不像诗歌那样分行和押韵。但又不像散文那样以真实的材料作为描写的基础,用加添的细节,离开题旨的闲笔,让日常生活显出生动的情趣。散文诗通过削弱诗的夸饰性,显示自己的"裸体美";通过细节描述与主体意绪的象征两者平衡发展的追求,完成"小"与"大"、有限与无限、具体与普遍的统

---

① 滕固:《论散文诗》,《文学旬刊》第 27 期,1922 年 2 月 1 日。
② 西谛(郑振铎):《论散文诗》,《文学旬刊》第 24 期,1922 年 1 月 1 日。

一；同时，它有意以自己在情感性内容中自然溢出的节奏来获得音乐美，使读者的注意力较少分散到外在形式和听觉感官上去，更好达到表现"意味"、调动想象和唤醒感情的目的。散文诗创作一般以有深刻审美意义的"小感触"来推动艺术想象，作家注意捕捉时代和人生背景下思想感情的"游思"，"像一支伊和灵弦琴（The Harp Aeolian）在松风中感受万籁的呼吸，同时也从自身灵敏的紧张上散放不可模拟的妙音"①。这些特点既决定了它较强的主观性、心灵性，也决定了它的形态的短小灵活。②

王光明充分肯定了散文诗作为一种"独立的文学形式"的价值和功能。他在前人对散文诗的理论研究基础上，创造性地抓住散文诗中"诗"与"散文"两大艺术元素相生相克所构成的艺术张力，进行学理性的思考和美学分析，从而全面而清晰地勾勒出散文诗的内涵特性与外在形式。王光明对散文诗的独特性理解和诠释，正是符合当年学者滕固对散文诗由诗与散文两种艺术元素构成一种新的独立的文学形式的理论期待。滕固说："譬如色彩学中，原色青与黄是两色，并之成绿色，绿色是独立了。诗与剧是二体，并之成诗剧，诗剧也是独立了。散文与诗是二体，拼之成散文诗，散文诗也独立了。"③以崭新的、独特的眼光观之，散文诗作为"独立艺术"的存在，也就毋庸置疑了。

关于"散文诗"这一文学形式，是什么时候出现的。在中国学术界从"散文诗"这一概念输入后就引发各方的论争。上文提及的王国维在《屈子文学之精神》一文中，所谓"庄列书中之某分，即谓之散文诗，无不可也。"就将《庄子》、《列子》中的一些文章称之为"散文诗"。后来，郭沫若在1920年写作的《论诗》中呼应王国维的看法，他说："我国虽无'散文诗'之成文，然如屈原《卜居》、《渔父》诸文以及庄子《南华经》

---

① 徐志摩：《波特莱的散文诗》，《新月》第2卷第10号，1929年。
② 王光明：《散文诗的历程》，《现代汉诗的百年演变》，河北人民出版社，2003年，第167—168页。
③ 滕固：《论散文诗》，《文学旬刊》第27期，1922年2月1日。

中多少文字，是可以称为'散文诗'的。"① 1922 年，在《时事新报·文学旬刊》发起的散文诗大讨论中，滕固就称："我国从前没有散文诗的名词，但散文诗却很好；这是郭沫若君说过的，屈原的渔夫卜居庄子里的都可称散文诗。(见《民铎》某期的通信)《庄子》里有许多，与尼采的《兹拉顿斯拉》中间同一调子的思想的散文诗。"如果是这样的话，中国散文诗作为历史文类的出现上可追溯至公元前庄子、屈原时代，可谓历史久远。滕固由此特别拈出郦道元的《水经注》，古人称赞他的文为"其法则记，其材其趣则诗也"。这就揭示出中国古代文学中某些文类兼具"记"和"诗"的特征，比如，赋介于诗文之间，被誉为"古诗之流""不歌而诵"，它属于"我国古代一种独特的半诗半文的文学形式，尤其是东汉抒情小赋和唐宋文赋更具有散文诗的素质"②。同样，古代的小品文，尤其明末小品，也是具有散文诗的特性和形式。因此，滕固就说："散文诗的起源，一面是诗体的解放，一面起源于精干的小品文。"③

然而，具有现代意义的散文诗却始创于法国诗人波德莱尔。正如有的学者指出："历史进入现代文明社会，科学理性主义、价值理性主义以及极端的功利主义使现代人感受到了从未体验过的精神困境，新的意象经验的进入，使人类的传统认知结构和审美心理结构产生了巨大的变化，因此，需要一种更自由、更舒展、更具细节展开性的诗体来观照现代人的情感结构状态，来表现现代抽象的生活。"④散文诗正是应和着近现代社会人们敏感多思、心境变幻莫测，感情意绪微妙复杂和日趋散文化等特征而发展起来的。波德莱尔处于 19 世纪后期的欧洲，正是西方从传统社会向现代社会的转化时期。他的诗集《恶之花》以极端的浪漫派的面目出版，被雨果称为给法国诗坛带来了"新的颤栗"。与此同时，波德莱尔开始在各种杂志上陆续发表后来结集出版的散文诗集《巴黎的忧郁》。为什么他完成了令人"新的颤栗"的诗集《恶之花》后，还要撰写散文诗

---

① 郭沫若致李石岑信，上海《时事新报·学灯》，1921 年 1 月 15 日。
② 汪文顶：《中国现代散文诗发展概观》，《现代散文史论》，福建教育出版社，1994 年，第 49 页。
③ 滕固：《论散文诗》，《文学旬刊》第 27 期，1922 年 2 月 1 日。
④ 黄永健：《散文诗的文体地位》，《深圳大学学报》(人文社会科学版) 2004 年第 5 期。

集《巴黎的忧郁》呢？波德莱尔所谓写"一种诗意的散文，没有节奏和韵脚的音乐"，到底有什么神秘之处，激发着波德莱尔的情思感兴和创作欲望？

其实，波德莱尔在《巴黎的忧郁》卷首那篇《给阿尔塞纳·胡赛》①献词里，就为我们描述散文诗的文体特性，以及凸显这种文体的"现代性"价值：

其一，独特的散文诗结构。波德莱尔认为《巴黎的忧郁》"所有的篇章都同时是首，也是尾，而且每篇都互为首尾"，因此他驳斥了有人称它"没首没尾"的谬论。在结构上，他提出去掉情节和事件过程的"椎骨"，不把读者的欣赏系在一根有头有尾的情节线索上。这样的组合方式，其新颖之处，在于人们"可以随意地把它切割"，"砍成无数的小段"，"每段都可以独立存在，自成一体"。

其二，独特的散文诗语言。波德莱尔把能够撰写"充满诗意的、乐曲般的、没有节律没有韵脚的散文"，称作"梦想创造一个奇迹"。这里明确散文诗的语言，溶有诗的元素，即有诗的情绪、诗的想象和诗的内在旋律；同时却没有诗的节律和韵脚的羁绊，像音乐那般自由驰骋、恣意挥洒。

其三，独特的散文诗内容。波德莱尔的《巴黎的忧郁》虽然是受到阿洛修斯·帕特兰散文诗集《黑夜的卡斯帕尔》的启发下进行创作的。是以帕特兰"描绘古时风光的如此珍奇秀丽的形式，来描写一下现世生活，更确切地说描写'一种更抽象的现世生活'"。不过，正如波德莱尔自己所称："说真的，我对帕特兰的羡慕，恐怕并没有给我带来任何快乐，当我刚刚开始做这件事时，我就发现我不仅离那种神秘而光辉的模特儿甚远，而且我还做出了个别的和意想不到的东西。"波德莱尔做出"个别的和意想不到的东西"，在于他撰写的《巴黎的忧郁》不仅改变帕特兰的关注方向，即由描绘"古时风光"转向"现世生活"，而且是"一种更抽象的现世生活"。这是人类社会进入近现代之后，由于社会转型而改变

---

① 波德莱尔:《给阿尔塞纳·胡赛》,《巴黎的忧郁》,亚丁译,北京三联书店,2004年,第12—13页。

了人们的审美趣味。人们由原先描写英雄豪杰,转向关注世俗生活,关心普通男女。像波氏在《巴黎的忧郁》中甚至关心那些穷困潦倒的卖艺老人、瘦小干瘪的老妇人、远离人群的老寡妇以及浑身泥巴、满身虱子的狗……他以"丑"为美,写出他对这个文明肮脏世界的愤怒和鄙夷。这也就是他说:"总之,这还是《恶之花》,但更自由、细腻、辛辣。"

其四,独具现代性的文类。人们之所以尊崇波德莱尔为现代散文诗的创始人,就在于他看到散文诗这一文体的创作,能够更自由、更细腻、更深刻、更充分地表现人们内心丰富复杂的情思感兴,这就是波德莱尔所描绘的:"老实说,在这怀着雄心壮志的日子里,我们哪一个不曾梦想创造一个奇迹——写一篇充满诗意的、乐曲般的、没有节律没有韵脚的散文:几分柔和,几分坚硬,正谐和于心灵的激情,梦幻的波涛和良心的惊厥?"很明显,在波德莱尔看来,散文诗首先是作为现代人类深沉感应社会人生和自我意识的新形式而存在的,体现着新的感觉想象方式和美学精神。因此,这种主张反映"一种更抽象的现世生活"的散文诗,是近现代社会的文学实践,与过去一切类似散文诗的作品(即学界对散文诗渊源追溯而冠之"散文诗"名称的作品)有着天渊之别。

散文诗作为现代文艺中一种独特的文学形式,自波德莱尔以降,很快融入世界文学潮流中去,并扩散到世界各国,产生了像马拉美、兰波、王尔德、纪德、泰戈尔、纪伯伦、希梅内斯、里尔克、尼采、屠格涅夫、普里什文、邦达列夫、鲁迅等具有世界影响的散文诗作家,其中有数人以散文诗荣膺诺贝尔文学奖。而具有现代意义的散文诗之所以成为各国作家喜爱并创作出骄人的成绩,这里还有一个重要的艺术元素、艺术手法的运用——象征主义。象征主义作为一个艺术流派是同现代散文诗一起出现的。因为现代散文诗的创始人波德莱尔同时也是象征派的开山鼻祖。"散文诗为象征主义艺术方法准备了宽广的天地。象征主义方法又为散文诗带来了特异的艺术光辉。"[1]我们从波德莱尔、马拉美、兰波、王尔德、尼采、屠格涅夫、纪德、泰戈尔、纪伯伦、希梅内斯、里尔克等散文诗作

---

[1] 孙玉石:《〈野草〉研究》,中国社会科学出版社,1982年,第250页。

品里，解读出的现代人的感思、寓言的意味、世态的剖析、内心的独白、幻想的驰骋、梦境的奇异、印象的描摹等等，无不体会到这些散文诗大家对象征主义手法的领悟与妙用。

三、散文诗在现代中国的发展

从目前学界掌握的资料，我国散文诗的译介最早应是 1915 年 7 月《中华小说界》第 2 卷第 7 号上登载俄国作家屠格涅夫的四首散文诗，总题为《杜谨纳夫之名著》，即《乞食兄弟》、《地胡吞我之妻》、《可畏者愚夫》、《四婆妇与菜汁》，译者为刘半农。1918 年 5 月的《新青年》杂志 4 卷 5 期，刘半农又翻译了印度歌者拉坦·德维的《我行雪中》，并称这是一篇"结撰精密的散文诗"。后来《新青年》又发表了刘半农译的泰戈尔散文诗《邮差》、《著作资格》、屠格涅夫的《狗》、《访员》等。到了"五四"时期，周作人对于散文诗的译介也表现出浓厚的兴趣，1920 年 10 月 2 日他在《晨报·副刊》上发表了所译拉脱维亚诗人库拉台尔的散文诗《你为什么爱我》，保加利亚诗人遏林沛林的散文诗《鹰的羽毛》；1921 年 11 月 20 日他在《晨报·副刊》上发表了波德莱尔的《散文小诗》；1922 年在《妇女杂志》第 8 卷第 1 号又发表了所译波德莱尔散文诗《头发里的世界》、《窗》。另外，郑振铎、郭沫若、雁冰（茅盾）、董秋芳、陈竹影、徐培德、徐志摩、焦菊隐等也经常翻译国外散文诗作品。这些新文化先驱者的热情引进和译介，在当时文坛造成很大的声势和影响。因此，当时的著名报刊诸如：《新青年》、《时事新报·学灯》、《晨报》副刊、《小说月报》、《文学旬刊》、《语丝》等，都大量译介屠格涅夫、泰戈尔、波德莱尔、王尔德等人的散文诗作品。可以说，"这种广泛的翻译介绍工作，对中国散文诗创作的出现，起了极大的触媒和推动作用，给热烈呼喊着用现代口语表达现代人思想感情新文学开拓者们，提供了一个新的文学形式"[①]。

20 世纪 20 年代中期以后，散文诗的译介热潮仍未减退。石民译的

[①] 王光明：《散文诗的历程》，《现代汉诗的百年演变》，河北人民出版社，2003 年，第 172 页。

《屠格涅夫散文诗抄》，刊载于1928年《北新》第2卷第24期。1928年《真美善》第1卷第7号，刊载虚白译的《王尔德的散文诗》两篇，即《门徒》、《师父》。《青年界》是由李小峰、赵景深编辑，北新书局出版发行，1931年3月创刊，该刊第3卷第2期发表了缪崇群所译的《德富芦花散文诗钞》，内收《暮秋》、《花月之夜》、《苍茫之夕》、《檐溜》、《春之悲哀》、《朝霜》、《风》、《耶路撒冷之燕》等诸文。《人间世》创刊于1934年，该刊第15、16期刊载《屠格涅夫散文诗》（贝叶译）。《译文》，1934年第1卷第2期，黎烈文发表了所译法国波德莱尔的《散文诗抄（八首）》。1943年《风雨谈》杂志在上海创刊，第11期发表了田尼翻译的《屠格涅夫散文诗选译》。《南风》文艺月刊创刊于上海，1940年1月15日第2卷第3期刊载了M. R.所译"屠格涅甫散文诗抄"之《无名氏》（一）、《雀》、《我们继续战斗下去》、《老妇》、《乞丐》、《纪念胡莱夫斯基姑娘》、《祈祷》、《乡村》等；《南风》本期还发表了克宁所译法蒲特雷耶作的"散文诗钞"之《头发里的半个世界》、《那一个是真的》。《文艺世界》1940年第5期发表了M. R.所译"屠格涅夫散文诗抄"之《访问》、《最后的会见》等等。

可以这么认为，中国现代散文诗作者是在国外尤其是西方散文诗大家的启迪下，走上摹仿、创新之路。在新文学史上创作出"第一首散文诗"，是沈尹默发表于1918年1月《新青年》4卷1期上的《月夜》。这篇作品虽然还是采取诗的分行排列形式，并且押韵，但由于其断句、语流及语法逻辑都具有散文句法特点，即"散文化"，因此实乃中国现代散文诗的雏形。而刘半农在1918年8月《新青年》5卷2期上发表《晓》，标志着中国现代散文诗的完备形态已经确立。此后，刘半农这位有意识提倡散文诗创作者，写下了为人们所熟知的《老牛》、《卖菜》、《E弦》、《饿》、《雨》、《静》、《劫》、《在墨兰的海洋深处》等。

必须指出，在我国新文学运动之初，散文诗的引进与创作，是与倡导新诗写作同步的。胡适文学革命主张是从破除旧体诗条条框框开始，在诗体创新上掀起诗界革命，提出"作诗须如作文"的口号。这种主张一方面即为中国现代散文诗的诞生提供土壤，但另一方面由于过度强调

"我手写我口"而导致语言的直白和浅显,缺少一种给人以"余香"与"回味"的情趣。周作人说:"新诗的手法,我不很佩服白描,也不喜欢唠叨的叙事,不必说唠叨的说理,我只认抒情是诗的本分,而写法则觉得所谓'兴'是有意思,用新名词来讲或可以说是象征。"① 同样,散文诗也存在这一弊病。而改变这一现状,并将外国象征主义手法引入散文诗创作的第一人是鲁迅。

1919年鲁迅发表了一组《自言自语》散文诗,自觉地引入象征主义手法,通过巧妙的艺术构思,使深刻的哲理和浓郁的诗情达到完美的融合。这组散文诗最长的四五百字,最短的一二百字,每篇写法各具形态,《火的冰》和《古城》运用象征,《螃蟹》和《波儿》运用寓言故事……《自言自语》具备了散文诗短小精致、立意深刻的美学特征。可以说,鲁迅这组散文诗只不过是他初试锋芒之作。

进入20世纪20年代,中国现代散文诗迎来一个创作热潮。当时的报刊如《晨报副刊》、《时事新报·学灯》、《小说月报》、《文学周报》、《创造周报》、《创造日》、《语丝》、《莽原》、《狂飙》等,纷纷开辟园地,积极扶持散文诗创作。鲁迅、郭沫若、冰心、许地山、王统照、焦菊隐、徐玉诺、于赓虞、高长虹、沐鸿、高歌、韦丛芜、郑振铎、滕固等一大批散文诗作者出现在新文学文坛上。1924年9月至1926年4月,鲁迅创作出标志着中国现代散文诗巅峰之作——《野草》。《野草》是鲁迅作为文学家、思想家和革命家,用诗的激情和诗的形象记录和剖示自我内心世界的作品。鲁迅有意识在这些作品中追求诗情与哲理的融合,"无论像《秋夜》、《腊叶》、《希望》这样深沉的抒情,无论是《复仇》、《失掉的好地狱》这样托物的象征,无论《雪》、《风筝》这样含蓄的描写,也无论是《狗的驳诘》、《聪明人和傻子和奴才》这样机警的讽喻,都能在浓郁巧妙的诗情构思里表达深刻的哲理思想。"② 可以说,"短小精妙的《野草》容纳着一个天才诗人、杰出思想家和倔强的革命斗士的高远幽深的

---

① 周作人:《〈扬鞭集〉序》,《谈龙集》,上海开明书店,1933年,第69页。
② 孙玉石:《〈野草〉研究》,中国社会科学出版社,1982年,第262页。

哲学思想王国"[①],鲁迅以《野草》独特的艺术创造,把散文诗这一文体推上一个新的思想与艺术境界。

许地山创作的散文诗集《空山灵雨》,有着特异的个人感受、体验和思考。许地山是个佛学者,该书开卷第一句就是"生本不乐",但他绝非厌世者。散文诗中表现他那种忧郁与深邃、透达与执著、生之苦闷与爱之缠绵,其艺术震撼力明显得益于几乎无处不在的佛教观念和佛家意象。因此,沈从文称:"在中国,以异教特殊民族生活,作为创作基本,以佛经中邃智明辨笔墨,显示散文的美与光,色香中不缺少诗,落华生为最本质的使散文发展到一个和谐的境界的作者之一。"[②] 高长虹的散文诗集《心的探险》,是"将他的以虚无为实有,而又反抗这实有的精悍苦痛的战叫,尽量地吐露着"[③],充满着小资产阶级知识分子自我扩张的狂热性和尼采"超人"式的个人反抗社会的精神。而焦菊隐的散文诗集《夜哭》,哭泣自己人身不幸,抱怨现实的黑暗与压迫,倾诉人生的苦痛和出路渺茫。于赓虞在这本集子所写的序言中说:"这卷诗中情思的缠绵与委婉,沉着与锐利,固已满足了我们最近的欲望,但用这种文体写诗,而且写得如此美丽深刻的,据我所知,在中华的诗园中,这是第一次的大收获。"[④] 从这个未免过誉的赞辞中,我们不难看到焦菊隐的创作在现代散文诗发展中所具有的价值和意义。总之,这些散文诗作者在其创作中,倾吐着自己的心声,或痛苦的低吟或绝望的战叫;艺术上也各有特色,有的倾向于诗的写法,有的以散文笔调行文,但都普遍运用直觉、想象、象征和梦幻等艺术手法,打上外来影响的鲜明烙印。除此之外,值得一提有郭沫若的《我的散文诗》一组四题发表在 1920 年 12 月 20 日的《时事新报》副刊《学灯》上;于赓虞的《魔鬼的舞蹈》和《孤灵》;冰心的《往事》;

---

① 姚春树:《鲁迅:"寄意寒星荃不察,我以我血荐轩辕"》,《中国现代散文十六家综论》,华东师范大学出版社,1989 年,第 31—32 页。
② 沈从文:《论落华生》,《读书月刊》第 1 卷第 1 期,1930 年 11 月。
③ 鲁迅为高长虹散文诗集《心的探险》拟的广告词,《〈乌合丛书〉和〈未名丛刊〉提要》,《鲁迅佚文全集》(上),群言出版社,2001 年,第 378 页。
④ 于赓虞:《〈夜哭〉序》,《夜哭》,焦菊隐,北京北新书局,1926 年。

高歌的《清晨起来》；韦丛芜的《我和我的魂》等等。这些散文诗的实绩，体现中国现代散文诗发展史上的第一次丰收的盛况。

进入20世纪30年代，当一批散文诗老手适应新的现实发展，创作了颇有份量的作品时，又有一大批新人在崛起，中国现代散文诗史上又迎来一次创作新潮。鲁迅、瞿秋白、茅盾继续发扬了散文诗关注社会，直面生活的现实主义的传统。鲁迅晚年创作了杂文体散文诗《夜颂》、《秋夜纪游》等，曾拟编一本散文诗集《夜记》，可惜生前未能如愿。瞿秋白的《一种云》、《暴风雨之前》和茅盾的《雷雨前》、《黄昏》，异曲同工，集中概括了20世纪30年代的社会特点和斗争形势，象征地反映出时代战斗精神。这些散文诗作品数量虽不多，但意义重大，即"为散文诗如何反映新的现实斗争，表现时代的主导精神提供了成功的经验。他们为散文诗奠定的革命现实主义战斗传统，对抗战以后散文诗创作影响深远"[1]。

20世纪30年代以何其芳、李广田、缪崇群、丽尼、陆蠡等一批散文诗新人的崛起，成为中国现代散文诗史上一道亮丽的风景线。何其芳是20世纪30年代散文诗创作最具有代表性的作家，他散文诗集《画梦录》一问世，就引起青年读者的喜爱。波德莱尔的诗和散文诗，也曾点燃过他创作的灵感。他在文章中多次提及这位法国诗人，毫不掩饰自己的喜爱之情，而且在1937年写的《云》这首诗中，直接引述波德莱尔散文诗《陌生人》结尾中的句子："'我爱那云，那飘忽的云……'/我自以为是波德莱尔散文诗中/那个忧郁地偏起颈子/望着天空的远方人。"这让我们看到，他的散文诗正如波氏那样追求扑朔迷离的意象，微妙多变的通感，和精雕细琢的文字，表现出浓郁的唯美倾向，其文体之美堪称独步一时。他称："我的工作是为了抒情的散文发现一个新的园地，我企图以很少的文字创造一种情调：有时叙述着一个可以引起许多联想的小故事，有时是一阵伴着深思情感的波动。正如我以前读诗时一样入迷，这追求着纯粹的柔和，纯粹的美丽。"[2] "诗"——成为何其芳区别于其他一般叙事类

---

[1] 汪文顶：《中国现代散文诗发展概观》，《现代散文史论》，福建教育出版社，1994年，第58页。
[2] 何其芳：《还乡记·代序》，《何其芳文集》，人民文学出版社，1982年，第127—128页。

散文作家的显著特点。1937年5月《大公报》对获奖《画梦录》作出如下评价:"在过去,混杂于幽默小品中间,散文一向给我们的印象多是顺手拾来的即景文章而已。在市场上虽曾走过红运,在文学部门中,却常为人轻视。《画梦录》是一种独立的艺术制作,有它超达深渊的情趣。"用"独立的艺术制作"和"超达深渊的情趣"来判断何其芳的散文,这便近于诗的评价了。由此联想到刘西渭在谈《画梦录》时所得出的"诗人的气质"和"自觉的艺术家"[①]的结论,我们就有理由把他的散文诗创作视为一种别样的"诗"。

李广田也擅长写散文诗,其作品收入《画廊集》、《雀蓑记》、《日边随笔》等散文集,他创作的《马蹄篇》一组(包括《井》、《马蹄》、《树》、《荷叶伞》、《绿》)较富有想象力、情韵深长,属于地道的散文诗。缪崇群曾留学日本,其创作颇受日本散文影响。他的散文诗大多收入《寄健康人》、《废墟上》、《夏虫集》、《眷眷草》等散文集。丽尼著有《黄昏之献》、《鹰之歌》、《白夜》三本散文诗集。丽尼采用以第一人称"我"的独白方式,把内心的哲思外化成形象画面,并借助诗的语言节奏表现出来。陆蠡也是这一时期较为著名的散文诗人。他著有《海星》、《竹刀》、《囚绿记》等散文诗集。陆蠡擅长将叙述与思考相糅合,以跌宕的笔致、独语的体式,从极小事件中生发出深邃的哲思与诗意,委婉别致,意味深远。尤以1938年写的《囚绿记》最为成功。这篇散文诗记述作者于1937年卢沟桥事变前夕寓居北平的一段经历。时逢日寇进犯,狼烟四起,作者将一己的悲欣溶入到民族忧患之中,笔淡而情浓,语浅而意厚,成为后世传诵不衰的散文诗名篇。

抗战爆发后,散文诗曾在文坛上掀起几次创作热潮,如30年代末的上海孤岛,40年代的西南和东南后方,40年代后期的国统区。田一文、严杰人、林英强等人,借助散文诗体式表达中华儿女的抗战意志和必胜的信心。蛰居于上海"孤岛"和流寓于国统区都市的一些作家,也是一直致力于散文诗的创作。郭沫若、茅盾、王统照、李广田、缪崇群写出了

---

① 刘西渭:《画梦录——何其芳先生作》,《咀华集》,上海文化生活出版社,1947年,第201页。

一些新作品，巴金、唐弢、芦焚、郭风、丽砂、莫洛、叶金、唐湜、周为等人陆续加入散文诗创作行列，形成"曙前"散文诗大合唱。他们更多采用一种"寓意象征"的曲笔方式，表达内心的感怀。这类散文诗如郭沫若的《银杏》、巴金的《龙·虎·狗》、刘北汜《曙前》、田一文的《跫音》、莫洛的《生命树》、陈敬容的《星雨集》、郭风的《报春花》等。

尽管如此，第三时期散文诗创作的总体成绩仍然无法与前两期的相比肩。一句话，散文诗毕竟属于诉诸个人内省的文体形式，显然不是很符合当时战争时代对文学的期许与要求。因此，散文诗为了适应时代的需要，即"20世纪30年代以后，中国散文诗近半个世纪由内向外，由城市心态到乡村景象，由象征到写实，由复杂到简单的艺术转变。"[①] 其结果只能导致创作艺术的低下，出现式微现象也是无可奈何之事。

第三节　报告文学：产生于"五四"　兴盛于战时

20世纪中国现代报告文学的崛起，是现代文学史上令人瞩目的重要文学现象。"五四"后，按照当时文坛流行文学体裁的"四分法"标准，报告文学是隶属于广义的散文家族。它作为散文之一种，其名称及其写法在古代中国并无存在，完全是一种"舶来品"。

现代报告文学被誉为是西方"近代的工业社会的产物"，日本学者川口浩认为：

> 报告文学乃至通信文学的名称，是Reportage的译语。这是从外国语Report而新造的术语，大概，在外国字典上还没有这个生字。这种文学形式，当然不是从前就有。这始终是近代的工业社会的产物。印刷发达之后，一切文书都用活版印刷的形态而传播，在此，才产生了近代的散文——即一般叫做

---

① 王光明:《散文诗的历程》,《现代汉诗的百年演变》,河北人民出版社,2003年,第192页。

Feuilleton 的形式，Reportage 就是这种形式的兄弟①。

川口浩明确指出，报告文学在古代西方也是不存在的，只是到了近代的工业社会，印刷业发达，催生"用活版印刷的形态而传播"重要媒介——报刊的出现，并迎来前所未有的发展和繁盛，才产生现代散文的新品种——报告文学的产生。20世纪初，报告文学受到西方左翼知识分子的青睐，尤其是苏俄十月革命的成功，报告文学这一体裁日趋受到重视和倡导，使之在西方文坛迅速崛起和广为流布。

一、左翼知识者与报告文学

中国现代知识者对"报告文学"名称的认识起始于20世纪30年代。1930年2月10日出版的《拓荒者》第1卷第2期上，刊载了冯宪章翻译、日本学者川口浩撰写的《德国的新兴文学》一文。称捷克籍的著名报告文学作家基希"从长年的新闻记者生活，他创出了一个新的文学形式。这是所谓'列波尔达知埃'。即以新闻记者的简洁的话，将生起的事件依原状留在纸上。他这种形式广及了文学的领域。"这里所谓"列波尔达知埃"，是德语报告文学"Reportage"的中文音译。同年3月1日出版的《大众文艺》第2卷第3期上，又发表了陶晶孙翻译、日本学者中野重治撰写的《德国新兴文学》一文，也写道："刻羞②可说是新的型（形）式的无产阶级操觚者，所谓'报告文学'的元祖，写有许多长篇，而他的面目尤在这种报告文学随笔纪行之中。"这是继中文音译后而直接以"报告文学"名称出现在文坛上，从此这四个汉字命名的文体名称就固定下来，延续至今。

中国现代文坛虽然对于"报告文学"名称认识较之其他文体晚，但实际上中国知识者对于这一文体的运用和表现却早已有之。其源头可直接上溯至晚清，维新人物积极参与办报，打破官方的言论垄断。梁启超撰写的《戊戌政变记》、《南海康先生传》、《新大陆游记》，被史家认为

---

① 川口浩：《报告文学论》，沈端先译，《北斗》第2卷第1期，1932年1月20日。
② 刻羞，今通译"基希"。

是已然"具备报告文学的基本特征"①。当中国历史由近代转入现代后,报告文学的文体特质,使之成为记录急剧多变社会的一种便捷、有力的文学工具。1919年北京爆发震惊中外的"五四"运动,当时不少知识分子或报界学人纷纷拿起手中的笔记实写下关于运动始末的文字,如亿万写的《一周中北京公民大活动》②,冰心写的《二十一日听审的感想》③等,能够迅疾就刚刚发生的社会政治事件,进行纪实性的跟踪和揭示,表现报告文学这一文体的某些特征。1920年,瞿秋白以北京《晨报》记者身份出发到苏俄考察和采访,写下了《饿乡纪程》和《赤都心史》两部作品。作者怀着对社会主义制度的向往,真实地报道了"俄罗斯红光烛天,赤潮澎湃"的现实以及苏俄"无产阶级创业的艰辛"。由于这两部作品已初具报告文学的形态,因此有文学史家认为"可视为现代报告文学的滥觞"④。

然而,中国现代知识者对于这一文体价值真正认识是要到20世纪30年代初中国左翼作家联盟出现之后,许多左翼知识分子积极引进和译介西方左翼文坛和苏联对报告文学理论研究和创作实绩。在这之后,报告文学作品成为中国左翼作家反抗压迫、批判现实和维护弱者群体的重要载体,而频频出现在《文学导报》、《北斗》、《文艺新闻》、《文艺月报》、《太白》、《文学界》、《光明》、《中流》等文学刊物上。抗战爆发,报告文学又以其自身独特的文体优势迅速成为各类体裁难与匹敌的"劲旅",成为那个时代的最为引人注目的一种文体。以群曾描述抗战时报告文学的兴盛情形:"报告文学填充了一切杂志或报纸的文艺篇幅;一切的文艺刊物都以最大的地位(十分之七八)发表报告文学;读者以最大的热忱期待着每一篇新的报告文学的刊布;既成的作家(不论小说家或诗人或散文家或评论家),十分之八九都写过几篇报告。在这样的情形之下,报告文学就成为中国文学的主流了!"⑤

---

① 张春宁:《中国报告文学史稿》,群言出版社,1993年,第22页。
② 亿万:《一周中北京公民大活动》,《每周评论》第21期,1919年5月11日。
③ 冰心:《二十一日听审的感想》,《晨报》1919年8月25日。
④ 黄修己:《中国现代文学简史》,中国青年出版社,1984年,第121页。
⑤ 以群:《抗战以来的报告文学》,《中苏文化》第9卷第1期,1941年7月25日。

二、现代知识者与报告文学的理论建构

中国现代知识者对报告文学的认识,是源自当时国外左翼人士对报告文学的理论建构与创作实践。换句话说,中国现代知识者关于中国现代报告文学的一切言说,完全是在输入、译介、移植、借鉴国外这一理论资源的基础上进行的。因此,探析现代知识者如何选择、借鉴和转化国外报告文学理论资源,成为人们掌握中国现代报告文学理论走向、审美倾向、艺术风格的关键之处。

就目前掌握的有限史料,中国现代文学史上较为系统地研究报告文学理论的文章,大致如下:袁殊的《报告文学论》(《文艺新闻》第18号,1931年7月13日);《如何写报告文学——给在工厂的兄弟》(未署名,《文艺新闻》第58号,1932年6月6日);阿英的《从上海事变到报告文学》(《上海事变与报告文学》,南强书局,1932年4月);胡风的《关于速写》(《文学》第4卷第2号,1935年2月);周立波的《谈谈报告文学》(《读书生活》第3卷第12期,1936年4月25日);茅盾的《关于"报告文学"》(《中流》第1卷第11期,1937年2月20日);沈起予的《报告文学简论》(《新中华》第5卷第7期,1937年4月1日);胡风的《论战争期的一个战斗的文艺形式》(创作于1937年12月31日,选自《剑·文艺·人民》);周钢鸣的《怎样写报告文学》(生活书店,1938年2月);周行的《新形式——报告文学的问题》(《文艺阵地》第1卷第5号,1938年6月16日);叶素的《报告的疲乏》(《文艺阵地》第4卷第10期,1940年3月16日);罗荪的《谈报告文学》(《读书月报》第1卷第12期,1940年2月1日);刘丰的《报告文学与报告文学者》(《文艺生活》创刊号,1944年1月);曹聚仁的《报告文学》(创作于1942年,《现代中国报告文学选》);何其芳的《报告文学纵横谈》(创作于1946年11月27日,《关于现实主义》,上海文艺出版社,1959年4月);李广田的《谈报告文学》(创作于1945年5月23日,《文学枝叶》,益智出版社,1948年1月);胡仲持的《论报告文学》(《文艺学习讲话》,智源书局,1949年)。

如前所述，中国现代知识者对报告文学这一文体的真正重视起始于 20 世纪 30 年代，尤其是中国左翼作家联盟成立之后。1930 年 8 月 4 日，左联执委会通过的《无产阶级文学运动新的情势及我们的任务》文件中，就明确提出："从猛烈的阶级斗争当中，自兵战的罢工斗争当中，如火如荼的乡村斗争当中，经过平民夜校，经过工厂小报，壁报，经过种种煽动宣传的工作创造我们的报告文学（Reportage）吧！"① 翌年 11 月，左联通过的执委会决议《中国无产阶级革命文学的新任务》一文，其中这样写道："作品的体裁也以简单明了，容易为工农大众所接受为原则。现在我们必须研究并且批判地采用中国本有的大众文学，西欧的报告文学，宣传艺术，壁（报）小说，大众朗读诗等等体裁。"② 为什么左联会特别重视报告文学这一刚在国外新兴的文体呢？左联为何把报告文学与工农兵大众联系在一起，它和文学的大众化倡导又有怎样的关系？

比左联做出的决议更早一些，左翼作家沈端先写的《到集团艺术的路》就提到报告文学与工农兵大众之间的关系："由工场，农村，兵营等等特殊群集团体通信员所产生的报告，记录，——包含一切正确，机敏，频繁地传达各种战线的战争情况和生活状态的通信，这些，都是唆示着集团主义文学的新型。"③ 这里点明了报告文学作为"集团主义文学的新型"，其实与工农兵大众的写作存在密切的联系。

袁殊的《报告文学论》，在中国现代文学史上是首篇系统论述报告文学的文章，然而今天的研究者发现，袁殊的这篇论文实际上是对川口浩的《报告文学论》的简单"拷贝"。有论者就指出：

> 袁殊的文章虽比川口浩文章的中文译文早发表半年，但只要把二者对照一下，就会发现，袁文实际上是川口浩文章的转述。袁文和川口浩的文章一样，主要是引用了基希的两段话，并且分辨了劳动通讯与报告文学的区别，有很多语言都一样。

---

① 《无产阶级文学运动新的情势及我们的任务》，《文化斗争》周刊第 1 卷第 1 期，1930 年 8 月 15 日。
② 《中国无产阶级革命文学的新任务》，《文学导报》第 1 卷第 8 期，1931 年 11 月 15 日。
③ 沈端先：《到集团艺术的路》，《拓荒者》第 1 卷第 4、5 期合刊，1930 年 5 月。

不同的是，袁文还简略地回顾了中国早期报告文学的情况，并且三次提到报告文学的批判性。不过，并未展开论证。①

尽管如此，袁文作为中国现代文学史上首篇系统论述报告文学的文章，让国人较早从理论上了解这一新兴的文体，其功不可没。更为重要的是，透过袁文，也是可以发现左联对报告文学的"青睐"，原来是渊源有自。袁殊转述川口浩之文称：

> 由于工场与农村劳动新闻的发达，劳动通讯将来到它权威的时代：从那许多真正工人或农人亲手所写的通讯稿里，一个编辑者是可以获得许多宝贵的感情与朴率美丽（雄壮）的词句。这种实验，现在正在世界各国流行着：例如在俄国曾说："在劳动农民通讯员中，要产生出劳动者，农民作家的预备队。"在德国，贝黑尔在《左翼曲线》第二卷第一号的卷头语上说："新兴的文学形式在产生……从劳动通讯员与工场新闻的制作者和编辑者里产生出我们的后继者。"（虽然在劳动通讯的主要任务上，这是附属的事项。）②

在国外，无论是德国左翼战线还是苏俄的社会主义国度，对于由劳动通信发展起来的报告文学的重视，以及寄以厚望的真正工农兵身份的写作。无疑给予当时中国左翼作家联盟倡导的文学大众化写作指明了路标和方向。

因此，在左联看来，只有通过这种写作活动，"我们的文学才能够从少数特权者的手中解放出来，真正成为大众的所有"，"中国无产阶级文学运动过去提出来的大众化口号也只有在通信员运动当中找到具体办法"。③ 在一篇未署名的《如何写报告文学——给在厂的兄弟》中，作者更是开宗明义地说："报告文学，是无产阶级文学发展的一个重要的基

---

① 张春宁：《中国报告文学史稿》，群言出版社，1993年，第146—147页。
② 袁殊：《报告文学论》，《文艺新闻》第18号，1931年7月13日。
③ 《无产阶级文学运动新的情势及我们的任务》，《文化斗争》周刊第1卷第1期，1930年8月15日。

础。要大众地建设广大劳苦大众自己的文学,这是最重要的一种文学的式样。""真实意味的报告文学者,应该是在厂和在村的工人和农人。他们生长在劳苦的大众里面,直接身受地感知着大众的情绪、希望和苦痛,所以他们的报告也就是这种生活的真实的反映。"① 很明显,正是世界范畴的左翼思潮影响下,中国左翼知识者在理论上努力论证报告文学的意识形态归属问题,他们试图阐明将这种新兴的文体交给工农自己,使之成为无产阶级文学的一部分,成为工农大众建设自己文学的体现。可以这么说,1932年以后,在中国左翼联盟的有计划推动下,报告文学有效地与"文艺通讯员"运动相结合,使得"它的作者范围及于专门文艺工作者以外的都市店员、工人、学生、及种种薪金劳动者,乃至一部分乡村知识分子"。② 1936年,茅盾等人仿照高尔基倡议的《世界一日》而发起《中国的一日》的群众化写作运动,得到全国各地写作者的热烈响应。编辑室收到的来稿,以字数计,不下六百万言,以篇数计,在三千篇以上。茅盾高兴地说:"值得特别指出来的,是大多数一向不写稿(即非文字生活者)的店员,小商人,公务员,兵士,警察,宪兵,小学教员等等。"③ 后来,仿照所谓"一日"的群众化的写作运动,一直绵延不绝。这形成了中国现代报告文学发展史的一大景观。

与反映和表现工农兵大众生活密切关联的是,在阶级社会里报告文学可以作为被压迫者、被侮辱者提出申诉、抗辩和揭露的一种新兴的、具有鲜明的意识形态功能的文体。左翼知识者对报告文学文体的引进和译介,从一开始就非常重视这一文体的特性。川口浩在《报告文学论》中谈及报告文学的源起,称近代散文最初以旅行记或风土记的形式出现时,就带有"强烈的社会批判的色彩",可是后来这种散文形式在接近"完成的领域"后,却丧失"最初之特征的社会批判的特质",而现在,以"这种被近代的散文遗失了的精神再生的,就是所谓报告文学"!④ 罗荪称:

---

① 《如何写报告文学——给在工厂的兄弟》,《文艺新闻》第58号,1932年6月6日。
② 以群:《抗战以来的报告文学》,《战斗素绘》,作家书屋,1943年。
③ 茅盾:《关于编辑的经过》,《中国的一日》,上海生活书店,1936年。
④ 川口浩:《报告文学论》,沈端先译,《北斗》第2卷第1期,1932年1月20日。

> 任何一种文学样式，都有着它发生底具体的历史原因。比如小说，是作为中世纪上进的有产阶层，对封建制度及封建观念形态的斗争的表现，也可以说是当封建制度渐次崩溃，商业有产阶层继续上进的时代，所产生的文学样式。
>
> 而当这斗争非常的激烈、变化非常的急剧的今天的世界，为了能够最适切的反映这多变的时代，产生了新的文学样式，这样式就是报告文学（Reportage）。
>
> 报告文学产生于斗争存在的地方。无论是被压迫者与压迫者的斗争，无论是被剥削者与剥削者的斗争，无论是反侵略者与侵略者的斗争，无论是新的势力与旧的势力的斗争，只要是这地方发生了斗争，也必产生了报告文学。
>
> 由于它是在斗争的时代中产生的，它的任务是战斗的，它的态度是战斗的，因而，它的内容也必然是战斗的。①

罗荪以意识形态的眼光，阐述报告文学产生的根本原因，指出"战斗"性，是报告文学最显著的社会功能。报告文学，因此也就成为当时世界范围内被压迫者、被剥削者提出诉求、进行斗争的最有力的思想武器之一。

那么，中国现代知识者又是如何根据自己的国情，深入探讨报告文学在现代中国发生的土壤因素、形成的基本特质等呢？胡风在《关于速写》一文中，这样阐释他眼中的"报告文学"：

> 十几年来剧激的社会变动所扰起的瞬息万变的波纹，使作家除了在较大的规模上创造综合的典型以外，还不能不时时用特殊的形式来表现他对社会现象的解剖和态度，运用他的敏锐的锋芒和一切的麻木混浊相抗。这不是社会科学的大论而是一种文艺性的论文（Feuilleton）。但它的特征能够更生动地更迅速地反映并批判社会上变动不息的日常事故。

---

① 罗荪：《谈报告文学》，《读书月报》第1卷第12期，1940年2月1日。

而"速写",就是这种杂文底姐妹。剧激变化的社会生活使作家除了创作以外还不能不随时用素描或速写来批判地纪录各个角落里发生的社会现象,把具体的实在的样象(认识)传给读者。这不是经过综合或想象作用的文艺作品而是一种文艺性的纪事(Sketch),但它底特征是能够把变动的日常事故更迅速地更直接地反映,批判,说它是轻妙的"世态画",是很确切的。①

胡风这里称的"速写",其实就是"报告文学"。他在文中,除了指出"杂文"和"报告文学"是"剧激变化的社会生活"的产物外,这二者还具有的同样的社会基础和同样的社会意义。而对于社会现象的批判,是这对姐妹艺术的共同社会特质和意识形态功能。胡风这篇论文的创造性体现在于他把报告文学的产生与杂文的兴旺联系起来,使国人对于报告文学的意识形态功能有了进一步的深入了解。后来有一位笔名叫"猛"的作者撰写一篇《杂文型的报告文学》,基本上是胡风思路的再发展。他称,在爱伦堡、基希等作家的报告文学作品里,发现具有一种相同的"表现形式",就是"鲁迅的杂文形式"。因此,他提出创造出一种完美的"杂文型的报告文学"。②

茅盾的《关于"报告文学"》一开篇就积极呼应胡风《关于速写》中提出的观点,认可"杂文和速写都是变动得很快的社会中文化斗争的利器",因为"刻刻在变化的现实要求着斗争意识强烈的作家们采取最快的手法和最直接的方式来加以反映和批判",以为这些是"坚实的正论"。茅盾在胡风提出的论题的基础上,对报告文学的产生和发达的原因,作出进一步的概括和申说:

> 每一时代产生了它的特性的文学。"报告"是我们这匆忙而多变化的时代所产生的特性的文学式样。读者大众急不可耐

---

① 胡风:《关于速写》,《文学》第4卷第2号,1935年2月。
② 猛:《杂文型的报告文学》,《抗战文艺》第3卷第5、6期合刊,1938年12月17日。

地要求知道生活在昨天所起的变化,作家迫切地要将社会上最新发生的现象(而这是差不多天天有的)解剖给读者大众看,刊物要有锐敏的时代感,——这都是"报告"所由产生而且风靡的根因。①

报告文学作为当时"匆忙而多变化的时代所产生的特性的文学样式",在现代中国左翼知识者究竟还关注哪些方面?

众所周知,报告文学20世纪30、40年代的兴盛,与大多数中国现代知识者的思想"左转",尤其是30年代初中国左翼作家联盟的出现是有密切联系的。当他们把国外左翼人士及其苏联对报告文学理论与实践引进和译介时,也是把报告文学视为无产阶级文学发展的一个重要的基础。显而易见,作为斗争武器的报告文学,其指导思想就是马列主义。胡仲持在《论报告文学》一文阐述道:

> 从人民大众的观点,算得真正信实的报告文学,在中国的旧文献里一向是找不出来的。就是照世界范畴来说,报告文学也实在是本世纪刚才出现的新的文学形式。因为只有当马列主义的思想因苏联大革命的成功而普及于世界的时候,各国进步的知识分子才经过了一番意识的改造,学会了科学的观察方法和思辨方法,写得出从人民大众的观点,十分忠实的报告文学来。②

马列主义思想的灵魂和核心,就是辩证唯物论。报告文学作家只有掌握了"辩证唯物论",才能学会"科学的观察方法和思辨方法"。

李广田在《谈报告文学》中,引述国外报告文学论者 A.加博尔说的:"报告是政治集纳主义(Journalism)的一种绝对合理而必要的形式。在其最高的成就上,它专为了它的特别目的,在一般与特殊,必然与偶然之间,建立起一种关联来。"由此李广田认为:

---

① 茅盾:《关于"报告文学"》,《中流》第1卷第11期,1937年2月20日。
② 胡仲持:《论报告文学》,《文艺学习讲话》,智源书局,1949年。

报告文学者，必须在个别的事实中发现本质，也就是在现象中发现出本质，再以诸种现象——具体的事例，来表达这一本质，使特殊与一般，偶然与必然，建立起一种辩证关系来，所以，报告文学的哲学基础就是辩证唯物论。①

报告文学作家面对着剧烈多变的社会，虽说其创作据事实而报道，但这些事实是否与当时整个现实社会的发展相关联，与社会各阶层日益分化所发生的生活现象相关联，与当时民族危机日益加深的社会现象相关联……这就需要报告文学作家能够通透地掌握"辩证唯物论"的精髓，透过现象看本质，发现内在的矛盾，从而达到解构现实，批判现实的目的。

在具体做法上，国外报告文学论者提出"科学的系统的考察"②方式，值得肯定和重视。周立波在《谈谈报告文学》中，以西方著名的报告文学者基希为例，称：

> 基希的报告都根据正确的社会事实和史实，他旅行到事件发生的地方，深入他所要描写的人群的生活中心，他用自己的观察和分析得来的事实的细节，再采用许多可贵的文件（document）或歌谣等织成一篇完美的报告。他的每一篇报告，就是在科学的意义上讲，也可以说是一种绵密的社会调查。③

"绵密的社会调查"，是创作出高水准的报告文学作品的基础性工作。当时的报告文学创作可以说如火如荼、方兴未艾。但是许多感情洋溢的报告，却缺少一种"科学的系统的考察"内容，至多只能算是"速写"。周立波就认为："这种速写，虽然有感情的奔放，却缺乏关于现实事件的立体的研究和分析，——常常忽视了事件的历史动态。事件的全面既不能与以明确的形象，它的特征也不能赋以艺术的浮雕"。因此，当一件事件发生后，报告文学者就要设法走到这历史动乱的最中心去，走到"贫穷

---

① 李广田：《谈报告文学》，《文学枝叶》，益智出版社，1948年1月。
② 皮埃尔·梅林：《报告文学论》，徐懋庸译，《文学界》创刊号，1936年6月5日。
③ 周立波：《谈谈报告文学》，《读书生活》第3卷第12期，1936年4月25日。

和贫穷反叛"的正中去。从这个要求出发,报告文学者才能在事变的动态中去观察,做历史事实的见证人,原始资料的搜集人以及历史事件的审查者。

至于报告文学的"体式"问题,学界一向是有争论的。不过,当时的现代知识者对此还是持比较宽泛的范畴来理解。茅盾在编《中国的一日》所写的《关于编辑的过程》一文中,称:"本书所收的五百篇,几乎包含了所有的文学上的体式。这里有短篇小说,有报告文学,有小品文,有日记,信札,游记,速写,印象记,也有短剧。"① 毋庸置疑,这些作品几乎囊括文学门类的各个样式,因此这样的收入标准显得大而无当。把它们都归在报告文学门下是有问题的。茅盾后来写的《关于"报告文学"》又对"报告文学"的体式发表看法:

> 我还没有专门研究过"报告文学",可是我读过若干"来路货"的"报告文学",觉得他们的形式范围颇为宽阔;长至十万字左右,简直跟"小说"同其形式的,也被称为"报告文学",日记,印象记,书简体,Sketch——等等形式的短篇,也是。我觉得这一新分的部门大概不以体式为界,而以性质为主。②

茅盾针对当时"报告文学"体式的多样化,提出"不以体式为界,而以性质为主"的看法,这是很有见地的眼光,它有效地抓住"报告文学"的实质问题,而回避了容易造成独尊一体的弊病。

而在胡风看来,所谓"以性质为主",就是在于"报告"二字。即"把普通所说的报告文学、速写、特写、通讯、慰劳记、访问记等都包括在内的。由这发展出来的还有报告诗,报告剧(活报),等等"。③ 胡风择定以"报告"为主,来区分其他文类的看法,得到当时学人的赞同。周行说:"'报告'是一种新样式(Genre),它的范围,原不限于一般所认定的如特写、素描、通讯之类,此外如报告剧('活报')、报告诗、墙头小说

---

① 茅盾:《关于编辑的过程》,《中国的一日》,上海生活书店,1936年。
② 茅盾:《关于"报告文学"》,《中流》第1卷第11期,1937年2月12日。
③ 胡风:《论战争期的一个战斗的文艺形式》,《剑·文艺·人民》,泥土社,1950年。

等等，也无不以'报告'的手法为写作的基调。"①

以上所述，是对现代知识者关于报告文学理论资料的梳理与概述。我们可以从中发现这一新兴的文学样式发展，始终是伴随着国外报告文学理论的译介而被国人所接纳和欢迎。它一旦被移植到正处于伟大的民族革命斗争的中国大地上，就获得了千载难逢的发展机遇。"报告文学"成为战争与革命期间一种最主要的写作形式。我们的民族伟大的史诗序章，凭借它，才没有完全被空间、时间，以及特殊条件所淹没，所埋葬。从这个意义上说，曹聚仁称报告文学"并不是纯文艺，乃是史笔"②，有一定道理的。然而，如何把这种属于"战斗的实践"的报告文学提升到一个新的理论层次进行建设，使之在"中国"化道路上走得更坚实、更稳健，这也一直是当时现代中国知识者孜孜不倦、努力探求的一个奋斗目标。

第四节 科学小品：现代知识者热心的倡导与实践

科学小品作为散文之一种，其名始于 1934 年 9 月创办的《太白》半月刊。该刊主编陈望道独出心裁地创设了"科学小品"专栏。此后每期必有，一直至 1935 年 9 月最后一期止，在该栏共计发表 66 篇文章。在《太白》的带动和影响下，《读书生活》、《中学生》、《妇女生活》、《通俗文化》等杂志纷纷刊载科学小品。这是左联积极倡导和开展"大众需要科学知识，科学要求大众化"③的运动中，涌现出来的成熟的文学品种。因此，学界将《太白》杂志科学小品栏目的出现，视为中国现代科学小品走向独立文体的自觉。

然而，"科学小品"并非凭空出现。文学门类的发展历史告诉我们，从文体学角度，也有所谓的"理论文体学"和"历史文体学"之分。"理

---

① 周行：《再论抗战文艺创作活动》，《文艺阵地》第 1 卷第 5 号，1938 年 6 月 16 日。
② 曹聚仁：《报告文学论》，《现代中国报告文学选》，香港三育图书公司，1963 年。
③ 柳湜：《论科学小品》，《太白》创刊号，1934 年 9 月 20 日。

论文体学",是指"对各种文体结构方式作静态的、横向的比较、分析、归纳,对各种不同的文体,包括不同作品的文体、不同作家的文体,不同文学类型——如小说、诗歌、散文、戏剧——的文体作共时水平上的区分",因此又称为"共时文体学";"历史文体学"(又称"历时文体学")则"从动态的、纵向的角度描述历史上处于不同时间维度的文体结构的转化、兴替、变易,描述文体演变的各种现象并总结其规律"①。

当时《太白》半月刊的创刊号,就刊载了柳湜《论科学小品》理论文章,拉开系统研究"科学小品"理论的帷幕。第 1 卷第 7 期发表辛人的《文学得挽紧科学的手》;第 1 卷第 11 期刊登华道一的《科学小品和大众教育》。1935 年 3 月,陈望道主编的《小品文和漫画》一书由生活出版社出版,该书扉页标有"太白一卷纪念特辑",实际上这是一本理论研究文章,其中涉及科学小品创作理论的就有 10 余篇之多。如柳湜《我对于科学小品的一点浅薄的认识》、庶谦《目前科学小品的格调和内容》、伯韩《由雅人小品到俗人小品》、谢六逸《小品文之弊》、刘薰宇《科学小品和我》、贾祖璋《我与科学小品的经过》。同时,《申报·自由谈》、《芒种》、《文学》、《新语林》、《新人》周刊等杂志也纷纷加入这场"科学小品"的理论研讨。如《申报·自由谈》专栏刊载了庶谦的《谈自然科学小品的格调和内容》、张香山的《文学与科学之相互浸透问题》;《芒种》刊载了徐懋庸《谈科学小品》;《文学》刊载了圆(茅盾)《科学和历史的小品》;《文饭小品》刊载了知堂(周作人)《科学小品》等。这样,围绕着《太白》杂志形成了一场颇有规模的批评、研究、探讨"科学小品"的学术气候,从而在"理论文体学"的角度,给"科学小品"做出的理论形态描述和定位。

不过,对于文体的建构和文学史的描述来说,"历史文体学"则显得更为重要,因为它所描述和阐释的文体是一种文学话语体式和文本结构方式,并由文本结构方式的转换生成深入到审美心理结构和艺术精神结构,对于文体建构来说,这种描述和阐释具有本体建构的意义。那么,我

---

① 陶东风:《文体演变及其文化意味》,云南人民出版社,1995 年,第 5 页。

们有必要对"科学小品"的历史渊源作出有益的勾勒和厘清。

一、科学小品与大众化教育

一般来说，将 1934 年陈望道主编的《太白》半月刊始倡"科学小品"专栏视为中国现代科学小品自觉的标志，这一点学界似乎很早就取得了共识。那些曾经参与倡导和写作"科学小品"的作者，在其回忆文章也都提及此事。刘薰宇 1935 年写的《科学小品和我》称："我写的一些短文，被排在'科学小品'栏是从《太白》开始的。其实我知道'科学小品文'这个名词也是开始于《太白》。它还在被孕育的时候，编者望道先生有一次和我谈起，大意说《太白》是小品文的刊物，但有一个特点，就是载'科学小品文'而且要我也写点。这就是我第一次听到它。"贾祖璋 1935 年写的《我写科学小品的经过》、顾均正 1936 年写的《科学趣味》、姚毓璆 1948 年出的《生物趣味》一书新版后记、高士其 1962 年写的《让孩子们获得丰富的科学知识的滋养》等文，都明确谈到"科学小品"起源于《太白》。当然，一种文体的出现它是有个历史演进的过程。"科学小品"在 20 世纪 30 年代异军突起的现象也不例外。对此，贾祖璋曾有一段话正好说明这一问题：

> 《太白》以前，先是《一般》，后是《中学生》，更早一些，20 年代的《学生杂志》和《少年杂志》，有些文章已近似科学小品。有人认为 20 年代初期，《东方杂志》刊载的沈雁冰的文章，便是科学小品，不妨同意这个意见。近读夏丏尊先生的文集《平屋之辑》，内有"人所能忍受的温度"、"蟋蟀之话"、"春日化学谈"三篇，写作于 1932 年至 1934 年初，都在《太白》创刊之前，却都是科学小品。望道先生的功绩在于把文学家和通俗科学工作者这一类不自觉的、新的、独特的、文学和科学相结合的作品，给予一个总的、新的创作体裁"科学小品"的名称，这对于促进它的繁荣和发展，起到巨大的作用。①

---

① 贾祖璋：《"科学小品"命名 50 周年——忆望道先生》，《科学与文化》，1984 年第 5 期。

然而,"科学小品"为什么在这个时间点上提出?《太白》半月刊作为专载小品文刊物,在汇入 20 世纪 30 年代文坛掀起的"小品文"创作热潮,它有什么不同的文化身份,它又为什么会专辟"科学小品"栏目,其真正的用意又是什么?这就需要研究者抽身回到当时的历史语境,细细寻绎和探究这当中的奥秘,从而真正揭开"科学小品"的文体面纱,肯定它的艺术价值和社会功能,给它一个恰当的历史定位。

20 世纪 30 年代中叶,正是林语堂倡导的小品文"以自我为中心,以闲适为格调"风靡一时之际。陈望道在鲁迅的支持下出面创办《太白》刊物,就是为了与林语堂主导的《论语》、《人间世》等刊物相抗衡。在当时的左翼人士看来:

> 当时《论语》、《人间世》这些"帮闲文学"杂志,以"幽默、灵性"标榜他们的小品文,宣扬"以自我为中心,以闲适为格调",主张描写"席上文士、歌妓、舞女、酒菜味道……宇宙之大,苍蝇之小,皆可取材",公然叫嚣"不问政治"。并以滑稽打诨的腔调,高唱"人生月不常圆,花不常好,好友不常逢"的靡靡之音,来分散人们的注意力,冷却群众的革命热情,麻痹人民的战斗意志,而在暗中施放"生活死"那样的毒箭。①

那么,同样是提倡撰写小品文,中国左翼作家与自由主义作家如何显示出自己的不同呢?众所周知,30 年代的中国左联在强调文学的左翼意识形态立场下,积极倡导"大众语运动"。陈望道本身就是积极投身于"大众语运动"的倡导者。他在《申报·自由谈》上发表《文言、白话、大众语》、《关于大众语文学的建设》、《怎样做到大众语的"普遍"》,在《文学》月刊上发表了《所谓一字传神》、《大众语论》,在自己主编的《太白》刊物上发表了《方言的记录》、《文学和大众语》、《接近口头语的方法》、《语文之间通同之共轨》等论文。可以这么认为,作为实践"大众语运动"的《太白》半月刊,独出心裁地开辟"科学小品"专栏,显示出

---

① 尚丁:《〈太白〉主编谈〈太白〉》,《出版史料》第 1 辑,1982 年 12 月。

这些左翼作家对"小品文"另一种审美趣味的理解与选择。徐懋庸这样评价《太白》倡导、刊载"科学小品"的意义:"《太白》的主要的任务,当然是转移《论语》和《人间世》所造成的颓废的个人主义的小品文作风,使之成为积极的、科学的、为大众的。"① 高士其后来回忆首次读到《太白》创刊号发表的科学小品时,称自己"心情激动","浮想联翩",认为"科学小品不但把科学知识交给人民,也把文学知识交给人民"。② 这也是从一个侧面反映《太白》上发表的"科学小品"走的是一条服务于"大众"的道路。

鲁迅曾经在《小品文的危机》中,把当时文坛流行的幽默闲适的小品文称之为供阔人摩挲赏鉴的"小摆设"。然而,这并非小品文体之罪过,那些"只仗着挣扎和战斗的"小品文还是值得肯定和倡导。鲁迅说:"生存的小品文,必须是匕首,是投枪,能和读者一同杀出一条生存的血路的东西。"③ 当时的左翼人士也是基于鲁迅关于"生存的小品文"的意见,来倡导"科学"与"小品"的结合。如,柳湜把小品文不同的内容和功用作出"区隔",分为"供雅人欣赏的小品文"和"生活的小品文",前者是鲁迅所讲的"小摆设",或如芥川龙之介喻之"点心";后者则是能维持生命的"烧饼"。因此,"小品文并不全是'点心',这与如'点心'中也有维持人的生命的老饼一样,是可以作为大众的正食的"。作为"这种生活的小品文内容之一的科学小品"④ 亦可作如是观。所以,他们坚信,科学小品的出现并非文学小品"太多太腻"了,也不是作者"想改换一个目标,写一点科学小品来给予读者以一种新的趣味",是"时代的轮子""到了我们的眼前,更有了科学工作者小品的需要了。由个人闲适的小品到人类生活的小品,再具体的走到大众科学的小品,这正是时代

---

① 徐懋庸:《〈太白〉的停刊》,《芒种》第2卷第1期,1935年10月5日。
② 高士其:《我对〈太白〉半月刊的感想》,《新民晚报》,1983年9月9日。
③ 鲁迅:《小品文的危机》,《现代》第3卷第6期,1933年10月1日。
④ 柳湜:《论科学小品》,《太白》创刊号,1934年9月20日。

的要求。"①

然而，当时的中国是一个科技比较落后的国家，人们对科学知识的严重贫乏现象是个不争的事实。面对这样的情况，科学小品论者意识到，中国民众的文化知识太贫乏，使他们不足以接受系统的科学知识。不用说劳动大众不会花时间去啃大部头的"科学书"，就是大部分非文盲的店员学徒，"他们求知的源泉是靠报屁股，他们在勤劳之余，只能吸取一些零碎的小品"。这种对科学知识的零星获取，柳湜有个很形象的比拟："譬如一个苦力需要烟草，但财力只能使他零支的购买，他没有整盒整条的购买力，于是，烟纸店中就有开盒零买的供给。"同样的道理，目前大众对科学知识的需求，只能是处于"开盒零买的供给"阶段，他们"接受科学的赐予只能是一点一滴"②。因此，科学小品扮演的正是这样的"角色"，通过承载非系统的科学知识信息，来传达点点滴滴的真理，进而提高大众的科学文化素质。华道一撰写的《科学小品和大众教育》，就着重探讨科学小品的教育功能。他说："科学小品最大的意义还在大众教育上面。"他认为，科学小品之所以应运而生，就是因为，第一，它能激发人们对于科学的兴趣，第二，它在于传授一种活的科学知识，从而引导他们把书本上的知识应用到生活里去。③由此观之，左翼文人对于科学小品大众教育功能作用的重视和强调，既符合中国左联作家强化意识形态立场，同时也是凸显《太白》办刊的编辑方针。

科学小品既然着眼于"大众"的教育，那么它在题材选择和内容表现方面，也就有自己的倾向和特点。而题材的选取首先涉及科学小品的范畴问题。在一般人看来，科学小品属于自然科学的范畴。在《太白》刊物发表科学小品的四个主要作者周建人、贾祖璋、顾均正、刘薰宇，其身份均属于自然科学家。高士其说，陈望道主办的《太白》半月刊，"提

---

① 庶谦:《目前科学小品的格调和内容》,《小品文和漫画》,陈望道编,上海生活书店,1935年,第165—166页。
② 柳湜:《论科学小品》,《太白》创刊号,1934年9月20日。
③ 华道一:《科学小品和大众教育》,《太白》第1卷第11期,1935年2月20日。

倡科学小品,多半是生物方面的,写稿的有周建人、贾祖璋、顾均正等。"①其实,周建人、贾祖璋虽属于生物学方面的专家,但顾均正的专长在物理学方面,刘薰宇的专长在数学方面。因此,他们撰写的科学小品各有擅长的表现领域,从而丰富《太白》刊物上科学小品的内容。不过,在理论层面的探讨上,人们逐步扭转原先认为只有自然科学才是科学,科学小品就是"自然科学小品"的看法的偏差。胡绳就明确指出:"有许多人在讨论科学小品,常有意或无意地把它只限制在自然科学的领域中间,这实在是不对的。"他认为:"科学小品的产生自然不是为了响应'科学救国','理工救国'这一类的呼声,而是另外有着更坚实的社会根据,所以它的内容应该在自然科学而外,扩大社会科学、哲学各部门去也是很显然的。"②柳湜作为《太白》刊物科学小品理论的首倡者,他在《论科学小品》一文中,就提出科学小品应包括自然科学和社会科学两个范畴。后来他撰写的《我对于科学小品的一点浅薄的认识》,就这一问题又作进一步的申说:"科学小品的内容,我想,它包括的东西还要大,即就狭义的说,它也应是社会科学,自然科学,哲学的一种总称,如果再把它看宽一点,它就连时事小品,和现在流行的所谓'大小言'、'社会相','时代镜'这类东西都可包括进去。不过,在我个人,至少是主张我之所谓狭义的,再不能狭到只谈自然科学了。"③不过,如此一来,科学小品的广义范畴似乎也太泛了,这种边界的"模糊",不利于科学小品"鲜明个性"的凸显,也势必会影响到其自身文体的发展。所以,还是提倡以包括自然科学和社会科学两个范畴为主的科学小品为妥。

柳湜在《论科学小品》中提出:"科学小品是科学与小品文在大众的实践生活的关联中去联姻的。"④这也就说,大众的实践生活是科学与小品文二者的结合点。对于撰写社会科学类小品的作者而言,一篇好的社

---

① 叶永烈:《高士其谈科学小品》,《科学杂谈》,江苏科学技术出版社,1983年,第111—112页。
② 胡绳:《科学小品与"科学救国"》,《芒种》第6期,1935年5月5日。
③ 柳湜:《我对于科学小品的一点浅薄的认识》,《小品文和漫画》,陈望道编,上海生活书店,1935年,第181页。
④ 柳湜:《论科学小品》,《太白》创刊号,1934年9月20日。

会科学小品,应该是握住生活中某一现象,加以科学的解说与阐释。本来社会科学哲学的理论是从实践中抽象而来的,现在却是相反,这就是用正确的理论去解释当前的事实,使大众从这具体的事例中,明白理解事物变化、运动等法则。艾思奇是一位著名的哲学家,他撰写哲学著作《大众哲学》之余,也拿起笔来写出如《中风症与黄河》、《斑马》、《太阳黑点与人心》科学小品等。这些文章常常是作者借题发挥,抨击当时的旧制度和反动势力,具有鲜明的思想性和战斗性,不失为一位哲学家写作的科学小品。高士其也曾受到艾思奇的影响,写起哲学式的科学小品。高士其回忆道:"我有篇科学小品,叫做《肚子疼的哲学》,就是按照艾思奇的辩证法原理写的。"①

20世纪上半叶的中国,山河破碎,社会动荡,民不聊生。在这种特定的历史语境下,自然科学家的工作自然是举步维艰。那么,他们怎样才能写好自然科学小品?人们又是如何看待这一类作品呢?当时的学界确实一直存在一种声音,即从大众需求的实际看,当时的人们常常处于"人与人争"的社会环境中,对"人与自然争"的那种自然环境压迫人感受不切,所以"他们对于某一种社会现象都求有人替他作一点科学的解说,对于自然现象虽然有时也感觉需要了解,但到底不是天天浮在意识上,伸长颈子在等待解释的。"②这是特定的历史语境下造成一种对自然科学小品的偏见。不过,好在虽然自然科学小品在社会中所占的比重轻微,但还是得到一些自然科学家的认同和肯定,并为此作出长期不懈的努力,结出丰硕的创作成果。当然,对于如何写好科学小品,当时的科学小品理论探讨者作出一番深入的探讨与研究。庶谦以为,首先,在传授自然科学知识方面,自然科学工作者必须在新的历史语境下作出一种改变和调整。材料虽然仍旧沿袭历史上聚集下来的东西,但是在理论的解释上,必然要经过一种"近代哲学"的渗透。如果说,"大众现在要开始接受自然科学的话,他也得用一种批判的态度去接受的;不是把旧的自

---

① 叶永烈:《艾思奇的科学小品》,《科学杂谈》,江苏科学技术出版社,1983年,第134页。
② 柳湜:《我对于科学小品的一点浅薄的认识》,《小品文和漫画》,陈望道编,上海生活书店,1935年,第182页。

然科学一模一样地接受下来就可以算数"。这意味着，对于自然科学的知识，我们同样需要运用"近代哲学"尤其是唯物辩证法，来进行"批判性"地继承。其次，今日的自然科学小品，它似乎应该在帮助了解社会科学这一点上注意。因此，"写自然，便应该关联地写到社会；写自然上具体的题材，就应该烘托出当前社会的一般"。① 柳湜则用一种更形象化的说法论及此问题："科学小品在当前应该是以描写式解说社会现象，为其主体的了。即会偶然谈一只蚤，一个啄木鸟，我也以为它一定要通过一种现世的'社会感'的，听了啄木鸟的啄木之声，难道竟会联想不到日本最近对中国的侵略就叫做'啄木外交'吗？如果通过了这种'社会感'对于这一自然现象的描写，自然还是会被大众所接受的，还是有它的客观存在的。"② 柳湜拈出"社会感"这一概念，反复申说，显示其理论的远见卓识和内涵的丰富深刻。的确，就选材而言，自然科学的范畴广阔，宇宙之大，苍蝇之微，都可尽括囊中。然而，天文地理、鸟兽虫鱼若没有灵魂的统摄，那不就成了地道的"闲适"之物。对此，当时的大众是无暇、无力、也是不屑用的。因为，大众需要的是，实实在在的有用的科学知识，以及精神上的认同与享受。

贾祖璋作为我国科普界的一位先驱，其作品主要是在传播生物学方面的知识。他不仅能够让学院式的科学变为读者大众可接受的知识，而且还能够随着时代推移而变化，凸显他的文章的"社会感"。也就说，贾祖璋从大众的实际需要出发，呼应时代的要求，由着墨"自然"而关联到现实"社会"，这突出表现在他撰写的《碧血丹心》和《生命的韧性》。这两部科学小品是处在抗日战争的大背景下创作的，他除了保持早期科学小品的基本作风外，此时更加自觉地把科学小品与民族的"抗日救国"时代精神联系起来写。贾祖璋在《多难兴邦》、《个体牺牲与种族保存》、《碧血丹心》等文中，独具匠心地借助生物学原理来阐释不战则亡的思想。

---

① 庶谦：《目前科学小品的格调和内容》，《小品文和漫画》，陈望道编，上海生活书店，1935年，第166—168页。
② 柳湜：《我对于科学小品的一点浅薄的认识》，《小品文和漫画》，陈望道编，上海生活书店，1935年，第183页。

他在《多难兴邦》中说，生物受到环境的影响所发生的变异，表现两种不同的生活方式的反应。"一种是被动的，消极的，那就是回避、退却、敷衍。一种是主动的，积极的，那就是奋斗、适应、改造"。"人类不过是一种最高等的动物，对于恶劣环境的反应，也不能例外地逃出这个公式"。根据这种生物学原理，贾祖璋阐述道：

> 从历史上看来，一个民族遭到了异民族侵略时所表现的反应，也有两种不同的现象。一种是不能战胜侵入的异民族，把肥美的土地让侵略者占据着，自己退处在臣仆的地位，或者逃避到深山荒原等闭塞、瘠薄的区域中去，过着贫困的生活。在精神上，变得信从命运，贪图苟安。这样就习惯了营养不足的生活而把生机减弱了。非洲的黑人，美洲的印第安人，受了帝国主义的压迫，直到现在还没有翻身，便是这个缘故。另一种呢？必定起来向敌人激烈抵抗，想出新的战术来战胜敌人，改良战斗的武器，增进生活的必需品以支持战争。在斗争中，民族增加了新的活力，愈加勇敢、敏捷、机警、聪明，终于击退敌人。现代的独立国家都是这样过来的。所谓无敌国外患者国恒亡，所谓"多难足以兴邦"，正合着生物可以战胜不顺适的环境的原则。只须民族自身真正能够努力，对于异族的侵略是不足怕的。现在日本法西斯强盗对于我们的侵略，正给予中华民族一个复兴的机会。

贾祖璋运用他生物学知识方面的特长，鼓励我们的民族大众齐心团结、奋起反抗、救亡图强，这也是对那些散布"战争必败"论的悲观论调者的有力回击。虽然当年那场抵抗侵略者的民族战争的硝烟已消逝六十多年。但是，作为中华民族的后人，今天读到"多难足以兴邦"这样一些极富有智慧的思想言说时，同样还是让人感奋、使人激昂，油然产生一种对前贤"心向往之"之情。

由此看来，科学小品的题材选择既宽泛又有一定的规矩，既自由又不漫无边际。正如柳湜说："在题材方面，那是最自由不过的，只要与大众生活密切的保着联系,无论就自然现象或社会现象中,拣取一小片来描写都可以。"① 关键是科学小品作者在于如何提炼和开掘素材问题。只有那些从自然现象中延伸出社会真谛,从细微具体中演绎出深刻思想,从漫漫时空中窥视到现世现实……这才是读者需求的,也是科学小品该载负的思想内蕴。

二、文学性与科学小品

对于陈望道在《太白》倡导的"科学小品"一事,当时学界颇有争议。在一些人看来,科学重在说理,要求系统、严谨和抽象;而小品文旨在抒情,讲究轻松、明快和趣味。二者似乎是南辕北辙、互不搭界。林语堂就说:"小品文是不能写科学的,科学是不能用小品文来写的。"周毓英在《新人》周刊上说:"科学小品不是真正的科学,甚至连一点科学的残渣都做不成啊!""若一定要将科学文与文学文的性质混同起来,还要叫文学去担任科学的任务,我想那一定是失败的。"还有的则说:"小品文写科学,不免流于支离破碎,失之科学的谨严与系统。"或认为小品写科学"反增加科学的朦胧",甚至骂为"浅薄"。②

因此,面对文坛鹊起的非议和挑战,如何把"科学"与"小品文"二者联结起来,确实是当年"科学小品"倡导者殚精竭虑的问题。刘薰宇,一位"很会写文章的数学教授"③,他深感中国传统文化中文人相轻的积习,尤其对于"学文学的不辨稷麦,学科学的弄不清楚之乎也者"的现象更是痛心,他禁不住发出这样的质疑:"文学和科学果然是两个世界么?文学家和科学家果然是不能和协(谐)的世仇么?"因此,他说:"我于是满心希望至少有一个文学家大谈其科学,又有一个科学家来作文学的勾当。"④ 于是,他们撰写《论科学小品》(柳湜)、《文学得挽紧科学的手》(辛人)、《我对于科学小品的一点浅薄的认识》(柳湜)、《目前科学小品

---

① 柳湜:《论科学小品》,《太白》创刊号,1934 年 9 月 20 日。
② 匡达人:《"科学小品"的由来》,《寻根》2000 年第 2 期。
③ 陈望道语,引自邓明以《陈望道传》,复旦大学出版社,1995 年,第 159 页。
④ 刘薰宇:《科学小品和我》,《小品文和漫画》,陈望道编,上海生活书店,1935 年,第 92 页。

的格调和内容》(庶谦)、《我与科学小品的经过》(贾祖璋)、《文学与科学之相互浸透问题》(张香山)、《谈科学小品》(徐懋庸)等一系列的文章,从学理层面进行反驳和论证。柳湜认为:"小品文的条件自然不专在短小上,我以为它的特点是轻松明快,同时是文艺的,科学的文字一向是以谨严缜密著称,这里科学小品不比写整部科学书,用不着那样谨严,因为它的主题的单纯性,理论的具象化,法则的解说,注意在故事的过程的描写中,所以这里就内容说,虽然'重心是在科学方面',可是这一内容并不妨碍艺术形式的发展。"①因此,柳湜指出:"小品文如果与科学结婚,不仅小品文吸取了有生命的内容,同时科学也取得了艺术的表达手段,艺术的大众科学作品于是才能诞生。"②

在"科学小品"的倡导者看来,"科学"与"小品文"的"联姻",完全能够产生一种新颖、独特的文体。问题在于,在这种"联姻"的过程中,科普作家如何处理好"科学性"与"文学性"的统一,使之成为"以科学为骨肉而使其具文学的形态的一种文章"③呢?这就需要探讨几个层面的问题。

首先,处理好科学知识与日常生活之关系。科普作家在题材选择上要注意从与"日常生活"密切联系的科学知识入手,因为科学小品最怕是引不起人们的兴趣,那些脱离人们的实际生活和知识水平的作品,往往会出现曲高和寡、孤芳自赏的尴尬境地。只有让读者产生阅读的兴趣,才称得上合格的科普作品。其实,大千世界与人的日常生活发生密切联系的事物是很多的,所谓的"一草一木总关情",讲得就是这个道理。而人们在日常生活中,对于一些事物的了解,实际上存在着许多盲点,甚至是"谬误"。这就需要科普作家用科学的精神烛照其间,用通俗易懂的思路、浅近明了的语言来诠释和说明。顾均正的《马浪荡炒栗子》,以炒栗子爆裂这一普通生活现象为话题,引出物体受热膨胀的客观现象,解释

---

① 柳湜:《我对于科学小品的一点浅薄的认识》,《小品文和漫画》,陈望道编,上海生活书店,1935年,第189页。
② 柳湜:《论科学小品》,《太白》创刊号,1934年9月20日。
③ 徐懋庸:《谈科学小品》,《芒种》第1卷第2期,1935年3月20日。

热和热的传导规律,最后回答用沙炒栗子的科学道理。贾祖璋的《水仙》,从土壤、鳞茎、种植方法、花瓣、繁殖等方面,较为全面地描述和介绍这位"凌波仙子";《蜻蜓》,贾祖璋把人们常见却不甚知之的蜻蜓种类、食性、身体结构、飞行速度、复眼、生殖器与繁殖等,生动详细作了介绍;《萤火虫》,贾祖璋针对古书中关于"腐草化萤"的传说提出质疑与否定,并以此作"引子",介绍了萤虫的生活史、萤火的产生、萤光的利用等科普知识;《金鱼》,贾祖璋针对当时《申报·儿童周刊》刊出所谓"蚕子变金鱼"的观点而作的驳斥文章。作者认为,这种观点是"古旧的虚妄的传说",毫无科学根据。他指出金鱼乃为鲫鱼变种而来,早在宋代我国已开始饲养金鱼,明代已有"凤尾"、"龙眼"等名贵品种。依据达尔文的人工选择说、莱谛尔的获得遗传说和杜尼尔的病变说,作者认为金鱼形体生成的原因,在于胚胎因缺氧产生病变所致。周建人,在《太白》刊发了14篇科学小品,如《燕子》、《关于蜈蚣》、《桂花树和树上的生物》、《白果树》、《金鱼》、《记湖州人卖蛟》等,这些文章往往是从身边的日常琐事谈起,但知识丰赡,立意深刻,结构也较为精美。

周作人在20世纪30年代也喜欢撰写一些草木虫鱼类的随笔,他在《〈草木虫鱼〉小引》中云:"现在便姑且择定了草木虫鱼,为什么呢?第一,这是我所喜欢,第二,他们也是生物,与我们很有关系,但又到底是异类,由我们说话。"①这里关键是第二点的因素,它们是"生物",与"我们很有关系",也就是说我们可以从草木虫鱼里,窥知人类之事。周作人每每看见金鱼,一团肥红的身体,突出两只眼睛,转动不灵地在水中游泳,总会联想到"中国的新嫁娘,身穿红布裤,扎着裤腿,拐着一对小脚伶俜地走路"②周作人写家乡习惯腌苋菜梗吃,很有温情。俗语云,布衣暖,菜根香,读书滋味长。咬了菜根是否百事可做,周作人不敢确切说,但是他觉得这是颇有意义的,第一可以"食贫",第二可以"习苦",而实在却也有"清淡的滋味"③。周作人在撰写这类随笔时,不仅对古代典籍

---

① 岂明(周作人):《〈草木虫鱼〉小引》,《骆驼草》,第23期,1930年10月13日。
② 启明(周作人):《金鱼》,《益世报·副刊》第107期,1930年4月17日。
③ 周作人:《苋菜梗》,《看云集》,上海开明书店,1932年,第61页。

披沙拣金,而且还旁征博引国外相关的科普资料,给我们知识上的陶冶;同时他叙述过程中时时注意分辨是非,给我们恰当的指导。用他的话来说"虽然对于名物很有兴趣,也总是赏鉴里混有批判"①。如,他针对《太平御览》中云:"蚯蚓土精,无心之虫,交不以分,淫于阜螽,触而感物,乃无常雄。"这就说中国古人相信蚯蚓无雄而与阜螽交配的说法,周作人引用怀德的《观察录》、瑞德女医师所著《性是什么》里有关蚯蚓的资料,用国外学者通过仔细观察得来的科学知识,澄清人们头脑中存在着谬误观念。蚯蚓是雌雄同体,根本不用与阜螽交配。②《太平御览》中所记载车胤囊萤照读,成为中国读书人常引的美谈,可是昆虫学家法勃耳③却在《昆虫记》中说:"其光色白,安静,柔软,觉得仿佛是从满月落下来的一点火花。可是这虽然鲜明,照明力却颇微弱。假如拿了一个萤火在一行文字上面移动,黑暗中可以看得出一个个的字母,或者整个的字,假如这并不太长,可是这狭小的地面以外,什么也都看不见了。这样的灯光会得使读者失掉耐性的。"周作人认为把中国所谓"囊萤照读"与《昆虫记》所说的话比较来看,就会显得有点可笑。他风趣地称:"说是数十萤火,烛光能有几何,即使可用,白天花了工夫去捉,却来晚上用功,岂非徒劳,而且风雨时有,也是无法"。④周作人这种"赏鉴里混有批判",说明他做"文抄公",不仅要披阅大量的书籍,而且还要"淘金"的本领和独到的见识,因此做这个"文抄公",也决非随随便便人可以浪得其名。

其次,处理好知识性与趣味性的统一。作为科学小品,自然以科学题材为主,主要表现科学的知识,道理和方法,要求具有严格的科学性,这是创作者本应遵循的一条基本原则。但是,科普作家为了有效地向大众传递科学知识,其创作视野不能局囿于科学题材之内,而应该秉持一种开阔的胸襟和超越的眼光,于古今中外,博涉采集,从中选取和发掘有科学价值的材料,拿来与现代科学文化相印证。当时苏联学者 V.

---

① 周作人:《两个鬼的文章》,《过去的工作》,香港新地出版社,1959年,第78页。
② 周作人:《蚯蚓》,《立春以前》,上海太平书局,1945年,第55—57页。
③ 法勃耳,今通译"法布尔"。
④ 周作人:《萤火》,《立春以前》,上海太平书局,1945年,第63页。

Kaverin 提出"把最散文式的日常事件与科学的资料相联系"①的观点，徐懋庸对此阐释为："从一切琐屑的日常事件中，软性地显示其所包含的自然科学的或社会科学的真理，这是'科学小品'的任务。"在徐懋庸看来，所谓的"软性"，就是给科学添上"文学底温和的笑容"。②也就是说，"软性"指的就是"文学性"。因此，科学的内容如何用文学艺术的手段，达到创作的目的，是决定一篇科学小品文成功与否。

贾祖璋的作品，在当时被人指责为重心在"文字艺术"，恰好说明了贾祖璋具有较高的文学素养，能够将他的专业知识通过文学修辞艺术地再现出来。他进商务印书馆从事科普读物的编辑和出版工作，在业务上因常接触鸟类标本，由此发生了对鸟类学的兴趣，阅读密勒的《鸟类初步》、《鸟类入门》等科学著作，编成了《鸟类研究》和《普通鸟类》二书。不仅如此，这些专业知识，又激发他的创作灵感，撰写《杜鹃》、《黄鸟》、《鸳鸯》、《雁》和《燕子》诸篇，后来又收集起来以题名《鸟与文学》出版，受到广大读者的欢迎和欣赏。那么，贾祖璋是如何发挥其文学素养来撰写这一类鸟类文章，而得到读者的激赏呢？他说："这本书内各篇文字的内容：在文学方面包括历来的诗歌，故事和现在的民间传说等；在科学方面包括形态、习性、种类和与人的关系的说明；除外还有关于名称的考证和迷信的辨证等，这是想用较有趣味的文字来写科学书的第二回尝试。"③无疑，贾祖璋所谓的"想用较有趣味的文字"来撰写这类文字，表明他是有意识用文学艺术的手段来传布科学知识。这段的创作经验谈，表明了他将科学小品的创作与一般的科普读物的撰写方式区别开来。

诚然，科普作家在科学小品创作中，文学知识方面的掌握固然重要，但是还有一个文化素养的培育——对"趣味"的追求与赏玩。鲁迅虽为社会批评和文明批评的"霹雳手"，但其实在创作也是很重视文学修辞策

---

① V. Kaverin：《文学与科学》，向日葵译，《芒种》半月刊 1935 年创刊号。
② 徐懋庸：《谈科学小品》，《芒种》第 1 卷第 2 期，1935 年 3 月 20 日。
③ 贾祖璋：《我写科学小品的经过》，《小品文和漫画》，陈望道编，上海生活书店，1935 年，第 161 页。

略中的"趣味"问题。早年,鲁迅在翻译《月界旅行》时,就在"辨言"中指出:"盖胪陈科学,常人厌之,阅不终篇,辄欲睡去。强人所难,势必然矣。惟假小说之能力,被优孟之衣冠,则虽析理谭玄,变能浸淫脑筋,不生厌倦。"①的确,科学一类的书往往专业性强,内容艰深,一般的读者很难阅读进去,如果假借文学之力(鲁迅在此是寄希望于小说文体即"科学小说"),来改变使人昏昏欲睡的"阅读"现状。后来,鲁迅还谈起自己很欣赏"外国的平易地讲述学术文艺的书,往往夹杂些闲话或笑谈,使文章增添活气,读者感到格外的兴趣,不易疲倦"②。这同样也是谈到著作中的"趣味"问题。周作人应该是中国现代作家中谈"趣味"最多之人,也是最能品尝其间的真味。他曾就"趣味"的美学内涵,发表自己的独特见解:"我很看重趣味,以为这是美也是善,而没趣味乃是一件大坏事。这所谓趣味里包含着好些东西,如雅,拙,朴,涩,重厚,清朗,通达,中庸,有别择等,反是者都是没趣味。"③周作人想把自己认为有意味的东西都当作属于"趣味"范畴,这说明了"趣味"对文学作品的品位构成是何等的重要。有鉴于此,但凡创作科学小品的作者,在写作时都应注意这一点。

在20世纪30年代"科学小品"的倡导者身上,我们也看到他们对"趣味"、"幽默"等艺术酵素的独特理解与品评。柳湜称:"至于幽默呢,这是使大众情绪轻松的要素,延长他的持久性,解放他的疲劳,都是必不可少的。我们虽反对那种只惹人一笑,一笑后,什么都完了的幽默,我们却不反对在笑嘻嘻中去与真理握手。"④柳湜在科学小品创作所持的立场与态度,得到其他"科学小品"倡导者在创作与理论上的呼应与肯定。刘薰宇是个数学家,他撰写在科学小品时,就注意如何把枯燥的材料写得比较活泼生动一些。他说"近二三年来,我常写'数学讲话'一类的东

---

① 鲁迅:《〈月界旅行〉辨言》,《月界旅行》,[法]儒勒·凡尔纳著,鲁迅译,日本东京进化社,1903年。
② 鲁迅:《忽然想到(二)》,《京报副刊》,1925年1月20日。
③ 知堂(周作人):《笠翁与随园》,《大公报·文艺》第4期,1935年9月6日。
④ 柳湜:《论科学小品》,《太白》创刊号,1934年9月20日。

西,是在嬉皮笑脸中来谈点严肃的数学法则。"因此,他不无自谦地说:"本来,数学以及一般的科学,都是很严谨的,这样嬉皮笑脸地写法,在我个人,原只是一时的兴会,说得像煞有介事一点,不过是一种尝试。"①

贾祖璋称他第一本科学小品著作《鸟与文学》,就是"以趣味为重",而这种科学小品创作态度也贯彻其后撰写的《生物素描》、《碧血丹心》等书中。他在介绍《生物素描》创作情形时说:

> 所以只能以提供一些科学常识为目的,对于各种生物不加修饰地作一回"轻描淡写",这才叫做"生物素描"。又为避免文字的过分枯燥,使不致与"小品"的意义相距过远起见,行文时常掺杂一些题外的闲话。因为对于文字艺术无修养,在下笔的时候常恐词不达意,不能把心里所想到的完全表达出来。但近来曾有人认为"那种所谓生物的素描",重心在"文字艺术"方面了;这在我觉得真是一种出乎意外的美誉。②

贾祖璋一方面强调他撰写的科学小品是以"提供一些科学常识为目的",另一方面又称为了"避免文字的过分枯燥",不致于让作品与"'小品'的意义相距过远",他在行文过程中时常掺杂一些"题外的闲话"。因此,所谓的"生物素描",却赢得重心在"文字艺术"的美誉。可见,贾祖璋利用"题外的闲话"的方式,增强科学小品的文学性,此种创作理路,可谓与鲁迅的意见甚是吻合,这就较好解决了科学知识与小品文形式有机结合的问题。以他的《萤火虫》为例。贾祖璋一开篇就给人们带入一个萤火闪烁的乡间夏夜。那是他儿时暑假在乡间生活的记忆,小孩子在宁静恬美的夜晚,一边听着辛苦一天的大人们谈笑,一边唱着"萤火虫,夜夜红"的儿歌,用芭蕉扇追赶着萤火虫。这是充满着儿童天真童趣的画面。贾祖璋由此又联想到古书说萤火虫是腐草化成的说法,并引用《红楼梦》里讲述字谜做例子。这是文学想象,未尝不可,可是近来却

---

① 刘薰宇:《科学小品和我》,《小品文和漫画》,陈望道编,上海生活书店,1935年,第88、90页。
② 贾祖璋:《我写科学小品的经过》,《小品文和漫画》,陈望道编,上海生活书店,1935年,第162页。

有个博士发表什么生物化生说,坐实了"腐草化萤"的说法,因此,贾祖璋称这是"痴人说梦"。接着,作者才由"题外闲话"引入介绍萤火虫的科学知识,开始文章的"主体部分"的内容——介绍萤火虫的生活习性、成长史、身体构造,以及萤光的产生和利用。最后,作者笔锋一转,感叹现在身处灯火辉煌的上海看不到萤火虫,思念起十几年未见家乡的萤火虫。尤其是故乡今年大旱,想必稻田树林都已改换景色,不知"我那辛苦的邻舍们,在夜晚,还有心情纳凉?还能有一些笑声吗?""祝福我那辛苦的邻舍们,应该有一条生路可走。"贾祖璋由萤火虫,想起故乡,想起故乡正在为生计辛苦的人们,这种写作思路确实属于"题外闲话",然而作者对乡人生活的人文关怀之情跃然纸上,让人感动。可见,文末作者的真情流露,不仅没有离题之嫌,相反它提升了这篇科学小品的文学品位。柳湜说:"小品文的内容,不仅可以统一言情与说理,而且是可以无所不包的。不过,他的特性是重在片断的缩写,不宜将主题混杂。科学文的谨严性,我们不否认。但轻松与明快同时是构成了解的条件。所谓谨严不是摆出森冷的面孔而是明晰、缜密,逻辑上的谨严并不反对显豁与趣味。在大众的读物中,趣味是显然可宝贵的要素。科学文字的拙劣,常常成为与大众偏离的条件。而小品文,在实质上却是一种最富轻松、明快与趣味的文体,可以调和科学上艰深的理解。"[①]柳湜这番话所言极是,贾祖璋撰写的那些所谓重心"在文字艺术"的科学小品便是很好的例证。

再者,处理好语言的解说性与诗意美。20 世纪 30 年代"科学小品"的崛起,是呼应中国左翼作家联盟倡导"大众语运动"。这就意味着"科学小品"走向"大众化"之路,不仅是出于本身文体特点的自发要求,而且是来自左翼意识形态的规训与制约。徐懋庸说:"就作家论,要写'科学小品',非但要有科学的知识,文学的技巧,而且还须有一贯的思想,前进的意识。"[②]这里讲的"一贯的思想"和"前进的意识",其实就是指

[①] 柳湜:《论科学小品》,《太白》创刊号,1934 年 9 月 20 日。
[②] 徐懋庸:《谈科学小品》,《芒种》第 1 卷第 2 期,1935 年 3 月 20 日。

当时作家须拥有的左翼意识形态作为自己思想的主导地位与创作的审美指向。因此，科学小品倡导者在遣词造句方面，就提出回避教学书式的繁琐术语和枯燥文字的表述。柳湜认为，文字方面"不要过于森严庄重，要平凡得使大众不觉得，这是什么了不得的大道理，而是说自己生活周围所熟悉的闲话"。因此，他倡导科学小品作者"要放弃科学家的语言，竭力少用，甚或不用专门术语，尽可能的，采用大众常用的话头去代替"，同时他在具体操作上又主张："造句避免欧化，行文带上幽默，出语不要过于庄严，奇突，要做到活像大众自己在工作之余的闲谈。"① 的确，正如当时有学者指出："科学小品的目的只在使一般读者能懂得，决不是为荣耀我们自己的学术。浅近平凡不足为科学小品病，因为科学小品所需要的正是浅显易解。"② 可以说，实践科学小品的大众化方向，既是左翼刊物《太白》倡导"大众语运动"的一个重要组成部分，契合当时中国形势的变化需求，同时也是符合科学小品自身文体的发展特性。

  然而，科学小品作家力求在语言上的通俗浅显，并不意味着他在文学性方面探索的迟滞。语言的通俗浅显应该是指对艰深的科学知识请下"神坛"的一种修辞策略，它与追求语言的诗意美不应构成矛盾关系。科学小品应该在科学的大众化与文艺化之间找到一种平衡点，使之更好服务于广大的读者，也为读者所喜爱、所激赏。而对于科学小品的"诗意美"，为周作人历来所看重。早在1923年，他翻译发表了法布尔的自传性文章《爱昆虫的小孩》，并在译作附记中称读了法布尔"诗与科学两相调和的文章，自然不得不更表敬爱之意"③。"诗与科学"是周作人对法布尔科普著作《昆虫记》的一种评价，也代表着他对此类科学文艺作品的一种审美标准与价值判断。1935年，在左翼阵营大力倡导"科学小品"蔚然成风之际，周作人也不甘寂寞撰写了《科学小品》一文，再次亮出自己对科学小品的诠释内涵，他说："所谓科学小品不知到底是什么东西，

---

① 柳湜：《我对于科学小品文的一点浅薄的认识》，《小品文和漫画》，陈望道编，上海生活书店，1935年，第191页。

② 华道一：《科学小品和大众教育》，《太白》第1卷第11期，1935年2月20日。

③ 周作人：《爱昆虫的小孩·附记》，《妇女杂志》第9卷第9号，1923年9月。

据我想这总该是内容说科学而有文章之美者。"他称赞英国汤木生教授著的《自然史研究》文辞的优美，并亲自翻译卷中一节《秋天》的"落叶"文字，称这是"能够将科学与诗调和地写出，却又不是四库的那一部文选所能得找得出的，真是难能希有也"。① 可见，所谓"内容说科学而有文章之美者"，也还是他早先说过"诗与科学两相调和"的翻版，代表着周作人对科学小品十几年来不变的审美标准和价值判断。这固然有周作人与左翼知识者争夺对"科学小品"的话语权问题，但他对"科学小品"文辞之美的探求与推崇，与左翼知识者重视"科学小品"的文学性内涵，其实并不构成尖锐的矛盾，相反倒也是异曲同工之妙。

20世纪30年代，那些"科学小品"的倡导者既是一方之长的专家，又是有深厚的文学素养的作家。他们对文辞之美的追求，突出表现在其创作中对诗文的大量引用。夏丏尊在给贾祖璋《鸟与文学》作序时说："文学不能无所缘，文学所缘的东西，在自然现象中要算草虫鸟为最普通。"他说："民族各以其常见的事物为对象，发为歌咏或编成传说，经过多人的歌咏及普遍的传说以后，那事物就在民族的血脉中，遗下某种情调，呈出一种特有的观感。这些情调与观感，足以长久地作为酵素，来温暖润泽民族的心情。日本人对于樱的情调，中国人对鹤的趣味，都是(其)他民族所不能翻译共喻的。""事物的文学背境(景)愈丰富，愈足以温暖润泽人的心情，反之，如果对于事物毫不知道其往昔的文献或典故，就会兴味索然。故对于某事物关联地来灌输些文学上的文献或典故，使对于某事物得扩张其趣味，也是青年教育上一件要务。"② 周建人的《白果树》，是在"糯糯热白果，香又香来糯又糯……"的叫卖谣中，轻松而缜密地将其学名、分布、幼株、枝叶、花期、果实等知识告诉读者。他撰写的《关于蜈蚣》、《燕子》等文，适时而恰当地引入了一些童谣和诗歌，文辞优美，极富于诗的情趣。贾祖璋的《鸟与文学》诸篇，更是将科学与文学共熔于一炉，充分展示意趣横生的诗化能手。首篇《杜鹃》，作者就调动祖

---

① 周作人：《科学小品》，《文饭小品》第4期，1935年5月。
② 夏丏尊：《鸟与文学·序》，《贾祖璋科普创作选集》，福建科学技术出版社，1981年。

国文化宝库中有关杜鹃的神话传说和诗词曲赋,生动地再现了"望帝化鹃"、"不如归去"、"啼血深怨"、"血渍草木"一类凄婉哀怨的典故,使通篇文字都浸透着浓厚的传统文化的韵味。《燕》一文,贾祖璋除了燕子的名称、各类、习性、燕与农业、燕窝等科普知识,他又能从文学的角度,娓娓讲述赵飞燕、燕子笺的传奇故事,行文过程中,还广征博引李白、梅尧臣、杜牧、李商隐、刘禹锡以至丰子恺关于燕子的诗与画……由此可见,贾祖璋的文学功力极深,他的语言艺术颇多得益于中国传统文化,尤其是古代诗赋。

总之,科普作家对于大自然一事一物的奥秘探求与解读,其文字背后常常投射着一个民族过去的文化背景。因此,科普作家笔下征引采集与事物相关联的"往昔的文献或典故",不仅能体现文辞之美,更重要的是由此灌注于事物其间的一种独有的诗的情调与趣味。而这种诗的情调与趣味又是与一个民族的文化传承相关,是艺术的酵素,足以"温暖润泽民族的心情"。20世纪30年代的科学小品,至今仍然能激发读者的阅读兴趣,感受其间的科学性、文学性与趣味性的融合,这是文学的艺术魅力所在!

第五节 传记文学:由"史"入"文"的现代性转型

按照"五四"后的文体"四分法",传记或称传记文学,也是归属于现代散文大家族内。中国的现代传记是在"西学东渐"和承续传统的基础上诞生的。

在中国古代,"传记之书,其流已久,盖与六艺先后杂出。"① 然而,在司马迁撰写《史记》之前,传记并未真正的确立,刘知几称:"孔子既著《春秋》,而丘明受经作传。盖传者,转也,转受经旨,以授后人。"② 此

---

① 章学诚:《文史通义》,古籍出版社,1956年,第152页。
② 刘知几:《史通》,辽宁教育出版社,1997年,第3页。

时"传"的含义是"释经"之意。而作为一种文本体例,传记是以西汉司马迁的《史记》为嚆矢,他在《史记》中首创"纪传"一体,开了中国传记文之先河。刘勰说:"及史迁各传,人始区分,详而易览,述者宗焉。"①刘知几说:"夫纪传之兴,肇于《史》、《汉》。盖纪者,编年也;传者,列事也。编年者,历帝王之岁月,犹《春秋》之经;列事者,录人臣之行状,犹《春秋》之传。《春秋》则传以解经。《史》、《汉》则传以释经。寻兹例草创,始自子长。"②赵翼说:"其专记一人为一传者,则自迁始。"③章学诚说:"盖包举一生而为之传,《史》、《汉》列传体也。"④也就是说,司马迁创立的"列传"一体,后世文人学者以此为范例,心仪摹仿,传记一体最终成为中国最具特色的散文一脉,在古代文化史上绵延不断,颇为兴旺发达。

悠久的史传散文传统,使中国的传记作品彪炳于世界文化史林。然而,当历史进入 20 世纪后,新文化的主要倡导者胡适却提出:"传记是中国文学里最不发达的一门。"⑤随后,胡适在自己撰写的《四十自述》中又再次感叹:"我在这十几年中,因为深深的感觉中国最缺乏传记的文学,所以到处劝我的老辈朋友写他们的自传。"⑥中国既然有如此丰富的史传文字,为什么胡适会发出这样的感慨,作出这样的论断呢?"五四"时期另一位著名作家郁达夫所阐述的内容或许可以作为胡适观点的佐证:

> 传记文学,本来是历史文学之一枝,中国自太史公(司马子长生于汉景帝时,当在西历纪元前 154 年前后)作《史记》后,才有列传的一体。释文,传,传世也;纪(记)载事迹,以传于世。所以中国的传记文学要求其始祖,只能推司马迁氏为之嚆矢。其后沿这系统一直下来,经过了二千余年,中国的传记,非

---

① 刘勰:《文心雕龙》,人民文学出版社,1981 年,第 170 页。
② 刘知几:《史通》,辽宁教育出版社,1997 年,第 11—12 页。
③ 赵翼:《廿二史箚记》,中国书店出版社,1987 年,第 4 页。
④ 章学诚:《文史通义》,古籍出版社,1956 年,第 154 页。
⑤ 胡适:《〈南通张季直先生传记〉序》,《吴淞月刊》第 4 期,1930 年 1 月。
⑥ 胡适:《〈四十自述〉自序》,《四十自述》,上海亚东图书馆,1933 年。

但没有新样的出现,并且还范围日狭,终于变成了千篇一律,歌功颂德,死气沉沉的照例文字;所以我们现在要求有一种新的解放的传记文学出现,来代替这刻板的旧式的行传之类。①

在中国古代"史传合一",传记在学科的归属上,是放在"历史学"的范畴。尽管"列传"一体,自司马迁创立后获得了极大的发展,但二千余年来,不仅因循守旧,千篇一律,而且歌功颂德,死气沉沉。因此,胡适发出"传记是中国文学里最不发达的一门。"郁达夫提出了要有一种"新的解放的传记文学"代替"刻板的旧式的行传之类"的革新主张。

所谓"新的解放的传记文学",就是指现代的西方传记。这是近现代中国发生中西文化大交流、大碰撞的结果。早在"五四"之前,清末民初的中国知识分子就已接受"西学东渐"的熏陶和影响。容闳出版了自传性作品《西学东渐记》,严复以外国人为传主,撰写了《孟德斯鸠列传》、《斯密亚丹传》等,梁启超更为突出,1898年戊戌变法失败,他亡命日本后写下大量的中外传记作品,如《匈加利爱国者噶苏氏传》、《意大利建国三杰传》、《近世第一女杰罗兰夫人传》、《新英国巨人克林威尔传》、《张博望班定远合传》、《黄帝以后第一伟人赵武灵王传》、《明季第一重要人物袁崇焕传》、《中国殖民八大伟人传》、《祖国大航海家郑和传》、《王荆公》、《管子传》、《李鸿章传》、《殉难六烈士传》等等。在传记的写作上,梁启超已经有意识地与传统模式区隔开来,他称《李鸿章传》的写作,"全仿西人传记之体,载述李鸿章一生行事,而加以论断。"② 因此,进入"五四"后,以胡适、郁达夫为代表的现代知识者进一步提出要以现代西方传记的价值观念、审美标准作为创作与批评尺度,使中国的传记作品告别以往依附于"史"的衣钵,由"史"入"文",完成现代性的转型,使之成为独立的文学散文样式,这是中国现代传记文体变革的历史进程和必然趋势。

---

① 郁达夫:《什么是传记文学》,《文学百题》,上海生活书店,1935年。
② 梁启超:《中国四十年来大事记(一名李鸿章传)·序例》,《饮冰室专集之三》,中华书局,1989年,第1页。

一、由"史"入"文":西方传记的现代性

在西方,传记的历史源远流长。同中国一样,西方传记作品的发展与历史之间有着一种先天的血缘关系。有研究者指出:"西洋最古的传记,要到史书里面去找,如《旧约》所载,赫罗多泰(Herodotus)① 所记皆是,后来才脱离了史书的范围而独立,附庸蔚为大国。柏乐泰(Plutarch)② 所写的《列传》(Parallel Lives),在技术上确是'无懈可击'。他的努力,给后人以不少的鼓励。在文艺复兴时代,西欧作家如范世礼(Vasari)③、华而敦(Walton)④ 之流,又把柏乐泰的艺术,加上一点变化,便奠定了传记的形式,流传至今。史家驹(Strachey)⑤ 写维多利亚时代人物,用的也还是这一套,先把所写人物的性格,画出了轮廓,然后再加一段短的总束。"⑥ 这里的概述,虽甚为简略,但确实给我们指明了,西方传记的源头来自于最初史传合一的著作。它的发展与历史结下相当密切的关系,并在罗马帝国时期有了成熟的表现。普鲁塔克撰写的《列传》即《希腊罗马名人传》就是代表西方传记发展史的第一座高峰。他本身就具有很强的文体自觉意识:"我写的不是历史而是传记,甚至在那些辉煌的事迹中也并不总是完全证明了善恶的,而且,一句话,一个玩笑,这样的小事往往可以比造成成千万人死亡的战争、军队的最大的调动、城市的围攻等更清楚地表现一个人物。因此,正如画家要把面孔或眼神画得很像,对身体的其余部分则很少注意,我也必须让自己主要致力于人们灵魂的特征,以此描绘出每个人的一生,让别人去叙述伟大的战争吧。"⑦

以"人"为撰写对象,致力于描绘"人们灵魂的特征",这是传记与历史的相异之处。西方古代传记的这一美学特征,经历中世纪后,随着

---

① 赫罗多泰(Herodotus),今通译"希罗多德",公元前5世纪希腊历史学家,有历史之父之称。
② 柏乐泰(Plutarch),今通译"普鲁塔克",罗马帝国早期希腊传记作家和伦理学家。
③ 范世礼(Vasari),今通译"瓦萨里",意大利画家、建筑师,美术史论家,著有《艺苑名人传》。
④ 华而敦(Walton),今通译"沃尔顿",17世纪英国作家。
⑤ 史家驹(Strachey),今通译"斯特雷奇",英国传记大师,著有《维多利亚女王传》等。
⑥ 蔡振华:《谈谈西洋传记》,《青年界》新4卷4号,1947年12月1日。
⑦ 普鲁塔克:《希腊罗马名人传》,商务印书馆,1990年,第878页。

文艺复兴时代的到来，得到了恢复和承续。法国随笔作家蒙田特别喜欢阅读一些"生活的记述"类的作品。他说："我喜欢探求人性，而人性在生活纪述中，大概较在他处更显露得清楚和完整：人的内心变化和真实性，整个的或零碎的；人的各种方法；使人受威胁的灾难。"① 然而，蒙田这一愿望并不那么容易实现，因为那个时代上乘的传记作品寥寥无几。1663年，英国作家德赖登（Dryden）在给罗马传记家普鲁塔克作品的英译本作序言时，才开始用"biography"一词来表述传记文本的名称。在西方，"bio"意为"生命"，"graphy"表示"书写"，即书写传主的生命之意。因此，德赖登为传记下了定义："传记是某人生活的历史。"有人称，德赖登的行为，"才将一种独立文体的尊严性赋予传记，预示今日的庞大发展"②。

西方传统传记虽然有了长足的发展，但它本身存在着诸多的问题。18世纪以前，传统传记的目的在于纪念和颂扬某个人或一些人，用雪特奈·李所称，"传记文学的存在，是为了满足人类的自然本能，即纪念的本能。"也就说，人们撰写传记，是"为一辈性格与事业均与常人卓异的人物，留下一个活的纪念"③。而出于英雄崇拜心态，作家笔下的人物似乎都是完美无缺的人——圣人、贤人、君子。但这种情况到18世纪末发生了改变。鲍斯威尔于1791年出版了《约翰逊传》（*Life of Samuel Johnson*），他与传主约翰逊是一对忘年交的朋友，但他并不讳言约翰逊性格上的弱点和怪癖。而传主本人也是一个对传记体裁有着浓厚兴趣的作家。他反对传记只写大人物，反对传记必须写大事的传统传记观。他说："传记作家的责任往往是稍稍撇开那些带来世俗伟大的功业和事变，去关注家庭的私生活、展现日常生活琐事，在这儿，外在的附着物被抛

---

① 蒙田语，转引自《论传记文学》（作者未详），周骏章译，《文艺青年》第3卷第1期，1942年1月1日。
② 《论传记文学》（作者未详），周骏章译，《文艺青年》第3卷第1期，1942年1月1日。
③ 莫洛阿（即今通译"莫洛亚"）：《现代的传记文学》，黎生译，《杂志》第12卷第2期，1943年11月10日。

开了,人们只以勤谨和德行互较短长。"① 的确,约翰逊并非是当时英国社会中的"大人物",鲍斯威尔在以他作为传主时,就将他定位于普通人的身份,通过大量的日常生活场景,以及生活细节来描绘。于是一个有血有肉,喜怒哀乐俱全的人就出现在读者的眼前。伍尔芙说:"要是没有18世纪末一位似乎能以他自然的口吻描述人物的充满好奇之心的天才人物来打破僵局的话,传记写作的发展走向或许就是成为为静卧的死人穿上讲究的衣裳的一种摆设。于是便有了鲍斯威尔的描述。于是我们在鲍斯威尔的字里行间听到了音如其人的萨缪尔·约翰生②。'不对,先生,是赤裸裸的淡然处之。'我们听见他在诉说。一旦我们听到这些话,我们就意识到,不管时代怎么变,不管我们自身怎么变,那种难以估量的存在会在我们中间不断地鸣响与震荡,其影响日益宽广。传记褪去了它所有浮华矫饰与冠冕堂皇。我们再也不能坚持说生活只是由行为或作品所组成。生活是由人的品性构成的。"③ 可以认为,到鲍斯威尔,西方传记的发展到了一个重要的拐点。因此,他也就被人尊称为西方近代传记的鼻祖。

然而,尽管有鲍斯威尔撰著的《约翰逊传》作为开拓之作,但随后在英国维多利亚时代产生大量的传记,其实是良莠不齐,鱼龙混杂。伍尔芙就说:"维多利亚时代多数的传记都像现在保存在西敏寺里的那些以前出殡时抬过街上的蜡像一样,跟棺材的尸体只有一点儿光滑与浮浅的相似。"④ 莫洛亚与伍尔芙一样有同感,他说:"在维多利亚时代,传记的性质最为被传者家族所重视的,是尊敬体面。被传者的私生活,日常行为,他的弱点,愚行,错误,都不能触及。纵使他的生活声誉狼藉不堪,也只好轻描淡写的略过。"然而,除了家族出于维护传主的"尊敬体面"外,还有一层因素出在传记家身上。莫洛亚以为,"纵使说维多利亚时代的传记家都是优秀的历史家和优良的作家,但我们对于他们仍不免有微词,这是为的他们崇拜英雄的态度。一个大众的人物,不顾他是艺术家或政

---

① 约翰逊:《漫步者》,转引自艾伦·谢尔斯顿《传记》,李文辉等译,昆仑出版社,1993年,第7页。
② 萨缪尔·约翰生,即"约翰逊"。
③ 伍尔芙:《新派传记》,《伍尔芙随笔全集》,中国社会科学出版社,2001年,第1701页。
④ 伍尔芙:《传记的艺术》,许克之译,《新学生》第4卷第3期,1948年1月15日。

治家,总经常给戴上一副面具,我们在他身上可以发现两种性格;一种是大众所熟知的人物,至少是愿他为大众所相信的人物;另一种是他自己或他朋友所知道的人物,假使他是忠实的话。维多利亚时代的传记家,经常只描写面具,而拒绝看一看面具的背面。试读莫尔的《拜伦传》。这只是拜伦的面具而已。无人敢坦白描写过一个真正的狄更斯或真正的察考莱。谁曾描写过一个真正的斯宾塞,有如我们在他愉快的小册子《斯宾塞的家庭生活》中所发现的那样有趣的人呢?传统的传记文学,置真正的事实于不顾,似乎这样倒反足以损坏外表面具的完整。维多利亚时代的传记家,仅是纪念碑的雕刻家。而且很少是优秀的雕刻家。"[1] 正因为,维多利亚时代的传记家只会描写传主的面具,而且拒绝看一看"面具的背面",所以他们最多只能算是"纪念碑的雕刻家"。

西方的传记观念走上现代化进程,肇始于19世纪末,到20世纪初完成了革命性的转换。艾伦·谢尔斯顿描述说:

> 直到本世纪初始,很少会有人认为传记有资格被看作一种艺术样式。当时关于这种文体的讨论牵涉到道德或习俗问题,不管是记录、赞颂、还是予人教诲,传记作家的写作动机都首先被视为一种实用性的动机。但是,按照利顿·斯特雷奇的传记而活动,尤其是他在《维多利亚时代名人传》前言里对艺术意识的呼吁,使本世纪初的许多作家开始将传记作为一种具有其自身传统与要求的艺术来谈论,其中最负盛名的是弗吉尼亚·伍尔夫,还有哈罗德·尼科尔森爵士及安德烈·莫鲁瓦等。[2]

很明显,现代传记区别于传统传记一个关键性要素,在于是否将这一文体当作"一种艺术样式",突显其由史入文的"文学性"的特性。而推动这场西方传记的现代性转型,始作俑者是英国现代传记大师利顿·斯特雷奇(Lytton Strachey,1880—1932),他著有《维多利亚名人传》和

---

[1] 莫洛阿(即今通译"莫洛亚"):《现代的传记文学》,黎生译,《杂志》第12卷第2期,1943年11月10日。
[2] 艾伦·谢尔斯顿:《传记》,李文辉等译,昆仑出版社,1993年,第90页。

《维多利亚女王传》等,他对传记"艺术意识"呼吁,就集中体现在《维多利亚名人传》的前言中。① 谢尔斯顿接着指出,当时积极参与探讨这场现代传记的艺术问题,其中最负盛名有弗吉尼亚·伍尔夫②(Virginia Woolf, 1882—1941)、哈罗德·尼科尔森(Sir Harold Nicolson, 1886—1968)、安德烈·莫鲁瓦③(André Mamrois, 1885—1967)等。伍尔芙是英国著名小说家,同时也是著名的传记批评家,她撰写了《新派传记》(1927年)和《传记文学的艺术》(1939年),后一篇文章曾被许克之译为《传记的艺术》,载于《新学生》第4卷第3期,1948年1月15日;哈罗德·尼科尔森是英国外交官,著作家,撰有理论著作《英国传记的发展》(1927年)和传记作品《群像》等。安德烈·莫洛亚,法国著名传记作家,著有《雪莱传》、《拜伦传》、《夏多布里昂传》、《乔治·桑传》、《雨果传》、《大仲马传》、《巴尔扎克传》等,1928年,曾应邀前往英国剑桥大学,作关于传记文学的讲演,前后演讲六次,最后收集出版题为《传记面面观》。建国前中国学界曾有两位中文译者同译其中一篇,一篇题名为《新传记文学论》,赵玄武译,刊载于《华北作家月报》第8期,1943年8月20日;一篇题名为《现代的传记文学》,黎生译,刊载于《杂志》第12卷第2期,1943年11月10日。而这本理论著作最有分量的一篇《传记是艺术作品》,其译文则见于中国改革开放后王忠琪等译的《法国作家论文学》一书中,人民文学出版社1982年。

  站在宏观的角度看,西方传记的现代性转型,包括内容与艺术的两个层面。就其内容而言,传记作家的思想意识、人格构成、审美趣味与创作倾向等等,都应是研究者的重点考量内容。作为一名现代传记作家,他应拥有完整的现代人格,站在理性的价值立场,描绘和评价被写的传主。斯特雷奇被尊为现代传记的创始人,就在于他倡导和保持作家的"精神的自由"。斯特雷奇说:"歌功颂德不干他的事;他的职责是把他所要

---

① 即中文译名:《论传记艺术——维多利亚王朝名人传序》,王庐译,刊载于《世界文艺季刊》第1卷第4期,1946年11月。
② 伍尔夫,今通译"伍尔芙"。
③ 莫鲁瓦,今通译"莫洛亚"。

处理的种种有关史实，照着他所了解的，赤裸裸地呈现出来。这就是我在这本里想达到的理想——把一些我所要处理的种种有关史实，照着我所了解的，赤裸裸地呈现出来，心平气和地，不偏不倚地，也不羼杂什么弦外之音。引用一位大师的话来说，便是——'我没有加进什么，也不提示什么，我只揭露。'"①在这里，斯特雷奇彰显传记作家的独立人格和批判意识，这就完全改变了西方传统传记写作中存在着的"英雄崇拜"心态。莫洛亚称斯特雷奇不是"英雄崇拜者"，相反，是一个"英雄破坏者"、"偶像破坏者"。在斯特雷奇之前，所有维多利亚的伟人，对于英国的一辈文人，都是神圣不可侵犯的。然而在《维多利亚名人传》里，斯特雷奇虽然尽量保持客观，不下断语，可是这倒更能赤裸裸地描写这一辈人的真相。"他从他们的书信中引录给读者看，他引用他们的日记，他的引用方法的巧妙，将他的不幸对象的私生活给完全暴露了。"在《维多利亚女王传》中，读者找不出一句作者反对女王的话，然其引述与收集的事实，却给了人们"一个个性甚强"、"生得胖胖的小妇人的形象"。莫洛亚称赞斯特雷奇的文笔，是"一个大幽默家的文笔"，"他从来不出现于他的作品中；他从不判断他的模型；他只跟着她后面走，模仿她的姿态，自己却一笑不笑，他凭这种技巧，获得了喜剧的优秀效果"。斯特雷奇在作品中的这种写法，是"将一个伟人当作常人看，即使是一个可爱的常人也吧，总是使伟人降级一层了。偶像从他的座基上搬下来了"②。因此，从这个意义上看，莫洛亚称斯特雷奇为"偶像破坏者"，应该是名副其实的。

把伟人从神坛上请下来，以常人视之，这是传记从古代向现代转型的一个很重要的变化视角。虽然人们依然关注英雄豪杰的事迹，但更多是将他们放在"人间"和"俗世"里来展现。日本著名传记作家鹤见祐辅认为："不曾赋有作为哲人的天分的我，对于叫做抽象的理论那东西，是并不感到甚深的兴味的。毋宁说是我对于人间具体的记录更加受到强

---

① 利顿·斯特雷奇（Lytton Strachey）：《论传记艺术——维多利亚王朝名人传序》，王庐译，刊载于《世界文艺季刊》第1卷第4期，1946年11月。
② 莫洛阿（莫洛亚）：《现代的传记文学》，黎生译，《杂志》第12卷第2期，1943年11月10日。

烈的感动。"在鹤见祐辅看来，现代传记的特长在于"忠实的人间的记录"，即"各个人所亲自体验到的生动的血泪的记录"。作为传记作品的落笔试作，鹤氏选择了法国伟人拿破仑，并没有采取仰视角度，将他神化，而是认为"拿破仑传在材料的丰富那一点上，在舞台的广阔那一点上，在人格复杂那一点上，在从贫家起身通过了种种的苦痛快乐失败成功那一点上，都是包含了万人共通的大兴味的传记的原故"。[①] 拿破仑虽为伟人，但他经历的种种的苦痛快乐，不仅不逊色于常人，且来得更加的丰富和复杂，这就是所谓"包含了万人共通的大兴味"，自然引起读者的阅读兴趣与品评玩味。

法国传记作家莫洛亚最出色的作品是《雪莱》。他之所以能够把雪莱写"活"，同样也是传记作家巧妙地处理好雪莱的"人间味"与"伟大味"的调和。那么，莫洛亚如何接近笔下的传主呢？这就是对传主采用了一种"感同身受"的叙述视角。的确，作家有时会在别人的生活中，发现某种与自己相同的性格，与自己相同的思想，于是就想到去写那个人的生活，借此解释自己所遇见的困难。莫洛亚撰写雪莱，也是出于这样的想法。他称："诚然，说我的生活与雪莱之间有任何相似处，未免荒谬。雪莱是诗人，我则并不是；雪莱是19世纪初叶一个英国从男爵的儿子，我则是20世纪法国的一个平民。"然而，"雪莱是一个理想主义者，他生活的开始时就怀着某种理想，企图加以实践，结果却遇见了一个恼人而敌意的世界。这情形在比较小范围内，与我的实颇有相似处。我脱离学校时代，怀着理想主义的观点，但当我一旦跨进现实世界时，我的青年时代的理论竟一无能为。"正是这种相似性的境遇，莫洛亚最初读到雪莱的生活时，就不禁对他寄以同情，并极希望多多的认识他，能多多的了解他。于是，莫洛亚在系统搜集和研读雪莱的相关资料后，发现雪莱的为人，比之马太·亚诸尔特等传记作家所描写的，更美丽，更富有"人性"。然而，雪莱并非是"超人"，超人是离人间较远的，常人无法了解他，也就不能做常人的朋友。莫洛亚称，他在雪莱身上发现其焕发出来的"人

---

① 鹤见祐辅：《传记文学论——〈拿破仑传〉的序文》，白桦译，《黄钟》第26期，1933年5月16日。

性"的一面,因而他尽自己的理解描写雪莱,不需要去寻他的开心。他说:"我太崇拜他,太喜欢他了;但我也不必去隐匿他的任何弱点与错误,因为我觉得他的所以可爱,就正因为他这种人间味与伟大味的调和。"①

同时,现代传记作家正视传主的内心世界,主张以"心理描写"来丰富和展现传主的人物性格。鹤见祐辅认为,"近代人对于所谓英雄豪杰这东西,并不以为是全然和自己差异的特殊的人物。所以读着所谓伟人传的场合,近代人心所起的感动,是把传记中的人物的这样那样和自己的这样那样来作比较。并且比较着传记中的人物的心理和自己的心理,为了彼我之持有同感而得到奇妙的满足。""为了要满足这样的近代人的心理,新史传就不得不比较事件外形的描写,更加侧重于心理描写。这就是叫做近代史传的这东西,逐渐趋于接近心理学的理由。"② 西方现代传记大师斯特雷奇,不仅被莫洛亚称为是一个"偶像的破坏者",而且还是一位"深刻的心理学家"。莫洛亚指出:"就一个画匠而言,他的方法非常稀奇。他开始时先画一个粗疏的轮廓;于是他修改一条线,继之又修改一条,他将这像画得愈复杂,愈混乱了,同时却更加接近了生活。他常常喜用这类字眼表示,像'还有,还有,'或'其间有问题——是什么?'之类,这种方法给读者一种印象,即他追捕他的对象的不可深测的性格时,好像他在处理一个活着的人一样。"的确如此,笼罩在传主身上的"神性"光环消失后,传记家直面的是一个生活中的"常人",他有自己的七情六欲和喜怒哀乐的流露与表达。以斯特雷奇一派 H. 尼古尔生撰写的《拜伦传》为例,当论及拜伦出发希腊远征时的印象,作者这样写道:"硬说拜伦出发他这次最后的旅行时,怀着十分兴高采烈的精神,是完全无聊的……因为临别到整理行装时,他要销毁从前的书信,要吩咐巴莱怎样处理他的图书,要料理他的账务,又得将马匹遣送到码头,又得照顾卡沙。撒罗柴的房子完整无缺,他感到了不舒服,他开始公然地,愤怒地诅咒这一切行动了。事情老是这样的,人家总不肯放过他一个人;

---

① 莫洛阿(莫洛亚):《现代的传记文学》,黎生译,《杂志》第 12 卷第 2 期,1943 年 11 月 10 日。
② 鹤见祐辅:《传记文学论——〈拿破仑传〉的序文》,白桦译,《黄钟》第 26 期,1933 年 5 月 16 日。

他,拜伦,是一个性质和善的好人,人们就想来利用他了,向他提出种种要求,什么事情都骗他。他又成了一连串事情的俘虏……"①在大多数读者的心目中,拜伦的此次出征,是为希腊民族独立而战,应该表现出一种视死如归、豪情万丈的英雄气概。然而,在 H. 尼古尔生的犀利笔下,拜伦却是一个充满落寞狐疑、爱发脾气的人,是一个有血有肉、性格矛盾的"可爱的常人"。

关于侧重传主的心理描写,伍尔芙本身是西方意识流小说家的代表人物,她有着较之他人更深入的体会和认知,她说:"传记家必须走在其余人的前头,像那矿工的测气仪一样,探测空气,鉴别讹误、虚假、与陈旧的惯例底存在,他的真实感必须活泼而敏锐,其次,因为我们是生活在被报纸、信札、日记像千百个镜头从每一个角度所对准的时代里,他必须时时准备承认同一张面孔底许多相矛盾的印本,传记将扩大它的范围,然后从所有这些殊异之中产生出,不是一团紊乱,而是一个更为丰饶的整体。"②伍尔芙既强调传记作家本身所具有的敏锐观察力,能够透察日益繁杂的人间世相,同时他也要正视传主的复杂的内心世界而表现出来的矛盾性格,即描绘出"同一张面孔底许多相矛盾的印本"。

在艺术上,传记由"史"入"文"的转型,这是现代传记区别于传统传记的最为显著的特征。莫洛亚通过考察现代传记的创作方法后,提出了:"传记家的基本要义,即在他的目的是建立一种艺术工作。"③明确将传记写作当作一种艺术创作来经营,这是现代传记作家一种"文类"意识的自觉。鹤见祐辅指出,"新史传的内容是包含着二件东西,""一件是对于忠实的事实的搜集与记录。关于这一点,正和昆虫学者之描写昆虫的生活同样,是科学。""另一件是把这搜集到的事实,用了顺序与统一与选择种种方法而描写出来。那就是使传记中对象人物的人格的发展在读者脑里十分明显的被了解着的记述。关于这一点,正和小说家把故

---

① 莫洛阿(莫洛亚):《现代的传记文学》,黎生译,《杂志》第 12 卷第 2 期,1943 年 11 月 10 日。
② 伍尔芙(Virginia Woolf):《传记的艺术》,许克之译,《新学生》第 4 卷第 3 期,1948 年 1 月 15 日。
③ 莫洛阿(莫洛亚):《现代的传记文学》,黎生译,《杂志》第 12 卷第 2 期,1943 年 11 月 10 日。

事组织出来同样,是文学。"① 这种科学与文学的统一,就是现代传记的写作目标。而对文学意识的增强,尤其是将传记作家的写作与小说家的艺术工作等同起来,这是从前传记发展史上前所未有之事,是传记作品向艺术方向迈进的一个重要转向。

斯特雷奇在传记由"史"入"文"的现代转型过程中,起到了关键性的作用。在此之前,西方传记尤其是英国的传记常常是散漫的记载,而并无艺术上的结构与形式。对此,斯特雷奇甚为不满,并大肆鞭挞:

> 在我们这里,写作艺术各部门里最微妙最富于人情味的这一种却交给了庸俗的文匠;我们也不想想,也许写出一部好传记,正跟过一个好生活一样难。那种两厚册,我们习惯上用来纪念死者的东西——谁不知道它们,装着成堆没有好好消化的材料,用着敷衍塞责的文笔,令人耳腻的恭维腔调,可怜没有剪裁,没有结构,没有一点超脱的能力?它们就跟丧事承办人雇来的出殡队一样到处可见,而且也带着同样一付慢吞吞,送葬去时漠然无情的神气。使人容易想到它们是那个办丧事的写出来,作为他工作中最后一项的。②

有鉴于此,斯特雷奇提出现代传记写作,"要存着一种恰当的简洁——删去一切多余的东西,而留住一切有特色的东西的一种简洁——这确确实实,是传记家的第一任务"。所谓"简洁",就是强调传记作家的艺术创造,尤其在作品的结构艺术上下功夫,删除一切多余的堆垛与杂凑、冗长与繁琐。有研究者认为,英国人斯特雷奇这种艺术主张,正是受了法国人喜欢讲结构与形式的影响,因而,他"把结构与形式放进那些散漫的史料中,便成了现代的文学性的传记"。这就意味着,传记作家把"传记纳入文学的形式与结构中,容许精密的选材与大量的删削,也容许组织上的错综与想象力的补苴",一句话,"传记在文学家手里起死回生

---

① 鹤见祐辅:《传记文学论——〈拿破仑传〉的序文》,白桦译,《黄钟》第 26 期,1933 年 5 月 16 日。
② 利顿·斯特雷奇(Lytton Strachey):《论传记艺术——维多利亚王朝名人传序》,王庐译,《世界文艺季刊》第 1 卷第 4 期,1946 年 11 月。

了。文学把过去的人物与事迹,用想象力重新组织鼓舞起来,使其人的声音与笑貌,行动与举止,都活现在我们目前。"①

现代传记的理念是描绘和再现传主的"性格",然而传记作家要在浓缩的篇幅里,使传主的"人格光芒穿透整部传记","作家就必须很好地把握事实,把一些拔高,把另一些遮蔽;但在整个过程中,事实的完整性不能丢失"。②用莫洛亚的观点,就是"传记作家应该像肖像画家和风景画家一样,从他所观察的事物整体中分离出本质的东西来。如果他善于作选择而不使它贫乏化,他就能通过这种选择创造了艺术作品来。"③传记作家在把握传主史料的时候,如何做到"把一些拔高,把另一些遮蔽"的工作,主要是看作家能否"从他所观察的事物整体中分离出本质的东西来",而在这项艺术工作中,细节描写经常起到举足轻重的作用。人的外貌、目光、声音、谈吐风度等一切细节,如果有恰如其分的描写,往往最能表现出一个人的性格特征。约翰生博士在《漫步者》中,曾论及细节描写的重要性:

> 传记作家的任务往往是浮光掠影地涉及具有伟大意义的事件和事变,把读者引进更隐秘的境界,表现日常生活的微小细节,摒弃外表的浮夸,让人们只是在谨慎和美德方面互相竞争。

对于史学家来说,他从文件中了解到的人大部分是抽象的人,只能凭他的社会活动了解他;而传记作家则不同,他致力于"把读者引进更隐秘的境界,表现日常生活的微小细节",这就是历史与文学的分界处。对于传主的细节描写,成为 20 世纪西方传记作家普遍推崇的一种艺术技巧。伍尔芙在批评尼尔森传记作品就指出:"传记的篇幅被大大的缩减,所以他们更进一步坚持认为,传主本人,其品性中的亮点和精华,往往是通过一种不经意的语调和一个回眸,或是一段信手拈来的故事或趣闻,

---

① 杨振声:《传记文学的歧途》,《世界文艺季刊》第 1 卷第 4 期,1946 年 11 月。
② 伍尔芙:《新派传记》,《伍尔芙随笔全集》,中国社会科学出版社,2001 年,第 1701 页。
③ 安德烈·莫洛亚:《传记是艺术作品》,《法国作家论文学》,王忠琪等译,人民文学出版社,1982 年,第 147 页。

而赫然显现于观者的眼中。于是，凭借两条隽永的警句和一段精彩的描述，便可把维多利亚时代历史的所有章节都综合和概括无余。在《群像》一书中，标志作者传记艺术新高度的范例俯拾皆是。"①

再者，既然现代传记已由"史"入"文"发生了现代性的转型，那么它能不能具有诗的风味与价值呢？黑格尔指出，诗"可以不局限于某一艺术类型"，"它变成了一种普遍的艺术，可以用一切艺术类型去表现一切可以纳入想象的内容"。②在黑格尔看来，诗是一切艺术的共同因素，一切艺术里都必有诗。因此，传记作品与其他语言艺术一样，也是可以拥有诗美的风味。莫洛亚对此有较深的理解和阐释，他说："广义的诗就是利用节奏把现实改变、改造成为某种美好的和可以达到的东西。"他认为，"在本来意义的诗中节奏是由诗行的形式和韵造成的，在音乐中节奏是由主旋律造成的，在书中则是由经过较大的间隔重复出现的作品的主要主题形成。"一定的主题是每个人的生活特有的，当你研究某一个人的生平时，这些主题很快便极其有力地显示出来。比如，雪莱的一生是一首交响乐，那么在这首交响乐中"水"的主题占了主要地位。从雪莱青少年时代在河岸上幻想，再到后来他一生在小船上度过，他的第一个妻子哈里埃特淹死，再到自己最后的溺海而亡。莫洛亚以高超的技艺，指挥演奏出一首以"水"为主题的交响乐，极致地展现雪莱诗美的一生。莫洛亚非常钦佩斯特雷奇的诗化笔调，以及善于把握和品味生活中的诗意。斯特雷奇在《维多利亚女王传》最后几页描绘了女王临终前在脑海里一幕幕闪现自己一生的片断。这是用优美的文字，再现出来的生活细节和日常景象。莫洛亚被这一切所感动："这一页使人想到《齐格菲》中的送葬曲，想起四部曲的主题，《神的灭亡》末尾穿着绉纱丧服送葬归来的人们。在这对往事的匆匆一览中心灵可以领略到凄凉的诗意。""我们把为数不多的以其馨香充满这一生的花朵收集起来，编成朴素的花束，献给他的已完成的命运。这是即将沉寂的歌声的最后反复，已写完的长

---

① 伍尔芙：《新派传记》，《伍尔芙随笔全集》，中国社会科学出版社，2001年，第1705页。
② 黑格尔：《美学》第三卷下册，朱光潜译，商务印书馆，1986年，第13页。

诗的最后一个诗节。在这里传记作家可以与大音乐家和大诗人比美。"①

传记作品发生现代性的转型后,引发了学术界一些研究者的焦虑和担忧,这集中反映在传记属性的"文""史"之争上。虽然,在这纷争过程中,也有种种的议论。但我们看到,作为积极倡导西方现代传记写作的莫洛亚、伍尔芙,他们难能可贵地表现出对传记"史"的追求与坚守。莫洛亚在《现代的传记文学》一文中打比方说,"肖像画家所须处理的对象,也是某一个实在的人,他就凭借这一点材料,去创造一幅线条和色彩的调和之作。他怎样做的呢?他选择,他去除许多东西,他并不在他模型的脸上去添本来没有的线条,但他利用印象,利用集中观者目光于脸上重要特点的方法,加以创造"。作为传记家也应如此,"他决不能杜造,他的艺术是去淘汰"。也就说,假如传记作家手中有二百封信,一大册日记,那他就应该懂得怎样去摘要少数足以传达出一般印象的文句。莫洛亚主张:"传记家必须严格尊重历史的事实,不过在他收罗事实之后,他自有加以选择去向的权利。"为此,他提出几条传记写作规则:第一,"必须要顺着年代";第二,"避免下道德的断语";第三,"搜索一切有用的证件以及有关主角的任何文献"。② 这些措施,从某种程度上看,都是莫洛亚试图在传记写作过程中,强化"史"的意识的一种不懈的努力。

伍尔芙虽身为西方意识流小说家的代表性人物,但她对于传记"史"品性的追求比任何一个西方现代传记理论家和作家来得执著和坚定。她先后撰写《新派传记》、《传记的艺术》两篇理论文章,对传记写作作出深入而系统的阐述。而在论述过程中,最核心的问题是传记作家如何坚守"史"的品性。伍尔芙在《新派传记》中一开篇就引述英国作家西德尼·李爵士一句话:"传记的目的,就是忠实地传达人的品性。"伍尔芙称,"西德尼爵士所说的真实性,即传记作者所追求的真实性,是真实性中最坚硬、最结实的一种,是只有在大英博物馆才能找到的真实性,是经过研究的战车重重碾过,使所有谬误的烟尘销声匿迹之后的真实性。"她

---

① 安德烈·莫洛亚:《传记是艺术作品》,吴育群译,《法国作家论文学》,人民文学出版社,1982年,第159—160页。
② 莫洛阿(莫洛亚):《现代的传记文学》,黎生译,《杂志》第12卷第2期,1943年11月10日。

一方面肯定传记作品从鲍斯威尔起开始发生的变化,尤其是20世纪现代传记(即她称的"新派传记")的惊人变化。但同时也在传递着自己的一份担忧:"当我们翻开一本新派传记,其直白和空洞让我们立刻感到了作者与传主的关系与从前大不一样。他不再是那个一丝不苟、满怀同情的伙伴,不辞劳苦甚至是亦步亦趋地去找寻他书中主人公的足迹。不管是朋友或是对头,也不管是仰慕或是批评,他都是与之平等的人。无论在什么情况下,他都保持着自己的自由和独立判断的权利。此外,他还认为自己不必墨守成规、按部就班地写作。他的独立精神使他有点居高临下,他不再是一个记事者,他已然是一位艺术家。"伍尔芙特意以尼科尔森创作的传记作品《群像》作为案例来剖析。在伍尔芙看来,尼科尔森在表现传记写作的新手法方面,是走在新派传记作家的最前列。在尼科尔森那里,"传记作者的想象力总是被激发出来,小说家的技巧,如布局、联想、戏剧效果等被应用来细说私人的生活"。也就说,在《群像》中,尼科尔森使用了许多小说家的技巧来处理生活中的真实事件,在事实中掺和一些虚构就能将人的个性活灵活现地展示出来。毫无疑问,作品中的人物形象与其真实面目相比就要稍逊一筹。尼科尔森"试图把真实生活中的真实性和虚构小说的真实性都名副其实",其实是办不到的,二者属于"冰炭不同炉",让它们"打一个遭遇战只会弄得两败俱伤"。在另一篇《传记的艺术》里,伍尔芙以她的朋友即英国现代传记大师李顿史屈拉契①为例,通过对李顿史屈拉契创作的《维多利亚女王传》和《伊莉沙白②》相比较,阐述她对现代传记艺术的看法。伍尔芙说:"谁能够怀疑,《维多利亚》是一个极大的成功,而相形之下《伊莉沙白》是一个失败呢?但当我们拿这两本书相比的时候,我们又发现似乎失败的倒并非李顿史屈拉契;而是传记艺术本身。在《维多利亚》里,他把传记当作一种技术,他屈从了它的限制。在《伊莉沙白》里,他把传记当作一种艺术;他轻侮了它的限制。"关于维多利亚女王,一切都是可知的,具体的、真

---

① 李顿史屈拉契,今通译"利顿·斯特雷奇"。
② 伊莉沙白,今通译"伊丽莎白"。

实的,你无法凭空创造,因为随时都有文件可检验是否真实可靠;而面对伊莉沙白,她所处的社会距今太久远,以致那时代的习俗、人们做事的动机乃至行为都充满着晦色与怪异的色彩。于是,作者对伊莉沙白不得不进行创造,这就导致女王游离于事实和虚构之间,徘徊在模棱两可的世界里。因此,伍尔芙认为,"幻觉所创造的世界与确凿报导所组成的世界是不同的,它比较稀贵,比较浓烈,也比较紧凑。因为有了这一点区别,两件事件是不能混合的;假如它们相触,它们就两败俱伤。"据此,伍尔芙指出:"艺术家底想象力在它最猛烈的时候已烧光了事实中能败毁的成分,全用耐久的成分来建造,然而传记家却必须接受会朽坏的物质,用它来建造,来渗杂到他作品的经纬里去,可以毁灭的占有大部,留存的乃将极稀少,因此我们达到这样一个结论:他是工匠,却不是艺术家;他底作品不是一件艺术品,而是一种介乎两者之间的东西。"①

伍尔芙出于对现代传记发展前途的担忧,甚至将传记作家定位为"工匠",而非"艺术家",这似乎属于一种矫枉过正的做法,但很能体现她对传记写作"史"的品性的追求与坚守,以及期待传记作品能继续保存原本的历史特性而健康发展。

二、借鉴与传承:中国传记的现代性构建

在现代中国,人们习惯把中国社会的现代性转型归结于"西学东渐"的结果。"西学东渐"一词,原本是恽铁樵、徐凤石翻译晚清文人容闳著的自传性作品"My life in China and America"的中文译名,② 虽然这个译名与英文意思不符,但却能极好地传递出西学思潮对近现代中国的巨大影响。中国的现代传记正如容闳作品名称一样,是在"西学东渐"的进程中完成它的现代性的转型。

据史料表明,胡适是中国现代文学史上自觉提倡现代传记观念的第一人。他赴美留学后,广泛接触和阅读西方传记作品和理论。1914年,

---

① Virginia Woolf(伍尔芙):《传记的艺术》,许克之译,《新学生》第4卷第3期,1948年1月15日。
② 容闳:《西学东渐记》,恽铁樵、徐凤石译,上海商务印书馆,1915年。

他以札记形式记述下关于中西传记"差异"之比较的文字。① 胡适认为:"吾国之传记,唯以传其人之人格(Character)。而西方之传记,则不独传此人格也,又传此人格进化之历史(The development of a character)。他说:"布鲁达克②(Plutarch)之《英雄传》,稍类东方传记。若近世如巴司威尔③之《约翰生传》,洛楷之《司各得传》,穆勒之《自传》,斯宾塞之《自传》,皆东方所未有也。"这个比较,显示西方传记的优势在于撰写传主的"人格进化之历史",即性格的变化与演进。同时,从篇幅而论,东方只有短传,而西方却有长传。东方的短传,固然有"足见其人人格之一斑"和"节省读者日力"之好处,但也带来"太略"、"作传太易"、"不足征信"和"传记大抵静而不动"等弊病;而西方长传,虽有"太繁"和"于生平琐事取裁无节,或失之滥"的缺点,但却有东方传记所无的"佳处",即其一,"可见其人格进退之次第,及其进退之动力";其二,"琐事多而详,读之者如亲见其人,亲聆其谈论"。④ 胡适对于传记的看法,初步释放出传记的现代性转型的新理念与新信息。首先,胡适强调现代传记的人本因素,主张以撰写人物性格变化作为写作目的,以展现传主的人格形成、精神追求和个性魅力。其次,明确现代传记的文学性要求,所谓的"琐事多而详",是指文学性的叙述策略,而"读之者如亲见其人,亲聆其谈论",则是指文学性的现场氛围与接受效应。后来,胡适在《南通张季直先生传记》的序里,列出中国传记不发达的原因有三,"不有崇拜伟大人物的风气"、"多忌讳"、"文字的障碍"。而针对第三点,胡适认为"中国的死文字"不能担负起"传神写生"的工作,那种"硬把活跳的人装进死板板的古文义法的烂套里去",于是"只有烂古文,而决没有

---

① 据有学者考证,胡适这则札记是来自《藏晖室札记》卷七第一条,本无标题,是其朋友章希吕于 1934 年帮他抄写整理书稿时拟加的。目前国内学界称胡适于民国初年就使用"传记文学"一词,并不准确。具体可参见卞兆明《胡适最早使用"传记文学"名称的时间定位》(《苏州大学学报》(哲社版)2002 年第 4 期)一文。

② 布鲁达克,今通译"普鲁塔克"。

③ 巴司威尔,今通译"鲍斯威尔"。

④ 胡适:《传记文学》,《胡适散文》第三集,中国广播电视出版社,1992 年,第 126—128 页。

活传记了"①。很显然，胡适这里论述的传记文字问题，与他在"五四"新文化运动提倡白话文反对文言文的主张是一脉相承、密不可分，是他从文学语言的角度，积极推动中国传记的现代性转型的具体表现。据此，有学者评价胡适，称他"把推进传记现代化进程与提倡白话文、反对文言文的文学革命结合到一起，形成了从传记文学观念到传记文学体裁、叙述形式和语言载体等的全新的理论框架。"②

在中国传记现代性转型的过程中，突出强调传记的文学性、艺术性，进而将之视为一种文学类体裁的是郁达夫、茅盾等人的理论主张。郁达夫撰写了《传记文学》、《什么是传记文学》等文。郁达夫批判了中国传统传记两千多年一直盛行的"歌功颂德"、"死气沉沉"的照例文字，将它们称作是"谀墓之文"。郁达夫对中国传统的批判来自他心中有一个西方传记的参照物。他在《什么是传记文学》里，对于西方传记史花了不少篇幅来描述，而在《传记文学》一文中却作如下的简要勾勒："时代稍旧一点体例略近于史记而内容却全然不同的，有泊鲁泰克 Plutarch 的《希腊罗马伟人列传》。时代较近，把一人一世的言行思想，性格风度，及其周围环境，描写得极微尽致的，有英国鲍思威儿 Boswell 的《约翰生传》。以飘逸的笔致，清新的文体，旁敲侧击，来把一个人的一生，极有趣味地叙写出来的，有英国 Lytton Strachey 的《维多利亚女皇传》，法国 Maurois 的《雪莱传》，《皮贡司非而特公传》。此外若德国的爱米儿·露特唯希，若意大利的乔泛尼·巴披尼等等所作的生龙活虎似的传记。"③显然，郁达夫是以"文学性"的眼光和标准，来描绘西方传记发展史。这就凸显中国缺少像西方这一类"文学的传记作家"的缺憾。因此，在郁达夫看来，"新的传记"，"是在记述一个活泼泼的人的一生，记述他的思想与言行，记述他与时代的关系，他的美点，自然应当写出，但他的缺点与特点，因为要传述一个活泼泼而且整个的人，尤其不可不书。所以若要写新的有文学价值的传记，我们应当将他外面的起伏事实与内心的

---

① 胡适:《南通张季直先生传记》,《胡适传记全编》第 4 卷,东方出版中心 1999 年,第 203 页。
② 辜也平:《西学东渐与中国现代传记文学观念的诞生》,《中国比较文学》2004 年第 4 期。
③ 郁达夫:《传记文学》,《申报·自由谈》,1933 年 9 月 4 日。

变革过程同时抒写出来，长处短处，公生活与私生活，一颦一笑，一死一生，择其要者，尽量来写，才可以见得真，说得像"。以写人为目的传记作品，到了现代更突出其传主的真性格与真性情，这是西方现代传记突破古代传记"纪念碑"式的最大异处，也是郁达夫心中标举的一个价值尺度。同时，郁达夫明确把传记当作文学作品来看待，他指出，"传记文学，是一种艺术的作品，要点并不在事实的详尽记载，如科学之类。也不在示人以好例恶例，而成为道德的教条。近人的了解此意，而使传记更发展得活泼，带起历史传奇小说的色彩来的，有英国去世不久的 Giles Lytton Strachey 法国 André Maurois 和德国 Emil Ludwig 的三人"。他称赞斯特雷奇的"白描个人排斥向来的谀墓式的笼统写法"，实在是一种"独创的风格"；称赞莫洛亚完全把雪莱一生的史实"小说化"，而且又化到了恰到好处，而罗布味希则专喜以"伟大题目来写精细的文字"，也是"一种新的传记文学的创造"，并且还有点"电影式的趣味性的"①。郁达夫站在世界视野的高度，旗帜鲜明地倡导现代传记的"文学性"立场，在促进中国传记的现代性转型，起到不可替代的作用。

与郁达夫主张现代传记的"文学性"立场，另外一位重要作家是茅盾。茅盾在《传记文学》一文里，劈头就说："有人说，中国人是有着五千年家谱的民族。但是，我却要说，中国人是未曾产生过传记文学的民族。"为何出此论断？茅盾认为，要是在文学的形式上面，中国和西方有很多的差别，而传记文学的缺乏与存在，应该是最重要的一个差别。他说："直到最近为止，我们的文坛上还没有发见所谓传记文学这样的东西。虽然在古代典籍中间，我们有着不少人物传记，但只是历史的一部分，目的只是在于供史事参考，并没有成为独立的文学。"另外，"历代文集中的传记，以颂赞死人为目的，千篇一律，更说不上文学价值"。茅盾在这里区分了传记与传记文学这两个概念的不同与差异。实际上，他承认中国有传记的文化历史传统，但只是"历史的一部分"，"供史事参考"，但谈不上"文学价值"，因而从未独立成为一门文学体裁。然而，

---

① 郁达夫：《什么是传记文学》，《文学百题》，上海生活书店，1935年。

在西方的现代文坛,传记文学却占有重要的地位,虽然它的发达也是晚近的事。茅盾这篇理论文章的精彩之处,在于他透过西方传记文学的发展,探析其背后的原因,他指出:"描写人物生平的文学,是到了近代个人主义思想充分发展以后,才特别繁荣滋长。"[①] 他把现代传记文学的发展与西方倡导的个性主义思想联系起来,这就揭示了传记文学现代性转型的不可忽视的一个环节、一项内容。在西方,浪漫主义者对于个人经验重要性的强调,与传记、实录和回忆录的激增并非仅仅是一种巧合关系,相反二者之间有着千丝万缕的关系。同样,"五四"时代人道主义思想的倡导和个性主义的高扬,为中国传记观念和创作带来涅槃中的重生,从而强有力地推动它发生现代性的转型。

朱东润也是一位在现代传记理论与创作上颇有建树的学者。他称,1939 年,他有感于人们对于传记文学的观念存在模糊的认识,决定替中国文学界做一番"斩伐荆棘"的工作。于是,他开始搜集和阅读与传记相关的资料,在作品方面,他学习了从普鲁塔克的《名人传》到现代作家的著作;在理论方面,他研读从提阿梵特斯的《人格论》到莫洛亚的《传记综论》等。在此基础上,朱东润先后撰写了《中国传记文学之进展》、《传记文学之前途》、《大慈恩寺三藏法师传述论》、《传记文学与人格》等文章。朱东润清醒意识到,在近代中国,传记文学的意识不免落后西方,正如指出:"史汉列传的时代过去了,汉魏别传的时代过去了,六代唐宋墓铭的时代过去了,宋代以后年谱的时代过去了,乃至比较好的作品,如朱熹《张魏公行状》、黄榦《朱子行状》的时代过去了。横在我们面前的,是西方三百年以来传记文学的进展。"于是,他以学习和借鉴西方现代传记的理论观念和创作艺术,是改造中国传统传记,促使它走上现代化进程的必由之径。那么,如何去做呢?朱东润将西方三百年来传记作品分为三种类型:一是鲍斯威尔的《约翰逊博士传》,这类作品以具体再现传主的生活场景、精神特征而见长,不过,这须作者与传主在生

[①] 茅盾:《传记文学》,《文学》第 1 卷第 5 号,1933 年 11 月 1 日。

活上有密切的关系,而后才有叙述的机会。二是斯特拉哲①的《维多利亚女王传》,这是一部打开现代传记文学的开山之作。作者脱去一切"繁重的论证","探赜钩玄",与先前西方传记作品厚重的两大册相比较,其简洁谨严的文笔,着实令人耳目一新。不过,朱东润又认为,没有经过谨严的阶段,不能谈到简易;本来已经简易了,再提倡简易,岂不失之太简而无法度之可守乎?因此,他以为,现在不是提倡这种简易做法的时代与地点。三是西方19世纪中期以来的作品,常常是繁琐和冗长,但是"一切都有来历、有证据"。笨重确是有些笨重,然而如"磐石"般坚固可靠。朱东润较为倾向第三类型的创作,他说:"中国所需要的传记文学,看来只是一种有来历、有证据、不忌繁琐、不事颂扬的作品。"②

在现代中国,经过一批拥有世界性视野的传记作家、学者的大力倡导,中国传记迎来历史上从未有过的发展机遇。作为开一代风气的中国现代传记作家胡适,于1918年发表了《李超传》,是为一位遭受封建压迫贫病而亡的女大学生作传。胡适采用白话文写作,且是为并不相识的普通人作传,充分体现了"五四"特有的时代精神,完全有别于传统的传记作品。20世纪20年代,鲁迅出版了《朝花夕拾》自传性色彩很浓的散文集。郭沫若从1928年起开始撰写的自传性作品《我的童年》、《反正前后》、《黑猫》、《初出夔门》、《创造十年》、《创造十年续篇》、《水平线下》等。进入了20世纪30—40年代,自传性写作开始风起云涌,佳作迭出,蔚为壮观。1930年,胡适开始着笔《四十自述》。上海第一出版社推出的"自传丛书",包括1933年出版的《从文自传》,1934年出版的《巴金自传》、《钦文自传》、《庐隐自传》、《资平自传》。郁达夫于1934—1936年在《人间世》、《宇宙风》杂志上发表了《悲剧的出生》、《书塾与学堂》、《水样的春愁》、《海上》、《雪夜》等9篇自传性作品。谢冰莹的《女兵自传》(1936)、林语堂的《林语堂自传》(1935)、瞿秋白的《多余的话》(1935)、白薇的《悲剧生涯》(1936)、邹韬奋的《经

---

① 斯特拉哲,今通译"斯特雷奇"。
② 朱东润:《张居正大传·序》,《张居正大传》,东方出版社,2009年,第2页。

历》(1937)、陈独秀的《实庵自传》(1938)、梁漱溟的《我的自学小史》(1942)、柳亚子的《八年回忆》(1945)等。除了自传外,为他人作传的风气也逐渐流行开来。胡适的《李超传》为中国现代传记的开路之作,随后有闻一多未撰写完的《杜甫》,郁达夫的《卢骚传》(1928)等,巴金撰写的《断头台上》(1929)、《俄罗斯十女杰》(1930)、《克鲁泡特金》(1932)等国外思想家、革命家的传记。另外,诸如顾一樵的《我的父亲》(1933)、盛成的《我的母亲》(1935)、陶菊隐的《蒋百里先生传》(1938)、赵轶琳的《李宗仁将军传》(1938)、杨殷夫的《郭沫若传》(1938)、张默生的《义丐武训传》(1943)、朱东润的《张居正大传》(1943)、吴晗的《明太祖传》(1944)、骆宾基的《萧红小传》(1947)等。冯至的《杜甫传》写作于 1946 年,陆续发表在《文学杂志》、《新路》、《小说月刊》上。这些传记作品,都是中国现代文学史上的重要收获。

在创作旨趣上,中国现代传记作家表现出明显的文史分野,轻重有别,各擅胜场。鲁迅的《朝花夕拾》,据作者称,这十篇文章是从"记忆中抄出来的",因而是带有明显的自传性色彩的传记作品。童年的生活经历、少年的艰辛求学,江南的民情风俗以及周遭的亲朋好友等,都在作者笔下一一得到翔实描绘,真实再现。然而,由于鲁迅具有较高的艺术造诣,使得他撰写的这些文章呈现出鲜明的文学趣味,形成寓浓情于清淡的艺术风格。谈这样清新的回忆文字,正如作者忆念小时候吃的故乡蔬果,"极其鲜美可口",经常产生"思乡的蛊惑","要哄骗我一生","使我时时反顾",① 我们的读者追随鲁迅的文笔,也难免产生对故乡的美的遐思。郭沫若撰写的自传性作品《我的童年》、《反正前后》、《黑猫》、《初出夔门》等,作者如实记述个人独特的人生经历,由于作者本身就是一位具有浪漫气质的诗人,因此他的传记涌动"五四"时代的激情,充满着奇异的情思和浪漫的诗味。郁达夫是一个主张传记创作的文学自觉的作家,他撰述的自传性作品《悲剧的出生》、《书塾与学堂》、《水样的春愁》、《海上》、《雪夜》等,摒弃中国老套的纪传方式,而将自己的一生

---

① 鲁迅:《朝花夕拾·小引》,《莽原》半月刊第 2 卷第 10 期,1927 年 5 月 25 日。

分为童年、少年、书塾、洋学堂、嘉兴、杭州、老家自学以及日本留学等若干时段来叙述，且各篇叙述内容不同，重心有别，形成相对独立的篇章。作者将经过记忆筛选后的生活片断，通过生动的文笔，再现自己那段失而复得的心路历程。如在《水样的春愁》里，郁达夫用抒情的笔调，描摹了自己与邻居女孩离别时产生的爱慕情愫："在柳树影里披了月光走回家来，我一边回味着刚才在月光里和她两人相对时的沉醉似的恍惚，一边在心的底里，忽而又感到了一点极淡极淡、同水一样的春愁。"这种感觉极其细腻、真切，很值得人们的回味。沈从文的自传，也与郁达夫一样，颇有文学趣味。他称自己写的自传是为了尝试"用不同的方法处理文字组织故事"，而且认为"既然是自传，正不妨解除习惯上的一切束缚，试改换一种方法，干脆明朗"。[①]他与郁达夫不同，内敛自己的情感，喜欢以"故事"的方式叙述自己的人生经历，从自传各篇章所设置的小标题，就很可以看得出来：《我所生长的地方》、《我的家庭》、《辛亥革命的一课》、《一个老战兵》、《清乡所见》、《姓文的秘书》、《女难》、《一个大王》等。可见，沈从文在30年代创作小说时偏爱于故事，这种叙事策略难免也带进自传的创作中来，使之具有"小说的故事性与抒情性的特点"[②]。

在现代中国，也有不少传记作家、学者在其理论构建和创作实践中体现出对传记作品"历史"属性的不懈追求与坚守。胡适撰写的《四十自述》，最初的创作设想是从40年人生经历中挑出十来个比较有趣味的题目，用每个题目来写一篇小说式的文字，如序幕"我的母亲的订婚"，并曾得到徐志摩的热烈的赞许。文章一开篇就以顺弟（胡适之母）的视角，通过乡村神会场景的渲染和乡民你一言我一语的烘托，十分生动地写出三先生（胡适之父）即将出场的情形。这是一种很典型的小说笔法。然而，接下来的章节却发生根本性的改变，他那种追求"纪实传真"的本性显现出来："我究竟是一个受史学训练深于文学训练的人，写完了第一

---

① 沈从文：《从文自传·附记》，《从文自传》，人民文学出版社，1981年，第114页。
② 谢昭新：《论三十年代传记文学理念与自传写作热》，《中国现代文学研究丛刊》2005年第5期。

篇,写到了自己的幼年生活,就不知不觉地抛弃了小说的体裁,回到了谨严的历史叙述的老路上去了。"因此,胡适这本自传作品,既是"给史家做材料",又能"给文学开生路",①体现了历史与文学的双重目的和意义。朱东润撰写的《张居正大传》是本着怎样的创作态度呢?他称,"传记文学是文学,同时也是史。""因为传记文学是史,所以在记载方面,应当追求真相,和小说家那一番凭空结构的作风,绝不相同。这一点没有看清,便会把传记文学引入一个令人不能置信的境地;文字也许生动一些,但是出的代价太大,究竟是不甚合算的事。"②因此,朱东润撰述过程中,注重运用一切来历、有证据的史料,哪怕是人物之间的对话,也是追求有根据的,不作一句凭空想象的话。这样的作品坚如磐石,确实经得起时间的考验。再者,冯至的《杜甫传》又是怎样写成的?把杜甫作为传主对象,确实是冒着很大的风险,这是因为相关史料的匮乏。冯至采取哪种办法克服这个困难呢?据他自我介绍:"我由于对于史料的缺乏信任,就是关于杜甫时的社会情形也只能尽量从杜甫的作品中摄取。凡是遇有与史书的记载不合的地方,我宁愿相信杜甫所记的是真实的。——这中间可能发生'诗与真'的问题,因为诗人总不免有些地方会利用他的诗的想象与游戏使事实改换面目。但这问题我以为是不能在杜甫传里发生的,如果发生了,就无异于否定杜甫所表现的世界。所以我只有处处以杜甫的作品作根据,一步步推求杜甫的生活与环境,随后再反过来用我所推求的结果去阐明他的作品。"冯至采取如此严格的史料考证与引用,其目的在于使作品成为一部"朴素而有生命的叙述",但同时也是不愿意使之成为像莫洛亚所写的传记那样,几乎成为"自由的创作"。总之,冯至认为,"若是没有杜甫的诗,这本书根本就不必写;可是这本书如果一旦写成了,我希望,纵使离开杜甫的诗,它也可以独立。"③

有研究者指出:"历史事实之想象的表达是近代传记的长处,也是近

---

① 胡适:《〈四十自述〉自序》,《四十自述》,上海亚东图书馆,1933年,第5页。
② 朱东润:《〈张居正大传〉序》,《张居正大传》,东方出版社,2009年,第10页。
③ 冯至:《我想怎样写一部传记》,《世界文艺季刊》第1卷第4期,1946年11月。

代传记的短处。"① 20世纪西方现代传记的文史之争,同样在中国文坛有反响和回应。杨振声为此写下一篇《传记文学的歧途》,直接追问"传记到底是历史?还是文学?"英国人Strachey(斯特雷奇)作为现代传记的泰斗,一般人认为传记到他手里就"已臻善美"。但是,他花三年时间创作的《伊莉沙白》,在他的好朋友伍尔芙看来却是失败之作。是不是Strachey功成名就后,传记艺术退步了,即所谓的"江淹才尽"?杨振声以为,这是因为"他的传记艺术更向文学进一步,同时也可说更离历史远了一步",这不能不带出一个更根本性的问题:传记到底是历史的?还是文学的?Strachey是受了法国人影响,创作出现代的文学性的传记,让人们读起来简直像小说一样的逸趣横生,其特点在于传记作家把"传记纳入文学的形式与结构中,容许精密的选材与大量的删削,也容许组织上的错综与想象力的补苴",一句话,"传记在文学家手里起死回生了。文学把过去的人物与事迹,用想象力重新组织鼓舞起来,使其人的声音与笑貌,行动与举止,都有活现在我们目前。"不错,他是复活了,可不一定就是那个人,他已不是他父母的产品而是传记作家的产品,这里便是传记文学的歧途。杨振声告诫称,"学鲍斯威尔若失败,刻鹄不成尚类鹜;学Strachey若失败,则画虎不成反类犬。""我们要的不是虚幻的创造,而是真实的历史。"② 这是对传记史实真相的探求,对传记历史品性的坚守。

然而,传记毕竟是现代散文大家族中一种较为特殊的文类,既非一般的历史作品,也非一般的文学作品。艾伦·谢尔斯顿说:"传记作家一方面与历史学家有部分一致,另一方面又与小说家相同,但他永远不会取代他们,因历史学家,小说家,传记作家都有着各自的动机,各自的方法与各自的目的。"③ 也就说,传记介于史学与文学之间,是史学与文学嫁接产生的宁馨儿,兼具着文史的两重特性。歌德将自己的传记取名叫《诗与真》,鲁迅称赞司马迁创作《史记》是"发于情,肆于心而为文",而终

---

① 范存忠:《一年来英美的传记文学》,《文艺月刊》第8卷第3期,1936年3月1日。
② 杨振声:《传记文学的歧途》,《世界文艺季刊》第1卷第4期,1946年11月。
③ 艾伦·谢尔斯顿:《传记》,李文辉等译,昆仑出版社,1993年,第90页。

成就了一部"史家之绝唱,无韵之《离骚》",[1] 钱锺书从记言角度评价《左传》,称:"左氏于文学中策勋树绩……尤足以史有诗心、文心之证。"[2] 从中阐发传记作品应具有"史蕴诗心"的特点。由此可见,中外学界的鸿儒巨擘对于传记写作都有一种惊人的学理默契:传记作品既有历史的和真实的,同时也赋予文学的和诗性的。

---

[1] 鲁迅:《汉文学史纲要》,《鲁迅全集》第9卷,人民文学出版社,1981年,第420页。
[2] 钱锺书:《管锥篇》,中华书局,1986年,第164页。

主要参考文献

一、报刊类

《北新》(周刊、半月刊),孙福熙编辑,上海北新书局,1926—1930年。
《奔流》,鲁迅、郁达夫编辑,上海北新书局,1928—1929年。
《沉钟》(周刊、半月刊),沉钟社,北京北新书局,1926—1934年。
《晨报》副刊,北京晨报副刊社主办,1921—1934年。
《创造季刊》,创造社编,上海泰东图书局,1922—1924年。
《创造周报》,创造社编,上海泰东图书局,1923—1924年。
《春晖》,1924年。
《大江》月刊,大江月刊社编辑,大江书铺,1928年。
《风雨谈》,柳雨生为其"代表人","风雨谈社"编辑兼发行,1943—1945年。
《黄钟》,黄钟文学周刊社,1933年。
《金屋月刊》邵洵美、章克标编辑,金屋书店,1929—1930年。
《京报·文学周刊》,北京京报社编辑,1924—1925年。
《开明》,上海开明书店编译所主办,1928—1931年。
《鲁迅风》(周刊、半月刊),冯梦云、石灵等编辑,1939年。
《论语》,林语堂、陶亢德等主编,上海时代书店,1932—1937年。
《骆驼草》周刊,1930年。
《芒种》,徐懋庸、曹聚仁主编,1935年。
《莽原》(周刊、半月刊),鲁迅等编辑,1925—1927年。
《矛盾》,矛盾出版社编辑,潘子农主编,1932—1934年。
《民国日报·觉悟》,上海民国日报馆主办,1920—1929年。
《努力周报》,胡适主编,北京努力周报社,1922年。
《七月》,胡风编辑,1937—1941年。
《青年界》,李小峰、赵景深编辑,上海北新书局,1931—1937年。
《青年文艺》,葛琴主编,白虹书店发行,1942—1945年。
《人间世》半月刊,林语堂主编,上海良友图书印刷公司,1934—1935年。
《人世间》,封凤子编辑,人世间社,1942—1948年。
《申报》,上海,1872—1949年。

《时事新报·学灯》，上海时事新报社主办，1918—1926年。
《时与潮文艺》，重庆时与潮社编辑兼发行，1943—1946年。
《世界文艺季刊》，世界文艺季刊社，1945—1946年。
《苏联文艺》月刊，罗果夫主编，1941年。
《太白》，陈望道主编，上海生活书店，1934—1935年。
《未名》半月刊，未名社主办，1928—1930年。
《文饭小品》，康嗣群编辑，1935年。
《文季月刊》，靳以、巴金主编，文学月刊社，1936年。
《文学季刊》，郑振铎、章靳以主编，文学季刊社，1934—1935年。
《文学界》，戴平万负责，杨骚、徐懋庸等编，1936年。
《文学》，文学社编辑，上海生活书店，1933—1937年。
《文学旬刊》，郑振铎主编，1921—1923年。
《文学杂志》，朱光潜编辑，上海商务印书馆，1937—1948年。
《文艺茶话》，章衣萍等编辑，文艺茶话月刊社，1932—1934年。
《文艺先锋》，王进珊主编，文艺先锋社，1942—1948年。
《文艺月刊》，中国文艺社，1930—1937年。
《文艺阵地》，茅盾主编，文艺阵地社，1938—1944年。
《西风》，编辑兼发行人黄嘉德、黄嘉音，1936—1940年。
《现代评论》周刊，陈源、徐志摩等编辑，1924—1928年。
《现代》，施蛰存主编，上海现代书局主办，1932—1935年。
《小说月报》，上海商务印书馆，1910—1931年。
《新潮》，北京大学新潮社编，北京大学出版部，1919—1922年。
《新青年》，新青年社编辑，1915—1922年。
《新月》，徐志摩主编，上海新月书店，1928—1933年。
《学衡》，吴宓主编，上海中华书局，1922—1923年。
《野草》，夏衍、孟超等编辑，1940—1948年。
《一般》，夏丏尊等主编，上海立达学会创办，1926—1929年。
《艺文杂志》，北平艺文社，社长周作人，1943—1945年。
《宇宙风》，林语堂主编，宇宙风社，1935—1947年。
《语丝》周刊，孙伏园等编辑，语丝社主办，1924—1930年。
《杂志》，责任者吴怀成，1938—1945年。
《真美善》，真美善杂志编辑所，1927—1931年。
《中国文艺》，编辑兼发行人张深切，中国文艺社，1939—1943年。
《中国文艺》，中国文艺协会主办，1937年。
《中苏文化》，中苏文化协会主办，创办于1936年

二、著作类

《1913—1983鲁迅研究学术论著资料汇编》1—5卷，中国社会科学院文学研究所鲁迅研究室编，中国文联公司分别出版于1985年、1986年、1987年、1987年、1989年。
M. H. 艾布拉姆斯：《镜与灯》，丽稚牛等译，北京大学出版社，1989年。
P. 博克：《蒙田》，孙乃修译，工人出版社，1985年。
阿英：《现代十六家小品》，上海光明书局，1935年。
埃德加·斯诺：《西行漫记》，上海复社，1938年。
艾布拉姆斯：《欧美文学术语词典》，朱金鹏、朱荔译，北京大学出版社，1990年。
艾伦·谢尔斯顿：《传记》，李文辉等译，昆仑出版社，1993年。
巴赫金：《陀思妥耶夫斯基诗学问题》，北京三联书店，1998年。
卞之琳：《卞之琳译文集》，安徽教育出版社，2000年。
卞之琳：《人与诗：忆旧说新》，安徽教育出版社，2007年。
波德莱尔：《巴黎的忧郁》，亚丁译，北京三联书店，2004年。
曹聚仁编：《现代中国报告文学选》，香港三育图书公司，1963年。
陈望道编：《小品文和漫画》，上海生活书店，1935年。
戴望舒：《戴望舒全集·散文卷》，中国青年出版社，1999年。
德富芦花等：《日本小品文》，缪崇群译，中华书局，1937年。
德里达：《书写与屿异》，美国芝加哥大学出版社，1978年。
董纯才：《董纯才科普文稿》，科学普及出版社，1985年。
董光璧：《中国近现代科学技术史》，湖南教育出版社，1995年。
《法国作家论文学》，王忠琪等译，人民文学出版社，1982年。
方敬：《寄诗灵》，《花环集》，重庆出版社，1983年。
冯至：《冯至全集》，河北教育出版社，1999年。
福柯：《知识考古学》，谢强、马月译，北京三联书店，1998年。
傅德岷编：《外国作家论散文》，新疆大学出版社，1994年。
傅德岷：《散文艺术论》，重庆出版社，1988年。
郭绍虞主编：《中国近代文论选》，人民文学出版社，1959年。
郭志刚、李岫：《中国三十年代文学发展史：1930—1939》，湖南教育出版社，1998年。
韩德：《文学概论》，傅东华译，上海商务印书馆，1935年。
何其芳：《何其芳文集》，人民文学出版社，1982年。
《何其芳研究专集》，四川文艺出版社，1986年。
黑格尔：《美学》，朱光潜译，商务印书馆，1981年。
胡风：《剑·文艺·人民》，泥土社，1950年。
胡适：《胡适传记全编》，东方出版中心，1999年。
胡适：《胡适文集》，欧阳哲生编，北京大学出版社，1998年。
胡适：《胡适学术文集·新文化运动》，中华书局，1993年。

胡适:《四十自述》,上海亚东图书馆,1933年。
胡仲持:《文艺学习讲话》,智源书局,1949年。
黄科安:《二十世纪中国散文名家论》,福建教育出版社,1998年。
黄科安:《现代散文的建构与阐释》,海峡文艺出版社,2001年。
黄科安:《知识者探求与言说:中国现代随笔研究》,中国社会科学出版社,2004年。
黄修己:《中国现代文学简史》,中国青年出版社,1984年。
《进化和退化》,周建人辑译,上海光华书局,1930年。
《近代日本小品文选》,谢六逸译,大江书铺,1929年。
李广田:《李广田研究资料》,宁夏人民出版社,1985年。
李今:《三四十年代苏俄汉译文学论》,人民文学出版社,2006年。
李宁编:《小品文艺术谈》,中国广播电视出版社,1990年。
李素伯:《小品文研究》,上海新中国书局,1932年。
梁启超:《饮冰室合集》,中华书局,1989年。
梁遇春:《泪与笑》,上海开明书店,1934年。
林语堂:《大荒集》,上海生活书店,1934年。
林语堂:《林语堂文选》(上、下),张明高、范桥编,中国广播电视出版社,1990年。
刘炳善:《随笔译事》,中国电影出版社,2000年。
刘西渭:《咀华集》,上海文化生活出版社,1936年。
刘勰:《文心雕龙》,人民文学出版社,1981年。
刘知几:《史通》,辽宁教育出版社,1997年。
鲁迅等:《创作的经验》,上海天马书店,1933年
鲁迅:《而已集》,上海北新书局,1928年。
鲁迅:《二心集》,上海合众书店,1932年。
鲁迅:《坟》,北京未名社,1927年。
鲁迅:《花边文学》,上海联华书局,1936年。
鲁迅:《华盖集》,北京北新书局,1926年。
鲁迅:《华盖集续编》,北京北新书局,1927年。
鲁迅:《南腔北调集》,上海同文书店,1934年。
鲁迅:《且介亭杂文二集》,上海三闲书屋,1937年。
鲁迅:《且介亭杂文末编》,上海三闲书屋,1937年。
鲁迅:《且介亭杂文》,上海三闲书屋,1937年。
鲁迅:《热风》,北京北新书局,1925年。
鲁迅:《三闲集》,上海北新书局,1932年。
鲁迅:《伪自由书》,上海青光书局,1933年。
鲁迅:《准风月谈》,上海兴中书局,1934年。
《鲁迅全集》1—16卷,人民文学出版社,1981年。

《鲁迅译文集》1—10卷,人民文学出版社,1958年。
罗兰·巴尔特:《符号学原理》,李幼蒸译,北京三联书店,1988年。
马尔库塞:《审美之维》,李小兵译,北京三联书店,1989年。
马良春、张大明:《中国现代文学思潮史》,十月文艺出版社,1995年。
蒙田:《蒙田随笔全集》(上、中、下),潘丽珍等译,译林出版社,1996年。
《冥土旅行》:周作人译,北京北新书局,1927年。
《欧美古典作家论现实主义和浪漫主义》,中国社会科学出版社,1981年。
蒲花塘、晓菲编:《朱湘散文》,中国广播电视出版社,1994年。
齐格蒙·鲍曼:《立法者与阐释者》,洪涛译,上海人民出版社,2000年。
《契诃夫随笔》:朱溪、衣萍译,上海北新书局,1929年。
钱锺书:《管锥篇》,中华书局,1986年。
容闳:《西学东渐记》,恽铁樵、徐凤石译,上海商务印书馆,1915年。
儒勒·凡尔纳:《月界旅行》,鲁迅译,日本东京进化社,1903年。
佘树森编:《现代作家谈散文》,百花文艺出版社,1986年。
沈从文:《从文自传》,人民文学出版社,1981年。
石苇:《小品文讲话》,上海光明书局,1941年。
史沫特莱等:《现代美国小品:突击队》,黄峰译,上海光明书局,1938年。
孙玉石:《〈野草〉研究》,中国社会科学出版社,1982年。
唐弢:《晦庵书话》,北京三联书店,1980年。
汪文顶:《现代散文史论》,福建教育出版社,1994年。
王光明:《现代汉诗的百年演变》,河北人民出版社,2003年。
王元化:《清园近思录》,中国社会科学出版社,1998年。
王佐良:《英国散文的流变》,商务印书馆,1994年。
吴福辉编:《梁遇春散文全编》,浙江文艺出版社,1992年。
伍尔芙:《伍尔芙随笔全集》,石云龙等译,中国社会科学出版社,2001年。
伍尔芙:《伍尔芙随笔》,伍厚恺、王晓路译,四川人民出版社,1998年。
伍蠡甫主编:《西方文论选》,上海译文出版社,1979年。
《西窗集》,卞之琳编译,江西人民出版社,1981年。
夏丏尊:《贾祖璋科普创作选集》,福建科学技术出版社,1981年。
谢六逸:《日本文学》,上海商务印书馆,1929年。
徐懋庸:《徐懋庸杂文集》,北京三联书店,1983年。
徐志摩:《徐志摩散文全编》,来凤仪编,浙江文艺出版社,1991年。
徐志摩:《徐志摩书信》,晨光辑注,湖南文艺出版社,1986年。
亚理斯多德:《修辞学》,罗念生译,北京三联书店,1991年。
姚春树:《中外杂文散文综论》,福建教育出版社,1997年。
叶灵凤:《灵凤小品集》,上海书店影印,1985年。

叶廷芳主编:《外国名家随笔金库》,百花文艺出版社,1996年。
以群:《战斗素绘》,作家书屋,1943年。
《英国散文选》,刘炳善译,上海译文出版社,1986年。
俞元桂主编:《中国现代散文理论》,广西人民出版社,1984年。
俞元桂主编:《中国现代散文史》(修订本),山东文艺出版社,1997年。
张春宁:《中国报告文学史稿》,群言出版社,1993年。
张菊香、张铁荣编著:《周作人年谱》,天津人民出版社,2000年。
章学诚:《文史通义》,古籍出版社,1956年。
赵家璧主编:《中国新文学大系·建设理论集》,上海良友图书印刷公司,1935年。
赵家璧主编:《中国新文学大系·散文一集》,上海良友图书印刷公司,1935年。
赵家璧主编:《中国新文学大系·散文二集》,上海良友图书印刷公司,1935年。
赵家璧主编:《中国新文学大系·文学论争集》,上海良友图书印刷公司,1935年。
郑振铎主编:《世界文库》第七册,上海生活书店,1935年。
周建人:《周建人文选》,中国文史出版社,1988年。
周作人:《自己的园地》,北京晨报社,1923年。
周作人:《雨天的书》,北京北新书局,1925年。
周作人:《泽泻集》,北京北新书局,1927年。
周作人:《谈龙集》,上海开明书店,1927年。
周作人:《谈虎集》,上海北新书局,1928年。
周作人:《永日集》,上海北新书局,1929年。
周作人:《艺术与生活》,上海群益书社,1931年。
周作人:《看云集》,上海开明书店,1932年。
周作人:《中国新文学的源流》,北京人文书店,1932年。
周作人:《知堂文集》,上海天马书店,1933年。
周作人:《苦雨斋序跋文》,上海天马书店,1934年。
周作人:《夜读抄》,上海北新书局,1934年。
周作人:《苦茶随笔》,上海北新书局,1935年。
周作人:《苦竹杂记》,上海良友图书印刷公司,1936年。
周作人:《风雨谈》,上海北新书局,1936年。
周作人:《瓜豆集》,上海宇宙风社,1937年。
周作人:《秉烛谈》,上海北新书局,1940年。
周作人:《药堂语录》,天津庸报社,1941年。
周作人:《药味集》,北京新民印书馆,1942年。
周作人:《药堂杂文》,北京新民印书馆,1944年。
周作人:《书房一角》,北京新民印书馆,1944年。
周作人:《秉烛后谈》,北京新民印书馆,1944年。

周作人：《苦口甘口》，上海太平书局，1944 年。
周作人：《立春以前》，上海太平书局，1945 年。
周作人：《过去的工作》，香港新地出版社，1959 年。
周作人：《知堂乙酉文编》，止庵校订，河北教育出版社，2002 年。
周作人：《周作人文选》，钟汉河编，广州出版社，1996 年。
周作人：《知堂回想录》，敦煌文艺出版社，1998 年。

三、论文类

Alexander Smith：《小品文作法论》，林疑今译，《人间世》1934 年 4 月 20 日第 2 期和 5 月 20 日第 4 期。
A. Symons：《论散文与诗》，石民译，《文艺月刊》第 2 卷第 11、12 期合刊，1931 年 12 月 31 日。
T. 巴克：《基希及其报告文学》，张元松译，《国际文学》第 4 号，1935 年。
V. Kaverin：《文学与科学》，向日葵译，《芒种》半月刊，1935 年创刊号。
安德尔·马尔克劳斯：《报告文学的必要》，沈起予译，《文学界》创刊号，1936 年 6 月 5 日。
安德烈·莫洛亚：《传记是艺术作品》，《法国作家论文学》，王忠琪等译，人民文学出版社，1982 年。
本森：《随笔作家的艺术》，《英国散文选》下册，刘炳善译，上海译文出版社，1986 年。
波里查德：《论散文要素》，林栖译，《文艺世纪》第 1 卷第 1 期，1944 年 9 月 15 日。
陈炼青：《论个人笔调的小品文》，《人间世》第 20 期，1935 年 1 月 20 日。
陈叔华：《娓语体小品文释例》（上），《人间世》第 28 期，1935 年 5 月 20 日。
陈叔华：《娓语体小品文释例》（下），《人间世》第 29 期，1935 年 6 月 5 日。
厨川白村：《出了象牙之塔·Essay》，鲁迅译，《京报副刊》，1925 年 2 月 15 日。
厨川白村：《出了象牙之塔·Essay 与新闻杂志》，鲁迅译，《京报副刊》，1925 年 2 月 16 日。
川口浩：《报告文学论》，沈端先译，《北斗》第 2 卷第 1 期，1932 年 1 月 20 日。
丁谛：《重振散文》，《新文艺》，1940 年 10 月。
范存忠：《一年来英美的传记文学》，《文艺月刊》第 8 卷第 3 期，1936 年 3 月 1 日。
方重：《英国小品文的演进与艺术》，《英国诗文研究集》，上海商务印书馆，1939 年。
冯至：《我想怎样写一部传记》，《世界文艺季刊》第 1 卷第 4 期，1946 年 11 月。
傅斯年：《怎样写白话文》，《新潮》第 1 卷第 2 号，1919 年 2 月 1 日。
傅仲涛：《日本小品及随笔底一斑》，《宇宙风》第 38 期，1937 年 4 月 1 日。
葛琴：《略谈散文——散文选序》，《文学批评》创刊号，1942 年 9 月。
鹤见祐辅：《传记文学论——〈拿破仑传〉的序文》，白桦译，《黄钟》第 26 期，1933 年 5 月 16 日。
胡风：《关于速写》，《文学》第 4 卷第 2 号，1935 年 2 月。
胡梦华：《絮语散文》，《小说月报》第 17 卷第 3 期，1926 年 3 月 10 日。

胡绳:《科学小品与"科学救国"》,《芒种》第1卷第6期,1935年5月5日。

胡适:《五十年来中国之文学》,《申报》五十周年纪念刊《最近之五十年》,1923年2月。

华道一:《科学小品和大众教育》,《太白》第1卷第11期,1935年2月20日。

基希:《危险的文学样式》,贾植芳译,《论报告文学》,泥土社1953年3月。

兼霞:《现代美国散文》,《现代》第5卷第6期,1934年10月1日。

利顿·斯特雷奇(Lytton Strachey):《论传记艺术——维多利亚王朝名人传序》,王庐译,《世界文艺季刊》第1卷第4期,1946年11月。

梁实秋:《论散文》,《新月》第1卷第8号,1928年10月10日。

林慧文:《现代散文的道路》,《中国文艺》第3卷第4期,1940年12月1日。

林语堂:《论谈话》,《人间世》1934年第2期。

林语堂:《论文》,《论语》第28期,1933年11月1日。

林语堂:《论小品文笔调》,《人间世》第6期,1934年6月20日。

林语堂:《论幽默》上篇,《论语》第33期,1934年1月16日。

林语堂:《论幽默》下篇,《论语》第35期,1934年2月16日。

林语堂:《谈西洋杂志》,《西洋文学》第2期,1940年10月1日。

林语堂:《小品文之遗绪》,《人间世》第22期,1935年2月20日。

林语堂:《幽默杂话》,《晨报副刊》,1924年6月9日。

柳湜:《论科学小品》,《太白》创刊号,1934年9月20日。

鲁迅:《小品文的危机》,《现代》第3卷第6期,1933年10月。

《论传记文学》(作者未祥),周骏章译,《文艺青年》第3卷第1期,1942年1月1日。

罗荪:《谈报告文学》,《读书月报》第1卷第12期,1940年2月1日。

旅隼(鲁迅):《杂谈小品文》,上海《时事新报·每周文学》,1935年12月7日。

毛如升:《英国小品文的发展》,刊载于1936年《文艺月刊》第9卷第2、3号。

茅盾:《传记文学》,《文学》第1卷第5号,1933年11月1日。

茅盾:《关于"报告文学"》,《中流》第1卷第11期,1937年2月20日。

莫洛阿(莫洛亚):《现代的传记文学》,黎生译,《杂志》第12卷第2期,1943年11月10日。

皮埃尔·梅林:《报告文学论》,徐懋庸译,《文学界》创刊号,1936年6月5日。

钱锺书:《近代散文钞》,《新月》第4卷第7期,1933年6月1日。

棠臣(叶公超):《小品文研究》,《新月》月刊第4卷第3期,1932年10月1日。

滕固:《论散文诗》,《文学旬刊》第27期,1922年2月1日。

童咏春:《谈通俗杂志文》,《时与潮副刊》第4卷第4期,1944年5月1日。

王颖:《谈闲话》,刊载于《人间世》1935年第30期。

伍尔芙(Virginia Woolf):《传记的艺术》,许克之译,《新学生》第4卷第3期,1948年1月15日。

伍尔芙:《随笔写作的衰退》,《伍尔芙随笔》,伍厚恺、王晓路译,四川人民出版社,

1998年。
伍尔芙:《现代随笔》,《伍尔芙随笔》,伍厚恺、王晓路译,四川人民出版社,1998年。
伍尔芙:《新派传记》,《伍尔芙随笔全集》,中国社会科学出版社,2001年。
西谛(郑振铎):《论散文诗》,《文学旬刊》第24期,1922年1月。
相马御风:《日本的随笔》,谢六逸译,《文学》第3卷第3号,1935年。
徐懋庸:《谈科学小品》,《芒种》第1卷第2期,1935年3月20日。
徐志摩:《波特莱的散文诗》,《新月》第2卷第10号,1929年。
许季木:《谈西洋杂志文》,《语林》第1卷第5期,1945年6月1日。
杨振声:《传记文学的歧途》,《世界文艺季刊》第1卷第4期,1946年11月。
以群:《抗战以来的报告文学》,《中苏文化》第9卷第1期,1941年7月25日。
郁达夫:《传记文学》,《申报·自由谈》,1933年9月4日。
郁达夫:《清新的小品文字》,《闲书》,上海良友图书印刷公司,1936年。
郁达夫:《什么是传记文学》,《文学百题》,上海生活书店,1935年。
袁殊:《报告文学论》,《文艺新闻》第18号,1931年7月13日。
张梦阳:《卜立德和他的中英散文比较研究》,《散文世界》,1988年第8期。
张梦阳:《〈大英百科全书〉关于散文的诠释》,《散文世界》,1985年1、2期。
知堂(周作人):《杂文的路》,《读书》第1卷1期,1945年。
钟敬文:《试谈小品文》,《文学周报》第7卷第24期,1928年12月23日。
周立波:《谈谈报告文学》,《读书生活》第3卷第12期,1936年4月25日。
周作人:《科学小品》,《文饭小品》第4期,1935年5月。
朱光潜:《欧洲书牍示例》,《天津民国日报》,1948年6月14日。
朱光潜:《随感录》(上),《天津民国日报》,1948年4月19日。
朱光潜:《谈对话体》,《文学杂志》第3卷第2期,1948年7月。
朱光潜:《谈书牍》,《文学杂志》第3卷第1期,1948年5月。
朱光潜:《一封公开信——给〈天地人〉编辑徐先生》,《天地人》创刊号,1936年3月1日。
朱自清:《论中国现代的小品散文》,《文学周报》第7卷第20期,1928年11月25日。
子严(周作人):《美文》,《晨报副刊》1921年6月8日。

后 记

记得有一位长期从事研究散文的前辈告诫过我:"搞散文研究的,要耐得住寂寞。"这是我当年考上硕士研究生,刚步入散文研究领域时听来的一句话。然而那时的我对未来有无限的憧憬,正如一列载着年轻人的火车,兴冲冲地只管往前奔,对于研究对象和研究领域并无很深的认识和感悟。然而光阴荏苒,20余载转瞬即逝,现在检视自己守着的地摊,最多只是码放几件自制的泥罐、瓦碟之类。它们很粗糙,并不显眼,甚至有些寒碜。我由此感到惶恐和惭愧,也更深地体会出老前辈的告诫之言。

读书和做学问,犹如修行,得失寸心知。如果说,我在散文研究园地里产出一点东西,这与众多恩师的谆谆教诲分不开,在这里,我要特别感谢孙玉石、杨义、姚春树、汪文顶、张中良、卢继恩、王光明、赵稀方等诸位先生,他们在我每一段学术生涯中都给予了悉心指导和热情提携,这使我时时心存感念。2002年秋,我到中国社会科学院文学研究所博士后流动站工作,除了参与杨义先生主持的国家社会科学基金项目"20世纪中国文学史通论"研究外,我还利用这个难得的工作平台,系统查阅和搜集中国现代文学史上外国散文的译介资料。于是,文学研究所资料室成为我经常光顾之处,时间一长,资料室老师都混熟了,他们毫无保留地为我提供各种资料信息和借阅便利,现在回想起来,还犹如昨日,让我觉得特别的温暖与感慨。2004年,我以此基础申报国家社会科学基金项目"外国散文译介与中国散文的现代性转型",获得成功,同时还获得一个中国博士后基金第三十五批资助项目。这是我在京学习和工作期间获得的两个独立主持的科研项目。可以说,两年的博士后研究生涯,我得到在京各位师友的热情提携和无私帮助,使我不仅领略到学术前沿因交锋而碰撞出思想火花之精彩,同时也实实在在地磨砺与提升了自己的学术研究能力。

后记

本书系国家社会科学基金项目"外国散文译介与中国散文的现代性转型"的结题成果。本课题研究主张从"译介"视角,系统地、完整地探讨散文译介与中国散文的现代性转型问题。这在目前学界散文研究中尚属于开拓性、具有学术前沿性质的课题。开展本课题项目研究,旨在达到如下几点创获:1. 将首次较为全面、完整地描述和梳理域外散文的翻译概貌,探讨它们在中国现代译介史中的流变和兴衰;2. 从"译介"视角,探讨中国散文的现代性转型。这是从根源上研究中国散文在遭遇西方现代性后,产生一系列与散文相关的言说方式、审美趣味和创作原则;3. 从"译介"视角,探讨中国知识者在现代散文领域中的话语实践,透过"翻译的政治",深究知识与权力之间的复杂关系;4. 本课题项目的研究,着眼于从中西散文史上提炼出符合散文自身发展特点的观点和范畴,为学界建立散文理论话语和创新批评体系提供有益的借鉴。

在研究过程中,本人曾将部分章节以论文形式,在《文学评论》、《中国现代文学研究丛刊》、《文艺争鸣》、《东南学术》、《宁夏社会科学》、《名作欣赏》、《中国散文评论》、《福建师范大学学报》、《青岛大学师范学院学报》、《青海民族大学学报》、《井冈山大学学报》、《泉州师范学院学报》等学术刊物上发表,并获得《新华文摘》的摘录。2008年,本人主办了"中国散文的民族化与现代化"全国学术研讨会,曾提交"西洋杂志文在战时中国的传播和影响"一文,受到与会专家的重视和肯定,后来又收进朱栋霖、范培松先生主编的《中国雅俗文学研究》第一辑中。对于编辑这些刊物的诸位师友的帮助和厚爱,我一直心存感恩,特此致谢。

最后,感谢孙玉石先生、谢冕先生对拙著的热情推荐,他们的鼓励和教诲将激励我继续在学术道路上前行;同时也要感谢高秀芹老师、于海冰老师,是她们的大力支持,才使拙著有机缘在北京大学出版社顺利出版。

黄科安

2012年7月26日于泉州金帝花园